Anne Nørdby

ROT. BLUT. TOT.

Anne Nørdby

ROT. BLUT. TOT.

Thriller

GMEINER

Dieses Buch wird gefördert durch:

Die Beauftragte der Bundesregierung für Kultur und Medien

VG WORT

NEU START KULTUR

Immer informiert

Spannung pur – mit unserem Newsletter informieren wir Sie regelmäßig über Wissenswertes aus unserer Bücherwelt.

Gefällt mir!

Facebook: @Gmeiner.Verlag
Instagram: @gmeinerverlag
Twitter: @GmeinerVerlag

MIX
Papier | Fördert gute Waldnutzung
FSC® C083411
FSC www.fsc.org

Besuchen Sie uns im Internet:
www.gmeiner-verlag.de

Im Ehnried 5, 88605 Meßkirch
Telefon 07575/2095-0
info@gmeiner-verlag.de

1. Auflage 2023

Lektorat: Katja Ernst
Herstellung: Mirjam Hecht
Umschlaggestaltung: U.O.R.G. Lutz Eberle, Stuttgart
unter Verwendung der Fotos von: © Yogi / stock.adobe.com
und Micha Trillhaase / stock.adobe.com
Druck: CPI books GmbH, Leck
Printed in Germany
ISBN 978-3-8392-0430-6

Personen und Handlung sind frei erfunden.
Ähnlichkeiten mit lebenden oder toten Personen
sind rein zufällig und nicht beabsichtigt.

1. KAPITEL

Der Welt Untergang, der Asen Fall.
Grässlich heult Garm vor der Gnipahöhle.
Die Fessel bricht, und Freki rennt.

(Ältere Edda, 1. Völuspá, Der Seherin Weissagung, Vers 39 in der Übersetzung von Karl Simrock)

*

Winter 1990 – Ulvshale, Insel Møn, Dänemark

Die Raunächte legten ihre Schatten über die Insel, deren Felder und Wälder, und zwangen die Menschen in ihre Häuser. Es war Dezember, kurz vor dem Julfest. Eis hatte die Gräser und Büsche mit weißen Zähnen versehen, die nach allem schnappten, was sich draußen bewegte. Sie hielten gefangen, was im Frühling neu erwachen würde. Doch bis dahin sollten noch mehrere Monate vergehen. Die kahlen Bäume auf der Halbinsel Ulvshale duckten sich unter dem wolkenverhangenen Himmel gegen den eisigen Wind, der mit einem trockenen Rascheln durch das Schilf fegte. Dahinter lag die Stege Bucht wie eine Platte aus Stein. Schwer und grau.

»Steinwasser«, wie die kleine Line immer dazu sagte, wenn sie auf das Meer blickte. Fröstelnd zog sie den Kragen ihrer gefütterten Winterjacke fester um den Hals und versuchte, ihren zierlichen Körper durch rasches Trippeln auf der Stelle warm zu halten. Sie stand vor der Tür zum reetgedeckten Wohnhaus ihres elterlichen Bauernhofs und rief nach dem

Hofhund. Eigentlich kehrte Basse nach Einbruch der Dunkelheit zuverlässig heim, um es sich in der Diele neben dem Holzofen gemütlich zu machen. Nicht so an diesem Abend, der Schäferhund war nirgends auf dem Gelände zu entdecken. Ob er sich bei den Kühen aufhielt?

»Basse? Hierher! Es gibt Futter!«

Line wusste, dass der Hund nicht immer hörte, doch drinnen im Haus wartete sein Fressen. Das ließ er sich nie entgehen.

»Basse!«, rief sie erneut, aber der Hund kam nicht.

Line ging zum Stall, obwohl ihr sehr kalt war. Sie wollte wissen, wo Basse war. Mit beiden Händen zog sie die große Tür auf, und der vertraute Geruch nach warmen Kuhleibern stieg ihr in die Nase. Eines der Tiere gab ein tiefes, brummendes Muhen von sich, und Line fühlte sich sofort geborgen. Mit einem Lächeln marschierte sie durch die Stallgasse und sah sich nach Basse um. Manchmal legte sich der Hund zu den Kühen ins frische Stroh, denn er mochte deren Wärme. Aber auch dort war er nicht. Line zuckte mit den Schultern und trat wieder ins Freie. Sie lief um das Backsteingebäude herum zur Scheune, wo sie den Kopf in das Dunkel hinter dem Tor steckte. Kein Hund weit und breit. Lediglich das Knacken der Dachbalken in der Kälte war zu hören.

Sie drehte sich um und folgte dem Trampelpfad zum Meer. Dürres gelbes Gras und ein dichter Gürtel aus Schilf säumten das Ufer. Das Eis, aus dem die Stängel herausragten, war weiß wie Milch, Raureif lag über allem. Die gefrorene Wiese knirschte unter ihren Stiefeln.

»Basse? Wo bist du?«

Hinter ihr fuhr ein Auto auf der schmalen Straße vorbei, die zur Insel Nyord und dem gleichnamigen Dorf führte. Hier auf Ulvshale war nie viel los, auch im Sommer nicht. Da gab es nur mehr Mücken. Line blieb stehen. »BAAASSE!«

Ein Platschen drang an ihr Ohr und sie spähte ins Schilf. War der Hund am Wasser? Verflixt. »Basse, komm da raus!«

Als Antwort erhielt sie ein Rascheln der hohen Stängel, die sich unter einer kalten Windböe beugten. Line erschauderte. Wieder hörte sie dieses Platschen, dem ein ratschendes Geräusch wie von reißendem Stoff folgte. Sie zögerte. Sollte sie sich ins Schilf wagen? Was, wenn dort gar nicht Basse war, sondern ein anderes Tier?

Plötzlich hörte sie ein Grunzen.

Ein Wildschwein? Lines Herz schlug angsterfüllt in ihrer Brust. Wildschweine waren gefährlich. Sie konnten Menschen töten. Doch schließlich erkannte sie das für ihren Hund typische Knurren, das er von sich gab, wenn er fraß. Dieser ungezogene Basse! Was machte er im Schilf?

Mit resoluten Schritten trat Line auf das Eis. Dabei passte sie auf, dass ihr die trockenen Schilfstängel nicht ins Gesicht schlugen. Unter ihren Füßen knackte es bedrohlich, und es war rutschig, aber das Eis trug ihr Gewicht. Line kämpfte sich voran, hatte ihre Augen auf die Stelle geheftet, von der die Geräusche zu ihr drangen. Und schließlich entdeckte sie Basse. Er stand am Rand des Schilfs vor dem offenen Meer, wo der Eissaum aufhörte, seine Pfoten halb im Wasser. Mit gesenktem Kopf grub er seine Zähne in etwas, das aussah wie ein grober Jutesack. Line verengte die Augen, konnte jedoch nicht erkennen, was da angespült worden war.

»Pfui!«, rief sie. Sie wusste, wie man mit großen Hunden umging, das hatte ihr Vater ihr beigebracht. Man musste streng sein. Sie packte Basse am Halsband, wollte ihn von dem Sack wegziehen, doch sie war nicht kräftig genug. Der Hund knurrte sie an, während er weiter an dem Ding herumzerrte. Line rutschte auf dem Eis aus und prallte hart auf. Ein Stechen fuhr in ihren Rücken und sie überdehnte ihr Handgelenk.

»Aua!« Wütend rappelte sie sich auf. »Schluss jetzt, Basse. Du kommst mit!« Erneut wollte sie nach dem Halsband greifen, aber Basse wich ihr aus und riss noch einmal an dem Sack. Ein Fellknäuel fiel heraus und rollte direkt vor Lines Füße. Erschrocken machte sie einen Schritt nach hinten.

Es war ein verfilzter Tierkopf.

Rötliches Fell, leblose Augen und spitze Zähne, die in der Starre des Todes gebleckt waren. Und Basse nagte begierig an dem Kopf. Knochen knackten, seine Kiefer mahlten.

Ekelhaft!

Lines Vater hatte erzählt, dass es auf der Insel viele Jäger gab, die ihre Abfälle einfach wegwarfen, auch ins Meer. Aber so etwas hatte sie noch nicht erlebt. Ein ganzer Sack voller Fuchsköpfe! Und Basse schlug sich den Bauch damit voll. Er knackte die Schädel auf und schlang das Hirn hinunter. Dabei grunzte er gefräßig.

Angewidert schnellte Line herum und schlitterte durch das Schilf zurück zum Ufer. Hinter sich spürte sie die erdrückende Präsenz des steingrauen Meeres und die des Hundes, der ihr plötzlich fremd geworden war.

2. KAPITEL

Heute – Kopenhagen, Dänemark

Vizekriminalkommissar Jesper Jørn Bæk griff zum Messer. Er setzte die Klinge an und zerteilte das rötliche Fleisch mit einer flüssigen Bewegung. Danach rieb er die Stücke mit grobem Meersalz und Pfeffer ein und ließ sie in die Pfanne gleiten. Augenblicklich breitete sich das Aroma von gebratenem Lachs in der Küche aus. Jespers Magen knurrte. Heute war wieder viel los gewesen im Kopenhagener Morddezernat. Im Moment versuchten sie, den Tod eines jungen Mannes aufzuklären, der vor zwei Wochen mit Stichwunden im Fælledpark gefunden worden war. Alles deutete auf einen Streit im Freundeskreis hin. Die Vernehmungen liefen, ebenso die Überprüfung der Alibis, doch bisher fehlten ihnen die entscheidenden Beweise, um einen konkreten Verdächtigen auszumachen.

Jesper wendete den Fisch, das Fett brutzelte. Auf den Nachbarplatten des Herds warteten Kartoffeln und eine Weißweinsoße. Der Salat war bereits fertig und stand in einer Schale auf dem Tisch. Jesper kochte gerne. Das hatte er immer schon getan, und er hatte sich bemüht, so oft wie möglich Zeit dafür zu finden – damals, als er noch ein heiles Familienleben in Ringkøbing gehabt hatte. Etwas, das als Polizeibeamter der Mordkommission Esbjerg mit der ständigen Pendelei zugegebenermaßen nicht leicht gewesen war. Er hatte sein Bestes gegeben, aber am Ende hatte es nicht ausgereicht, um die Familie zusammenzuhalten. Seine Frau hatte sich einen anderen gesucht – einen, der mehr Zeit für sie hatte. Sie hatte die Scheidung eingereicht und Jesper aus ihrem gemeinsamen

Haus und Leben geworfen. Nach einem unrühmlichen Aufeinandertreffen mit dem neuen Lover hatte Jesper sich von Westjütland nach Kopenhagen versetzen lassen. Sein Start in der Hauptstadt war mehr als holprig gewesen, doch langsam lief alles in geregelten Bahnen.

Mit dem Pfannenwender verteilte er die Lachsfilets auf zwei Teller, gab ein paar Kartoffeln dazu und viel Soße. Seine Tochter Josefine liebte Soße, sie konnte nicht genug davon bekommen.

»Essen ist fertig!«, rief er und erntete ein bestätigendes »Bin gleich da!«

Josie trat mit nassen Haaren aus dem Bad. Sie hatte einen ähnlich anstrengenden Tag hinter sich wie ihr Vater und nach dem Heimkommen schnell geduscht. Seit drei Monaten besuchte sie die Polizeischule, wo sie die Kadettenausbildung für unter 21-Jährige absolvierte. Jesper war froh, dass er seine ältere Tochter bei sich in Kopenhagen hatte, während die jüngere bei ihrer Mutter und deren neuem Lebensgefährten in Ringkøbing wohnte. Das Zusammenleben mit Josie gab ihm ein wenig von dem alten Familiengefühl zurück, das er so schmerzlich vermisste. Seit Jesper eine größere Wohnung auf der Insel Amager gemietet hatte, besaß nun jeder von ihnen ein eigenes Zimmer. Das war vorher in dem engen Souterrain-Apartment in der Innenstadt nicht der Fall gewesen. Josie würde so lange bei ihm wohnen, bis sie ihr eigenes Geld verdiente.

Er stellte die gut gefüllten Teller auf den Tisch, der sich gegenüber dem offenen Küchenbereich befand, und griff nach Messer und Gabel. »Guten Appetit, Schatz.«

»Dir auch, und danke fürs Kochen, Papa. Das riecht köstlich.« Hungrig begann Josie, zu essen. Normalerweise erzählte sie viel von ihren Erlebnissen auf der Akademie, nicht so heute. Sie wirkte ungewohnt nachdenklich und in sich gekehrt.

»Alles in Ordnung?«, erkundigte er sich zwischen zwei Bissen.

Josie nickte und aß stumm weiter.

»Wirklich?«

Wieder ein Nicken, diesmal mit mehr Nachdruck. Jesper traute dem Braten nicht, er wollte Josie allerdings auch nicht bedrängen. Sie war erwachsen und konnte selbst entscheiden, was sie ihm erzählte und was nicht.

»Hast du am Wochenende schon eine Verabredung, oder möchtest du vielleicht mit deinem alten Vater etwas unternehmen?« Jesper hatte bislang nicht viele Kontakte in Kopenhagen geknüpft. Mit Mitte 40 fiel ihm das deutlich schwerer als noch vor zehn Jahren. Außer Kollegen und Kolleginnen kannte er kaum jemanden. Ähnlich verhielt es sich bei Josie. Abgesehen von Mitschülern an der Akademie hatte sie bisher keine Freunde gefunden … und auch keinen Freund. Nicht, dass Jesper sich groß darum Gedanken machte, trotzdem war er neugierig, ob sich bei ihr eine Liebe anbahnte.

»Ich habe am Wochenende nichts vor«, erklärte Josie. »Vielleicht ein bisschen lernen. Willst du nicht lieber etwas anderes unternehmen, als mit deiner Tochter abzuhängen? Zum Beispiel ausgehen und Frauen treffen?« Sie zwinkerte ihm zu.

Jesper verzog das Gesicht. Josie piesackte ihn seit Monaten damit, dass er zu feige war, eine bestimmte Dame nach einem Date zu fragen.

»Du bist jämmerlich«, sagte sie nonchalant.

»Ich weiß.« Jesper schaufelte sich schnell eine Portion Lachs in den Mund, um nichts dazu sagen zu müssen.

»Du bist total scharf auf sie. Das sieht ein Blinder mit seinen Hühneraugen!«

Er kaute und schluckte. »Nun, ich bin ganz froh, dass ich Beruf und Privates trennen kann. Das ist …« Ein Klingeln unterbrach ihn. Zum Glück! Leider war es das Diensttelefon.

Widerwillig erhob er sich und angelte das Handy vom Sideboard. Auf dem Display leuchtete der Name seiner direkten Vorgesetzten auf: Kriminalkommissarin Kirsten Vinther.

Auch das noch! Jesper rollte mit den Augen. Er musste drangehen, sonst durfte er sich morgen wieder was anhören. Er drückte auf das Symbol mit dem grünen Hörer. »Ja?«

»Wow, warst du auf dem Pott, oder warum hat das so lange gedauert?«, fragte Kirsten charmant wie immer. Obwohl sie sich seit dem Grönland-Fall im Frühjahr redlich Mühe gab, netter zu ihm zu sein.

»Ich esse gerade mit meiner Tochter zu Abend, falls du es wissen willst.«

»Oh, tut mir leid, dass ich störe.« Sie machte eine kurze Pause, allerdings nicht, weil sie ihre Worte wirklich ernst meinte, so gut kannte Jesper sie inzwischen. Er ahnte, dass sie gleich eine Bombe platzen lassen würde, daher seufzte er innerlich und verabschiedete sich von seinem gemütlichen Feierabend auf der Couch. »Jesper, ich brauche dich hier. Es gab einen Mord! Eine ernste Sache. Die Therkildsen hat dem höchste Priorität eingeräumt und mich von den Ermittlungen des Fælledpark-Falls abgezogen. Ich soll eine Taskforce bilden und die Leute dafür zusammenstellen. Ebert und Camilla wissen schon Bescheid. Bist du dabei?«

Jesper fiel fast das Telefon aus der Hand. Dass Kirsten ihn für fähig hielt, Teil ihrer Sonderermittlungsgruppe zu sein, war ein Riesenkompliment.

»Worum geht es?«, fragte er möglichst unaufgeregt, um seine Überraschung zu verbergen.

»Es ist ein ziemliches Gemetzel«, sagte Kirsten. Jesper konnte ihre Anspannung durch das Telefon spüren. Obwohl er sich innerlich wappnete, übertrafen Kirstens Beschreibungen seine Vorstellungen, und mit jeder weiteren Information stellten sich die Härchen in seinem Nacken mehr auf.

»Das ist nicht gut«, sagte er schließlich. »Wo muss ich hinkommen?«

»Auf die Halbinsel Refshaleøen. Weißt du, wo die liegt?«

»Keine drei Kilometer Luftlinie von meiner Wohnung entfernt«, sagte Jesper, der sich in Kopenhagen inzwischen gut auskannte. »Wo auf Refshaleøen?«

»Auf der Brachfläche hinter der großen Werfthalle. Dort findet im Sommer immer das Copenhell-Festival statt.«

»Das kenne ich. Bin unterwegs.«

»Danke.« Kirsten legte auf.

Jesper ließ das Telefon sinken und seufzte.

»Ein Einsatz?« Josie sah ihn über ihren leer gegessenen Teller hinweg an.

»Hm, leider.«

»Schlimm?«

»Ziemlich.«

Sie griff nach seinem Teller. »Dann esse ich wohl besser deinen Fisch auf.«

3. KAPITEL

Refshaleøen

Kirsten wandte sich ab und würgte den Speichel hinunter, der ihr vermehrt in den Mund schoss. Das war kein gutes Zeichen, denn es bedeutete, dass sie sich gleich übergeben musste.

Sie trat ein paar Schritte von der Leiche weg und wünschte sich, sie hätte eine Zigarette dabei. Damit könnte sie den Gestank nach Blut übertünchen, der in der feuchten Luft lag und ihr Übelkeit bereitete. Der Anblick der Leiche selbst war nicht das Problem, es waren die olfaktorischen Begebenheiten, mit denen sie es an Tatorten zu tun hatte, die ihr zu schaffen machten. Eine empfindliche Nase war für eine Kriminalkommissarin nicht sonderlich hilfreich.

Der Herbstwind fuhr ihr in die Haare und ließ sie vor Kälte zittern. Die feuchtkalte Luft, die vom Meer kam, verhieß Regen. Hoffentlich schafften sie es vorher noch, alle Spuren zu sichern. Kirsten strich sich die Locken hinter die Ohren und blickte hinauf zu der monströs anmutenden alten Werfthalle, die alle anderen Gebäude der Industriehalbinsel überragte und als ihr Wahrzeichen galt. Auf der dem Innenhafen zugewandten Seite von Refshaleøen befanden sich der beliebte Streetfood-Markt »Reffen«, einige Restaurants, Museen, Flohmärkte und kleinere Start-up-Unternehmen. Hier auf der Rückseite der Werfthalle lagen das größte Klärwerk Dänemarks, ein Jachthafen und diese Brachfläche, auf der alljährlich das Heavy-Metal-Festival Copenhell stattfand. Über ihr schwebte ein riesenhaftes Wolfsantlitz, ebenfalls ein Wahrzeichen, das die rückwärtige Wand der Halle zierte.

Mit dem Einsetzen der Dämmerung hatte die Kriminaltechnik neben Zelten auch mobile Flutlichter aufgestellt. Diese warfen nun ein Muster aus grellem Licht und scharfen Schatten auf den Schotterplatz. Der Chef der KTU Wang Ze untersuchte gerade den Fundort. Kirsten hatte ihn darum gebeten, persönlich zu kommen. Ebenso war der Leiter der Rechtsmedizin, Dr. Flemming Bostrup, dem dringenden Ruf gefolgt und tat bereits sein Werk an der Leiche.

Vorsichtig atmete Kirsten durch den Mund ein und prüfte, ob die Übelkeit ein wenig nachgelassen hatte. Der Speichelfluss hatte sich normalisiert, und das flaue Gefühl in ihrem Magen war nur noch ein leichtes Rumoren. Sie hob den Kopf und straffte die Schultern. Auf keinen Fall würde sie sich die Blöße geben und sich vor den Kollegen übergeben. No way!

Als sie sich umdrehte, nahm sie in der Ferne bei den Absperrbändern eine Bewegung wahr. Eine schlanke, breitschultrige Gestalt in schwarzer Jacke und Jeans wurde von einem uniformierten Kollegen durchgelassen und eilte mit großen Schritten auf sie zu. Es war Mr. Landei, Jesper Jørn Bæk. Als er bei ihr eintraf, lächelte er ihr verlegen zu und wich wie üblich einem Blickkontakt mit ihr aus. Mittlerweile wusste sie dieses für ihn typische Verhalten einzuordnen. Vor wenigen Monaten noch hatte sie sich dadurch extrem provoziert gefühlt. Sie hatte angenommen, dass Bæk ein grundlegendes Problem mit Frauen in Führungspositionen hätte. Doch inzwischen wusste sie, dass er einfach nur verklemmt war.

»Hej, Bæk. Alles klar?«, begrüßte sie ihn.

»Ja natürlich.« Nervös fuhr er sich durch seine kurzen dunklen Haare, die an den Schläfen grau wurden. Bæk war ein paar Jahre älter als sie.

»Flemme wartet schon darauf, uns seine ersten Erkenntnisse zu präsentieren. Ich hoffe, du hast einen stabilen Magen mitgebracht.«

Bæk brummte eine unverständliche Antwort. Als er das Wolfsantlitz auf der Werfthalle entdeckte, zuckte er kurz zusammen. »Wow!«

»Ziemlich einschüchternd, nicht wahr? Aus deiner Reaktion schließe ich, dass du zum ersten Mal auf diesem Platz bist?«

»Stimmt, ich war bisher nur vorne beim Streetfood-Markt. Ob die Leiche extra vor dem Wandbild abgelegt wurde, sozusagen als Botschaft an uns?« Er betrachtete den Wolf, dessen Augen kalt auf sie hinabstarrten.

Kirsten hob die Schultern. »Wir werden es herausfinden.«

»Wer hat die Leiche gemeldet?«

»Eine Mutter, die mit ihren Kindern in den Kletterpark wollte, der sich in der Halle befindet. Sie ist auf einen Möwenschwarm aufmerksam geworden, der sich auf der Brachfläche gesammelt hatte und an etwas pickte. Sie hat den Schock ihres Lebens bekommen, als sie aus dem Auto gestiegen ist und nachgesehen hat. Zum Glück ist sie so geistesgegenwärtig gewesen und hat den Wagen mit den Kindern schnell weggefahren, bevor diese etwas bemerkt haben. Vor dem Eingang zum Kletterpark dort drüben ist sie zusammengebrochen. Ein Mitarbeiter hat sie völlig aufgelöst aufgelesen und den Notruf verständigt. Das war um 17.45 Uhr. Die Frau ist ins Rigshospital gebracht worden und bisher nicht ansprechbar. Die Kinder sind beim Vater.«

»Okay.«

Kirsten räusperte sich. »Bist du bereit?« Sie stellte diese Frage eher sich selbst als Jesper. Sie hatte wenig Lust, den geschundenen Leichnam ein weiteres Mal in Augenschein zu nehmen, geschweige denn das Blut zu riechen. Aber es musste sein.

Sie holte tief Luft und trat gemeinsam mit Bæk zu Flemming Bostrup in den Zeltpavillon, wo zum Schutz etwaiger Spuren schmale Plankenwege ausgelegt worden waren. Auf dem Schotterplatz im Hintergrund schoss Wang Ze einige Fotos mit Blitzlicht. Die stroboskopartigen Lichtexplosionen erinnerten Kirsten an die Lichteffekte in einer Disco. Eine Lampe in dem Pavillon ließ das Blut rund um die Leiche grellrot glänzen. Ein grausamer Anblick.

Bæk blieb stehen und sah lange hin. »Heilige Scheiße!«, sagte er schließlich.

»Ich grüße dich ebenfalls herzlich, Jesper«, entgegnete der Rechtsmediziner salopp. Flemme Bostrup kniete in seinem hellblauen Schutzanzug auf dem Schotterboden und hielt ein elektronisches Thermometer in der Hand. Der Tote lag, wie er vorgefunden worden war, auf dem Rücken, die Arme zu beiden Seiten ausgebreitet wie ein Gekreuzigter. Sein T-Shirt war hochgerutscht und entblößte einen eingefallenen bleichen Bauch. Der kahl geschorene und deformierte Kopf des Mannes war zur Seite gekippt und voller Blut, der Boden um ihn herum war eine einzige große Lache. Der Körper des Toten schien unversehrt zu sein, nirgendwo trug er offenkundige Verletzungen. Zumindest keine, die vom Täter stammten. Dafür hatten die Möwen einen unappetitlichen Schaden angerichtet. Sie hatten dem Opfer die Augen ausgepickt und dabei jede Menge Spuren zerstört. Kirsten schielte hinüber zu Bæk, der keine Miene verzog.

Flemme Bostrup legte das Thermometer neben sich und zeigte mit dem Finger auf das gähnende Loch, das die Mundhöhle des Toten darstellte. »Die Kiefer des Mannes wurden auseinandergerissen, dabei wurde seine untere Gesichtshälfte deformiert. Bei dem Vorgang sind die Mundwinkel eingerissen und einige der Schneidezähne abgebrochen. Seht ihr die weißen Fragmente?« Er deutete auf helle Splitter im roten Zahnfleisch. »Ich weiß noch nicht, wie der Täter das vollbracht hat. Ob er bloß die Hände oder ein Werkzeug benutzt hat. Das wird die Untersuchung des Toten zeigen.«

»Ist die Verletzung die Todesursache? Oder der hohe Blutverlust?«, fragte Kirsten mit Blick auf die rote Lache rund um die Leiche.

»Ich denke, der Blutverlust und der Schock. Aber das ist eine vorläufige Annahme.«

»Todeszeitpunkt?«

»Auf jeden Fall vor mehr als 14 und weniger als 48 Stunden. Die Totenstarre ist komplett ausgeprägt. Die Totenflecken lassen sich allerdings noch wegdrücken. Aufgrund der niedrigen Körpertemperatur des Opfers vermute ich, dass die Tat letzte Nacht geschehen ist. Das werden wir natürlich genauer prüfen.«

»Hat sich das Opfer gewehrt?«

Flemme verneinte. »Auf den ersten Blick kann ich keine Abwehrspuren erkennen. Die Blutspritzer auf seinem T-Shirt und auf dem Schotter sind zwar eingetrocknet und durch Möwen und Ratten kontaminiert worden, sie deuten jedoch darauf hin, dass der Mann zumindest versucht hat, das Blut auszuspucken.«

»Dann fand das Ausrenken der Kiefer statt, als er noch lebte?«, fragte Kirsten entsetzt.

»Ja, das ist sicher«, bestätigte Bostrup.

Sie fuhr sich mit der Hand über die Stirn. Was für ein grauenvoller Tod!

»Die Obduktion wird zeigen, welche der Verletzungen prä- und welche postmortal entstanden sind«, fügte Bostrup hinzu.

»Okay. Kann ich aufgrund der Blutspritzer davon ausgehen, dass wir hier am Tatort stehen?«

»Ich denke, das ist ziemlich sicher. Wang wird euch das zuverlässiger beantworten können.« Bostrup nickte in Richtung des fotografierenden KTU-Chefs.

Kirsten blickte durch die offene Pavillonwand zur Werfthalle und anschließend wieder auf den Toten. Wie er so dalag, den Kopf mit den leeren Augenhöhlen in Richtung des Wolfgesichtes auf der Hallenwand ausgerichtet und die Arme von sich gestreckt, schien es, als würde er den Tod willkommen heißen.

»Die Leiche wurde mit Absicht so arrangiert«, sprach Bæk ihre Gedanken aus.

»Du hast recht, dieser Ort wurde nicht zufällig ausgewählt. Es wirkt alles gewollt. Wir müssen herausfinden, ob das Opfer einen Bezug zu dem Platz hat. Vielleicht lässt sich daraus das Motiv ableiten.«

»Auf mich erweckt das den Anschein einer Hinrichtung.« Bæk sah sie direkt an.

Kirsten zögerte. Sie wollte nicht sofort zustimmen, weil es noch andere Möglichkeiten gab, doch insgeheim hatte sie etwas Ähnliches gedacht. Eine Hinrichtung an einem bewusst ausgesuchten Ort. Nur warum? Und durch wen und zu welchem Zweck?

»Kennen wir die Identität des Toten?«, fragte sie Bostrup.

»Na sicher.« Der Rechtsmediziner stemmte sich auf die Füße. »Wie die Göttin der Ermittler es verfügt hat, haben wir eine Brieftasche in der Hose des Mannes gefunden und sein Handy.«

Kirsten dankte dieser unbekannten Göttin und nahm beides entgegen. So blieb ihnen wenigstens die aufwendige Recherche zur Identität des Opfers erspart. Dass der Täter die Brieftasche nicht an sich genommen hatte, ließ einige Schlüsse zu. Zum einen könnte er es schlicht vergessen haben, was auf eine Tötung im Affekt hindeuten würde, eine hastig ausgeführte Tat – dem widersprachen allerdings der Ort und das Arrangement. Oder der Mörder hatte gewollt, dass die Polizei die Identität herausfand. Also eine weitere bewusste Handlung …

Kirsten lief es kalt den Rücken hinunter. Dieser Fall entwickelte sich jetzt schon in eine äußerst unschöne Richtung …

»Geld und Karten sind in der Brieftasche«, erklärte Bostrup.

Kirsten klappte sie auf und holte eine gelbe Krankenversicherungskarte mit Namen und Personennummer heraus. »Asger Dahl, wohnhaft im Mjølnerpark, Nørrebro, 63 Jahre alt. Und hier ist ein Ausweis über seine Frühverrentung.«

»Ich kann mir vorstellen, warum er früher in Rente gegangen ist. Doch bevor wir darüber sprechen, möchte ich euch erst noch etwas zeigen.« Bostrup hob vorsichtig den Unterarm des Toten an. Eine Tätowierung wurde auf der Außenseite sichtbar. Drei Dreiecke, die ineinanderliefen und von einem Oval aus Runen eingerahmt wurden. »Das ist ein Valknut oder auch Wotansknoten. Nicht besonders kunstvoll, aber es könnte eine Bedeutung haben oder in einem Zusammenhang mit diesem Ort stehen.« Er ruckte sein Kinn in Richtung des Wolfsgesichtes. »Copenhell – laufen da nicht immer viele Tätowierte aus der Metal-Szene herum?«

»Ja, mit Sicherheit. Haben wir schon ein Foto von dem Tattoo?«, erkundigte sich Kirsten.

»Yes, das haben wir!«, kam es von Wang Ze mit seiner tiefen Bassstimme, als er mit seiner großen Kamera um den Hals in den Pavillon trat. »Ich habe alles genauestens dokumentiert. Schicke euch die Aufnahmen rüber, sobald ich sie in die Datenbank eingespeist habe.«

»Bestens.« Kirsten wandte sich an den kleinen, stämmigen Kriminaltechniker. »Wie verhält es sich mit der Spurenlage?«

»Leider ziemlich mau. Es ist schwer, auf dem Schotter und den Zementwegen konkrete Spuren zu finden. Hinten bei der Auffahrt ist eine Pfütze mit etwas Schlamm, da gibt es einen Reifenabdruck. Relativ frisch … Ich schätze mal, dass der Täter das Opfer mit einem Fahrzeug entweder hergebracht oder es hergelockt hat. Zu Fuß kommt man nicht so leicht auf die Halbinsel. Ich meine, es geht, aber ich kann mir kaum vorstellen, dass der Täter erst den Bus oder den Wasserbus genommen und dann einen kleinen Spaziergang bis zu der Werfthalle gemacht hat, um den Typen zu killen und danach auf demselben Weg wieder zu verduften. Sicher geben die Handydaten des Toten Hinweise darauf, wie er hergekommen ist.«

»Wir checken das«, sagte Kirsten und registrierte, wie erste feine Regentropfen auf das Zeltdach fielen.

Flemme Bostrup räusperte sich, um ihre Aufmerksamkeit zurückzuerlangen. »Kommen wir nun zu dem Grund, weswegen der Ermordete früher in den Ruhestand gegangen sein könnte.« Sachte schob der Rechtsmediziner das T-Shirt des Toten weiter hoch und legte einen eingefallenen Brustkorb frei, an dem man jede einzelne Rippe zählen konnte. Eine auffällige Beule prangte unter der Haut kurz unterhalb des Schlüsselbeins.

»Was ist das?«

Bostrup legte behutsam einen behandschuhten Finger darauf. »Das ist ein Portkatheter für eine Chemotherapie. Diese Beule ist die Portkammer, durch die von außen mit einer Nadel die Infusion gelegt wird. Von der Kammer aus führt unter der Haut ein dünner Schlauch in die Vena cephalica und von dort weiter zum Herzen. Wenn ich den Mann öffne, werde ich wissen, was für eine Art Krebs er hatte. Seine Krankenakte sehe ich mir auch an.«

»Er war also schwer krank?«

»Bei seinem körperlichen Zustand würde ich sagen todkrank«, erwiderte Bostrup und musste die Stimme dabei heben, weil der Regen zunahm.

Kirstens Brust zog sich vor Mitleid zusammen. Jetzt, da sie von der Krebserkrankung wusste, bemerkte sie, dass die Augenbrauen im entstellten Gesicht des Toten fehlten und sein kahler Schädel nicht durch eine Rasur entstanden war.

»Zum Teufel!«, hörte sie Jesper durch das Prasseln auf das Zeltdach sagen und wieder sprach er ihre Gedanken aus. »Wer bringt denn einen Sterbenskranken um?«

4. KAPITEL

Kopenhagen, Polizeipräsidium

Im Besprechungsraum war es warm, Jesper fröstelte trotzdem. Das Massaker an der Leiche und der beklemmende Tatort mit dem riesenhaften Wolfsgesicht ließen ihn nicht los. Selbst die Anwesenheit seiner Teamkollegen von der eilig gegründeten Sonderermittlungsgruppe namens »ulv« – »Wolf« – konnte ihm nicht das beruhigende Gefühl von Sicherheit vermitteln, nach dem sich seine überstrapazierten Nerven sehnten. Seit er in der Großstadt lebte und arbeitete, jagte ein abartiger Mord den nächsten, und er fragte sich erneut, was ihn geritten hatte, sich ausgerechnet nach Kopenhagen versetzen zu lassen. Er hatte sich in eine der hinteren Reihen der Kollegen zurückgezogen und wartete darauf, dass Ann Katrine Therkildsen, die Chefin des Morddezernats, eintraf, damit Kirsten mit ihrem Lagebericht beginnen konnte.

Es war inzwischen kurz vor 22 Uhr, und Jesper spürte den langen Tag in seinen Gliedern. Er wollte nach Hause ins Bett, ahnte jedoch, dass dies in der gerade begonnenen Nacht nur ein frommer Wunsch bleiben würde. Die Spuren in ihrem Mordfall waren noch frisch – diesen Umstand mussten sie nutzen.

Er lenkte seine Aufmerksamkeit auf Kirsten. Kinnlange schwarze Locken umrahmten ihr Gesicht, das heute blasser als sonst wirkte. Sie hatte die Lippen zu einem schmalen Strich zusammengepresst, und in ihren dunklen Augen lag dieses irre Flackern, das verriet, wie sehr sie unter Strom stand. Zwar hatte Jesper mit Kirsten persönlich seinen Frieden geschlossen, aber sie war immer noch eine anstrengende Person. Er war gespannt, in welche Ermittlungsgruppe er eingeteilt werden wurde, und seufzte verhalten. Wenn er wählen dürfte, würde er sich Camilla Fries als Partnerin aussuchen – eine warmherzige, empathische Person und Kirstens linke Hand. Was man von Kirstens rechter Hand, dem stiernackigen Ebert Clausen, nicht behaupten konnte. Er war ein typischer Vertreter der Gattung »harter Bulle von der Straße« und ließ Jesper stets spüren, dass er mehr Großstadterfahrung hatte.

Die Tür öffnete sich, und Ann Katrine Therkildsen trat ein. Mit energischen Schritten und wehendem blondem Pferdeschwanz durchmaß die Chefin der Mordkommission den Raum und stellte sich neben Kirsten. Die Therkildsen war einen halben Kopf kleiner als ihre Untergebene, strahlte aber nicht weniger Entschlossenheit aus. Die goldenen Knöpfe an ihrer Uniform blinkten im Licht der Leuchtstoffröhren auf. Wie immer machte alles an ihr einen tadellosen Eindruck, sogar ihr maßvoller Gesichtsausdruck und die sorgfältig einstudierten Gesten saßen perfekt. Als wäre sie zu jeder Zeit auf die nächste Pressekonferenz vorbereitet.

»Hallo und danke, dass ihr da seid«, begann sie. »Ich weiß, einige von euch haben längst Feierabend, deshalb gilt euch mein besonderer Dank. Der Polizeidirektor hat mir zu verstehen gegeben, dass dieser Fall höchste Priorität genießt. Die Brutalität des Mordes ruft bei uns einige unschöne Erinnerungen wach. Leider hatten wir in den letzten Monaten viel zu viele grausame Tötungsdelikte. Man könnte meinen, die Verrohung der Menschen nimmt zu.«

Ein zustimmendes Raunen durchlief die Reihen.

»Um der Angelegenheit Herr zu werden, wurden mir mehr Leute und ein größeres Budget genehmigt. Dass dies so schnell vonstattenging, ist ein Segen.« Die Therkildsen hob beide

Hände. »Noch weiß die Presse nicht Bescheid. Wir haben lediglich die Meldung lanciert, dass ein Mord auf Refshaleøen stattgefunden hat, und ich will, dass das vorerst so bleibt. Details werden wir später in einer Pressekonferenz bekannt geben, sobald wir mehr wissen. Und jetzt bitte ich um ein erstes Briefing. Was habt ihr für mich?« Sie drehte sich zu Kirsten, die sich von dem Tisch abstieß, an dem sie gelehnt hatte, und an eine Pinnwand auf Rollen trat.

»Na!«, begann sie laut und zeigte auf ein Foto des blutüberströmten Toten mit den leeren Augenhöhlen. »Das Mordopfer ist Asger Dahl, 63 Jahre alt, dänischer Staatsbürger, wohnhaft im Mjølnerpark in Nørrebro. Er war schwer an Krebs erkrankt. Näheres dazu wird uns Dr. Bostrup noch mitteilen. Die Leiche wurde bereits in die Rechtsmedizin gebracht. Asger Dahl starb durch massive Gewalteinwirkung. Der Täter hat ihm bei lebendigem Leib die Kiefer auseinandergebrochen, wobei schwere Verletzungen im Gesichtsbereich entstanden sind. Laut Dr. Bostrup sind der hohe Blutverlust und ein möglicher Schock die vorläufigen Todesursachen.«

Einige der Kollegen sahen entsetzt drein, während Therkildsens Miene undurchdringlich blieb.

»Einiges lässt auf eine Art Hinrichtung schließen wie zum Beispiel die Wahl des Tatortes, die Position der Leiche und das gesamte Arrangement.« Kirsten zeigte auf weitere Bilder. Von einem stierte ihnen das grimmige Wolfsgesicht auf der Werfthalle entgegen. »Ob der Tote einem bestimmten Milieu zuzuordnen ist und der Mord damit im Zusammenhang steht, müssen wir noch feststellen. Er hat eine Tätowierung auf dem Unterarm, die eine entsprechende Bedeutung haben könnte. Einen Valknut, umringt von Runen. Kann einer von euch das zuordnen? Vielleicht ist es das Symbol einer rechtsgerichteten Gruppierung oder Rockerbande aus dem nordischen Raum.«

Einer der Kollegen trat vor und studierte das Tattoo auf dem Foto. Er schüttelte den Kopf. »Der Wotansknoten wird als Symbol zwar oft benutzt, aber er gehört zu keinem mir bekannten Rockerklub. Die rechte Szene wäre möglich. Das sollten wir von unseren Experten prüfen lassen. Die können auch die Runen übersetzen. Vielleicht verbirgt sich dahinter der Name einer Vereinigung oder Bruderschaft.«

Kirsten nickte und übergab dem Kollegen die Aufgabe, sich darum zu kümmern. Danach fuhr sie mit ihrem Vortrag fort. »Nun, weder die Rocker noch die Rechten sind, wie wir wissen, besonders zimperlich. Die Brutalität und Kaltblütigkeit des Mordes würde zu beiden Gruppierungen passen. Zusätzlich sollten wir herausfinden, ob es in der Vergangenheit ähnliche Taten gegeben hat beziehungsweise ob eine bestimmte Gruppe ihre Opfer auf diese Weise hingerichtet hat. Vielleicht ergibt sich dadurch eine Spur. Und sucht weltweit, der Mord könnte Teil von etwas Größerem sein. Gibt es eigentlich Überwachungskameras auf der Halbinsel?« Sie wandte sich an Sanne Hougård, der wie so oft die Koordination der Sonderermittlung übertragen worden war.

»Wir sind dabei, das zu prüfen. Wo wir ziemlich sicher auf Überwachungsmaterial stoßen werden, ist der Mjølnerpark, der Wohnort von Asger Dahl.«

Die Kollegin neben Jesper schnalzte laut mit der Zunge. Er wusste, warum. Jeder kannte den Mjølnerpark – selbst er, der nicht aus Kopenhagen stammte. Es war ein landesweit berüchtigtes »Ghetto«, in dem eine sogenannte »Parallelgesellschaft« lebte, wie solche Konstellationen in Problemvierteln von Teilen der Regierung beschönigt genannt wurden. Der Mjølnerpark befand sich dauerhaft im Fokus der Polizei, weil es oft Streit unter den Menschen gab, die dort lebten. Auch der Attentäter des Terroranschlags von 2015 auf das Kulturzentrum Krudttønden und die Synagoge hatte dort gewohnt. Der soziale Wohnungsbau lag mitten in der Stadt und wurde rund um die Uhr von Kameras überwacht. Das neue dänische »Ghettogesetz« sah vor, dass nicht mehr als 30 Prozent der Bewohner eines als Ghetto eingestuften Viertels nichtwestlicher Herkunft sein durften. Um die aktuellen Mieter aus ihren Verträgen zu zwingen, rissen die Verantwortlichen die Wohngebäude einfach ab oder verkauften die Sozialwohnungen an private Investoren. Das war Zwangsumsiedlung erster Güte und Diskriminierung per Herkunft, fand Jesper. Aber darum scherte sich der dänische Staat wenig. Hauptsache, die Politiker konnten wieder ruhig schlafen. Leider befürworteten viele seiner Polizeikollegen und ein gewisser Prozentsatz der dänischen Bevölkerung dieses strikte Vorgehen. Für ihn war es schlichtweg falsch.

»Die Aufnahmen vom Mjølnerpark werden wir besorgen«, sagte Kirsten. »Wir müssen eh Dahls Wohnung durchsuchen.«

»Als Ghettobewohner hatte Asger Dahl doch bestimmt eine Polizeiakte, oder?«, fragte Ebert mit einem verächtlichen Unterton.

Jesper schnaubte stumm. Nur weil das Opfer dort gelebt hatte, muss es nicht gleich kriminell gewesen sein. Er hatte Eberts Vorurteile satt, wagte es aber nicht, dagegenzuhalten. Ihm war klar, dass er ihn eh nicht von seiner Meinung abbringen konnte.

»Asger Dahl hat tatsächlich eine Akte!«, bestätigte Sanne Hougård mit einem Nicken in Richtung ihres Computers. »Er war sogar im Gefängnis.«

Auf Eberts Gesicht erschien ein triumphierendes Lächeln, und Jesper ärgerte sich, dass der Kollege recht hatte.

»2010 wurde Asger Dahl zu einer Geldstrafe verurteilt«, las Sanne aus dem Strafregister vor. »Er hatte eine Reihe von Strafzetteln für falsches Parken nicht bezahlt. Da wohnte er noch in der Kommune Tårnby und besaß ein Auto. Ein ähnliches Urteil fiel 2016 aufgrund von wiederholtem Schwarzfahren im Bus. Beide Strafen hat er abgesessen, weil er kein Geld aufbringen konnte. Sonst hat er nichts auf dem Kerbholz.«

»Wow, ein wahrer Schwerverbrecher!«, gab Jesper spöttisch von sich.

Ebert starrte ihn an.

Jesper ignorierte ihn. Er bemerkte, wie Sanne ihm heimlich zuzwinkerte. Sie hatte gewusst, dass sie Ebert mit ihrer Bemerkung aufs Glatteis führen würde, und Jesper grinste zurück. Er mochte ihre Art. Schon seit Monaten versuchte Sanne ihn zu einem zweiten Date zu überreden. Beim ersten hatten sie zusammen ein Feierabendbier getrunken und waren sich etwas näher gekommen. Doch Jesper hatte schnell festgestellt, dass sein Herz nicht offen war für Sanne. Dort herrschte zum einen immer noch die Verwüstung, die seine Ex-Frau hinterlassen hatte, und zum anderen wohnte in dem kleinen Teil, den er sich zurückerobert hatte, bereits eine andere Person.

»Gibt es noch mehr Informationen über das Opfer?«, hörte er die Therkildsen fragen.

»Im Moment wäre das alles«, erklärte Kirsten. »Ich habe bereits eine Anfrage an die Steuerbehörde gestellt, die wird Dahls Daten bald herausgeben. Morgen wissen wir hoffentlich mehr.«

»In Ordnung«, sagte die Therkildsen. »Haltet mich auf dem Laufenden.« Sie verabschiedete sich und verließ den Raum. Danach fuhr Kirsten fort und verteilte die Aufgaben an die Kollegen. Zu Jespers Enttäuschung bekam Camilla Ebert als Partner. Die beiden sollten sich über etwaige Überwachungskameras und mögliche Zeugen auf Refshaleøen schlaumachen. Zwei weitere Kollegen würden ihre Kontakte in die Milieus aktivieren und herausfinden, ob irgendwo über eine Hinrichtung geredet wurde. Und der Rest hatte den Auftrag, sich um die Ausrüstung der Sonderkommission und die Aufbereitung der bisher gesammelten Materialien zu kümmern.

Als Kirsten fertig war und alle anderen Kollegen den Raum verlassen hatten, stand Jesper noch immer ohne Aufgabe da. Enttäuschung machte sich in ihm breit. Warum hatte sie ihn dazugeholt, wenn sie keine Verwendung für ihn hatte? Mit mahlenden Kiefern starrte er Kirsten an. Ihre Gesichtszüge waren so undurchdringlich wie Bornholmer Granit.

»Was ist?«, fragte sie.

Jesper senkte den Blick.

»Kommst du?« Sie hob einen Daumen und deutete über ihre Schulter auf die Tür.

Irritiert blinzelte Jesper. »Wohin?«

»Na, wir fahren zum Mjølnerpark und sehen uns Asger Dahls Wohnung an. Ich habe Wang Ze Bescheid gesagt. Er wartet dort auf uns.«

Jesper traute seinen Ohren nicht. Er sollte sie in die Wohnung des Opfers begleiten? Er? Und nicht Ebert oder Camilla? Wirklich er?

Kirsten runzelte die Stirn. Sie schien seine Skepsis zu spüren, sprach ihn jedoch nicht darauf an. Stattdessen steckte sie die Hände in die Taschen ihrer schwarzen Lederjacke und verließ schwungvoll den Raum. »Der Letzte macht das Licht aus!«

5. KAPITEL

Östlich saß die Alte im Eisengebüsch.
Und fütterte dort Fenrirs Geschlecht.
Von ihnen allen wird eins das schlimmste:
Des Mondes Mörder übermenschlicher Gestalt.

(Ältere Edda, 1. Völuspá, Der Seherin Weissagung, Vers 32)

*

Kopenhagen, Mjølnerpark

Es war dunkel in dem kleinen Zweizimmerapartment im Mjølnerpark. Nur eine einzige Lampe brannte über dem Küchentisch und hielt mit ihrem gelblichen Licht die vorrückende Nacht vor dem Fenster. Sie sollte nicht reinkommen, die Nacht. Noch nicht. Noch war er nicht bereit, den Mond zu sehen.

Häftling Nummer 25 starrte auf das Spiegelbild, das ihn von der Fensterscheibe her anblickte. Er traute diesem Gesicht nicht, denn unter dessen Oberfläche verbarg sich etwas. Ein Wesen, das die Nacht liebte. Die dunklen Städte und Dörfer, die Häuser mit den Menschen darin und deren hell erleuchtete Fenster, durch die man das Leben im Innern beobachten konnte.

Häftling Nummer 25 war klar: Wenn er das Licht ausschaltete, käme der Wolf. Und dann ginge er hinaus in die Nacht, auf die Jagd nach den Leben der anderen. Er wusste nicht immer, was er tat, wenn der Wolf ihn leitete. Im Gefängnis war dessen Stimme ruhiger gewesen, fast schläfrig. Aber jetzt drängte das Raubtier wieder nach außen, das spürte er. Und zu einem gewissen Teil hatte er ihn auch schon in die Welt da draußen entlassen, während er hier drinnen hockte und Angst hatte. Der Wolf war stärker als er. Er fürchtete nichts und niemanden.

Häftling Nummer 25 hingegen saß in Gedanken noch immer in der Zelle, die 31 Jahre lang sein Zuhause gewesen war. Zwölf Quadratmeter mit Bett, Schrank, Tisch, Stuhl und Toilette. Einen Fernseher wie viele andere Mithäftlinge hatte er nicht gehabt, er hatte nie gerne ferngesehen. Er reiste lieber in Gedanken. In die Welt von Snorri.

Im Gegensatz zum Wolf hatte er es bislang nicht geschafft, über die Mauern hinwegzudenken, die ihn umgaben. Geschweige denn zu begreifen, dass er nun ein Fenster besaß – und eine Tür! Durch die er einfach hindurchgehen konnte, wann er wollte. Doch er wollte gar nicht.

Der Wolf wollte schon. Er hatte gleich kapiert, dass er frei war. Er war sofort nach draußen gegangen, in die große Stadt, die Häftling Nummer 25 vollkommen fremd war. Alles war so riesig, so laut und so voll. Mit Menschen, Autos, Lärm!

Bei der Erinnerung an die riesige Stadt presste er sich die Hände auf die Ohren und begann ein Lied zu summen. Um die Lampe schwirrten zwei Fliegen. Die Tischplatte war fleckig, und in der Spüle dahinter stapelte sich das schmutzige Geschirr. Niemand würde kommen und für ihn sauber machen, das ahnte er. Die kleine Wohnung war nicht das Gefängnis, wo sich gut um ihn gekümmert worden war. Jetzt war er auf sich allein gestellt. Er summte lauter – die Melodie, die seine Mutter früher für ihn gesungen hatte. Ein dänisches Schlaflied.

»Jeg en gård mig bygge vil, der skal være have til …« – »Einen Hof werde ich mir bauen, und in einen Garten will ich schauen …«

Nummer 25 hatte viel Besuch gehabt in der letzten Zeit. Seine Sozialhelferin war bei ihm gewesen, Leute von verschiedenen Ämtern, von der Wohnungsverwaltung, der Hausmeister, Journalisten und eine Menge anderer Menschen, von denen er gar nicht richtig wusste, was sie von ihm gewollt hatten.

»… store marker, grønne enge, og med lam et lille vænge …« – »… große Felder, grüne Wiesen und mit kleinen Lämmern eine Weide …«

Lauter Frauen und Männer, die ihm Fragen gestellt hatten. Wie er sich zurechtfand. Ob es ihm gut ging. Ob er Kontakt zu Freunden von damals hatte. Wie seine Kindheit gewesen war.

Nummer 25 hatte so viel reden müssen, das war anstrengend gewesen. Und sie hatten ihn immer wieder mit einem fremden Namen angesprochen. Dabei hieß er doch ganz anders. Er war Nummer 25 … und manchmal der Wolf. Der kam nachts. Nebelgrau mit gelben Augen und mächtigen Pfoten, auf denen er auf ihn zulief, um ihn anzuspringen. Nummer 25 spürte die Krallen des Raubtiers durch den Stoff seines Hemdes auf der Haut. Sie drangen in ihn ein. Der ganze Wolf drang in ihn ein …

Nummer 25 hatte viel Zeit gehabt, darüber nachzudenken, was das bedeutete. Vermutlich war es, wie alle sagten. Sogar der Arzt, mit dem er im Gefängnis gesprochen hatte, war dieser Meinung gewesen: Der Wolf steckte in ihm drin. Und seine raue Stimme befahl ihm ständig, Dinge zu tun, die er niemals tun würde. Niemals.

Er blickte auf seine stark behaarten Hände. Gestern waren sie voller Blut gewesen, und er hatte nicht gewusst, warum. Er hatte sie schnell gewaschen und versucht, sich zu erinnern. Aber vergebens. Der Wolf tat, was er wollte.

Nummer 25 streckte den Arm in Richtung Wand aus und schaltete das Licht aus, erlaubte es der Nacht, zu ihm hereinzukommen. Eine Weile saß er da, die großen Hände auf der dunklen Tischplatte ruhend.

Schließlich konnte er ihn spüren. Seine Energie. Sie drang durch das Glas des Fensters.

Er näherte sich.

Der Wolf.

Groß und furchtlos.

Abrupt stand Nummer 25 auf, griff nach seiner Jacke und öffnete die Wohnungstür. Ohne zu zögern, verließ er das kleine Apartment.

»… heste, grise, køer og får, hører til min bondegård. Hvortil ulven kommer og spiser dem rå.« – »… Pferde, Schweine, Kühe und Schafe gehören zu meinem Bauernhof. Wo der Wolf wird fressen sie roh.«

6. KAPITEL

Der Mjølnerpark. Sozialer Wohnungsbau, Albtraum der Politiker. Schmelztiegel, Brennpunkt, Heimat des Unbekannten, angebliche Brutstätte des Terrorismus, Ort der Furcht. Absurdistan.

Jesper blickte durch das Autofenster auf die in der Dunkelheit liegenden Wohnblöcke der berüchtigten Siedlung, die beinahe jeden Tag für Schlagzeilen sorgte. Kirsten stellte den zivilen Dienstwagen in der Nähe eines der Kameramasten ab, von denen aus unzählige elektronische Augen das Areal überwachten. Sie stiegen aus. Die viergeschossigen Backsteingebäude mit den weißen Balkonen ragten abweisend vor ihnen auf, als würden sie sagen: »Was wollt ihr hier? Lasst uns in Ruhe!«

Kirsten zeigte auf die Kameras. »Deren Aufnahmen wären schon mal gut!«

Jesper nickte und fragte sich, wie er es finden würde, wenn sein Wohnkomplex auf Amager rund um die Uhr überwacht werden würde. Sie gingen auf den Eingang des Blocks zu, in dem Asger Dahl gewohnt hatte.

Auf der Straße und den Wegen zwischen den Häusern herrschte Stille, niemand war zu sehen. In den Fenstern brannten nur vereinzelt Lichter. Es war kurz vor 23 Uhr, mitten unter der Woche. An einigen Balkonen hingen Protest-Transparente gegen die Anwendung des Ghettogesetzes, das einen Teil der ausländischen Mieter aus den Wohnungen vertreiben sollte, um diese Dänen zur Verfügung zu stellen. »*Vores hjem, vores ret*« – »Unser Heim, unser Recht« – und »*Vores hjem er ikke til salg*« – »Unser Heim ist nicht zu verkaufen«.

Betroffen ließ Jesper die Schultern hängen. Das war nicht das Dänemark, das er sich wünschte.

Sie steuerten auf den gläsernen Eingang zu. Überall hingen Kameras, sogar im Treppenhaus. Er las die Namen an den Briefkästen und entdeckte den von Asger Dahl. Plötzlich öffnete sich die Tür und ein Mann mit tief ins Gesicht gezogener Kapuze trat hindurch. Er schenkte ihnen keine Beachtung und verschwand wortlos in der Nacht. Kirsten zog eine Braue hoch.

Jesper zuckte als Antwort mit den Schultern und stieg voran die Treppen hinauf in den zweiten Stock, wo sie vor Asger Dahls Wohnung haltmachten.

»Nanu, ist Wang noch nicht da? Der wollte doch direkt herkommen.« Kirsten holte ihr Telefon heraus und rief den Chef der Kriminaltechnik an. Sie sagte ein paarmal »ja« und »okay«, ohne dass Jesper verstehen konnte, was Wang am anderen Ende von sich gab. Als Kirsten auflegte, verzog sie den Mund. »Er steht im Stau in Vanløse. Wir sollen schon mal ohne ihn loslegen. Aber mit Bedacht!« Sie streifte sich Handschuhe über und Jesper folgte ihrem Beispiel. Dann holte sie Asger Dahls Schlüsselbund aus einem Beweismittelbeutel der KTU. Gegenüber ging die Wohnungstür auf und ein junger, dunkelhaariger Mann spähte durch den Spalt.

»Was machen Sie hier?«, fragte er.

Jesper präsentierte dem Mann seinen Ausweis. »Polizei Kopenhagen. Ihr Nachbar Asger Dahl ist Opfer eines Verbrechens geworden. Haben Sie in den letzten Tagen etwas Auffälliges beobachtet? Heute, gestern? Vor seiner Wohnung oder draußen?«

Der Mann zog die dunklen Brauen zusammen und fixierte Jesper. »Nein!«

»Irgendwelche Personen, die bei ihm wa…?«

»Ich sagte Nein! In diesem Haus spionieren wir uns nicht hinterher!«

»Aber es …«

Der Mann knallte die Tür zu und Jesper guckte verdutzt drein. Als er sich zu Kirsten umdrehte, war diese verschwunden. Verflixt! Sie hatte ihn einfach stehen lassen.

Missmutig betrat er den winzigen Flur in Asger Dahls Wohnung, hielt jedoch im nächsten Augenblick abrupt inne. Der Gestank, der ihm entgegenschlug, war überwältigend. »Mein Gott! Was ist denn das?« Er hob eine Hand vor die Nase und sah sich nach Kirsten um.

»Ich bin hier!«, kam es dumpf aus einem Raum am Ende des Flurs. Es war die Küche, an die sich direkt das Wohnzimmer anschloss.

»Teufel!«, stöhnte Jesper. »Was stinkt hier so?«

Kirsten, die sich ebenfalls die Nase zuhielt, zeigte auf einen Mülleimer, der mit merkwürdigen weißen Klumpen gefüllt war. »Windeln!«

»Windeln?«

»Für Erwachsene. Offensichtlich ging's Dahl ziemlich schlecht wegen seiner Krankheit.« Sie deutete in Richtung eines Küchenregals, das über und über mit Medikamenten, hochkalorischer Nahrungsergänzung und Windelpackungen vollgepackt war.

In Jesper zog sich alles zusammen. Den Kerl hatte es wirklich schlimm erwischt, und dann hatte er auch noch auf eine solch grausame Weise sterben müssen.

Jesper war Kirsten dankbar, als sie das Küchenfenster öffnete und frische Luft hereinließ. Er nahm die Hand von der Nase, da fiel ihm eine Reihe von Konservendosen hinter der Küchentür in Auge.

»Katzenfutter«, las er auf dem Etikett. »Hast du eine Katze gesehen?«

»Nein.«

Rasch liefen sie durch die beklemmend enge Wohnung, doch nirgendwo war ein Haustier zu entdecken.

»Vielleicht hat er sie weggegeben, weil er zu krank war, um sich um sie zu kümmern«, sagte Kirsten.

»Ich hoffe es«, entgegnete Jesper. »Willst du hier weitermachen und ich nehme das Bad unter die Lupe?« Er wusste, dass Kirsten strenge Gerüche noch viel mehr zu schaffen machten als ihm, auch wenn sie es zu verbergen versuchte.

Sie nickte ihm dankbar zu und begab sich auf knisternden Schuhüberziehern in das Schlafzimmer. Er hörte Kirsten aufseufzen, bevor er sich selbst in das winzige, fensterlose Bad quetschte. Der Geruch dort war abartig. Neben einem vollen Katzenklo unter dem Waschbecken quoll der Mülleimer ebenfalls von Windeln über. Der Gestank nach Fäkalien und Krankheit, zusätzlich unterlegt von einer süßlichen Note, war kaum auszuhalten. Jesper würgte seinen Ekel hinunter und durchsuchte den Spiegelschrank sowie den Wäschekorb. Nichts bis auf weitere Medikamente und verunreinigte Unterwäsche. Das Katzenklo stieß er mit der Fußspitze an, es war seit Ewigkeiten nicht gesäubert worden.

Nachdenklich betrat er das Wohnzimmer und kniete sich vor das Sofa. Doch auch unter dem Möbelstück versteckte sich keine Katze. Er erhob sich, wobei seine Gelenke knackten. Verdammt, er war wirklich nicht mehr der Jüngste. Als Nächstes wandte er sich den Zeitschriften auf dem Couchtisch zu und blätterte sie durch. In den unteren Lagen stieß er auf etwas Interessantes. Ein Magazin, das sich mit dem Zweiten Weltkrieg und der Hitlerzeit beschäftigte. Die Artikel waren ein wenig reißerisch geschrieben, aber nicht unbedingt verherrlichend. Er fand noch ein paar weitere dieser Hefte und nahm sie mit zu Kirsten. Im Schlafzimmer der

Wohnung herrschte ein Durcheinander aus schmutziger Bettwäsche, Kartons und Kleidungsstücken.

»Asger Dahl hat den Haushalt nicht mehr so gut hinbekommen«, konstatierte Kirsten mit einer fleckigen Jeans in der Hand.

»Hatte er in seinem Zustand keine ambulante Pflegekraft?«

»Schätze nicht. Hast du was gefunden?«

»Das da.« Jesper hob die Hefte hoch. »Und du?«

»Leider nichts.« Kirsten seufzte. »Keine T-Shirts oder Kutten mit eindeutigen Motiven, die auf eine etwaige Gesinnung Dahls oder ein Milieu hindeuten. Und auch sonst nichts in der Richtung. Also keine Bilder, Plakate oder Flaggen. Viel Dekoration hatte er sowieso nicht. Wirkt irgendwie traurig, seine Wohnung.«

»Dann sind diese Magazine das einzig Außergewöhnliche. Aber zusammen mit dem Runentattoo machen sie noch keinen Neonazi aus ihm.«

»Gewiss nicht.«

»Gib es einen Computer?« Jesper drehte sich um die eigene Achse.

»Ich glaube, er hatte keinen. Bestimmt hat er mit seinem Handy im Internet gesurft. Bin auf den Suchverlauf gespannt.«

»Waffen?«

»Nicht mal ein Taschenmesser.«

Jesper stemmte enttäuscht die Hände in die Hüften. »Also einfach nur ein älterer, sehr kranker Mann mit geschichtlichem Interesse am Zweiten Weltkrieg?«

»Und einer Katze, die wir nicht finden.«

Jesper wollte etwas erwidern, da klopfte es an der Wohnungstür. Kurz darauf hörten sie ein entsetztes Aufkeuchen. Wang Ze war eingetroffen.

»Wir sind hier hinten im Schlafzimmer!«, rief Kirsten.

»Du liebe Güte!« Der stämmige Kriminaltechniker erschien in seinem hellblauen Overall im Türrahmen. »Das ist ja …«

»… nicht gerade Rosenduft«, entgegnete Kirsten und gab Wang eine Zusammenfassung ihrer ersten Durchsuchung.

Der KTU-Chef nickte nachdenklich. »Aber irgendjemandem muss Asger Dahl auf die Füße getreten sein, schließlich hat der Täter einen Grund dafür gesehen, ihn auf so grausame Weise hinzurichten.«

»Jeps!« Kirsten ließ den Blick durch das chaotische Zimmer gleiten. »Dann müssen wir also tiefer graben.«

Jesper verzog das Gesicht. Noch tiefer als in schmutziger Unterwäsche?

Eine Stunde später waren sie nicht wesentlich schlauer. Dafür hatten sie den Eindruck, dass ihre Geruchszellen abgestorben waren. Auch Wang war erfolglos durch die Wohnung gekrochen und hatte an den neuralgischen Stellen gepinselt und getupft. Zwar hatte er zahlreiche Fingerabdrücke und DNA-Proben gesichert, aber das war Standard und noch lange keine Garantie für Erfolg. Die Auswertung der Spurenlage würde einige Zeit dauern.

Das Einzige, was in dieser Wohnung noch als außergewöhnlich hervorstach, war eine Reihe versteinerter Seeigel auf einer Fensterbank im Wohnzimmer. Jesper legte ein besonders schönes Exemplar, das er in der Hand gehalten hatte, zurück zu den anderen. Solche Fossilien fand man meist an Dänemarks Küsten oder in Kiesgruben. Asger Dahl schien wenigstens dieses Hobby gehabt zu haben. Versteinerungen. Und Kartenspiele, denn sie hatten zwei abgegriffene Decks in einer Schublade in der Küche entdeckt.

Jesper öffnete die Balkontür und blickte nach draußen auf zwei weiße Monobloc-Stühle und einen vollen Aschenbecher. Unter einem der Stühle lag ein merkwürdig geformter Gegenstand. Jesper kniff die Augen zusammen, aber es war zu dunkel, um ihn zu identifizieren. Mit dem Handy als Taschenlampe näherte er sich. Es war eine mit Panzerband zugeklebte Tüte. Stirnrunzelnd drückte er mit dem Finger dagegen. Der Inhalt gab nach und ein Schwall üblen Gestanks quoll ihm entgegen.

»Boah, ihhh!« Er richtete sich auf rief nach Kirsten und Wang.

Kurz darauf standen beide hinter ihm.

»Was ist denn?«, fragte Kirsten.

»Hier ist eine Tüte mit …«

Plötzlich schrillte unten auf dem Parkplatz eine Autoalarmanlage los. Alle drei zucken zusammen. Das orangefarbene Blinken der Warnleuchten wurde von den Hauswänden zurückgeworfen, aber sie konnten von ihrer Position aus nicht erkennen, von welchem Wagen es ausging. Einige Minuten später war es wieder ruhig, und das Blinken hatte aufgehört.

»Wohl falscher Alarm«, sagte Kirsten und sie lenkten ihre Aufmerksamkeit erneut auf die Tüte.

Jesper machte Platz für Wang. Der KTU-Chef betastete den Inhalt und fotografierte alles aus mehreren Blickwinkeln. Dann machte er sich daran, die Plastikfolie mit einem Skalpell aufzuschneiden. Der Gestank explodierte und Kirsten richtete sich ruckartig auf. Auch Jesper übermannte die Übelkeit.

»Ist das etwa die …?«

»Katze!«, bestätigte Wang und befreite das rot getigerte Tier vom Plastik. Es hatte ein verklebtes Fell und eingetrocknete Augen. Die Katze musste schon länger tot sein.

»Oh Mann!«, stieß Kirsten traurig aus. »Warum tut man so etwas?«

»Vielleicht ist sie gestorben und er wusste nicht, wohin damit«, antwortete Wang.

»Oder jemand hat nachgeholfen.« Jesper hob die Brauen.

»Das kann ich überprüfen lassen, sollte euch diese Information wichtig sein.« Wang sah zu ihnen auf.

Kirsten zögerte. Sie schien abzuwägen, ob der Tod der Katze mit dem Mord an Asger Dahl zu tun haben könnte. Dann nickte sie. »Bitte finde es heraus, Wang.«

»Geht klar.« Der KTU-Chef machte noch ein paar Fotos. Im grellen Blitzlicht wirkte der Kadaver jämmerlich und verloren.

»Warum hat Dahl die Katze nicht entsorgt?«, fragte Jesper.

»Vielleicht ist er nicht mehr dazu gekommen.« Kirsten wischte sich mit dem Handrücken über die Stirn. »Das würde bedeuten, dass er länger nicht in seiner Wohnung war. Kann sein, dass der Täter ihn entführt und bis zum Tag des Mordes woanders festgehalten hat.«

Jesper schüttelte fassungslos den Kopf. Vor seinem geistigen Auge tauchten Bilder der Leiche auf, von der toten Katze und der verdreckten Unterwäsche im Bad. »Ich muss hier raus!«

»Warte!« Kirsten folgte ihm bis in den Hausflur, wo beide durchatmeten.

»Der Gestank ist unerträglich!«, keuchte Jesper.

Kirsten reichte ihm die Autoschlüssel. »Du kannst Feierabend machen. Wang und ich schaffen das schon.«

»Nein«, entgegnete er empört. »Was denkst du? Natürlich helfe ich euch.«

Er holte tief Luft und begleitete Kirsten zurück in die Wohnung.

Später in der Nacht, etwa gegen halb drei, verabschiedeten Jesper und Kirsten sich von Wang Ze und verließen das Apartment. Müde und nervlich aufgerieben von dem Gestank und den deprimierenden Einblicken in das Leben eines schwer kranken Mannes vom Rande der Gesellschaft gingen sie zum Parkplatz. Kirsten drückte auf den Knopf am Schlüssel und zog am Türgriff, da fiel Jesper etwas an dem Wagen auf. Er stand schief. Verwundert beugte er sich zum Vorderreifen hinab und erkannte, was los war. »So ein Dreck!«

»Was hast du?«, wollte Kirsten wissen.

»Jemand hat uns den Vorderreifen zerstochen!« Wütend richtete Jesper sich auf und spähte in die Dunkelheit, doch niemand war zu entdecken. Nur die kalten Kameraaugen starrten vom Mast zu ihnen herab.

7. KAPITEL

Mit einem mulmigen Pulsieren im Magen streckte Marit die Hand in Richtung der Klingel aus. Sie war von ihrem Trip nach Flensburg zurück und wartete nun nervös vor dem Haus eines Ehepaars in einem der noblen Vororte im Norden von Kopenhagen. Herr und Frau Bjerrum hatten ihr den Auftrag gegeben, in der deutschen Fördestadt nach ihrer vermissten Tochter Nanna zu forschen. Sie war vor elf Jahren bei einem Familienurlaub auf Falster spurlos aus dem Ferienhaus verschwunden. Seitdem waren die Eltern auf der Suche nach ihr. Sie hatten sogar eine eigene Webseite eingerichtet, wo Leute Hinweise hinterlassen konnten, wenn diese glaubten, Nanna gesehen zu haben. Marit hatte den Auftrag erhalten, weil sie eine international anerkannte Super-Recognizerin war. Das bedeutete, dass sie die Fähigkeit hatte, sich Gesichter zu merken und jederzeit wiederzuerkennen – selbst Jahrzehnte später. Das war eine besondere Begabung, die nur ein Prozent der Weltbevölkerung besaß. Rund um den Globus forschten Wissenschaftler zu diesen speziellen Eigenschaften, und Marit galt als außergewöhnlich gut darin. Bei der Identifizierung von Personen war sie schneller und effizienter als jede KI mit Gesichtserkennungssoftware. Ihre Trefferquote lag bei 98 Prozent. Ein so gutes Ergebnis erzielte keine Maschine.

Sie hatte das Mädchen in Flensburg tatsächlich gefunden …

Die Tür, an der sie zuvor geklingelt hatte, öffnete sich und eine strahlende Frau erschien. Marit hatte ihren Besuch angekündigt.

»Wie schön, Sie zu sehen, Frau Rauch Iversen!«, rief Frau

Bjerrum. »Kommen Sie herein. Mein Mann wartet im Wohnzimmer.«

Marit trat in den Flur und ließ sich durch das weitläufige und schick eingerichtete Haus leiten. Im Wohnzimmer erhob Nannas Vater sich aus einem Sessel und reichte ihr die Hand. Seine Miene wirkte sehr angespannt, und er brachte nur wenige Worte zur Begrüßung hervor. Dafür redete Frau Bjerrum umso mehr. Aufgeregt bedeutete sie Marit, sich auf das Sofa zu setzen, und schenkte ihr ein Glas Wasser ein.

»Und, was ist es, das Sie uns am Telefon nicht mitteilen wollten?«, fragte Frau Bjerrum. »Haben Sie das Mädchen gefunden?«

Marit sah ihr die vibrierende Erwartungshaltung an, Frau Bjerrum konnte kaum ruhig auf ihrem Sofa sitzen. Ein schweres Gewicht legte sich in Marits Magen. Normalerweise war sie bei ihren Fällen nicht emotional involviert, sondern bewahrte eine professionelle Distanz, aber wenn es um Kinder ging, versagten ihre Nerven. Daher wollte sie es kurz und schmerzlos halten. »Ich habe das Mädchen ausfindig gemacht und identifiziert.« Marit räusperte sich. »Es ist nicht Nanna.«

»Wie bitte?« Frau Bjerrum blinzelte überrascht, während sich die Miene ihres Mannes verhärtete.

»Ich wünschte, ich könnte Ihnen eine bessere Nachricht überbringen, leider ist das Ergebnis eindeutig. Das Mädchen in Flensburg hat eine große Ähnlichkeit mit Ihrer Tochter, doch leider stimmen nicht alle Gesichtsparameter überein. Es gibt kein Match.«

»Ich ... Das kann nicht sein!« Frau Bjerrums Stimme brach, und Marit fühlte, wie ihr die ungebremste Kraft der Enttäuschung entgegenschlug. Das war der Moment, vor dem sie sich gefürchtet hatte. In einem Fall wie diesem waren so viele Emotionen im Spiel: Der eisern aufrechterhaltene Glaube, dass die Tochter noch lebte, der nun schlagartig in sich zusammengefallen war; das Widerstreben, sich mit der Endgültigkeit des Todes auseinanderzusetzen; und die Angst davor, in jenes erdrückend schwarze Loch der Hoffnungslosigkeit zu stürzen, in das die Betroffenen auf keinen Fall zurückwollten. Das war oft das Schlimmste. Viele brachen endgültig zusammen, hatten keine Kraft mehr, weiterzumachen. Einige wurden sogar aggressiv gegen sich oder andere.

Marit hörte, wie Nannas Mutter hektisch zu atmen begann. Sie lenkte ihren Blick auf deren Mann, der stocksteif dasaß.

Nimm sie in den Arm, sagte Marit in Gedanken zu ihm, sie braucht dich! Doch Herr Bjerrum blieb unbeweglich sitzen wie ein Brocken Packeis.

»Aber … aber …«, stammelte die Frau. »Haben Sie denn alles genau geprüft?«

Marit nickte. »Das habe ich. Es ist zu 98 Prozent sicher: Das Mädchen ist nicht Nanna.«

»Was ist mit den restlichen zwei Prozent?«

Diese Frage bekam Marit häufig bei Vermisstenfällen gestellt. Die Leute klammerten sich aus Verzweiflung an den winzigsten Faktoren fest, was absolut verständlich war. Denn nichts war schlimmer, als sich der Tatsache zu stellen, seine geliebte Tochter oder einen anderen Angehörigen niemals lebend wiederzusehen.

»Frau Bjerrum, ich weiß, dass es schwer zu ertragen ist, aber …«

»Nein! Nein! Seien Sie still! Ich will das nicht hören.« Nannas Mutter presste beide Hände auf die Ohren. Anstatt dass ihr Mann sie endlich beruhigte, wandte dieser mechanisch den Kopf und starrte Marit an. Neben ihm begann seine Frau bitterlich zu schluchzen.

»Haben Sie ein Foto von dem Mädchen aus Flensburg?«, fragte er. »Ich möchte mich gerne selbst davon überzeugen.«

»Es gibt kein Bild«, antwortete Marit. »Ich habe das Mädchen gesehen und bin mir sicher.«

Die Kiefermuskeln des Mannes spannten sich an. Offensichtlich glaubte er ihr nicht.

»Sie lügen!«, schrie Nannas Mutter, sprang vom Sofa auf und trat drohend einen Schritt auf Marit zu. »Sie machen mit der Familie gemeinsame Sache! Die haben uns Nanna gestohlen! Wie viel haben diese Unmenschen Ihnen bezahlt?«

Marit blieb der Mund offen stehen. Eine solche Anschuldigung hatte sie nie zuvor zu hören bekommen.

»Sie sind gar keine Recognizerin«, fuhr die Mutter aufgebracht fort. »Sie sind eine Betrügerin! Nehmen unser Geld und nutzen unsere Hoffnung aus, um sich zu bereichern.«

Marit hatte genug und erhob sich. »Es tut mir leid, dass ich nicht das gewünschte Ergebnis liefern konnte. Ich hätte Ihre Tochter erkannt, wenn sie es gewesen wäre, das garantiere ich. Mir wäre nichts lieber gewesen, als die Verbrecher zu überführen, die Ihrer Familie dieses furchtbare Leid zugefügt haben.«

Frau Bjerrum hörte für einen Moment auf zu schreien. Sie stand Marit gegenüber, ein bedauernswertes Häufchen Elend.

»Ich will einen Beweis!«, sagte Nannas Vater. »Ein Foto! Warum haben Sie keins gemacht?«

»Das war nicht Teil des Auftrags. Ich sollte das Mädchen finden und identifizieren. Das habe ich getan. Dazu brauche ich keine Fotos, ich muss die Menschen nur sehen.«

»Wo wohnt das Mädchen?« Er baute sich vor Marit auf.

»Das weiß ich nicht, ich habe es vor der Schule abgefangen.«

»Und ob Sie das wissen! Sie wollen es uns nur nicht verraten.« Er streckte den Arm aus. »Irgendeine Familie lebt dort mit unserem Kind!«

»Das Mädchen ist nicht Nanna!«, wiederholte Marit bemüht ruhig.

»Und wenn doch? Ich glaube, meine Frau hat recht: Sie sind eine Hochstaplerin. Sie lügen, um Leute wie uns zu betrügen. Aber da sind Sie an die Falschen geraten. Ich werde den zweiten Teil des Honorars einbehalten!«

Marit war fassungslos. Noch nie hatte ihr jemand Betrug vorgeworfen, noch nie ihr Urteil angezweifelt. Sie besaß einen ausgezeichneten Ruf, und ihre Expertise im Recognizing war weltweit anerkannt und von diversen Forschungseinrichtungen bestätigt worden. Sie arbeitete sogar als Beraterin für die Polizei. Dass jemand seinen Teil des Vertrags nicht einhielt, würde sie nicht akzeptieren. Sie hatte gute Arbeit geleistet.

Marit streckte den Rücken durch und war damit fast größer als Herr Bjerrum. Sie blickte ihn durchdringend an. »Wir haben einen Vertrag! Und meinen Teil davon habe ich erfüllt!«

»Das sehe ich anders. Ich werde einen anderen Detektiv beauftragen. Einen, der fähiger ist als Sie. Der wird beweisen, dass Sie uns angelogen haben. Und jetzt verlassen Sie mein Haus, bevor ich die Polizei rufe!« Er wies Richtung Flur.

Marit kochte innerlich, hielt ihre brodelnden Gefühle jedoch unter Verschluss. Sie musste ihre Professionalität wahren.

Herr Bjerrum bugsierte sie zum Ausgang und knallte die Tür hinter ihr zu. Wütend und verletzt lief Marit die Auffahrt hinunter zu ihrem Auto. Ein dicker Kloß bildete sich in ihrem Hals.

8. KAPITEL

Mjølnerpark

Kirsten blickte hinauf zum Kameramast am Mjølnerpark. Über ihnen drohten bleischwarze Wolken mit Regen. Der Morgen hatte kalt begonnen, jetzt sollte es auch noch nass werden.

»Den Mistkerl, der uns gestern den Reifen zerstochen hat, kriegen wir«, sagte sie siegessicher. »George Orwell sei Dank.«

Jesper brummte etwas mit verdrießlicher Miene. Heute waren sie mit der Metro gefahren, weil sie es nicht riskieren wollten, dass ein weiterer Einsatzwagen beschädigt wurde. Das Ganze hatte sie gestern Nacht einige Nerven gekostet, bis der Reifen vom polizeiinternen Reparaturdienst gewechselt worden war und sie endlich nach Hause hatten fahren können. Vermutlich hatte Jesper wegen des Schlafmangels so schlechte Laune. Schweigend und die Hände in den Taschen vergraben stapfte er neben ihr her. Kirsten konnte es ihm nicht verübeln.

Das Büro der Wohnungsgenossenschaft, die den Mjølnerpark verwaltete, lag in einem der Gebäude im Erdgeschoss. Erste dicke Regentropfen fielen ihnen auf die Köpfe, während sie geduckt zum Eingang liefen. Drinnen mussten sie erst einmal warten, bis zwei verschleierte Frauen ihre Beschwerde über einen nicht funktionierenden Herd losgeworden waren. Anschließend trat Kirsten vor den Schreibtisch eines Mitarbeiters, der eine Weste mit dem Logo der Genossenschaft trug und geschäftig auf seiner Tastatur tippte. Ohne hochzusehen, wies er sie an, sich zu setzen.

»Wir stehen lieber!«, entgegnete Kirsten knapp, und der Mann hob verwundert den Blick.

»Was kann ich für Sie tun? Sie sind keine Bewohner, oder?«

»Wir sind von der Polizei.« Kirsten zeigte ihren Ausweis.

»Ah, Sie kommen bestimmt wegen Herrn Dahl. Schrecklich, was mit ihm passiert ist. Wissen Sie schon, wer es war?«

»Selbst wenn wir es wüssten, dürften wir es Ihnen nicht erzählen.«

»Also haben Sie keinen Schimmer?« Der Angestellte grinste sie frech an.

Kirsten starrte schweigend zurück, bis er seinen rundlichen Kopf zwischen die Schultern zog und erneut fragte, was er für sie tun könne.

»Wir brauchen sämtliche Dateien der Videoüberwachung für die Gebäude des Mjølnerparks und rundherum. Auch die der Treppenhäuser. Gehen Sie zeitlich so weit zurück wie möglich.«

»Das Gesetz erlaubt eine Datenspeicherung bis zu maximal …«

»30 Tagen. Das ist mir bekannt.«

»Ähm, ja.« Der Kopf des Typen sank noch weiter zwischen seine Schultern. »Ich suche die Feeds raus. An welche Mailadresse soll ich sie schicken?«

»Keine Adresse. Hier drauf, bitte.« Kirsten warf eine Terabyte-Festplatte auf den Tisch.

»Ah, okay. Das dauert allerdings ein bisschen …«

»Ich weiß. In der Zwischenzeit können Sie uns sämtliche Unterlagen über Asger Dahl herausgeben und uns sagen, ob jemand aus dem Wohnblock ihn besser gekannt hat. Seine Katze lag tot auf dem Balkon, und ich würde gerne wissen, ob es Leute gab, die sich um Dahl oder sein Tier gekümmert haben.«

Die Augen des Mannes weiteten sich. »Seine Katze? Krass! Ich meine, oh Mann, das arme Tier.«

Kirsten ignorierte das geheuchelte Mitleid des Mitarbeiters und stützte sich mit beiden Händen auf der Tischplatte ab. »Wenn irgendetwas davon morgen in der Zeitung steht, dann reiße ich Ihnen persönlich den Arsch auf!«

Der Typ blinzelte erschrocken und schnappte nach Luft. »Äh, ja … Das …«

»Was ist nun?«

»Wie? Ich verstehe nicht.«

»Kennen Sie jemanden?«

»Äh, nee. Aber vielleicht weiß Uffe was. Das ist ein ehemaliger Kollege von Ihnen. Ein Ex-Bu… Ex-Polizist.« Ein verlegenes Lächeln huschte über sein hochrotes Gesicht. »Er ist seit zwei Jahren eine Art Mittelsmann zwischen den Bewohnern und der Wohnungsverwaltung. Als das Ghettogesetz beschlossen wurde, haben wir ihn als Mitarbeiter engagiert. Er unterstützt die Bewohner, die ausziehen wollen.«

»Sie meinen wohl eher, er hilft Ihnen dabei, die langjährigen Mieter rauszuschmeißen, damit hier nicht mehr so viele Ausländer wohnen und Sie die Gebäude meistbietend verhökern können«, sprudelte es aus Jesper heraus, der bis eben kein einziges Wort gesagt hatte.

Kirsten sah ihn verwundert an, während der Typ die Lippen aufeinanderpresste und schwieg. Auch wenn es stimmte, was Jesper da kritisierte, hatte es nichts mit ihrem Fall zu tun.

»Jedenfalls kümmert sich Uffe Hansen um die Bewohner und deren Sorgen«, sagte der Angestellte reserviert. »Es kann also gut sein, dass er Herrn Dahl kannte.« Rasch schrieb er eine Telefonnummer auf einen Zettel und hielt ihn Kirsten hin. »Er ist irgendwo auf dem Gelände, rufen Sie ihn einfach an.«

»Danke.« Sie nahm die Hände vom Schreibtisch, woraufhin der Mitarbeiter hörbar aufatmete. Sie griff sich den Zettel. »Wir kommen nachher wieder und holen Festplatte und Unterlagen ab. Und bitte alles kopieren! Wir merken, wenn etwas fehlt, klar?«

Der Mann nickte, wandte sich hastig seinem Computermonitor zu und tat geschäftig.

Kirsten und Jesper verließen das Büro. Draußen fegte ihnen eine Windböe entgegen. Die nassen Blätter auf den Gehwegen zwischen den Wohnblocks wurden aufgewirbelt und Regen sprühte ihnen ins Gesicht. Was für ein Scheißwetter. Kirsten zog den Kragen ihrer Jacke enger um ihren Hals. Sie suchten Schutz unter einem Vordach und riefen Uffe Hansen an. Nach dem zweiten Klingeln nahm er ab, und nachdem Kirsten ihm erklärt hatte, was sie wollte, schlug er vor, sich an dem Eingang zu Dahls Wohnhaus zu treffen.

Dort wurden sie von einem stämmigen Mittsechziger mit Glatze und einem Kreuz wie dem eines Ruder-Olympioniken begrüßt. Es war offensichtlich, dass Hansen Gewichte stemmte. Sein Langarmshirt spannte sich über seinem muskulösen Bizeps.

»Asger Dahl«, sagte Hansen nachdenklich, nachdem er sie in das trockene Treppenhaus geleitet hatte. »Natürlich kenne ich den … kannte, wohl besser gesagt. Mann, das ist wirklich schlimm. Erst der Krebs und jetzt das!«

»Sie wussten von seiner Erkrankung?«, fragte Jesper.

Hansen bejahte.

»Dahls Katze lag tot auf dem Balkon. Verpackt in einer Tüte. Hat er es vielleicht nicht mehr geschafft, sich um sie zu kümmern?«

»In einer Tüte? Mein Gott, das arme Tier!« Hansen fuhr sich betroffen über den Mund. »Davon wusste ich nichts.«

»Wann haben Sie Herrn Dahl das letzte Mal gesehen?«

»Ich glaube, das war vorgestern. Da war ich in seinem Hausflur unterwegs. Seine Nachbarn gegenüber wollen eventuell das Angebot der Wohnungsgenossenschaft annehmen und ausziehen. Ich habe ihnen einen Besuch abgestattet, um sie zu beraten. Das war so gegen vier am Nachmittag. Dahl hat die Tür kurz geöffnet. Warum, weiß ich nicht.«

»Haben Sie gemerkt, dass es aus seiner Wohnung gestunken hat?«

»Ja, schon. So verhält es sich allerdings bei einigen Bewohnern. Nicht alle kriegen ihr Leben geregelt. Ich habe Dahl meine Hilfe angeboten, er hat abgelehnt. Mehr konnte ich nicht tun.«

Kirsten stimmte ihm zu. »Waren Sie mal bei ihm im Apartment?«

»Nein. Ich hatte immer das Gefühl, er wollte dort keine Fremden haben. Vielleicht hat er sich geschämt.«

Möglich, dachte Kirsten und machte sich im Geiste eine Notiz, dass Dahl einen Tag vor seinem Tod noch zu Hause gewesen war. Also kam eine längerfristige Entführung vor dem Mord nicht infrage. Sie würden auf Wangs Auswertung der Spurenlage warten müssen, um das Rätsel um Dahls Tod zu lösen.

»Hatte Asger Dahl Familie oder Freunde, die wir befragen können?«

Hansen zuckte mit seinen muskelbepackten Schultern. »Familie nicht, soweit ich weiß. Aber ein paar Kumpels. Die treffen sich mehrmals die Woche in der Kneipe in der Baldersgade zum Kartenspielen. Ist leicht zu finden, da gibt es nur die eine.«

»Okay, wir schauen dort mal vorbei. Wissen Sie zufällig, ob Dahl irgendeiner Gruppierung angehörte oder eine spezielle Gesinnung hegte?«

»Wieso?«

»Er hatte ein Tattoo auf dem Unterarm. Einen Valknut mit Runen. Und in seiner Wohnung haben wir Magazine über den Zweiten Weltkrieg gefunden.«

Hansen schüttelte den Kopf. »Wenn Asger ein Neonazi oder Rocker war, dann der friedlichste, den ich je getroffen habe. Er konnte keiner Fliege was zuleide tun. Er war ein lieber Kerl – ein wenig ungepflegt vielleicht, aber herzensgut.

Er hat zu Weihnachten den Kindern im ganzen Block immer Schokolade vor die Tür gestellt.«

»War er zufällig Fan vom Metal-Festival Copenhell?«

Uffe Hansen schürzte die Lippen. »Nicht dass ich wüsste. Wer weiß, vielleicht hat Asger ja gerne Slayer oder Iron Maiden gehört.« Er zwinkerte ihnen zu.

Kirsten bemerkte, wie Jesper nachdenklich die Stirn in Falten zog. Sie ahnte, was er dachte. In Dahls Wohnung hatten sie nichts dergleichen gefunden. Keinerlei Musik in irgendeiner Form. Etwas musste Dahl getan haben, weshalb jemand sein Leben auf so grausame Weise beendet hatte. Dass er ein Zufallsopfer war, schloss Kirsten zum wiederholten Mal aus. Natürlich gab es auch die Möglichkeit, dass es in erster Linie gar nicht um Dahl ging, sondern um eine ganz andere Sache, für die er lediglich der Bote gewesen war. Sein Tod könnte eine Nachricht darstellen. *Kill the messenger*.

Kirsten spürte ein Ziehen im Bauch. Wenn es so war, wie sie befürchtete, bedeutete das, dass sie mit ihren Ermittlungen lediglich an der Oberfläche von etwas sehr, sehr Finsterem kratzten. Ann Katrine Therkildsen würde das nicht gefallen und den Kollegen auch nicht.

»Wie lange wohnte Dahl schon hier?«, fragte sie Hansen.

»Drei Jahre. Er ist nach seiner Frühverrentung in den Mjølnerpark gezogen. Konnte sich keine andere Wohnung mehr leisten. Davor hat er als LKW-Fahrer für das Müllverbrennungswerk auf Amager gearbeitet.«

»Bei HOFOR?«

Hansen nickte, und Kirstens Instinkt meldete sich. Das HOFOR-Kraftwerk lag direkt neben der Halbinsel Refshaleøen. Von der Brachfläche des Copenhell-Festivals aus waren die Schornsteine der Anlage zu sehen, auf deren Dach die Kopenhagener seit ein paar Jahren Ski fahren konnten. Dahl hatte sich demnach in der Ecke ausgekannt.

»Soll ich euch bei der Befragung der Bewohner helfen?«, schlug Hansen vor. »Mir vertrauen sie, euch vermutlich nicht. Die Polizei hat in diesem Viertel einen schlechten Ruf.«

»Das haben wir gemerkt«, brummte Jesper. »Jemand hat uns gestern einen Reifen zerstochen, obwohl es ein Zivilwagen war.«

Über Hansens Gesicht huschte ein flüchtiges Grinsen. »Die Bewohner haben einen feinen Riecher für zivile Dienstfahrzeuge und Beamte, die hier herumschnüffeln. Im Grunde muss man immer einen Mann am Wagen lassen.«

»Tja, also ein klassischer Anfängerfehler!«, sagte Kirsten lakonisch.

Dem hatte Hansen nichts hinzuzufügen. Wenig später folgten sie dem Ex-Kollegen die Treppen hinauf. An jeder Tür spulten sie dieselben Fragen ab: Wann die Bewohner Asger Dahl das letzte Mal gesehen hatten und ob ihnen etwas aufgefallen war. Hatte Dahl ungewöhnlichen Besuch gehabt? Wusste jemand, was mit der Katze geschehen war?

Alle Bewohner antworteten bereitwillig, nachdem Uffe Hansen ihnen erklärt hatte, dass Kirsten und Jesper gekommen waren, um einen Mord aufzuklären, und nicht, um sie unter Generalverdacht zu stellen.

»Die Leute im Mjølnerpark haben grundlose Anschuldigungen gründlich satt«, erklärte Hansen, als sie ein Stockwerk höher stiegen.

»Das verstehen wir«, sagte Jesper. »Aber warum helfen ausgerechnet Sie der Wohnungsgenossenschaft, die Bewohner aus ihrem Zuhause zu vertreiben?«

Kirsten fand Jespers Frage zu provokant und schnalzte warnend mit der Zunge.

»Nun«, entgegnete Hansen ernst. »Wenn ich es nicht tue, übernimmt es ein anderer. Und der ist vielleicht nicht so nett zu ihnen. Ich kann wenigstens dafür sorgen, dass die

Leute, die freiwillig gehen wollen, die beste Unterstützung erhalten.«

Jesper wollte etwas darauf antworten, doch Kirsten brachte ihm mit einem weiteren Schnalzen zum Schweigen. Grimmig presste er die Lippen aufeinander. Sie erreichten die Etage, in der Dahl gewohnt hatte, und klingelten bei dessen Nachbarn. Kurz darauf öffnete sich die Tür. Das Gesicht des jungen Mannes verfinsterte sich, als er Jesper wiedererkannte. Hansen erklärte ihm, was ihr Anliegen war, woraufhin der Mann sich ein wenig entspannte.

»Asger war ein netter Nachbar«, erklärte er. »Aber sehr krank. Ich bin traurig, dass er tot ist. Leider weiß ich nicht viel über ihn. Letzte Woche, das war am Mittwoch, gab es einmal Lärm bei ihm. Spät am Abend.«

»Was für einen Lärm?«

»Er hat laut geweint.« Der Nachbar guckte betroffen. »Wahrscheinlich wegen seiner Krankheit. Der Arme.«

Vielleicht auch wegen seiner Katze, dachte Kirsten und stellte noch ein paar Fragen. Doch der junge Mann wusste nicht mehr viel zu berichten. Sie bedankten sich, und da es auf dieser Etage außer Dahls leerer Wohnung keine weiteren gab, machten sie sich auf den Weg in die nächste. Im Apartment über Asger Dahl öffnete ihnen ein großer Kerl mit grauem Bart und langen Haaren, die ihm wirr in die Stirn hingen. Misstrauisch blinzelte er sie durch seine fettigen Strähnen an. Sein Blick aus den rot unterlaufenen Augen war unangenehm stechend.

Kirsten erkannte ihn, es war der schweigsame Kapuzenpulli-Mann, der ihnen gestern Nacht im Eingang begegnet war. Sie stellte ihre Fragen, doch der Kerl schüttelte nur den Kopf. »Ich habe keine Ahnung«, knurrte er. »Wohne hier noch nicht lange. Kenne niemanden.« Mit diesen Worten schloss er die Tür, und Kirsten hörte, wie der Schlüssel von innen umgedreht wurde.

Verwundert wandte sie sich an Hansen. »Wer ist das? Auf dem Namensschild dort steht nichts.«

»Sorry, das habe ich gerade nicht auf dem Schirm. Der Mann ist neu im Wohnblock.«

»Neu? Das verstehe ich nicht. Wieso dürfen Leute hier einziehen, während andere gehen müssen?«, fragte sie.

»Na, weil der Typ wahrscheinlich kein Ausländer ist, sondern Däne«, raunte Jesper.

Uffe Hansen nickte. »So ist es. Leider. Dem Gesetz nach ist das rechtmäßig.«

Jesper wandte sich ab und klingelte an der nächsten Tür.

Nachdem sie mit den Befragungen fertig waren, gingen sie nach unten vor die Eingangstür, wo sie nach wie vor ungemütliches Herbstwetter erwartete. Immerhin wussten sie jetzt, dass Dahl ein paarmal Besuch gehabt hatte. Von wem, würden ihnen hoffentlich die Aufzeichnungen der Kameraüberwachung zeigen.

Sie verabschiedeten sich von Uffe Hansen und liefen durch den Regen zum Büro der Wohnungsgenossenschaft, wo sie die Festplatte mit den Videos abholten.

Da die Kneipe, in der sich Asger Dahls Kumpels regelmäßig trafen, um diese frühe Uhrzeit noch geschlossen hatte, wollten sie ins Präsidium zurückfahren. Eilig liefen sie durch die nassen Straßen in Richtung der Metrostation von Nørrebro.

»Wegen der Videoaufnahmen … Sollen wir da vielleicht Marit hinzuziehen?«, fragte Jesper im Laufen ein wenig atemlos. »Sie könnte uns helfen, das Material zu sichten.«

»Suchst du deshalb nach einem Grund, wieder mit ihr zusammenzuarbeiten? Weil du zu feige bist, sie nach einem Date zu fragen?«, gab Kirsten mit einem höhnischen Unterton zurück.

Jesper antwortete nicht. Kirsten wusste, dass er auf ihre Freundin Marit stand, aber der Gedanke, dass die beiden ein Paar würden, war ihr ein Graus.

»Ich denke nicht, dass wir Marit brauchen«, rief sie ihm über die Schulter zu. Ihr Haar tropfte vor Nässe, und Regen lief ihr in die Augen.

»Warum nicht?«

»Ich habe keine Lust auf eine Diskussion. Wir brauchen Marits Hilfe erst mal nicht, Punkt!« Sie sprang über eine Pfütze im Rinnstein vor der Metrostation. Als sie aufkam, klingelte ihr Handy. Mit klammen Fingern fischte sie es aus der nassen Jacke. Es war Ebert Clausen, der ihr mitteilte, dass Bostrup den Obduktionsbericht geschickt und die Therkildsen daraufhin eine erste Pressekonferenz anberaumt hatte.

»Ann Katrine will dich dabeihaben!«, fügte Ebert nachdrücklich hinzu.

»Wir sind auf dem Weg. Danke für die Info.« Bevor sie auflegen konnte, schob Ebert noch einen Satz hinterher.

»Flemme hat übrigens festgestellt, dass der Täter etwas mit Blut auf die Stirn des Opfers geschrieben hatte!«

Kirsten blieb abrupt stehen und spürte, dass Jesper sie am Arm streifte, weil er ihr ausweichen musste. »Aber da war nichts, als wir uns die Leiche am Tatort angeguckt haben!«

»Weil der Täter es weggewischt hat«, sagte Ebert.

»Das verstehe ich nicht.«

»Aber ich. Erinnerst du dich an den Rattenmord von Vesterbro?«

Kirsten lief ein heißer Schauer über den Rücken. Natürlich erinnerte sie sich daran. Gab es da etwa eine Verbindung? Wenn Ebert mit seiner vagen Vermutung recht hatte, dann bedeutete das …

Kirsten schüttelte es. Es bedeutete, dass die Polizei im Fokus des Mörders stand.

9. KAPITEL

Unerhörtes ereignet sich, großer Ehbruch.
Beilalter, Schwertalter, wo Schilde krachen.
Windzeit, Wolfszeit, eh die Welt zerstürzt.

(Ältere Edda, 1. Völuspá, Der Seherin Weissagung, Vers 46)

*

Wie erstarrt saß Häftling Nummer 25 am Küchentisch. Er wagte es kaum, zu atmen. Die Leute, die eben an seiner Tür geklingelt hatten, waren Polizisten gewesen. Die Feinde des Wolfs!

Waren sie gekommen, um ihn wieder einzusperren?

Eine Gänsehaut ließ die vielen Haare auf seinen Unterarmen zu Berge stehen. Ihm blieb nur eine Option übrig. Hastig sprang er auf und begann, seine Sachen zu packen. Schnappte sich so viel wie möglich. Die Kleidungsstücke, die nicht mehr in seine Sporttasche passten, stopfte er in eine Tüte. Er besaß nicht besonders viel nach 31 Jahren Haft. Das meiste war brandneu, weil der Soziale Dienst es für ihn besorgt hatte. Als Grundausstattung für sein Leben in Freiheit.

Nummer 25 schüttelte den Kopf. Dabei hatten sie nicht mal seinen Geschmack getroffen. Er trug am liebsten blaue Arbeiterlatzhosen und Wollpullover. Statt schwerer Lederstiefel hatte er bunte Sportschuhe erhalten. Mit der aktuellen Mode konnte er nicht viel anfangen. Aber es war egal. Dort, wo er hinfuhr, würde er alles bekommen, was er brauchte, und er würde dort sicher sein vor der Polizei.

Er griff nach der Brieftasche, die ebenfalls nagelneu war, jedoch nicht viel enthielt. Lediglich seine Gesundheitskarte, eine Bankkarte für ein Konto, auf das er noch keinen einzigen Blick geworfen hatte, weil er dafür etwas tun musste, das sich Onlinebanking nannte. On-line-bank-ing. Er wusste nicht, was das war. Außerdem steckten in der Geldbörse noch ein paar Geldscheine und Visitenkarten von den Leuten, die sich um ihn kümmerten, damit er »zurück in die Gesellschaft fand«, wie sie es ausdrückten. Dabei wollte er gar nicht dorthin zurück. Aber ihn fragte ja keiner.

Nur der Wolf, der hörte ihm zu.

Als Letztes nahm Nummer 25 ein dickes Buch vom Tisch. Es war ein zerlesenes Exemplar mit abgewetztem grünem Ledereinband. Der Titel war mit Goldprägung aufgebracht worden und inzwischen reichlich verblasst. Die Edda. Aufgezeichnet um das Jahr 1220 von Snorri Sturluson, übersetzt von einem dänischen Professor der Sprachwissenschaften.

Seine Bibel.

Tausendmal gelesen. Tausendmal geträumt.

Nummer 25 hatte sie zu seiner Einschulung geschenkt bekommen und kannte jedes Wort darin auswendig. Am tiefsten hatte er die mit schwarzer Tinte verfassten Zeilen verinnerlicht, die vorne im Einband standen: »Für meinen klugen Sohn, von deiner Mutter.«

Wie sehr er seine Mutter vermisste.

Wenige Male hatte sie ihn im Herstedvester Gefängnis besucht. Dann war sie nicht mehr aufgetaucht. Sie hatte so viel auf dem Hof zu tun, weshalb Nummer 25 ihr Fernbleiben verstand. Er wusste, wie viel Arbeit seine Eltern mit der Landwirtschaft hatten. Sein Vater war nie bei ihm vorbeigekommen. Zu krank, war die Erklärung seiner Mutter bei einem der seltenen Telefonate gewesen. Das »Räuma«, er wüsste schon. Leider hatte er keine Ahnung. Erst von einem der

Gefängniswärter hatte er erfahren, dass Rheuma mit entzündeten Gelenken zu tun hatte und schlimme Schmerzen verursachte. Nummer 25 hatte gebetet, dass die Göttin Eir sich seines armen Vaters annehmen und ihn heilen möge.

Später hatte es auch keine Telefonate mit seiner Mutter mehr gegeben. Nummer 25 hatte mehrmals versucht, sie zu Hause anzurufen, doch niemanden erreicht. Schreckliche Sorgen hatten ihn gequält. Wenn Vater sich so schlecht fühlte, dass Mutter nicht ans Telefon gehen konnte, dann musste es wirklich schlimm sein. Er hatte daraufhin Briefe geschrieben, in der Hoffnung, sie aufzumuntern, doch er hatte nie eine Antwort erhalten.

Gedankenvoll strich er über die Handschrift seiner Mutter. Sie war nicht besonders verschnörkelt und dennoch schön. Unter ihre Zeilen hatte sie einen Valknut mit Runen gezeichnet. Sie standen für Glück.

Mit einem Lächeln wickelte er das Buch in ein Handtuch und steckte es in die Sporttasche. Anschließend zog er den Reißverschluss zu und blickte auf den flachen viereckigen Gegenstand, der vor ihm auf dem Tisch lag. Das Sonnenlicht spiegelte sich auf seiner glatten Oberfläche. Er streckte die Hand aus und berührte das Gerät vorsichtig mit den Fingerspitzen. Angeblich war das ein Fernsprechapparat. Ein *mobiles* Telefon. Er schüttelte den Kopf. Wie sollte man jemanden damit anrufen, wenn es kein Kabel hatte? Die Sozialhelferin hatte ihm mehrfach erklärt, wie man das Mobiltelefon bediente, und hin und wieder hatte es auch geklingelt, aber er wusste einfach nicht, wie man die Anrufe annahm.

Er zog die Hand zurück und ließ das Gerät, wo es war.

Er sehnte sich danach, mit seiner Mutter zu sprechen, und würde unterwegs von einer Telefonzelle aus versuchen, sie anzurufen. Am Bahnhof gab es bestimmt welche.

Nummer 25 hob die Sporttasche auf und schlüpfte durch deren Schlaufen, als wäre sie ein Rucksack. Dann griff er nach der Tüte. Ein letztes Mal sah er sich in der kleinen Küche um. Die Sozialhelferin hatte ihn darauf hingewiesen, dass er die Stadt in den ersten Monaten nicht verlassen dürfe. Das sei eine Auflage vom Gericht, nur deshalb sei er rausgekommen und nicht in der Sicherungsverwahrung gelandet. Er hatte nicht verstanden, was sie damit meinte. Und ihm war auch nicht klar, wie er sich an die Vorgabe halten sollte, wenn er etwas außerhalb der Stadt zu erledigen hatte.

Nummer 25 drehte den Schlüssel im Schloss herum, öffnete die Tür. Sie schwang auf, was ihm immer noch wie ein Wunder erschien. Türen, durch die man einfach so hindurchgehen konnte und für die man selbst den Schlüssel besaß. Vor ihm lag das Treppenhaus und unten vor dem Eingang die Freiheit. Dennoch zögerte er, über die Schwelle zu treten.

»Du tust das Richtige«, knurrte die tiefe Stimme des Wolfs in ihm. »Du musstest viel zu lange darauf warten.«

Der Wolf hatte recht. Es war viel zu viel Zeit vergangen.

»… heste, grise, køer og får, hører til min bondegård. Hvortil ulven kommer og spiser dem rå.« – »Pferde, Schweine, Kühe und Schafe gehören zu meinem Bauernhof. Wo der Wolf wird fressen sie roh.«

Nummer 25 setzte einen Fuß in den Hausflur, dann den zweiten. Kurz darauf lief er die Treppen nach unten und hinaus ins Freie. Niemand hinderte ihn daran.

10. KAPITEL

Kopenhagen, Polizeipräsidium

Zähneknirschend wartete Jesper im überfüllten Teamraum auf den Beginn der Besprechung. Er war immer noch angefressen wegen Kirstens Kommentar über Marit. Dass er zu feige sei, sie nach einem Date zu fragen. Pah, was wusste Kirsten schon? Nichts! Außerdem hatte er den Vorschlag, Marit hinzuzuziehen, ernst gemeint. Als Super-Recognizerin konnte sie einzelne Personen auf den Videos tausendmal schneller identifizieren als das ganze Team zusammen. Damit würden sie viel Zeit sparen, und das war ein Argument, vor dem Kirsten ihre Augen nicht verschließen konnte. Sie war doch diejenige, die die Kollegen ständig dazu anhielt, sämtliche Abläufe zu verschlanken und zu optimierten.

Er sah, wie seine Vorgesetzte sich eine Wasserflasche schnappte und exakt die Hälfte austrank. Das war eine Marotte von ihr. Wenigstens eine Sache, in der sie berechenbar war.

Kirsten stellte die Flasche zurück auf den Tisch, auf dem sich sämtliche Materialien stapelten, die sie bereits zusammengetragen hatten, und nahm die Mappe mit dem Obduktionsbericht zur Hand. Sie schnalzte mit der Zunge, und Stille kehrte unter den wartenden Kollegen ein. Neben ihr standen Ann Katrine Therkildsen und Ebert Clausen. Jesper war gespannt, denn bislang hatten Kirsten und Ebert keine Silbe darüber verloren, was sie vorhin am Telefon besprochen hatten.

Das Licht wurde abgedunkelt, und ein Beamer strahlte Fotos der Autopsie auf die ausgerollte Leinwand.

Zuerst wurde eine Großaufnahme des zerstörten Gesichts des Opfers gezeigt.

Jemand hustete. Im kalten Licht des Sektionssaals wirkte der Anblick noch viel brutaler. Die aufgerissenen und ausgefransten Mundwinkel zum Beispiel oder das Blut, das wie ein Spinnennetzmuster über das Gesicht des Opfers gelaufen war, ebenso die leer gepickten Augenhöhlen. Der kahle Schädel ohne jegliche Behaarung und das Gesicht zeigten eine krankhafte Gelbfärbung, die nicht allein vom Tod herrührte, sondern höchstwahrscheinlich von Medikamenten.

Dr. Flemming Bostrup war ein Mann der Details. Er legte großen Wert darauf, den Kollegen von der Polizei sämtliche Feinheiten auf den ersten Blick verständlich zu machen. Das hatte Jesper zuerst für Pedanterie und Besserwisserei gehalten, dann aber schnell kapiert, dass der Rechtsmediziner sie damit unterstützen wollte. Außerdem besaß Bostrup ein gewisses detektivisches Talent und hatte bei Jespers erstem Fall in Kopenhagen gleich eine bedeutende Rolle gespielt, wobei der Staatsobduzent beinahe selbst dem Mörder zum Opfer gefallen wäre.

»Dr. Bostrup schreibt, dass er sich nach der Obduktion noch immer nicht sicher ist, wie der Täter die Kiefer auseinandergebrochen hat …« Kirstens durchdringende Stimme bohrte sich in Jespers Bewusstsein, und er konzentrierte sich auf den Vortrag. »Ob nun mit der Hand oder einem Werkzeug, bleibt also vorerst offen. Leider ließen sich kaum Fremdmaterialien im Mund feststellen, bis auf feine Spuren des Schotters, auf dem der Tote lag, und minimale Abschabungen eines organischen Materials, das vom Labor noch näher bestimmt werden muss.«

»Kann man so etwas überhaupt mit den Händen bewerkstelligen?«, fragte Ann Katrine Therkildsen. »Ich meine, die Kiefer auseinanderzureißen?«

Kirsten nickte. »Flemme ist sich nach Rücksprache mit der KTU sicher, dass ein sehr kräftiger Mensch dazu in der Lage ist. Es erfordert zweifelsfrei ein gewisses Maß an Kraft, unterstützt von starken Emotionen wie Wut oder Hass. Außerdem muss derjenige feste Schutzhandschuhe tragen, um sich nicht an den Zähnen des Opfers zu verletzten, die bei dem Vorgang zwangsläufig abbrechen oder splittern. Daher könnten im Übrigen die Abschabungen stammen, meint Flemme.«

Die Therkildsen gab Kirsten ein Zeichen, fortzufahren.

»Das Opfer wurde mit Schlaftabletten bewegungsunfähig gemacht. Das ergab die toxikologische Untersuchung. Zopiclon, das gehört zu den Z-Substanzen, die zur kurzfristigen Behandlung von klinisch indizierten Schlafstörungen verwendet werden. Verabreicht man zu viel davon, wirkt es sedierend wie ein Betäubungsmittel. Sprich, Muskelfunktion und Bewusstsein werden stark eingeschränkt. Bei der Verschreibung dieser Medikamente gelten dieselben verschärften Regeln wie bei Benzodiazepinen. Es kommt also nicht jeder einfach so da dran.«

»Außer er ist Arzt!«, knurrte Ebert.

»Oder Krebspatient«, ergänzte Kirsten. »Dazu später mehr. Zunächst einmal zu den durch die Gewalttat verursachten Verletzungen. An beiden Oberarmen findet sich ein leichtes, etwa faustgroßes Hämatom, als wäre das Opfer festgehalten worden.« Kirsten warf das entsprechende Bild an die Leinwand. »Abwehrspuren gibt es keine. Nach dem gewaltsamen Aufbrechen der Kiefer ist viel Blut aus den gerissenen Adern im Bereich der Mundhöhle ausgetreten und ungehindert in Luft- und Speiseröhre gelaufen. Das Opfer hat auf dem Rücken gelegen und im Reflex versucht, die Flüssigkeit auszuspucken. Dadurch entstand ein charakteristisches Spritzmuster auf der Kleidung und auf dem Gesicht und dem Boden rundherum. Gleiches bestätigt Wang Ze von der KTU, obwohl die Spuren durch die Einwirkung von Möwen stark verfälscht wurden. Auf diesem Wege wurden auch die Augen des Opfers und einige Partien der Haut zerstört. Todesursache ist Ertrinken beziehungsweise Ersticken am eigenen Blut. Todeszeitpunkt circa 21 Uhr am Montagabend, also vorgestern. Das Auffinden der Leiche geschah um 17.30 Uhr am Folgetag, demnach war der Tote für etwa 20 Stunden exponiert. Die Zeugin hat einen Schock erlitten.«

Betroffenes Schweigen breitete sich im Raum aus. Jeder von ihnen konnte sich vorstellen, wie verstörend der Leichenfund für die Frau gewesen sein musste.

»Sowohl Wang als auch Bostrup bestätigen, dass das Opfer im Todeskampf trotz der Betäubung unkontrolliert gezuckt hat. Dazu passt jedoch die spätere Ausrichtung der Gliedmaßen des Körpers nicht. Dies bestätigt unsere Vermutung, dass der Täter die Leiche nach dem Eintreten des Todes entsprechend drapiert hat: mit dem Scheitelbein in Richtung des Wolfgesichtes und die Arme ausgestreckt wie ans Kreuz genagelt. Der Täter wollte also, dass die Leiche genau so entdeckt wird. Wang Ze hat eine erste Spurenauswertung der Tatortumgebung vorgenommen. Sein Team fand einige Reifen- und Fußabdrücke im Matsch mehrerer Pfützen, die mit größter Wahrscheinlichkeit der Tat zugeordnet werden können. Wie sich herausgestellt hat, trug der Mörder Überzieher aus robustem Plastik, die das Muster seiner Sohlen kaschiert haben. Dennoch konnte als Schuhgröße 43 ermittelt werden. Ziemlicher Durchschnitt bei Männern also.« Kirsten sah in die Runde. Keiner sagte etwas.

»Gut«, fuhr sie fort, »kommen wir zu dem Fund, den Bostrup gemacht hat. Er hat den Leichnam bei der Obduktion routinemäßig mit Luminol besprüht und auf der Stirn mit Blut geschriebene Zeichen gefunden. Das Blut war ein wenig angetrocknet, bevor der Täter es abgewischt hat, sodass es nicht vollständig entfernt wurde. Mit bloßem Auge war es nicht zu erkennen, an einigen Stellen gab es jedoch eine höhere Konzentration an Hämoglobin in den Hautporen. Durch das Luminol ist die Botschaft – oder was immer das darstellen soll – sichtbar geworden.«

Guter Bostrup, dachte Jesper. Der Mann war wirklich gründlich.

Kirsten zeigte ein Foto von im UV-Licht unheimlich blau leuchtenden Zeichen.

»Was soll das sein?«, fragte die Therkildsen. »Kann das jemand lesen?«

Ratloses Gemurmel ging durch die Reihen. Zwar waren eindeutig Striche auf der Stirn des Toten zu erkennen, aber sie bildeten kein ihnen bekanntes Wort. Noch nicht einmal Buchstaben. Das eine Symbol war wie ein Blitz geformt und das andere wie ein nach oben gerichteter Pfeil.

Jesper runzelte die Stirn. So ähnliche Zeichen hatte er schon mal gesehen. Nur wo? Plötzlich fiel es ihm ein und er rief: »Das sind Runen. Wie bei dem Tattoo!«

Alle Augen richteten sich auf Jesper und dann wieder auf das Bild auf der Leinwand.

Die Therkildsen gab einen zustimmenden Laut von sich. »Damit könntest du recht haben, Jesper.« Sie warf ihm einen anerkennenden Blick zu und wandte sich an den Kollegen, der der inoffizielle Runenbeauftragte war. »Sind das vielleicht sogar dieselben Runen wie bei dem Tattoo?«

Der angesprochene Kollege trat vor. »Die Runenschrift der Tätowierung ist definitiv eine andere. Sie steht übrigens für ›Ragnarök‹, das haben unsere Experten herausgefunden. Ragnarök bezeichnet in der nordischen Mythologie den Untergang der Götterwelt. Daher wird dieser Begriff gerne von rechtsgerichteten Gruppierungen als Symbol für den herbeigewünschten Untergang der Demokratie benutzt.«

»Also hat die Tat doch einen rechtsradikalen Hintergrund?« Ein alarmierter Ausdruck trat auf die sonst so beherrschte Miene der Therkildsen.

Der Kollege schüttelte den Kopf. »Eher nicht. Die Tätowierung auf dem Arm des Toten stammt von keiner uns bekannten Gruppierung, die den Valknut und die Runen als Erkennungsmerkmal verwendet. Der Wotansknoten scheint ein geläufiges Motiv zu sein, welches sämtliche Tattoostudios in der Stadt anbieten.«

»Okay. Könntest du dich bitte darum kümmern, dass unsere Experten so schnell wie möglich das Bild von den blutigen Runen auf der Stirn bekommen? Wir müssen wissen, was sie bedeuten. Vielleicht verraten sie uns das Motiv.«

Der Kollege bejahte, rührte sich jedoch nicht vom Fleck. Kirstens Augen wurden klein. »Sofort!«, sagte sie und scheuchte den Beamten aus dem Raum.

Die Stirn der Therkildsen war nach wie vor in Falten gelegt. Die mysteriöse Runenbotschaft schien ihr Unbehagen zu bereiten. »Ich frage mich, warum der Täter die Zeichen wieder weggewischt hat.«

»Vielleicht hat er gedacht, dass seine Nachricht auch so verstanden wird«, schlug Camilla vor.

Jesper bemerkte, dass Kirsten einen Blick mit Ebert tauschte. Die beiden hielten eindeutig Informationen zurück. Nur welche?

»Ob die Ausrichtung der Leiche und das Wolfsgesicht tatsächlich eine Botschaft darstellen, werden wir noch herausfinden«, antwortete sie ausweichend. Camilla starrte sie an. Ihr war die wortlose Verständigung zwischen Kirsten und Ebert offensichtlich auch aufgefallen.

»Raus damit. Ihr wisst doch was!« Camilla stemmte beide Hände in die Hüften.

Jesper war ihr dankbar, so musste er es nicht ansprechen

und sich Eberts Unmut aussetzen. Gespannt wartete er, was Kirsten als Erklärung vorbringen würde.

»Na gut«, lenkte seine Vorgesetzte ein. »Ebert und ich wollten das Ganze vorher erst prüfen, aber da Camilla darauf drängt, erzähle ich es euch.« Sie holte Luft, während Ebert sich nervös über die Glatze strich. »Die Botschaft des Mörders gilt höchstwahrscheinlich uns, der Polizei!«

»Was? Wie kommt ihr darauf?«, fragte die Therkildsen überrascht.

»Erinnert ihr euch an den Polizistenmord von Vesterbro vor fünf Jahren?«, fragte Ebert in die Runde. »Den Rattenmord?«

Jesper, der davon zum ersten Mal hörte, wurde nun noch aufmerksamer.

»Damals war ein Streifenpolizist im Stadtteil Vesterbro tot aufgefunden worden«, fuhr Ebert fort. »Man hatte ihm die Kehle aufgeschlitzt und ihn auf dem Bürgersteig verbluten lassen. Er lag vor einer Mauer mit Graffitisprüchen. Auf seine Stirn hatte der Killer mit Blut ›Ratte‹ geschrieben. Kirsten und ich denken, dass es eine Parallele zu unserem Fall geben könnte.«

Zuerst herrschte Stille, dann brachen wilde Diskussionen los, an denen Jesper sich nicht beteiligte, da er zu wenig über den Rattenmord wusste. Er beugte sich zu Sanne Hougård hinüber und fragte, was es damit auf sich hatte.

»Das war eine schlimme Sache. Ich kannte den Kollegen persönlich. Er war Schutzpolizist. Nach Schichtende am späten Abend auf dem Weg nach Hause zu seiner Familie. Ganz in der Nähe seiner Wohnung hat ihm jemand aufgelauert. Der Mörder wurde bis heute nicht gefasst.«

»Weiß man wenigstens, warum der Kollege ermordet wurde? ›Ratte‹ bedeutet doch in diesem Fall Verräter, oder?«

Sanne nickte. »Es wird vermutet, dass er als Informant für einen Drogenschmugglerring mit rechtsradikalem Hintergrund tätig war. Damit meine ich, dass er womöglich auf deren Lohnliste stand und Polizeiinterna an die Gruppe weitergegeben hat. Kurz vor seiner Ermordung war der Boss der Bande wegen Drogenhandels festgenommen worden. Der Kollege war an der Verhaftung beteiligt gewesen. Die Theorie ist, dass er seine rechte Gesinnung gegenüber der Gruppierung nur vorgespielt hat und die Informationen, die er aus dem Milieu erhalten hat, für die Verhaftung des Bandenchefs genutzt hat.«

»Also ein Undercover-Beamter, der aufgeflogen ist?«

»Nein, der Kollege war nie offiziell verdeckt unterwegs. Er muss aus eigenem Antrieb gehandelt haben.«

Jesper schüttelte den Kopf. Wie leichtsinnig. Und wie traurig, dass der Mann den Einsatz mit seinem Leben bezahlt hatte. »Und jetzt gehen Kirsten und Ebert davon aus, dass der Mord auf Refshaleøen eine erneute Nachricht an uns Polizisten ist? Aber weshalb? Und warum nach einem so langen Zeitraum?«

»Keine Ahnung, dennoch liegen die Ähnlichkeiten auf der Hand, oder?«

Das sah Jesper anders. Ein Wolf und eine Ratte beinhalteten zwei vollkommen verschiedene Botschaften, und auch die Runen passten nicht dazu. Allerdings würde er einen Teufel tun und die Theorie laut hinterfragen, für die alle anderen Kollegen so Feuer und Flamme zu sein schienen.

Unterdessen war die Therkildsen dabei, das Team damit zu beauftragen, bei allen aktuell laufenden Ermittlungen gegen das rechte Milieu nachzuforschen. Sie wollte wissen, ob es irgendwo eine Verbindung gab. Sie selbst würde eine interne Warnung an sämtliche Beamten rausgeben, draußen auf der Straße noch wachsamer zu sein. Vielleicht hatte der Mörder von damals es erneut auf einen Polizisten abgesehen.

Jesper war skeptisch. Als erfahrener Fallanalytiker fielen ihm sofort diverse Abweichungen im Modus Operandi auf. Die Mordmethoden lagen doch sehr weit auseinander. Und ziemlich sicher stammten Asger Dahl und der ermordete Polizist aus Vesterbro aus komplett unterschiedlichen Milieus. Außerdem schien Dahl keine Verbindung zur rechten Szene gehabt zu haben.

»Okay!«, rief Kirsten, um die unter den Kollegen entflammten Gespräche zu unterbrechen. »Zurück zum Obduktionsbericht. Es gibt weitere Details, die wichtig sein könnten. Dabei geht es in erster Linie um Dahls Krebserkrankung. Bostrup hat beim Öffnen der Leiche festgestellt, dass er an einem primären Nasen-Rachen-Tumor litt, der im Innern seiner Nebenhöhlen beträchtlich angewachsen war und ihm das Atmen durch die Nase erschwert haben muss. Womöglich war Dahl gezwungen, ausschließlich durch den Mund zu atmen. Des Weiteren war sein Lymphsystem voller Metastasen, und seine Lunge wies mehrere Sekundärtumore auf. Bostrup schätzt, dass Dahl nur noch wenige Wochen zu leben gehabt hätte.«

»Einen Nasen-Rachen-Tumor. War Asger Dahl Raucher?«, fragte die Therkildsen.

Kirsten las in dem Bericht. »Nein, offensichtlich nicht. Das Lungengewebe wies kaum Teeransammlungen auf, wie es bei einem Raucher üblich gewesen wäre.«

»Das ist doch verrückt!«, stieß Sanne aus. »Wer ermordet denn einen Mann, der ohnehin bald gestorben wäre? Der Täter hätte nur abwarten müssen. Warum geht er mit dieser auffälligen Tat ein so großes Risiko ein?«

»Vielleicht wusste er nichts von der Krebserkrankung«, warf Camilla ein. »Oder er wollte Dahl töten, bevor der Krebs ihn erledigt. Aus Rache!«

»Möglicherweise war es ihm auch egal, weil er Asger bloß für seine Botschaft benutzt hat«, fügte Ebert hinzu.

Kirsten schürzte die Lippen. »Na!«, sagte sie laut. »In dieser Sache ist das letzte Wort noch nicht gesprochen. Wang hat uns zugesichert, sich mit der Auswertung von Dahls Handy zu beeilen. Ich hoffe, wir bekommen durch das Bewegungsprofil mehr Informationen zum Tathergang.« Sie sah auf die Uhr. »Ann Katrine und ich halten jetzt die Pressekonferenz ab. Bitte erledigt unterdessen so schnell wie möglich eure Aufgaben!«

Jesper knirschte unwillig mit den Zähnen. Kirsten hatte ihm die Sichtung der Videodateien übertragen, ergo Innendienst. Das war mit Sicherheit ein Seitenhieb wegen seines Vorschlags mit Marit. Aus irgendeinem Grund wollte Kirsten nicht, dass sie und er aufeinandertrafen. Er seufzte, als er an das Hunderte Stunden umfassende Material dachte. Wie sollte er das allein bewältigen? Insgeheim überlegte er, ob er dazu befugt war, die Dienste von Marit ohne Kirstens Einwilligung zu beantragen. Leider war die Therkildsen gerade mit ihr zusammen verschwunden. Er würde also erst mal in den sauren Apfel beißen müssen und warten, bis sie wieder verfügbar war.

Unmotiviert griff er nach der mobilen Festplatte und klappte den Laptop auf.

»Ich helfe dir!« Mit einem vieldeutigen Lächeln setzte sich Sanne neben ihn und rückte den Stuhl ein wenig dichter an ihn heran, sodass sich ihre Arme berührten.

Jesper ließ es geschehen. Er brauchte jede Unterstützung, die er kriegen konnte.

11. KAPITEL

Brøndby, Polizeischule

Josie holte tief Luft, als der kräftige Eins-neunzig-Typ auf sie zuschnellte, sie am Arm und im Nacken packte und in die Knie zwang. Dabei verkniff sie sich jeden Schmerzenslaut und ließ sich bäuchlings auf den Boden pressen. Das Knie des Typen drückte hart gegen ihren Rücken, und ihr blieb die Luft weg. Der muffige Geruch des Teppichs drang in ihre Nase. Der Kerl keuchte, änderte seinen Griff und drehte ihr den zweiten Arm auf den Rücken, dann klirrte und schnappte es metallisch, und Josie hörte einen triumphierenden Ausruf. Nun war sie fixiert und konnte sich nicht mehr bewegen. Sie hasste das. Aber es war notwendig. Das wusste sie.

Es war eine der vielen Übungen, die sie während ihrer sechsmonatigen Polizeikadettenausbildung absolvieren musste: kontrollierte Gewaltanwendung in Dreiergruppen, bei denen sie trainierten, jemanden zu überwältigen und Handschellen anzulegen. Sie war in dieser Runde der Delinquent und Tobias derjenige, der die Gewalt anwendete. Nicklas, dem Dritten im Bunde, kam die Rolle des Beobachters zu. Sie waren allein in einem der Büros der Akademie. Normalerweise fanden diese Übungen in der Sporthalle statt, doch heute sollten sie lernen, in engen Räumlichkeiten zu agieren. Tobias kniete noch immer auf ihrem Rücken, unnötig schwer und übertrieben lange, wie sie fand.

»He, du kannst jetzt von mir runtergehen«, schnaubte sie mit der Wange am rauen Teppich. Sie sah die Beine des Bürostuhls und die Unterseite des Tisches. Tobias stieß ein amüsiertes Lachen aus. Sie konnte ihn nicht leiden – und Nicklas auch nicht. Obwohl Letzterer wahrscheinlich ganz okay gewesen wäre, wenn er sich nicht an das Großmaul Tobias drangehängt hätte.

»Tobias!«, brüllte sie. »Es reicht!«

Der Mitschüler dachte nicht daran, sie von den Handschellen zu befreien. Wollte er sie demütigen, oder was?

Plötzlich hörte sie seine Stimme dicht an ihrem Ohr: »Das können wir nach der Schule auch gerne mal ausprobieren. Du stehst bestimmt auf solch schmutzige Spielchen.«

Josie hatte die Faxen dicke und versuchte, den viel schwereren und stärkeren Tobias von sich abzuwerfen. Sie begann, mit den Beinen um sich zu treten. Keine Chance.

Tobias hockte kichernd auf ihr, während Nicklas untätig zusah. »Hey, du bockst ja wie eine Nutte auf Crack. Das ist voll wie im Real Life – so bereiten wir uns auf den Einsatz auf der Straße vor!«

Er boxte mit der Hand neben ihr auf den Boden und stand endlich auf. Josie bekam wieder Luft. Sie warf sich auf den Rücken und funkelte ihn wütend an. Mit feixender Miene stellte Tobias sich neben Nicklas.

»Mach die Handschellen auf!«

»Erträgst du den Kontrollverlust nicht?« Höhnisch hob Tobias die Brauen. Nicklas unternahm immer noch nichts, um ihr zu helfen. Der war genauso ein Arschloch! Josie drehte den Kopf zur Tür, die Geräusche der anderen Schüler drangen vom Flur zu ihnen herein. Sie waren ebenfalls in ihre Übungen vertieft, und wo sich der Ausbilder befand, wusste Josie nicht.

Tobias erahnte ihre Gedanken und ging neben ihr in die Hocke. »Vergiss es«, zischte er. »Hier tanzen sowieso alle nach meiner Pfeife!«

Josie hätte ihn am liebsten angeschrien, dass er sich seine beschissenen Beziehungen sonst wohin stecken könne und sie endlich befreien solle, doch sie hielt den Mund. Außerdem vermied sie es, Nicklas anzusehen. Er würde sich niemals für sie einsetzen, steckte zu tief im Rektum des Kameraden.

»Na, was ist?«, fragte Tobias leise. In seinem Blick lag ein ekelhaft überlegener Ausdruck. »Immer noch die kleine Rebellin? Das ist echt süß. Leider wird dir dein Vater nicht helfen können.«

»Fick dich!«, zischte Josie.

Tobias lächelte dünn. Endlich holte er den Handschellenschlüssel hervor und befreite sie. Ohne ein Wort sprang Josie auf und rannte aus dem Büro. Auf dem Flur kämpften zwei Mitschülerinnen mit einem dritten in einer ähnlichen Trainingssituation wie der ihren. Josie lief in die andere Richtung.

In den Toilettenräumen schloss sie sich in eine Kabine ein und lehnte sich mit dem Rücken gegen die Tür.

»Scheiße!«, wimmerte sie und zitterte dabei am ganzen Leib. Nie zuvor hatte sie sich so hilflos gefühlt. Dabei hatte ihre Ausbildung gerade erst angefangen. Was, wenn solche – oder schlimmere – Situationen draußen auf der Straße auf sie warteten? Würde sie dann auch so reagieren, einfach wegrennen und heulen? Wäre sie überhaupt eine gute Polizistin?

Sie schlug mit ihrem Hinterkopf gegen die Tür. Immer wieder.

Verdammt! Wie viel Pech konnte man haben!

Normalerweise war sie nicht auf den Mund gefallen. Auf eine Provokation wie die von Tobias hätte sie früher gekontert, ohne mit der Wimper zu zucken. Aber das hier war eine andere Situation. Wer hätte denn ahnen können, dass sie ausgerechnet mit Tobias Therkildsen in eine Klasse gehen würde, dem unausstehlichen Sohn der Vorgesetzten ihres Vaters!

12. KAPITEL

Brüder befehden sich und fällen einander.
Geschwisterte sieht man die Sippe brechen.
Der Grund erdröhnt, üble Disen fliegen;
Der eine schont des andern nicht mehr.

(Ältere Edda, 1. Völuspá, Der Seherin Weissagung, Vers 45)

*

Kopenhagen

Der Hauptbahnhof war wie ein Tor zu Hels Unterwelt. Nie zuvor war Nummer 25 an einem Ort gewesen, der ihm so viel Furcht eingeflößt hatte. Außer dem Gefängnis vielleicht.

Von überallher strömten Menschen in die Bahnhofshalle. Sie quollen die Aufgänge von den Gleisen hinauf oder standen in Schlangen vor den Kiosken und Schaltern. Ein Wirrwarr aus Stimmen strömte auf ihn ein und brachte jene Stimme in seinem Innern, die er so sehr brauchte, fast zum Verstummen. Wie ein summender metallischer Hammerschlag wirkte das Chaos der Stadt auf seine Nervenbahnen ein. Seine Muskeln waren angespannt, sein Instinkt in nervöser Alarmbereitschaft, er war bereit zur Flucht. Der Wolf in ihm knurrte leise, und sein Fell sträubte sich. Doch wo sollte er hin? Es gab keinen Rückzugsort für ihn. Nur Lärm, Hektik und die bedrängende Nähe von Menschen.

Von seiner Wohnung bis zum Bahnhof war er zu Fuß

gelaufen, das hatte ihm nicht viel ausgemacht. Aber die engen Straßen, die unzähligen Autos, die Fahrräder, die Fußgänger, Kinder und Hunde hatten ihm fast die Sinne geraubt. Er fühlte sich gejagt. Von allen Seiten! Zweimal wäre er beinahe mit einem Radfahrer zusammengeprallt. Und in dem unübersichtlichen Netz aus Seitenstraßen hatte er sich mehrfach verlaufen und nach dem Weg fragen müssen. Doch die Antworten der Stadtbewohner hatte er kaum verstanden, so schnell hatten sie geredet. Dabei waren ihre Blicke gehetzt hin und her gesprungen, als würden auch sie gejagt werden.

Um sich zu orientieren, drehte Nummer 25 sich um die eigene Achse, dabei wurde er von einem vorbeieilenden Mann in einem schwarzen Wollmantel angerempelt. Ohne sich zu entschuldigen, lief der Kerl weiter. Der Wolf knurrte lauter. Er mochte es nicht, mit mangelndem Respekt behandelt zu werden. Das machte ihn wütend. Und wenn sie nicht in der Öffentlichkeit gewesen wären, dann …

Nummer 25 suchte nach einem Bahnschalter. Er brauchte eine Fahrkarte. Und eine Telefonzelle. Letzteres hatte er auf dem gesamten Weg hierher nicht gefunden. Also würde es mit einem Anruf bei seiner Mutter schwer werden. Er bewegte sich auf den Schalter zu und reihte sich in die Schlange ein. Vor ihm stand eine Frau mit langen blonden Haaren und einem Rollkoffer. Sie trug hochhackige Schuhe und ein aufdringliches Parfüm. Nummer 25 atmete flach. Der Wolf reckte die Schnauze vor und witterte.

Als er endlich an der Reihe war, musste er sich Mühe geben, klar zu sprechen, so sehr war er in Gedanken schon bei den Dingen, die er zu erledigen hatte. Er nannte der Dame hinterm Schalter sein Ziel.

»Da müssen Sie in Vordingborg umsteigen und mit dem Bus weiterfahren.«

»Das kenne ich«, antwortete er.

»Einfache Fahrt?«

»Ja.«

Sie stellte ihm das Ticket aus, wobei ihre Finger über die Computertastatur flogen. Sie hatte blutrot lackierte Nägel. Diese Farbe mochte er.

»Gleis 3, Abfahrt in einer halben Stunde. Gute Reise.« Die Dame reichte ihm das Ticket.

Er bezahlte mit dem Geld aus seinem Portemonnaie und war ein wenig erschrocken über den Preis. Damals war alles viel billiger gewesen. Er nahm seine Sporttasche und die Tüte auf und sah sich suchend um. Er fand den Zugang zu Gleis 3, fuhr mit der Rolltreppe nach unten und suchte sich einen ruhigen Platz am Ende des Bahnsteigs, wo er freien Himmel über sich hatte und nicht mehr das Gefühl, von Menschen bedrängt zu werden. Tauben flatterten an ihm vorbei, landeten im Gleisbett und marschierten mit nickenden Köpfen umher. Nummer 25 bekam Hunger. Er griff in die Tüte und zog eine Packung Toastbrot heraus, von dem er sich eine Scheibe in den Mund schob. Ein paar Krümel warf er den Tauben hin, die sie eilig aufpickten. Daher gab er ihnen noch etwas von der nächsten Brotscheibe.

»He, das Füttern der Tauben ist verboten!«

Nummer 25 sah auf. Neben ihm stand der Mann mit dem schwarzen Wollmantel und musterte ihn missbilligend. Sofort stellten sich die Nackenhaare des Wolfs auf. Er bleckte die Zähne und roch das Blut, das durch die Adern des Mannes floss. Auch er hatte Hunger.

Nummer 25 musste sich beherrschen. Der Wolf würde seine Nahrung bekommen. Aber nicht jetzt. Er bedachte den Mann mit einem langen, starren Blick, bis dieser sich wortlos verzog. Der Typ hatte wohl gespürt, dass man sich mit ihm besser nicht anlegte.

Ruhig biss Nummer 25 vom Toastbrot ab und gab den Tauben mehrere Brocken davon.

Tauben schmeckten gut. Wo er hinfuhr, gab es genug davon. Für ihn war also gesorgt. Und der Wolf würde auch bald Blut trinken können.

13. KAPITEL

Marit fror, als sie mit einer Tasse Tee auf dem Sofa saß, obwohl der Kaminofen im Wohnzimmer des Hausbootes brannte. Draußen vor den Bullaugenfenstern wirbelte der Wind die Blätter von den Bäumen, fegte sie in das Wasser des Kanals, in dem das Boot seinen festen Liegeplatz hatte. Der Himmel hing voll düsterer Wolken, und bald würde sich eine weitere Nacht über sie senken.

Marit zog die Decke enger um die Schultern, nahm vorsichtig einen Schluck Tee. Der Ärger über die Bjerrums nagte nach wie vor in ihrer Brust, während deren Beschuldigungen unentwegt durch ihren Kopf geisterten. Hatten Nannas Eltern recht und sie hatte sich geirrt? War das Mädchen in Flensburg doch Nanna gewesen?

Marit stellte die Tasse weg und griff nach ihrem Handy, das auf dem Couchtisch lag. Sie wollte sich mit Arbeit ablenken, nicht mehr an den Fall denken. Sie öffnete ihre Mails und las die neu eingegangenen. Bei der fünften Nachricht überkam sie ein Hitzeschwall. Sie war vor Herrn Bjerrum.

Mit zitternden Fingern öffnete sie sie. War das eine Entschuldigung? Oder ein weiterer Angriff auf sie?

Als sie die Mail gelesen hatte, spürte Marit, wie ihr die Tränen über die Wangen liefen. Herr Bjerrum hatte einen Anwalt eingeschaltet und erklärte mit harten Worten, dass er sie wegen Betrugs verklagen würde. Außerdem verlangte er die Anzahlung zurück. Aber was noch schlimmer war … Er beabsichtigte, ein Berufsverbot gegen sie zu erwirken. Die wollten sie fertigmachen!

Marit ließ das Telefon in den Schoß fallen und schlug die

Hände vors Gesicht. Laut schluchzte sie all ihren Kummer heraus. Warum hatte sie diesen Auftrag bloß angenommen? Was war schiefgelaufen? Sie hatte schon viele Vermisstenfälle bearbeitet und stets mit einem eindeutigen Ergebnis zu Ende gebracht. Leider oft mit einer schlechten Nachricht für ihre Klienten, nämlich der, dass die oder der Gesuchte nicht mehr am Leben war. Natürlich war das furchtbar für die Angehörigen, aber niemand hatte sie bisher angezweifelt oder als Lügnerin bezeichnet. In den meisten Fällen hatte sie den Betroffenen trotz des Schmerzes auch eine gewisse Art von Frieden gebracht. Herr Bjerrum jedoch wollte diesen Frieden nicht, er hatte ihr den Krieg erklärt.

Marit putzte ihre Nase mit einem Taschentuch. Danach griff sie zum Handy in ihrem Schoß. Sie brauchte eine Strategie, um da heil rauszukommen.

Nachdem sie eine Nummer aus England gewählt hatte, hörte sie wenig später die Stimme ihres Freundes und Mentors Jeff Henrey am anderen Ende. Er war Professor an der University of Greenwich und forschte seit Jahren zum Thema Super-Recognizing. Dabei stand er im engen Austausch mit Hochschulen in aller Welt. Er war einer der ersten Wissenschaftler, die die Fähigkeit, Gesichter zu erkennen, unter die Lupe genommen und einen Test entwickelt hatten, mit dem jeder Mensch herausfinden konnte, ob er ein Super-Recognizer war. Zusammen mit Marit gab er internationale Lehrgänge für Nachwuchs-Recognizer und hielt Vorträge bei Ermittlungsbehörden rund um den Globus über den sinnvollen Einsatz der »Gesichtserkenner«.

»Hi, Jeff«, grüßte Marit ihn. »Hättest du kurz Zeit?«

»Für dich immer, Liebes.«

Jeffs einfühlsame Stimme zu hören, ließ wieder die Tränen aus ihren Augen treten. Der Professor merkte sofort, dass etwas nicht stimmte, und fragte, was los war. Marit schluchzte ein paarmal laut und berichtete ihm von dem Fall »Nanna«.

»Was, wenn ich mich tatsächlich geirrt habe?«, schloss sie und wischte sich über ihr feuchtes Gesicht.

»Ach, Liebes«, sagte Jeff mitfühlend, »dass du so an dir zweifelst. Das musst du nicht. Du bist die beste Super-Recognizern, die ich kenne. Und du bist die Einzige mit einer Quote von 98 Prozent. Du irrst dich nie!«

»Und was ist mit den übrigen zwei Prozent, Jeff? Was, wenn ich doch einen Fehler gemacht habe?«

»Deine Fähigkeiten sind einzigartig, Marit, und deine Quote ist unerreichbar. Du könntest dich nicht irren, selbst wenn du es wolltest.«

Sie fuhr sich über die Augen. Wenn es doch nur wirklich so wäre.

»Meine Aussagen sind vor Gericht belastbar«, fuhr Jeff fort. »Wenn es sein muss, schreibe ich ein Gutachten über deine Fähigkeiten. Ich komme sogar nach Dänemark, um meine Worte zu bezeugen, sollte es nötig sein. Dieser Herr Bjerrum und sein Anwalt können dir nichts.«

»Bis du sicher?«

»Ich bin mir nicht nur sicher, ich weiß es! Marit, du bist die Beste in deinem Job, und ich bin verdammt stolz auf dich!«

Marit atmete tief durch und ihre Wangen wurden plötzlich heiß vor Erleichterung. »Ich danke dir, Jeff!«

»Keine Ursache, Liebes. Melde dich, wenn du mich brauchst. Ich bin für dich da.«

»Das ist lieb. Ich hoffe, ich mache dir damit keine Umstände.«

»Ganz und gar nicht.«

Marit atmete erneut auf und verabschiedete sich von ihrem Freund. Als sie aufgelegt hatte, hörte sie oben an der Tür ein Geräusch. Kjell, ihr schwedischer Mitbewohner und Besitzer des Hausbootes, kam nach Hause. Schnell fuhr sich Marit über das nassgeweinte Gesicht und setzte sich aufrechter hin.

Kjell stieg die Treppe hinab, grüßte sie und legte seine

Tasche auf einen Stuhl. Danach zog er sich den Schal vom Hals und seufzte. »Ich brauche dringend einen Kaffee. Du auch?« Jetzt sah er sie richtig an und bemerkte natürlich sofort, dass es ihr nicht gut ging.

»Was ist passiert?«, fragte Kjell.

Marit ließ den Kopf hängen und erzählte ihm alles. Kjell hörte aufmerksam zu.

»Das ist doch nicht deine Schuld, dass das Mädchen in Flensburg nicht das richtige war«, sagte er, als sie geendet hatte. »Was denken die sich?«

»Ich verstehe die Eltern ja, sie sind verzweifelt und hoffen, dass ihre Tochter noch lebt. Aber müssen sie mich gleich verklagen?«

»Du solltest Morten einschalten. Nur zur Sicherheit. Dann ist er von Anfang an involviert. Gib ihm den Auftrag, sich um die enttäuschten Eltern zu kümmern.« Morten war ein Freund von Kjell und Anwalt. Er hatte sie beide schon aus so manch brenzliger Lage gerettet.

Marit nickte. »Du hast recht. Das wäre das Einfachste.«

»Lass dich nicht verunsichern. Hör auf Jeff. Du bist verdammt gut in deinem Job!« Kjell beugte sich zu ihr hinab und strich ihr sanft über die Wange. Marit umfasste seine Hand und drückte sie kurz.

»Danke«, sagte sie.

Kjell lächelte und richtete sich auf. »Kaffee?«

»Ja, gerne.«

Er ging hinter den Küchentresen, wo er mit dem Espressokocher hantierte.

Marit zog die Decke wieder um ihre Schultern und genoss das warme Gefühl der Freundschaft, das sie mit ihrem langjährigen Mitbewohner verband.

Plötzlich klingelte ihr Handy und sie kramte es aus den Falten der Decke. »Jesper Bæk – Politi København«, stand auf dem Display. Überrascht hob sie die Brauen. Seit geraumer Zeit hatte sie nichts von ihm gehört und sich schon gefragt, wie es ihm ging. Sicher litt er unter dem Stress seines Jobs so wie sie unter dem ihren.

»Hallo, Jesper!«, grüßte sie und bemerkte Kjells Seitenblick. Sie wusste ganz genau, was er dachte, und im selben Moment grinste er auch schon in sich hinein. Sie wandte sich ab und konzentrierte sich auf das Telefonat.

»Schön, dass du anrufst«, fuhr sie fort. »Wir haben lange nicht mehr miteinander gesprochen. Was gibt's denn?«

Am anderen Ende herrschte kurzes Schweigen, was sie nicht deuten konnte. Vermutlich war es Verlegenheit. Dann lachte Jesper befangen auf. »Also, ich … nein, eigentlich wir, die Mordkommission, würden dich gerne engagieren. Vorausgesetzt, du hast Zeit. Es gibt einen Fall, bei dem wir deine Hilfe gebrauchen könnten. Es ist alles mit Ann Katrine Therkildsen abgeklärt. Dein Vertrag wartet im Präsidium auf dich.«

»Worum geht es?«

Jesper umriss den Fall in knappen Worten, und am Ende stieß Marit ein leises »Wow, heftig!« aus. Sie hatte gar nichts von dem Mord mitbekommen, weil sie zu sehr in ihre eigene Ermittlung verstrickt gewesen war und die Medien nicht verfolgt hatte.

»Wir haben sehr viel Videomaterial«, erklärte Jesper. »Du müsstest darauf eine bestimmte Person erkennen.«

»Geht klar. Wann soll ich kommen?«

»Am besten sofort.«

Marit sah auf die Uhr. »Kein Problem, ich kann in einer halben Stunde bei euch im Präsidium sein.« Insgeheim freute sie sich über den Auftrag. Er würde sie auf andere Gedanken bringen.

»Sehr gut, ich danke dir. Allerdings bin ich mit Kirsten unterwegs nach Nørrebro. Ebert und Camilla sind im Präsidium und werden dich einweisen.«

Marit spürte eine leichte Enttäuschung. Gerne wäre sie Jesper persönlich begegnet. Das hätte ihr gutgetan nach dem ganzen Mist.

»Okay, dann sehen wir uns später«, sagte sie. »Und grüß Kirsten. Sie leitet die Ermittlung doch, oder?«

Jesper stieß angestrengt Luft aus. »Ja, aber ... dich zu engagieren, habe ich selbst entschieden. Kirsten ist nicht sonderlich erfreut darüber.«

Marit musste schmunzeln. Jesper und Kirsten – das Duo infernale. Zwei unterschiedlichere Charaktere hätte man nicht zusammen in eine Abteilung stecken können. Immer wenn sich Kirsten bei Marit darüber ausließ, was ihr an Jesper nicht passte, könnte man glauben, sie würde alles an ihm ablehnen. Doch Marit wusste es besser. Irgendwo hinter den ganzen Stacheldrahtzäunen, die Kirsten um sich herum errichtet hatte, verbarg sich eine gewisse Anerkennung für die Leistung ihres neuen Kollegen. Vor allem aber das Wissen, dass er gut fürs Team war. Sie sprachen nicht dieselbe Sprache, im Herzen waren beide jedoch leidenschaftliche Bullen.

»Wir sehen uns. Ich freue mich«, verabschiedete sich Jesper und legte auf.

Marit ließ das Handy sinken und spürte erneut Kjells Blick auf sich.

»Ein Auftrag von der Polizei?«, fragte er.

»Ja, schon wieder so ein verrückter Killer.«

»Geht es etwa um den hier?« Kjell hob die Zeitung vom Küchentresen, auf deren Titelseite ein Bild von der Werfthalle auf Refshaleøen mit dem Wolfsgesicht prangte.

»Genau der.«

Kjell pfiff durch die Zähne. »Du lässt nichts anbrennen, was? Und der nette Kommissar ist auch wieder dabei?« Er zwinkerte ihr zu.

»Ja, das ist er«, brummte Marit.

Kjell grinste sein unverschämtes Grinsen, für das er eigentlich eingesperrt gehörte. Er kannte Jesper und dessen Tochter. Josie war vor einiger Zeit bei ihm untergekommen, als Marit und Jesper dienstlich in Grönland unterwegs gewesen waren. Und er wusste außerdem, dass Marit etwas für Jesper empfand.

»Und?«, fragte Kjell.

»Und was?«

»Triffst du dich mit dem netten Kommissar?«

»Klar, allerdings rein beruflich.«

Kjell legte den Kopf schief. »Der Typ steht auf dich und du stehst auf ihn ... Worauf wartest du noch?«

»Ich fange sicher nichts mit einem Polizisten an!«

»Wieso nicht? Die haben Waffen und Uniformen ...«

»... und beschissene Arbeitszeiten!«

Kjell lachte laut auf. »Als ob du von neun bis fünf ins Büro gehen würdest.«

Marit funkelte ihn an. Bevor sie zu einer Erwiderung ansetzen konnte, begann der Espressokocher zu brodeln und Kjell nahm ihn mit einem erfreuten Laut vom Herd. »Endlich. Mein Lebenselixier! Ich nehme mal an, du trinkst deinen auf dem Revier?«

14. KAPITEL

Jesper lächelte, als er an das Telefonat mit Marit eben dachte. Zusammen mit Kirsten fuhr er durch die dunklen Straßen von Nørrebro. Sie waren auf dem Weg zu der Kneipe, in der sich Asger Dahls Kumpels zum Kartenspielen trafen. Marits Stimme zu hören, hatte ihm eine behagliche Wärme beschert. In Gedanken schwebte das Gesicht der hochgewachsenen, schlanken Grönländerin vor ihm. Mit ihrer blassen Haut, den hellblauen, fast farblosen Augen und den weißblonden Haaren war Marit eine äußerst verwirrende wie aufregende Person. Ihr Äußeres bescherte ihr oft neugierige Blicke, viele hielten sie für einen Albino. Ebenso Jesper, als er im Sektionssaal von Dr. Bostrup zum ersten Mal auf Marit getroffen war. Doch sie war kein Albino und hasste es, so genannt zu werden. Ihre Hellhäutigkeit erklärte sich dadurch, dass sie weniger Pigmente besaß als andere Menschen. Für Jesper war sie schlicht die außergewöhnlichste Frau, der er jemals begegnet war. Verträumt legte er die Hände in den Schoß und blickte auf die dunkle Straße. Josie würde sich kaputtlachen, wenn sie sehen könnte, wie er Marit anhimmelte.

»Das hast du ja geschickt eingefädelt!«, peitschte ihm Kirstens Stimme von der Seite ins Gesicht. Die Wärme in seinem Innern verpuffte.

»Ann Katrine hinter meinem Rücken um Unterstützung durch Marit zu bitten«, grummelte sie. »Das war nicht gerade clever.«

»Wieso?« Jesper drehte sich zu ihr. »Ohne Marit wären wir wochenlang damit beschäftigt gewesen, das Videomaterial zu sichten. Jetzt geht es viel schneller.«

Statt zu antworten, stieß Kirsten Luft aus.

Sie erreichten die Baldersgade in der Nähe des Mjølnerparks und parkten das Auto vor der Kneipe. Vor dem Eingang der Spelunke blieb Kirsten stehen und sah Jesper an. »Ich bin in diesem Viertel aufgewachsen. Also läuft es da drinnen so, wie ich es sage. Und nicht wie ein Herr Vizekommissar denkt, dass es laufen soll. Ist das klar?«

Jesper hob beide Hände. »Natürlich.«

Kirsten öffnete die Tür und trat ein. Jesper folgte ihr in den schummrigen Schankraum, in dem es nach kaltem Zigarettenrauch, Schweiß und gammeligem Teppich roch, der über Jahrzehnte hinweg Hektoliter Bier in sich aufgesogen haben musste.

Sie gingen zum Tresen.

»Ein Tuborg Classic!«, bestellte Kirsten.

Der bärtige Wirt musterte sie und stellte ihr ein volles Glas hin. Sein fragender Blick fiel auf Jesper.

»Äh … ich nehme eine Cola.«

Im Ernst, sagte Kirstens belustigte Miene. Dann schüttelte sie den Kopf, wobei sich ihre kinnlangen Locken hinter den Ohren lösten. Sie strich sich das widerspenstige Haar zurück und setzte das Glas an, trank es zur Hälfte aus. Natürlich.

Jesper nippte an seiner Cola, die kaum Kohlensäure besaß. Er musste sich Mühe geben, sich den scheußlichen Geschmack nicht anmerken zu lassen. Wahrscheinlich bestellte in diesem Schuppen sonst niemand Cola und die Flasche stand seit ewigen Zeiten geöffnet herum. Mit zusammengepressten Lippen schluckte er das Gesöff hinunter.

Kirsten hatte derweil ein Bild von Asger Dahl aus ihrer Lederjacke gezogen und es dem Wirt entgegengeschoben. »Kennen Sie diesen Mann? Er soll bei Ihnen Stammgast sein.«

Der Bärtige schielte auf das Foto. »Hätten Sie gleich sagen können, dass Sie von der Polizei sind.«

»Ach was, das wussten Sie doch längst.« Sie zwinkerte ihm zu.

Der Wirt grinste, deutete auf das Bild. »Das ist Asger Dahl.«

»Okay, danke. Uns wurde gesagt, dass er hier regelmäßig mit seinen Kumpels abhängt. Wo finden wir die?«

»Dort drüben.« Der Wirt deutete in eine Nische mit einem runden Tisch, an dem vier Männer hockten. Einer wirkte abgerissener als der andere, und sie schienen schon recht angetrunken zu sein, auch wenn es noch nicht ganz 19 Uhr war. Kirsten nahm ihr Glas und stapfte breitbeinig zu den Männern hinüber. Dabei klirrte eine Schnalle an ihrer Jacke wie die Sporen an den Stiefeln eines Cowboys. Sie setzte sich auf den einzigen freien Stuhl an dem Tisch, wodurch sich Jesper, der ihr gefolgt war, plötzlich fehl am Platz fühlte. Ein wenig unbeholfen lehnte er sich mit seiner Cola gegen einen der Holzpfosten, die die Nische einfassten. Die glasigen Blicke der Männer umkreisten ihn kurz, bevor sie sich auf Kirsten einpendelten. Sie hatte das Foto von Asger Dahl in die Mitte des Tisches gelegt, wo es sich mit verschüttetem Bier vollsog. Mit knappen Worten erklärte sie, was geschehen war.

»Mein Beileid«, schob sie hinterher und stellte ihre erste Frage. »War er ein guter Freund von euch?«

Die Männer nickten einträchtig. Einer griff nach seinem Bierglas, stellte jedoch fest, dass es leer war, und orderte eine neue Runde, diesmal Schnaps.

Nachdem sie den Akvavit gekippt hatten, setzte Kirsten sie über die weiteren Details ins Bild. Daraufhin war die nächste Runde fällig, bei der Kirsten mittrank. Jesper war froh, dass dieser Kelch an ihm vorüberging.

»Meine Fresse!«, sagte einer der Männer schließlich, ein hagerer Kerl mit weißem Haarkranz und großer gebogener Nase. »Asger wusste, dass er nicht mehr viel Zeit hatte, aber dass so etwas passiert …!«

Seine Freunde murmelten ihre Zustimmung und drehten die leeren Schnapsgläser zwischen ihren Fingern. Der Wirt kam und füllte nach.

»Hatte Asger Angehörige? Eine Familie, die wir informieren können?«, erkundigte sich Kirsten, nachdem sie sich den nächsten Akvavit einverleibt hatte.

»Nee, nur eine Ex-Frau«, antwortete ein übergewichtiger Kerl mit langem fusseligem Bart. »Sie heißt Mona Kofoed und lebt in Lyngby. Mit der hatte Asger aber nichts mehr zu tun. Sie hat ihn für einen anderen verlassen. Doch das ist auch schon wieder vorbei. Wer weiß, mit wem sie jetzt vögelt.«

»Ey, Mann, pass auf, was du sagst. Eine Dame sitzt mit am Tisch!«, wies ihn der Hagere zurecht.

Kirsten winkte ab. »Nur keine Hemmungen. Ich kann das ab.«

»Ist mir nicht entgangen!« Der Bärtige grinste schmierig und schielte in Richtung ihres Schnapsglases. Der Wirt hatte die Flasche bei ihnen stehen lassen, sodass der Bärtige nun das Einschenken übernahm. Er stieß mit Kirsten an und kippte den Schnaps in einem Zug hinunter. Kirsten tat es ihm gleich.

Jesper nippte an seiner Cola und verzog das Gesicht. Unauffällig stellte er das Glas weg.

»Asger hatte seine Dinge geregelt«, erklärte der Bärtige. »Er wollte die restliche Zeit, die ihm blieb, mit uns verbringen. Mit seinen Kumpels.«

»Wisst ihr, ob Asgar Kontakte zu Rechtsextremisten hatte?«

»Rechtsex… was?«

»Mann, Nazis meint die Frau!« Der Hagere stieß den Bärtigen an.

»Ach so!« Der schüttelte den Kopf. »Nein, was für ein Quatsch. Mit solchen Typen hatte Asger nichts zu schaffen.«

»Kennt ihr sein Tattoo? Das mit den Runen und dem

Wotansknoten?« Kirsten zeigte auf ihren eigenen Unterarm. »Hatte es für ihn eine Bedeutung?«

Die Männer sahen einander an.

»Keine Peilung«, sagte der Bärtige. »Das hatte Asger schon immer.«

»Könnt ihr euch vorstellen, warum jemand Asger das angetan hat? Ist er jemandem zu sehr auf die Füße getreten, weswegen derjenige sauer auf ihn gewesen sein könnte?«

Die Männer überlegten erneut.

»Nein«, antwortete der Hagere. »Obwohl ...« Er legte die hohe Stirn in Falten. »Hat Asger nicht vor Kurzem davon geredet, dass er ... Na, wie war das noch?« Er wedelte mit der Hand durch die Luft.

Der Bärtige kam ihm zu Hilfe. »Ich glaube, er hat irgendetwas davon gefaselt, dass er viele Leben auf dem Gewissen habe und heute einiges anders machen würde, wenn er könnte. Doch das gehe ja nicht, weil man die Zeit nicht zurückdrehen könne oder so. Und jetzt sei es nur recht, dass der Krebs ihn auffraß.«

Jesper wurde hellhörig, und auch Kirsten lehnte sich interessiert vor. »Was hat er damit gemeint? Was für Leben hatte er auf dem Gewissen?«

Der Bärtige zuckte mit den Schultern, auch die restlichen Männer hatten keine Ahnung.

»Irgendetwas im Zusammenhang mit seinem Beruf?«, hakte Kirsten nach.

»Er hat als LKW-Fahrer bei HOFOR auf Amager gearbeitet«, entgegnete der Hagere. »Wüsste nicht, was er da für Leben auf dem Gewissen haben sollte. Dort hatte er doch nur mit Müll zu tun. Außer er hätte mal jemanden überfahren oder so, aber das hätten wir mitbekommen.«

»Und wo war er davor beschäftigt? Oder war er schon immer beim Müllverbrennungswerk?«

Der Hagere schürzte die spröden Lippen. »Er hat einen Müllwagen der Kommune gefahren, bis es ihm zu anstrengend wurde, durch die engen Gassen der Stadt zu gurken. Da ist er nach Amager gegangen.«

»Und noch früher?«

»Davor hat er auf Møn gearbeitet. Ich weiß nicht, wo genau, aber er ist dort geboren. Seine Ex kommt auch von da. Sie sind dann zusammen nach Kopenhagen gezogen und haben sich hier getrennt. Sie arbeitet irgendwo in einem Schlachterei-Großbetrieb, wenn sie nicht zu besoffen ist.«

Jesper bemerkte, dass Kirsten sich nachdenklich übers Kinn strich. Bisher waren die Antworten der Männer nicht besonders aufschlussreich gewesen, und Jesper brannte eine Frage auf der Zunge. Er wartete ab, ob Kirsten sie stellen würde, doch das schien nicht der Fall zu sein, denn sie trank die zweite Hälfte ihres Bieres aus, wischte sich über den Mund und stand auf.

»Danke«, sagte sie und wollte sich umdrehen, da trat Jesper näher an den Tisch.

»War Asger beim Heer?«, fragte er. »Könnte er deshalb viele Leben auf dem Gewissen gehabt haben, weil er Soldat war?«

Die Männer glotzten ihn an, als sähen sie ihn zum ersten Mal. Jesper musste sich Mühe geben, nicht verlegen zu blinzeln.

»Ihr Kollege spricht aber komisch«, sagte der Bärtige. »Ist der Ausländer?«

»Nee, der kommt aus Jütland«, erwiderte Kirsten, woraufhin die Männer lachten.

Jesper biss die Zähne zusammen. Er hasste es, wenn jemand sich über seine Herkunft lustig machte. Eingebildete Großstädter!

»Also, Asger hat ganz bestimmt seinen Wehrdienst abgeleistet«, antwortete der Hagere. »So wie wir alle. Aber wo und wie genau, weiß ich nicht. Ihr?« Er blickte in die Runde, woraufhin seine Freunde ratlos die Schultern hoben.

Jesper nahm sich vor, später bei der Verwaltung der Streitkräfte anzurufen, um Asger Dahls Daten zu erfragen. Dafür bräuchte er natürlich die Befugnis eines Richters. Auch die Informationen von der Steuerbehörde standen noch aus. Dort würde er ebenfalls nachhaken müssen. In Dänemark war jeder Bürger gläsern, und die »Skat« wusste stets mehr als die Polizei. Aber sie rückte die Informationen nur ungern raus.

Kirsten erkundigte sich bei den Männern nach Dahls Katze. Jesper nutzte die Gelegenheit und schaute sich währenddessen in der Kneipe um. Bisher waren außer Dahls Freunden nur wenige Gäste anwesend, daher hatte der Wirt Zeit, hinter dem Tresen zu stehen und ihrem Gespräch zu lauschen. Jesper löste sich aus der Runde und ging zu ihm hinüber.

»Schmeckt die Cola nicht?«, fragte der Wirt mit einem undefinierbaren Zucken um die Augen.

Jesper ignorierte seine Frage und lehnte sich gegen die Theke. »War zwischen den Jungs dort drüben und Asger immer alles im grünen Bereich?«

»Im grünen Bereich?«

»Na, gab es auch mal Streit?«

»Streit?«

»Sind Sie ein Papagei, oder was?«

»Papagei, oder was?« Der Mann verzog keine Miene.

Jesper schluckte einen bissigen Kommentar hinunter und wollte sich vom Tresen abstoßen, da fiel ihm ein düster wirkendes Bild an der Wand hinter dem Wirt auf. Es war halb von Flaschen verstellt, dennoch konnte Jesper darauf einen Wikingertypen mit Bart, Zöpfen und wildem Blick erkennen. An der Hüfte des Mannes hing ein Schwert und um die Schultern wehte ein Umhang aus Pelz. Er hielt seinen rechten Unterarm umklammert, an dem die Hand fehlte. Blut troff aus dem Stumpf. Hinter dem Wikinger ragte der Schatten eines riesigen Wolfs auf, dessen Augen gelb glommen. Darüber schwebte das Symbol, das Asger Dahl auf seinen Arm tätowiert hatte.

Der Valknut.

Das Wolfsbildnis wies eine große Ähnlichkeit mit dem auf der Hallenwand auf Refshaleøen auf. Unbehagen erfasste Jesper. Er wies auf das Bild und wollte den Wirt danach fragen, im nächsten Moment krachte unvermittelt eine Hand auf seinen Rücken.

»Komm, alter Jütländer, wir gehen!« Kirsten hatte eine Fahne von hier bis nach Skagen.

»Scheiße noch mal«, entfuhr es ihm. »Musst du mich so erschrecken?«

Sie kicherte und marschierte mit klirrender Schnalle auf den Ausgang zu. Jesper sah ihr kopfschüttelnd hinterher. Als sie verschwunden war, wandte er sich an den Wirt.

»Wer ist das auf dem Bild?«

»Bild?« Der Mann hob die Brauen.

»Na, auf dem hinter dir an der Wand!«

»Wand?«

»Weißt du was, vergiss es.« Jesper drehte sich um, trat durch die Tür der Kneipe und ließ sie hinter sich absichtlich laut zuschlagen. Draußen wartete Kirsten. Sie kicherte immer noch.

»Was lachst du?«, schnaubte Jesper.

»Nichts«, entgegnete sie und musste aufstoßen. Sie hielt ihm den Autoschlüssel hin. »Du fährst!«

15. KAPITEL

Gewoben weiß da Wala Todesbande,
Und fest geflochten die Fessel aus Därmen.
Viel weiß der Weise, sieht weit voraus.

(Ältere Edda, 1. Völuspá, Der Seherin Weissagung, Vers 39)

*

Insel Møn

Weiße Dunstfetzen waberten durch die spärlich beleuchteten Straßen – launischer Seenebel, wie ihn Nummer 25 von früher kannte. Tagsüber tanzten die Schwaden draußen vor der Küste. Abends krochen sie über die Strände und Schilfwiesen in die Ortschaften hinein, um sich die Insel zurückzuerobern.

Er stieg am Hafen von Stege aus dem Bus, der ihn vom Bahnhof in Vordingborg hierhergebracht hatte. Während der Fahrt war er ständig eingenickt, sodass er Angst gehabt hatte, seine Haltestelle zu verpassen, doch jetzt stand er am Rand der Mole und blickte über die Brücke hinüber zur Zuckerfabrik, während der kalte Hauch des Nebels über seine Haut leckte. Es roch nach Seetang, feuchtem Schilf und Ostseewasser – nach Heimat.

Dass die Schlote der Fabrik um diese Jahreszeit, in der aufgrund der Rübenernte eigentlich Hochbetrieb herrschen müsste, nicht rauchten, machte ihn traurig. Er erinnerte sich dunkel daran, dass das Werk kurz vor seiner Inhaftierung stillgelegt worden war. Er selbst hatte dort als junger Bursche in der Anfuhrstation gearbeitet, bis er den besser bezahlten Job auf Lindholm bekommen hatte. Und dann war es passiert … Die Sache, wegen der man ihn 31 Jahre lang eingesperrt hatte.

Nummer 25 drehte sich um und machte sich mit der Sporttasche auf dem Rücken auf den Weg in die kleine Innenstadt von Stege. Die Hauptstraße selbst hatte sich kaum verändert, dafür aber die Geschäfte und Restaurants. Alles war anders, trotzdem fand er sich zurecht, hatte den Stadtplan seit seiner Kindheit im Kopf. Hier war er zur Schule gegangen, dort hatte er seine Mutter zu den großen Wocheneinkäufen begleitet, und in der Straße da drüben war sein Hausarzt gewesen. Gedankenverloren rieb er sich über die Narbe an seinem bärtigen Kinn. Die hatte er davongetragen, als ein Mitschüler aus der Grundschule ihn geschubst hatte und er mit dem Kinn auf einen Stein geschlagen war. Die Platzwunde hatte mit fünf Stichen genäht werden müssen. Im Gegensatz zu vielen anderen Dingen aus seiner Vergangenheit waren diese Erinnerungen sehr lebendig geblieben. In der Schule hatte man ihn oft gehänselt, meist wegen seines Aussehens und des starken Haarwuchses, der bei ihm früh eingesetzt hatte, aber auch wegen seines Glaubens. Weil er nicht wie seine Mitschüler am Sonntag in die Kirche gegangen war. Weil sein Gott ein anderer war. In seinen Augen war er viel mächtiger als dieser magere Kerl am Kreuz, den die Christen anbeteten. Für ihn war es unverständlich, wie man auf Jesus vertrauen konnte. So schwach wie der schien. Der Gott von Nummer 25 war ein Krieger! Einäugig zwar, aber mit Schild und Speer bewaffnet. Und er ritt auf einem achtbeinigen Pferd. Er hieß Odin und war der König aller Götter!

Nummer 25 folgte der kurvigen Straße durch den Ort und ließ die Erinnerungen um sich herumwabern wie den Nebel. Er hätte einen Bus zu sich nach Hause nehmen können, doch der Wolf in ihm sagte, dass er vorher noch etwas zu erledigen hatte. Etwas Wichtiges, das nicht warten konnte. Anschließend würde er zu seinen Eltern nach Ulvshale zurückkehren. Die würden sich bestimmt freuen, ihn zu sehen. Telefonisch hatte er sich nicht ankündigen können, weil er auf seiner gesamten Reise keinen einzigen öffentlichen Fernsprecher gefunden hatte. Seltsam.

Nummer 25 passierte die Schmalstelle beim alten Turm am Mølleport und überquerte den Stadtgraben. Nach einigen Schritten entlang der Storegade erreichte er schließlich das Haus. Es war eine dieser alten Villen, die einen Namen trugen. »Lille taarn«, stand in schmiedeeisernen Lettern unter dem Dachgiebel. An den Ecken des Gebäudes blätterte der Putz ab. Der Besitzer schien dessen Pflege zu vernachlässigen.

Nummer 25 ließ ein paar Autos vorbeifahren, bevor er über die Straße ging. Nach einem Blick nach links und rechts schlüpfte er durch die leicht verwilderte Hecke, die das Haus umgab. Der Garten lag dunkel vor ihm, bis auf das gelbliche Licht, das durch ein Erkerfenster auf den Rasen fiel. Drinnen saß eine Familie beim Abendessen. Ein Mann, eine Frau und zwei kleine Kinder. Nummer 25 kannte den Mann von früher. Sie waren Arbeitskollegen auf Lindholm gewesen. Damals hatte der Mann keine Frau gehabt und auch keine Kinder. Aber er hatte schon immer in diesem Haus gewohnt, früher zusammen mit seinen Eltern. Keine Ahnung, wo die jetzt waren, zumindest saßen sie nicht mit am Tisch. Sie hatten sich immer gut um das Haus gekümmert.

Nummer 25 zog die Nase hoch, die bei diesem klammen Wetter zu laufen begonnen hatte. Eines war klar: Nicht alle würden sich freuen, dass er zurück war.

16. KAPITEL

Kopenhagen, Polizeipräsidium

Ihre Augen brannten und Marit setzte ihre Brille ab. Sie fuhr sich über die Lider. Die Anstrengungen des Tages, die Fahrt von Flensburg nach Kopenhagen und der Streit mit den Bjerrums setzten ihr mehr zu, als sie wahrhaben wollte.

Sie lehnte sich zurück und nahm einen Schluck Kaffee, der längst kalt geworden war. Im Teamraum der Sonderkommission war nicht viel los, trotzdem hatte sie sich mit ihrem Laptop in eine ruhigere Ecke zurückgezogen. Voller Elan hatte sie sich auf die Aufgabe gestürzt, ohne zu merken, dass sie eigentlich eine Pause gebraucht hätte. Doch sie wollte sich unbedingt von dem Nanna-Fall ablenken.

Aus ihrer Handtasche holte sie ein Fläschchen mit Augentropfen hervor. Ihre gute optische Wahrnehmung war ihr größtes Kapital und musste gepflegt werden. Sie blinzelte, bis sich die Tropfen verteilt hatten, und richtete ihre Aufmerksamkeit wieder auf den Bildschirm. Dort war der immergleiche Ausschnitt zu sehen, was ebenfalls ermüdend war. Er zeigte das Treppenhaus vor der Wohnung von Asger Dahl mitsamt seinen Besuchern. Marit hatte von Ebert Clausen eine Einweisung in den Fall erhalten und war nun im Bilde. Die Brutalität des Mordes ließ sie untergründig schaudern, wenn sie daran dachte. Trotzdem war sie dankbar für die Ablenkung. In den Videos hatte sie schon einige Kontakte feststellen können, die Asger Dahl kurz vor seinem Tod gehabt hatte. Jede Begegnung wurde von ihr mit genauem Datum und Screenshots festgehalten. Marit sah sich die Aufnahmen in umgekehrter chronologischer Reihenfolge an und hatte an dem Punkt begonnen, an dem Kirsten und Jesper Dahls Wohnung betreten hatten.

Das letzte Mal vor seinem Tod hatte Asger Dahl seine vier Wände um kurz vor sieben am Abend des Mordes verlassen und war nicht mehr zurückgekehrt, was bestätigte, dass er aus eigener Kraft aus dem Haus gegangen war. Marit konnte verfolgen, wie er seinen Weg außerhalb des Gebäudes fortgesetzt hatte, bis er schließlich aus dem Sichtbereich der Kameras verschwunden war. Was danach mit ihm geschehen war, war das Rätsel, das es zu lösen galt.

An den Tagen zuvor hatte Dahl seine Wohnung des Öfteren verlassen, vermutlich um einzukaufen – denn fast jedes Mal hatte er bei seiner Rückkehr eine Tüte dabeigehabt. Meistens wirkte er dann völlig erschöpft, quälte sich atemlos die Stufen hinauf. Oft musste er sich eine Weile am Geländer festhalten, bevor er seine Wohnung aufschloss. An der Tür wurde er von seiner Katze begrüßt, die er fürsorglich streichelte. Auf den Aufzeichnungen drei Tage vor seiner Ermordung sah Marit das Tier zum letzten Mal. Da hatte es also noch gelebt. Von Wang Ze hatte sie erfahren, dass die Katze durch ein gebrochenes Rückgrat zu Tode gekommen war. Was genau mit ihr passiert war, wussten sie bisher nicht. War sie misshandelt worden? Wenn ja, von wem? Von Dahl gewiss nicht. Das konnte sich Marit nur schwer vorstellen, so liebevoll, wie er mit ihr umgegangen war. Allerdings hatte sie den Mann nicht gekannt. Wer wusste schon, wozu er fähig gewesen war?

Besucher hatte Marit bisher nur eine Handvoll registriert. Sie hatte Vergrößerungen von ihren Gesichtern gemacht, mehrfach ausgedruckt und auf den Pinnwänden verteilt. Keiner der Besucher war mehrmals dagewesen. Zumindest nicht in diesen drei Tagen, die sie bislang durchgearbeitet hatte.

»Hej, hast du was gefunden?«

Sie hob den Kopf und lächelte Sanne Hougård an, die neben ihr am Tisch aufgetaucht war. Abgesehen von der Koordinatorin war zu dieser vorgerückten Stunde kaum noch jemand anwesend.

»Bis jetzt nicht«, seufzte Marit und lehnte sich zurück. Ihre Augen brannten nach wie vor, und sie rieb sich erneut über die Lider, obwohl sie wusste, dass das nicht hilfreich war.

»Ich bewundere ja deine Fähigkeiten. Echt irre, dass du die Leute sofort erkennst.«

Marit freute sich über das Lob. Es schmeichelte ihr und war Balsam für ihre Seele. Sie dankte Sanne und nahm eine Bewegung im laufenden Video wahr. Jemand war vor Dahls Tür aufgetaucht und hämmerte mit der Faust dagegen. Marit und Sanne konzentrierten sich auf den Bildschirm. Die blonde Frau in der Aufnahme schien aufgebracht zu sein. Als Dahl öffnete, gestikulierte sie wild mit den Armen. Danach drängte sie sich an ihm vorbei in die Wohnung und schlug die Tür zu. Es dauerte 15 Minuten, bis sie wieder im Hausflur erschien. Sie war immer noch wütend, ihr Mund war ständig in Bewegung, während sie Dahl anbrüllte. Der wirkte, als weinte er, seine Schultern zuckten und sein Rücken war gekrümmt. Er trug ein viel zu weites T-Shirt und eine fleckige Jogginghose. Im nächsten Moment geschah etwas Unvorhergesehenes. Die Frau holte aus und schlug Dahl ins Gesicht, mehrmals und ziemlich hart.

»Oh Mann, krass!«, stieß Sanne fassungslos aus.

Marit stoppte das Video und machte einen Screenshot von der Frau, den sie direkt ausdruckte. Die Frau war relativ groß, hatte ein breites Kreuz und schien ein paar Jahre jünger als Dahl zu sein.

»Wer ist das?«, fragte Sanne.

»Keine Ahnung. Aber offensichtlich eine Person, die vor Gewalt nicht zurückschreckt.« Marit ließ das Video weiterlaufen. Darauf spuckte und schrie die Frau Dahl eine ganze

Zeit lang an und stürmte anschließend die Treppen hinunter. Niedergeschlagen blieb Dahl zurück. Er hob die Hände vor die Augen und schluchzte heftig, bevor er sich in seine Wohnung zurückzog. Worum mag es bei dieser Auseinandersetzung gegangen sein?

»Vielleicht sollten wir einen Lippenleser hinzuziehen?«, schlug Sanne vor.

»Gute Idee …«

Die Tür zum Teamraum öffnete sich und Kirsten trat ein. Suchend schaute sie sich um, entdeckte Marit und kam auf sie zu.

»Wo ist Jesper?«, erkundigte sich Marit.

»Hab ihn nach Hause geschickt. Nørrebro war nichts für ihn.«

»Schade, ich hätte ihn gerne gesehen.«

»Keine Angst, wirst ihm noch früh genug begegnen. Er kann's kaum erwarten, dich zu treffen. Schließlich stammt die Idee, dich zu engagieren, von ihm. Wahrscheinlich, weil er zu feige ist, dich nach einem Date zu fragen.«

»Kris … Was soll das? Sei nicht so hart zu ihm«, bat Marit ihre Freundin.

»Wieso? Ich habe doch recht.« Kirsten hob beide Hände und ließ sie wieder fallen. Eine deutliche Alkoholfahne wehte zu Marit und Sanne hinüber.

»Ich geh mal«, gab Sanne leicht verschnupft von sich und begab sich zu ihrem Platz zurück.

»Was 'n mit der los?«, fragte Kirsten und blickte ihr nach.

»Du merkst aber auch gar nichts.«

»Was soll ich denn merken?«

»Vergiss es.« Marit winkte ab. »Schau mal lieber, was ich gefunden habe.« Sie zeigte Kirsten die Fotos von Dahls Besuchern. Ihre Freundin musste aufstoßen und Marit verzog den Mund.

»Sorry, ich musste Schnaps trinken«, entschuldigte sich Kirsten und rülpste erneut. »Das war der beste Weg, um an Informationen zu kommen.«

»Klar«, antwortete Marit und wedelte sich frische Luft zu, bevor sie erläuterte, wer die Personen auf den Bildern waren, wobei sie die blonde Frau besonders hervorhob. »Die da hat Dahl angeschrien und geschlagen!«

»Wirklich? Vielleicht ist das seine Ex-Frau, mit der er angeblich Zoff hatte. Wir haben ihren Namen.« Kirsten drehte sich zu Sanne um, die wieder an ihrem Terminal saß. »Könnest du uns die Meldeadresse einer gewissen Mona Kofoed raussuchen?«

Sanne nickte.

Kirsten wandte sich wieder an Marit. »Die Frau knöpfen wir uns gleich morgen vor. Und was ist mit ihm hier?« Sie deutete auf das Bild eines Mannes mit Kapuzenpullover. »Den kenne ich vom Sehen.«

»Der hat sich mit Dahl kurz vor dessen Wohnung unterhalten«, entgegnete Marit. »Er ist danach noch mehrere Male im Treppenhaus aufgetaucht und weiter nach oben gelaufen.«

»Ja, das ist der Nachbar, der über ihm wohnt. Komischer Typ.« Kirsten stieß einen angestrengten Seufzer aus. »So wie fast alle Menschen, mit denen wir es zu tun haben. Kann ich die Fotos haben? Ich ziehe noch mal los.«

»Nichts mit Feierabend?«

Kirsten schüttelte den Kopf, wobei ihr die schwarzen Locken ins Gesicht flogen. »Nee, Feierabend ist was für Jütländer.« Sie zwinkerte Marit zu, stopfte die Fotos in ihre Tasche und marschierte zur Tür. Dort angekommen, fiel ihr noch etwas ein. »Ach, und wenn du herausfinden solltest, wer uns vor dem Mjølnerpark den Autoreifen zerstochen hat, wäre das genial.«

17. KAPITEL

Jesper schloss die Wohnungstür hinter sich ab. Seine schlechte Laune wegen Kirsten und der Leute in der Kneipe war auf dem Heimweg auf ein erträgliches Maß geschrumpft. Er hatte sich vorgenommen, seinen Job gedanklich weniger mit nach Hause zu nehmen und öfter mal abzuschalten. Erst recht, solange seine Tochter bei ihm wohnte. Er legte den Schlüssel auf das Sideboard im Flur und zog sich die vom Regen feuchte Jacke aus.

»Josie?«

Stille antwortete ihm. Allerdings brannte im Esszimmer das Licht über dem Tisch, also musste seine Tochter zu Hause sein. Jesper ging zu ihrem Zimmer und klopfte. »Josie, bist du da drinnen?«

Ein Murmeln drang durch die Tür.

»Darf ich reinkommen?«

»Wenn's sein muss …«

Jesper öffnete und fand seine Tochter im Bett vor, die Decke bis zur Nasenspitze hochgezogen. Die mit einem bunten Tuch abgehängte Nachttischlampe verbreitete ein schummriges Licht.

»Was ist? Geht es dir nicht gut?«

Schweigen.

»Hast du schon gegessen?«

»Nein.«

Die Unterhaltung erinnerte ihn stark an die mit dem Wirt in der Kneipe, und Jesper musste sich Mühe geben, nicht sauer auf Josie zu werden. Wenn sie nicht reden wollte, war das ihr gutes Recht.

»Okay, ich mache mir jetzt was zu essen«, sagte er. »Wenn du auch was willst, sag Bescheid.«

»Kochst du mir einen Tee? Mit Honig? Ich glaube, ich werde krank. Morgen gehe ich nicht zur Akademie.«

»In Ordnung. Wenn du Tabletten oder so was brauchst, die sind im Bad.«

»Danke.«

Jesper verließ den Raum, lehnte die Tür an und erhitzte in der Küche Wasser im Kocher. Er goss den Früchtetee auf, den Josie so gerne mochte, und rührte einen Löffel Honig hinein. Kurz darauf stellte er ihr die dampfende Tasse auf den Nachttisch.

»Das ist lieb, Paps.«

Jesper lächelte, dann fiel ihm etwas ein. »Sag mal, hast du noch dieses Buch über Mythen? Das mit den tollen Bildern?«

Josie schüttelte den Kopf, ihr Haar war ganz zerzaust. »Das ist zu Hause in Ringkøbing bei Mama.«

Die Worte »zu Hause« und »Mama« trafen ihn unvorbereitet. Es schmerzte ihn, sie aus dem Mund seiner Tochter zu hören, obwohl er wusste, dass es bescheuert war, denn Josies Mama würde immer ihre Mama bleiben, egal, ob seine Ex und er noch miteinander sprachen oder nicht. Vielleicht würde Josie irgendwann auch zu dieser Wohnung »zu Hause« sagen. Vielleicht würde sie bald ausziehen und auf eigenen Beinen stehen. Dieser Tag käme wahrscheinlich schneller, als ihm lieb war. Sie müsste nur jemanden kennenlernen, mit dem sie zusammenleben wollte, und schon wäre sie weg. Jesper spürte, wie der Gedanke ihn deprimierte.

»Okay, werde erst mal wieder gesund«, sagte er und verließ das Zimmer.

Nachdem er sich ein Sandwich mit Roastbeef, Mayonnaise und Salat gemacht hatte, setzte er sich an den Esstisch. Während er aß, googelte er auf seinem Handy nach Informationen über die Wikingerfigur, die er auf dem Bild in der Kneipe gesehen hatte. Er tippte auf eine nordische Gottheit und wurde rasch fündig.

»Ach!«, sagte er laut, als er im Netz auf mehrere ähnliche Bilder stieß. Alle zeigten diesen Wikingertypen, wie er einem riesenhaften Wolf seine Hand ins Maul steckte. »Der Kriegsgott Tyr und der Fenriswolf«, las Jesper die Beschreibung. Dabei erfuhr er, dass Tyr den Wolf Fenrir, der eine Gefahr für die gesamte Götterriege darstellte, austricksen wollte. Um dessen Vertrauen zu gewinnen, legte er ihm seine rechte Hand zwischen die Kiefer, dabei verpasste er Fenrir die Ewigen Fesseln, die aus verschiedenen magischen Materialien gefertigt worden waren, um den Wolf für immer gefangen zu halten. Aus Wut über den Verrat biss Fenrir Tyr die Hand ab, die Fesseln blieben jedoch dran. Und warum das Ganze? Der Weissagung der Seherin zufolge, die in der Edda auch Völva oder Wala genannt wurde, werde der Fenriswolf eines Tages Ragnarök heraufbeschwören, also den Untergang der Götterwelt. Aus diesem Grund fürchteten die Götter den Wolf und legten ihn in Ketten. Aber wie die Weissagung es angekündigt hatte, konnte Ragnarök damit nicht verhindert werden. Fenrir riss sich los, verschlang den Götterkönig Odin und damit symbolisch den Mond. Danach stürzten die Welten ins Chaos. Erst Vidar, der Sohn Odins, konnte dem Wirken der dunklen Kräfte Einhalt gebieten, indem er den Fenriswolf tötete und somit einen Neubeginn der Welten herbeiführte.

Als Jesper erfasste, auf welche Weise Vidar den Wolf erlegt hatte, musste er würgen. Mit einem entsetzten Keuchen ließ er den Rest des Sandwichs fallen und wollte mit seinen mayonnaiseverschmierten Händen das Telefonbuch auf dem Handy öffnen, doch seine Finger glitten unkoordiniert über das Display.

»Verdammt!«

»Ist was, Papa?«, hörte er Josie aus ihrem Zimmer rufen.

»Nein, alles okay!« Endlich schaffte er es, Kirstens Nummer zu wählen.

18. KAPITEL

Die Nacht war bewölkt und nasskalt. Nørrebros Straßen glänzten feucht und waren wie leer gefegt, niemand ließ sich zu dieser späten Stunde draußen blicken. Nicht einmal die halbstarken Jungs, die normalerweise in den Eingängen der Häuser herumlungerten.

Kirsten stieß die Tür zur Kneipe in der Baldersgade auf. Der Wirt erkannte sie sofort und nickte ihr zu. Sie ließ sich von ihm eine Flasche Gammel Dansk aushändigen und steuerte damit auf den runden Tisch in der Ecke zu, an dem noch immer dieselben vier Gestalten hockten. Der Alkoholdunst, der ihr in die Nase drang, als sie sich dazusetzte, war überwältigend.

»He, da ist die Frau wieder!«, rief der Bärtige lallend. Ein Grinsen machte sich auf seinem speckigen Gesicht breit. »Haben Sie uns vermisst?«

»Nee, aber das hier!« Sie knallte den Magenbitter auf den Tisch, und Jubel drang aus den rauen Kehlen. Der Bärtige griff nach der Flasche und schenkte eine Runde ein. Kirsten nahm eines der schmierigen Gläser und kippte den Schnaps hinunter. Der Alkohol brannte sich den Weg hinab bis in ihren Magen, wo er sich wohlig warm ausbreitete. Sie trank noch einen, bevor sie die Fotos aus der Jackentasche zog und neben der Flasche aufreihte.

»Kennt ihr diese Leute?«

Der Hagere setzte seine Brille auf. »Hm«, sagte er. »Das da ist Asgers Ex-Frau.« Er tippte auf das Bild mit der prügelnden Blondine.

»War es öfter der Fall, dass sie ihn geschlagen hat?«, fragte Kirsten ohne Umschweife.

»Nein, davon hat Asger nie was erzählt«, antwortete der Bärtige mit grimmiger Miene. »Dieses Biest!«

Dafür bekam er vom Hageren einen Klaps auf den Hinterkopf. »Mann, benimm dich!«

Kirsten zeigte auf die Fotos. »Und die anderen Leute? Erkennt ihr die?«

»Nee. Keine Ahnung.« Der Bärtige rülpste und wischte sich den Mund ab. »'tschuldigung.«

Kirsten richtete sich auf, um dem Geruch nach Knoblauch und anderen undefinierbaren Aromen zu entfliehen. Der Schnaps in ihrem Magen half dabei nur bedingt. Sie klaubte die Aufnahmen zusammen. »Danke für eure Hilfe. Die Flasche könnt ihr behalten.«

»Warten Sie. Uns ist noch etwas eingefallen.« Der Hagere sah sie mit schwimmenden Augen an. »Asger hat uns erzählt, dass er einen alten Bekannten wiedergetroffen hat. Einen Arbeitskollegen von früher auf Møn. Asger war deswegen ganz aufgewühlt. Warum, weiß ich nicht.«

»Ist er auf einem der Fotos?«

»Keine Ahnung.«

»Hat Asger einen Namen erwähnt?«

Der Hagere nickte. »Er nannte ihn Ulv.«

Ulv. Das dänische Wort für »Wolf«. Wie das Bild auf der Rückseite der Hallenwand. Bei Kirsten klingelten die Alarmglocken. War das eine Spur?

»Und was hat Asger über diesen Ulv erzählt?«, fragte sie.

»Nichts. Er hat immer nur gesagt: ›Ulv ist wieder da. Er ist hier. Der Wolf. Er beobachtet mich.‹«

»Aha, das ist interessant. Wo hat er diesen Ulv getroffen? In Kopenhagen?«

Der Hagere hob die Schultern. »Weiß nich.«

»Okay, danke.«

»Kein Ding.« Er hielt ihr eine Hand entgegen und Kirsten schüttelte sie.

Dann verabschiedete sie sich auch vom Rest der Männer, bezahlte am Tresen die Flasche Schnaps und streckte dem Wirt die Fotos entgegen. Doch er kannte niemanden darauf. Als Kirsten gehen wollte, klingelte ihr Handy.

»Na, kannst du nicht schlafen?«, scherzte sie, als sie abnahm.

»Kirsten!«, rief Jesper aufgebracht durchs Telefon. »Ich habe eine Verbe… äh … Verbi…« Er verhaspelte sich erneut und fluchte. »Teufel noch mal, ich habe eine Verbindung gefunden, das wollte ich sagen!«

»Verbindung zu was?«, fragte sie und verkniff sich einen zynischen Unterton, denn sie spürte, dass er ihr etwas Wichtiges mitteilen wollte.

»Zum Mord an Asger Dahl!«, sagte Jesper aufgeregt. »Das Wolfgesicht … an der Werfthalle. Es hat eine Bedeutung!«

»Das ist mir klar. Aber welche?«

»Es steht für den Fenriswolf aus der nordischen Mythologie. Er beschwört Ragnarök herauf und wird von Odins Sohn Vidar getötet, indem … indem …«

»Indem was?«

»Indem er ihm die Kiefer auseinanderreißt!«

Kirsten klappte den Mund zu. Ihr Blick fiel auf das Bild hinter dem Tresen. Darauf war ein Wikinger mit einem Wolf zu sehen. Der Wolf hatte die Zähne gebleckt, Blut troff von seinen Lefzen. Sie musste an die Aussage des Hageren denken. *Ulv ist wieder da. Er ist hier. Der Wolf. Er beobachtet mich.* Sie spürte einen Schauer über ihren Rücken laufen und drehte sich abrupt um. Doch es war niemand hinter ihr, der sie anglotzte. Niemand, der sich unheimlich verhielt.

Kirsten ließ die Schultern sinken, die sie in Alarmbereitschaft hochgezogen hatte, während das Gefühl, beobachtet zu werden, langsam verebbte. Hatte Asger Dahl seinen Mörder gemeint, als er von Ulv gesprochen hatte? War er ihm begegnet? Zu Hause? Auf der Straße? Oder vielleicht in dieser Kneipe? Saß er womöglich gerade an einem der Tische und trank in aller Ruhe sein Bier?

Misstrauisch ließ Kirsten den Blick über die Gäste schweifen und blieb an Dahls Kartenspielkumpels hängen.

War es am Ende einer von ihnen?

»Kirsten? Bist du noch dran?«, hörte sie Jesper durch das Telefon fragen, das sie nach wie vor an ihr Ohr gedrückt hielt.

»Ja, bin da.« Beunruhigt fuhr sie sich über den Mund. »Ich glaube, Asger Dahl hat seinen Mörder gekannt. Wir müssen dringend seine Bekanntschaften und alle Stammgäste der Kneipe überprüfen!«

19. KAPITEL

Viel weiß der Weise, sieht weit voraus
Der Welt Untergang, der Asen Fall.

(Ältere Edda, 1. Völuspá, Der Seherin Weissagung, Vers 44)

*

Ulvshale, Møn

Nummer 25 stand vor der Tür seines Elternhauses. Ein Vierseithof auf der Halbinsel Ulvshale. In keinem der Fenster brannte Licht. Das war nicht ungewöhnlich, denn seine Eltern gingen zeitig ins Bett, weil sie sich am nächsten Morgen früh um die Tiere kümmern mussten.

Auch wenn die Landschaft in der Nacht verborgen lag, wusste Nummer 25 genau, wie die Umgebung des Hofes aussah. Vor seinem geistigen Auge tauchten die Salzwiesen auf, die alles umschlossen, aber nicht viel Ertrag brachten – eigentlich konnte man darauf nur Rinder halten und Vögel beobachten. Dann waren da noch die ausgedehnten Schilfgürtel am Ufer; Reet, das man nach den ersten Frösten ernten konnte, um damit die Dächer auszubessern. In der Ferne hörte Nummer 25 das Meer rauschen und die langen Schilfrohre im Wind rascheln. Leider hatte sich Nebel über die Bucht gelegt und somit auch über die Lichter von Stege am gegenüberliegenden Ufer. Es war ein langer Fußmarsch gewesen bis zu seinem Elternhaus, aber er hatte ihm gutgetan. Anders als heute Mittag im großen Kopenhagen. Hier war es schön ruhig, es gab nur das Flüstern des Windes und den Geruch nach Meer und dem Salz der Marschwiesen.

Leise zog er die Nase hoch und wandte sich wieder dem Eingang zu. Da er Mama und Papa nicht wecken wollte, versuchte er, die Tür sachte zu öffnen, doch sie war verschlossen. Nummer 25 wunderte sich. Damals war nie abgeschlossen gewesen. Er ging zu den Fenstern und spähte hinein. Drinnen herrschte Dunkelheit, und er konnte nichts erkennen. Er lief um das Haus herum, fand blind den Weg. Schließlich war er auf dem Hof aufgewachsen. Am Hintereingang versuchte er es erneut, doch diesen hatte jemand mit Brettern vernagelt.

Unruhig blickte Nummer 25 umher. Was war bloß los? Er stapfte zu dem alten Schuppen, der nahezu vollständig mit Unkraut überwuchert war. Plötzlich fiel ihm auf, dass überhaupt alles ein wenig heruntergekommen wirkte. Er holte ein Brecheisen aus dem Schuppen, entfernte damit die Bretter vor der Hintertür und stemmte diese auf. Drinnen tastete er nach dem Lichtschalter. Als er darauf drückte, tat sich nichts. Gab es keinen Strom? Nummer 25 stellten sich die Nackenhaare auf. Auch der Wolf merkte, dass etwas nicht stimmte.

»Mama? Papa?«, rief er in das dunkle, kalte Haus, doch niemand antwortete. Er probierte es erneut, diesmal etwas lauter. Keine Reaktion, stattdessen umfing ihn eine unheimliche Stille.

Wachsam durchquerte Nummer 25 die mit ausgetretenen Ziegelsteinen gepflasterte Diele und blieb vor dem Schlafzimmer seiner Eltern stehen. Die Tür war geschlossen, Spinnweben hingen in den Ecken. Er hob die Hand und klopfte. »Mama? Papa?«

Immer noch nichts.

Beherzt trat er ein und bekam einen Schock. Das Ehebett seiner Eltern war auf die Seite gekippt worden und die Matratzen lagen auf dem Boden. Die Bauernschränke standen sperrangelweit offen und der Inhalt war im Raum verteilt worden. Die Blusen seiner Mutter und die Hosen seines Vaters. Als hätte jemand ihre Kleidung durchwühlt oder einfach nur seiner Zerstörungswut freien Lauf gelassen. Doch keine Spur von seinen Eltern.

Hastig suchte Nummer 25 das ganze Haus ab, angefangen bei den Zimmern auf dem Dachboden über die Abstellkammer bis hin zu den Hauswirtschaftsräumen unten. Als er am Ende in der Küche ankam, in der zerbrochenes Porzellan und eine dicke Schicht Staub die Arbeitsflächen bedeckten, hatte sich die Gewissheit in ihm verfestigt. Seine Eltern waren weg. Sie hatten ihn allein gelassen.

Mit einem gequälten Laut ließ er sich auf den Boden sinken und begann zu weinen.

20. KAPITEL

Winter 1990 – Ulvshale, Møn

Line fand es ungerecht. Warum musste ständig sie die Milch aus der Stallkammer holen und nie eines ihrer jüngeren Geschwister? Noch dazu war es fürchterlich kalt und es wurde gerade dunkel. Line mochte den Winter nicht. Sie hatte Angst draußen, besonders in den Raunächten. Ihre Eltern erzählten, dass in diesen besonders düsteren Nächten des Jahres die »Wilde Jagd« stattfand, bei der Geister die Menschen heimsuchten. Und ausgerechnet an einem solchen Abend schickten sie sie raus. Ein schauriges Kribbeln flog über ihren Nacken, während sie ehrfürchtig die Runenzeichen am Türrahmen berührte. Sie blickte zu den zusammengebundenen Knochen hinauf, die vom Rand des Reetdachs baumelten – ein Schutzamulett. Unschlüssig wippte sie auf den Füßen. Sollte sie sich trauen? Vielleicht wäre es besser, den Hund mitzunehmen. Sie rief nach Basse.

Erfolglos. Schon wieder! Letztens hatte er auch nicht gehört.

Lines Zähne schlugen aufeinander. Jedoch nicht vor Kälte, sondern weil sie an diesen Sack mit den Fuchsköpfen denken musste, den sie neulich gefunden hatte. Sie hatte ihren Eltern nichts davon erzählt. Ob er immer noch im Schilf lag?

Da von Basse nichts zu sehen war, fasste sich Line ein Herz und ging ohne den Hund los. Sie würde die Geister schon abwehren, wenn sie kamen. Odin wachte über sie.

Mit schnellen Schritten lief sie über die Wiese zum Stall. Die gefrorenen Grashalme knirschten unter ihren Stiefeln, und sie spürte die Kälte durch die Gummisohlen. Über der Tür zur Milchkammer brannte zum Glück eine Laterne. Nachdem sie den Riegel zurückgeschoben hatte, schlüpfte sie ins Innere und schaltete das Licht an. Trotz klammer Finger gelang es ihr, die Milch schnell über den Zapfhahn am Stahltank abzufüllen und die Kammer wieder zu verlassen. Als sie mit der Kanne in der Hand den Stall verriegelt hatte und sich umdrehte, stand ein Mann hinter ihr.

Erschrocken stieß sie einen Schrei aus. Milch schwappte aus der Kanne auf den Boden.

»Hallo, Line«, sagte der Mann mit tiefer Stimme. Er war groß und sehr kräftig. Line kannte ihn, es war Hans Erik vom Nachbarhof.

»Hallo«, antwortete sie schüchtern. »Was machst du hier?«

»Meine Eltern haben mich geschickt. Ich soll Milch holen.«

»Ist gut. Leg das Geld einfach in die Kasse.«

Der Mann nickte. Erst jetzt fiel Line auf, dass er keine Kanne in seinen behandschuhten Händen trug. War er wirklich gekommen, um Milch zu holen? Oder wollte er etwas ganz anderes? Aber was? Gehörte er zur »Wilden Jagd« und hatte sich nur als Hans Erik verkleidet, um sie zu fangen? Ein angstvolles Prickeln lief über ihren frierenden Körper. Die Nähe des Mannes – am Stall, ganz allein – bereitete ihr großes Unbehagen. Am liebsten hätte sie sich an ihm vorbeigedrückt und wäre zum Wohnhaus gerannt. Doch sie wagte es nicht, sich zu bewegen.

Ein Knurren drang an ihr Ohr. Es kam aus der Dunkelheit hinter dem Mann.

Basse! Erleichtert atmete Line aus. Sie rief nach dem Hund, der nun in den Lichtkegel der Lampe trat. Sein sonst so lieber Blick war eigentümlich starr, seine Zähne gebleckt. Das machst du gut, dachte Line. Zeig Hans Erik, dass du mich beschützen wirst!

Sie ging zu Basse und wollte ihn am Halsband fassen, da knurrte der Hund noch lauter. Geifer tropfte von seinen Lefzen, und er schnappte nach ihr.

»Ruhig«, sagte Hans Erik hinter ihr und legte ihr eine Hand auf die Schulter. Er beugte sich zu ihr hinab und flüsterte ihr mit rauer Stimme zu: »Du weißt, was das bedeutet. Grässlich heult Garm vor der Gnipahöhle. Die Fessel bricht, und Freki rennt!« Damit packte er sie mit beiden Armen und hob sie hoch.

21. KAPITEL

Heute – Kopenhagen

Kirstens Fahrkünste waren mal wieder schleudertraumaverdächtig. Jesper hockte neben ihr auf dem Beifahrersitz des Polizeiwagens und klammerte sich am Haltegriff fest. Seit den frühen Morgenstunden waren sie wie bei einer Schnitzeljagd in der ganzen Stadt unterwegs, um die Kneipenstammgäste und Bekanntschaften von Asger Dahl abzuklappern und zu befragen. Jesper hatte vorgeschlagen, damit noch etwas zu warten, denn er befürchtete, dass sie mehrfach umsonst an den Türen klingeln würden, da viele der Leute um diese Uhrzeit vermutlich noch ihren Rausch ausschliefen. Und so war es auch gekommen. Nur ungefähr bei der Hälfte ihrer Besuche hatte man ihnen geöffnet. Wirklich weitergeholfen hatte ihnen aber keiner. Niemand hatte sich auffällig verhalten, ebenso wenig wie jemand von den Befragten einen Mann namens Ulv kannte. Es schien, als wäre dieser »Wolf« eine Nebelgestalt, ein Hirngespinst. Was durchaus im Bereich des Möglichen lag, denn Dahl hatte starke Medikamente genommen, durch die er durchaus Wahnvorstellungen gehabt haben konnte.

Jetzt waren sie auf dem Weg nach Lyngby zu Asger Dahls Ex-Frau, deren Adresse Sanne nach einigem Hin und Her herausgefunden hatte, denn es gab im Großraum Kopenhagen einige Frauen mit diesem Namen. Jesper hatte mit Kirsten darüber diskutiert, ob Dahl seine Ex als Wolf bezeichnet haben könnte, doch das kam Kirsten eher unwahrscheinlich vor. Jesper wollte die Theorie aber nicht so schnell verwerfen. Mona Kofoed hatte durchaus wölfisches Verhalten an den Tag gelegt, als sie ihren Ex-Mann regelrecht verprügelt hatte. Und wer wusste schon, in welchen Metaphern Dahl gedacht hatte. Für ihn war seine Ex vielleicht eher ein Wolf als zum Beispiel ein Biest oder Drache.

Jesper wurde unvermittelt in den Gurt gedrückt, als Kirsten in eine Lücke zwischen den fahrenden Autos auf der Spur neben ihnen schoss und abrupt bremste. Sie steckten in der allmorgendlichen Rushhour fest, weshalb Kirsten ihr Tempo mit Fahrspur-Hopping zu beschleunigen versuchte.

»Idiot!«, beschimpfte sie den Fahrer vor sich.

Jesper unterdrückte ein genervtes Aufstöhnen. Er war viel zu müde, um Kirsten für ihre Fahrweise zu kritisieren. Wie schon in der Nacht davor hatte er auch letzte Nacht kaum geschlafen, nachdem er die bedeutungsvolle Entdeckung mit dem Fenriswolf gemacht hatte. Obendrein hatte er das Gefühl, dass es Josie nicht gut ging. Heute Morgen hatte seine Tochter ihm untersagt, ihr Zimmer zu betreten, angeblich, damit er sich nicht bei ihr ansteckte. An sich keine ungewöhnliche Situation, trotzdem machte Jesper sich Sorgen. Josie schien nicht einfach nur krank zu sein, sie bedrückte etwas. Das spürte er, und er fragte sich, was es war. Hatte es mit der Polizeischule zu tun? Gefiel es ihr dort nicht mehr? Fürchtete sie, dass er traurig sein könnte, wenn sie den Polizeiberuf nicht ergriff? Das wäre überhaupt kein Problem für ihn. Im Gegenteil, einen ungefährlicheren Job für seine Tochter fände er wesentlich beruhigender. So wie die Banklehre, die sie in Ringkøbing begonnen hatte. Vielleicht sollte er mal mit ihr darüber reden. Das wäre sicherlich eine gute Idee.

»Schläfst du gleich ein?«, fragte Kirsten neben ihm und nahm erneut einen abrupten Fahrspurwechsel vor. Die Autobahn Richtung Helsingborg war verstopft, da blieb einem nicht viel übrig, außer Geduld zu haben. Eine Eigenschaft, mit der Kirsten Vinther nicht ausgestattet war.

»Nein, ich denke nach.«

»Über den Fall?«

»Auch.«

»Was sagst du zum Polizistenmord in Vesterbro?«

»Willst du meine ehrliche Meinung hören?«

»Klar!«

Okay, dachte Jesper und legte los: »Ich glaube nicht, dass die Morde zusammenhängen. Mir fallen zu viele Unterschiede bei den Ausführungen der Taten auf, und die Hintergründe weichen zu stark voneinander ab. Ebenso die Motive. Bei dem Rattenmord ging es um Rache und eine Warnung an uns, die Polizei. Der Mord an Asger Dahl ist womöglich auch eine Art Rache, aber die Polizei hat damit nichts zu tun.«

»Wieso glaubst du das?«

»Es ist so ein Gefühl. Das Wolfsmotiv, das uns überall begegnet. Der Hinrichtungscharakter. Der Bezug zur nordischen Mythologie. Den gab es beim Rattenmord nicht. Die Symbolik war eine ganz andere. In unserem Fall hat jemand Dahl für den Fenriswolf gehalten und ihn auf dieselbe Weise getötet wie Vidar den Wolf in der Edda.«

»Die Edda …«, wiederholte Kirsten mit düsterer Stimme. »Weißt du, was in diesem Zusammenhang noch unheimlich ist?«

»Nein.« Jesper war auf ihre Erklärung gespannt.

»Dass der Tote im Mjølnerpark gewohnt hat.«

Er runzelte die Stirn, hatte keine Ahnung, was sie damit meinte.

Statt eine Erklärung zu liefern, riss Kirsten das Lenkrad herum und nahm die Ausfahrt auf den Lyngbyvej. Jesper klammerte sich am Griff über dem Fenster fest, um die Schleuderbewegung abzufangen.

»Mjølner ist der Name von Thors Hammer«, sagte sie schließlich, und Jespers Kopf ruckte zu ihr herum.

»Thors Hammer?«

»Ja, das ganze Wohnviertel ist übersät mit Bezeichnungen und Straßennamen aus der nordischen Götterwelt. Inoffiziell wird es ›Valhalla‹ genannt. Es gibt dort sogar eine Fenrisgade.«

»Echt?«

Kirsten nickte.

»Ob das eine Bedeutung hat?«, fragte Jesper, während seine Vorgesetzte rechts abbog, ohne zu blinken. Er hatte keinen Schimmer, wo sie waren. In Lyngby kannte er sich nicht aus, war nur mal bei IKEA gewesen, zusammen mit Josie.

»Vielleicht bedeutet es etwas«, raunte Kirsten. »Vielleicht auch nicht.«

»Hoffentlich sucht sich der Mörder nicht noch einen Bewohner aus dem Mjølnerpark, nur weil er denkt, dass es gut passt.«

»Diese Möglichkeit dürfen wir nicht außer Acht lassen. Deshalb brauchen wir dringend mehr Informationen.«

Jesper stimmte ihr zu. Er konnte sich vorstellen, dass Ann Katrine Therkildsen deswegen alarmiert war, genau wie Kirsten. Niemand wollte eine Mordserie.

Kirsten bog noch ein paarmal ab und hielt in einer Straße, wie sie zu Hunderten in Kopenhagen und Umgebung existierten. Mehrgeschossige Backsteingebäude mit weißen Balkonen. Gesichtslose Wohnsilos, in denen jedes Apartment gleich geschnitten war.

Sie stiegen aus und suchten nach dem Eingang zu der Adresse, die Sanne für sie über das zentrale Personenregister herausgefunden hatte.

»Hier.« Jesper zeigte auf ein Namensschild. »Mona Kofoed.«

Neben ihm fuhr Kirsten plötzlich herum und schaute über die Schulter.

»Was ist?«

»Ach, ich dachte, ich hätte jemanden gesehen.« Sie winkte ab. »Vielleicht war es nur Einbildung.«

Jesper drückte auf die Klingel.

»Was hältst du von der Funkzellenauswertung von Dahls Handy?«, fragte Kirsten, während sie warteten.

»Nicht besonders aufschlussreich.«

»Leider hatte er seine Standortfunktion ausgeschaltet. Aber immerhin wissen wir jetzt, dass er mit einem PKW oder Taxi nach Refshaleøen gefahren sein muss. Den Bus hat er jedenfalls laut Fahrtroute nicht genommen.«

»Vielleicht finden Camilla und Ebert etwas bei der Straßenüberwachung.«

»Hoffentlich«, seufzte Kirsten. »Da tut sich nichts, klingel noch mal.«

Jesper drückte gleich mehrmals.

Eine Balkontür wurde geöffnet, und eine junge Frau mit Kind auf dem Arm trat hinaus. Neugierig guckte sie zu ihnen hinab. »Wollen Sie zu Frau Kofoed?«

»Ja«, antwortete Kirsten. »Ist sie zu Hause?«

»Nein! Ich habe sie seit Tagen nicht gesehen. Allerdings wird andauernd bei ihr Sturm geklingelt. Das nervt!«

»Entschuldigen Sie. Wir sind von der Polizei und wollen mit ihr sprechen.«

»Na, endlich kommt mal jemand vorbei.«

»Wie meinen Sie das?«

»Bei der Kofoed herrscht ständig Lärm. Gruppenbesäufnisse mit ihren Alkoholikerfreunden, Partys und laute Streits. Wir haben uns schon mehrfach bei der Polizei beschwert. Diese blöde Kuh nimmt null Rücksicht auf unsere kleine Tochter.« Die Frau tätschelte den bewindelten Hintern des Kleinkindes.

»Tut uns leid, deswegen sind wir nicht hier.«

»Ach nein? Warum dann? Hat sie was ausgefressen? Würde mich nicht wundern. Braucht bestimmt Knete für den ganzen Schnaps, den sie am Tag so säuft!«

»Seit wann ist Frau Kofoed nicht mehr da?«

Die Frau zuckte gleichgültig mit den Schultern, während das Kind seinen Schnuller herumdrehte und intensiv daran nuckelte. »Weiß nicht, normalerweise macht sie fast jeden Abend Krach. Jetzt war es drei Nächte lang ruhig. Und das genießen wir. Hoffentlich kommt sie nicht wieder.«

»Hat Frau Kofoed ein Auto?«

Die Frau lacht. »Die doch nicht. Aber ich habe gesehen, dass sie öfter von jemandem mit einem Auto abgeholt wurde. Vielleicht war das einer ihrer Saufkumpels.«

»Was für ein Wagen war das?«

»Ein silberner. Schon ein wenig älter. Ziemlich dreckig von außen.«

»Haben Sie eine Telefonnummer von Frau Kofoed?«

»Nee, um Gottes willen.«

»Okay, wir danken Ihnen für die Informationen.«

Die Frau oben auf dem Balkon nickte und verschwand.

»Äußerst merkwürdig, dass Mona Kofoed ausgerechnet seit jenem Abend nicht mehr nach Hause gekommen ist, an dem ihr Ex-Mann ermordet wurde«, gab Jesper zu bedenken.

»Meinst du, ihr ist ebenfalls etwas zugestoßen?«

»Vielleicht ist sie untergetaucht.«

»Weil du denkst, sie ist unsere Täterin? Der Wolf?«

Jesper zuckte mit den Achseln. »Auf den Aufnahmen ist zu sehen, dass Mona Kofoed eine kräftige Frau ist. Sie ist eine gewaltbereite Alkoholikerin *und* Cholerikerin.«

»Reicht das, um den eigenen Ex-Mann umbringen? Und dann noch auf eine solch krasse Weise?«

»Warum nicht? Beim Grönlandfall hätten wir auch nicht gedacht, dass jemand so etwas abartig Brutales tut.«

»Du hast recht«, gab Kirsten zu. »Gehen wir rein!«

Sie klingelten bei der Nachbarin, die sie hineinließ. Nachdem Jesper die Wohnungstür aufgebrochen hatte, standen sie in Mona Kofoeds Räumlichkeiten, in denen ein muffiger Geruch nach Alkohol und Gras herrschte. Zum Glück nichts, was annähernd nach Verwesung stank. Also lag Frau Kofoed schon mal nicht tot in ihrer Wohnung, dachte Jesper. Kirsten steckte ihre Waffe ins Holster und begann, das Apartment zu durchsuchen, dessen Zustand das komplette Gegenteil von dem war, was sie aufgrund der Erzählung der Nachbarin erwartet hatten.

»Wow, wie ordentlich!«, bemerkte Jesper.

Dem konnte Kirsten nur zustimmen.

Zwar war die Wohnung mit recht einfachen Möbeln ausgestattet, aber sie war absolut sauber und aufgeräumt. Nirgendwo lag Müll herum oder lagerte ein Sammelsurium an Leergut in der Ecke.

Jesper öffnete den Kühlschrank und danach den Abfalleimer unter der Spüle. »Kaum Müll und wenig zu essen. Scheint, als wäre sie tatsächlich freiwillig ausgeflogen.«

»Also doch untergetaucht?« Kirsten betrachtete ihn ernst.

»Wie ich sagte, ich sehe das als eine Möglichkeit.«

»Lass uns noch den Rest der Wohnung überprüfen.« Sie wandte sich ab und ging ins Wohnzimmer. Jesper folgte ihr. Auch hier gab es wenig Auffälliges. Auf einem Sideboard fanden sie eine große Ansammlung von Nippes.

Kirsten beugte sich zu den kunstvoll bemalten Figuren hinab. »Das da ist Thor. Er hat einen Hammer in der Hand. Und das ist Odin. Der mit dem fehlenden Auge und den beiden Raben auf den Schultern.«

»Auf dem Sockel jeder Figur steht etwas in Runenschrift«, bemerkte Jesper.

»Na, und dort haben wir Fenrir.« Kirsten zeigte auf einen

grauen Wolf. »Er hat ein Schwert im Maul stecken, das seine Kiefer auseinanderstemmt.«

Jesper zog die oberste Schublade des Sideboards auf und stieß einen erstaunten Laut aus. Vor ihm lag ein Dolch mit scharfer Klinge, der aussah, als wäre er für rituelle Zwecke gedacht. Er trug ebenfalls Runenzeichen auf dem Holzgriff.

»Okay!« Kirsten hob eine Braue. Unvermittelt trat sie in den Flur der Wohnung und öffnete den Schuhschrank.

»Was suchst du?«, fragte Jesper.

Kirsten antwortete nicht, sondern hielt ihm wenig später ein Paar Sportschuhe entgegen. »Größe 43!«

»Genau wie unser Täter!«, entgegnete er.

Kirsten holte ihr Telefon heraus. »Wir schreiben Frau Kofoed zur Fahndung aus!« Doch bevor sie wählen konnte, klingelte ihr Handy. »Das ist Sanne!«, sagte sie und nahm ab. »Was gibt's?« Sie lauschte einen Moment und riss die Augen auf. »Was?«

Jesper hielt gebannt den Atem an. Kirsten ignorierte ihn, wechselte einige Worte mit Sanne und trug ihr zum Schluss auf, Mona Kofoed als Tatverdächtige zur Fahndung auszuschreiben. Als sie auflegte, wandte sie sich endlich an Jesper, der vor Neugier fast platzte.

»Eine Streife hat das Auto entdeckt, mit dem Asger Dahl vermutlich nach Refshaleoen zum Tatort gebracht wurde.«

»Und wie kommen die darauf, dass es das Tatfahrzeug ist?«, wollte Jesper wissen.

»Weil eindeutige Spuren auf dem Rücksitz gefunden wurden. Und das Auto steht in der Fenrisgade!«

22. KAPITEL

Stege, Møn

Mit knurrendem Magen betrat die Polizeibeamtin Lykke Schou die Fleischerei auf der Hauptstraße in Stege. Stig, ein breitschultriger Typ mit Undercut-Haarschnitt und schwarzer Schürze, begrüßte sie mit einem Lächeln.

»Wie immer?«, fragte er und sie nickte.

Lykke war Stammkundin und kaufte sich fast täglich ein Roastbeef-Sandwich zum Mittagessen. Sie stellte sich zum Warten in eine Ecke, während Stig ihr Sandwich belegte und seine Kollegin andere Kunden bediente. Dabei sah Lykke hinaus auf die Storegade, auf der nur wenig los war. Die Herbstferien waren vorbei, und die Insel bereitete sich auf den Winterschlaf vor.

Von November bis Ostern wurden die Bürgersteige auf Møn hochgeklappt und alle saisonalen Geschäfte und Restaurants machten die Schotten dicht. Die Insel lebte vom Tourismus, was regelmäßig zu Ärger unter den Einheimischen führte. Manchen war allein schon der Sommerferienverkehr auf dem Klintevej zu viel. Das war die einzige Längsverbindung der Insel, die zu der Hauptattraktion, den Kreidefelsen im Osten, führte und in den Hauptreisemonaten von Wohnmobilen und Campinganhängern verstopft wurde. Ein anderer Fakt war: Mehr und mehr Leute zogen weg von Møn, weil es in der Provinz an Jobs mangelte. Zahlreiche Häuser standen leer und verfielen. Das machte Lykke traurig. Sie liebte ihre Heimat. Sie würde die Insel niemals verlassen.

»Dein Sandwich!«, rief Stig.

Lykke bezahlte und trat mit dem warmen Paket in der Hand auf die Straße. Sie freute sich darauf, das Sandwich auf einer Bank mit Blick auf den Stege Fjord zu essen. Das Wetter war gerade noch gut genug dafür. Außerdem brauchte sie ein wenig frische Luft, bevor sie zurückkehrte in das kleine, miefige Büro der Polizei von Møn, die im selben Gebäude untergebracht war wie die Bibliothek von Stege und sich mit Nachbarschaftsstreitigkeiten und Einbrüchen in Sommerhäuser beschäftigen musste. Lars Høyer, ihr Chef und Kollege, hielt so lange die Stellung. Danach wäre er dran mit seiner Pause.

Lykke lief an einer Bäckerei vorbei und schnappte ein aufgeregtes Gespräch auf, das zwei Kundinnen vor dem Geschäft führten. Dabei fiel mehrfach der Name Rask und die Behauptung, dass der Wolf wieder da sei! Ebenso die Worte »beunruhigend«, »angsteinflößend« und »Skandal«.

Lykke sagte der Name Rask nichts und sie setzte ihren Weg fort. Als sie in die Straße zum Fjord einbiegen wollte, klingelte ihr Telefon. Ausgerechnet jetzt in der Pause! Umständlich jonglierte sie das Sandwichpaket in der einen Hand, während sie mit der anderen ihr Smartphone aus der Tasche ihrer Weste angelte.

Beim Blick auf das Display seufzte sie, nahm den Anruf aber entgegen.

»Hej, Lykke, wie geht's?«, fragte die Stimme von Hardy Pettersen, dem Ortsvorsteher von Stege und Quasi-Bürgermeister.

»Ich mache gerade Mittagspause«, antwortete sie in der Hoffnung, dass Pettersen später noch einmal anrufen würde. Doch der schien ihre Worte gar nicht zu registrieren und plapperte einfach drauflos.

»Hast du mitbekommen, wer zurück auf Møn sein soll?«

»Nein.«

»Hans Erik Rask!«

Da war der Name wieder, den sie eben gehört hatte.

»Ja und?«, fragte sie ungeduldig. Das Sandwich in ihrer Hand wurde allmählich kalt.

»Lykke! Das können wir nicht zulassen! Der Kerl ist schlecht für die Insel. Er verscheucht uns die Touristen.«

»Der Winter verscheucht die Touristen, Hardy. Nicht irgendein Kerl. Wer ist dieser Rask überhaupt?«

»Das weißt du nicht?« Pettersen ließ ein Schnalzen hören. »Ich vergaß, du bist ja kein Mønbo.«

Lykke rollte mit den Augen. Wie oft hatte sie das schon gehört? Nur weil ihre Familie nicht seit vier Generationen auf dieser Insel wohnte, wusste sie trotzdem, wie die Dinge liefen. »Hardy, rück endlich raus damit. Ich hab nicht ewig Zeit!«

»Sagt dir ›Der Wolf von Møn‹ etwas?«

Natürlich, dachte Lykke. »Der Wolf von Møn« bezog sich auf einen Mörder aus den 90ern. Sie war damals gerade erst geboren und konnte sich deshalb nur vage an Erzählungen über jene Zeit erinnern. Es musste eine schreckliche Geschichte gewesen sein, die da geschehen war. Sie hatte die ganze Insel in Aufruhr versetzt und die Bewohner sehr mitgenommen. Lykke wusste, dass manche Eltern später den »Wolf von Møn« benutzt hatten, um ihre Kinder davor zu warnen, sich zu weit von zu Hause zu entfernen, sonst würde der Wolf sie holen! Heute diente diese urbane Legende lediglich dazu, sich am Lagerfeuer zu gruseln.

»Und der Typ soll hier gesichtet worden sein? Sitzt der nicht lebenslang ein?«

»Das dachte ich auch, aber er ist wohl kürzlich entlassen worden!«, sagte Pettersen eindringlich. »Lykke! Du musst zu seinem Hof rausfahren und nachsehen.«

»Hardy, ich …«

»Der Hof liegt auf Ulvshale. Es ist das verfallene Gehöft mit dem gelben Putz und dem maroden Reetdach. Leicht zu finden. Es gehörte Rasks Eltern und ist seit Längerem unbewohnt. Die komplette Familie war schon immer total spinnert! Kein Wunder, dass der Sohn ein brutaler Mörder geworden ist!«

»Hat der Mann seit seiner Entlassung etwas getan, das es rechtfertigt, ihm auf den Leib zu rücken?«

»Äh, er ist ein Mörder.«

»Er hat seine Strafe abgesessen, oder?«

»Nun ja …«

»Dann sollten wir ihn in Ruhe lassen.«

»Von wegen. Einmal Verbrecher, immer Verbrecher! Das muss ich dir ja wohl nicht sagen, oder?«

Lykke seufzte. Normalerweise fuhr sie nicht einfach auf Verdacht irgendwohin und belästigte Leute, aber sie wusste, dass Pettersen in diesem Fall keine Ruhe geben würde, wenn sie es nicht tat. Deshalb willigte sie ein. Sie konnte ihre Mittagspause genauso gut auf Ulvshale machen. Pettersen bedankte sich und legte auf.

Lykke blickte auf das Sandwich in ihrer Hand. Ihr Magen knurrte. Schlecht gelaunt ging sie zurück zum Streifenwagen, den sie auf der Storegade geparkt hatte, setzte sich hinters Steuer und warf das Sandwich auf den Beifahrersitz. Nachdem sie den Motor angelassen hatte, drehte sie die Musik laut auf. Wenigstens das sollte ihr vergönnt sein.

»Sweet Child o' Mine« von Guns N' Roses dröhnte aus den Lautsprechern. Das beste Gitarrensolo aller Zeiten!

Lykke lächelte zufrieden und legte den Gang ein.

23. KAPITEL

Kopenhagen

»Da seid ihr ja endlich!«, brummte Ebert Clausen, als Jesper und Kirsten in der Fenrisgade in Nørrebro eintrafen.

Instinktiv wich Jesper dem feindseligen Blick des Kollegen aus und fragte, was die Spurensicherung gefunden hatte.

Aus einem silbernen Audi 100 mit klassischem Stufenheck ragte der hellblau gekleidete Hintern von Wang Ze. Doch anstelle des KTU-Chefs trat der Streifenkollege vor, der das Auto entdeckt hatte. »Wir haben hier einen alten Audi, Baujahr 1987, dänische Zulassung seit 1998. Eine Seitenscheibe wurde eingeschlagen, der Wagen wurde auf die klassische Weise kurzgeschlossen.« Er deutete durch das zerbrochene Fenster auf heraushängende Kabel an der Lenksäule. »Das Auto wurde vor Kurzem als gestohlen gemeldet. Der Halter wohnt in der Heimdalsgade vorne am Roten Platz vom Superkilen Park, also nicht weit entfernt. Wir haben den Wagen vorhin auf unserer Patrouillenfahrt entdeckt. Uns ist das kaputte Fenster aufgefallen.«

Jesper bedankte sich. »Spuren?«

Wang Ze, der noch immer mit seinem overallbedeckten Körper im Auto steckte, sprang nun flummimäßig heraus, zog seinen Mundschutz herunter und grinste. »Jede Menge! Nur weiß ich noch nicht, von wem. Aber seht mal.« Leichtfüßig hüpfte Wang um den Audi herum und zeigte auf den offenen Kofferraum. Jesper und Kirsten folgten ihm. Darin lag eine Ausrüstung, die ebenso eindeutig wie kompromittierend war. Gaffa-Tape, Seil und Plastikfolie.

»Aha!«, sagte Kirsten. »Noch mehr?«

»Ich habe ein Haar sichergestellt, das an der Taperolle klebte.« Wang hob einen durchsichtigen Beweismittelbeutel hoch, in dem ein langes, fast weißes Haar steckte. Jesper nahm die Tüte und betrachtete es. Das könnte in dieser Länge durchaus von Frau Kofoed stammen. Sie war graublond. Er gab die Tüte an Kirsten weiter, die sich das Indiz ebenfalls ansah und ihm anschließend einen wissenden Blick zuwarf. Sie dachte also ähnlich wie er.

»Wir werden den Wagen zu uns in die Untersuchungshalle bringen«, sagte Wang, »und ihn auseinandernehmen.«

»Ich hoffe, du hast noch mehr für uns«, entgegnete Kirsten. »Denn allein das Haar und die Ausrüstung im Kofferraum reichen nicht, um das Auto als Tatfahrzeug zu deklarieren. Selbst der Straßenname nicht, auch wenn ich zugeben muss, dass alles gut passt.«

Wang hob einen Finger. »Selbstverständlich haben wir mehr! Der Kollege vom Streifendienst hat es entdeckt.« Er führte sie erneut um den Audi herum, diesmal auf die Fahrerseite, wo er die Tür zum Fond öffnete. Im Fußraum zwischen den beigen Veloursitzen lag ein leerer Pillenblister. »Zopiclon – das Schlafmittel, das bei unserem Opfer verwendet wurde. Der Fahrzeughalter hat ausgesagt, dass das Medikament nicht von ihm stammt. Genau wie das Zeug im Kofferraum. Und hier haben wir noch eine Spur, die uns womöglich weiterhilft.« Wang deutete auf einen winzigen braunen Fleck auf dem Fahrersitz. »Das ist höchstwahrscheinlich Blut. Ich wette, es ist von Dahl, und ich wette auch, dass ich massenweise Fasern seiner Kleidung auf dem Rücksitz finden werde. Mit Sicherheit passen die Erdablagerungen an den Reifen und Radkästen auch zu den Pfützen auf Refshaleøen.«

»Ich halte nicht dagegen«, sagte Kirsten und spähte mit gerunzelter Stirn in den Wagen. »Der Täter oder die Täterin hat also das Auto aufgebrochen und kurzgeschlossen, um Dahl damit zu entführen und zum Tatort zu bringen. Und dann fährt er oder sie es hierher und lässt es stehen, damit wir es finden. In der Fenrisgade.«

»Warum so eine alte Schlurre?«, gab Ebert zu bedenken. »Mit solch einem Fahrzeug fällt man doch auf. Zumindest eher als mit einem herkömmlichen PKW.«

»Vielleicht, weil man diese alten Karren einfacher in Gang bekommt, wenn man keinen Schlüssel hat«, sagte Jesper.

Wang schaltete sich ein: »Solche alten Fahrzeuge sind tatsächlich leichter zu klauen. Es gibt keine aufwendige Elektronik, keine Alarmanlagen, Schutzschalter oder Wegfahrsperren, die umgangen werden müssen, sondern lediglich das good old fashioned Lenkradschloss, das man knacken muss, und fertig.« Der KTU-Chef schob ein fröhliches Grinsen hinterher.

»Also können wir davon ausgehen, dass der Täter sich mit alten Autos auskennt?«, wollte Kirsten wissen.

»Oder er hat sich Tutorial-Videos geguckt«, entgegnete Wang. »Heutzutage kann jeder alles über das Internet lernen.«

»Stimmt auch wieder. Ich habe neulich nachgeguckt, wie man den Vergaser an einem Bootsmotor austauscht.« Ebert Clausen hakte die Daumen in seinen Gürtel, über dem sich sein Bauchansatz wölbte. »Und was machen wir jetzt?«

Kirsten richtete sich auf. »Wir forschen nach, ob der Wagen auf einem Video der Straßenüberwachung auftaucht.« Sie drehte sich zu Jesper um, der abwehrend beide Hände hob.

»Ich bin raus. Hab mir schon genug Filme angeguckt.«

Kirsten wandte sich an Clausen und gab ihm die Order, die Videos der Straßenüberwachung, die sie bereits erhalten hatten, durchzusehen. Außerdem sollte er sämtliche Mitglieder der Sonderkommission zu einer abendlichen Teamversammlung zusammentrommeln. Das gefiel dem bulligen Kollegen nicht, und er warf Jesper einen finsteren Blick zu. Der guckte unschuldig in die Runde, bis Ebert schließlich nickte und etwas Unverständliches brummte. Jesper war verwundert über Kirstens Verhalten. Was hatte er getan, dass sie plötzlich so zuvorkommend zu ihm war?

»Und wir zwei«, sagte sie, wobei sie ihm auf die Schulter klopfte, »fahren nun die restlichen Kneipenbesucher ab und hoffen, dass uns jemand etwas über einen Wolf erzählen kann.«

24. KAPITEL

Ulvshale, Møn

Lykke Schou erreichte den Hof, den sie anhand von Pettersens Beschreibung sofort erkannt hatte. Ein Hauptgebäude mit vermoostem Reetdach und gelbem Putz, der großflächig abbröckelte. Daneben gab es noch eine Scheune und ein Stallgebäude, dessen Anstrich mal weiß gewesen war. Dahinter befanden sich mehrere kleine Nebengebäude in verschiedenen Stadien des Verfalls.

Das Gras zwischen den Gebäuden war seit Ewigkeiten nicht gemäht worden und glich einer vertrockneten Wildblumenwiese. Lykke rollte mit dem Streifenwagen auf die überwucherte Zufahrt und stellte Guns N' Roses leiser. Sie blickte hinüber zum Haupteingang des Wohnhauses. Die Fenster waren geschlossen und fast blind vor Dreck. Kein Rauch stieg vom Schornstein auf, aus dem oben ein Ziegelstein herausgebrochen war. Nichts deutete darauf hin, dass sich jemand auf dem Hofgelände aufhielt.

Sie stellte den Motor ab und schielte zu ihrem Sandwich auf dem Beifahrersitz hinüber. Nein, erst musste sie eine Runde über das Grundstück drehen, damit Pettersen zufrieden war. Sie stieg aus. Zum Glück schien heute die Sonne, eine Wohltat nach der vergangenen Woche voller Nebel und Regen. Über der Stege Bucht zeigte sich doch tatsächlich ein Stück blauer Himmel. Die Sicht war so gut, dass sie am gegenüberliegenden Ufer die Häuser der Stadt erkennen konnte. Ein leichter Wind kräuselte die Wasseroberfläche und schickte kleine Wellen in Richtung der Insel Lindholm, die mitten in der Bucht lag. Weiter hinten spannte sich der stählerne Bogen der Dronning Alexandrines Bro hinüber nach Kalvehave, das bereits zu Sjælland gehörte. Die Brücke zierte den 500-Kronen-Schein, was alle Insulaner mächtig stolz machte.

Einen netten Ausblick hatte man von hier, dachte Lykke, die in einem Mietshäuschen im Zentrum von Stege wohnte. Das war zwar auch sehr hyggelig, besaß aber lange nicht eine solche Aussicht. Seltsam, dass man den Hof einfach so verfallen ließ. Dabei hatte er viel Potenzial.

In der Nähe befanden sich noch zwei, drei weitere Gehöfte, die ebenfalls verlassen wirkten, zumindest hatten keine Autos in den Einfahrten geparkt. Vielleicht war es zu mühselig geworden, den Boden der Marschwiesen zu bewirtschaften.

Lykke steuerte auf das Haupthaus zu und kam an einem Baum vorbei, der in der Mitte des Hofs aufragte. Eine mächtige Weide. Der Stamm war rissig, einige der Äste waren beim letzten oder vorletzten Sturm abgebrochen. Lykke fiel etwas am Fuß des Stammes auf. Das Gras war niedergetreten und ein paar Gegenstände lagen dort. Augenblicklich spannten sich ihre Muskeln an. Jemand war vor Kurzem hier gewesen, das war eindeutig. Lykke hob den Kopf, konnte aber niemanden entdecken.

Sie beugte sich hinab zu der Ansammlung von Artefakten im Gras. Einige davon waren diese riesigen Lochsteine, wie man sie auf der Insel auf den Feldern oder an den Klippen sammeln konnte. Sie hatten eine beachtliche Größe, wogen bestimmt mehrere Kilo und waren in einem Halbkreis um die Weide ausgelegt. Dazwischen reihten sich unzählige für die Region typische Seeigelversteinerungen aneinander. Zwei sich überkreuzende knorrige Äste lehnten am Baumstamm und bildeten einen Bogen. Das war es jedoch nicht, was Lykkes Haut unter der Uniform prickeln ließ. Das Kribbeln entstand durch die zwei gehörnten Schädel, die an den Ästen hingen.

Gruselige, verwitterte Überreste, wahrscheinlich von Ziegen. Auf den Stirnflächen waren mit Kohle Runen aufgemalt worden. Diese waren eindeutig neueren Datums, und zusammen mit dem niedergedrückten Gras rundherum bestätigten sie Lykkes Eindruck, dass kürzlich jemand auf dem Hof gewesen sein und dieses gruselige Arrangement zum Leben erweckt haben musste.

Mit einem mulmigen Gefühl im Bauch nahm Lykke Abstand. Das Ganze wirkte, als käme es aus einem anderen Jahrhundert ... oder aus einem Wikingermuseum. War das eine Kultstätte für heidnische Rituale? Von irgendwelchen modernen Schamanen oder Hexen, die sich den verlassenen Hof für ihre spirituellen Zusammenkünfte ausgesucht hatten? Oder war es tatsächlich dieser Hans Erik Rask gewesen?

Abrupt drehte Lykke sich zum Haupteingang des Wohnhauses um. Die Fenster starrten sie an. Verbarg sich ein Mensch dahinter? Der Wolf von Møn?

Langsam ging sie auf die Tür zu. Eine dünne Spur im herbstwelken Gras führte direkt zum Haus. Die musste allerdings nicht zwangsläufig von einem Menschen stammen. Sie konnte genauso gut durch Wild verursacht worden sein. Lykke kannte ähnliche Wege vom Grundstück ihrer Eltern auf Ostmøn, wo die Rehe durch den Garten spazierten.

Sie erreichte die marode Holztür und klopfte an. Putz bröckelte von der Mauer und sie trat schuldbewusst zurück.

»Hallo? Ist jemand zu Hause?«

Nichts außer dem Säuseln des Windes und dem entfernten Rufen von Seevögeln.

Lykke rüttelte an der Klinke. Noch mehr Putz rieselte, aber die Tür blieb verschossen. Links führte die schmale Spur um das Gebäude herum. Sie folgte ihr und blickte durch die schmutzigen Fenster auf das chaotische Innere des Hauses. Es rührte sich nichts.

Ob die Leute in Stege sich geirrt hatten? Bestimmt hatten sie bloß einen Mann gesehen, der optisch an Rask erinnerte. War es überhaupt möglich, einen Mann, der seit den 90ern hinter Gittern gesessen hatte, einfach so wiederzuerkennen? Lykke zog die Stirn in Falten. Das war doch recht unwahrscheinlich. Die Hysterie von Pettersen und den Inselbewohnern schien ihr mehr als unbegründet. Natürlich konnte sie gut verstehen, dass das Verbrechen damals eine Schockwelle ausgelöst und viele Leute aufgewühlt und verängstigt hatte. Doch es war nichts, womit sich die Polizei heute beschäftigen sollte. Selbst wenn dieser Rask zurückgekehrt war, war das sein gutes Recht. Er hatte seine Strafe verbüßt und war frei. Und das hier war sein Haus.

Lykke spähte um die Ecke, entdeckte allerdings nichts außer dem schmalen Pfad im Gras. Sie befand, dass es sich um einen Wildwechsel handelte, und kehrte zum Streifenwagen zurück, wo sie endlich ihr Sandwich auspackte und hungrig hineinbiss. Dabei drehte sie Guns N' Roses auf und ließ Axl Roses Stimme über die flache Marschlandschaft hinwegschallen. In der Ferne stieg ein großer Schwarm Gänse auf. Ob sie die Musik nicht mochten?

Als Lykke aufgegessen hatte, knisterte das Funkgerät.

»Høyer an Schou. 19-061, bitte kommen!«

Sie stellte die Musik aus und nahm das Sprechteil aus der Halterung. »Schou hier. 19-061 hört.«

»Wo bist du? Ich will in die Pause!«

Sie hatte Lars ganz vergessen! »Ups, sorry. Musste einen Auftrag erledigen und nach Ulvshale fahren. Mache mich jetzt auf den Weg zu dir.«

»Wieso Ulvshale? Warum weiß ich nichts davon?« Lars nahm immer alles sehr genau.

»Weil der Auftrag inoffiziell war.«

»Inoffiziell? Kapiere ich nicht.«

»Mensch, der kam von Pettersen. Er wollte, dass ich zu einem verlassenen Hof rausfahre und überprüfe, ob dieser Hans Erik Rask dort ist. Kennst du den?«

»Den Wolf von Møn! Klar. Ist der mal wieder gesehen worden?« Lars lachte. »Mach dir deswegen keine Gedanken, das passiert öfter. Hardy ist unser Oberhysteriker, wenn es um Rask geht.«

Na toll, dachte Lykke. Das hätte sie gerne früher gewusst, dann hätte sie sich die Tour sparen können. »Lars, ich bin in einer Viertelstunde bei dir. Over and out.« Sie steckte das Funkgerät zurück und drehte den Zündschlüssel. Als sie aus der Auffahrt rollte, stellte sie Axl Rose wieder laut.

Den Schatten, der sich hinter einem der Holunderbüsche beim Hof verborgen hielt und ihr nachstarrte, bemerkte sie nicht.

25. KAPITEL

Nummer 25 blickte dem davonfahrenden Streifenwagen hinterher. Was hatte die Polizistin auf seinem Hof verloren gehabt? Und warum hatte sie den Altar an der Weide so angestarrt? Ebenso wenig verstand er, warum sie danach einfach nur in ihrem Auto gehockt und gegessen hatte. Hatte sie lediglich ein Plätzchen für ihre Pause gesucht?

Leider war sie nicht die einzige ungebetene Besucherin gewesen. Vorhin hatte sich schon einmal jemand am Haus herumgetrieben. Jemand, den er kannte. Es war die Journalistin gewesen, die ihn in seiner Wohnung in Kopenhagen besucht und ihn über die alten Zeiten ausgefragt hatte. Damals, als er noch auf Møn gelebt hatte. Das war besonders interessant für sie gewesen. Selbst über seine Arbeit in der Zuckerfabrik hatte sie Bescheid wissen wollen, vor allem aber über die auf der Insel Lindholm. Nummer 25 hatte ihr alles erzählt. Warum auch nicht? Die Frau war nett gewesen. Heute war sie um sein Haus gelaufen und hatte nach ihm gerufen, doch er hatte sich versteckt. Er wollte keinen sehen, wollte nicht, dass jemand sich auf seinem Grundstück aufhielt. Es war sein Hof, das Land seiner Familie, und niemand hatte ohne seine Erlaubnis etwas darauf verloren. Er würde sein Heim besser schützen müssen … vor all den bösen Geistern und Riesen.

Er verließ seinen Platz hinter dem Holunderstrauch und schlich zum Schuppen hinüber. Dort hingen ein paar frisch gefangene Gänse aufgeknüpft an ihren Hälsen. Gut, dass die Polizistin die nicht entdeckt hatte. Rasch nahm Nummer 25 die Gänse vom Haken und brachte sie in den Schuppen, wo er sie am Dachbalken aufhängte. Vielleicht würde er bald Fasane und Enten fangen mit den Fallen, die er gebaut hatte, dann wäre er für den nahenden Winter gut versorgt. Die Apfelbäume im Garten trugen reichlich, und auf den alten, verwilderten Beeten standen noch vereinzelte Kartoffelpflanzen. Vielleicht würde er in Stege einige Grundnahrungsmittel kaufen müssen und im Frühjahr Saatgut, doch er würde zurechtkommen. Wie man mit wenig auskam und alles Nötige zum Leben anbaute, hatte er von seinen Eltern gelernt. Er würde ihre Tradition fortführen und ihren Glauben weiterleben, den sie ihm mitgegeben hatten und der mit diesem Land verwurzelt war wie der mächtige Weltenbaum Yggdrasil. Damals waren die Nachbarn so gewesen wie sie, sie hatten an Odin geglaubt und dieselben Rituale und Feste abgehalten, zum Beispiel die Blót zur Sommer- und Wintersonnenwende oder den Tag-und-Nacht-Gleichen. Eine magische Zeit, wenn man ein kleiner Junge war, der zu einem Mann heranwuchs.

Nummer 25 spürte, wie Traurigkeit seine Brust verengte. Heute waren alle weg, und er war allein zurückgeblieben. Aber er würde sich davon nicht beunruhigen lassen und sich wieder an diesem für ihn so bedeutungsvollen Ort niederlassen. Schließlich war das sein Haus. Und mit dem Blut der Vögel würde er einen Schutzzauber darüberlegen, sodass niemand ihm oder dem Hof Schaden zufügen konnte. Danach würde er versuchen, herauszufinden, wo seine Eltern waren, und sie zurück in ihr Zuhause holen.

Nummer 25 ging zum Wohnhaus. Bevor er eintrat, lauschte er noch einmal in die Weite. Kein Auto war zu hören, kein Fremder zu sehen. Die Bucht von Stege lag still und grau vor ihm. Er würde in den nächsten Tagen die Reusen reparieren und im Schilf auslegen. Das würde seinen Speiseplan um ein paar Fische erweitern.

Zuerst musste er allerdings im Haus klar Schiff machen. Er betrat das Hauptgebäude durch die Hintertür. Vorne hatte er abgeschlossen, damit die Leute glaubten, hier wäre niemand. Aber wo sollte er anfangen? Die ganzen Möbel waren verstaubt und alles war unordentlich. Manches war mutwillig zerstört worden und musste repariert werden, wenn es überhaupt zu retten war. Nummer 25 hatte als kleiner Junge seinem Vater beim Zimmern geholfen und im Gefängnis in den Werkstätten gearbeitet. Er wusste, wie das ging.

Er stellte einen Stuhl auf, dessen Bein schief war. Ein, zwei Schrauben an den richtigen Stellen und etwas Leim, schon wäre der Stuhl wie neu. Nummer 25 begann aufzuräumen. Zuerst nahm er sich die Küche und das Wohnzimmer vor. Er hatte beschlossen, erst einmal unten auf dem Sofa zu schlafen. Das war bequemer. Außerdem konnte er diese beiden Räume im Winter mit dem alten gusseisernen Holzherd beheizen und müsste nicht frieren.

Als er unter dem Couchtisch die Dielen fegte, stieß er gegen einen Gegenstand, der ein metallisches Geräusch von sich gab. Er bückte sich und hob ihn auf. Es war die bronzene Odinfigur, die auf dem kleinen Asen-Altar in der Ecke gestanden hatte. Der Allvater auf seinem Thron mit einem Speer in der Hand und seinen zwei Raben auf den Schultern. Hugin und Munin, die ihm die Neuigkeiten ins Ohr flüsterten, welche sie bei ihrem täglichen Flug durch die Welten in Erfahrung gebracht hatten.

Diejenigen, die das Haus durchwühlt und die Möbel kaputt gemacht hatten, hatten offensichtlich kein Interesse an der Figur gehabt. Nummer 25 staubte sie vorsichtig mit einem Handtuch ab und stellte sie auf die Kommode, wo ihr angestammter Platz war. Auf dem Boden fand er die übrigen heiligen Gegenstände. Kerzenhalter aus Wurzelholz, das sie am Fuße von Yggdrasil im Wald gesammelt hatten, mehrere kleine Vogelknochen, in die Runen eingeritzt waren, und eine Tonschale für Räucherwerk. Weitere stilisierte Götterstauen, die sein Vater aus Holz geschnitzt hatte, und die Figuren von Geri und Freki. Nummer 25 stellte sie neben Odin auf. Seine Eltern hatten diese beiden gefräßigen Wölfe besonders gern gemocht. »Schling nicht so wie Freki«, hatten sie bei Tisch immer gesagt und ihm über den Kopf gestreichelt. Die zwei Wölfe waren bekannt dafür, dass sie alles in sich hineinfraßen, was der Allvater nicht von seiner Tafel in Valhalla nahm. Und das war viel, denn Odin aß nie, er trank nur Wein.

Das Einzige, was vom Asen-Altar fehlte, war ein kleiner Anhänger aus Silber, der an einem Lederband um die Odinfigur gehangen hatte. Es war ein Valknut gewesen, drei ineinander verschlungene Dreiecke, die für die neun Tugenden standen, welche der Allvater in sich vereinte: Treue, Mut, Ehre, Wahrheit, Selbstständigkeit, Gastfreundschaft, Fleiß, Disziplin und Ausdauer. Tugenden, die sie und die anderen Familien in der Nachbarschaft hochgehalten hatten. Wahrscheinlich hatten die Eindringlinge den Anhänger mitgenommen, weil sie ihn für wertvoll gehalten hatten. Für Nummer 25 hatte der Anhänger weit mehr Bedeutung als der Wert des Silbers. Er hatte seinem Urgroßvater gehört, der seinerzeit schon dem Asatro anhing.

Nummer 25 betrachtete sein Werk, verschob noch die ein oder andere Figur, dann war er zufrieden damit. Später würde er Räucherwerk anzünden und Vogelblut als Opfergabe darüberträufeln, wenn er zum Sonnenuntergang zu Ehren der Götter ein Blót abhielt, um den Schutz der Götter zu erbitten. Danach wollte er nach Stege gehen und die Aufgabe erfüllen, die ihm der Wolf aufgetragen hatte. Denn auch der Wolf hatte Hunger.

»… heste, grise, køer og får, hører til min bondegård. Hvortil ulven kommer og spiser dem rå.«

26. KAPITEL

Kopenhagen, Polizeipräsidium

Kamera Nummer 32-D, Außenansicht Mjølnerpark. Nachts. Genauer gesagt, jener Abend, an dem Kirsten und Jesper zum ersten Mal dort gewesen waren. Marit saß im Teamraum der Sonderkommission in ihrer Ecke und verfolgte, wie Kirsten und Jesper im Video aus dem zivilen Dienstwagen stiegen. Die Blinklichter leuchteten auf, als sie das Auto abschlossen. Danach gingen sie auf den Wohnkomplex zu und verschwanden aus dem Sichtfeld der Kamera.

Marit stellte auf vierfache Geschwindigkeit. In diesem Tempo war sie gerade noch aufnahmefähig und konnte das Video stoppen, falls sie eine Bewegung wahrnahm. Ein Fahrradfahrer fuhr vorbei, eine Gruppe männlicher Jugendlicher durchquerte den Bildausschnitt, danach eine Frau mit Hund. Später ein Typ mit Kapuze. Marit hielt die Aufnahme an und sah genauer hin. War das nicht der Nachbar von Asger Dahl, der ein Stockwerk über ihm wohnte? Sie spulte zurück und ließ das Video erneut laufen. Leider konnte sie das Gesicht des Mannes nicht erkennen, da es im Schatten seiner Kapuze lag, aber da sie auch in der Lage war, Bewegungsmuster zuzuordnen, war sie sich sicher, dass es sich um den Nachbarn handelte. Er verschwand wie die meisten Passanten in südlicher Richtung, ohne den Dienstwagen auch nur eines Blickes gewürdigt zu haben.

Danach geschah eine Zeit lang nichts. Bis es plötzlich eine Bewegung am Bildrand gab. Jemand schlich sich in gebückter Haltung zum Wagen. Ein untersetzter Kerl in Sportklamotten.

Er zückte ein Messer und stach es seitlich in den Vorderreifen. Durch den abrupten Druckverlust sackte das Fahrzeug ab und die Alarmanlage setzte sich blinkend in Gang. Der Kerl machte sich sofort aus dem Staub. Da niemand reagierte, schaltete sich der Alarm nach wenigen Minuten von allein ab.

Marit spulte zurück und sicherte ein paar Screenshots. Leider trug der Kerl ein Basecap und wandte ihr durchgehend den Rücken zu, so als wüsste er, wie er sein Gesicht vor den Kameras verbergen konnte. Nicht besonders verwunderlich, denn sollte es ein Bewohner des Mjølnerparks sein, kannte er sich mit Sicherheit aus.

Marit spürte eine Berührung an ihrer Schulter und schreckte aus ihrer Betrachtung hoch. Neben ihrem Tisch stand Jesper und blickte mit einem schiefen Lächeln auf sie hinab.

»Hej, Marit, schön, dich zu sehen!«

»Hej, Jesper!« Sie stand auf und umarmte ihn. »Danke, dass du mich dazugeholt hast. Das ist ein interessanter Fall.«

»Gern geschehen.« Jesper wirkte verlegen, als sie ihn losließ. »Wie läuft's bei dir? Schon was gefunden?«

»Wir hatten einen Lippenleser zu Besuch«, sagte sie. »Das Ergebnis wird euch überraschen.«

Bevor sie mehr erzählen konnte, ging die Tür zum Teamraum auf und immer mehr Kollegen strömten herein. Die von Kirsten anberaumte Besprechung fand gleich statt. Marit deutete auf den Stuhl neben sich und Jesper nahm Platz.

»Ich habe übrigens den Kerl ausfindig gemacht, der euch den Reifen zerstochen hat«, flüsterte sie, während alle darauf warteten, dass Kirsten und die Therkildsen auftauchten. Sie drehte den Bildschirm so, dass er einen guten Blick darauf hatte.

Jesper beugte sich vor, kam so dicht an sie heran, dass sie sein Aftershave riechen konnte. Er duftete gut … Der Geruch ließ Erinnerungen in ihr aufsteigen. An Grönland und wie nah sie sich bei dem Fall gekommen waren. Im Zelt auf dem Gletscher …

»Ich kenne den Mann!«, sagte Jesper plötzlich.

Marit wollte sich erkundigen, woher, doch da stolperte Kirsten mit einem Wust voller Zetteln in den Raum. Jesper sprang auf, gab Marit zu verstehen, dass er später zu ihr zurückkehren würde, und bahnte sich einen Weg durch die wartenden Kollegen nach vorn zur Ermittlungsleiterin. Marit sah, dass Ebert Clausen sich neben Kirsten postiert hatte und Jesper mit einem untergründigen Funkeln in den Augen begrüßte. Lagen die beiden schon wieder miteinander im Clinch? Marit wusste, dass Jesper mit dem bärbeißigen Clausen so seine Mühe hatte.

»Guten Abend«, grüßte Kirsten. »Ann Katrine lässt sich entschuldigen, sie hat ein wichtiges Meeting mit dem Generalstaatsanwalt, weshalb ich sie später über die Neuigkeiten informieren werde.« Sie legte den Zettelstapel hinter sich auf den Tisch und nahm ein Blatt Papier davon auf. »Zuerst zu Asger Dahls Mobilfunkdaten, besser gesagt zu seinen Anruflisten und seiner digitalen Kommunikation. Dahl hat nur wenig telefoniert und hauptsächlich einen Messengerdienst benutzt, um mit seinen Kneipenkumpels zu kommunizieren. Im Chatverlauf findet sich nichts Verdächtiges. So weit, so unbefriedigend. Immerhin haben wir mittlerweile das Antwortschreiben der Streitkräfte erhalten. Asger Dahl war während seines regulären Wehrdienstes von 1978 bis 1979 beim Heer in der Kaserne Vordingborg registriert. In dieser Zeit hatte er keinen Einsatz, der auch nur annähernd dazu geführt hätte, dass er Menschen töten musste. Was Dahl damit gemeint hat, dass er viele Leben auf dem Gewissen habe, bleibt weiterhin im Dunkeln. Ebenso wie seine Steuerinformationen, die uns Auskunft über seine vorherigen Arbeitgeber geben könnten. Die ›Skat‹ hält die Daten bislang zurück.

Der Vorgang wird noch geprüft. Die Mühlen der Bürokratie.« Kirsten hob die Hände und ließ sie wieder sinken.

»Aber unsere Steuern wollen sie sofort haben!«, rief ein Kollege und ein Lachen ging durch die Reihen.

Kirsten blieb ernst. Ganz sicher schmeckte ihr nicht, dass sie auf die »Skat« warten mussten, aber so waren nun einmal die Gesetze.

»Wang hat sich unterdessen mit der Spurenlage am Tatort und im Wagen aus der Fenrisgade beschäftigt.« Kirsten nahm den zweiten Zettel vom Stapel. »Der Audi ist mit an Sicherheit grenzender Wahrscheinlichkeit das Fahrzeug, mit dem der Täter Asger Dahl zum Tatort gefahren hat.« Sie warf einen bedeutungsvollen Blick in die Runde. »Zum einen stimmt der Reifenabdruck auf Refshaleøen mit dem Profil des Audis überein. Zum anderen hat ein Schnelltest ergeben, dass der Blutfleck auf dem Fahrersitz eindeutig menschlichen Ursprungs ist. Ob es Dahls Blut ist oder nicht, wird die DNA-Analyse zeigen. Das wäre dann der endgültige Beweis. Des Weiteren wurden Tierhaare auf dem Rücksitz sichergestellt, die zu Dahls Katze passen könnten. Sie hafteten mit Sicherheit an Dahls Kleidung und sind so in das Auto gelangt. Wang nimmt den Wagen in seiner Werkstatt gründlich auseinander in der Hoffnung, auf weitere Fingerprints und die DNA des Täters zu stoßen. Drücken wir ihm die Daumen.«

Alle Anwesenden nickten.

»Sämtliche Fingerabdrücke, die an der Leiche gefunden wurden«, fuhr Kirsten fort, »stammen vom Opfer. Die von Dr. Bostrup entdeckten Abriebspuren an den Zähnen konnte Wang ebenfalls zuordnen. Sie rühren von einem handelsüblichen Arbeitshandschuh aus Leder her, wie es sie in jedem Baumarkt zu kaufen gibt. Damit wäre also geklärt, dass der Täter Handschuhe getragen hat. Leider gab es am Tatort keine Spur von ihnen. Auch haben sich bisher keinerlei Zeugen für den

Mord gemeldet. Jetzt, da wir das Tatfahrzeug haben und es zu unserem Glück ziemlich auffällig ist, können wir die Öffentlichkeit mit einbeziehen. Bostrup schätzt den Todeszeitpunkt auf circa 21 Uhr. Um diese Zeit hält sich für gewöhnlich niemand mehr in diesem Teil von Refshaleøen auf, ist ja alles nur Industriebrache und stockdunkel. Vielleicht kann sich trotzdem ein Passant daran erinnern, den Audi samt Fahrer in der Tatnacht gesehen zu haben.« Kirsten blickte von ihren Zetteln auf. In ihren Augen blitzte es, und Marit wusste, dass sie gleich etwas Großes verkünden würde. »Kommen wir zu unserem vorläufigen Hauptverdächtigen. Besser gesagt, unse*rer* Hauptverdächtig*en*!«

Ebert sah seine Vorgesetzte an. Seine Miene verriet Verwirrung.

»Wir glauben, dass Asger Dahls Ex-Frau Mona Kofoed ihn umgebracht haben könnte.«

»Ernsthaft?«, stieß Ebert aus.

»Ja, ganz ernsthaft!«, erwiderte Kirsten.

Der Kollege schnaubte. »Ist das etwa auf dem Mist unseres großartigen Profilers gewachsen?« Er deutete auf Jesper, der ruhig neben Kirsten stand.

»Jesper und ich waren in Frau Kofoeds Wohnung«, erklärte sie. »Von einer Nachbarin haben wir erfahren, dass sie seit der Mordnacht nicht mehr dort aufgetaucht ist, und wie wir alle wissen, hatte sie kurz vor Dahls Tod einen heftigen Streit mit ihm, wobei sie ihn mehrfach geschlagen hat.«

»Aber deshalb muss sie ihn doch nicht gleich umbringen!«

»Frau Kofoed hat Schuhgröße 43«, wandte sich nun Jesper mit ruhiger Stimme an Ebert, »genau wie der Mörder, sie ist kräftig, besitzt ein gewisses Gewaltpotenzial und sie …«

»… kann einen Wagen kurzschließen?« Ebert stierte Jesper an. Im Neonlicht des Besprechungsraumes glänzte seine Glatze wie ein Stahlhelm.

Marit beobachtete, dass Jesper sich immer noch nicht von ihm provozieren ließ. Selbstsicher erwiderte er den Blick des Kollegen.

»Ich denke«, sagte er, »dass auch eine Frau in der Lage ist, sich darüber zu informieren, wie man ein Auto ohne Schlüssel startet.«

»Das glaubst du doch selber nicht!« Ebert drehte sich zu Kirsten um. »Warum nimmst du diesen gequirlten Mist ernst?«

Niemand sagte etwas. Alle guckten peinlich berührt irgendwohin. Marit wurde die Situation zu bunt. Sie hob die Hand und räusperte sich. »Ich hätte einen Einwand, der die Theorie von Frau Kofoed als Täterin unterstützt!«

Die Aufmerksamkeit aller Kollegen richtete sich auf sie, und sie stand auf. »Ein Lippenleser hat sich den Streit zwischen ihr und ihrem Ex-Mann angesehen.« Sie nahm das Gesprächsprotokoll zur Hand und hob es hoch. »Darin beschimpft Frau Kofoed Asger Dahl auf übelste Weise, den genauen Wortlaut könnt ihr im Protokoll nachlesen. Wir wissen jetzt, dass es in dem Streit um Geld ging, das Dahl seiner Ex geschuldet und angeblich irgendwo gehortet hat. Dahl bestreitet die Anschuldigungen, daraufhin schlägt Mona Kofoed ihn mehrmals und sehr hart ins Gesicht. Auch mit der Faust. Dr. Bostrup hat ein älteres Hämatom an der Augenhöhle festgestellt, das von dieser Auseinandersetzung stammen könnte. Es zeigt, wie gewaltbereit die Frau ist. Am Ende des aufgezeichneten Konflikts sagt sie noch etwas sehr Böses zu ihrem Ex-Mann.« Marit las von dem Protokoll ab, um es möglichst wortgetreu wiederzugeben: »›Du bist ein elender Lügner, Asger. Ein Monster! Ich hasse dich! Du hast es nicht verdient, am Leben zu sein. Ich hoffe, dir reißt jemand die Zunge heraus, bevor der Krebs dich killt. *Das* hättest du verdient!‹«

»Die Zunge?« Kirsten hob die Brauen.

»Ja«, bestätigte Marit.

»Ihm wurde der Kiefer aufgebrochen!«, konstatierte Ebert. »Nicht die Zunge herausgerissen. Das ist ein großer Unterschied!«

»Das stimmt, Ebert«, antwortete Marit. »Wir haben allerdings noch etwas sehr Interessantes gefunden.« Sie gab Sanne ein Zeichen, die nun zu ihrem Einsatz kam.

Die Koordinatorin trat hinter ihrem Terminal hervor. »Unser Experte hat mittlerweile recherchiert, was die blutigen Runen auf Dahls Stirn bedeuten. Die Übersetzung lautet ›*tunge*‹.«

»Zunge?« Jetzt war es Jesper, der vor Überraschung staunte. Den anderen stand ebenfalls die Verwunderung ins Gesicht geschrieben.

»Na, das ist doch mal was!«, sagte Kirsten und schnalzte mit der Zunge. »Ich denke, mehr Beweise benötigen wir erst einmal nicht. Die Fahndung nach Frau Kofoed wird ausgeweitet. Bisher gibt es keine Hinweise darauf, wo sie sich aufhält. Wir versuchen, ihr Handy anzupeilen, falls sie es nicht entsorgt hat. Außerdem sollten wir so schnell wie möglich mehr über sie erfahren. Was hat sie gemacht? Wo kommt sie her? Wer sind ihre Freunde?«

»Diese Alkoholikertante!«, zischte Ebert nach wie vor nicht überzeugt. »Die findet doch nicht mal den Weg zum Klo, wenn sie voll ist. Wie soll sie solch einen Mord planen?«

»Ihre Wohnung ist sehr aufgeräumt und ordentlich«, widersprach Jesper. »Auch sonst deutet alles darauf hin, dass sie ihr Leben im Griff hat, selbst wenn Dahls Kneipenkumpel das Gegenteil behaupten. Wenn Frau Kofoed eine Alkoholikerin ist, dann eine hochfunktionelle.«

Ebert schüttelte den Kopf. »Egal, was ihr denkt, ich glaube nicht, dass sie es war. Eher hatte sie einen Helfer, der alles für sie erledigt hat. Oder sie ist dem Täter selbst zum Opfer gefallen. Habt ihr darüber schon mal nachgedacht?«

»Ja, das haben wir, und es wäre ebenfalls möglich«, sagte Kirsten, »aber wir fokussieren uns zunächst auf Frau Kofoed als Täterin. Und egal, ob sie selbst zum Opfer wurde oder ihr jemand geholfen hat – wir suchen nach ihr. Landesweit. Und wenn wir ihr Umfeld durchleuchten, finden wir womöglich auch jemanden, der ihr geholfen haben könnte.«

Der bullige Kollege stieß einen missmutigen Laut aus. Marit wusste, dass er ein fähiger Ermittler war, sonst hätte Kirsten ihn nicht in ihr Team geholt. Leider war er manchmal zu sehr in seine eigenen Vorstellungen verstrickt. Er brauchte öfter mal einen Schubs in die richtige Richtung.

»Apropos Täter oder Täterin. Was hat die Suche nach ähnlichen Fällen im In- und Ausland ergeben?«, wandte sich Kirsten an Sanne und lenkte die Diskussion auf ein neues Thema.

Sanne setzte sich an ihr Terminal. »Was das Aufbrechen der Kiefer als Mordmethode betrifft, haben unsere Recherchen ergeben, dass es in Dänemark bisher keinen vergleichbaren Fall gegeben hat. Für das europäische Ausland haben wir in der Datenbank von Europol nichts gefunden. Und die weltweite Abfrage dauert leider noch. Interpol ist etwas langsam.« Sie lächelte entschuldigend.

»Okay, danke, Sanne«, sagte Kirsten und wandte sich an die restlichen Kollegen. »Macht euch an eure Aufgaben. Denkt dabei bitte daran, dass die Fahndung nach Frau Kofoed zunächst nur intern läuft. Die Öffentlichkeit werden wir in zwei bis drei Tagen hinzuziehen. Ich will nicht, dass Frau Kofoed gewarnt wird und sich ins Ausland absetzt. Sollte sie das nicht längst getan haben.«

»Also ist die Sache mit dem Rattenmord komplett vom Tisch?«, fragte Ebert beleidigt.

»Wir konzentrieren uns auf Frau Kofoed, wie ich gesagt habe«, erklärte Kirsten bestimmt.

»Was ist mit den Kollegen, die sich im Milieu umhören sollten? Die wirbeln viel Staub auf. Wäre doch unklug, wenn wir uns die Informationen nicht wenigstens ansehen würden.«

Marit hörte, dass Kirsten seufzte. »Okay, Ebert. Kümmere dich darum. Aber ich will in dieser Ermittlung kein subversives Verhalten von deiner Seite. Wenn es keine Verbindung gibt, gibt es keine und du hältst dich fortan damit zurück, klar?«

Ebert nickte.

Kirsten sah auf. »Worauf wartet ihr noch? An die Arbeit. Wir haben einen Mord aufzuklären!«

27. KAPITEL

Stege, Møn

Louise Piil erwachte. Sie hatte ein Geräusch gehört und drehte den Kopf. Ihr Mann lag nicht neben ihr. Vielleicht war Martin auf der Toilette. Er musste nachts oft raus, hatte Probleme mit der Prostata.

Louise schloss die Augen und versuchte, wieder einzuschlafen. Doch als erneut Geräusche an ihr Ohr drangen, schreckte sie auf. Mit klopfendem Herzen lauschte sie dem leisen Poltern und Scharren, das sich anhörte, als würde eine Tür im Luftzug klappern. Von Martin weiterhin keine Spur. Merkwürdig. Ging es ihm nicht gut?

Schlaftrunken setzte Louise sich auf. Die Tür zum Flur stand weit offen und bildete ein gähnend schwarzes Viereck. Sie schaltete die Nachttischlampe an und rief leise nach ihrem Mann. Als sie keine Antwort erhielt, stand sie auf, wickelte sich in eine Strickjacke und trat in den dunklen Flur.

»Martin?«, wiederholte sie flüsternd, da sie die Kinder nicht wecken wollte, die nebenan schliefen. Das dumpfe Poltern und Scharren hatte aufgehört. Aber sie erhielt immer noch keine Antwort von ihrem Mann. Ob er unten in der Küche etwas aß? Das machte er öfter mal.

Louise schaute kurz bei den beiden Mädchen vorbei, die ruhig in ihren Betten lagen. Schließlich stieg sie die Treppe nach unten. Im Bad brannte kein Licht, auch in der Küche war alles dunkel.

»Martin? Wo bist du?« In Louise stieg Furcht auf. Rasch schaltete sie das Licht an. Die Küche lag verlassen da. Im

Wohnzimmer war es ruhig. Kein Martin weit und breit. Barfuß trippelte Louise über die kalten Flurfliesen und bemerkte, dass die Tür zum Keller nur angelehnt war. Plötzlich drang wieder dieses Scharren an ihr Ohr. Es kam von unten!

War Martin im Keller? Wollte er etwa heimlich Wein trinken? Er wusste, dass sie es nicht guthieß, wenn er zu viel trank. Doch ab und zu schlich er sich zu den Weinvorräten, im Glauben, sie würde es nicht bemerken.

Verärgert verzog Louise das Gesicht, öffnete die Tür und betätigte den Lichtschalter. Trotz ihrer nackten Füße stieg sie die Kellertreppe hinab. Der Geruch nach nassem Putz und Schimmel drang in ihre Nase, und noch eine andere Note mischte sich darunter. Sie entdeckte eine rote Lache auf dem Fußboden der Waschküche und wollte schon mit Martin schimpfen, dass er Wein verschüttet habe, doch als sie den Raum betrat, blieb ihr die Zurechtweisung im Halse stecken.

Martin lag auf dem Betonboden, die Arme ausgestreckt wie ein Gekreuzigter. Sein Fuß zuckte und schabte über den Boden, wobei er jenes scharrende Geräusch verursachte. Sein T-Shirt und die Pyjamahose waren voller Blut und sein Gesicht glich einer roten Maske. Louise schrie auf. Martins Unterkiefer war ausgerenkt und seine Mundhöhle klaffte weit auf. Unfähig, sich von dem entsetzlichen Anblick loszureißen, entdeckte Louise etwas, das auf seiner Brust lag. Ein blutiger Klumpen Fleisch.

Es war seine Zunge.

Das Nächste, was Louise sah, war der Betonfußboden des Kellers, der rasch näher kam, und dann war da nichts mehr.

28. KAPITEL

Kopenhagen

Kirsten streckte sich und rollte sich im Bett zu ihrer Freundin herum. Diese blinzelte ebenso müde wie sie in den noch dunklen Morgen. Sanft strich Kirsten ihr über die Wange, woraufhin Mimi lächelte.

»Schön, dass du da bist«, flüsterte sie.

»Dito«, flüsterte Kirsten zurück. Sie beugte sich vor und gab ihr einen Kuss. Obwohl sie erst spät ins Bett gegangen waren, fühlte sie sich einigermaßen entspannt. Mimi hatte das Talent, sie zu erden, sie von 180 auf null herunterzubringen, damit ihre glühenden Drähte mal abkühlen konnten. Das hatte sie dringend nötig. Der Fall war noch nicht alt, zerrte aber bereits an ihren Nerven und raubte ihr die Energie. Sie brauchte Urlaub. Vielleicht sollten sie demnächst etwas buchen? Eine Woche in der Sonne. Italien, Spanien, Portugal …

Mimi stand auf. Sie arbeitete im Streifendienst und musste heute ebenso früh raus wie Kirsten. Sie begaben sich in das kleine Bad, das sie sich problemlos teilten. Während die eine unter der Dusche stand, erledigte die andere den Rest.

Zum Frühstück genossen sie starken Kaffee und Toast mit viel Marmelade, Honig oder auch Schokolade. Kirsten schaufelte sich eine große Menge Zucker in ihren dreifachen Espresso. Sie brauchte ihre morgendliche Überdosis Zucker und Koffein. Ohne die lief nichts.

Hungrig biss sie in einen Toast, auf dem sich Schokoplättchen stapelten, während Mimi an ihrem Kaffee nippte und die Zeitung las. Dabei hielt sie sie so, dass Kirsten die Rückseite mitlesen konnte. Auf diese Weise erfuhren sie beide, was am Tag und in der Nacht zuvor passiert war, und konnten sich auf das einstellen, was sie auf der Wache erwarten würde.

»Oje!«, entfuhr es Mimi.

»Was ist?«

»Das wird dir nicht gefallen.« Sie blickte Kirsten über den Rand des bedruckten Papiers hinweg an.

»Jetzt zeig schon!« Kirsten zog ihr die Zeitung aus den Händen und suchte nach dem, was Mimi gemeint hatte. Schnell wurde sie fündig. Es war ein Foto von Frau Kofoed, daneben war noch ein weiteres. Es zeigte Kirsten, Jesper und das KTU-Team bei der Untersuchung des silbernen Audis. Das zweite Foto war aus der Entfernung aufgenommen worden, vermutlich mit einem Teleobjektiv. Jemand von der Presse musste sie verfolgt haben.

Als sie den Artikel las, verfinsterte sich ihre Laune.

Refshaleøen-Mord – Ist die Polizei ratlos? Von Jonathan Møller. Offenbar tappt die Mordkommission unter der Leitung von Kriminalkommissarin Kirsten Vinther im Dunkeln. Nach dem Fund des Tatfahrzeugs gestern in der Fenrisgade, eines silbernen Audi 100 (lesen Sie den offiziellen Zeugenaufruf dazu auf Seite 3), ist noch immer unklar, wer den krebskranken Rentner Asger Dahl (63) ermordet hat. Anscheinend kann sich die Polizei nicht festlegen, wen sie verdächtigen soll. Nachdem einige Besucher der Stammkneipe des Opfers in den Fokus der Ermittlung geraten waren, wird nun nach einer Frau gefahndet. Mona Kofoed (53), wohnhaft in Lyngby und Ex-Frau des Ermordeten, soll die Tat begangen haben. Sie wird seit gestern landesweit gesucht. Wer sachdienliche Hinweise zu ihrem Aufenthaltsort geben kann, wird gebeten, sich umgehend bei der Polizei zu melden.

Kirsten schnappte nach Luft. Woher wusste der Reporter, dass sie Frau Kofoed im Visier hatten? Das hatten sie doch unter Verschluss gehalten. Sie zeigte auf den Artikel. »Und dann drucken sie auch noch ein Foto von der Frau ab! Das stammt nicht von uns. Zur Hölle!« Kirsten schlug mit der flachen Hand auf den Tisch, dass die Kaffeetassen hüpften. »Da muss jemand von uns Interna ausgeplaudert haben!«

Mimi stöhnte auf. »Bitte nicht schon wieder!«

Kirsten sah sie einen Moment durchdringend an, dann fiel ihr Blick auf den Namen des Reporters, und ihre Hand knallte ein zweites Mal auf den Tisch. »Wusste ich es doch! Jonathan Møller, besser bekannt als Jonny M.! Das ist dieser Schmierfink, den Jesper von früher kennt.«

Mimi rollte mit den Augen. »Echt jetzt?«

Kirsten hob die Arme. »Was denn?«

»Ich meine, du hast deinem Kollegen schon einmal vorgeworfen, ein Maulwurf zu sein – bevor du übrigens mich verdächtigt hast und ich deswegen suspendiert wurde. Erinnerst du dich?«

»Natürlich erinnere ich mich. Und es tut mir leid. Damals war ich nicht ich selbst.«

Mimi betrachtete sie mit vielsagender Miene. »Oh doch, du warst ganz du selbst. Denk mal darüber nach. Du solltest dringend am Vertrauen zu deinen Mitmenschen arbeiten!« Sie stand auf und verließ ohne einen weiteren Kommentar die Küche. Kirsten hörte, wie sie im Flur ihre Uniformjacke anzog.

»Mimi …?«

»Schon gut. Ich wusste ja, dass dich der Artikel aufregen wird.« Mimi steckte ihren Kopf durch die Küchentür. »Sehen wir uns heute Abend?«

»Weiß ich noch nicht. Es gibt viel zu tun …«

»Ich bin jedenfalls zu Hause. Bis dann.« Sie verschwand im Flur, und Kirsten hörte die Wohnungstür ins Schloss fallen.

»Mich aufregen?«, knurrte sie mit Blick auf die Zeitung. »Das hier macht mich scheißwütend!« Sie räumte das Geschirr in die Spülmaschine und rammte im Flur ihre Arme in die Ärmel ihrer Lederjacke.

Dieser Jonny M. konnte etwas erleben, wenn er ihr das nächste Mal unter die Augen trat!

29. KAPITEL

Windzeit, Wolfszeit …

Marit hatte ihr Kinn auf die Hand gestützt und blickte nachdenklich durch eines der Bullaugenfenster des Hausbootes nach draußen auf den Kanal, auf dessen Wasser sich das erste trübe Morgenlicht spiegelte. Bis eben hatte sie mit wenig Appetit ihr Müsli gelöffelt. Die Auseinandersetzung mit Nannas Vater quälte sie nach wie vor und obendrauf kam noch der Mordfall. Vielleicht war es doch keine so gute Idee gewesen, den Auftrag anzunehmen.

Vindtid, ulvetid …

Diese Worte aus der Edda trugen etwas Altes, Kraftvolles und unheilvoll Magisches in sich, das sie schaudern ließ.

Hatte Mona Kofoed tatsächlich ihren Mann ermordet? Oder dieser ominöse Ulv, von dem Asger Dahl geredet hat? Oder lag Ebert mit seiner Vermutung richtig, dass es eine Verbindung zum Rattenmord gab? Marit konnte es nicht sagen. Alle Szenarien waren ebenso wahrscheinlich wie unwahrscheinlich.

Kjell kam aus seinem Schlafzimmer. Ein aufgeregter Ausdruck lag auf seinem Gesicht. »Marit, das musst du dir ansehen!« Er wedelte mit einer Zeitung und zeigte auf ein Bild. Marit erkannte sofort Jesper und Kirsten auf dem Foto und überflog den Artikel.

»Oje«, sagte sie. »Das gibt Stress.«

»Ob die beiden davon wissen?«

»Sie werden es erfahren – spätestens im Präsidium. Ihre Chefin wird es ihnen sicher brühwarm servieren.«

»Die Therkildsen?«

Marit nickte. Bei Kjells ständiger Abwesenheit – er arbeitete als Kriegsjournalist und Fotograf – vergaß sie manchmal, dass er sich im Who's who von Kopenhagen ganz gut auskannte. Sie wollte ihm die Zeitung zurückgeben, da stach ihr ein grobkörniges Foto auf der gegenüberliegenden Seite ins Auge. Ein Kribbeln schoss in Marits Fingerspitzen. Sie kannte den Mann auf dem Bild! Zwar trug er auf dem Foto sein Haar kürzer und war erheblich jünger, aber es gab keinen Zweifel. Rasch vertiefte sie sich in den dazugehörigen Artikel. Als sie damit fertig war, stieß sie einen entsetzten Laut aus.

»Was ist?«, fragte Kjell.

Da Marit nicht antwortete, legte er den Kopf schief und las die Schlagzeile selbst. Er sagte etwas, doch Marit hörte ihn kaum. Ihre Gedanken polterten laut durch ihren Schädel wie gigantische Stahlkugeln. Als sie an ihren Platz fielen, herrschte plötzlich Stille.

Im nächsten Moment sprang sie auf, stieß einen überraschten Kjell zur Seite, schnappte sich ihre Jacke und stürmte die Treppe zum Oberdeck hinauf, wo sie die Tür aufriss und zu ihrem Fahrrad rannte. Wenig später radelte sie wie eine Besessene zum Revier, die zerknüllte Zeitung in ihrer Tasche.

30. KAPITEL

Stege, Møn

Der Anblick war furchtbar. So etwas hatte sie noch nicht gesehen.

Lykke nestelte am Kragen ihrer Uniform herum. Ein harter Druck hatte sich irgendwo unterhalb ihrer untersten linken Rippe festgesetzt. Sie stand im Keller des Hauses »Lille taarn« neben ihrem Chef und wünschte sich weit weg. Einen beschaulichen Polizeidistrikt wie den von Møn als Dienstort gewählt zu haben, schützte offensichtlich nicht davor, mit einer solch brutalen Tat konfrontiert zu werden. Sie atmete flach, um den Geruch nach Blut und schimmligem Putz nicht zu tief in die Nase zu bekommen. Wer tat so etwas Grausames? Und dann auch noch auf Møn? Hier war nie was los!

Lykke blinzelte, doch das Szenario vor ihr blieb unverändert. Der herbeigerufene Notarzt kniete neben dem übel zugerichteten Körper des Mannes auf dem Boden und konnte nur noch dessen Tod feststellen. Daran, dass es keine natürliche Todesursache war, gab es keinen Zweifel. Ein aufgebrochener Kiefer und eine herausgeschnittene Zunge.

Lykke wischte sich über den Mund. Sie wollte raus aus dem muffigen Loch.

Die Ehefrau des Ermordeten war beim Auffinden ihres Mannes in Ohnmacht gefallen und hatte sich beim Sturz den Kopf verletzt. Sie war ins Krankenhaus nach Vordingborg gebracht worden, wo sie auch wegen des Schocks behandelt wurde. Ihre beiden Kinder waren von ihrer Schwester abgeholt worden, die sich nun um sie kümmerte. Noch gab es keine vernünftige Zeugenaussage, lediglich eine undeutliche Tonaufnahme vom Notruf, auf der die Frau verzweifelt nach einem Krankenwagen und der Polizei verlangte.

»Wie schrecklich!«, stieß Lars Høyer neben ihr aus. »Der arme Martin!«

»Du kanntest das Opfer?«

»Ja, Martin Piil. Er wohnte schon immer in diesem Haus. Es gehörte früher seinen Eltern. Sie leben mittlerweile im Pflegeheim vorne in Lendemarke. Martin war regelmäßig bei den Bürgerversammlungen und im Kirchenchor.«

Lykke nickte betroffen.

Der Notarzt stand auf und wandte sich an Lars. »Ich bin fertig. Fülle oben noch den Totenschein aus und bin dann weg.«

»Alles klar, danke«, sagte Lars. »Ich denke, um den Rest wird sich der zuständige Rechtsmediziner kümmern.«

»Und die Spurensicherung!«, fügte Lykke hinzu. »Das ist ein Tatort, und es wäre schön, wenn so wenig Leute wie möglich in dem Keller herumlatschen würden.«

Lars hob hilflos die Schultern. Er wirkte mit der Situation überfordert. Als ob sie das nicht auch wäre! Der Notarzt packte seine Tasche und stieg die Treppe hinauf.

Lykke seufzte. »Soll ich die Dienststelle in Vordingborg verständigen? Die übernehmen das mit der Spurensicherung.«

»Mach das«, murmelte Lars abwesend.

Lykke wollte gerade dem Notarzt nach oben folgen, um draußen zu telefonieren, da stürmte jemand die Treppe hinab. Es war Hardy Pettersen. Sein Kopf glühte herzinfarktverdächtig rot.

»He, Hardy! Hier hast du keinen Zugang!« Sie stellte sich ihm in den Weg.

Pettersen ließ sich nicht von ihr aufhalten und drängte sich an ihr vorbei. »Lars! Was zum Teufel ist los? Ich habe gehört, dass … Ach du Scheiße!« Er entdeckte den Toten und blieb mit der Hand vor dem Mund stehen. Seine Gesichtsfarbe wandelte sich von Rot zu Kalkweiß. Lykke überlegte, ob sie den Notarzt zurückholen sollte. Pettersen war immerhin schon Ende 50.

»Das ist eure Schuld!«, brüllte der Ortsvorsteher plötzlich los.

Lars legte verwirrt die Stirn in Falten, und auch Lykke hatte keine Ahnung, was er meinte.

»Ihr habt nichts unternommen, obwohl ich euch vor ihm gewarnt habe. Wozu haben wir die Polizei, wenn ihr nichts tut?« Pettersen trat auf Lars zu, der einen Schritt zurückwich und dabei beinahe in die Blutlache getreten wäre.

Lykke hielt beide auf. »Schrei gefälligst nicht so rum, Hardy! Du dürftest eigentlich gar nicht in diesem Keller sein, das ist ein Tatort. Du könntest Spuren zerstören.«

Pettersen war fast einen Kopf größer als sie, doppelt so breit und dreimal so schwer. Seine Augen unter den hängenden Lidern starrten sie feindselig an. Sie wusste, was er dachte. Eine kleine Landpolizistin wagte es, ihn, den großen Ortsvorsteher, dessen Vater der Bürgermeister von Stege gewesen war, in die Schranken zu weisen.

»Ihr hättet ihn einsperren müssen!«, zischte er und Speichelspritzer landeten auf ihrer Haut.

Lykke unterdrückte den Impuls, sie wegzuwischen, und hielt Pettersens Blick stand. »Wen meinst du mit *ihn*?«

»Rask. Wen sonst? Oder läuft auf Møn noch ein anderer verrückter Killer herum?«

»Hardy, wir waren bei seinem Hof, dort war niemand«, meldete sich Lars mit weinerlicher Stimme zu Wort. »Was hätten wir tun sollen?«

Lykke hob eine Hand. »Lars, ich regele das!« Sie wandte sich an Pettersen. »Woher willst du wissen, dass es Rask war?«

»Das ist doch sonnenklar. Nicht wahr, Lars?«

Lykke blickte von Lars zu Pettersen. »Und was ist den Herren so *sonnenklar*, wenn ich bitten darf?«

Eine gesunde rosa Farbe kehrte auf die Wangen des Ortsvorstehers zurück, der nun ein väterliches Lächeln aufsetzte. Lykke verschränkte die Arme vor der Brust und bereitete sich innerlich auf eine Demonstration männlicher Überlegenheit vor. Auf das klassische »Mädchen, lass uns mal machen«.

»Nun, liebe Lykke. Was Lars und ich wissen und du offensichtlich nicht, ist, dass das da«, er zeigte auf die Leiche, die nach wie vor mit offenen Augen und unnatürlich weit aufgerissenem Mund dalag, »das Tatbild von Rask ist oder wie ihr das nennt.«

»Ich weiß immer noch nicht, was du damit sagen willst. Was genau meinst du mit ›das da‹?«

»Na, den aufgebrochenen Kiefer, verdammt!«

Lykke überlegte. Sie hatte am Vorabend einiges über Rask und seine Tat gelesen, für die er lebenslang in den Knast gewandert war, aber von einem aufgebrochenen Kiefer hatte da nichts gestanden. Womöglich war etwas dazu im internen Polizeibericht zu finden, den sie heute anfordern wollte.

»Stimmt das?«, fragte sie Lars.

»Nun«, entgegnete ihr Chef, ohne ihr in die Augen zu sehen, »es stimmt.«

Das selbstgefällige Grinsen von Pettersen wurde breiter. »Du warst damals noch ein Baby, daher kannst du es nicht wissen. Aber ich erkläre es dir gerne«, sagte er gönnerhaft. »Rask hat nicht nur das kleine Mädchen auf Ulvshale ertränkt, er hat auch den Hund der Kleinen getötet. Und jetzt rate mal, wie?« Er hob die Brauen. »Er hat ihm die Kiefer auseinandergerissen und dann das Rückgrat gebrochen. Der Hund ist elendig verreckt. Wahrscheinlich, während Rask sich an dem Mädchen vergangen hat!«

»Es ist genug!«, sagte Lars.

Pettersen zuckte mit den Schultern. »Irgendjemand musste es deiner kleinen Hilfspolizistin schließlich sagen.«

Lykke setzte zu einer hitzigen Erwiderung an, doch Lars packte sie am Arm. »Du gehst nach oben und rufst die Kollegen in Vordingborg an. Ich kläre das hier mit Hardy.«

»Aber …«

»Kein Aber. Geh, los!«

Lykke gab ein wütendes Schnauben von sich und stapfte die Treppe hinauf. Anstatt das Telefonat zu führen, blieb sie oben an der Tür stehen und lauschte, was die beiden unten redeten.

»Du wusstest, dass er gefährlich ist!«, keifte Pettersen. »Und du hast nichts unternommen. Und nun ist der erste Unschuldige tot! Kannst du das verantworten, Lars?«

Lykkes Chef entgegnete nichts darauf, vermutlich scharrte er verlegen mit dem Schuh auf dem Boden.

»Du musst sofort eine Fahndung rausgeben. Oder noch besser, wir fahren zusammen zum Rask-Hof und knöpfen uns das Schwein vor!«

»Hardy … das geht nicht … Wir müssen abwarten. Wir wissen nicht, ob es Rask war.«

»Er war's, das ist ja offensichtlich! Bist du so blöd, oder tust du nur so? Ach, jetzt weiß ich's. Du willst bloß deine Fehler vertuschen.«

»Ich habe keine Fehler gemacht, ich …«

»Halt deine Klappe, Lars! Ich hoffe, du hast eine gute Erklärung für Martins Frau parat, die nun Witwe ist und ihre Kinder Halbwaisen. Wenn Louise erfährt, wozu ich dich aufgefordert habe, dann …«

»Du wirst ihr das doch wohl nicht sagen?«

Lykke biss sich auf die Lippen. Dieser Arsch Pettersen versuchte, Lars zu erpressen. Nur warum? Was hatte er davon, sich einzumischen? Lief da eine Geschichte von früher? Lars und Pettersen waren fast gleich alt. Sie kannten einander seit ewigen Zeiten. War etwas zwischen den beiden wegen des alten Rask-Falls? Wie alt waren sie damals gewesen? Mitte 20?

Als sie plötzlich Schritte auf der Treppe hörte, huschte Lykke nach draußen in den Garten, wo sie das Handy an ihr Ohr hob und so tat, als würde sie telefonieren. Sie warf Pettersen einen grimmigen Blick zu, der mit wehender Jacke an ihr vorbeilief und sie ignorierte.

Was für ein überheblicher Penner! Der sollte noch mal ankommen und einen Gefallen von ihr wollen! Welche Art von Seilschaft auch immer zwischen ihm und Lars bestand, sie war kein Teil davon. Sie würde nicht so mit sich umspringen lassen, wie ihr Chef es mit sich machen ließ. Kaum hatte sie das gedacht, trat Lars aus dem Haus. Er fuhr sich durch das schüttere Haar und warf ihr ein unglückliches Lächeln zu. Die Falten auf seiner Stirn wurden noch tiefer.

»Sorry!«

Weshalb entschuldigst du dich, fragte sich Lykke. Weil du dich gängeln lässt?

Sie nickte nur und bedeutete ihrem Chef, dass sie jetzt Vordingborg anrufen würde. Wenig später hatte sie den verantwortlichen Kriminalkommissar am Apparat und erklärte ihm die Lage. Kaum hatte sie den aufgebrochenen Kiefer erwähnt, stieß der Kollege einen überraschtes »Was hast du gesagt?« aus.

»Die Kiefer wurden auseinandergerissen«, wiederholte Lykke. »Und die Zunge herausgeschnitten. Sieht furchtbar aus.«

»Ach du Scheiße!«

»Wieso?«

»Das ist ein viel größerer Fall, als ihr glaubt, ich leite das augenblicklich an Kopenhagen weiter. Dort gibt es bereits eine Ermittlungskommission.«

Lykke runzelte die Stirn. »Wieso in Kopenhagen?«

»Habt ihr das nicht mitbekommen? Dort hat es vor ein paar Tagen einen ähnlichen Mord gegeben.«

Lykke stutzte.

»Am besten rufst du gleich selbst bei denen an«, fuhr der Kollege fort. »Die werden sich freuen.«

Bestimmt nicht, dachte Lykke, bedankte sich und legte auf. Sie sah Lars an, während sich ein kaltes Ziehen in ihrem Magen ausbreitete. »Wir haben vermutlich eine Mordserie«, sagte sie finster.

31. KAPITEL

Kopenhagen, Polizeipräsidium

Mit unterdrücktem Zorn betrat Kirsten den Teamraum, in dem bislang kaum jemand anwesend war. Sanne hockte an ihrem Terminal und hob kurz grüßend die Hand. Jesper saß an einem der Tische, studierte bei einem Kaffee Unterlagen.

Kirsten ging zu ihm hinüber und knallte ihm den Zeitungsartikel über die Ermittlung vor die Nase. »Hast du das gesehen?«

Verwundert betrachtete er das Bild von Kirsten und sich selbst und schüttelte den Kopf.

»Jonny M.«, sagte Kirsten aufgebracht, »hat über Interna geschrieben, die er nicht wissen kann!«

»Worauf willst du hinaus? Dass ich ihm einen Tipp gegeben habe?« Jespers wütender Blick streifte sie. »Haben wir diese Sache nicht längst hinter uns gelassen? Wie oft soll ich noch sagen, dass ich mit dem Typen nichts zu tun habe, außer dass wir uns zufällig von früher kennen.«

»Und aus welcher Quelle hat er die Infos dann?«

»Woher soll ich das wissen? Vermutlich ist er uns hinterhergefahren, wäre ja nicht ungewöhnlich für Leute wie ihn. Und dabei hat er erfahren, dass wir gestern bei Frau Kofoed in Lyngby waren. Vielleicht hat er später die Nachbarin ausgefragt. Die war ja recht redselig. Und dann ist er uns in die Fenrisgade zum Tatfahrzeug gefolgt. Oder wie auch immer!«

Wie er sich verteidigte, dachte Kirsten. Wie er sich an Marit ranzumachen versuchte. Wie er einen Keil zwischen sie und ihre Freundin treiben würde, wenn die beiden je ein Paar werden würden.

Kirsten ärgerte sich über sich selbst. Sie sollte ihr Misstrauen und ihre Eifersucht gegenüber Jesper besser in den Griff bekommen und vor allem aus der Ermittlung raushalten. Daran musste sie dringend arbeiten. Wie Mimi es gesagt hatte. Sie durfte sich nicht in das Leben anderer einmischen und sie mit haltlosen Anschuldigungen konfrontieren. Das war paranoid und unfair.

»Entschuldige, Jesper«, sagte sie. »Ich wollte dich nicht angreifen. Nur sensibilisieren. Die Pressemeute ist hinter uns her. Wir müssen achtsamer sein und aufpassen, ob uns jemand folgt.«

Jesper sah ihr direkt in die Augen, was er selten tat. Dann nickte er. »In Ordnung. Botschaft angekommen. Können wir uns jetzt auf die Ermittlung konzentrieren?« Er erhob sich und gab ihr zu verstehen, dass er die Morgenbesprechung leiten würde. Überrascht trat sie zur Seite.

»Guten Morgen zusammen«, begrüßte er die Kollegen, die sich mittlerweile im Raum versammelt hatten. Nur Marit entdeckte Kirsten nirgendwo. Na, sie würde schon noch auftauchen. Kirsten nahm sich eine Flasche Wasser und öffnete sie.

»Ich habe hier einige Berichte, die heute Morgen eingetroffen sind«, erklärte Jesper. »Die Fahndung nach der Ex-Frau des Opfers läuft auf Hochtouren, hat bislang jedoch kein Ergebnis erzielt. Auf die Kriminaltechnik müssen wir noch warten. Wang hat versprochen, noch heute mit der Auswertung der Fingerabdrücke von Frau Kofoed als unserer Hauptverdächtigen fertig zu werden. Er hat ein paar Prints in ihrer Wohnung sicherstellen können, die eindeutig von ihr stammen müssen, und vergleicht sie mit denen aus dem Tatfahrzeug. Auch das Haar aus dem Auto wird mit den Haaren aus Kofoeds Wohnung abgeglichen. Leider sind wir mit dem

Mann namens Ulv nicht weitergekommen. Die Befragung der Kneipenbesucher und Personen aus Asger Dahls Umfeld hat nichts ergeben.« Er blickte in die Runde – bisher machte er das ganz gut, fand Kirsten und entspannte sich ein wenig.

Dann wandte sich Jesper an Ebert. »Gibt es Informationen zum Rattenmord, die uns weiterhelfen könnten?«

Ebert blinzelte. Er wirkte müde, hatte dunkle Ringe unter den Augen, als hätte er sich in der vergangenen Nacht selbst an den fragwürdigen Orten herumgetrieben, an denen sich die rechten Gruppierungen trafen. Er räusperte sich. »Die meisten Undercoverleute sind schwer zu erreichen. Ich warte noch auf Rückmeldung. Aber von einigen Kontaktbeamten habe ich kurze Berichte erhalten. Denen ist nichts über eine Exekution im Milieu oder dergleichen bekannt. Und niemand kennt Asger Dahl.«

»Danke, Ebert. Bleib dran und gib uns Bescheid, sobald du etwas hörst«, sagte Jesper. Seine Stimme klang neutral, und auch an seiner Miene konnte Kirsten nicht ablesen, was er über den Kollegen Clausen dachte. Es schien zumindest so, als wollte er ihn nicht weiter angreifen, und Ebert hatte sich entschieden, ebenfalls recht friedlich zu sein. Obwohl Kirsten wusste, dass er die Theorie von Jesper und ihr ablehnte. Vielleicht war er einfach zu müde, um ihnen Kontra zu geben.

»Was macht der Hintergrundcheck von Frau Kofoed?«, fragte Jesper an Sanne gewandt.

Sie erhob sich. »Wir haben nicht viel. Sie ist 53 Jahre alt, 1,80 groß, hat blonde Haare. Geboren in Vordingborg. Gemeldet ist sie nur an dieser einen Adresse. Also kein Sommerhaus, in dem sie sich verstecken könnte. Ihr Arbeitgeber ist die Fleischfabrik ›Kød-og Flæskefabrik Virum A/S‹. Keine Vorstrafen. Ansonsten dasselbe wie bei Dahl. Wir warten darauf, dass die Steuerbehörde die Daten freigibt.«

»War schon jemand an ihrem Arbeitsplatz?«

»Nein. Da sollten wir als Nächstes einen Kollegen hinschicken«, antwortete Sanne.

Kirsten ließ ihren Blick durch die Runde schweifen und überlegte, wen sie damit beauftragen könnte. Am liebsten hätte sie Ebert dafür abgestellt, aber der hing in seinen Recherchen zum Rattenmord fest. Vielleicht Camilla …

Im nächsten Moment flog die Tür auf, was alle zusammenschrecken ließ. Es war Marit, die mit der Zeitung in der Hand wedelte. »Das müsst ihr euch ansehen!«

»Den Artikel über uns kennen wir bereits«, sagte Kirsten trocken. »Und wir haben uns bereits kollektiv darüber aufgeregt.«

»Das ist es nicht …«, keuchte Marit außer Atem. »Es geht um das hier!« Sie zeigte auf die zweite Seite, auf der ein grobkörniges Foto von einem Mann abgedruckt war.

Kirsten runzelte die Stirn. »Was hat der mit unserem Fall zu tun?«

»Er wurde gerade aus dem Gefängnis entlassen.«

»Ja und?«

Marit las den Artikel laut vor:

»Der Wolf von Møn« ist wieder frei. Wie der Öffentlichkeit erst jetzt bekannt wurde, ist vor vier Wochen der pädophile Kindermörder Hans Erik Rask (57) aus dem Herstedvester Gefängnis in Albertslund entlassen worden. Dort verbüßte er die vollen 31 Jahre seiner Haft, zu denen er verurteilt worden war – eine der höchsten Strafen, die je in Dänemark verhängt wurden, was an der besonderen Schwere des Verbrechens lag. Ein Begnadigungsgesuch, das Rask durch seinen Anwalt Jahre zuvor an das Gericht gestellt hat, wurde von der Königin abgelehnt. Im Winter 1990 hatte H. E. Rask auf einem Hof auf Ulvshale/Møn ein zehnjähriges Mädchen grausam ertränkt und sich danach an ihm vergangen. Zuvor war er auffällig geworden, weil er in dem Ort Stege mehrere Minderjährige sexuell belästigt hatte. H. E. Rask hat seine Strafe abgesessen und befindet sich nun in Freiheit. Sein derzeitiger Aufenthaltsort ist unbekannt. Den Namen »Der Wolf von Møn« bekam er von der Inselbevölkerung aufgrund seiner starken Körperbehaarung und der Grausamkeit des Mordes verliehen.

Marit lief zur Pinnwand und heftete das Zeitungsbild neben das ausgedruckte Foto von der Treppenhausüberwachung. »Ich habe den Mann erkannt! Das ist der Nachbar von Asger Dahl. Er wohnt im selben Haus wie unser Mordopfer!«

»Was?« Kirsten riss die Augen auf.

»Das ist Hans Erik Rask – der Wolf von Møn! Wir haben unseren Ulv!«

Überraschtes Schweigen folgte.

Kirsten betrachtete die Fotos. Kein Zweifel, Marit hatte recht. Der Mann, der ihnen neulich im Mjølnerpark im Hauseingang entgegengekommen war und sich später bei der Befragung reichlich seltsam verhalten hatte, war Hans Erik Rask. Der Kapuzenmann.

Clausen fand als Erster die Sprache wieder. »Aber warum sollte er Asger Dahl umbringen?«

»Sie stammen beide von Møn. Vielleicht kannten sie sich von irgendwoher, die Insel ist ja nicht besonders groß«, antwortete Jesper. »Könnte sein, dass in der Vergangenheit etwas vorgefallen ist, weswegen Rask eine Rechnung mit Dahl offen hatte, und als er gemerkt hat, dass sie Nachbarn sind, hat er nicht lange gefackelt. Auf einem der Videos aus dem Treppenhaus haben sie kurz miteinander gesprochen.«

»Und Dahl meinte mit ›Ulv ist wieder da‹ ihn!«, sagte Kirsten. »Den Wolf von Møn! Ganz klar. Dahl hatte Angst vor ihm. Vor seinem Mörder!« Ärger stieg in ihr auf. Sie hätten den Kerl längst festnehmen können, wenn sie geahnt hätten, dass er ein entlassener Kindermörder war! Die Lösung hatte die ganze Zeit vor ihrer Nase gelegen. So eine Scheiße!

»Warum wussten wir nichts davon, dass Rask im Mjølnerpark wohnt?«

Sanne zuckte mit den Schultern. »Die Behörde, die entlassene Häftlinge unterbringt, ist eine andere als die, die sie ins Gefängnis steckt. Außerdem geschieht so etwas anonym, um die ehemaligen Straftäter zu schützen.«

Was für eine unfassbare Instanzenwursterei. Das war ja nicht zum Aushalten. Und sie standen jetzt als die Deppen da! Hoffentlich fand das der Schmierfink Jonny Møller nicht heraus.

»Okay!«, rief Kirsten. »Ich will, dass ihr alles aus den Archiven grabt, was mit diesem alten Fall zu tun hat. Krempelt zur Not das ganze Revier um. Los geht's!« Sie klatschte in die Hände. »Sanne, ruf den Sozialdienst an. Der muss die Wohnung für Rask organisiert haben. Wir brauchen sämtliche Infos, die sie haben.«

Sanne machte sich sofort an die Arbeit.

Kirsten wandte sich an Camilla und Ebert. »Das mit dem Rattenmord hat sich damit erledigt. Frau Kofoed als Verdächtige vermutlich auch. Ich möchte, dass ihr beiden euch darum kümmert, damit hier alles reibungslos läuft. Noch einen solchen Fauxpas und wir sind die Idioten der Nation! Jesper kommt mit mir zum Mjølnerpark. Wir holen uns Rask!«

»Laut Aufenthaltspflicht solltet ihr ihn dort antreffen«, rief Sanne. »Er darf die Stadt nicht verlassen und muss sich wöchentlich bei der Polizeistation in Bellahøj melden. Das habe ich gerade herausgefunden.«

»Danke. Alles klar.« Kirsten prüfte den Sitz ihrer Pistole und gab Jesper ein Zeichen, ihr zu folgen.

Diesmal hatten sie mehrere Beamte aus der Risikoeinsatztruppe als Verstärkung dabei, als sie am Mjølnerpark eintrafen. Bei jemandem wie Rask durften sie nicht den kleinsten Fehler riskieren.

Während die bewaffneten Kollegen den Wohnkomplex umstellten, suchte Kirsten zusammen mit Jesper das Büro der Verwaltung auf, wo der dickliche Typ hinter seinem Schreibtisch überrascht den Kopf hob.

»Wir brauchen die Schlüssel für das Apartment direkt über dem von Asger Dahl. Sofort!« Sie schob dem Kerl den Durchsuchungsbeschluss hin. Den hatte sie zusammen mit dem Haftbefehl im Eilverfahren durchgesetzt.

Der Typ sprang auf und verschwand im Hinterzimmer, während Kirsten ungeduldig auf den Füßen wippte. Als er zurückkam, trug er das gewünschte Objekt wie eine Gabe an erzürnte Götter vor sich her. »Bitte schön.«

Kirsten erkannte, wie nervös er war. Sie konnte sich vorstellen, weshalb. Aber darum würde sie sich später kümmern. Rasch schnappte sie sich den Schlüssel und lief gefolgt von Jesper zu Rasks Wohnblock. Die Kollegen der Risikotruppe sicherten das Treppenhaus, und wenig später standen sie vor Rasks Wohnungstür. Kirsten reichte den Schlüssel an den Anführer, der daraufhin seine Befehle durchgab.

Dann klingelten sie. »Aufmachen, Polizei!«, rief Kirsten und schob ein energisches Klopfen hinterher. Als sich nichts tat, wiederholte sie ihre Aufforderung. »Öffnen Sie die Tür! Hier ist die Polizei!«

Es rührte sich nichts. Kirsten gab dem Anführer der Risikotruppe ein Zeichen. Er schloss die Tür auf und stürmte mit seinen Leuten das Apartment. Schnell hatten sie die wenigen Räume überprüft und erschienen wieder im Eingang.

»Niemand da!«

»Verflucht!« Kirsten drängte sich an dem Anführer vorbei. Sie musste es mit eigenen Augen sehen. Sie lief durch die enge Wohnung, die exakt denselben Schnitt hatte wie die von Asger Dahl ein Stockwerk tiefer. Auf dem Küchentisch entdeckte sie ein Handy, dessen Akku leer war. Wenn das Rasks Telefon war, konnten sie ihn nicht mal orten. So ein Mist! Warum hatte man dem Kerl keine elektronische Fußfessel verpasst?

Jesper tauchte hinter ihr auf. Er hatte seine Stirn in Dutzende Falten gelegt.

»Wir müssen Rask zur Fahndung ausschreiben!«, sagte sie verärgert.

»Eine Observierung der Wohnung wäre sicher auch kein Fehler«, fügte Jesper hinzu. »Vielleicht taucht er wieder auf.«

Kirsten nickte, obwohl sie nicht daran glaubte. Wenn der Kerl ihr Mörder war, war er mit Sicherheit über alle Berge. Sie steckte das Handy in einen Beweismittelbeutel und begann, die Wohnung zu durchsuchen, während Jesper alles Nötige in die Wege leitete. Im Mülleimer im Bad stieß sie auf ein Stück zerknülltes Toilettenpapier mit Blut daran. Es machte den Eindruck, als hätte Rask damit etwas abgewischt. Das Toilettenpapier wanderte in einen Beutel. Wang Ze sollte das Blut darauf schleunigst mit dem des Opfers abgleichen. Sie suchte weiter, fand aber nicht mehr viel. Es waren kaum Habseligkeiten oder persönliche Dinge vorhanden.

»Ich glaube, da hat jemand seine Koffer gepackt und ist abgehauen.« Kirsten öffnete den Kühlschrank und sah sich in ihrer Annahme bestätigt.

Sie versiegelten die Wohnung und kehrten zum Büro der Wohnungsgenossenschaft zurück. Der dickliche Typ hockte hinter seinem Computer wie ein aufgeschrecktes Tier.

»Den Schlüssel behalten wir vorerst«, erklärte Kirsten. »Die Wohnung wurde versiegelt. Haben Sie vielleicht eine Ahnung, wo der Bewohner sein könnte?«

Der Typ hob abwehrend die Hände. »Ich weiß von nichts.«

»Aber Ihnen ist schon bekannt, wer der Mann ist?«

»Ja, irgend so ein Knasti.«

Kirsten legte den Kopf schief. »Wenn langjährige Strafgefangene freigelassen werden, wird ihr Aufenthaltsort unter Verschluss gehalten, damit sie nicht von der Presse oder anderen Leuten belästigt werden und einen relativ ungestörten Wiedereinstieg in die Gesellschaft finden können. Aber Sie wussten Bescheid. Haben Sie die Information verkauft? An die Zeitung? Raus damit!«

»Nein, habe ich nicht!« Der Typ versuchte, empört dreinzuschauen, doch damit konnte er Kirsten nicht täuschen.

Sie ließ beide Hände auf die Tischplatte krachen. »Lüg mich nicht an. Du versuchst doch mit allen Mitteln, die Menschen, die hier wohnen, zu diskreditieren.«

»Diskrediti…?«

»Sie in den Dreck zu ziehen, du Blödbacke!«

Der Typ starrte sie verständnislos an. War ihm wirklich nicht klar, wovon sie redete? Sie holte ein Foto aus der Tasche, das sie von der Pinnwand im Teamraum abgenommen hatte, und hielt es ihm vor die Nase. Sein Teint nahm eine ungesunde Farbe an. Na, jetzt hatte er es kapiert.

»Eine Anzeige gegen dich ist raus. Du wurdest von unserer vereidigten Recognizerin erkannt, als du uns den Autoreifen zerstochen hast. Kannst dir schon mal einen neuen Job suchen – und einen Anwalt.« Ohne den Kerl noch einmal anzusehen, verließ Kirsten das Büro. Jesper folgte ihr. Mit solchen Würmern würde sie nicht ihre Zeit verschwenden. Sie zog das Handy aus der Jacke und rief bei der Polizeistation in Bellahøj an. Als sie die Information hatte, die sie brauchte, lief sie zurück zu den Beamten der Risikotruppe, die bei den Einsatzwagen warteten.

»Rask hat sich am vergangenen Freitag auf der Station von Bellahøj gemeldet. Das war vor einer Woche. Vor drei Tagen haben wir ihn das letzte Mal gesehen.«

»In der Zeit kann er sonst wohin gefahren sein«, bemerkte Jesper.

»Stimmt. Wir lassen Marit die Überwachungsvideos checken, wann er zuletzt das Haus verlassen hat, dann wissen wir mehr.«

Kirstens Handy klingelte. Sie hasste es, mitten in ihren Gedankengängen unterbrochen zu werden. Sannes Name leuchtete auf dem Display. Vielleicht hatte sie Neuigkeiten über Rask.

»Hej, was gibt's?«, fragte Kirsten angespannt.

»Etwas ziemlich Dringendes«, antwortete Sanne. »Warte einen Moment, ich stell dich zu einer Kollegin durch. Sie kann dir die Angelegenheit in eigenen Worten schildern.«

Im nächsten Moment hörte Kirsten eine fremde Stimme durch das Telefon.

»Hallo, hier ist Lykke Schou von der Polizeidienststelle in Stege auf Møn. Ich fürchte, ich habe schlechte Nachrichten für euch.«

»Worum geht es?«

Während die Kollegin Schou berichtete, überkam Kirsten eisige Kälte. Die Blicke der anderen lagen gebannt auf ihr. Sie musste schlucken, bevor sie antworten konnte.

32. KAPITEL

Josie war froh gewesen, als ihr Vater am Morgen endlich die Wohnungstür hinter sich geschlossen hatte und zur Arbeit gegangen war. Lange hatte sie im Stillen darüber nachgedacht, was an der Akademie passiert war zwischen ihr und Tobias Therkildsen. Und sie war zu dem Schluss gekommen, dass sie sich dieses Verhalten nicht gefallen lassen würde. Sie entschied sich, Tobias zur Rede zu stellen und ihm zu erklären, was sie von seinen Einschüchterungsversuchen hielt. Sollte er nicht damit aufhören, würde sie ihn beim Vertrauenslehrer melden. Sie hatte von einigen Mitschülerinnen gehört, dass Tobias auch zu ihnen eklig gewesen war. Dass er sie ständig anbaggerte und seine scheinbar unantastbare Stellung als Sohn der Chefin der Kopenhagener Mordkommission weidlich ausnutzte. Damit musste Schluss sein! Und sie würde dafür sorgen! Was wäre sie für eine Polizistin, wenn sie nicht einmal den Mut hätte, ihre eigenen Belange durchzusetzen? Ganz zu schweigen davon, dass sie solche Ungerechtigkeiten zuließ.

Kurz entschlossen zog sie sich an, packte ihren Rucksack und machte sich auf den Weg zur Akademie.

Als sie eine Dreiviertelstunde später durch die Türen der Polizeischule trat und zum Klassenraum ging, manifestierte sich ein schmerzhafter Druck in ihrem Bauch. Die Zuversicht, die sie zu Hause verspürt hatte, hatte sich von einem prachtvollen Adler mit ausgebreiteten Schwingen in eine zerrupfte Stadttaube verwandelt, die ängstlich mit ihrem Kopf hin und her wackelte. Josie riss sich zusammen.

Der Klassenraum lag am Ende des Korridors, Stimmen

drangen daraus hervor. Der Ausbilder war noch nicht da, ihre Mitschüler schienen guter Laune zu sein. Josies Brust verkrampfte sich. Sobald sie den Raum beträte, würde sie Tobias gegenüberstehen. Vermutlich würde er sie von seinem Platz aus überheblich angrinsen. Neben ihm würde Nicklas sitzen und alles nachahmen, was sein Vorbild vormachte.

Kurz vor der Tür blieb Josie stehen und holte tief Luft. Ihr Herz pochte so heftig, dass sie fürchtete, andere könnten es hören. Aber sie würde sich nicht beirren lassen. Weder von Tobias noch von ihrem sinkenden Mut. Sie hatte eine Mission und würde nicht kneifen. Das war sie ihrer Selbstachtung schuldig.

Sie trat ein und bemerkte Tobias sofort. Er hockte lässig auf seinem Tisch und schäkerte mit einer Mitschülerin, der das zu gefallen schien. Als Josies Banknachbarin sie entdeckte und ihr zuwinkte, wandte er seinen Kopf. Sein Blick war abschätzig und kurz leuchtete etwas darin auf.

Josie reckte das Kinn vor und ging mit einem selbstbewussten »Hallo!« an ihm vorbei. Sie spürte, wie er ihr mit den Augen folgte, bis sie sich neben ihre Klassenkameradin gesetzt hatte. Danach versuchte sie, ihn nicht mehr zu beachten. Sie holte ihre Sachen heraus und erklärte ihrer Banknachbarin, dass sie krank gewesen sei und deshalb die letzten Tage gefehlt habe. Kurz darauf erschien der Ausbilder und der Unterricht begann. Tobias wandte ihr den Rücken zu. Immer wieder starrte sie sein breites Kreuz an und malte sich aus, wie sie ihn in der Pause zur Rede stellen könnte. Letztlich war er auch nur irgendein Typ, der sich aufspielte. »Kaum Haare am Sack und schon einen Kamm in der Tasche«, pflegte ihre Tante stets zu sagen. Ein kleiner Möchtegern mit einer zufällig einflussreichen Mutter. Josies Zuversicht kehrte zurück. Sie brauchte keine Angst vor ihm zu haben.

Es klingelte zur Pause und Josie packte ihre Sachen zusammen. Nach dem Mittagessen in der Kantine stand Schießtraining auf dem Plan, worauf sie sich freute. Sie hatte dabei bisher exzellente Ergebnisse erzielt, und ihr Vater war stolz auf sie, das wusste sie. Das wäre er auch, wenn er jetzt sehen könnte, wie entschlossen sie den Konflikt mit Tobias in Angriff nehmen wollte. Ihr Klassenkamerad räumte gerade seine Schreibutensilien weg.

Sollte sie ihn abfangen, bevor er sich auf den Weg zur Kantine machte? Das wäre wohl das Beste. Sie würde ihm mitteilen, was sie zu der Angelegenheit zu sagen hatte. Offen und geradeheraus.

Josie gab ihrer Banknachbarin zu verstehen, dass sie sich in der Kantine treffen würden, und schulterte ihren Rucksack. Dann trat sie auf Tobias zu. Ein wenig weich wurden ihre Knie schon, aber sie wiederholte ihr inneres Mantra, dass sie keine Angst vor ihm zu haben brauchte.

»Hej, Tobias!«, sprach sie seinen Rücken an.

Er drehte sich um. Sein Gesicht blieb neutral. »Was ist?«

»Ich will kurz mit dir reden.«

»Hier?«

»Ja, warum nicht?«

Tobias warf einen Blick zur Tür, durch die ihre Mitschüler gerade den Klassenraum verließen. Nicklas stand neben ihm und schien zu warten.

»Allein!«, beharrte Josie und freute sich über den entschlossenen Klang ihrer Stimme. Tatsächlich schickte Tobias seinen Minion schon mal vor, sodass sich außer ihm und Josie nur noch der Ausbilder im Raum befand. Der verabschiedete sich kurz darauf und sie waren allein.

Josie atmete unauffällig durch. Sie würde das Gespräch meistern!

Tobias sah sie auffordernd an. Sie musste den Anfang machen, das war ihr klar. Also begann sie, indem sie ihm erklärte, wie sie sein Verhalten vor ein paar Tagen empfunden hatte und dass das ganz und gar nicht okay gewesen sei. Sie bezog klar Stellung und endete damit, dass sie so ein Verhalten nicht wieder wünsche. Ja sie schob sogar mutig die Forderung nach einer Entschuldigung hinterher.

Tobias hörte schweigend zu, zog am Ende lediglich eine Augenbraue hoch. »Und das wolltest du mir sagen?«, fragte er ungläubig.

»Ja.«

Er ließ den Kopf hängen, pulte schuldbewusst an seinem Fingernagel herum. »Nun … dann muss ich mich tatsächlich bei dir entschuldigen. Ich hatte nicht die Absicht, dich zu belästigen oder einzuschüchtern. Tut mir leid.« Er schielte unter seinen halb gesenkten Lidern hervor.

Josie war perplex. Mit einem so schnellen Einlenken hatte sie nicht gerechnet. Meinte Tobias das wirklich ernst? Oder wollte er sie nur beschwichtigen, damit sie sich nicht beim Ausbilder über ihn beschwerte?

»Wenn du mich in Zukunft nicht mehr so behandelst, ist die Entschuldigung angenommen.«

»Klar. Sorry, wird nicht wieder vorkommen.« Er hielt ihr die Hand hin, die sie nach kurzem Zögern ergriff. Erleichtert lächelnd schüttelte sie sie. Doch als Josie loslassen wollte, hielt Tobias sie fest.

»Was soll das?«

Sein eben noch mildes Lächeln verwandelte sich in ein verschlagenes Grinsen. »Ey, mal im Ernst«, zischte er. »Die Nummer wolltest du eben nicht wirklich abziehen, oder? Dieses Me-too-Emanzengelaber mit ›meinen persönlichen Grenzen‹ und ›deiner physischen wie psychischen Übergriffigkeit‹?«

Josie starrte ihn an.

Tobias lachte auf. Es klagt böse und hinterhältig. Wie hatte sie ihm bloß auf den Leim gehen können? Ohne sie loszulassen, drängte er sie zurück und sie stieß hart gegen eine Tischkante. Er bog ihren Oberkörper nach hinten und beugte sich tief über sie, sodass sich ihre Nasenspitzen beinahe berührten. Er presste die untere Hälfte seines Körpers gegen den ihren und atmete schwer, fast als wäre er erregt. Und tatsächlich fühlte sie etwas Hartes an ihrer Hüfte.

»Lass mich, Tobias!« Mit Gewalt wollte sie ihn von sich wegstoßen, doch er umklammerte sie mit beiden Armen und drückte sich noch fester gegen sie. Ihr Blick flog zur Klassenraumtür, die offen stand. Auf dem Flur war niemand zu sehen oder zu hören.

»Wenn du schreist, werde ich dir dein vorlautes Maul stopfen, du kleine Schlampe. Du wagst es, mir so zu kommen?« Er stieß einen abfälligen Laut aus. Dann leckte er ihr unvermittelt mit der Zunge über den Hals.

Josie wollte schreien, wagte es aber nicht.

»Hm, du schmeckst nach Fisch. Hast du deine Tage? Kein Problem. Ein guter Kapitän sticht auch ins Rote Meer. Na los, deshalb bist du doch zu mir gekommen, oder nicht?« Er griff ihr in den Schritt.

»Nein! Tobias. Hör auf!«

Er rieb mit einer Hand über ihre Hose. »Na, wirst du schon feucht?«

»Verdammt!« Sie schlug nach ihm, doch er packte ihren Arm und bog ihn mit Leichtigkeit nach hinten. Er war viel stärker als sie. Josie versuchte, sich daran zu erinnern, was sie im Selbstverteidigungskurs gelernt hatte, aber in ihrem Kopf herrschte nichts als Leere.

»Tobias … bitte.«

»Ah, sieh an. Jetzt fleht sie, die kleine Schlampe. Hat dich der Mut verlassen?«

Josie spürte, wie ihr Tränen über die Wangen liefen. »Lass mich los.«

»Nur, wenn du mir einen Kuss gibst.« Er wackelte mit seiner Zunge vor ihrem Gesicht.

Sie wich ihm aus. Niemals!

Plötzlich hörte sie Schritte und Stimmen auf dem Flur. Sie wurden lauter. Tobias bemerkte die Geräusche und ließ von ihr ab. Schnell schob sich Josie von ihm weg und eilte zur Tür.

»Ja, lauf ruhig weg«, hörte sie ihn hinter sich her zischen. »Wenn du ein Sterbenswörtchen von dem hier verrätst, ist dein Papa dran!«

Sie wusste selbst nicht, was in diesem Moment in sie fuhr, doch sie drehte sich voller Wut zu ihm um und ging ein paar Schritte auf ihn zu. Hinter ihr liefen zwei Schülerinnen aus dem höheren Ausbildungsjahrgang an dem Raum vorbei. Sie bekamen nicht mit, was los war.

»Ich werde jetzt zu der Direktorin gehen und ihr sagen, was du eben getan hast.«

»Ach ja, was soll das denn gewesen sein?«

»Das war sexuelle Belästigung! Und Bedrohung!«

Tobias stieß ein Kichern aus. »Wirklich? War es nicht genau andersherum? Die kleine, gar nicht mal so begabte Josie Bæk wollte sich einen Vorteil verschaffen, indem sie sich an den Typen mit den Kontakten nach ganz oben heranmacht, um besser dazustehen. Leider hat er sie abblitzen lassen, weil graue Mäuse nicht sein Ding sind. Come on, es gibt null Zeugen. Was willst du damit erreichen?«

»Man wird mir schon glauben.«

»Nur zu, ich werde dich nicht aufhalten. Allerdings solltest du wissen, dass die Direktorin eine gute Freundin meiner Mutter ist. Sie spielen zusammen Tennis und meine Mom ist die Patentante ihrer Tochter. Das nur mal so am Rande.«

»Es ist mir scheißegal, welche Kontakte deine Mutter hat. Du bist ein widerliches Arschloch.«

Wieder lachte Tobias. »Purer Neid!«

Am liebsten hätte sie sich auf ihn gestürzt und ihn mit ihren Fäusten traktiert, doch sie wusste, dass sie körperlich keine Chance gegen ihn hatte. Und wenn herauskäme, dass sie ihn zuerst angegriffen hätte, würde sie von der Schule fliegen. Den Gefallen würde sie ihm nicht tun. »Ich werde mich beschweren, Tobias Therkildsen. Daran wird dein toller Name nichts ändern.«

Mit drei Riesenschritten war er bei ihr und umfasste ihre Oberarme. »*Du!*«, fuhr er sie an. »Du wirst gar nichts! Solltest du nicht den Mund halten, werde ich dich fertigmachen. Ich weiß, wo du mit deinem Dad wohnst. Irgendwann, wenn du nicht damit rechnest, werde ich dich abfangen, und dann ficke ich dir dein letztes bisschen Hirn aus dem Schädel. Ich schwöre dir, danach wirst du tagelang nicht laufen können und dir wünschen, du hättest die Fresse gehalten.« Er ließ von ihr ab. Die Stellen, an denen er sie gepackt hatte, pochten schmerzhaft. Josie erkannte an seinem Gesichtsausdruck, dass er es ernst meinte. Mehr noch. Sie spürte, dass er wusste, wovon er sprach. Die Erkenntnis, dass er womöglich Frauen nicht bloß Gewalt androhte, sondern sie tatsächlich anwendete, löste Angst in ihr aus.

Erschrocken wich Josie zurück. Von den beiden Mitschülerinnen auf dem Flur war nichts mehr zu sehen. Alle waren beim Essen in der Kantine.

Tobias musterte sie mit seinem raubtierhaften Blick. »Dachte ich mir«, murmelte er abfällig. Er griff nach seinem Rucksack und marschierte breitbeinig an ihr vorbei. Wenig später war er im Flur verschwunden.

Josies Angst war noch da.

33. KAPITEL

Kopenhagen, Polizeipräsidium

»Wir fahren nach Møn!«

»Okay«, sagte Jesper, als er neben Kirsten die Treppen zum Teamraum hinaufstieg. »Und wann?«

»Jetzt!«

Jesper blieb stehen. Kirsten drehte sich auf dem Treppenabsatz zu ihm um.

»Was ist?«

Er überlegte kurz. Dann schüttelte er den Kopf. Auch wenn er sich Sorgen um seine Tochter machte, musste er mitfahren. »Schon gut. Wer wird alles dabei sein?« Er schloss zu Kirsten auf. Sie erreichten den Flur, der der Rundung des Gebäudes folgte, die Fenster zu ihrer Linken zeigten zu dem säulengeschmückten Innenhof des historischen Polizeihauptquartiers.

»Neben dir noch Marit, Wang, Flemme und ich. Ich brauche eure Sinne, eure Augen, euren Instinkt. Der Fall entwickelt sich in eine bedenkliche Richtung, und ich will keinen Fehler begehen.«

Sie betraten den Besprechungsraum und Kirsten teilte den Kollegen die Neuigkeiten über den Mord auf der Insel Møn mit, der unbestritten dieselbe Handschrift trug wie der an Asger Dahl.

»Stellt euch darauf ein, dass wir länger bleiben«, erklärte Kirsten. »Ihr könnt kurz nach Hause fahren und eure Sachen packen. Bevor es losgeht, treffen wir uns hier. Ebert übernimmt für mich vorübergehend die Leitung in Kopenhagen.«

Das gefiel dem stiernackigen Clausen, und er lächelte

zufrieden. Jesper machte sich nichts daraus. Er freute sich, mit Marit unterwegs zu sein. Vielleicht kämen sie einander ja wieder näher, so wie in Grönland.

Eine Stunde später saßen sie im zivilen Einsatzwagen und fuhren Richtung Møn. Jesper hatte die Fallakte Rask auf dem Schoß liegen. Obwohl sie längst in digitaler Form vorlag, hatte Kirsten darauf bestanden, das Original zugesandt zu bekommen. Sie arbeitete lieber mit Papier. Jesper ging es genauso. Es erschien ihm übersichtlicher, in einer Mappe zu blättern, als Dateien hin und her zu schieben. Die Akte hier hatte es allerdings in sich. Sie war ein Monstrum. Eingefasst in mehrere Hefter und bestimmt 500 Seiten stark.

Er wollte sie während der Fahrt durchgehen, musste jedoch ständig an Josie denken, die sich in einem desolaten Zustand befunden hatte, als er eben nach Hause gekommen war, um seine Sachen zu packen. Sie hatte nicht damit gerechnet, dass er so früh auftauchte, und in ihrem Zimmer gesessen und geweint. Er hatte versucht, mir ihr zu reden, und ihr Hilfe angeboten, bei was auch immer. Aber sie hatte ihn abgewimmelt und gesagt, dass er sie in Ruhe lassen solle und ihr sowieso nicht helfen könne. Das hatte gesessen. Jesper wusste nicht, was mit Josie los war, aber dass sie ihn dermaßen kalt abwies, verletzte ihn.

Hilflos mahlte er mit den Kiefern und fingerte an den Fallunterlagen herum.

Kirsten fuhr derweil auf die Autobahn, schaltete das Blaulicht ein und gab Gas. Nach wenigen Sekunden hatte sie die 160 Kilometer pro Stunde geknackt.

Jesper seufzte und versuchte, sich auf die Akte zu konzentrieren. Als sie wenig später die Abfahrt Ishøj passierten, war ihm bereits speiübel. Er legte den Kopf zurück an die Lehne und atmete tief durch.

»Lass mich mal«, sagte Marit und reckte einen Arm vom Rücksitz nach vorn. Jesper händigte ihr die Akte aus, und sie begann, darin zu blättern. Eine halbe Stunde später gab sie ihnen eine Zusammenfassung der relevantesten Eckdaten über Hans Erik Rask und das Verbrechen, das er begangen hatte. »Das Opfer war die zehnjährige Line Frederiksen, die jüngste von drei Töchtern einer Bauernfamilie, die damals auf dem von der Familie bewirtschafteten Hof auf Ulvshale wohnte. Interessant ist für unseren Fall vielleicht, das Ulvshale so etwas wie ›Wolfsschwanz‹ bedeutet«, merkte sie an. »Die Tat geschah auf dem Gelände der Frederiksens, von dem Hans Erik Rask nicht weit entfernt auf dem Gehöft seiner Eltern lebte. Sie waren also Nachbarn und laut Zeugenaussagen sehr gut miteinander bekannt. Der Tathergang wurde wie folgt rekonstruiert: Rask hat Line am Abend des 27. Dezember 1990 vor dem Kuhstall abgefangen. Das Mädchen war von seinen Eltern zum Milchholen in die eigene Milchkammer geschickt worden. Rask soll sich ihr auf bedrohliche Weise genähert haben, sodass der Hofhund – ein Deutscher Schäferhund namens Basse – ihn angegriffen hat. Rask war schon damals ein sehr kräftiger Mann. Er hat den Hund gepackt, ihm die Kiefer auseinandergerissen und dann das Rückgrat gebrochen.«

»Himmel!«, stieß Kirsten entsetzt aus.

»Und warum stand davon nichts in der landesweiten Verbrechensliste, in der wir nach vergleichbaren Fällen gesucht haben?«, fragte Jesper.

»Keine Ahnung. Vielleicht, weil es kein Angriff auf einen Menschen war, sondern auf einen Hund?«, schlug Marit vor.

»Auf jeden Fall war es Schlamperei! Wer hat damals die Ermittlung geleitet?«

»Ein Roger Østerby von der Polizei Møn.«

»Kenne ich nicht«, sagte Kirsten und verfiel danach in Schweigen.

Jesper blickte auf die dahinfliegende Autobahn und die Fahrzeuge auf der rechten Spur, die beinahe zu stehen schienen. Seine Hand wanderte unauffällig zum Haltegriff.

»Was geschah, nachdem Rask den Hund getötet hatte?«, wollte er von Marit wissen.

»Er wollte das Mädchen wohl packen, aber Line ist ihm entkommen und ins Schilf geflohen«, berichtete Marit. »Rask ist hinter ihr her und hat sie eingeholt. An der Eiskante hat er Line im Meer ertränkt und sie zurück ans Ufer geschleift, wo er begonnen hat, sie auszuziehen. Dabei wurde er von den Eltern des Mädchens erwischt, die sich gewundert haben, wo ihr Kind so lange bleibt.«

»Sie haben Rask also dabei ertappt, wie er sich gerade an der Leiche der Kleinen vergreifen wollte?« Kirstens Hände klebten am Lenkrad und ihre Augen zum Glück auf der Straße.

»Ja, sie war bereits halb nackt.«

Jesper verzog das Gesicht.

»Die Eltern haben Rask mit Mistgabeln vertrieben, wobei sie ihn verletzt haben. Rask hat die Flucht ergriffen und die Eltern konnten sich um Line kümmern. Sie haben versucht, sie wiederzubeleben, hatten aber keinen Erfolg.«

Jesper bekam eine Gänsehaut am ganzen Körper, weil er den Schrecken der Eltern nachvollziehen konnte, den diese durchlebt hatten, während sie das leblose Kind in ihren Armen gehalten hatten. Wie furchtbar! Wenn ihm das mit einer seiner Töchter passiert wäre …

»Als Polizei und Rettungskräfte eintrafen«, fuhr Marit fort, »wurde eine Suche nach Rask eingeleitet. Die Beamten fanden ihn auf dem elterlichen Hof. Er hatte sich in der Scheune versteckt. Bei einer ersten Befragung behauptete er, dass er Line nichts getan habe. Sie habe Angst vor ihm gehabt und sei weggelaufen. Über den Hund hat er nur gesagt, dass der ›böse, böse‹ gewesen sei. Die Spurenlage bestätigte eindeutig, dass er ihn umgebracht hat. Die Beamten haben Rask in der Vernehmung unzählige Male gefragt, warum er den Hund auf so brutale Weise getötet habe, aber dazu hat er keine verlässlichen Angaben gemacht. Er hat immer wieder von Freki und Fenrir geredet.«

»Aha, der Fenriswolf!«, sagte Kirsten. »Das passt doch zu unserem Fall! Gibt es ein psychologisches Gutachten? Hatte Rask einen Knacks in der Birne?«

»Rasks Eltern behaupteten, er sei psychisch gesund. Sie wurden natürlich vernommen und sind vor Gericht als Zeugen aufgetreten. Sie konnten bis zum Schluss nicht glauben, dass ihr Sohn eine solch schreckliche Tat begangen hat. Er sei ein lieber Junge, der niemals jemandem etwas zuleide getan habe.«

»Ein Klassiker!« Kirsten schnalzte mit der Zunge. »Eltern trauen ihren Kindern nie derartige Taten zu. Und dabei sind alle Mörder und Vergewaltiger Kinder von irgendjemandem.«

Jesper gab Kirsten im Stillen recht und dachte wieder an Josie. War er ein schlechter Vater, weil er ihr nicht genug bei ihren Problemen half? Verbockte er es gerade? Seine Ehe hatte er auf jeden Fall vermasselt, das stand außer Frage. Im Grunde hatte er keine Ahnung, wie sehr seine beiden Töchter unter der Scheidung gelitten hatten und es vielleicht bis heute taten. Er hatte versucht, sein Bestes zu geben. Womöglich war das nicht genug gewesen. Jesper fühlte in seiner Tasche nach dem Handy, doch er unterdrückte den Drang, es herauszuholen und Josie anzurufen.

Unterdessen hörte er Marit weiter in der Akte blättern.

»Das psychologische Gutachten umfasst über hundert Seiten«, stöhnte sie. »Um das zu lesen, bräuchte ich mehr Zeit. Interessant ist, dass auf dem Hof der Rasks wie auch auf dem des toten Mädchens bei einer näheren Untersuchung verschiedene seltsame Gegenstände gefunden wurden.«

»Ach ja? Und welche?«, wollte Kirsten wissen.

»Hier steht: ›Altarähnliche Bauten und Arrangements in und um die Gebäude auf beiden Grundstücken‹. Die Familien und verschiedene Leute aus der Nachbarschaft der Halbinsel Ulvshale gehörten wohl dem Asatro an.«

»Asatro? Was ist denn das?«

»Viel weiß ich nicht darüber«, entgegnete Marit. »Asatro ist eine Glaubensgemeinschaft, die an die Asen glaubt, die nordischen Götter.«

»Also eine Art heidnische Religion?«

»Wenn man so will.«

»Dann glaubt Hans Erik Rask an Odin, Thor, den Fenriswolf und den Weltuntergang Ragnarök?«, fragte Jesper.

»Scheint so.«

Er schüttelte den Kopf. In welche absurden Tiefen glitt der Fall noch ab?

»Das erklärt zumindest, warum er das Runenalphabet benutzt«, sagte Marit. »Runen-Orakel sind ein wichtiger Teil des Asenglaubens. Rask wird ihre Bedeutung kennen.«

»Es passt einfach alles!«, gab Kirsten mit konzentrierter Miene von sich. »Wenn Rask nicht unser Mann ist, dann weiß ich auch nicht.«

»Wissen wir denn schon etwas über den zweiten Toten und wie er mit Rask in Verbindung stand?«, wollte Jesper wissen.

»Leider hat die Kollegin Schou nicht viel darüber gesagt, das werden wir als Erstes erfragen, wenn wir vor Ort sind. Und wir müssen herausfinden, ob wieder etwas auf der Stirn des Opfers geschrieben steht. Eine weitere Botschaft.«

»Wenn ich daran denke, wird mir ganz übel«, sagte Marit. »Das würde bedeuten, dass es noch mehr Opfer geben könnte. Denkt doch nur, auf Dahls Stirn stand ›Zunge‹, und dem zweiten Toten wurde die Zunge herausgeschnitten. Ich mag mir gar nicht ausmalen, was uns vor Ort erwartet.«

Betroffenes Schweigen machte sich im Auto breit, und Jesper hoffte inständig, dass sie nichts entdecken würden. Keine blutigen Runen und keinen Hinweis auf einen weiteren möglichen Mord. Das wäre eine Katastrophe.

»Gibt es in der Akte irgendetwas, das gegen Rask als Mörder spricht?«, fragte Kirsten »Ich meine, abseits der Meinung der Eltern. Ich will ganz sichergehen, dass wir nichts übersehen, und verhindern, dass wir erneut in die falsche Richtung rennen.«

»Ich weiß nicht«, gab Marit angestrengt von sich. »Die Akte ist sehr umfangreich und die Vernehmungsprotokolle sind ellenlang. Es wird dauern, sich da durchzuarbeiten. Aber hier ist der Obduktionsbericht. Vielleicht hilft der uns weiter. Das Mädchen ist im zwei Grad kalten Wasser im Uferbereich der Bucht ertrunken. Das hat der Vergleich der Wasserproben ergeben. An ihrem Körper wurden keinerlei Anzeichen für eine Gewaltanwendung festgestellt. Line und Rask haben dicke Winterkleidung und gefütterte Handschuhe getragen. Der damalige Obduzent erläuterte dazu, dass das durchaus wie ein Puffer gewirkt und die Entstehung von Hämatomen verhindern haben könnte. Es ist also nicht klar, ob und wie stark Rask das Mädchen angefasst oder geschlagen hat.« Sie blätterte um. »Am Tatort und in der Umgebung gab es jede Menge Indizien und Spuren. Wie zum Beispiel jenen zuvor erwähnten Asen-Altar auf dem Hofgelände der Rasks. Dort wurden Tauben geopfert – und andere Tiere. Das hat die Analyse der Blutspritzer erbracht. Die Eltern von Rask haben offen zugegeben, dass sie regelmäßig sogenannte Blót abhalten, Kulthandlungen zu Ehren der Götter, bei denen sie Tiere opfern. Das ist nach dänischem Gesetz zwar verboten, sie haben es aber trotzdem gemacht. Und Hans Erik Rask habe schon als Kind an diesen festlichen Handlungen teilgenommen und später selbst rituelle Tötungen an Vögeln und Hasen vollzogen. Als Zusatz steht da, dass alle Familien auf Ulvshale damals Hausschlachtungen durchgeführt haben, wie es früher auf Bauernhöfen üblich war, um den Eigenbedarf für den Winter zu decken. Solche Schlachtungen sind bis heute legal.«

Kirsten stieß Luft aus. »Okay, nette Umgebung, in der Hans Erik Rask da aufgewachsen ist.«

»Na ja, ich finde es grundsätzlich nicht verkehrt, Kindern beizubringen, woher das Fleisch auf unseren Tellern stammt«, wandte Jesper ein. »Nicht jedes bekommt davon einen Knacks weg. Je nachdem, wie man es ihm vermittelt.«

Kirsten überging seinen Einwurf und fragte: »Leben Rasks Eltern noch? Können wir mit ihnen reden?«

»Nein, sie sind vor ein paar Jahren verstorben. Der Vater hat Selbstmord begangen – vielleicht hat er die Schuld seines Sohnes nicht ertragen –, und die Mutter ist kurz danach gestorben.«

»Okay. Sonst noch etwas, das besonders hervorsticht?«

»Hm, ja, der für das Gericht ausschlaggebende Beweis, Rask zu einer lebenslänglichen Haftstrafe ohne Bewährung zu verurteilen, war ein Video, das im Laufe der Ermittlungen aufgetaucht ist. Darauf ist zu sehen, wie er zwei minderjährige Jungen in einem Bus des öffentlichen Nahverkehrs sexuell belästigt hat. Das Video wurde als echt eingestuft und die beiden Jungen wurden befragt. Diese bestätigten, dass Rask sie in dem Bus angesprochen und unsittlich berührt hat. Außerdem war Rask schon vorher als Spanner bekannt. Er hat nachts in Fenster geguckt und soll dabei angeblich onaniert haben. Er ist mehrmals erwischt worden. Kopien der Anzeigen von der Polizei in Stege befinden sich in der Akte. Damals ist er erkennungsdienstlich erfasst worden. Hier ist ein Bild von ihm.«

Marit reichte das Foto nach vorn zu Jesper. Darauf war ein stark behaarter, junger Mann mit dichten Augenbrauen und wildem Bartwuchs abgebildet. Der stechende Blick von Rasks tiefschwarzen Augen jagte Jesper einen Schauer über den Rücken.

»Der Wolf von Møn«, sagte er leise. »Wirklich ein passender Name.« Er hielt das Bild so, dass Kirsten es sehen konnte.

»Fuck!«, stieß sie angewidert aus. »Und dieser Kerl läuft da draußen herum!«

34. KAPITEL

Insel Møn

Ein wirklich unbehaglicher Gedanke. Marit wickelte sich fester in ihre warme Strickjacke. Der Nebel hatte zugenommen, und die Außentemperatur war während der Fahrt um einige Grad gesunken. Es herrschte gespenstisches Zwielicht, das beinahe so wirkte, als würden sie in eine andere Welt fahren. Vielleicht in die der Asen?

Sie überquerten den Ulvsund, der zwischen Sjælland und Møn lag. Die Stahlträger der Dronning-Alexandrines-Brücke über ihren Köpfen verschwanden im Dunst.

Auf der anderen Seite angekommen, konnten sie nur erahnen, welche Art von Landschaft sie umgab. Immer wieder tauchten die Silhouetten einzelner Gehöfte, Kirchen oder Bäume aus den Nebelschwaden auf wie stille Mahnmale, die sie dazu aufforderten, besser umzukehren. Marit presste die Kiefer aufeinander. Ihr war kalt, trotz ihrer Jacke und der Heizung im Auto. Ihr fiel auf, dass es Jesper vor ihr ähnlich erging. Mehrfach zuckten seine Schultern leicht nach oben und er schob seine Hände unter seine verschränkten Arme.

Nach einer gefühlten Ewigkeit erreichten sie Stege und rollten langsam durch die leer gefegten Straßen. Es wirkte, als hätten die Bewohner von der Bluttat erfahren und sich zu Hause hinter sicheren Mauern verbarrikadiert.

Vor einer gelb getünchten Villa, in der das zweite Opfer gewohnt hatte, parkte Kirsten hinter diversen Fahrzeugen. Marit erkannte darunter den VW-Bus von Wang und

Flemme Bostrups grauen Kombi, von dem sie wusste, dass er bis obenhin mit Equipment vollgestopft war.

Sie stiegen aus und gingen durch den Nebel auf das Haus zu, das von der örtlichen Polizei vorschriftsmäßig mit Flatterband abgesperrt worden war. Vor der Eingangstür wartete eine junge, uniformierte Polizistin, die fürchterlich zu frieren schien. Als sie die drei Neuankömmlinge entdeckte, straffte sie ihre Haltung und rief ihnen ein ernstes »Hallo!« entgegen.

»Guten Morgen, ich bin Kirsten Vinther von der Mordkommission Kopenhagen.«

»Dann haben wir vorhin miteinander telefoniert. Lykke Schou.« Die Polizistin streckte die Hand aus. »Ich war als Erste am Tatort, zusammen mit meinem Chef Lars Høyer. Er ist drinnen bei eurem Kollegen von der KTU und dem Rechtsmediziner.«

Sie schüttelten nacheinander die Hände, und als Lykke Schou Marit begrüßte, haftete ihr Blick keine Sekunde länger auf ihr als auf den anderen. Und das, obwohl Marit mit ihrer bleichen Haut so aussehen mochte, als wäre sie als Geist direkt aus dem Nebel gekommen. Das rechnete sie der rotblonden Polizistin hoch an.

»Gut, dass ihr da seid. Mir wird langsam kalt hier draußen. Brrr.« Lykke lachte nervös, wodurch sich tiefe Grübchen auf ihren sommersprossigen Wangen zeigten. »Folgt mir. Ich bringe euch zum Fundort.«

Sie traten in einen mit Plastik ausgeschlagenen Hausflur, wo ihnen hellblaue Kapuzenoveralls, Schuhschoner und Gummihandschuhe ausgehändigt wurden. Danach führte Lykke sie in den Keller, der auch ohne weitere Personen bereits überfüllt war.

»Ich warte oben, ich kenne das Ganze schon«, sagte Lykke und verschwand die Treppe hinauf.

Marit, Kirsten und Jesper stellten sich dem örtlichen Polizeichef Lars Høyer vor, der sehr erleichtert wirkte und augenblicklich um mehrere Zentimeter schrumpfte, als hätte sein Körper keine Kraft mehr, sich aufrecht zu halten.

»Gut, dass ihr da seid. Es ist furchtbar. Wir können jede Unterstützung gebrauchen.« Er lieferte ihnen die Details zur Auffindesituation und zog sich anschließend ebenfalls nach oben zurück. Marit hatte das Gefühl, die beiden lokalen Beamten waren froh, nicht mehr allein die Verantwortung tragen zu müssen.

Danach richtete sie ihre Aufmerksamkeit auf den Toten, der gerade von Wang und Flemme untersucht wurde. Sie sah mit all ihren Sinnen hin und nahm jedes einzelne noch so schreckliche Detail in sich auf: die unnatürlich weit aufklaffenden Kiefer, das Blut, das dem Opfer über das Gesicht gelaufen war und sich sogar in seinen Augen gesammelt hatte, die Zahnsplitter im Mund, der blutverklebte Bart, die feinen Spritzer etwas weiter entfernt auf dem Zementboden. Der Mann hatte die Arme ausgestreckt, wobei die Handflächen nach oben zeigten. Sicher hatte er sich wie Asger Dahl nicht mehr groß bewegen können, als man ihm die Kiefer gebrochen hatte, weil er mit einer Substanz betäubt worden war. Und dann gab es da noch das eine Detail, das beide Morde voneinander unterschied.

Die Zunge.

Sie war dem Mann herausgeschnitten und auf seiner Brust platziert worden. Mit der Spitze nach unten mitten auf dem Logo des T-Shirts.

Just do it.

Marit rieb sich über die Unterarme und der Overall raschelte. Im Keller war es feuchtkalt und muffig, und sie entdeckte diverse Spinnennetze an der Decke. Deren Bewohner hingen nur ein paar Zentimeter reglos über ihnen. Wenn diese Spinnen erzählen könnten, was sie mit ihren unzähligen kleinen Äuglein beobachtet hatten, dann müssten sich die Menschen nicht ihre Köpfe zerbrechen.

»Die Mordmethode ist tatsächlich identisch mit der auf Refshaleøen«, sagte Flemme und stemmte sich ächzend auf die Beine.

Wang, der mit seinem Makroobjektiv fotografierte, hielt kurz inne. »Ziemlich genau das gleiche Bild«, bestätigte er.

»Und die Botschaft?«, fragte Kirsten. »Irgendetwas auf der Stirn?«

»Es gibt eine, wenn es das ist, was du wissen willst.«

Marit presste die Lippen aufeinander, da sie drohten, unkontrolliert zu zittern. Das böse Gefühl von vorhin im Auto kehrte mit voller Wucht zurück. Eine neue Botschaft bedeutete ein neues Opfer.

»Flemme hat Luminol eingesetzt«, sagte Wang. »Wir haben Fotos davon gemacht.« Achtsam bahnte er sich einen Weg durch den kleinen Wald aus Nummern, die auf dem Boden aufgestellt waren, und holte ein Foto auf das Kameradisplay, das er ihnen entgegenhielt.

Marit sog unwillkürlich Luft ein. Auf dem Bild leuchtete tatsächlich ein Wort in Runenschrift auf der Stirn des Toten auf.

»Was bedeutet das?«, fragte Kirsten.

Wang und Flemme hoben die Schultern.

»Vielleicht kann ich es entziffern«, sagte Marit. »Wenn es nach dem Runenalphabet geht, das bei Asger Dahl verwendet wurde, sollte es schnell gehen.« Sie zog ihr Handy aus dem Overall und fotografierte das Bild vom Display ab. Dann ging sie nach oben und setzte sich in das von der KTU bereits freigegebene Esszimmer. Durch das Fenster fiel ihr Blick auf Lykke Schou, die sich mit ihrem Chef draußen unterhielt. Als die junge Polizistin Marit bemerkte, kam sie zu ihr herein.

»Was gibt's?«, fragte sie interessiert.

Marit erklärte, was sie vorhatte, und Lykke zückte einen Notizblock. »Hier, falls du etwas zum Schreiben brauchst.«

»Danke.« Marit griff nach dem Kugelschreiber, den Lykke ihr ebenfalls anbot, und rief im Internet das Runenalphabet auf, und zwar das »Ältere Futhark«, welches bei dem Begriff *»tunge«* bei Asger Dahl benutzt worden war. Sie schrieb die Zeichen von dem Foto auf den Block und ordnete jedem einzelnen den entsprechenden Laut zu. Am Ende stand dort ein Wort.

»›*Jern*‹ – ›Eisen‹.« Marit hob die Augenbrauen. »Was soll das bedeuten?«

Lykke zuckte mit den Achseln. »Keine Ahnung.«

»Erzähl mir was über den Toten«, forderte Marit sie auf.

»Oh. Da weiß Lars sicher mehr. Er kannte Martin Piil persönlich. Ich hole ihn rein.« Lykke verschwand und tauchte kurz darauf mit ihrem Vorgesetzten wieder auf. Er hatte schütteres graues Haar, wässrig blaue Augen und ein bisschen Speck auf den Hüften. Seine Miene verriet, dass er nur ungern ins Haus zurückgekehrt war. Marit erklärte ihm, dass sie das Gespräch für die Kollegen im Keller aufnehmen würde, und startete eine Aufnahme auf ihrem Handy.

Høyer zog sich die Mütze vom Kopf und knetete sie. »Martin war ein guter Ehemann und Vater. Er hat spät seine Frau Louise kennengelernt und mit ihr zwei Mädchen bekommen. Louise ist 15 Jahre jünger als Martin. Er stammte aus Stege, seiner Familie gehört dieses Haus seit Generationen. Früher hat er eine Zeit lang auf der Insel Lindholm gewohnt, wegen seiner Arbeit.«

»Was hat er denn gemacht?«

»Er war Klempner, konnte aber auch gut mit Holz umgehen. War ein guter Allrounder. Als Letztes war er im Baumarkt in Lendemarke beschäftigt, als Verkäufer. Seine Ausbildung als VVS-Handwerker hat er beim ›Vand, Varme, Sanitær

Service Pettersen‹ gemacht, dem Betrieb unseres Ortsvorstehers, besser gesagt dem seines Vaters.«

»Hatte er irgendwelche Feinde?«

Høyer verzog verzweifelt das Gesicht. »Nein. Woher? Martin war beliebt. Er hat im Kirchenchor gesungen, war Fußballtrainer bei den Kleinen und hat im Sommer immer ein großes Grillfest für die Nachbarschaft veranstaltet. Ich wohne nur ein paar Straßen weiter und war oft bei ihm. Ich kann mir überhaupt nicht erklären, weshalb ihn jemand umgebracht hat. Und dann auch noch so …« Sein Blick glitt in Richtung Kellertür und er schluckte. Der Mann war vollkommen fertig. Verständlicherweise.

»Sagt euch der Name Asger Dahl etwas?«, fragte Marit.

Høyer und Lykke sahen einander an, dann schüttelten sie den Kopf.

»Wer soll das sein?«, erkundigte sich die Polizistin.

»Dahl ist das erste Opfer, das vor wenigen Tagen in Kopenhagen auf die gleiche Weise ermordet wurde. Er stammte ursprünglich von Møn. Könnte Martin Piil ihn gekannt haben?«

»Das musst du seine Frau fragen oder seine engeren Freunde«, entgegnete Høyer.

»Kannte er Hans Erik Rask?«

Høyer wurde kreidebleich. Sein Kehlkopf hüpfte auf und ab. »Das … das weiß ich nicht. Ich meine, natürlich kannte Martin ihn im Sinne von dass er wusste, wer er ist und was er getan hat. Aber ob sie sich persönlich kannten … Keine Ahnung. Glaubt ihr denn, dass Rask der Mörder ist?«

Marit stand auf. »Das werden wir bald wissen. Meine Kollegen äußern sich sicher dazu, wenn sie die Lage analysiert haben. Danke erst mal für eure Auskunft.«

Lykke und Høyer nickten. Marit ging an ihnen vorbei in den Keller, wo sie den Rest ihres Teams über die Entschlüsselung der Runen aufklärte.

»Eisen?«, wiederholte Kirsten irritiert. »Wofür soll das stehen? Für ein Messer, eine Pistolenkugel, die nächste Mordmethode?«

»Das sollten wir schleunigst herausfinden«, brummte Jesper missmutig.

»Vielleicht hören wir uns mal in Piils Bekanntenkreis um, ob er mit Asger Dahl in Verbindung stand – oder mit Rask«, schlug Marit vor.

»Ich frage mich schon die ganze Zeit, was der Auslöser für die Morde war«, gab Jesper von sich. »Warum zieht Rask, nachdem er aus dem Gefängnis entlassen wurde, los und killt Leute?«

»Vielleicht will er wieder rein!«, schlug Flemme im Hintergrund scherzhaft vor.

»Das ist tatsächlich eine Möglichkeit«, entgegnete Kirsten, ohne zu lachen. »Aber die Auswahl der Personen und das Arrangement der Leichen mit den Botschaften weisen nicht auf Affekt oder Mittel zum Zweck hin. Das alles hat eine Bedeutung. Vielleicht spielt er mit uns Katz und Maus. Er will gefasst werden, und vorher sollen wir seinen Rätseln folgen. Er demonstriert uns seine Macht.«

»Aber wonach wählt er seine Opfer aus?«, wandte Jesper ein. »Und warum Møn?«

Kirsten hob die Schultern. »Vielleicht ist der Mord an dem Mädchen die Verbindung und die beiden Opfer hatten etwas damit zu tun. Oder Rask will sich rächen – wofür auch immer. Womöglich fühlte er sich zu Unrecht eingesperrt.«

»Bevor wir unsere Energie mit Überlegungen verschwenden, sollten wir das psychologische Gutachten und den Rest der Akte lesen«, schlug Marit vor.

»Du hast recht. Wir müssen uns aufteilen. Marit, du beschäftigst dich mit der Akte. Frag Schou und Høyer, ob du ihr Büro benutzen darfst. Jesper und ich fahren raus zum Hof von Rask.«

»Dafür sollten wir Verstärkung aus Vordingborg anfordern«, sagte Jesper mit einem Unterton, der sein Unbehagen verriet. »Mir ist nicht wohl bei der Sache, und bei einem solchen Kaliber von Verbrecher hätte ich gerne ein paar Mann mehr dabei.«

»Ich auch.« Kirsten wandte sich an den KTU-Chef: »Wang, gibst du uns Bescheid, wenn ihr hier fertig seid?«

»Natürlich!«

»Dann wollen wir mal sehen, ob der Mistkerl zu Hause ist!« Leichtfüßig sprang Kirsten die Treppe hinauf. Die anderen folgten ihr. Nur Wang und Bostrup blieben unten und setzten ihre Arbeit akribisch fort.

35. KAPITEL

Ulvshale, Møn

»Eisen«.

Auf der Fahrt nach Ulvshale musste Jesper ständig an das Wort auf der Stirn des zweiten Opfers denken. Was bedeutete es? Hatte es etwas mit dem Fenriswolf zu tun? Oder der nordischen Mythologie? Und warum hatten sie es schon wieder mit einem durchgeknallten Killer zu tun? Seit er nach Kopenhagen gewechselt war, jagte ein bizarrer Fall den nächsten!

Sie tauchten in einen nebligen Wald ein, der sich zu beiden Seiten der Straße erstreckte und wie eine Geisterwelt wirkte. Linker Hand duckten sich vereinzelte Ferienhäuser unter hohen Kiefern, die die Gebäude zu beschützen schienen oder zu bedrohen. Je nachdem, wie man es betrachtete.

Plötzlich tauchten vor ihnen zwei Mannschaftswagen aus dem Nebel auf. Das war die aus Vordingborg angeforderte Verstärkung. Wie vereinbart warteten sie in entsprechender Entfernung zu den Höfen. Die Kollegen stiegen aus, und Kirsten übernahm die Einsatzleitung zusammen mit dem Gruppenführer, der sich ihnen als Sanel Simović vorstellte. Danach rollte Simović eine Karte von dem Gebiet aus, anhand der Lykke und Lars als Ortskundige die Kollegen in die Gegebenheiten einwiesen.

Jesper prägte sich die Umgebung genau ein. Der Rask-Hof war das östlichste der fünf Gehöfte auf Ulvshale, von denen nur noch zwei bewirtschaftet wurden. Deren Bewohner seien informiert und in Sicherheit gebracht worden.

Jesper fragte, welches der Hof des ermordeten Mädchens sei, und der Gruppenführer zeigte auf eine Ansammlung von Gebäuden westlich der Rask-Gemarkung. Die beiden Hofstellen trennten lediglich 300 Meter voneinander. Der Frederiksen-Hof gehörte inzwischen anderen Leuten.

Nachdem sie den Einsatz koordiniert hatten, schwärmten die Beamten aus. Kirsten und Jesper stiegen in ihr Zivilfahrzeug, Lykke Schou und Lars Høyer in ihren Streifenwagen. Es war geplant, den Rask-Hof zu stürmen, sobald alle Beteiligten das Gelände so abgesichert hatten, dass Rask nicht entkommen konnte.

Jesper und Kirsten warteten im Auto. Als Simović das Signal gab, fuhren sie ohne Blaulicht los. Keine fünf Minuten später bogen sie mit spritzendem Kies unter den Reifen in die Einfahrt zur Hofstelle ein. Sie brachten die Wagen zum Stehen und sprangen heraus. Mit gezogenen Waffen bewegten sie sich auf das Wohnhaus zu. Lykke und Lars liefen mit zwei Kollegen der Einsatztruppe um das Gebäude herum zum Hintereingang.

Nach einer kurzen Verständigung rückte das Sondereinsatzkommando zum Haus vor, um sie zu unterstützen. Dann spulte Kirsten ihr Programm ab. »Polizei! Aufmachen!«

Wie erwartet, tat sich nichts. Kirsten gab den Kollegen des Einsatzkommandos ein Zeichen, und einer von ihnen trat die marode Tür ein. Der zweite sprang an ihm vorbei ins Innere des Hauses.

»Gesichert!«, rief er, und Kirsten und Jesper folgten ihm.

Sie durchsuchten die Diele, während Lykke und die weiteren Kollegen sich die hintere Haushälfte vornahmen.

Konzentriert arbeiteten sie sich zur Wohnküche vor. Hier roch es wesentlich angenehmer als in den restlichen Räumen. Nämlich nach Essen und Holzfeuer, sprich der Anwesenheit eines Menschen.

Jesper fielen zwei Teller ins Auge, die auf einem alten Resopaltisch standen. Auf dem größeren davon befand sich ein halb gegessenes Stück Geflügel und auf dem kleineren ein Haufen abgenagter Knochen. Der gusseiserne Holzherd, der die Küche dominierte, war noch warm, und neben einem Topf auf der Spüle lagen Kartoffelschalen.

»Hier war vor Kurzem jemand«, raunte er Kirsten zu, die derweil die Durchsuchung des angrenzenden Wohnzimmers abgeschlossen hatte.

»Auf dem Sofa liegen Decken«, sagte sie. »Vermutlich hat Rask dort geschlafen.«

»Was ist mit den anderen?« Jesper wandte sich um.

Sie kehrten zurück in die Diele, in der Lykke ihnen zusammen mit einem Kollegen des Einsatzkommandos entgegenkam.

»Niemand da«, sagte sie. »Allerdings herrscht in den Räumen das totale Chaos. Auch im oberen Stockwerk. Vor einiger Zeit muss da jemand randaliert haben. Alles ist von einer dicken Schicht Staub bedeckt.«

»Und draußen?«, fragte Jesper.

Der SEK-Beamte schüttelte den Kopf. »Ich habe bisher keine positive Sichtung von den Kollegen erhalten. Die Zielperson scheint ausgeflogen zu sein.«

»Okay, dann suchen wir jetzt die Nebengebäude ab«, sagte Kirsten. »Vielleicht finden wir Spuren oder Hinweise, die uns verraten, wo Rask ist.« Sie ging voran zur Tür. Draußen herrschte noch immer trübe Nebelsuppe.

»Lykke und Lars, ihr nehmt euch mit den Kollegen den Stall und die Scheune vor!«, befahl Kirsten. »Ich kümmere mich mit Jesper um den Schuppen an der Seite des Wohnhauses.«

Sie schwärmten erneut aus. Kirsten und Jesper bewegten sich langsam auf das windschiefe Holzgebäude zu, wobei sie einem schmalen Trampelpfad folgten, der durch das hohe Gras verlief. Die Tür am Schuppen war nur angelehnt. Gut möglich, dass sich dahinter jemand verbarg. Plötzlich entdeckte Jesper etwas neben dem Holzgebäude im Gras. Mit einem leisen Zischen versuchte er, Kirsten darauf aufmerksam zu machen.

»Was ist?«, fragte sie im Flüsterton.

Jesper deutete auf Tierschädel, die auf Stöcke aufgespießt neben der Schuppenwand standen. Die Oberkiefer säumten kleine, spitze Zähne, die Unterkiefer fehlten. »Stammen die von Raubtieren?«

»Sieht so aus«, antwortete Kirsten.

»Total unheimlich jedenfalls, wie sie da im Gras stecken und uns anglotzen. Als wären es Wächter.« Er schauderte. Ihm fiel auf, dass Kirstens Blick nervös hin und her schweifte und sie ihre Waffe jetzt mit beiden Händen festhielt. Ihre Angespanntheit bereitete ihm mehr Unbehagen als alles andere. Kirsten, die Unerschrockene, fürchtete sich!

Plötzlich drang ein Scharren an sein Ohr. Es kam aus dem Schuppen. Mit angehaltenem Atem starrte Jesper auf den Türspalt. War Rask dort drinnen?

Kirsten bewegte sich mit erhobener Pistole auf den Schuppen zu. Jesper hielt sich direkt hinter ihr. Sein Herz hämmerte. Was würden sie in dem Verschlag finden? Er versuchte, die aufgespießten Schädel zu ignorieren.

Kirsten hatte die Tür erreicht und signalisierte ihm, dass sie sie aufreißen würde und er drinnen sichern sollte.

In ihm sträubte sich jede Faser, dieses gruselige Gebäude zu betreten. Es war das Letzte, was er tun wollte. Aber es war nun mal sein Job.

Kirsten zählte mit den Fingern von drei auf null runter und zog mit einem Ruck die Tür auf. Ein schwarzes Viereck gähnte Jesper entgegen. Entschlossen hielt er die Waffe vor sich und tauchte in die Dunkelheit ein.

»Polizei!«, rief er und sondierte hastig alle Ecken des Schuppens. Nachdem er sich an das Zwielicht gewöhnt hatte, erkannte er, dass niemand hier war. »Gesichert!«, rief er. Als er sich umdrehte, erschrak er zu Tode, denn über dem Eingang hingen tote Vögel von einem Balken herab. Sie waren an ihren langen Hälsen aufgeknüpft worden.

»Gänse«, sagte Kirsten trocken und stieß einen der Vögel mit dem Finger an. Steif drehte er sich an seiner Schnur.

»Hängen die hier als Vorräte?«

»Denke schon.«

Jesper stieß Luft aus. »Was für ein Gruselkabinett!«

»Das kannst du laut sagen!« Über Funk gab Kirsten an die Kollegen durch, dass sich das Zielobjekt nicht im Schuppen befand. Danach lauschte sie eine Zeit lang in ihr Headset und sagte zu Jesper: »Die anderen haben ihn auch nicht.«

»Verdammt!« Enttäuscht ließ Jesper die Waffe sinken. »Wir sind zu spät gekommen!«

»Scheint so«, entgegnete Kirsten.

Jesper hielt es nicht mehr länger aus, unter den toten Gänsen zu stehen. Er wollte ins Freie. Als er durch die Tür schritt, erklang plötzlich wieder dieses Scharren. Jesper hob den Kopf und nahm eine Bewegung über sich am Balken wahr. Für einen schrecklichen Moment hatte er das Gefühl, als würde eine der toten Gänse ihren Schnabel öffnen und sich auf ihn stürzen. Panisch sprang er zur Seite und das Tier landete fauchend neben ihm auf dem Boden. Dort stieß es erneut einen giftigen Laut aus und rannte mit buschigem Schwanz davon.

»Teufel noch mal!«, rief Jesper und musste sich an der Scheunenwand festhalten, um den Schreck zu verdauen.

»Eine Katze!«, konstatierte Kirsten, ohne zu lachen.

Jesper sah sie an. Machte sie sich wieder lustig über ihn? Doch dann spürte er, dass sich ein erleichtertes Kichern bei ihm löste. Und schließlich mussten sie beide lachen und ein Teil der Anspannung fiel von ihnen ab.

Kirsten klopfte ihm auf die Schulter. »Unter uns, ich hätte mir auch in die Hosen gemacht. Und jetzt komm, wir gehen zu den anderen.«

Jesper folgte Kirsten über den Trampelpfad und ließ das Spalier aus Tierschädeln hinter sich, ohne sich noch einmal danach umzudrehen. Auf dem Weg zu den Einsatzfahrzeugen stach ihm etwas am Stamm einer Weide ins Auge. Eine Ansammlung großer Lochsteine, die in einem Kreis angeordnet waren. Darüber ragten zwei große, gebogene Zweige empor, auf denen Ziegenschädel aufgespießt waren. An einem der Steine klebte Blut. Er bückte sich und tippte mit einem Finger hinein. »Das ist relativ frisch.«

»Vielleicht von einem der Vögel aus dem Schuppen. Eine kleine Opfergabe an die Götter.« Kirsten deutete auf feinen Federflaum, der um den Stein herum verteilt war. »Wir werden es untersuchen.«

Motorenlärm ließ sie aufhorchen, und im nächsten Moment schoss ein Auto in hohem Tempo in die Auffahrt. Jespers Hand fuhr instinktiv zu seiner Waffe im Gürtelholster. Es war ein weißer Kombi mit der Aufschrift »VVS Service Pettersen« auf der Seite.

»Hardy«, seufzte Lykke, die neben Jesper auftauchte. »Unser Ortsvorsteher – also so etwas wie der Bürgermeister von Stege.«

Der Wagen hielt neben ihnen und ein untersetzter Kerl Ende 50 mit rundem Gesicht und grauen Haaren sprang heraus. Er trug ein kariertes Hemd und eine an den Knien ausgebeulte Jeans. Auf einer riesigen Cowboy-Gürtelschnalle prangte ein christliches Kreuz. Fehlte nur noch der Stetson.

»Und?«, rief ihnen der Mann aufgeregt entgegen. »Habt ihr ihn?«

Kirsten stellte sich ihm in den Weg und musterte ihn eindringlich. »Sie stören eine polizeiliche Aktion!«

»Oh, ich dachte, Sie sind hier fertig.« Er nahm beide Hände nach oben und trat zwei Schritte zurück. »Ich muss mich entschuldigen.«

Kirsten hob skeptisch eine Braue. Auch Jespers Misstrauen war geweckt. Woher wusste dieser Pettersen, dass hier ein Einsatz lief? Hatte ihn jemand informiert?

»Ich muss Sie bitten, sich vom Einsatzort zu entfernen. Wir sind mitten bei der Arbeit.« Kirsten wies auf das Auto. »Fahren Sie von der Auffahrt. Sie bekommen zu gegebener Zeit Bescheid.«

»Ist gut. Dürfte ich vorher vielleicht wissen, ob Sie eine Spur von Rask haben oder ob wir weiterhin Angst haben müssen? Ich meine, er kann ja nicht weit weg sein, oder?«

Das stimmte leider, dachte Jesper. Wenn es Rask gewesen war, der sich in seiner Küche das Essen zubereitet hatte und darüber hinaus keinen Zugang zu einem Fahrzeug besaß, war er höchstwahrscheinlich irgendwo in der Nähe. Umso dringlicher war es, seine Spur zu verfolgen, solange sie frisch war.

»Falls es Sie beruhigt«, erklärte Kirsten, »wir werden Rask landesweit zur Fahndung ausschreiben und Verstärkung für eine zeitnahe weiträumige Suche anfordern.«

»Ich hoffe, mit Hubschrauber und Hundestaffel?«

»Natürlich!«

Pettersen wirkte erleichtert. »Danke. Das ist gut. Ich wünsche mir schließlich, dass meine Stadt in Sicherheit ist.« Er nickte Lykke Schou und Lars Høyer zu, stieg in sein Auto und fuhr davon.

Jesper hörte, wie Lykke aufseufzte, während Lars mit dem Fuß im Schotter scharrte. Ihm wurde klar, dass einer der beiden die Information über den Einsatz an den Ortsvorsteher durchgestochen haben musste. Er würde später ein ernstes Wörtchen mit ihnen reden müssen.

»Was geschieht jetzt?«, fragte Lars.

»Wir werden weiter nach Rask suchen«, antwortete Kirsten. »Später werden wir eine Warnung an die Bevölkerung rausgeben. Die Leute auf der Insel müssen Bescheid wissen. Außerdem müssen wir den Druck auf Rask erhöhen. Es ist Herbst, ungemütlich kalt und regnerisch. Früher oder später muss er sich eine Unterkunft und etwas zu essen organisieren. Die Hundestaffel soll morgen genau hier am Hof ansetzen.«

Sanel Simović und Lars Høyer stimmten zu.

»Ich will eure Hoffnungen nicht dämpfen, aber die Insel ist groß«, warf Lykke ernst ein. »Und Rask kennt sich aus. Er ist auf Møn geboren. Es gibt unzählige Orte, an denen er sich verstecken und sogar überwintern kann. Viele leer stehende Gebäude und Sommerhäuser, die mit Vorräten bestückt sind.«

Kirstens Miene verfinsterte sich. Lykke hatte recht, es könnte die Suche nach der Nadel im Heuhaufen werden. Und wenn Rask beschloss, die Insel zu verlassen, hockten sie ziemlich dumm da. Dann mussten sie im ganzen Land nach ihm fahnden.

36. KAPITEL

Stege, Møn

Sah so ein Monster aus?

Marit studierte das Foto aus der alten Fallakte, von dem ihr Rask mit seinen schwarzen Augen entgegenblickte. Seine Brauen waren über der Nase zusammengewachsen und verliehen ihm ein animalisches Aussehen.

Sie hatte sich das psychologische Gutachten vorgenommen und sich damit in den kleinen Raum zurückgezogen, der in der Bibliothek von Møn als Polizeistation diente. Die schwere Stahltür mit den Sicherheitsschlössern war geschlossen, damit sie ihre Ruhe hatte.

Trotzdem fiel es ihr schwer, sich auf das Gutachten zu konzentrieren, denn der Inhalt bestand hauptsächlich aus medizinischen Begriffen. Marit war keine Fachfrau, aber immerhin hatte sie herausgefunden, dass Hans Erik Rask einen sehr niedrigen Intelligenzquotienten hatte, nämlich nur 72. Was bedeutete, dass er sich im zweituntersten Feld der offiziellen Skala bewegte. Außergewöhnlich war auch seine auffällige Physiognomie mit einer Körpergröße von 1,90 Meter und ungewöhnlich stark ausgeprägten Muskeln – und das, obwohl er nicht trainierte. Zudem war er überdurchschnittlich behaart, was laut Untersuchungen auf einen Überschuss an androgenen Hormonen hindeutete, die dafür verantwortlich waren, dass sich bei Jungen recht früh die männlichen sekundären Geschlechtsmerkmale ausbildeten.

Marit betrachtete das Foto eingehend und versuchte, etwas in dem bärtigen Gesicht zu erkennen. Den besonderen Killerblick. Dieses Abstoßende, was manche Menschen wegen ihrer inneren Finsternis und der Abwesenheit von Mitgefühl in sich trugen. Doch da war nichts dergleichen. Trotz seines wilden Aussehens wirkte Rask freundlich und harmlos, ja beinahe schüchtern. So konnte man sich täuschen. Der Mann hatte ein Kind umgebracht und vermutlich auch zwei erwachsene Männer. Die aufgerissenen Kiefer waren dabei die grausame Gemeinsamkeit. Doch trotz der schrecklichen Inszenierung der Morde durften sie eines nicht aus dem Fokus verlieren. Warum hat Rask die Menschen getötet? Warum damals? Und warum heute? Es musste weitere Berührungspunkte geben, die ihnen diese Fragen beantworten konnten. Da war sich Marit sicher.

Sie zwang ihre Aufmerksamkeit zurück auf den Bericht. Das medizinische Kauderwelsch ermüdete sie. Was zum Beispiel war mit positiven und negativen Symptomen einer psychischen Krankheit gemeint? Sie wollte gerade im Internet danach suchen, da schwang die schwere Tür auf und Kirsten und Jesper drängten sich zusammen mit den beiden lokalen Polizisten und einem Mann in Bereitschaftsmontur in den kleinen Raum. Sein Blick flackerte kurz, als er ihr außergewöhnliches Äußeres bemerkte, doch er hatte sich schnell wieder im Griff und begrüßte Marit mit einem offenen Lächeln. Er hieß Sanel Simović, war groß gewachsen, hatte kurzes dunkles Haar und war auch sonst ein ähnlicher Typ wie Jesper. Aber im Gegensatz zu Jespers grünen Augen waren Sanels braun. Marit kam nicht umhin, ihn attraktiv zu finden.

Kirsten rannte unterdessen ziellos umher und fuhr sich erregt durch ihre Locken. Jesper setzte sich seufzend neben Marit auf den Besucherstuhl. Durch seine Nachricht wusste sie bereits, dass die Aktion auf dem Hof erfolglos gewesen war.

»Okay«, begann Kirsten gereizt. »Zunächst einmal brauchen wir einen größeren Raum als diesen. Da bekommt man ja Beklemmungen!«

»Wir können sicher die Büros im Dachgeschoss der Bibliothek benutzen«, sagte Lars Høyer. »Ich kümmere mich darum.« Er verschwand zur Tür hinaus.

Kirsten wandte sich an Sanel Simović. »Du übernimmst die Koordination der Suchmannschaften und hältst ständige Rücksprache mit dem Team hier in Stege.«

»Geht klar«, sagte Sanel.

»Gibt es Neuigkeiten von deiner Seite?«, fragte Kirsten Marit.

»Nicht viele«, antwortete sie. »Nur dass Rask einen sehr niedrigen IQ hat und der Gefängnispsychologe ihm eine paranoide Schizophrenie zusammen mit einer dissoziativen Amnesie der Ereignisse rund um den Mord an Line Frederiksen bescheinigt hat.«

»Aha, und wie passt das zu den ausgeklügelten Morden? Wie soll Rask mit einem niedrigen IQ zum Beispiel in der Lage sein, das Tatfahrzeug kurzzuschließen?«

»Wenn wir das Alter des Autos berücksichtigen, sehe ich da eine gewisse Möglichkeit«, warf Jesper ein. »Er hat bewusst ein Modell ausgewählt, das er von früher aus den 90ern kannte. Vielleicht hat er so etwas schon mal gemacht. Und wenn wir es mit einem von langer Hand geplanten Rachefeldzug zu tun haben, dann hatte Rask im Gefängnis viel Zeit, ihn vorzubereiten. Vielleicht hatte er dort Zugriff auf einen Computer und konnte alles übers Internet auskundschaften. Er hat es ja auch allein bis auf die Insel geschafft. Und das ohne Auto, vermute ich mal.«

»Du hast recht, Jesper. Wir sollten den Mann nicht unterschätzen, nur weil er einen niedrigen IQ hat.« Kirsten stemmte die Hände in die Hüften. »Ich glaube, es ist ratsam, wenn wir uns nicht allein auf das Gutachten verlassen. Ich werde nach Kopenhagen fahren und mit dem Gefängnispsychologen persönlich sprechen.«

Jesper drehte den Kopf. »Und was ist mit uns?«

»Ihr bleibt vor Ort. Du wirst meine Funktion als Leiter des Teams Møn übernehmen.«

»Ich?« Jesper riss die Augen auf.

»Wer sonst? Oder siehst du noch einen anderen Kriminalbeamten?«

Perplex klappte er den Mund zu. Das Spiel zwischen ihm und Kirsten zu beobachten, war für Marit recht amüsant. Und wäre die Sache nicht so ernst gewesen, hätte sie laut gelacht.

»In Ordnung«, meldete sich Sanel Simović zu Wort. »Ich kümmere mich um die Suchtrupps, die Hundestaffel und den Hubschrauber. Ich melde mich, wenn alles bereit ist.« Er winkte ihnen zum Abschied zu und verließ den Raum. Marit spürte, wie Jespers Bein neben ihrem unruhig wippte. Er musste mächtig unter Spannung stehen. Warum? Weil Kirsten ihm die Verantwortung übertragen hatte? Oder lag es am Fall? Sie bemerkte, dass er Lykke musterte. Ein Stich der Eifersucht meldete sich. Fand er sie gut? War es das, was ihn nervös machte? Klar, die Kollegin Schou sah gut aus und hatte eine sportliche Figur, aber …

»Wer von euch hat Pettersen informiert?«, fragte Jesper unvermittelt mit harter Stimme.

Lykke wurde augenblicklich blass, wodurch ihre Sommersprossen stärker hervortraten. »Ich, äh …« Sie nestelte an ihrer Jacke herum.

Jesper erhob sich und trat dicht vor sie. Was hatte er vor? Auch Kirsten schien nicht zu wissen, worum es ging.

»Lykke«, sagte er ernst, »ich weiß, dass du deinen Chef nicht schlecht dastehen lassen willst. Aber das darf nicht noch einmal passieren, verstehst du?«

»Jesper? Würdest du uns mal aufklären, was das soll?«, fragte Kirsten mit ebenso scharfem Tonfall.

Er hob eine Hand, weil er nicht unterbrochen werden wollte. »Lykke?« Er sah die junge Kollegin eindringlich an.

»Äh ... Es tut mir leid. Ich werde es Lars sagen.«

»Danke.« Jesper nickte ihr zu. »Unbefugt Informationen weiterzugeben, ist eine ernste Sache.«

»Das habe ich verstanden!« Lykke senkte den Blick.

Zwei Sekunden später wurde die schwere Tür aufgeschoben und Lars Høyer erschien im Büro. »Erfreuliche Nachrichten!«, rief er gut gelaunt. »Wir bekommen die Räumlichkeiten im oberen Stockwerk. Und ich habe euch eine schöne Unterkunft besorgt!«

37. KAPITEL

Die Unterkunft, die Lars ihnen organisiert hatte, war in der Tat recht schön. Es war ein Bungalow mit hellen Holzwänden und einer gemütlichen Einrichtung. Er lag nur zehn Gehminuten von der Bibliothek entfernt, die als Einsatzzentrale eingerichtet werden würde. Und ruhig war es in der Gegend auch, denn nebenan befand sich der Friedhof.

Nachdem sich Kirsten von ihnen verabschiedet und sich auf den Rückweg nach Kopenhagen gemacht hatte, waren Jesper und Marit von Lars zum Bungalow gefahren worden, wo sie sich rasch einrichteten. Es gab drei Schlafzimmer sowie einen großen Wohn- und Essbereich mit offener Küche. Besser als so manche Hotelzimmer, in denen er bislang untergekommen war. Und als kleines Sahnehäubchen obendrauf teilte er sich die Unterkunft mit Marit.

Insgeheim hoffte er, dass sie dort anknüpfen konnten, wo sie sich in Grönland getrennt hatten. Damals hatte er sich Hals über Kopf in Marit verguckt und sich bis heute nicht aus ihrem Bann lösen können. Sie war einfach die aufregendste Frau, der er je begegnet war.

Gut gelaunt packte er seine Tasche aus und kehrte ins Wohnzimmer zurück, wo Marit den Tisch gedeckt hatte. Sie hatten sich auf Lykkes Empfehlung beim Schlachter des Ortes ein Sandwich zum Abendessen geholt und verspeisten es genüsslich und mit fettigen Fingern. Als Marit Jesper darauf hinwies, dass er sich Mayonnaise bis zum Ohr geschmiert hatte, mussten sie beide lachen. Durstig trank Jesper sein Bier aus und seufzte wohlig. Er genoss das zwanglose Zusammensein mit Marit. Wenn es nach ihm ginge, könnten die Ermittlungen vor Ort gerne ein wenig länger dauern. Ob Marit auch so dachte? Er betrachtete sie heimlich, während sie Mails auf ihrem Handy checkte. Er war immer wieder fasziniert von ihrer hochgewachsenen Statur, der Blässe ihrer Haut und den hellblauen, fast farblosen Augen, die von weißblonden Wimpern umrandet wurden. Wie frisch gefallener Schnee, dachte er. Mit ihrem extrem hellen Teint und den scharf geschnittenen Wangenknochen hatte sie etwas von der großartigen Tilda Swinton. Dazu die kurzen Haare und die Brille mit dem dunklen Rahmen, die im absoluten Kontrast zu ihrer Blässe stand. Ihm wurde plötzlich bewusst, dass er Marit anstarrte. Das konnte sie auf den Tod nicht ausstehen. Schnell lenkte er den Blick auf seine Hände, die auf der Tischplatte ruhten. Wie gerne würde er Marit berühren. Sie küssen und sich in ihr verlieren. Sollte er sie ansprechen auf das, was in Grönland zwischen ihnen gewesen war? Würde er den Mut aufbringen, ihr endlich zu beichten, was er für sie empfand?

»An was arbeiten wir als Erstes?«, fragte Marit, die nichts von seinem Dilemma bemerkt hatte.

Jesper biss die Zähne zusammen. Jetzt könnte er es sagen. Aber im selben Moment wusste er, dass er das nicht fertigbringen würde. Was war er doch für ein jämmerlicher Feigling!

Er zeigte auf das graue Ungetüm von Mappe, das am anderen Ende des Tisches lag. »Wir sollten die Akte durchforsten und uns eine Liste mit den Zeugen anfertigen, die damals nach dem Mord an dem Mädchen über Rask ausgesagt haben. Es kann nicht schaden, einige davon zu befragen. Vielleicht finden wir dadurch eine Verbindung zwischen Rask und seinen Opfern.«

»Okay, gute Idee«, sagte Marit.

»Aber vorher muss ich noch meine Tochter anrufen«, erklärte Jesper und stand auf. »Sie ist krank und ich will wissen, ob bei ihr alles okay ist.«

Marit sah zu ihm auf. »Wie geht es Josie denn auf der Polizeischule?«

Jesper zuckte mit dem Schultern. »Wenn ich ehrlich bin, weiß ich das nicht so genau. Zu Beginn hat sie viel darüber gesprochen und war sehr begeistert. Jetzt erzählt sie kaum noch etwas davon, selbst wenn ich sie danach frage. Dabei hat sie mir total glücklich ihre Kadettenuniform präsentiert. Schau mal.«

Jesper holte sein Handy hervor und zeigte Marit ein Foto von Josie in Uniform. Er musste zugeben, dass der Anblick ihn sehr stolz machte. Inzwischen fand er es richtig gut, dass seine Tochter Polizistin werden wollte.

Marits Lächeln wurde wehmütig. »Ach ja, solch eine Uniform habe ich auch mal getragen.«

»Worauf wartest du?«, neckte er sie. »Du hast die Ausbildung durchlaufen, und bei deinen Fähigkeiten sollte es ein Leichtes sein, die Therkildsen davon zu überzeugen, dich wieder einzustellen.«

Marit schüttelte den Kopf. »Die Zeiten sind vorbei, das muss ich akzeptieren. Genau wie die Tatsache, dass ich nicht wirklich für den Polizeijob geeignet bin. Ich arbeite lieber im Hintergrund.«

Jesper wusste, warum sie so dachte. Er kannte ihr Geheimnis, genau wie sie seines kannte. Sie hatten sie einander damals auf dem Flug nach Grönland verraten. Dabei hatte sich herausgestellt, dass sie beide eine Vergangenheit besaßen, in der Körperverletzung eine Rolle gespielt hatte. Marit war in ihrer ehemaligen Laufbahn als Polizistin bei einer Verhaftung einem Mann gegenüber gewalttätig geworden, der seine Frau krankenhausreif geprügelt und vergewaltigt hatte. Der Kerl hatte sie damals angezeigt und vor Gericht Recht bekommen. Daraufhin hatte Marit ihren Dienst quittiert. Sie hatte Jesper erklärt, dass sie es nicht verkraftete, wenn solche Subjekte nicht ihre gerechte Strafe erhielten. Das konnte Jesper in gewisser Weise nachvollziehen. Auch er hatte bei einem Streit die Nerven verloren und dem neuen Lover seiner Ex-Frau einen Zahn ausgeschlagen, nachdem dieser ihn beleidigt hatte. Damals war Jesper mit einer Entschuldigung und dem Begleichen der Zahnarztkosten gerade noch mal an einem Disziplinarverfahren vorbeigeschlittert. Als Konsequenz hatte er sich nach Kopenhagen versetzen lassen, um das neue Glück seiner Ex-Frau nicht mehr mit ansehen zu müssen.

Frustriert wandte er sich ab. »Okay, ich probiere mal, Josie zu erreichen«, sagte er und setzte sich auf das Sofa, während Marit ihren Laptop aufklappte und die Fallunterlagen auf dem Esstisch ausbreitete.

Nach dem dritten Versuch, Josie zu erreichen, und einer erneuten Sprachnachricht ließ er das Telefon sinken. »Mist!«

»Warum machst du dir Sorgen?«, fragte Marit.

»Ich glaube, sie hat Probleme.«

»Über die sie nicht mit dir reden will«, konstatierte sie und traf damit ins Schwarze.

»Hm, ja.«

Marit legte den Kopf schief. »Meinst du nicht, dass du ihr mehr vertrauen solltest? Josie ist ein taffes Mädchen. Sie macht das schon. Außerdem besprechen 20-Jährige heutzutage nicht mehr alles mit ihren Vätern.« Sie zwinkerte ihm zu.

Jesper wurde bewusst, dass sie recht hatte, und lächelte verlegen.

»Komm. Hilf mir lieber.« Sie winkte ihn zu sich, und er setzte sich direkt neben sie an den Tisch. Ihre Nähe löste kleine, wohlige Hitzewellen bei ihm aus, was Marit zum Glück nicht bemerkte. Sie schob ihm einen großen Stapel mit Ausdrucken hin. »Das sind die Vernehmungsprotokolle. Notier die Namen der Befragten und versuch herauszufinden, wie ihre heutigen Adressen lauten.«

»Aye, aye, Käpt'n!« Er schnappte sich einen Stift und legte los.

Nach kurzer Zeit hatte er eine beachtliche Liste zusammengestellt und lehnte sich zufrieden zurück.

Marit, die neben ihm über den Papieren brütete, seufzte. »Das ist echt harter Stoff! Ich habe mir die Beschreibung des Tathergangs noch einmal vorgenommen und auch die Protokolle von Hans Erik Rasks Vernehmung. Dabei benutzt er immerzu dieselben Worte, offenbar vermag er sich nicht gewandter auszudrücken. Ich lese dir einen Absatz vor. Der Beamte fragt nach dem Verlauf der Ereignisse und Rask antwortet: ›Der Hund war böse, böse. Er musste weg, also habe ich ihn weggemacht. Line war lieb. Ich mochte sie. Ihre Eltern haben mir wehgetan. Das sind böse, böse Leute.‹« Marit ließ das Blatt sinken.

»Klingt, als würde ein Kind reden«, entgegnete Jesper.

»Eben. Zu dem Zeitpunkt war Rask 25 Jahre alt.« Sie legte beide Hände an die Stirn. »Jesper, hilf mir. Ich bringe das einfach nicht überein, auch wenn du und Kirsten anderer Meinung seid. Wie kann der einfältige Rask zwei solch hinterhältige und minutiös geplante Morde ausführen? Dass er sich an der kleinen Line vergriffen hat, das kann ich mir ja noch vorstellen, aber so wie er seine neuesten Opfer in Szene gesetzt hat ... Das passt nicht zu dem Bild, das ich von ihm habe.«

»Hast du die Tatortfotos gesehen?« Jesper hielt einen leicht ausgeblichenen Abzug aus der Mappe hoch. Er zeigte den toten Hund, seine aufgerissenen Kiefer und das Blut im gefrorenen Gras.

»Ja, das ist brutal. Für mich lässt das trotzdem nicht automatisch auf einen bösartigen und eiskalt kalkulierenden Charakter schließen. Rasks Interesse gilt laut Gutachten kleinen Kindern und nicht erwachsenen Männern.«

»Ich gebe dir ja recht. Aber vielleicht hat er die Beamten damals getäuscht und sich dümmer gestellt, als er ist.«

»Meinst du?« Marit blickte ihn an. Das kalte Hellblau ihrer Augen sog Jesper förmlich ein. Die Zeilen eines Liedes kamen ihm in den Sinn. Sie stammten von der Band The Minds of 99 aus dem Song »Under din sne«: »Unter deinem Schnee liege ich. Aber das siehst du nicht. Nein, das siehst du nicht.«

War es so? Stand er unter Marits Bann – gefangen von ihrer kühlen Anziehungskraft, kalt wie Schnee – und sie merkte es nicht?

Er riss sich von dem Anblick los und kehrte zu ihren Überlegungen zurück. »Es ist möglich, dass Rask mehr auf dem Kerbholz hat, als wir glauben. Er könnte tatsächlich bösartig sein und genau wissen, wie er seinen wahren Charakter hinter einer einfältigen Fassade verbirgt. Wer hat den IQ-Test damals mit ihm gemacht?«

Marit blätterte in den Unterlagen. »Das war der Gefängnispsychologe.«

»Wäre interessant zu erfahren, ob man solch einen Test verfälschen kann, indem man absichtlich verkehrte Antworten gibt.«

»Danach wird Kirsten ihn bestimmt morgen fragen. Was denkst du? Müssen wir die Einschätzungen von damals generell infrage stellen?«

»Keine Ahnung. Ich hoffe, Kirsten bringt ein wenig Licht in die Sache.«

Marits Lider senkten sich. Sie wirkte plötzlich besorgt. »Glaubst du, dass es noch weitere Opfer geben wird?«

»Wegen der Botschaft auf der Stirn?«

»Eisen«, murmelte Marit. »Was könnte das bedeuten?«

»Das überlege ich schon die ganze Zeit. Vielleicht steht es für ein Messer oder einen anderen Gegenstand, mit dem Rask sein nächstes Opfer umbringen will. Das mit der Zunge war ja auch ein konkreter Hinweis.«

Marit wiegte nachdenklich den Kopf. »Er ist ein Asengläubiger und bedient sich ganz bewusst der Symbolik des Fenriswolfs. Dem Wolf wurde laut Legende von Odins Sohn Vidar ein Schwert ins Maul gerammt, bevor er dessen Kiefer auseinandergerissen hat. Könnte sein, dass Rask das mit Eisen meint, ein Schwert.«

Jesper erinnerte sich an die Wolfsfigur mit dem Schwert im Maul, die bei Mona Kofoed auf der Kommode gestanden hatte, und den Dolch in ihrer Schublade. Wenn sie wenigstens wüssten, wo die Frau steckte. Dann könnte sie ihnen womöglich bei ein paar Fragen helfen.

»Ich denke, wir sollten zuerst nachforschen, welche Rolle entweder das Eisen oder ein Schwert in der nordischen Mythologie spielt«, sagte Marit.

»Gute Idee!« Hastig zog Jesper sein Handy heran und begann, im Internet zu recherchieren. Als er etwas gefunden hatte, stieß er einen erfreuten Laut aus. »Sieh mal. Wenn wir bei der Edda bleiben, landen wir unter anderem beim Eisenwald. So steht es zumindest in den Versen der Völuspá.«

»Der Eisenwald?«

»Auch ›Jarnvidr‹ oder ›Eisengebüsch‹ genannt. In der Weissagung der Seherin heißt es wörtlich: ›Östlich saß die Alte im Eisengebüsch und fütterte dort Fenrirs Geschlecht. Von ihnen allen wird eins das schlimmste: Des Mondes Mörder übermenschlicher Gestalt.‹«

»Und was heißt das?« Fragend legte Marit die Stirn in Falten.

Jesper las sich kurz ein und gab den Text im Anschluss wieder: »In der Interpretation wird gesagt, dass die ›Alte vom Eisengebüsch‹ oder ›vom Eisenwald‹ die Angstbotin Angrboda sein soll. Die Riesin hat zusammen mit Loki den Fenriswolf, die Midgardschlange und die Totengöttin Hel gezeugt. Später gebar sie die Brut Fenrirs, die Hunde Hati, Skalli und Managarm. Letzteres bedeutet ›Mondhund‹ und stellt den im Vers genannten ›Mörder des Mondes‹ dar. Zu Beginn von Ragnarök verschlingt Managarm, der auch mit dem Fenriswolf gleichgesetzt wird, den Mond und verdunkelt mit dessen verspritztem Blut die Sonne. Wenn man so will, ist das die Initialzündung für die Götterdämmerung.«

»Also der Beginn des Weltuntergangs. Und der Eisenwald? Hat der in der Edda eine spezielle Bedeutung?«

Jesper überflog den restlichen Text. »Darin sind sich die Experten nicht einig. Jarnvidr könnte für das Jenseits stehen.«

»Also den Ort, an den man kommt, wenn man tot ist«, konstatierte Marit. »So wie Rasks Opfer.«

Nachdenklich rieb sich Jesper das Kinn. »Das ist alles schön und gut, aber wir wissen immer noch nicht, was Rask uns damit sagen will.«

»Schau mal nach, ob es etwas über eine Zunge bei der Edda gibt.«

Jesper googelte und fand tatsächlich eine Stelle. »Hier im Hávámal – das ist der Abschnitt der Edda, der ›Des Hohen Lied‹ genannt wird – steht ein Vers, in dem eine Zunge auftaucht: ›Der schwatzt zu viel, der nimmer geschweigt, eitel unnützer Worte. Die zappelnde Zunge, die kein Zaum verhält, ergellt sich selten Gutes.‹«

»Interessant!« Marit hob ihre weißen Brauen. »Das könnte man vielleicht damit übersetzen, dass derjenige, der die Zunge nicht stillhält, nur ungutes Geschwätz hervorbringt. Könnte doch sein, dass Asger Dahl und Martin Piil über Dinge geredet haben, die sie besser für sich behalten hätten.«

Jesper brummte. Er war nicht zufrieden mit dieser Erklärung. »Und warum der Fenriswolf? Warum tötet Rask auf diese Weise?«

»Als eine Art Symbol, ein Ritual. Dahl und Piil stehen für den Anfang von etwas. Den Beginn von Ragnarök. Dem Untergang einer Welt. Seiner Welt.«

»Könnte so sein«, bestätigte Jesper ihre Überlegungen. »Wenn wir denken wie er, dann geht Rask vollkommen logisch vor. Er ist mit der Edda aufgewachsen und kennt sich bestens damit aus. Er handelt nach dem ihm vertrauten Weltbild.« Ein Kribbeln zog sich durch seinen Körper. »Das ist es, Marit! Rask wendet keine biblischen Strafen an, sondern die seiner Götter.«

»Er bestraft seine Opfer. Nur für was?«

»Vielleicht, weil er für 31 Jahre in den Knast gewandert ist.«

»Aber was haben Dahl und Piil damit zu tun?«

»Das werden wir hoffentlich morgen bei der Befragung der damaligen Zeugen herausfinden.« Jesper tippte auf die Liste, die er angefertigt hatte. Hastig griff er nach seinem Telefon und schickte eine Zusammenfassung ihrer Überlegungen an Kirsten und alle anderen Kollegen.

Marit lächelte.

»Was ist?«, fragte er irritiert.

»Ach, nichts«, sagte sie und lenkte ihren Blick auf die Unterlagen.

In Jesper flammte erneut das Begehren auf. Das warme Pulsieren wanderte in seinen Unterleib. Marit studierte nach wie vor die Akte. Bekam sie tatsächlich nichts von seiner aufwallenden Leidenschaft mit? Oder wartete sie darauf, dass er den ersten Schritt machte?

In ihrem Rücken hob er eine Hand. Er sehnte sich so sehr danach, sie zu berühren, dass es wehtat. Er wollte sie in den Arm nehmen und sie fest an sich drücken. Doch bevor er ihr sanft über den Rücken streichen konnte, schnappte sie sich ihr Handy und stand auf.

»Ich muss Kjell anrufen«, sagte sie. »Ich habe da noch eine dringende Angelegenheit in Kopenhagen, die geklärt werden muss.«

»Äh, okay.« Jesper blinzelte enttäuscht, ließ den Arm sinken. Das Glühen in seinem Innern erlosch mit einem jähen Zischen. »Ist es was Schlimmes?«

»Nein, aber es ist ärgerlich.«

»Kann ich helfen?«

»Nein, kannst du nicht.« Sie fuhr sich über die Augen. »Sorry, ich bin müde. Wir sehen uns morgen früh.«

Jesper war total perplex über ihre plötzlich abweisende Reaktion, dass ihm die Antwort im Halse stecken blieb. Marit verschwand ohne ein weiteres Wort in ihrem Zimmer.

Die Enttäuschung explodierte in seiner Brust.

Nein, kannst du nicht.

Erst Josie und jetzt Marit. War seine Hilfe wirklich so wenig nützlich, dass man ihn ständig ablehnte? War er so ein schlechter Partner, wenn es darum ging, Probleme zu besprechen?

Wütend stand er auf, packte sein Telefon und lief in sein Zimmer, wo er die Tür fest hinter sich schloss.

38. KAPITEL

Der nächste Morgen war diesig, dunkel und kalt. Die reinste Wolfszeit, dachte Lykke, als sie ihr Haus verließ und losmarschierte. Wie der Fall!

Sie erinnerte sich an die Nachricht, die Jesper gestern Abend rumgeschickt hatte, und das Gefühl einer Vorahnung überkam sie. Eine unheilvolle Anspannung hing in der Luft. Da waren zu viele Wölfe im Spiel, zu viel Gewaltsames. Das Schicksal hielt etwas für sie bereit, das spürte sie. Sie würde sich schützen müssen. Zwar bedeutete ihr Name Glück, aber man konnte Fortuna nie genug nachhelfen. Lykke küsste ihre Fingerspitzen und berührte die Stelle auf ihrer Brust, an der unter der Uniform zwei goldene Glücksbringer hingen. Ein vierblättriges Kleeblatt und ein Kreuz. Letzteres hatte sie von ihrer Mutter geschenkt bekommen, die gestern Abend erneut versucht hatte, durch sie an Informationen über die Ermittlungen zu gelangen. Nur, damit sie sie brühwarm ihren Freundinnen im Kirchenkreis weitererzählen konnte. Neugier war in diesem Ort keine Schande, sondern eine Tugend. Natürlich hatte Lykke Jesper Bæks warnende Worte im Ohr und würde nicht das Geringste durchblicken lassen. Irgendwann würden die Leute aufgeben. Ihre Mutter hoffentlich auch.

Lykke beschleunigte ihre Schritte, weil sie spät dran war. Sie hatte wenig geschlafen und war müde. Immerzu war sie in der Nacht aufgewacht, hatte das Gefühl gehabt, durch das Fenster beobachtet zu werden. Sie hatte keine Vorhänge und wusste, dass Rask früher gerne als Spanner unterwegs gewesen war. Wenn er bei ihr im Garten herumschliche, hätte er freien Blick auf sie. Dieser Gedanke schüttelte Lykke. Sollte sie heute Zeit finden, würde sie im Baumarkt etwas besorgen, mit dem sie die Fenster verhängen könnte. Aber da war noch eine andere Sache, die sie quälte. Sie hatte es gestern nicht mehr über sich gebracht, mit Lars zu sprechen. Dass ihr Chef Informationen an Pettersen und andere Leute aus dem Ort weitergab, war leider normal, und bis jetzt hatte sich niemand darüber beschwert. Doch Jesper war sehr deutlich gewesen mit seiner Ansprache, und sie musste sich darum kümmern, bevor Lars noch mehr Dummheiten anstellte. Sie wollte keinen Ärger mit den Kopenhagener Kollegen. Erst recht nicht mit Jesper. Er sollte nicht denken, sie seien dusselige Landpolizisten, die ihren Job nicht korrekt ausübten. Er sollte gut über sie denken, denn er gefiel ihr.

Schwungvoll bog Lykke auf die Møllebrøndstræde ein, in der sich die Bibliothek befand. Im nächsten Augenblick blieb sie abrupt stehen. Sie hatte nicht mit dem Auflauf gerechnet, der sie dort erwartete. Beide Bürgersteige vor der Polizeizentrale waren mit Übertragungswagen von TV2, DR, Lorry und sonstigen Medien zugeparkt. Sie entdeckte sogar einen Truck von SVT, dem schwedischen Fernsehen.

Du liebe Güte, solch große Kreise hatte der Fall schon gezogen?

Ihr erster Impuls war es, kehrtzumachen und wegzulaufen, sich einen anderen Weg in die Bibliothek zu suchen. Da bemerkte ein Journalist sie und rief ihr etwas zu. Wie auf Kommando drehten sich alle Reporter vor dem Eingang zu ihr um. Das hatte sie bestimmt Lars verdanken, diesem verdammten Plappermaul! Nur weil er sich von Pettersen ausquetschen ließ.

Lykkes Knie wurden weich. Solch eine Situation war vollkommen neu für sie. Sicher hatte sie bereits das ein oder andere Interview für das örtliche Wochenblatt gegeben oder für den kleinen Lokalsender TV Møn, aber eine so große

Ansammlung von Journalisten war absolut Furcht einflößend. Und niemand hatte sie darauf vorbereitet.

Widerstrebend näherte Lykke sich dem Wall aus Reportern, der ihr den Weg in die Zentrale verstellte und aus dem sich ihr Mikros wie Schwerter entgegenstreckten.

»Ist es wahr, dass Hans Erik Rask der Mörder ist?«, rief einer.

»Wieso konnten Sie ihn bisher nicht festnehmen?«, brüllte ein anderer. »Er ist doch hier auf der Insel!«

Lykke blieb vor den Reportern stehen. Was sollte sie sagen? Durfte sie überhaupt mit ihnen sprechen? Verzweifelt schaute sie über die Schulter, doch sie war allein, kein Kollege weit und breit. Ob Lars und die restlichen Beamten bereits im Gebäude waren? Am liebsten hätte Lykke ihren Chef angerufen und ihn gebeten, sie abzuholen und sich um die Situation zu kümmern. Das war doch eher seine Aufgabe. Ihre Hand tastete nach dem Telefon, während die Presseleute ihre Fragen wild durcheinanderriefen.

»Was wollen Sie tun, um die Bevölkerung von Møn zu schützen?«

»Wird die Polizei Suchhunde einsetzen und Straßensperren errichten?«

»Rächt sich Rask dafür, dass er eingesperrt wurde?«

»Wann wird er als Nächstes zuschlagen?«

Und dann hörte sie etwas, das ihr endgültig die Sprache verschlug. Es kam von einer der Frauen, die in der Bäckerei hinter der Theke arbeiteten. Sie hatte sich mitten in die Gruppe der Journalisten gestellt.

»Hej, Lykke! Wieso habt ihr dieses Monster überhaupt wieder auf freien Fuß gesetzt? Ihr wusstet, was für ein brutaler Mensch er ist. Wie wollt ihr das den Angehörigen der Opfer erklären? Was wirst du Louise und ihren Kindern sagen, warum Martin von einem Mann getötet wurde, der eigentlich für immer hinter Gittern gehört hätte? Das ist unverantwortlich!«

»Ja genau! Unverantwortlich!«, stimmten einige Inselbewohner mit ein, die sich zu der Menschenmenge gesellt hatten. »Wir verlangen eine Erklärung! Unsere Kinder sind in Gefahr. Wir sind in Gefahr! Was wollt ihr tun, um uns vor diesem Triebtäter zu schützen?«

Lykkes Kehle schnürte sich zu. Sie wusste nicht, was sie antworten sollte. Am liebsten wäre sie im Erdboden versunken.

»Ihr wurdet doch gewarnt!«, rief ein Mann, den Lykke als engen Freund von Pettersen identifizierte. »Warum habt ihr nichts getan? Dass Martin sterben musste, ist eure Schuld!«

»Ja! Wir fordern eine Erklärung.«

Lykke schwirrte der Kopf. Die Stimmen wuchsen in ihren Ohren zu einer kakophonischen Apokalypse an. Um sie herum waren nur noch wütende Blicke und offene Münder, die nach ihr schnappten. Mit den Fingern lockerte sie ihren Uniformkragen. Das Schlucken fiel ihr schwer.

Plötzlich fühlte sie eine Berührung auf ihrer Schulter.

»Komm mit!«, flüsterte ihr jemand zu.

Es war Jesper Bæk, der zusammen mit der großen Blonden neben ihr aufgetaucht war. Sanft zog er sie mit sich und wehrte die Fragen der Leute gekonnt mit einem »Kein Kommentar, lassen Sie uns durch!« ab.

Als sie den Eingangsbereich der Bibliothek erreicht und die Glastüren sich hinter ihnen geschlossen hatten, atmete Lykke auf. »Himmel und Hölle!«

»Ja, die Presse kann manchmal recht aufdringlich sein.« Jesper legte ihr eine Hand auf den Rücken. »Geht es dir gut?«

»Ja, ja. Ich bin so etwas nur nicht gewohnt.«

»Keine Sorge, das war ich bis vor Kurzem auch nicht.« Er lachte. »Man gewöhnt sich dran.«

»Sicher?«

»Ganz sicher.« Er zwinkerte ihr zu.

Die coole Marit lächelte ebenfalls. Sie war eine wahnsinnig verwirrende Erscheinung. Groß, schlank und einfach nur leuchtend weiß. Lykke gab sich Mühe, sie nicht allzu lange anzustarren. Sie konnte sich vorstellen, dass Marit das nicht mochte. Stattdessen verlegte sie ihren Fokus auf den Kollegen Bæk und seine nette und ruhige Ausstrahlung. Er war ganz anders als Kommissarin Vinther, die Lykke wie eine Naturgewalt empfunden hatte. Kirsten war laut, bestimmend und dominant. Und extrem effizient. Im Moment wäre Lykke schon zufrieden, wenn sie einen Bruchteil ihrer Souveränität besäße.

Sie richtete sich auf und strich sich über die Uniform, dabei berührte sie unauffällig ihren Glücksbringer. Hier drinnen war sie in Sicherheit.

Eine stämmige Frau mit kurzen Haaren und geblümter Bluse tauchte zwischen den Bücherregalen auf und steuerte zielstrebig auf sie zu. Lykke kannte sie. Sie war die Bibliothekarin und besuchte denselben Kirchenkreis wie ihre Mutter. Allerdings war die Miene der Frau nicht freundlich wie sonst immer, wenn sie ihr begegnete. Mit in die Hüften gestemmten Händen blieb sie vor ihnen stehen.

»Schämen Sie sich!«, blaffte sie Jesper an.

»Wie meinen?«, fragte er irritiert.

Die Bibliothekarin lenkte den Blick auf Lykke. »Du müsstest es eigentlich besser wissen! Du bist eine von uns.«

Lykke hatte keine Ahnung, wovon die Frau sprach.

»Ihr solltet sie einsperren. Alle! Diesen gottlosen Abschaum! Hans Erik Rask ist *ihr* Monster, *ihre* Kreatur. Der Satan selbst!«

»Jetzt mal langsam«, ging Jesper dazwischen. »Es steht noch gar nicht fest, dass Hans Erik Rask der Täter ist.«

Die Bibliothekarin starrte ihn an. »Sie sind nicht von Møn, Sie verstehen das nicht! Rask ist nicht unschuldig. Das ist das Dümmste, was ich je gehört habe. Er ist ein Tier! Genau wie seine gesamte Sippe und dieses heidnische Asengesindel von Ulvshale. Sie wissen ja nicht, was für Leute das sind. Sie waren damals nicht dabei. Aber wir waren es. Ich und alle anderen rechtschaffenen Menschen, die Gottes Weg folgen!« Sie stieß mit dem Finger in Jespers Richtung. »Wussten Sie, dass dieser Abschaum Tiere opfert und Satan huldigt? Das haben diese Sippen schon immer getan. Die sind krank und mit dem Teufel im Bunde. Gehören nicht hierher. Wir hätten sie damals ins Meer jagen sollen. Das wäre besser gewesen. Besser für die Insel. Besser für uns. Dann wäre die arme Line noch am Leben. Und Martin Piil auch. Stattdessen müssen wir bangen, ob wir selbst zum Menschenopfer dieser unheiligen Brut werden, während die Polizei rumsteht und nichts tut!«

Lykke bemerkte den Unmut in Jespers Gesicht und schämte sich für die Attacke der Frau.

»Du solltest jetzt besser gehen«, sagte sie deshalb zu ihr. »Du behinderst unsere Arbeit. Und je eher wir unsere Arbeit erledigen können, desto schneller nehmen wir auch den Täter fest.« Sie vermied es, Rasks Namen zu nennen, denn sie wollte kein Öl ins Feuer gießen. Außerdem war sie genau wie Jesper der Ansicht, dass jemand erst schuldig war, wenn seine Schuld eindeutig bewiesen war, so schwer einem das manchmal auch fiel. Besonders bei Schwerverbrechern wie Rask.

»Habe ich mich klar genug ausgedrückt?« Lykke stierte die Frau mit strenger Miene an.

»Pah! Ihr seid doch alle gleich!«, blaffte die Bibliothekarin und stürmte beleidigt davon.

Lykke drehte sich um und lief die Treppe hinauf, in der Hoffnung, dass Jesper die Röte auf ihren Wangen nicht bemerkte. Manchmal war es nicht leicht, auf einer kleinen Insel zu wohnen.

39. KAPITEL

Die Stimmung unter den Bewohnern von Møn war über Nacht hochgekocht. Das wunderte Marit nicht, die zusammen mit Jesper und Lykke die Treppe zu ihren neuen Räumen hinaufstieg. In kleinen Gemeinden verbreiteten sich solche Nachrichten oft wie ein Lauffeuer. Eine Mischung aus Angst und Empörung ließ die Gemüter überhitzen, und dann schoss man wild mit Beschuldigungen um sich. Allerdings hatte die aufgebrachte Bibliothekarin neben ihrem verbalen Angriff gegen die Polizei auch noch etwas Interessantes geäußert. Sie hatte von Menschenopfern gesprochen, und das hatte bei Marit die Überlegung von gestern wieder in Gang gesetzt. Ein Ritual. Was, wenn Rask sich nicht rächte, sondern die Getöteten opferte? Und zwar seinen Göttern? Solche Handlungen waren damals bei den Wikingern und Germanen durchaus üblich gewesen. Wenn auch nicht in jener Weise, wie es Hollywood seinen Zuschauern weismachen wollte. Zudem war es recht selten vorgekommen. Die meisten dokumentierten Menschenopferungen hatten in Mooren stattgefunden, wie zum Beispiel auf Sjælland oder auf der schwedischen Insel Öland. Dabei waren hauptsächlich Frauen bei Fruchtbarkeitsritualen geopfert worden. Jesper hatte erzählt, dass sie am Rask-Hof an einem Asen-Altar frisches Blut gefunden hatten. Es war also durchaus möglich, dass Rask, der so sehr in seine Glaubenswelt verstrickt war, die Grenze vom Tier- zum Menschenopfer bereits überschritten hatte.

Sie betraten den größten Raum unter dem Dach der Bibliothek und trafen dort auf Lars Høyer und Sanel Simović, den Koordinator der Suchmannschaften. Sie hatten die obere

Etage über Nacht in eine Einsatzzentrale verwandelt, mit Funkstation, Flipcharts, Computern und anderem Equipment.

Jesper, der heute sonderbar reserviert zu sein schien, begrüßte die Anwesenden und setzte sich an den Tisch. In der folgenden Stunde besprachen sie den für diesen Tag geplanten Einsatz. Zwei Hundertschaften und die Hundestaffel, die sich bereits am Rask-Hof versammelt hatten, würden die Gegend systematisch durchkämmen, unterstützt aus der Luft durch den Polizeihelikopter. Lars und Lykke sollten sich zunächst darum kümmern, eine von Jesper genehmigte Warnung an die örtliche Presse und an das Radio weiterzugeben, und sich danach an den dringendsten Befragungen beteiligen, während Kirsten in Kopenhagen mit dem Gefängnispsychologen sprach.

Am Ende mahnte Jesper an, keine Gespräche mit der Presse oder mit Zivilisten zu führen, und sah dabei Lars Høyer eine Sekunde länger an als die restlichen Kollegen. Lars ließ sich nichts anmerken. Offenbar schien er sich keiner Schuld bewusst zu sein. Hoffentlich hatte er die Botschaft trotzdem verstanden, dachte Marit.

»Wir werden eine offizielle Pressekonferenz abhalten, sobald die Lage es hergibt«, schloss Jesper die Besprechung. »Haltet euch also bitte bedeckt.«

Marit bemerkte, dass Lykke unruhig auf ihrem Stuhl herumrutschte und sofort aufsprang, als Jesper sie entließ. Zusammen mit Lars Høyer ging sie zur Tür und warf von dort einen Blick zurück. Marit erkannte deutlich, wie unwohl sie sich fühlte. Ob es wegen des ungewohnten Presseauflaufs war oder wegen etwas anderem, war nicht klar.

Jesper hatte nichts von alldem mitbekommen und blätterte eifrig in dem grauen Ungetüm von Fallakte. Seine Miene spiegelte Ratlosigkeit wider.

»Suchst du was?« Marit trat neben ihn.

»Ich kann einige der Tatortfotos von der kleinen Line nicht finden, die wir uns gestern angesehen haben. Vielleicht habe ich sie im Haus auf dem Tisch liegen lassen.« Er fluchte leise. Ein verletzter Ausdruck lag in seinen Augen, als sein Blick kurz den ihren traf. Als ob er gekränkt wäre. Aber weshalb? Hatte sie gestern etwas gesagt oder getan, was ihn verstimmt hatte? Aus ihrer Sicht hatten sie gut zusammengearbeitet.

Bevor sie ihn darauf ansprechen konnte, wandte Jesper sich ab und nahm die Liste mit den zu befragenden Personen vom Tisch. Lykke und Lars würden mit Martin Piils Frau und seinen engsten Freunden beginnen. Jesper und sie würden sich die Zeugen vom Mord an der kleinen Line vornehmen.

»Ich würde gerne als Erstes zu den ehemaligen Nachbarn von Rask fahren«, sagte er.

»Zu der Familie der kleinen Line Frederiksen?«

»Nein, den Brixens.«

»Warum?«

Sie hatten den Treppenabsatz erreicht, als Jesper stehen blieb. »Aus zwei Gründen. Einmal wohnen die Frederiksens jetzt auf Falster, was über eine Stunde Fahrzeit für uns bedeuten würde. Und der andere Gedanke ist, dass sie mit Sicherheit voreingenommen sind und durch ihre Trauer viel zu viel von damals verzerrt wahrgenommen oder inzwischen verdrängt haben, was ein ganz natürlicher Vorgang ist. Ich würde zuerst lieber mit Leuten sprechen, deren Erinnerungen nicht so stark durch die Ereignisse beeinflusst wurden. Die Brixens waren die zweitnächsten Nachbarn der Rasks. Sie waren Asengläubige oder sind es noch immer – wenn man dem Gerede der Leute hier Glauben schenken mag.« Er nickte in Richtung der unteren Etage und spielte damit auf die Bibliothekarin an. »Vielleicht können die Brixens uns etwas über Rask und den Mord an dem Mädchen erzählen *und* über ihre Religion, die ja offensichtlich eine große Rolle für Rask spielt. Verstehen wir, wie er denkt, verstehen wir auch, wie er handelt.« Er tippte sich gegen die Schläfe. Darüber hatten sie gestern geredet.

Marit schenkte ihm ein kurzes Lächeln, auf das er jedoch nicht einging. Was zum Teufel war mit ihm los?

Er lief die restlichen Stufen der Treppe hinunter, Marit folgte ihm. Draußen vor der gläsernen Eingangstür erwartete sie die Masse an Reportern.

»Ich mach das«, sagte Jesper und ging voran.

Eine halbe Stunde später waren sie unterwegs nach Ostmøn, wo Familie Brixen nicht weit entfernt von den berühmten Kreidefelsen wohnte. Tatsächlich veränderte sich die Landschaft der Insel zusehends, je näher sie den Klippen kamen. Sie wurde hügelig und geradezu lieblich. Sanft gewellte Felder, zwischen denen kleine Seen und Wäldchen oder stattliche Vierseithöfe mit Fachwerk und Reetdächern verstreut lagen.

»Was ist denn das da drüben?«, fragte Marit und zeigte auf eine schwarze, wolfsartige Silhouette, die im gestreckten Lauf über die Äcker zu rennen schien. Kurz darauf entdeckte sie weitere dieser Figuren im frisch sprießenden Grün des Winterweizens.

Jesper kniff die Augen zusammen und spähte durch die Windschutzscheibe. Dann zuckte er mit den Schultern. »Keine Ahnung. So etwas habe ich noch nie gesehen. Manche der Inselbewohner scheinen recht abergläubisch zu sein, vielleicht sollen die Figuren den Wolf von Møn vertreiben. Wer weiß.«

Marit lief eine Gänsehaut über den Rücken. Der Anblick der Wolfssilhouetten bereitete ihr Unbehagen.

Zu ihrer Rechten tauchte das Meer auf, auf dem sich der weiße Rumpf einer Fähre durch die Wellen schob. In östlicher Richtung markierten die berühmten Kreidefelsen von Møn das Ende der Insel – so verriet es zumindest das Navi.

In dem Dorf Mandemarke fanden sie das Haus der Brixens am Ortsausgang. Es war ein alter Bauernhof mit weiß getünchten Mauern und einem Reetdach, wie es typisch für die Region war. Eine akkurat geschnittene Hecke umgab das Grundstück, und ein Schild baumelte an einer schmiedeeisernen Halterung, das verriet, dass dort ein Bed and Breakfast betrieben wurde. Hinter dem Hof lag eine zur Küste abfallende Weide, die den Blick auf das Meer freigab.

»Nicht schlecht«, raunte Jesper.

»Willst du dich etwa nach Møn versetzen lassen?«

»Vielleicht. Schließlich bin ich ein Landei.« Er zwinkerte ihr zu, hatte offenbar wieder gute Laune. Was auch immer ihn vorhin beschäftigt hatte, es war verschwunden.

Er öffnete das grüne Holztor und trat in den Vorgarten. Marit folgte ihm. Schon im nächsten Moment blieben beide stehen.

»Was ist denn hier los?«

Aus den Beeten waren die Herbstblumen herausgerissen und zertrampelt worden. Die Mülltonnen lagen umgekippt daneben und der Unrat war überall verteilt worden.

Jesper wollte sich dem Eingang nähern, an dem ebenfalls ein B&B-Schild hing, da flog die Tür auf und eine hochgewachsene Frau schoss aus dem Haus. Sie hatte die Faust erhoben und einen wütenden Fluch auf den Lippen. »Zur Hölle, verschwindet von meinem Grundstück! Verfluchtes Gesindel. Der Schaden, den ihr angerichtet habt, ist schon groß genug!«

Hinter ihr erschien ein leicht untersetzter Mann mit Halbglatze, der einen ähnlich feindseligen Gesichtsausdruck hatte.

Jesper hielt den beiden seinen Ausweis entgegen. »Wir sind von der Polizei.«

»Oh!« Die Frau blieb stehen. »Entschuldigung. Aber wir haben Sie doch gar nicht gerufen.«

»Meine Kollegin und ich kommen nicht wegen … dem hier.« Jesper deutete auf die zerstörten Beete. »Wer auch immer das war.«

»Das kann ich Ihnen sagen!«, wetterte der Mann mit hochrotem Kopf. »Das waren die Nachbarn. Einige von denen konnten uns noch nie leiden. Wir haben heute Morgen einen Drohbrief in unserer Post gefunden.« Er machte eine herrische Bewegung und die Frau zog einen zusammengeknüllten Zettel aus ihrer Hosentasche. Sie reichte ihn Jesper.

»›Dreckiges Asenpack, verpisst euch‹«, las er vor. »›Wir wollen euch nicht bei uns haben und jagen euch aus dem Dorf, ihr Scheißheiden!‹« Er rieb sich das Kinn. »Okay, jetzt muss ich zugeben, dass wir doch deswegen zu Ihnen gekommen sind.« Er gab der Frau den Zettel zurück und erklärte, wer sie waren und was sie von ihr wollten.

Die Frau hob eine ihrer dunkel nachgezogenen Brauen, während sie Marit betrachtete. »Eine Super-Recognizerin! Wie interessant. Bitte, treten Sie ein. Ich bin übrigens Bettina Brixen und das ist mein Mann Olav.«

Herr Brixen grunzte etwas zur Begrüßung, und Jesper und Marit folgten ihm und seiner Frau ins Haus, wo sie im Wohnzimmer auf einem Sofa platziert wurden, das ein Traum aus cremefarbenem Stoff war. Es stand vor einem Panoramafenster, von dem aus man auf das Meer blicken konnte. In der Ferne hielt die Fähre unbeirrt Kurs auf Schweden.

»Kaffee?«

»Nein.«

»Ja!«

Marit sah Jesper an, der schließlich einlenkte. »Kaffee wäre nett«, sagte er.

Frau Brixen verschwand in einem angrenzenden Raum, in dem sich die Küche befinden musste, denn sie hörten Geschirr klappern. Herr Brixen ließ sich schwerfällig in einen Sessel ihnen gegenüber fallen und starrte sie an, wobei seine kleinen Augen von buschigen Brauen überschattet wurden. Marit musste an das Foto von Hans Erik Rask denken, schob diese Assoziation jedoch schnell zur Seite. Sie lächelte den Mann freundlich an, der dies nicht erwiderte.

Verlegen wandte sie sich ab und betrachtete stattdessen die Wohnzimmereinrichtung. Drei bunte PH5-Lampen hingen über einem antiken Holzesstisch mit weißen Jacobsen-Stühlen, und dahinter ragte ein hell gebeizter Bauernschrank auf, der mit zarten blauen Blumen bemalt war. Kunstdrucke vom Meer hingen an den Wänden und in einem Bücherregal standen kristallähnliche Glasskulpturen.

»Hyggelig haben Sie es hier«, sagte sie, als Frau Brixen zu ihnen in die Stube zurückkehrte.

»Danke.« Sie stellte das Tablett mit dem Geschirr vor ihnen auf den Couchtisch und begann, einzuschenken. Ihr Mann nahm sich zuerst. Die kleine Porzellantasse verschwand fast in seinen schwieligen Händen mit den schwarz geränderten Nägeln.

Marit gab etwas Milch in ihre Tasse, während Jesper seinen Kaffee schwarz bevorzugte. Sie nippte daran und musterte Frau Brixen unauffällig. Rein äußerlich waren sie und ihr Mann wie Tag und Nacht. Er, dunkel in Kord und Flanell gekleidet, mit Bauchansatz und schlecht rasiertem Gesicht. Ein durch und durch grobschlächtiger Mann, aber mit erstaunlich kleinen Füßen, wie Marit feststellte. Frau Brixen hingegen war eine elegante Mittfünfzigerin, sie war dezent geschminkt, und das Blau ihrer intelligenten Augen passte perfekt zu dem Hellblau ihres Kaschmirpullovers, aus dessen Ausschnitt der Kragen einer weißen Bluse ragte. Um ihren Hals trug sie eine Perlenkette mit einem Jadeanhänger in Form eines keltischen Raben. Alles in allem sehr geschmackvoll.

Marit hörte, wie Jesper sich neben ihr räusperte. Er stellte die Tasse ab und eröffnete das Gespräch. »Wie Sie wissen, geht es um Hans Erik Rask. Wir haben erfahren, dass Sie damals Nachbarn waren. Sind Sie später wegen des Mordes an Line Frederiksen von Ulvshale weggezogen?«

»Nein, das war nicht der Grund«, antwortete Frau Brixen. »Wissen Sie, meine Eltern haben den Hof auf Ulvshale von ihren Eltern übernommen und ihn auf ähnliche Weise bewirtschaftet. Wir hielten wie die Frederiksens Milchkühe und Schweine. Mehr konnte man aus diesem Fleckchen Erde nicht rausholen. Die Marschwiesen sind zu salzig, um darauf etwas anzubauen. Es war harte Arbeit, und wir lebten von der Hand in den Mund. Große Sprünge konnten wir nicht machen. Für Dinge wie feine Anziehsachen oder Urlaub reichte das Geld nicht. Allen Bauern von Ulvshale ging das so. Und als eine Tierseuche unsere Viehbestände dahinraffte, haben meine Eltern schließlich aufgegeben. Tja, Schluss mit der Familie Brixen auf Ulvshale – und das nach etlichen Generationen.«

»Wann war das?«, fragte Jesper.

»Im Sommer 1991. Und ich bin froh, dass es so gekommen ist! Es war eine elende Plackerei, wir hatten kaum genug zum Leben, obwohl ich als Kind gerne dort gelebt habe, mitten in der Natur. Von dem Geld des Hofverkaufs haben meine Eltern dieses stillgelegte Gehöft gekauft. Wir haben es renoviert und ein Bed and Breakfast eröffnet. Der Tourismus ist eine einträglichere Einnahmequelle als die Landwirtschaft. Allerdings züchte ich zum Spaß immer noch Rinder. Eine spezielle Rasse. Ich bin mit Kühen aufgewachsen und liebe die Tiere einfach. Sie können sie sich gerne anschauen, wenn Sie wollen, sie stehen auf der anderen Straßenseite auf einer Magerwiese. Es sind schöne schwarze Dexter-Rinder. Eine alte irische Rasse. Sehr anspruchslos und gutmütig.« Auf ihrem Gesicht lag ein verträumter Ausdruck.

Marit betrachtete die Hände der Frau, die auf ihren Knien lagen. Sie waren manikürt und gepflegt, doch es war ersichtlich, dass sie harte Arbeit gewohnt waren. Die Finger waren kräftig und die Nägel kurz gehalten. Trotz ihrer schicken Kleidung konnte Marit sich Frau Brixen gut mit einer Mistgabel oder am Steuer eines Treckers vorstellen.

»Und seitdem haben Sie nichts mehr mit Ulvshale und den Leuten dort zu tun?«, fragte Marit.

»Oh doch. Wir sind nach wie vor mit den ehemaligen Nachbarn der Höfe in Kontakt, schon wegen unseres Glaubens.«

»Auch mit den Frederiksens?«

»Nein, die sind von Møn weggezogen, was verständlich ist. Aber mit den anderen Einwohnern von Ulvshale treffen wir uns regelmäßig.«

»Um Ihre … Rituale zu pflegen?«, fragte Jesper.

»Sie brauchen gar nicht so herumzueiern, Herr Kommissar. Nennen Sie es einfach beim Namen: Wir gehören dem Asatro an und glauben an die nordischen Götter. Odin ist unser Herrgott und die Riege unter ihm sind unsere zahlreichen Heilande. So kann man das sagen, oder nicht, Olav?« Sie sah ihren Mann aufmunternd an, der grimmig nickte.

Jesper schien zu zögern, bevor er die nächste Frage stellte. »Uns ist zu Ohren gekommen, dass Ihre Glaubensgemeinschaft Tiere opfert. Stimmt das?«

Herr Brixens Oberkörper schnellte aus seiner zurückgelehnten Position nach vorn, dabei stieß er mit dem Knie gegen den Tisch, sodass die Tassen klirrten.

»Was für ein Schwachsinn!«, polterte er und fuchtelte dabei mit den Händen durch die Luft. »Alles üble Nachrede. Wir haben nie Tiere geopfert! Diese arroganten Kirchgänger aus Stege denken, sie seien was Besseres, und bringen uns mit ihren Verleumdungen in Verruf!«

»Wir waren auf Rasks Hof und haben dort einen Altar

mit Blut gefunden, das vermutlich von einem Vogel stammt«, wandte Jesper ein. »Ich finde unsere Frage in dieser Hinsicht durchaus berechtigt.«

»Ach was! Fahren Sie zur Hölle, Sie und Ihre Scheißfragen! Sie sind doch auch nur voller Vorurteile. Ich höre mir das nicht länger an!« Herr Brixen sprang auf und rannte aus dem Wohnzimmer. Laut schlug er die Tür hinter sich zu.

Frau Brixen lächelte verlegen. »Sie müssen meinen Mann entschuldigen. Er ist sehr sensibel, was das Thema angeht. Er fühlt sich schnell diskriminiert.«

»Und Sie?«, fragte Jesper. »Was denken Sie darüber?«

Ein wissendes Lächeln zeigte sich auf ihrem Gesicht. »Die Leute in Stege rennen jeden Sonntag in die Kirche und denken, jeder, der nicht an ihren Gott glaubt, ist mit dem Teufel im Bunde. Der Pfarrer predigt sogar gegen uns. Können Sie sich das vorstellen? Im 21. Jahrhundert und in Zeiten von Aufklärung und dem Internet verhalten wir uns noch immer wie im Mittelalter. Dabei sind wir eine vom dänischen Staat anerkannte Glaubensgemeinschaft mit über 600 Mitgliedern, einer religiösen Agenda und mehreren offiziellen Zusammenkünften im Jahr.«

»Heidnische Feste?«, fragte Jesper.

Frau Brixen legte den Kopf schief. »Wissen Sie, das ist wieder so eine typische Sichtweise von Christen. Sie meinen, einen Exklusivanspruch auf Gläubigkeit zu besitzen, und nennen uns Heiden. Dabei glauben wir an etwas. Und das nicht weniger als die Christen an ihren Gott. Warum sollten wir dann Heiden sein?«

Jesper schwieg, weshalb Marit sich in das Gespräch einklinkte. »Verzeihen Sie, aber ich habe immer gedacht, dass sich die Asengläubigen selbst als Heiden bezeichnen.«

Bettina Brixen spitzte die geschminkten Lippen. »Nun, das ist nicht ganz falsch. Einige von uns nennen sich tatsächlich selbst Heiden, Schamanisten, Hexen, Druiden oder Neopaganisten. Mein Mann und ich und ebenso die anderen von Ulvshale möchten allerdings gerne als Gläubige bezeichnet werden, wie Angehörige anderer Religionsgemeinschaften in Dänemark auch. Denn wir sind religiöse Menschen, und wenn man glaubt, ist man kein Heide. Glauben Sie an Gott, Frau Rauch Iversen?«

Marit verneinte. »Ich wurde nicht kirchlich getauft, sondern nach Inuit-Sitte. Ich bin in Nuuk geboren.«

»Ach, eine Anhängerin des Naturglaubens und der grönländischen Mythen!« Frau Brixen hob erfreut die Brauen. »Willkommen, verehrte Schwester im Geiste. Aber dann wissen Sie ja, wovon ich rede.«

Marit senkte den Blick. Natürlich wusste sie das. Sie kannte es, ausgegrenzt zu werden. Sei es wegen ihres Aussehens oder ihrer grönländischen Herkunft. Sie war jedoch genauso gut mit dem Trotz vertraut, den sie bei Frau Brixen erkannte. »Wurden Sie früher ebenfalls angefeindet?«, fragte sie.

Bettina Brixen lächelte bitter. »Als Kinder von Ulvshale wurden wir in der Schule ständig gehänselt. Hans Erik hat es dabei am schlimmsten getroffen. Er sah ja schon damals recht urtümlich aus und wurde deshalb oft zur Zielscheibe des Spotts der Mitschüler. Wir alle mussten uns ein dickes Fell wachsen lassen und zusammenhalten. Dagegen ist so ein zerstörter Garten gar nichts.« Sie wies zum Fenster. »Damit kommen wir klar.«

Marit konnte es Frau Brixen nachfühlen. Eine Frage hatte die Frau allerdings nicht beantwortet. »Und haben Sie jetzt Tiere geopfert oder nicht?«

Bettina Brixen schüttelte den Kopf. »Das waren ausschließlich die Rasks, die das von Zeit zu Zeit getan haben. Nicht wir anderen.«

»Und was machen Sie stattdessen?«, fragte Jesper. »Tanzen Sie zur Sonnenwende um ein Feuer herum und singen?«

Na toll, dachte Marit. Das nächste Fettnäpfchen. Jesper suchte heute förmlich danach.

Bettina Brixen lächelte verschmitzt. »Nein, so etwas machen nur die Dänen beim Sankt-Hans-Fest.« Sie zwinkerte Marit zu, die unwillkürlich lachen musste.

Jesper guckte etwas indigniert.

»Es tut mir leid, dass ich Sie gefoppt habe, Herr Bæk. Wirklich. Friede?« Sie streckte ihm die Hand entgegen. Er zögerte kurz und schlug schließlich ein. Marit konnte seine Anspannung spüren. Das Gespräch hatte ihnen bislang nicht die gewünschten Informationen gebracht.

»Bei unseren Blót«, fuhr Frau Brixen fort, »entzünden wir tatsächlich oft Feuer und tanzen wie bei Sankt Hans darum herum. Außerdem singen wir oder rufen unsere Götter und die Kräfte der Natur an. Aber wir opfern keine Tiere. Stattdessen nehmen wir als Gaben Honig, selbst gebrautes Bier oder kleine Dinge, die wir am Strand finden. Knochen, Federn, Muscheln, Holz. Man kann den Göttern alles darbieten, sofern es etwas Wertvolles für einen darstellt.«

»Und warum haben die Rasks Tiere geopfert?«, fragte Marit.

»Die Rasks waren von Beginn an anders. Sie haben eine viel ursprünglichere Variante des Asatro gepflegt als wir. Eine, in der das Blutopfer eine Rolle spielte. Meine Eltern waren immer dagegen, ich habe trotzdem einmal an einem dieser Rituale auf dem Rask-Hof teilgenommen. Aus Neugier. Dabei hat Hans Erik eine Taube getötet und das Blut Freya für eine gute Ernte geopfert. Ich muss zugeben, dass das Ritual unheimlich war, doch es hatte auch etwas Feierliches und Natürliches an sich. Ich fand es zu keiner Zeit abstoßend. Hans Erik ist mit der Taube sehr sanft umgegangen. Ihr Blut wurde über dem Stein am Baum vergossen und ein paar der Federn wurden dort verteilt. Das Fleisch des Vogels wurde später gegessen. Wir haben nichts vergeudet.«

»Wo haben Sie eigentlich Ihren Altar? Wir haben draußen im Garten keinen gesehen, so wie bei den Rasks«, erkundigte sich Jesper.

Frau Brixen deutete auf den Bauernschrank mit der hellblauen Blumenornamentik. »Der ist da drinnen. Sie können sich vielleicht vorstellen, was mit unserem Altar passiert wäre, hätten wir ihn offen im Garten stehen.«

Jesper nickte. »Waren die Rasks Ihre Freunde oder nur Gleichgesinnte im Glauben?«, fuhr er fort.

»Ich denke, ich kann sagen, dass wir befreundet waren«, antwortete Frau Brixen. »Wir Kinder haben oft miteinander gespielt.«

»Also Sie mit Hans Erik.«

»Ja.«

»Und Line Frederiksen? Die ebenfalls?«

»Line war ein kleiner Wirbelwind. Sie hat bestimmt viel mit Hans Erik zu tun gehabt. Sie ist den ganzen Tag zwischen den Höfen hin und her gelaufen. Gemeinsam mit ihrem Hund. Wie hieß der noch? Ach ja, Basse. Die beiden waren unzertrennlich.«

»War das der Schäferhund, den Rask getötet hat?«

Bettina Brixen presste ihre Lippen aufeinander. »Das war eine furchtbare Geschichte. Sie hat unsere Gemeinschaft stark erschüttert. Wir waren sehr entsetzt über das, was Hans Erik getan hat. Er war ein wirklich netter Bursche. Ein bisschen schlicht im Gemüt vielleicht, aber keiner, der plötzlich zum Mörder wird. Er hat sich nie aggressiv gezeigt, war eher wie ein großer Bruder für uns Kinder. Fast wie ein Troll, weil er so viele Haare hatte.«

»Oder ein Wolf?«

Eine steile Falte erschien auf Bettina Brixens Stirn. »Den Namen haben die Journalisten ihm gegeben. Ich fand es absolut unangemessen, denn Hans Erik war uns gegenüber immer ein lieber Mensch und sicher keine Bestie. Aber das kennen wir ja. Einer wird zum Sündenbock abgestempelt und durchs Dorf gejagt. Danach verlangt der kollektive Gerechtigkeitssinn. Wie passend, dass Rask übermäßig behaart war und dazu noch ein Heide, der Tiere opfert! Es ist von Anfang an nicht gerecht zugegangen. Selbst die ermittelnden Polizeibeamten waren voreingenommen und hatten schnell eine einhellige Meinung.«

»Rask hat Line umgebracht. Daran gibt es nichts zu rütteln.«

Frau Brixen sah Jesper an. In ihren Augen erkannte Marit jenen ungebrochenen Trotz, der ihr selbst vertraut war und sie zum Nachdenken anregte. War Rasks Verurteilung damals tatsächlich nicht korrekt abgelaufen? Weil die Inselbewohner und vielleicht auch die Ermittlungsbehörden ihre Vorurteile gehabt hatten? Sämtliche Indizien hatten gegen Rask gesprochen, und die Beweislage war erdrückend gewesen. Allerdings hatte er die Tat nie gestanden, wie Marit aus dem Verhandlungsprotokoll erfahren hatte. Es war ein reiner Indizienprozess gewesen.

»Könnten Sie sich vorstellen, dass Rask sich absichtlich dumm gestellt hat? Dass er in Wahrheit cleverer ist, als alle geglaubt haben?«

Bettina Brixen stieß einen ungläubigen Laut aus. »Auf keinen Fall. So schlau ist Hans Erik nicht. Wie gesagt, er war ein gutmütiger, leicht naiver Junge mit schwacher Schulbildung. Der Schlechteste in seinem Jahrgang. Mein Bruder ging zusammen mit ihm in eine Klasse und hat uns einiges erzählt, auch wie schlimm er gehänselt wurde. Trotzdem hat Hans Erik nie zuerst zugeschlagen, wenn die Jungen ihn angegriffen haben, er hat sich lediglich gewehrt. Natürlich wurde hinterher etwas anderes behauptet und die Schuld Hans Erik in die Schuhe geschoben. Wem glaubt man am Ende mehr? Dem Sohn des Pfarrers oder dem behaarten und geistig zurückgebliebenen Jungen, der draußen bei den Heiden wohnt?« Frau Brixen strich mit den Händen über ihre Knie. »Ich denke, Hans Erik hat stellvertretend für uns alle einstecken müssen. Er war nicht so einfältig, wie die Leute dachten, doch er hatte ganz bestimmt nicht die Fähigkeit, sich dumm zu stellen. Er war ein einfacher, bescheidener Bursche und fleißiger Arbeiter, aber kein Monster. Und ich verstehe bis heute nicht, wie er mit Line so etwas Schlimmes anstellen konnte.« Sie schüttelte den Kopf.

Marit dachte an Kirsten, die womöglich gerade in Kopenhagen mit dem Psychologen sprach. Sie war gespannt darauf, was dieser über Rask erzählte.

»Und seine Eltern? Wie waren die?«, wollte Jesper wissen.

»Das waren sehr nette Leute, auch eher einfach, sie haben auf ihrem Hof fast mittelalterlich gelebt mit ihrem Holzofen und dem Plumpsklo. Sie nutzten den elektrischen Strom fast ausschließlich für Licht, neben ein paar anderen Dingen. Frau Rask hat die Wäsche mit der Hand gewaschen und sich um den Haushalt, ihren Sohn und die Tiere gekümmert. Der Vater war handwerklich sehr begabt und hat Motoren repariert und uns geholfen, wenn unser Traktor mal wieder nicht lief. Die Rasks haben Fleischrinder auf den Marschwiesen gehalten, während die Frederiksens Milchkühe hatten. Die Rask-Bullen haben die Kühe der gesamten Nachbarschaft gedeckt. Umgekehrt haben die Rasks von uns Milch bekommen oder Kartoffeln oder was es gerade gab. Es herrschte ein reger nachbarschaftlicher Austausch unter uns Ulvshale-Bauern. Wir Kinder haben zum Beispiel oft bei den Rasks in der gemütlichen Küche gesessen und uns die Geschichten von Mutter Rask angehört.«

»Was für Geschichten?«

»Sie kannte sich wunderbar mit der Edda aus und hat uns Anekdoten und Weisheiten aus den nordischen Sagen erzählt.

Auf eine sehr spannende Art, davon waren wir richtig fasziniert. Der Rask-Hof war für uns ein guter Ort, ein bisschen geheimnisvoll vielleicht, aber gerade das macht ja den Reiz aus, wenn man ein Kind ist, oder nicht?«

Jesper nickte. »Der Vater von Rask hat sich nach Hans Eriks Inhaftierung das Leben genommen, stimmt das?«

»Ja, das war auch so eine tragische Geschichte. Sein Sohn wurde als Mörder verurteilt und auf der Insel als Teufel sowie heidnischer Kinderschänder verunglimpft. Vater Rask wurde vorgeworfen, er trage eine Mitschuld. Weil er ein Monster großgezogen habe.« Bettina Brixen holte tief Luft. »Seine Frau starb einige Wochen später. Sie war so voller Kummer, dass sie nichts mehr in dieser Welt gehalten hat.«

»Beging sie ebenfalls Suizid?«

»Sie hat aufgehört zu essen …« Frau Brixen sah Jesper an. »Das ist dann wohl auch eine Art Selbstmord.«

Jesper und Marit stimmten ihr betroffen zu.

»Gibt es bestimmte Orte, an denen Sie Ihre Riten abhalten?«, fragte Jesper weiter. »Plätze, die auch Hans Erik Rask etwas bedeuten könnten?«

Frau Brixen wirkte zögerlich. Sie zog die Hände von ihren Knien und faltete sie in ihrem Schoß. »Ich habe vorhin die Warnung im Radio gehört, dass Hans Erik gesucht wird und man niemanden im Auto mitnehmen soll.«

»Jeder Hinweis darauf, wo er sich aufhalten könnte, ist hilfreich für uns«, bekräftigte Jesper.

»Also gut. Aber bitte gehen Sie behutsam mit unseren heiligen Plätzen um. Sie sind uns sehr wichtig.«

»Selbstverständlich!«

Frau Brixen erhob sich, verschwand im Flur und kehrte mit einem Prospekt von Møn zurück. Er enthielt eine Landkarte, auf der sie einige Orte markierte. »Das hier«, erklärte sie, »ist unser Heiliger Hain auf Ulvshale. Dort versammeln wir uns oft, weil der Wald Yggdrasil beherbergt, die Weltenesche. Sie ist ein uralter Opferbaum und steht als Sinnbild für unser Universum. Der Stendysse bei Sømarke ist ein Dolmen aus der jüngeren Steinzeit, an dem wir zu den Festen zur Tag-und-Nacht-Gleiche zusammenkommen. Von dort aus sieht man fast die ganze Insel sowie die Meere zu beiden Seiten und wie die Sonne über den Horizont wandert.« Sie kringelte einen Punkt auf den südlichen Kreidefelsen ein. »Das ist der Store Stejlebjerg am Kliff. Dort halten wir unsere Hochzeitszeremonien ab. Dann gibt es noch ein paar kleinere Stätten, an denen wir öfter mal sind. Hier am Strand von Ulvshale, an dieser Stelle auf der kleinen Insel Nyord und an dieser im Lilleskov.« Sie schob Jesper die Karte hin, der sie dankend entgegennahm.

Bevor er sie zusammenfaltete, machte er ein Foto und verschickte es. Vermutlich an Sanel Simović, dachte Marit. Damit dieser seine Suchtrupps gleich dorthin lenken konnte.

»Eine letzte Frage, dann sind Sie uns los – versprochen.« Jesper steckte die Karte ein. »Kannten Sie Asger Dahl?«

Bettina Brixen richtete die Augen gen Zimmerdecke und tippte sich an die Unterlippe. »Ich kannte in der Tat mal einen Asger. Das war ein Mann aus Stege, der in den 90ern zu unserer Glaubensgemeinschaft gestoßen ist. Es gab damals nicht nur uns Bauern von Ulvshale, die an die alten Götter glaubten, sondern auch einige Leute aus Stege. Asger und seine Frau waren zwei davon. Er war ein unauffälliger, netter Bursche und hat oft an unseren Festen teilgenommen. Seine Frau – Mona hieß sie, glaube ich – war etwas spezieller. Eine eher abweisende und kühle Person. Nachdem wir von Ulvshale weggegangen sind, haben wir beide nicht mehr gesehen.«

»Sie sind nach Kopenhagen gezogen. Dort haben sie sich später scheiden lassen. Leider lebt Asger nicht mehr, er ist das erste Mordopfer.«

Frau Brixen formte den Mund zu einem O. »Sie meinen, so wie Martin Piil …?«

»Ja, kennen Sie den auch?«

»Viele kannten Martin. Auf dieser kleinen Insel läuft man sich zwangsläufig über den Weg. Außerdem standen öfter mal ein paar Zeilen über ihn im Wochenblatt. Er war sehr aktiv in der Fußballvereinsjugend und im Kirchenchor.«

»Er war also kein Asengläubiger wie Asger Dahl?«

»Nein, auf keinen Fall!«

Marit strich den Asenglauben von ihrer geistigen Liste der möglichen Gemeinsamkeiten von Piil, Dahl und Rask und ließ enttäuscht die Schultern sinken. Es war wie verhext, nirgendwo fand sich eine Spur.

»Haben Sie eine Idee, welche Verbindung es zwischen Dahl und Piil geben könnte?«, erkundigte sich Jesper.

Frau Brixen überlegte. Schließlich schüttelte sie den Kopf. »Nein. Dafür kannte ich die beiden zu wenig.«

»Und Mona, Asgers damalige Frau? Können Sie bei ihr einen Zusammenhang herstellen? Hatte sie vielleicht etwas mit Piil zu tun, oder war sie mit Rask bekannt?«

»Das weiß ich auch nicht. Tut mir leid.«

»Kein Problem. Haben Sie trotzdem vielen Dank. Sie waren uns eine große Hilfe. Falls Sie Rask irgendwo sehen oder er bei Ihnen auftauchen sollte, geben Sie uns sofort Bescheid. Er könnte wirklich gefährlich sein, auch wenn Sie ihn für harmlos halten, weil Sie ihn von früher kennen. Er hat über 30 Jahre im Gefängnis gesessen, das verändert einen Menschen.«

»Mein Gott. 30 Jahre«, wiederholte Frau Brixen betroffen. »Das ist wirklich eine lange Zeit!«

Jesper erhob sich, während Marit sitzen blieb.

»Ich hätte da doch noch eine letzte Frage«, sagte sie. »Was hat es mit diesen Wolfsfiguren auf den Feldern auf sich? Ist das ein Abwehrzauber?«

Bettina Brixen lachte. »Ein Abwehrzauber ist es nicht direkt, sie sind jedoch durchaus zur Abwehr gedacht. Das sind sogenannte ›*skræmmeulve*‹ – ›Schreckwölfe‹. Sie dienen als Vogelscheuchen, um die durchziehenden Gänseschwärme abzuschrecken, die die frischen Triebe vom Winterweizen und der Gerste auf den Feldern abfressen.«

»Und das hilft?«

»Ja, und wie!« Bettina Brixen zwinkerte ihr zu und brachte sie zur Tür. »Ich wünsche Ihnen viel Erfolg bei Ihren Ermittlungen und hoffe, Sie finden Hans Erik. Ich bete, dass er es nicht war.«

»Sie sind wirklich überzeugt davon, nicht wahr?«, fragte Marit.

»Nicht überzeugt, aber ich wünsche es mir.«

»Weshalb?«

»Weil es falsch ist, einen Menschen vorab zu verurteilen. Ich will, dass die Leute in Stege einen Denkzettel erhalten. Sie sollen endlich aufhören, gegen uns zu hetzen und uns den Garten zu verwüsten.«

Marit wollte gerade antworten, da klingelte Jespers Telefon. Er ging dran und lauschte ein paar Sekunden, bevor er auflegte.

»Das war Sanel!«, sagte er in einem alarmierten Tonfall. »Der Hof brennt!«

»Welcher Hof?«

»Der von Rask!«

Marit bemerkte, dass sich die Miene von Frau Brixen schlagartig verfinsterte. »Jetzt ist es so weit«, flüsterte sie. »Jetzt verwüsten sie nicht mehr nur unsere Gärten, sondern zünden uns auch die Höfe an.«

40. KAPITEL

Kopenhagen, Polizeipräsidium

Ann Katrine Therkildsen war nicht glücklich, das sah man deutlich. Seit der Pressekonferenz heute Morgen schleppte Kirstens Chefin ihre Sorgen buchstäblich wie einen schweren Rucksack mit sich herum. Sie standen zu zweit im runden Innenhof des Polizeihauptquartiers, wo Ann Katrine nervös drei Zigaretten nacheinander rauchte, obwohl sie eigentlich Nichtraucherin war.

Kirsten, die sich gemeinsam mit ihr den beißenden Fragen der Journalisten gestellt hatte, ging es ähnlich. Mit dem Unterschied, dass sie sich den drückenden Schuh eines angeblichen Justizversagens nicht anzog, so wie es Ann Katrine tat, die alle Schuld auf sich nahm.

Kirsten wusste, dass sie als Polizisten nichts damit zu tun hatten, wenn die Richter jemanden nach der regulären Haftzeit entließen und nicht in die Sicherungsverwahrung überführten. Sie konnten nichts dafür, wenn diese Leute später erneut straffällig wurden. Sie waren die Exekutive, nicht die Judikative. Nicht sie entschieden, ob Menschen wie Rask wieder auf die Allgemeinheit losgelassen wurden. Natürlich hatten die Journalisten zu Recht gefragt, wie es geschehen konnte, dass gefährliche Triebtäter wie Rask auf freien Fuß gelangten, aber die Polizei war dafür der falsche Adressat. Aus diesem Grund hatten Kirsten und Ann Katrine auch keine Antwort darauf gegeben und die Reporter an den Gerichtssprecher des Østre Landsret verwiesen, jenes Landgerichtes, welches den Fall Rask verhandelt hatte.

Damit waren die Journalisten nicht zufrieden gewesen und ihr Unmut war hochgekocht. Sie hatten der Polizei die Schuld für die Morde gegeben. Diese Aasgeier, dachte Kirsten erzürnt. Die wussten ganz genau, dass es Gewaltenteilung gab und wem dabei welche Aufgaben zufielen. Aber für eine reißerische Schlagzeile vergaßen sie ihre Allgemeinbildung und waren plötzlich nicht mehr in der Lage, zwischen den verschiedenen Instanzen zu unterscheiden. Hauptsache, man konnte jemandem die Schuld in die Schuhe schieben.

Kirsten schraubte die Flasche, die sie in der Hand hielt, auf und trank die zweite Hälfte des Wassers aus. Ann Katrine zündete sich den vierten Glimmstängel an und hustete.

»Ich kann diese Pressehaie von Tag zu Tag weniger leiden!«, sagte sie und paffte den Rauch in die Luft.

»Na«, entgegnete Kirsten und nahm sich selbst eine Zigarette aus der Schachtel, die sie eben am Kiosk gekauft hatte, »ich mag die Reporter eigentlich. Gerade weil sie sich wie Haie verhalten. Sie schwimmen immer dem größten Blutgeruch hinterher, das macht sie berechenbar. Ergo sind sie leicht zu steuern.«

»Ich verstehe nicht, wie du sie in Schutz nehmen kannst.«

»Es ist ihr Job. Sie beißen zu, um zu gucken, ob einer zuckt. Und der, der sich als Erstes bewegt, den zerreißen sie. Wir müssen einfach die Füße stillhalten und cool bleiben, dann schwimmen sie weiter zum nächsten Opfer.«

Ann Katrine legte die Stirn in Falten. »Du meinst von hier aus direkt zum Gericht? Damit reichen wir den Schwarzen Peter doch nur weiter.«

Kirsten blies den Rauch in die kühle Luft. »Ich sehe das so: Wir übergeben den Stab an jene, die die eigentliche Verantwortung tragen: die Justiz. Wir fangen Verbrecher, das ist unser Job. Aber wir verurteilen sie nicht, und wir lassen sie auch nicht frei.«

Ann Katrine nahm einen Zug von ihrer Zigarette und hustete erneut.

»Du solltest das lassen«, riet ihr Kirsten.

»Es sind deine Zigaretten!« Ihre Chefin bedachte sie mit einem vorwurfsvollen Blick. Dann schmunzelte sie. »Was ist mit der Ex-Frau des ersten Opfers? Gibt es da was Neues? Vielleicht erfahren wir von ihr etwas Hilfreiches. Möglich, dass sie Rask kannte. Vielleicht hat sie ihn im Treppenhaus im Mjølnerpark erkannt, als sie ihren Ex-Mann besucht hat, und hat mit ihm gemeinsame Sache gemacht, um ihren Ex loszuwerden.«

»Glaubst du das?«

Ann Katrine zuckte mit den uniformierten Schultern. Ihre goldenen Rangabzeichen leuchteten im trüben Licht auf. »Wir dürfen nichts außer Acht lassen.«

»Du hast recht. Ich sage Ebert, dass er seinen Fokus weiter auf Mona Kofoed gerichtet halten soll. Nach der verfrühten Meldung in der Presse sucht ohnehin das halbe Land nach ihr. Sicher taucht sie bald auf.« Kirsten drückte ihre Zigarette an einer der Steinsäulen aus und stopfte die Hände in die Jackentaschen. »Okay, ich fahre jetzt los. Ist ja ein Stückchen bis Albertslund.«

»Ich hoffe, du kommst mit guten Ergebnissen zurück.«

»Das hoffe ich auch.« Kirsten winkte ihrer Chefin zu und steuerte mit großen Schritten auf das Ausgangstor zu, hinter dem die Presseleute mit der berüchtigten Ausdauer jener Raubfische lauerten, über die sie gerade gesprochen hatten. Doch sie würde nicht bluten, sie würde zurückbeißen – wenn es sein musste.

In der Sicherheitsschleuse des Herstedvester Gefängnisses war es stickig. Kirsten musste ihr Telefon und ihre Waffe abgeben, um in den Bereich A zu gelangen. Der lag nicht auf der Ebene der Zellen, wo es einen direkten Kontakt zu den Häftlingen gab, glich allerdings trotzdem einem Hochsicherheitstrakt. Das sternförmige Gebäude in Albertslund beherbergte einige der schwersten Verbrecher des Landes, da war Vorsicht auf allen Ebenen angebracht.

Kirsten folgte dem Vollzugsbeamten durch die Flure und betrat durch eine weitere Schleuse in den Verwaltungsbereich, wo sie zu einem Büro geführt wurde. An dessen Tür hing ein Schild mit der Aufschrift: »Dr. Arjen Verbeek, Forensische Psychologie«.

Der Raum, der sich dahinter auftat, war vollgestopft mit Akten, Fachbüchern und Papierstapeln. An einem großen Schreibtisch, der im krassen Gegensatz zum Rest des Zimmers penibel aufgeräumt war, hockte ein schmales Männlein, das kaum über die Tischkante gucken konnte. Als der Psychologe sich erhob und sich Kirsten vorstellte, reichte er ihr gerade mal bis zur Schulter.

»Kommen Sie, setzen Sie sich.« Das Männlein schickte den Vollzugsbeamten weg und wies auf einen leeren Stuhl. Eine Tasse und eine Teekanne standen für sie bereit. Ungefragt goss er ihr ein.

»Earl Grey«, sagte er dabei. »Hilft gegen schlechte Träume.«

Kirsten nahm einen Schluck. Tatsächlich war der Tee vorzüglich, und das dezente Bergamotte-Aroma legte sich beruhigend auf ihre Nerven. Nachdem sie die Tasse halb ausgetrunken hatte, stellte sie sie zurück und betrachtete den Psychologen. Er schien nicht an Haarausfall zu leiden, hatte sich jedoch den Kopf kahl rasiert. Daher dominierten seine geschwungenen dunklen Brauen sein Gesicht, das alterslos und feminin wirkte. Seine grauen Augen waren von gleißender Klarheit, und Kirsten ahnte, dass dahinter ein scharfer Verstand wohnte. Unwillkürlich rutschte sie auf dem Stuhl hin und her.

»Sie kommen wegen Hans Erik Rask«, eröffnete Verbeek das Gespräch und musterte sie über die Gläser seiner Lesebrille hinweg. Er faltete die zartgliedrigen Hände auf dem Tisch, wobei Kirsten auffiel, dass er diverse schwere Silberringe trug.

»Da bin ich heute nicht die Erste, vermute ich mal«, antwortete sie.

Der Psychologe nickte. »In der Tat haben mich in den letzten Stunden sehr viele Kontaktanfragen erreicht. Aber Sie sind die Erste, der ich ein Gespräch anbiete. Ich hoffe, Sie wissen, dass ich das nicht tun muss.«

»Klar, Schweigepflicht. Allerdings liegt uns das psychologische Gutachten vor. Ich könnte auch einfach alles nachlesen. Es wäre jedoch schön, wenn Sie mir dabei helfen würden, Zeit zu sparen. Außerdem würde ich es gerne aus Ihrem Munde hören.«

Verbeek bedachte sie mit einem Blick, der seinen Forscherdrang verriet. Eine Eigenschaft, die sie teilten, denn sie beide untersuchten menschliche Verhaltensweisen. Es war ihrer beider Job, in die Psyche von Verbrechern einzutauchen, jeder mit einem unterschiedlichen Ansatz. Der einen ging es darum, den Täter dingfest zu machen, und dem anderen, dessen Beweggründe zu verstehen.

»Und was genau wollen Sie über Rask wissen?«, fragte Verbeek. »Doch nicht etwa dasselbe, wonach mich die Journalisten ständig fragen, nämlich, warum wir ihn freigelassen haben.«

Kirsten lehnte sich vor. »Zunächst einmal möchte ich beim Anfang beginnen und erfahren, warum er eingesperrt wurde. Dass er ein Mörder ist, meine ich damit nicht – das haben wir schon hinter uns –, sondern weswegen er zum Mörder wurde.«

Verbeek verzog die Lippen zu einem anerkennenden Lächeln. »Nun, das ist wie bei den meisten Straftätern eine sehr komplexe Angelegenheit. Niemand wird über Nacht zum Mörder oder als solcher geboren. Da spielen viele Parameter eine Rolle, einige davon kennen Sie sicher.«

»Schlimme Kindheit, gewalttätiger Vater, gefühlskalte Mutter, Drogen, Alkoholkonsum, pathologische Störungen der Psyche, Wahn, Narzissmus, Sadismus, Eifersucht, Hass, Neid …« Kirsten könnte noch weitere einflussgebende Umstände herunterrattern, die Liste war ellenlang, und so gut wie immer ließ sich bei Straffälligen mindestens einer dieser Gründe in deren Biografien finden.

Verbeek rückte seine Lesebrille zurecht. »Nun, ich denke, dann können wir direkt zu Rask kommen. Er ist ein spezieller Fall.«

»Inwiefern?«

»Zunächst einmal leidet er an einer paranoiden Schizophrenie, so weit, so gewöhnlich.«

»Und was macht ihn dann besonders?«

»Rask weist noch weitere psychische Störungen auf. Sein extremer religiöser Wahn ist zum Beispiel eine davon. Er lebt vollkommen in der Welt der nordischen Mythologie, die ihm von Kindesbeinen an durch seine Eltern nahegebracht wurde. Die Edda ist sein Handlungsleitfaden, seine Bibel, wenn Sie so wollen. Er kennt jede Passage auswendig. Das ist ein Phänomen. Sie können ihn nach den einzelnen Versen fragen und er rezitiert sie fehlerfrei.«

Kirsten runzelte die Stirn.

»Sie wundern sich, haben dabei vermutlich seinen niedrigen IQ im Sinn.«

»Ganz genau.«

»Sein IQ hat nichts mit dem Talent zu tun, sich Texte zu merken. Das ist eine Inselbegabung. So wie sich manche Menschen gut Gesichter oder Zahlen merken können. Ihm fehlt jedoch die Fähigkeit, zu abstrahieren, eine Transferleistung zu vollbringen und Lügen von der Wahrheit zu unterscheiden oder Erzählungen aus Sagen mit der Realität abzugleichen. In diesem Punkt ist er auf dem Stand eines fünfjährigen Kindes. Total naiv.«

»Das heißt, er nimmt Dinge absolut wörtlich?«

»Exakt! Und mit dieser Haltung sieht er die Edda.«

»Er könnte also durchaus aufgrund seines Glaubens töten?«

»Das ist möglich.«

»Haben Sie den IQ-Test bei ihm durchgeführt?«

»Ja, zusammen mit einem Kollegen.«

»Könnte Rask ihn gefälscht und sich absichtlich dumm gestellt haben?«

Verbeek schüttelte den Kopf. »Auf keinen Fall. Diese Tests sind so angelegt, dass sie aufdecken, wenn jemand schummelt.«

Schummelt, wiederholte Kirsten in Gedanken. Das klang so harmlos und passte rein gar nicht zu einem Kindermörder wie Rask.

»Welche Diagnose haben Sie bei Rask noch gestellt? Sie sagten, es seien mehrere.«

»Zusätzlich weist er noch eine dissoziative Amnesie auf. Das heißt, er kann sich an alles erinnern, an seine Kindheit und Jugend, nicht aber an die Ereignisse, die zeitlich rund um den Mord liegen. Ich habe es sogar mit Hypnose versucht. Aber seine Erinnerungen bleiben unter Verschluss. Sie sind nicht abrufbar. Vielleicht sogar unwiederbringlich verloren.«

Wie praktisch, dachte Kirsten und trank die zweite Hälfte des Tees aus. »Ich werde Ihnen jetzt von den beiden jüngsten Morden erzählen«, sagte sie, nachdem sie die Tasse wieder auf den Tisch gestellt hatte. »Dazu werde ich Ihnen Ermittlungsinterna verraten, die noch nicht an die Öffentlichkeit gelangt sind. Ich erinnere Sie an dieser Stelle an Ihre Verschwiegenheitspflicht.«

»Nichts davon wird dieses Büro verlassen.« Verbeek hob beide Hände.

»Gut.« Kirsten begann, die Inszenierung der Leichen sowie die Tatorte zu beschreiben, und endete mit den blutigen Runenbotschaften.

Verbeek überlegte eine Weile. Dann erklärte er: »Wenn ich eine Einschätzung abgeben dürfte, was ich natürlich nur unter Vorbehalt tue, würde ich sagen, dass Rask eher nicht dazu in der Lage ist, solche Morde zu begehen. Dazu fehlt es ihm nicht unbedingt an der nötigen Planungsfähigkeit, jedoch an der Aggression, die man für solche Taten braucht.«

»Und was ist mit der Schizophrenie? Könnte die nicht eine Rolle spielen? Vielleicht hat ihn eine innere Stimme zu den Taten veranlasst? Ein imaginärer Einflüsterer, der ihm die nötige Aggressivität verleiht?«

Verbeek faltete die Hände und legte sie an seine Lippen. »Rask glaubt in der Tat, dass ein Wolf in ihm wohnt, der ihm Befehle erteilt. Der Wolf bringt ihn laut seiner Beschreibung dazu, Dinge zu tun, die er von sich aus nie machen würde. Ich analysiere das so, dass der Wolf den mutigen, kämpferischen – aber nicht unbedingt aggressiven – Teil von Rask darstellt, während Hans Erik der schüchterne, zurückhaltende Junge ist. Ich habe ihn lange untersucht und denke, dass die Schizophrenie schon vor dem Mord bestanden haben könnte, vielleicht seit seiner Jugend. Er konnte mir nicht so genau sagen, welche Stimmen er damals gehört hat. Für ihn ist das alles ja in gewisser Weise real.«

»Sie denken also, dass der Wolf Rask befohlen hat, das Mädchen umzubringen?«

»Nein, so war das nicht«, entgegnete der Psychologe.

»Nicht?«

»Nein, denn das würde voraussetzen, dass sich der Wolf schon vor dem Mord als seine innere Stimme entwickelt gehabt hätte.«

»Aber Sie haben doch eben gesagt, dass er vor dem Mord Stimmen gehört hat.«

»Das stimmt. Allerdings nicht die des Wolfs.« Verbeek fuhr sich über den kahlen Kopf. »Die Tat hat ein Trauma bei Rask ausgelöst. Das ist ziemlich eindeutig. Durch dieses Ereignis ist nicht nur die dissoziative Amnesie entstanden, sondern auch mit allergrößter Wahrscheinlichkeit der Wolf. In diesem Zuge hat sich etwas in ihm abgekapselt, das sich so tief in seinem Hirn versteckt, dass wir über 31 Jahren lang mit keiner der gebräuchlichen Methoden an diesen Teil seines Bewusstseins herangekommen sind. Das ist frustrierend und ich verstehe, dass Sie sich nach mehr Antworten sehnen, aber die kann ich Ihnen nicht geben.«

Konsterniert lehnte Kirsten sich zurück. Natürlich war sie hergekommen, um mehr über Rask zu erfahren, und jetzt saß der Psychologe da und erzählte ihr, dass er es in 31 Jahren nicht geschafft hatte, tiefer in Rasks Kopf vorzudringen? Es schien ihr fast so, als scheute sich Verbeek, eine konkrete Aussage zu treffen. Vielleicht hatte er Angst, für eine etwaige Falschbeurteilung beschuldigt zu werden.

»Es gibt also nichts, über das Rask mit Ihnen gesprochen hat, was ein Motiv darstellen könnte? Warum er das Mädchen getötet hat?«

»Nein. De facto hat er nie zugegeben, das Kind ermordet zu haben. In keiner der Sitzungen. Er sprach immer davon, dass er das Mädchen mochte. Und dass der Hund böse, böse war. Sonst nichts.«

»Genau so stand es im Vernehmungsprotokoll.«

Verbeek lächelte entschuldigend. »Sehen Sie, Rask ist nicht der heimtückische Mörder oder Triebtäter, für den viele Beteiligte ihn damals gehalten haben.«

»Und wie passt die sexuelle Belästigung der beiden Jungen in dem Bus zu ihm?«

Verbeek beugte sich vor und hob einen Finger. »Sie sagen es: Es passt nicht. Zumindest nicht zu dem Rask, mit dem ich gesprochen habe.«

»Er hat also nie eine pädophile Neigung gezeigt oder zugegeben?«

»Nicht in den Gesprächen mit mir.«

Kirsten wurde die Befragung langsam leid. Sie hatte das Gefühl, der Psychologe wollte sie in die Irre führen. »Es gibt ein Video, das beweist, dass Rask die Jungen belästigt hat.«

Verbeek rückte seine Brille zurecht. »Das Video habe ich gesehen, und wenn man so will, kann man Rask darauf erkennen.«

»*Wenn man so will?* Was wollen Sie damit andeuten? Dass er das auf dem Video nicht ist?«

»Ich will gar nichts andeuten. Über die Umstände der Ermittlung steht mir kein Urteil zu. Meine Aufgabe war es, Rask zu untersuchen, und das habe ich getan. Und ich bleibe bei meiner Einschätzung, dass ich ihn nicht für einen heimtückischen Triebtäter halte. Ich glaube auch nicht, dass er die Morde an den beiden Männern begangen hat, die Sie mir vorhin geschildert haben. Natürlich kann ich mich täuschen. Wir sind alle Menschen, und irren ist menschlich.« Verbeek hob die Brauen und stand auf, ein Zeichen, dass die Unterhaltung beendet war.

Kirsten musterte den Psychologen. Seine Miene war jetzt verschlossen und sein Mund bildete eine dünne Linie. Was auch immer er ihr nicht erzählen wollte, sie konnte ihn nicht dazu zwingen. Allerdings hatte sie so ihre Vermutung. Verbeek beschuldigte die Ermittlungsbehörden indirekt, nicht sauber genug gearbeitet zu haben, und das Gericht, voreingenommen geurteilt zu haben.

Sie stemmte sich vom Stuhl hoch. »Ich danke Ihnen, Dr. Verbeek. Sollten Sie Ihre Meinung ändern oder Ihrem

Gutachten etwas hinzufügen wollen, melden Sie sich.« Sie legte ihm ihre Karte hin. »Und schicken Sie uns bitte so schnell wie möglich Rasks Häftlingsjournal und sein Führungszeugnis, das wäre hilfreich.«

Verbeek zog eine Mappe aus dem Regal und warf sie vor Kirsten auf den Tisch. »Mit dieser Anfrage habe ich gerechnet. Hier ist eine Kopie. Aber um es vorwegzunehmen und Ihnen die Arbeit zu ersparen, wie Sie sich vorhin so schön ausgedrückt haben: Rask hat sich über den gesamten Haftverlauf hinweg vorbildlich und überaus friedfertig gezeigt. Er ist Konflikten grundsätzlich aus dem Weg gegangen und war niemals aggressiv, weder den Wärtern noch Mitinsassen gegenüber.«

Kirsten nahm die Mappe an sich. Eine Zahl prangte darauf: Nummer 25. »Danke.«

»Keine Ursache.« Verbeek schnippte gegen Kirstens Karte. »Auf Wiedersehen!«

41. KAPITEL

Ulvshale, Møn

Die Rauchsäule war nicht zu übersehen. Dick und schwarz stieg sie in den Himmel auf. Offensichtlich bekam das Feuer ausreichend Nahrung.

Als Jesper und Marit den Rask-Hof erreichten, loderten die Flammen aus dem Dachstuhl des Haupthauses. Jesper parkte den Dienstwagen hinter einem der Mannschaftsfahrzeuge und stellte fest, dass die Feuerwehr von Stege bereits mit Löschen beschäftigt war. Die Brandbekämpfer richteten ihre Wasserstrahlen auf die größte Feuersbrunst in der Mitte des Wohnhauses.

Sie gingen zu Sanel Simović hinüber, den sie neben dem Mannschaftswagen entdeckt hatten, und erhielten von ihm einen kurzen Lagebericht.

»Wer hat den Brand gemeldet?«, fragte Jesper.

»Der Herr dort drüben. Er heißt Vilhelm Munk und ist einer der Nachbarn.« Sanel zeigte auf einen blonden Mann um die 40, der vom Straßenrand aus fassungslos auf die Flammen blickte.

Munk, dachte Jesper. Das waren jene Nachbarn der Rasks, die als Nächstes auf ihrer Liste standen. Er trat auf den Mann zu und fühlte dabei die stärker werdende Hitze in seinem Gesicht. »Hallo, Herr Munk. Ich bin Jesper Bæk von der Polizei. Können Sie mir sagen, wie es zu dem Brand gekommen ist?«

Der Angesprochene drehte sich um, in seinen Augen spiegelten sich Entsetzen und das orangefarbene Flackern der

Flammen. »Ich weiß nicht«, stammelte er. »Ich habe den Rauch entdeckt und bin mit dem Auto hergefahren, da hat der Hof schon gebrannt. Ich bin einmal um alle Gebäude herumgelaufen und habe gegen die Türen gehämmert, aber niemand hat aufgemacht.«

»Sie wissen also nicht, ob noch jemand im Haus ist?«

»Nein, tut mir leid.« Der Mann senkte betroffen den Kopf.

»Haben Sie sonst etwas bemerkt? Eine Person? Jemanden, der weggerannt ist?«

»Wieso?« Munk sah ihn verwundert an.

»Na ja, vielleicht war es Brandstiftung?«

»Brandstiftung? Aber warum?«

Jesper musste an die Worte von Frau Brixen denken. *Jetzt verwüsten sie nicht mehr nur unsere Gärten, sondern zünden uns auch die Höfe an.*

Vilhelm Munk ließ die Schultern sinken, während er hilflos auf das Feuer starrte, das sich in die Balken fraß. Das Reetdach brannte wie Zunder.

»Sie sind einer der Nachbarn, die Hans Erik Rask von früher kennen«, sagte Jesper. »Können Sie mir vielleicht etwas über ihn erzählen?«

»Was denn?«

»Ich weiß nicht. An was auch immer Sie sich erinnern.«

Munk fuhr sich mit beiden Händen über die Unterarme, als fröstelte es ihn. Er trug einen alten Wollpullover, eine Arbeitshose und Holzclogs an den Füßen.

»Als der Mord geschah«, murmelte er betrübt, »war ich sechs Jahre alt. Ich kann mich kaum daran erinnern. Das Einzige, was ich weiß, ist, dass Hans Erik mit uns Kindern immer gespielt hat, obwohl er längst ein erwachsener Mann war. Das ist uns manchmal seltsam vorgekommen, trotzdem haben wir ihn gemocht.«

Jesper runzelte die Stirn. Ein Mann, der mit Kindern spielte.

Davon hatte Frau Brixen auch gesprochen. Er räusperte sich, weil der Rauch in seinem Hals zu kratzen begann. »Darf ich fragen, ob sich Rask Ihnen oder den anderen Kindern jemals auf eine unpassende Weise genähert hat?«

Munk biss sich auf die Lippen. »Ich weiß, worauf Sie hinauswollen ... Ob er uns angetatscht hat. Aber ich kann nichts dergleichen berichten. Und auch die anderen haben nie etwas in der Art erzählt. Rask war ein gutmütiger Kerl.« Der Mann schrak zusammen, als im Hintergrund plötzlich der Dachstuhl laut polternd in sich zusammenstürzte. Funken stoben in den Himmel und eine Hitzewelle schoss ihnen entgegen. Vilhelm Munk hob schützend einen Arm und Jesper wandte sein Gesicht ab. Sie entfernten sich einige Schritte vom Geschehen und beobachteten die Feuerwehr bei ihrem vergeblichen Kampf, das Haus zu retten.

Als Jesper sich wieder an den Nachbarn wandte, bemerkte er Tränen in dessen Augen. »Geht es Ihnen gut?«, fragte er. »Soll ich einen Sanitäter rufen?«

»Nein, alles gut. Es ist nur so wahnsinnig traurig mitanzusehen. An dem Haus hängen gute Erinnerungen, wissen Sie?« Munk stieß einen gequälten Seufzer aus. »Die Götter sind diesem Landstrich nicht wohlgesonnen. Das muss man akzeptieren. Ja, das muss man wohl.« Mit gebeugtem Rücken trottete er zu seinem Pick-up. Jesper sah ihm nach, bis er davongefahren war.

Die Feuerwehr war jetzt damit beschäftigt, die Flächen rund um das Haus zu bewässern, woraus Jesper schloss, dass sie aufgegeben hatten und das Haus kontrolliert abbrennen ließen. Es sollte lediglich verhindert werden, dass die Flammen auf die anderen Gebäude übergriffen. Ihm fiel auf, dass Marit ihm zuwinkte. Sie stand nicht mehr mit Sanel Simović beim Mannschaftswagen, sondern zusammen mit einem der Feuerwehrmänner an der Seite des Gehöftes, wo sich der

Schuppen befand, den Kirsten und er gestern in Augenschein genommen hatten.

In einem großen Bogen lief Jesper um das Feuer herum zu Marit hinüber. Als er dort ankam, zeigte der Feuerwehrmann auf zwei Gegenstände, die zwischen den aufgespießten Tierschädeln im Gras lagen.

Benzinkanister.

Die waren gestern noch nicht da gewesen.

Jesper holte sein Telefon heraus und wählte die Nummer von Lars Høyer. »Wir brauchen die KTU draußen beim Rask-Hof«, gab er die Order.

»Was ist passiert?«, wollte Høyer wissen. »Habt ihr Hans Erik gefunden?«

»Nein, aber sein Hof steht in Flammen. Und es war ziemlich sicher Brandstiftung.«

42. KAPITEL

Muspels Söhne spielen, der Mittelstamm entzündet sich
Beim gellenden Ruf des Giallarhorns.
Ins erhobne Horn bläst Heimdall laut,
Odin murmelt mit Mimirs Haupt.

(Ältere Edda, 1. Völuspá, Der Seherin Weissagung, Vers 47)

*

Sein Haus.

Der Ort, an dem er aufgewachsen war, brannte nieder.

Nichts würde davon übrig bleiben. Die Flammen würden alles verzehren, und er wäre ohne Heimat.

Nummer 25 blickte auf das Feuer, das ihm den letzten Rest seiner Existenz raubte. Die Feuerwehr hatte versucht, das Haus zu retten, aber schnell einsehen müssen, dass es zu spät war. Und nun konnten sie nur noch zugucken, wie es abbrannte. Nummer 25 wischte sich über die Augen. Die Tränen wollten nicht versiegen, und seine Brust tat ihm weh vom vielen Schluchzen. Warum war seine Mutter nicht bei ihm? Oder sein Vater? Warum war er allein?

Er presste sich die Hand auf den Mund, um vor Verzweiflung nicht laut aufzuschreien. Geduckt hockte er in dem Holundergebüsch, nicht weit weg von den Leuten, die um sein Haus kämpften.

Zuvor war er aus dem Wald gekommen, wo er sich letzte Nacht beim heiligen Baum einen Unterschlupf gesucht hatte, doch das Bellen von Hunden hatte ihn aufgeschreckt und ihn seinen Zufluchtsort unter Yggdrasils schützendem Dach aufgeben lassen. Jetzt, da die Polizei ihn gefunden hatte, brauchte er dringend einen neuen sicheren Ort. Aber bevor er sich einen suchte, benötigte er einige Dinge vom Hof. Dem Hof, der nun vom Feuer aufgefressen wurde.

Es waren die Söhne des Feuerriesen Muspel gewesen, deren Spiel seine Heimstatt angezündet hatte. Riesen waren Furcht einflößende Wesen und nicht nur die Feinde der Asen, sondern auch die der Menschen. Man musste sich vor diesen bösen Kreaturen in Acht nehmen.

Böse, böse Riesen.

Er hatte sie kommen hören und sich in den Büschen versteckt. Zuerst hatte er gedacht, es sei die Polizei, aber es war lediglich ein Kleinlaster gewesen, aus dem drei der Riesen ausgestiegen waren. Alles war ganz schnell gegangen. Muspels Söhne hatten gar nicht nachgesehen, ob jemand im Haus war, sie hatten das Benzin einfach darum herum ausgeschüttet. Danach hatten sie die Fenster eingeschlagen und auch etwas nach innen gekippt. Am Ende hatte einer ein Streichholz angezündet und es ins Haus geworfen. Fast augenblicklich hatten die Flammen Nahrung gefunden.

Die Riesen waren in den Kleinlaster gesprungen und davongefahren. Einen davon hatte Nummer 25 erkannt, und die Schrift auf dem Fahrzeug hatte er auch lesen können. Es war ein Name gewesen, den ihm gut bekannt war. Wütend hatte er den Riesen hinterhergestarrt. Und der Wolf hatte geschworen, sich an ihnen zu rächen.

Doch zuerst musste er darauf warten, dass die Feuerwehr den Brand löschte und abzog. Wenn niemand mehr aufpasste, konnte er sich holen, was noch zu retten war, und sich danach um einen neuen Unterschlupf kümmern. Vielleicht unter der Persenning einer der Boote drüben auf der anderen Straßenseite im Schilf. Er verwarf den Gedanken. Dort würden ihn die Hunde der Polizei mit Sicherheit aufstöbern. Er musste weiter weg, durfte keine Spuren hinterlassen.

Erneut wischte sich Nummer 25 über die Wangen und trocknete die letzten Tränen. In seinem Bauch rumorte ein brennendes Gefühl, und er wusste, dass es die Wut des Wolfs war. Er würde die drei Riesen bestrafen. Niemand zerstörte den Wolfsbau, ohne sich mit dessen Bewohner anzulegen!

Unvermittelt drangen Stimmen an sein Ohr. Hastig duckte sich Nummer 25 tiefer hinter den Holunder und sah drei Gestalten am Schuppen auftauchen. Für einen schrecklichen Moment glaubte er, es seien wieder die drei Riesen. Doch es war nur ein Feuerwehrmann, ein dunkelhaariger Kerl mit breiten Schultern und ... bei der dritten Gestalt stockte Nummer 25 der Atem. Sie war groß und bewegte sich geschmeidig wie ein Fuchs. Ihre Haare waren schneeweiß wie ihre Haut.

Misstrauisch beäugte Nummer 25 die strahlende Erscheinung, die ganz sicher nicht von dieser Welt stammte. War das auch ein Riese? Dafür wirkte das Wesen zu rein. Aber ein Mensch war es auch nicht. Nummer 25 kratzte sich am Kinn. Wenn dieses Wesen weder aus Midgard, der Heimat der Menschen, noch aus Muspelheim oder Jotunheim, den Welten der Riesen stammte, dann blieb nur noch eine Möglichkeit übrig: Asgard, der Sitz der Götter.

Sein Herz pochte vor Aufregung schneller. War das dort ein Gott?

In diesem Moment fiel es Nummer 25 wie Schuppen von den Augen. Die weiße Haut. Die weißen Haare. Die geschmeidigen Bewegungen. Natürlich! Die Gestalt konnte nur Heimdall sein! Der strahlendste unter den Göttern und ein Sohn Odins. Heimdall, der weiße Ase!

Am liebsten wäre Nummer 25 zu ihm gerannt und hätte den hohen Gast würdig begrüßt, doch er wagte es nicht. Stattdessen fragte er sich, was der Lichtgott hier wollte. Plötzlich war sein Misstrauen wieder da. Heimdall war der Wächter von Asgard. Er besaß scharfe Sinne, konnte meilenweit sehen und das Fell der Schafe wachsen hören. Er würde als Erstes von Ragnarök erfahren. Heimdall war derjenige, der den Untergang ankündigte, indem er in sein Horn blies, das an Yggdrasils Wurzeln begraben lag. War er deswegen gekommen? Wollte Heimdall sein Horn holen? Stand Ragnarök bevor?

Mit angehaltenem Atem beobachtete er, wie der Ase mit seinem dunkelhaarigen Begleiter zu dem großen Polizeiwagen an der Straße hinüberging.

Nummer 25 war entschlossen. Er würde herausfinden, wo er hinwollte, und einen Plan schmieden. Heimdall durfte nicht in sein Horn blasen. Ragnarök musste verhindert werden!

Gut, dass er den Gott erkannt hatte. So konnte er vielleicht Schlimmeres verhindern.

Der Welt Untergang, der Asen Fall.

43. KAPITEL

Kopenhagen, Herstedvester Gefängnis

Die Frau am anderen Ende der Leitung begann zu weinen. Kirsten bereute es, sie angerufen zu haben. Sie hätte sich denken können, dass ein Gespräch mit ihr nichts einbrachte außer Frust auf beiden Seiten.

»Es tut mir leid, dass ich Sie damit belastet habe«, sagte sie in der Hoffnung, die von ihr aufgewühlten Wogen zu glätten.

Frau Frederiksen schluchzte umso heftiger, und ihre folgenden Worte gingen fast in ihrem Gefühlsausbruch unter. »Ich will nichts mehr davon hören, verstehen Sie? Das alles war schwer genug für uns. Wir haben unseren Frieden damit gemacht, so gut es eben möglich war. Und jetzt kommen Sie und reißen alte Wunden auf. Alles geht wieder von vorne los! Warum haben Sie ihn überhaupt freigelassen? Warum haben Sie den Mörder meines Kindes nicht im Gefängnis verrotten lassen?!«

Kirsten mahlte mit den Kiefern. Sie konnte verstehen, dass der Rask-Fall die Menschen polarisierte und auch retraumatisierte. Er ließ mühsam verarztete und verheilte Wunden erneut aufreißen. Aber warum zum Teufel brachten die Leute ständig die Instanzen durcheinander? Sie als Polizistin hatte keinen Einfluss darauf gehabt, dass Rask freigekommen war.

»Warum?«, schluchzte Frau Frederiksen. »Warum haben Sie zugelassen, dass er erneut mordet? Das verstehe ich nicht. War unsere kleine Line nicht genug, um ihn für immer wegzusperren?«

Kirsten fiel auf, dass Frau Frederiksen es vermied, Rask beim Namen zu nennen. Vermutlich ein Schutzmechanismus, um das Böse auszuklammern.

»Dass Sie Ihre Tochter verloren haben, tut mir aufrichtig leid«, antwortete Kirsten. »Dieser Verlust ist mit nichts wiedergutzumachen. Dennoch möchte ich klarstellen, dass bis jetzt nicht bewiesen ist, dass Rask auch diesmal der Täter ist. Es könnte genauso gut jemand anders gewesen sein.«

»Aber in der Presse hieß es, er sei geflohen.«

»Das stimmt.«

»Nun, wenn man flieht, ist man schuldig. Oder etwa nicht?«

Kirsten schwieg. Sie wusste, dass die Dinge oft viel komplizierter lagen, als es von außen den Anschein machte. »Wir werden alles tun, um den Mörder zu finden, Frau Frederiksen. Allein schon wegen Ihrer Tochter.«

Ein Schluchzen drang vom anderen Ende an ihr Ohr, dann beendete die Frau das Gespräch ohne ein weiteres Wort. Niedergeschlagen starrte Kirsten aus dem Seitenfenster ihres Autos, das noch immer auf dem Parkplatz vor dem Gefängnis in Albertslund stand. Leichter Nieselregen hatte eingesetzt, benetzte die Scheibe und legte sich klamm auf ihre Seele.

Mindestens eine Stunde hatte sie hier im Auto damit verbracht, das Internet nach alten Zeitungsberichten über den Mord an der kleinen Line zu durchforsten. Sie hatte sich ein Bild von der allgemeinen Stimmung damals machen wollen. Dabei hatte sie festgestellt, dass die Meinungen über Rask in zwei entgegengesetzte Richtungen gingen. Die Ermittler auf Møn sowie die Kollegen der damaligen Rejsehold – der besonderen Einsatzgruppe der Polizei –, die Rechtsmedizin, die überwiegende Masse der Leute aus Stege, einige Politiker aus der Region und die Mehrzahl der Journalisten, allen voran aber die Eltern des ermordeten Mädchens waren der Ansicht gewesen, dass Rask ein Ungeheuer war, ein grausames Monster, das bis an sein Lebensende weggesperrt gehörte. Auf der anderen Seite standen ein paar wenige Reporter, die ausgewogen über den Fall berichtet hatten, Dr. Verbeek mit seiner Beurteilung und sämtliche Nachbarn von Ulvshale – ausgenommen natürlich die Frederiksens –, denen es schwergefallen war, Rask mit dieser schrecklichen Tat in Verbindung zu bringen. Sie hatten durchweg behauptet, sie würden ihn nur als einen gutmütigen Kerl kennen.

Kirsten lehnte den Kopf zurück und seufzte. Sie konnte es nicht benennen, aber da lauerte etwas zwischen den Zeilen der ganzen Zeitungsartikel. Etwas, das ihr skeptisches Gefühl verstärkte, das sie vorhin beim Psychologen gehabt hatte.

Ihr kam das Video aus dem Bus in den Sinn. Es war in der Verhandlung als Hauptbeweismittel angeführt worden. Höchste Zeit, es zu begutachten und sich ein eigenes Bild davon zu machen. Die Aufnahmen waren nicht Teil der Akte gewesen. Vermutlich, weil sie irgendwo in der Asservatenkammer vor sich hin schlummerten. Hoffentlich existierten sie noch. Im Anschluss würde Kirsten versuchen, mit dem damaligen Leiter der Ermittlung zu sprechen, dem inzwischen pensionierten Kollegen Roger Østerby. Sie wollte die Geschichte von jemandem hören, der dabei gewesen war.

Sie blickte wieder aus dem Seitenfenster und entdeckte eine Gestalt, die unter dem Vordach des Gefängniseingangs herumlungerte und sie beobachtete.

»Dieser Arsch!«, zischte sie und sprang aus dem Auto.

Der Mann erkannte die Gefahr und nahm seine Beine in die Hand. Kirsten rannte ihm hinterher, doch er war deutlich schneller als sie, und so gab sie die Verfolgung an der nächsten Straßenecke auf.

»Fuck!«, schrie sie dem Kerl hinterher. »Jonny M., wenn ich dich erwische, dann kannst du was erleben, du schleimiger Blutegel!«

Keuchend stand sie im Regen und starrte die nasse Straße entlang, auf der der Klatschreporter verschwunden war. Dann kehrte sie zum Auto zurück. Sie musste ins Präsidium und den anderen Bescheid geben, vor allem aber musste sie sich das Video besorgen. Sie wollte wissen, ob ihre Zweifel gerechtfertigt waren.

Im Teamraum rief Kirsten die Kollegen zusammen und berichtete, was sie im Gefängnis in Erfahrung gebracht hatte. Danach gab sie Ebert Clausen den Auftrag, das Video aus der Asservatenkammer anzufordern, und wählte Flemme Bostrups Nummer.

»Schön, dass du anrufst«, meldete sich der Rechtsmediziner gut gelaunt. »Ich bin gerade mit der Obduktion des zweiten Opfers fertig, Martin Piil.«

»Und?«

Flemme berichtete ihr, dass alle Details exakt mit dem Mord an Asger Dahl übereinstimmten. »Aufgebrochene Kiefer, ähnliche Abriebpartikel von Lederhandschuhen an den Zahnstümpfen und Zopiclon als Betäubungsmittel. Mit dem einen Unterschied, dass der Mörder Martin Piil zusätzlich die Zunge mit einer sehr scharfen Klinge herausgeschnitten hat.«

»Hattest du schon Zeit, dir den alten Obduktionsbericht von Line Frederiksen anzusehen?«

»Ja, das hat mein zweites Ich während der laufenden Sektion erledigt«, entgegnete Flemme zynisch.

»Sorry, ich wollte dich nicht drängen.«

»Ich weiß, es war auch nur ein halber Scherz, hier ist gerade die Hölle los. Aber ich habe die Unterlagen kurz überflogen.« Kirsten hörte eine Tastatur klappern. Flemme saß wohl am Computer und öffnete eine Datei. »Nun, die innere wie die äußere Leichenschau sind nach den damals gängigen Parametern abgelaufen. Als Todesursache wird Ertrinken im Uferbereich der Stege Bucht angegeben. Eine dort entnommene Wasserprobe stimmte exakt mit der Flüssigkeit in der Lunge des Mädchens überein. Am Körper selbst wurden keinerlei Anzeichen von Gewalteinwirkung festgestellt. Der Angeklagte hat das Mädchen bis auf Hose und Schuhe entkleidet. Eine Laboruntersuchung hat bestätigt, dass am Oberkörper der Kleinen DNA-Spuren von Rask hafteten, jedoch keine Spermaspuren. Am Mund- und Kinnbereich gab es Speichelanhaftungen.«

»Hat er sie etwa geküsst?«, fragte Kirsten angewidert.

»Das muss nicht sein. Er könnte theoretisch versucht haben, sie wiederzubeleben.«

Kirsten bezweifelte, dass Rask wusste, wie das ging.

»Keine Speichelspuren am Rest des Körpers«, fuhr Flemme fort. »Dort welche zu finden, wäre im Fall von Kindesmissbrauch nichts Ungewöhnliches, weil der Täter auch andere Stellen mit dem Mund berührt. Alles Weitere war unauffällig: Organe, körperliche Verfassung, Mageninhalt et cetera. Es gibt also nichts, was uns mehr Aufschlüsse über den Tod des Mädchens liefern könnte. Tut mir leid, Kris.«

Kirsten seufzte laut. Eine weitere Sackgasse.

»Und was ist mit dem Hund?«, fragte sie. »Wurde der auch untersucht?«

»Nur oberflächlich. Es war wohl eindeutig, dass ihm die Kiefer aufgerissen und das Rückgrat gebrochen wurden. Vermutlich, weil er gegen die Stallwand geschleudert worden ist.«

Kirsten musste an Asger Dahls Katze denken. Ihr wurde auch das Rückgrat gebrochen. Gab es da einen Zusammenhang?

»An der Stallmauer«, fuhr Flemme fort, »wurden blutige Hundehaare sichergestellt, heißt es im Bericht. Außerdem haftete an Rasks Handschuhen Speichel des Hundes sowie dessen Haare. Dasselbe an seiner Kleidung. Was überraschend ist, ist, dass sie an Rasks Händen keinerlei Wunden festgestellt haben. Vermutlich haben seine Lederhandschuhe als Schutz gedient, sonst hätte er sich an den Zähnen des Hundes verletzt.«

»Diese Erfahrung mit den Handschuhen könnte er für die Morde an den beiden Männern genutzt haben.«

»Gut möglich.«

»Okay, danke für deine Zeit, Flemme.« Kirsten wollte auflegen, da fiel ihr etwas ein. »Wer ist eigentlich die Göttin der Ermittler?«

»Ach«, der Chefobduzent lachte, »das ist Dike, die griechische Göttin der Gerechtigkeit. Willst du ihr ein Opfer darbringen, um sie für einen schnellen Abschluss des Falls gnädig zu stimmen?«

»Nein. An so etwas glaube ich nicht.« Kirsten bedankte sich erneut und legte auf. Grübelnd blickte sie in den Teamraum. Es herrschte geschäftiges Treiben. Jeder ging konzentriert seinen Aufgaben nach.

Kirstens Zweifel waren noch da. Rask oder nicht Rask? Irgendwie war sie geneigt, dem Psychologen Verbeek zu glauben. Das Bild, das sie von Rask hatte, passte nicht zu den kompliziert ausgeführten Morden an Dahl und Piil. Aber wer steckte dann dahinter, wenn es nicht Rask gewesen war?

Ihr Handy piepte. Eine Nachricht von Wang. Endlich ein paar weitere Ergebnisse von der KTU.

Hej, Kirsten, die Tierhaare auf dem Rücksitz des Audis stammen eindeutig von Asger Dahls Katze. Außerdem haben wir noch weitere Spuren gefunden, die belegen, dass Dahl in dem Audi transportiert wurde. Allen voran der Blutfleck. Er stammt definitiv von Dahl! Das ist der endgültige Beweis, dass der Audi das Tatfahrzeug ist. Das Blut an dem Toilettenpapier aus Rasks Wohnung ist von einem Vogel, vermutlich einer Taube, und wir haben endlich das Ergebnis des DNA-Abgleichs mit dem menschlichen Haar aus dem Auto. Die DNA stimmt mit der von Rask überein!

44. KAPITEL

Stege, Møn

»Und Sie sind sich ganz sicher?«, fragte Lykke am Telefon.

»Ja, 100 Prozent!«, antwortete der Mann am anderen Ende der Leitung.

»Okay, haben Sie vielen Dank. Das war eine wichtige Information!« Lykke verabschiedete sich und legte auf. Ihr Herz klopfte. Sie hatte es gefunden. Das fehlende Bindeglied. Die anderen würden baff sein!

Eilig lief sie die Storegade entlang, wobei ihr Ausrüstungsgürtel klirrte. Sie ignorierte die neugierigen Blicke der Passanten und beschleunigte ihre Schritte noch. Kurz darauf bog sie in die Møllebrøndstræde ein und erreichte die Bibliothek, vor der nach wie vor die Presseleute versammelt waren und wie die Nebelkrähen darauf lauerten, dass ein Brocken für sie abfallen würde.

»Platz da!«, schrie Lykke und bahnte sich einen Weg durch die Menge. Ein Mikrofon prallte gegen ihre Stirn, sie schlug es zur Seite und boxte sich förmlich zum Eingang durch. Mehrere Stufen auf einmal nehmend rannte sie die Treppe hinauf und riss die Tür zum Besprechungsraum auf.

Alle Köpfe drehten sich in ihre Richtung. Jespers Brauen zogen sich ob der Störung missbilligend zusammen. »Lykke! Ich berichte gerade über die Brandstiftung am Rask-Hof. Was gibt's?«

»Entschuldige!«, rief sie atemlos. »Ich habe wahrscheinlich das verbindende Element zwischen den beiden Opfern und Rask gefunden!«

»Was?« Jespers Augen wurden groß, und der bizarr helle Blick von Marit heftete sich auf Lykke. Lars setzte sich auf seinem Stuhl gespannt auf. Er hatte schon etwas früher Pause gemacht, während Lykke zu einer weiteren Befragung gefahren war. Dabei war ihr der Zusammenhang förmlich in den Schoß gefallen.

Sie nahm die Mütze ab und strich sich die Haare aus der Stirn. »Ich habe mit den Freunden von Martin Piil gesprochen. Sie alle haben erzählt, dass Martin einen Job auf Lindholm hatte, bevor er im Baumarkt angefangen hat.«

»Das ist nichts Neues«, warf Lars ein. »Darüber habe ich die Kollegen bereits informiert.« Er blickte missmutig drein, und Lykke wusste genau, warum. Er hatte es nicht gut verkraftet, dass sie ihm heute Morgen Jespers Warnung weitergegeben hatte.

»Ja, das stimmt, Lars«, antwortete sie daher moderater. »Aber ich habe noch etwas herausgefunden: Hans Erik Rask hat auch auf Lindholm gearbeitet! Genau wie Asger Dahl!«

Die Überraschung stand den Anwesenden ins Gesicht geschrieben.

»Also hatten alle drei Männer denselben Arbeitgeber?«, fragte Jesper.

Lykke nickte eifrig.

»Da haben wir endlich unsere Verbindung!«, rief Marit und klopfte anerkennend auf den Tisch.

»Gut gemacht.« Jesper und alle anderen begannen ebenfalls auf die Tische zu klopfen. Lykke fühlte sich geschmeichelt.

Als wieder Ruhe einkehrte, fuhr sie fort: »Martin Piil war Handwerker auf Lindholm und hat sogar auf der Insel gewohnt, bis sie 2019 geschlossen wurde. Hans Erik Rask war dort zur selben Zeit als Hilfsarbeiter angestellt. Zuvor hat er übrigens in der Zuckerfabrik in Stege gearbeitet, bis diese 1989 ihren Betrieb einstellte. Asger Dahl war von 1983 bis

2001 auf Lindholm beschäftigt. Und jetzt kommt's: Er war für das Keulen der Tiere zuständig!«

»Welcher Tiere?« Marit wirkte verwirrt.

»Na, der Versuchstiere.« Lykke sah in die Runde, aber niemand schien zu wissen, worauf sie hinauswollte. »Versteht ihr nicht? Das muss es sein, was Dahl mit den vielen Leben gemeint hat, die er auf dem Gewissen hat. Er war Schlachter, hat Tiere getötet. Während Rask im Krematorium gearbeitet hat.«

»Krematorium? Keulen? Versuchstiere?« Jesper hob eine Hand. »Lykke, könnest du uns bitte darüber aufklären, was zum Teufel das für ein ominöser Arbeitgeber war?«

»Äh, ich dachte, ihr wüsstet das.«

»Nein!« Jesper blickte sie ratlos an.

»Okay, das kann ich vielleicht erklären«, meldete sich Lars zu Wort. Lykke ließ ihn gewähren. Ihr Chef kannte sich mit der Geschichte der Insel besser aus. »Lindholm ist eine kleine Insel bei Møn. Sie liegt mitten in der Stege Bucht. Man kann sie vom Hafen aus sehen. Darauf befand sich eine Tierversuchsanstalt. Diese wurde 1926 vom dänischen Staat gegründet und bis vor einigen Jahren vom VLVF als veterinärmedizinische Forschungseinrichtung verwendet.«

»Was ist das VLVF?«, fragte Jesper.

»Das ›Veterinærlaboratorium for Virus Forskning‹«, erklärte Lars. »Wegen der abgeschiedenen Lage hielt man die Insel damals als für geeignet, um dort an Krankheiten von Nutztieren zu forschen und Impfstoffe zu produzieren wie zum Beispiel gegen die Maul- und Klauenseuche oder die Schweinepest.« Stolz schob Lars seine Brust vor. »Einige der wichtigsten Vakzine in diesem Bereich wurden auf Lindholm entwickelt, und es herrschte ein internationaler Austausch unter den Wissenschaftlern.«

»Wurde auf der Insel ausschließlich an Tierkrankheiten

geforscht oder auch an Viren, die dem Menschen gefährlich werden könnten?«, hakte Jesper nach.

»Nein, nur Tierseuchen«, entgegnete Lars mit beruhigender Geste.

Lykke spürte, dass ihr Chef voll in seinem Element war. Die Geschichte seiner Heimat war sein Steckenpferd. Dass die Kollegen aus Kopenhagen nicht darüber Bescheid wussten, überraschte sie hingegen nicht. Viele Dänen hatten keine Ahnung von der Versuchsinsel, nur den Einwohnern von Møn war hinlänglich bekannt, woran dort gearbeitet worden war. Viele Leute waren damals auf Lindholm angestellt gewesen.

»Die Labore waren nie gefährlich für die angrenzenden Gemeinden und ihre Bewohner«, erklärte Lars. »Anfangs hat es zwar einige Zweifel und Misstrauen gegeben, ob es wirklich sicher sei, aber diese haben sich schnell gelegt, als man den Nutzen der Insel erkannte und gesehen hat, dass die Forschungseinrichtung viele Arbeitsplätze schafft. Zu unserem großen Bedauern wurden die Labore 2019 aus Kostengründen geschlossen und in die Technische Universität nach Lyngby verlegt, wo man mit den neuesten Sicherheitsstandards günstigere Bedingungen für die Forschung schaffen konnte. Seither ist die Insel ungenutzt. Martin Piil ist wie so viele aus Stege in diesem Zuge arbeitslos geworden. Wir waren wirklich traurig, als die Insel geschlossen wurde und die Fähre zum letzten Mal übergesetzt hat.«

»Eine Versuchsinsel! Ich fasse es nicht«, stieß Jesper erstaunt aus.

Lars guckte, als wäre es das Normalste der Welt. Ganz offensichtlich war es das für Leute von außerhalb nicht.

»Wie hast du in Erfahrung gebracht, dass Rask auf der Insel gearbeitet hat?«, fragte Jesper Lykke.

»Nachdem ich erfahren hatte, dass Martin *und* Asger auf Lindholm angestellt waren, habe ich den ehemaligen Verwalter der Insel angerufen. Der hat für mich die Personallisten gecheckt.«

»Was? Du hast bei Laurits Wernebo angerufen, meinem Angelfreund?«, fragte Lars.

»Ja.« Lykke sah, wie sich Lars' Miene verfinsterte. Anscheinend war er nicht damit einverstanden, dass sie ohne seine Zustimmung mit seinem Freund gesprochen hatte. »Herr Wernebo hat jedenfalls bestätigt, dass alle drei Männer zum selben Zeitpunkt beim Institut angestellt waren«, sagte sie. »Und zwar zwischen 1989 und Ende 1990.«

»Okay, Lykke, das ist gut«, lobte Jesper sie. »Sehr gut sogar. Als nächsten Schritt würde ich gerne mehr Informationen über diese Insel haben, und zwar so schnell wie möglich. Ich will wissen, welche Aufgaben die drei Männer genau hatten. Haben sie direkt miteinander gearbeitet? Wenn ja, dann gibt uns diese Arbeit womöglich Aufschluss über das Motiv von Rask.«

»Ich kann Laurits fragen, ob er euch rüberfährt und euch eine Führung gibt«, entgegnete Lars. »Er weiß sicherlich viel zu erzählen.«

»Kann man die Insel denn betreten?«, erkundigte sich Marit.

»Sie wurde letzten Sommer entseucht. Es sollte also möglich sein, sie zu besuchen, ohne Gefahr zu laufen, Viren mitzubringen, die eine Tierseuche auslösen könnten«, kam Lars Lykke erneut mit einer Antwort zuvor. Langsam wurde sie sauer. Das hier war ihr Ermittlungserfolg, nicht seiner. Auch wenn es dabei um seinen Angelkumpel ging.

»Soweit ich weiß, braucht man eine Erlaubnis von der staatlichen Gebäudeverwaltung, um sie betreten zu dürfen«, fügte Lykke verstimmt hinzu.

»Dann sorgt dafür, dass wir sie bekommen! Und zwar schnell!« Jespers schroffer Ton verletzte sie. Sie war doch nicht der Informationsmuli.

Aber Jesper kümmerte sich nicht weiter um sie. Er holte sein Telefon hervor und ging an ihr vorbei. Als er hinter ihr stand, spürte sie plötzlich eine Hand in ihrem Rücken. »Gute Arbeit. Bravo!«

Lykke wurde rot. Jespers Berührung prickelte förmlich und ließ Hitze in ihr aufsteigen.

Im nächsten Moment nahm er seine Hand weg und begrüßte Kirsten am Telefon. Dann verließ er den Raum, um draußen zu sprechen. Lykke sah ihm mit einem glücklichen Gefühl im Bauch hinterher.

45. KAPITEL

Stege Bucht

Der Seewind brachte schneidende Kälte aus dem Norden mit sich und eine Ahnung vom Winter. Auf dem offenen Wasser spürte man viel deutlicher, dass die kalte Jahreszeit im Anmarsch war, als an Land.

Jesper genoss die Fahrt trotzdem. Er war gerne auf Schiffen. Auch wenn der Fährkahn, mit dem sie unterwegs waren, bereits ziemlich in die Jahre gekommen war. Er trug den Namen »Virus«, was der reinste Zynismus war. Jemand anders hätte behauptet, es sei der einzigartige dänische Humor. Mit Humor konnte man jedoch nicht jede Geschmacklosigkeit entschuldigen, fand Jesper.

Der weißhaarige Mann im Steuerhaus war der ehemalige Kapitän. Er hatte damals in regelmäßigem Fährbetrieb die Angestellten nach Lindholm und zurück gefahren. Und der Mann, der neben Marit an der Reling stand, war der frühere Verwalter der Insel, Laurits Wernebo. Lars Høyers Angelfreund. Ein kleiner, kräftiger Mittfünfziger mit den krassesten O-Beinen, die Jesper je gesehen hatte. Durch sie würde glatt ein Schaf passen. Er versuchte, nicht allzu oft hinzublicken.

Nachdem die Erlaubnis der staatlichen Gebäudeverwaltung eingetroffen war, hatten sich beide Männer dazu bereit erklärt, die Polizei auf die Insel überzusetzen beziehungsweise sie dort herumzuführen. Die Fähre war vom Hafen in Kalvehave aus losgefahren und nahm nun Kurs auf die Versuchsinsel. Jesper betrachtete die Gebäude und Schornsteine, die immer näher kamen, und das kleine Wäldchen am nordwestlichen Ende. Sonst war keine Natur auf dem Eiland zu erkennen. Es war vollständig dem Zweck der Forschung unterworfen worden.

Er dachte an Lykke, der sie diesen Durchbruch in der Ermittlung zu verdanken hatten. Sie war ein wirklich cleveres Köpfchen. Damit würde sie es noch weit bringen.

»Das große Gebäude mit dem Flachdach, das Sie direkt am Anleger sehen«, hörte Jesper den Verwalter zu Marit sagen, »stammt von 2007 und war das letzte, das gebaut wurde. Dahinter liegen die Ställe für die Tiere, die Verwaltungsgebäude und mehrere Laboratorien mit Hochsicherheitsschleusen. Teil der Bedingungen für die Stilllegung war, dass dafür gesorgt wird, dass die Labore nie wieder für die Virusforschung benutzt werden können. Das ist auch geschehen, sie wurden komplett entkernt und entseucht.«

»Wie entseucht man denn eine ganze Insel?«, wollte Marit wissen. »Das ist bestimmt aufwendig.«

»Und teuer!« Der Verwalter rieb sich über die Nase. »Fragen Sie mal den Steuerzahler, was der dazu sagt. Für die Dekontaminierung war eine Spezialfirma zuständig. Sie hat einen Teil der Gebäude mit Formalin begast. Andere wurden desinfiziert oder in Zelte gepackt, um bis auf 80 Grad erhitzt zu werden. Das tötet die Keime und Viren. Dabei ist im Sommer 2020 eines der Gebäude in Brand geraten. War nicht schön.« Der Mann verzog das Gesicht. Er schien darunter zu leiden, dass seine Insel zu Grabe getragen worden war – zumindest was ihre Funktion anging.

»Formalingas?«, wiederholte Marit. »Klingt nicht besonders gesund.«

»Das ist es auch nicht. Früher wurde es für die Laborhygiene und zur Säuberung der Anlagen benutzt. Die Kanalisation wurde übrigens mit Ätznatron ausgespült und dann mit Beton verfüllt. Da kommt nichts mehr durch! Auch kein Virus.«

»Ganz schön viel Chemie.«

»Es musste schließlich sichergestellt werden, dass keine der Krankheiten überlebt.«

»Welche genau waren das?«, fragte Marit den Verwalter interessiert. Um besser mithören zu können, rückte Jesper näher an den krummbeinigen Mann heran.

»Also, zum einen die Maul- und Klauenseuche«, erklärte dieser. »Dann verschiedene Arten von Schweinepest. Die Tollwut und Porzine Epizootische Diarrhoe und schließlich so etwas Exotisches wie das West-Nil-Virus.«

»Sind die Erreger für den Menschen gefährlich?«

Der Verwalter lächelte. »Keine Angst, meine Dame, die Insel ist nach der Entseuchung weitere sechs Monate unter Quarantäne gestellt worden. Hier ist alles sicher. Das war es übrigens immer, auch während des Betriebs. Es war nie gefährlich.«

Klar, dachte Jesper, das habt ihr allen erzählt, damit es keinen Stress mit den Anwohnern gibt.

»Das heißt, es ist nie ein Virus entkommen?«, mischte er sich in das Gespräch ein.

Der Verwalter drehte sich zu ihm um. »Nun ja, in den 60er-Jahren ist mal etwas passiert. Da gab es in den Kommunen rund um Lindholm einen Ausbruch der Maul- und Klauenseuche. Aber das war lange vor meiner Zeit. Zuerst hat man gedacht, die abgeschiedene Lage der Insel reiche aus, um das MKS-Virus einzusperren. Man nahm an, dass es nicht durch die Luft übertragen wurde. Doch das war ein Irrtum. Tatsächlich reiste es mit dem Wind bis nach Schonen in Schweden. Dort wurde derselbe Virenstamm festgestellt wie hier auf der Insel. Das war eine bahnbrechende Erkenntnis! So funktioniert die Forschung eben. Eine Handlung hat unvorhergesehene Auswirkungen, und man korrigiert seinen Fehler.«

»Ein ziemlich schwerwiegender Fehler, wenn ein Virus ganze Viehbestände vernichtet«, entgegnete Jesper.

»Das stimmt. Aber es kam nur dieses eine Mal vor. Danach baute man neue Sicherheitsschleusen und Luftfilter in die Ställe und Labore ein. Man war viel vorsichtiger als vorher.«

»Haben Sie selbst in den Laboren gearbeitet, oder woher wissen Sie so gut Bescheid?«

Wernebo strich sich verlegen über das Kinn. »Nun, ich war zwar nur der Verwalter der Insel, trotzdem hatte ich Kenntnis von jedem Vorgang. Wir waren eine eingeschworene Gemeinschaft. Alle, die auf Lindholm gearbeitet haben, und erst recht jene, die dort gewohnt haben. Wir haben einander viel über unsere Arbeit erzählt. Auch die Wissenschaftler.«

»Sie haben also ganzjährig auf der Insel gelebt?«

Der Verwalter nickte. »Ja, einige von uns mussten dauerhaft dort sein. Die Anlagen wurden 24 Stunden überwacht. Es durfte zu keinem Ausfall bei der Lüftung oder Kühlung kommen. Daher gab es rund um die Uhr Wachdienste, die oft von Handwerkern oder einem der Veterinäre begleitet wurden.«

»Waren Sie 1990 schon auf Lindholm beschäftigt?«

»Nein.« Wernebo lachte. »Da war ich gerade mal 23.«

»Ich wusste es!«, rief Marit. »Sie kamen mir gleich so jung vor.«

Der Verwalter lächelte geschmeichelt. »Danke für die Blumen.«

»Sie haben sicher eine Menge Versuchstiere auf der Insel gehabt. Sind die auch mit dieser Fähre rübergefahren?«, fragte Jesper.

Der Verwalter drehte den Kopf. »Ja, alle. Und keines davon kehrte lebend zurück.«

Als sie an dem langen Landungssteg festgemacht hatten und auf der Asphaltstraße in Richtung der Gebäude gingen, referierte der Verwalter munter weiter über die Anlagen und die Tierversuche. Jetzt, da er wieder auf seiner geliebten Insel war, schien er förmlich aufzublühen in seiner Funktion als Chronist. Jesper verstand seine Leidenschaft für Lindholm nicht. Wie konnte man sich für so eine Insel begeistern und Tierversuche gutheißen?

»Gab es nie Proteste?«, erkundigte er sich.

»Nein, nie. Die Bevölkerung von Møn hat erkannt, dass die Forschungseinrichtung eine Chance für sie darstellt und Arbeitsplätze in einer strukturschwachen Region schafft.«

»In den Laboren sind Tiere gestorben, um nicht zu sagen, elendig verreckt! Wie kann das keinen interessieren?« Jesper brodelte innerlich. Es wollte ihm einfach nicht in den Sinn, dass auf Lindholm über 90 Jahre lang zweifelhafte Forschung betrieben worden war, ohne dass es große Zwischenfälle oder Unmut vonseiten der Bevölkerung gegeben hatte.

Der Verwalter blieb stehen. »Herr Bæk«, sagte er ernst. »Sie können sich Ihre Vorwürfe sparen. Dies war eine vom Staat genehmigte und überwachte Versuchsanstalt. Die Forschung diente einem guten Zweck. Dank der Tiere, die hier gestorben sind, haben wir heute wirksame Impfstoffe gegen viele Krankheiten, die andernfalls Millionen von Nutztieren im In- und Ausland das Leben gekostet hätten. Wissen Sie, was passieren würde, wenn die MKS in Dänemark ausbräche? Dann müssten alle Tiere eines Bestandes getötet werden und außerdem die der Nachbarhöfe. Das könnten Tausende von Tieren sein und wäre der Ruin für die betroffenen Bauern.«

Jesper verzog das Gesicht.

Der Verwalter machte eine beschwichtigende Geste. »Ich weiß, Sie denken, dass Tierversuche grausam sind. Aber um Sie zu beruhigen, kann ich Ihnen sagen, dass es einen generell geltenden Leitsatz unter den Forschern gab, der lautete: Man soll Tiere nicht für Versuche benutzen, wenn man sein

Ziel auch ohne die Versuche erreichen kann. Diesem Leitsatz sind alle stets gefolgt. Und aus diesem Grund wurde ab den 70ern auf weniger Versuchstiere umgestellt. Vorher brauchte man noch lebende Kühe, um sie mit der Maul- und Klauenseuche zu infizieren. Die Forscher waren auf die Antikörper angewiesen, die sich in ihrem Blut bildeten, um einen Impfstoff entwickeln zu können. Später legte man schlicht Kulturen an, um auf schonendere Weise Viren zu züchten und weniger Tiere töten zu müssen. Ich kann Ihnen versichern, dass wir immer gut mit dem Vieh umgegangen sind.«

Jesper wollte etwas darauf erwidern, doch Marit signalisierte ihm, das Thema sein zu lassen. Also nickte er, und sie setzten sich wieder in Bewegung. Während sie weiter durch die stillgelegten Anlagen gingen, musste Jesper feststellen, dass die ungenutzten Gebäude mit ihren blinden Fenstern zunehmend bedrückend auf ihn wirkten. Nicht allein wegen ihrer traurigen Geschichte, sondern auch, weil es vermutlich eine Verbindung zu den Morden gab.

Sie schlugen einen breiteren Weg ein, auf dem Bahnschienen verliefen. Eine verlassene Flachlore stand darauf. Was damit wohl transportiert worden war? Tote Tiere? Plötzlich überkam Jesper das Gefühl, beobachtet zu werden, und er fuhr herum. Sein Blick huschte über die leeren Gebäude, Fenster und Eingänge, aber nirgendwo war etwas zu erkennen. Kein Schatten, keine Bewegung, alles lag wie ausgestorben da. Angestrengt stieß er Luft aus, vielleicht spielten seine Nerven ihm einen Streich. Die letzte Nacht hatte er nicht gut geschlafen, weil er sich Sorgen um seine Tochter gemacht und sich zusätzlich noch über sich selbst geärgert hatte, dass er Marit nicht einfach sagen konnte, was er für sie empfand. Er wandte sich um und konzentrierte sich auf die Unterhaltung. Das Gefühl, beobachtet zu werden, blieb allerdings.

»Was wird mit Lindholm jetzt geschehen?«, fragte Marit.

»Nun, das ist bislang noch nicht klar«, entgegnete der Verwalter. »Die Kommune Vordingborg könnte die Insel kaufen und zum Beispiel einen Nationalpark daraus machen.«

»Ich habe vorhin alte Zeitungsberichte über Lindholm gelesen«, sagte Marit, »und in einem stand, dass die Dansk Folkeparti die Insel gerne dafür benutzen würde, straffällig gewordene Asylbewerber unterzubringen. ›Ausreisecenter‹ haben sie es beschönigend genannt. Das ist zum Glück vom Tisch, oder?«

»Nicht ganz«, entgegnete Wernebo. »Einige Vertreter der Politik möchten das Camp noch immer gerne auf Lindholm errichten, um die Anwohner in der jütländischen Gemeinde Bording zu entlasten, in der die Vollzugsanstalt momentan liegt.«

Marit schnaubte missfällig. »Ziemlich clever, aus einem eigentlich offenen Strafvollzug einen geschlossenen zu machen, indem man ihn auf eine Insel verlegt. Manche Politiker sind an Perfidie nicht zu überbieten!«

Der Verwalter nickte. »Wenn das Zentrum hierherkommt, wäre das wirklich schlimm für die Region.«

»Für die Asylbewerber im Übrigen auch, denn sie wären dann wirklich weggesperrt!«, schob Jesper missmutig ein.

Wernebo zog es vor, nicht zu antworten. Stattdessen zeigte er auf den hohen Schornstein, der sich vor ihnen in den blassen Himmel erhob. »Das Krematorium!«, sagte er mit einer Stimme, die das flaue Gefühl in Jesper noch verstärkte.

»Wurden hier die toten Tiere verbrannt?«, fragte er.

»Ja, zumindest bis die neue Verbrennungsanlage beim Anleger gebaut wurde. Es war notwendig, die gesamte Entsorgungsanlage nach einer gewissen Zeit zu modernisieren. Es musste immer mehr verbrannt werden: die Luftfilter aus den Laboren, alte Arbeitskleidung, die Gülle aus den Ställen der infizierten Tiere, jede Menge Abfall und natürlich die toten Versuchstiere. Das war eine harte Arbeit und nichts für jemanden mit schwachen Nerven. Die Kadaver mussten zuerst zerkleinert werden, und da Fleisch selbst bei 1.000 Grad nicht gut brennt, mussten die Teile mit brennbarem Müll vermischt werden. Ein Knochenjob, im wahrsten Sinne des Wortes. Es gab nicht viele Männer, die das lange gemacht haben. Daher wechselte die Belegschaft des Krematoriums ständig.«

Jesper rümpfte die Nase. Er sah förmlich den Rauch aus dem Schornstein steigen und bildete sich ein, den Geruch nach verbranntem Fleisch noch immer riechen zu können. Plötzlich erinnerte er sich an etwas, das Lykke berichtet hatte. »Rask hat im Krematorium gearbeitet, nicht wahr?«

»Zu der Zeit war ich wie gesagt noch nicht auf der Insel, aber so steht es im Angestelltenregister, das ich eingesehen habe«, sagte der Verwalter.

»Und Asger Dahl war als Schlachter tätig. Zwei der unbeliebtesten Jobs, schätze ich mal.«

»Das ist richtig. Asger Dahl kannte ich persönlich. Tüchtiger Typ. Er hat lange durchgehalten. Doch dann ist er mit seiner Frau weggezogen.«

»Und bekam später Krebs«, fügte Marit hinzu.

Der Verwalter sah sie betroffen an. »Wirklich?«

»Ja, er hatte einen Atemwegstumor.«

»Oh, der Arme. Könnte eine Arbeitskrankheit gewesen sein. An dieser Krebsart sind einige der Angestellten erkrankt. Sie waren alle mit Formalingas in Berührung gekommen. Die Ärzte vermuteten, dass die betroffenen Arbeiter die Sicherheitsmaßnahmen in den Anlagen nicht berücksichtigt und sich ungeschützt dem Gas zur Desinfizierung ausgesetzt haben. Sprich, sie haben keinen Atemschutz getragen.« Wernebo hob beide Hände. »Tragisch.«

Alle nickten.

Nach einer Weile ergriff Jesper das Wort. »Kannten Sie Martin Piil auch persönlich?«

»Natürlich. Er wurde zusammen mit mir entlassen, als die Insel geschlossen wurde. Guter Mann, sehr fähiger Allroundhandwerker. Er war für den Wachdienst eingeteilt und sofort zur Stelle, wenn es eine Störung gab. Selbst am Wochenende. Er hat wie ich ganzjährig auf der Insel gewohnt. Ihm ist es ähnlich schwergefallen, Lindholm für immer den Rücken zu kehren.«

Jesper überlegte. »Wissen Sie, ob es mal Streit zwischen Rask und den anderen beiden gegeben hat?«

Der Verwalter zuckte mit den Schultern. »Wie gesagt, ich war damals, als Rask hier war, noch nicht auf der Insel.«

»Wenn Sie alle auf Lindholm zusammengelebt haben, gab es da nie einen Lagerkoller?«, hakte Jesper nach. Dabei vermied er es, auf den Schornstein und das große Tor des Krematoriums zu sehen, durch das die unzähligen toten Tiere gefahren worden waren. »Ich stelle es mir sehr beengend vor, wenn man das ganze Jahr auf dieser kleinen Insel zusammen eingepfercht ist.«

»Nein«, der Verwalter räusperte sich, »wir kamen gut miteinander klar. Niemand von uns hatte je einen Koller, daran würde ich mich erinnern. Natürlich muss man eine besondere Sorte Mensch sein, um hier leben zu können.« Er hob den Blick, als wollte er sagen, dass er Jesper nicht für einen solchen hielt. »Im ›Wasserkanten-Dänemark‹ zu leben, wie die Politik es so schön betitelt, ist nicht jedermanns Sache. Staatsbediensteter in Kopenhagen zu sein, ist da weitaus bequemer.«

»Ich bin in Ringkøbing geboren und habe dort lange gelebt. Ich kenne das ›Wasserkantendänemark‹ also recht gut«, entgegnete Jesper. Der Verwalter ging nicht darauf ein und wandte sich wieder an Marit. Sie war ihm vermutlich die angenehmere Gesprächspartnerin.

Jesper mahlte gereizt mit den Kiefern. Er hatte keine Lust mehr auf die Tour mit diesem Kerl, der alles auf der Insel beweihräucherte. Er hatte genug gesehen, doch Wernebo führte sie weiter zwischen den verlassenen Gebäuden herum. Jesper warf heimlich einen Blick auf sein Handy. Noch immer keine Nachricht von seiner Tochter. Ob es ihr gut ging?

»Wissen Sie, Frau Rauch Iversen«, sagte der Verwalter, »entgegen der Vorurteile Ihres Kollegen war das Institut ein guter Arbeitgeber. Es gab langjährige Verträge und doppelten Lohn. Also ein Sechser im Lotto für Leute wie uns aus der Provinz. Ich kann nur sagen, dass wir die Zeit sehr genossen haben. Und ich bin wirklich traurig, dass es vorbei ist.« Wernebo zeigte auf eine alte, weiß getünchte Villa mit einer Reihe von Obstbäumen davor, an denen zwar Äpfel hingen, aber kaum noch Blätter. »In dem Haus waren das Büro und die Kantine. Dort haben wir Mitarbeiter uns oft getroffen und eine gute Zeit gehabt. Ein idyllischer Ort, wie ich finde.«

Erneut fröstelte Jesper. Die alte Villa mit den verdorrten Äpfeln wirkte alles andere als einladend. Und erst recht nicht idyllisch. Die leblosen Fensteraugen guckten verächtlich auf sie hinab, und hinter dem Haus reckten kahle Bäume ihre Äste in den Himmel, als riefen sie um Hilfe.

Jesper zuckte zusammen, als er eine Bewegung im Gestrüpp vor den Bäumen bemerkte, das aussah wie Stacheldraht. War da jemand? Das Prickeln in seinem Nacken verstärkte sich. Seine Hand fuhr an die Waffe. Ohne ein Wort zu den anderen zu sagen, lief er los, an der Villa mit ihren toten Fensteraugen vorbei auf das Wäldchen zu.

»Jesper? Was ist?«, hörte er Marit hinter ihm herrufen, doch er ignorierte sie. Er wollte wissen, warum sich die Zweige bewegt hatten. Musste überprüfen, ob hier noch jemand war außer ihnen.

Vielleicht hatte sich Rask ein Boot gestohlen und auf der

Insel Quartier bezogen. Er kannte die Anlagen schließlich gut, zudem durfte niemand das Eiland betreten. Das perfekte Versteck! Jesper verfluchte sich, dass er nicht eher darauf gekommen war. In diesem Fall gab es einfach zu viele Komponenten, von denen sie zuvor niemals etwas geahnt hatten.

Er zog die Waffe und richtete sie auf das Gestrüpp, sondierte jeden Quadratzentimeter. Wackelte da hinten zwischen den Tannen nicht wieder ein Ast? Und hatte es dort eben nicht leise geknackt?

Jesper streckte eine Hand aus, bog die Zweige zur Seite und drang tiefer in das Wäldchen ein. Seine Augen waren überall, nahmen raue Baumstämme, heruntergefallene Äste, Tannenzapfen und Moos wahr. Sogar einen riesigen Pilz mit rotem Hut und weißen Punkten. Aber nichts, was darauf hindeutete, dass hier eben jemand entlanggelaufen war. Keine frisch zerbrochenen Äste, keine Fußabdrücke im Moos. Jesper schlug sich weiter durchs Unterholz, bis sich ein kleiner Trampelpfad vor ihm auftat. Er folgte ihm und gelangte zum Meer, dem Ende der Insel. Auch dort waren keinerlei Hinweise auf die Gegenwart eines Menschen zu finden. Kein Boot, mit dem Rask hätte übersetzen können. Keine Fußspuren. Nachdenklich blickte Jesper hinüber nach Nyord und Ulvshale.

Bist du auf diesem Weg hergekommen? Suchen wir deshalb vergeblich am anderen Ufer nach dir?

Das untrügliche Gefühl, auf der Insel nicht allein zu sein, wollte Jesper einfach nicht loslassen. Er drehte sich um und spähte in das Wäldchen. Es lag still da. Kein Zweig rührte sich mehr.

Er atmete aus und steckte die Waffe weg. Über den Trampelpfad kehrte er zu der Villa zurück, wo Marit und Laurits Wernebo mit fragenden Mienen auf ihn warteten.

»Wer kann alles auf die Insel?«, fragte Jesper den Verwalter.

»Wie gesagt, nur jemand, der die Erlaubnis der Behörde hat.«

»Und wenn man einfach so hinüberfährt, ohne Erlaubnis?«

Der Verwalter zuckte mit den Schultern.

»Sehen Sie«, sagte Jesper und holte sein Telefon heraus. Wenig später hatte er Sanel Simović am Apparat und trug ihm auf, einen Teil des Suchtrupps nach Lindholm zu verlagern, um die Insel nach Rask zu durchkämmen.

»Meinen Sie, der hält sich hier wirklich unbefugt auf?«

»In diesem Fall ist alles möglich.«

Der Verwalter nickte einsichtig.

Jesper steckte sein Handy weg. »Wenn Sie nicht persönlich mit Rask zusammengearbeitet haben, kennen Sie zufällig jemanden, der es getan hat?«

»Hm ...« Wernebo kratzte sich an der Stirn. »Fragen Sie doch mal bei Bent Lårup nach, das ist der alte Direktor des Instituts. Er war über 35 Jahre auf Lindholm tätig. Der kennt Rask und die anderen mit Sicherheit auch.«

»Und wo finden wir ihn?«

»Im Altenheim in Klintholm Havn, er ist über 80.«

»Wollen Sie mich auf den Arm nehmen?«, blaffte Jesper, der keine Geduld mehr mit dem Mann hatte.

»Nein, ganz und gar nicht«, entgegnete Wernebo verteidigend. »Bent hat ein phänomenales Gedächtnis. Er kann sich an jedes Detail erinnern. Ich besuche ihn manchmal, um mit ihm über die alten Zeiten zu plaudern. Der alte Knabe hat es nicht mehr so in den Beinen, aber im Kopf ist er noch vollkommen klar.«

»Na gut, danke für die Information.« Jesper hob entschuldigend die Hand. »Und jetzt würde ich gerne zurück nach Kalvehave fahren.«

Die Miene des Verwalters bekam einen traurigen Ausdruck, als bedauerte er es, Lindholm verlassen zu müssen. Jesper hingegen war froh. Er wollte keine Minute länger auf dieser unheimlichen Geisterinsel bleiben.

46. KAPITEL

Ich weiß Heimdalls Horn verborgen
Unter dem himmelhohen heiligen Baum.

(Ältere Edda, 1. Völuspá, Der Seherin Weissagung, Vers 31)

*

Stege, Møn

Nummer 25 bog vorsichtig die Zweige der Ligusterhecke auseinander und blickte durch das erleuchtete Fenster. Dahinter saß das helle Wesen. Der weiße Ase. Heimdall in seiner Maskierung als Menschenfrau. Nummer 25 grunzte wissend. Damit konnte der Gott vielleicht andere täuschen, nicht aber ihn! Er erkannte einen Asen, wenn er ihn sah.

Heimdall stand von seinem Bett auf und begann, sich auszuziehen. Er hatte eine wirklich ungewöhnliche Gestalt gewählt. Eine, die ablenkte und sein wahres Wesen verborgen hielt. Elfenbeinfarbene Haut, hellblaue, fast farblose Augen, Haare, so weiß wie Schnee, auch an der Scham. Und einen Körper, der Spannkraft und Sanftheit zugleich verriet. Trickreich. Wirklich schlau. Nicht umsonst galt Heimdall als der weiseste aller Götter.

Trotzdem hatte Nummer 25 ihn durchschaut.

Er war sich sicher, dass Heimdall hier in Midgard war, um sein Horn zu holen, das zwischen den Wurzeln von Yggdrasil verborgen lag. Der Ase würde es ausgraben und hineinblasen. Er würde mit dem Giallarhorn Ragnarök ankündigen.

Die Riesen würden kommen und die Götter angreifen. Und das durfte nicht geschehen. Die Asen durften nicht untergehen. Er musste Heimdall aufhalten.

Nummer 25 wusste, wo Yggdrasil stand, dort hatte er sich ja noch vor Kurzem im Wald verborgen. Er würde verhindern, dass Heimdall zum heiligen Baum gelangte und sein Horn ausgrub. Es war eine große Verantwortung, die auf seinen Schultern lastete, doch er würde sie tragen. Seine Mutter hatte immer gesagt, dass man sich vor Verantwortung nicht scheuen solle, sie mache einen erwachsen. Derselben Meinung war auch der Wolf.

Durch die Zweige beobachtete Nummer 25, wie Heimdall seinen Frauenkörper mit einem T-Shirt bekleidete und sich ins Bett legte. Kurz darauf erlosch das Licht. Für heute würde dort nichts mehr passieren.

Leise zog er die Nase hoch und wischte sich mit dem Ärmel darunter entlang. Dann kroch er aus der Hecke und schlich über den dunklen Friedhof zurück zu der kleinen Straße am Wallgraben. Es war kalt geworden.

»*Heste, grise, køer og får*«, summte er vor sich hin. »*Hører til min bondegård. Hvortil ulven kommer og spiser dem rå.*«

Der Wolf in ihm wusste, was zu tun war. Nummer 25 lächelte, und nur die Nacht konnte es sehen.

47. KAPITEL

Lykke fühlte die neugierigen Blicke wie Pfeile in ihrem Rücken stecken. Sie wartete beim Bäcker in der morgendlichen Schlange. Brauchte Nervennahrung, bevor sie in die Einsatzzentrale ging, wo mit Sicherheit bereits reger Trubel herrschte und die Pressekrähen sie erwarteten. Bis in den späten Abend hinein hatten gestern noch alle möglichen Leute bei ihr angerufen, inklusive ihrer Mutter, die wiederholt die Sorgen und Befürchtungen ihrer Kirchenkreisfreundinnen an sie weitergegeben hatte. Dabei waren das nichts als Vorurteile. Ihre Mutter hatte wie die Bibliothekarin auf den Asengläubigen und auf den Kollegen aus Kopenhagen und Vordingborg rumgehackt. »Die kennen sich auf der Insel nicht aus, die wissen gar nicht, wie das bei uns läuft. Das sind Fremde. Du musst das regeln, Kind. Du weißt, was wir hier denken. Wir zählen auf dich!«

Lykke stieß einen Seufzer aus. Was sollte sie regeln? Und vor allem wie? Lars und sie allein konnten Rask nicht finden, sie waren auf Hilfe von außerhalb angewiesen. Aber augenscheinlich dachte jeder, der ihre Nummer hatte, dass er sie anrufen und mit seiner Meinung behelligen durfte.

Lykke mochte ihre Stadt, sie liebte ihre Insel. Und sie konnte sich nicht vorstellen, je woanders zu wohnen. Doch im Augenblick gingen ihr die Leute mächtig auf den Keks. Das war die reinste Hysterie.

Die Frau vor ihr bezahlte und Lykke kam an die Reihe. Sie bestellte vier Wienerbrød. »Nein, geben Sie mir besser gleich zehn!«, korrigierte sie sich mit dem Gedanken, dass die anderen in der Zentrale bestimmt auch welche wollten.

Als sie sich mit der großen Tüte im Arm umdrehte, hatte sich hinter ihr eine regelrechte Front aus Menschen aufgebaut, von denen Lykke einige kannte.

»Hej«, grüßte sie und wollte an ihnen vorbei, doch eine der Frauen verstellte ihr den Weg.

»Mir ist schon klar, warum ihr nichts unternehmt«, sagte diese in missbilligendem Ton. »Du hast keine Kinder, um die du Angst haben musst!«

»Zu deiner Information: Wir unternehmen sehr wohl etwas. Ermitteln in alle Richtungen, während zwei Hundertschaften nach Rask suchen, dazu eine Hundestaffel und ein Helikopter. Allerdings ist es nicht leicht, einen Menschen, der nicht gefunden werden will, auf dieser Insel aufzuspüren. Das kannst du dir sicher vorstellen.«

Die Frau verdrehte die Augen. »Ich will mir gar nichts vorstellen. Das ist dein Job als Polizistin. Du sollst uns beschützen. Und das tust du nicht. Zumindest habe ich nicht das Gefühl, dass sich irgendjemand um unsere Sorgen kümmert.« Die Frau hielt ihr eine Zeitung entgegen, damit sie die Schlagzeile lesen konnte: »Insel in Angst! Der Wolf von Møn ist wieder da! Ist er auf der Jagd nach seinem nächsten Opfer?«

Zur Hölle, dachte Lykke. Der Blödsinn, den die Reporter verzapften, machte die Leute ganz kirre.

»Wer beschützt unsere Kinder vor diesem Monster?«, fuhr die Frau fort. »Wer passt auf, wenn sie in der Schule sind oder im Schulbus? Ich kann meine Kleinen nicht mehr zum Spielen in den Garten rauslassen, aus Angst, dass der Kerl da rumschleicht. Was, wenn sich Rask als Nächstes meine Tochter holt? Wo bist du dann?«

Lykke reckte ihr Kinn vor. »Das kann ich dir sagen: Hier in der Bäckerei, wo du mich von meiner Arbeit abhältst! Und jetzt lass mich durch.« Mit diesen Worten drängte sie sich an den Leuten vorbei und verließ den Laden. Draußen marschierte sie mit der Tüte, die sie fest an ihre Brust gedrückt hielt, zur Møllebrøndstræde. Sie wollte nur noch weg. Beim unveränderten Anblick der Ansammlung an Übertragungswagen vor der Bibliothek sank ihr der Mut. Diese Aaskrähen, wann würden sie endlich abziehen? Mit einem gezwungenen Lächeln auf den Lippen zwängte sie sich durch die Menge zum Eingang der Bibliothek.

Drinnen begegnete ihr Jesper auf der Treppe. Er war gerade auf dem Weg nach unten. »Ah, Lykke! Gut, dass ich dich erwische«, rief er. »Komm mit.«

»Wohin?«

»Marit ist mit dem Beweisvideo beschäftigt, das Kirsten uns heute geschickt hat. Das, in dem Rask damals die zwei Jungen im Bus belästigt hat. Und ich brauche jemanden, der mit mir nach Klintholm Havn rausfährt.«

»Was willst du denn da?«

»Dort wohnt der ehemalige Direktor von Lindholm, der soll uns etwas über Rask erzählen. Gestern war es zu spät, um den alten Herrn zu besuchen.« Jesper schielte auf die Tüte, die Lykke noch immer vor ihre Brust presste. »Was ist denn da drin?«

»Zehn Stück Wienerbrød!«

»Super, das sollte als Wegzehrung reichen. Ich hab echt Hunger.« Er zwinkerte ihr zu und schob sie nach draußen, wo sie, verfolgt von den neugierigen Blicken der Reporter, in den Streifenwagen stiegen. Lykke legte Jesper die Tüte in den Schoß und startete den Motor.

»Magst du Guns N' Roses?«

Jesper zuckte mit den Schultern.

»Gut!« Sie drehte das Radio laut und gab Gas.

48. KAPITEL

Lyngby

»Marit nimmt sich den Film vor«, sagte Kirsten zu Ebert und blickte auf das provisorisch reparierte Schloss der Wohnung. Sie drückte auf die Klingel.

Vor einer halben Stunde hatten sie einen Anruf von der Nachbarin erhalten, dass Asger Dahls Ex-Frau wieder zu Hause sei. Sie hatte doch tatsächlich nach einer Belohnung gefragt.

In der Wohnung waren Schritte zu hören, und im nächsten Augenblick wurde die Tür aufgezogen.

»Was gibt's?«, fragte eine hochgewachsene blonde Frau mit zusammengekniffenen Augen.

»Sind Sie Mona Kofoed?«

»Ja. Was wollen Sie?«

Kirsten war erleichtert. Dahls Ex-Frau war also weder untergetaucht noch, wie befürchtet, dem Mörder zum Opfer gefallen. Wenn sie sie jetzt als Mittäterin ausschließen oder ihr wenigstens ein paar Informationen entlocken könnten, würde der Tag vielleicht ganz gut werden.

»Wir sind von der Polizei Kopenhagen und würden Ihnen gerne einige Fragen stellen.«

»Ach! Sind Sie das also gewesen, die meine Wohnung durchwühlt und die Tür zerstört haben. Danke dafür!« Sie wies auf die zersplitterte Füllung.

»Das wird Ihnen erstattet, wenn Sie die Rechnung bei der Schadensabteilung der Polizei einreichen.«

»Verflucht, was hatten Sie überhaupt hier verloren?«

»Können Sie sich das nicht vorstellen?«

»Nein, kann ich nicht!« Mona Kofoed zog die stark geschminkten Brauen zusammen. Ihre Hand verkrampfte sich, als überlegte sie, ihnen die Tür vor der Nase zuzuknallen.

Kirsten machte sich bereit, einen Fuß in den Spalt zu schieben. Sollte es nötig sein, würde sie die Frau festnehmen. »Haben Sie denn nicht mitbekommen, dass man landesweit nach Ihnen sucht? Ihr Bild ist in fast jeder Zeitung.«

Mona Kofoeds Augen wurden groß. »Mein Bild? In der Zeitung? Nein. Warum? Was habe ich getan?«

Kirsten war sich nicht sicher, ob die Frau ihre Überraschung spielte. Andererseits, wenn man wusste, dass man auf der Fahndungsliste stand, kehrte man dann mitten am Tag in seine Wohnung zurück?

»Ihr Ex-Mann wurde ermordet«, erklärte sie daher sachlich.

Frau Kofoed zeigte weitere Anzeichen von Erstaunen. Ihre Hand wanderte an ihre Brust. »Asger? Ermordet? Das … Oh Gott, das ist schlimm! Ich dachte, es sei der Krebs gewesen.«

Kirsten deutete in das Innere der Wohnung, in der sie schon mal gewesen war. »Wollen wir das nicht besser drinnen besprechen? Die Nachbarn müssen ja nicht unbedingt mithören.«

»O… okay, kommen Sie rein.« Mona Kofoed trat zur Seite und ließ sie und Ebert hinein. Kirsten stellte fest, dass alles so aussah wie bei ihrem letzten Besuch. Mit dem Unterschied, dass überall schwarze Flecken an den Möbeln und Türen hafteten. Rußpulver, mit dem Wang und sein Team nach Fingerabdrücken gesucht hatten.

Frau Kofoed führte sie in die kleine Küche und bat sie an den Esstisch, auf dessen Platte ebenfalls schwarze Flecken waren. »Kaffee? Ich habe allerdings nur Instant.«

»Nein danke.« Kirsten und Ebert setzten sich, während Frau Kofoed unschlüssig neben der Spüle verharrte. Kirsten fiel eine halb leere Wodkaflasche auf, die hinter der Frau stand, roch jedoch keine Fahne. Vielleicht hatte sie heute noch nicht getrunken.

»Wollen Sie nicht auch besser Platz nehmen? Was wir zu sagen haben, ist nicht besonders leicht zu verdauen.«

Mona Kofoed zögerte, tat dann aber wie geheißen. Nachdem Kirsten sie ins Bild gesetzt hatte, brach sie in Tränen aus. »Das ist ja furchtbar. Der arme Asger. Die Kiefer auseinandergerissen? Warum hat man ihm so etwas Grausames angetan?« Sie gab einen entsetzten Laut von sich.

»Haben Sie eine Idee?«

»Nein. Woher sollte ich?« Sie sah Kirsten indigniert an.

Kirsten lehnte sich vor. »Wo waren Sie die letzten Tage?«

»Bei einer Freundin in Slagelse. Sie hat mich mit dem Auto abgeholt. Ich musste hier mal raus, habe noch bis nächsten Mittwoch Urlaub.«

Das stimmte, Camilla hatte die Informationen zuvor von Frau Kofoeds Arbeitgeber erhalten.

»Und warum haben Sie nicht mitbekommen, dass wir nach Ihnen suchen?«, hakte Kirsten nach.

Frau Kofoed stieß abfällig Luft aus. »Ich gucke nie Nachrichten. Und Zeitungen sind mir auch egal. Wie sollte ich da etwas mitbekommen?«

Kirsten ging nicht darauf ein. »Sie sind in der Fleischfabrik in Virum angestellt. Wir haben uns erkundigt. Sie sind ausgebildete Metzgerin, arbeiten als Zerteilerin. Und Ihr Ex-Mann hat früher auch als Schlachter gearbeitet.«

»Das ist richtig. Irgendwann wurde es Asger zu viel und er hat aufgehört, obwohl der Job gut bezahlt war. Er musste die kranken Tiere einer Versuchsanstalt keulen wie am Fließband. Kühe, Schweine, Schafe, Füchse, Hasen, Hühner. Die Tiere taten ihm leid. Er wollte etwas anderes machen und hat danach bei der Müllabfuhr in Kopenhagen angefangen.«

Kirsten merkte, wie Ebert still mitschrieb. Er würde sich erst in das Gespräch einklinken, wenn es erforderlich wäre. Bis jetzt verhielt sich Frau Kofoed recht kooperativ.

»Danke für Ihre Angaben«, sagte Kirsten. »Wir werden natürlich alles überprüfen.«

»Überprüfen? Warum? Was reden Sie da? Was hat das mit dem Mord an Asger zu tun?« Frau Kofoed verschränkte die Arme vor der Brust. Einige blonde Strähnen lösten sich hinter ihren Ohren. »Glauben Sie etwa, ich habe ihn ermordet? Das ist doch lächerlich!«

Kirsten überlegte, ob sie zugeben sollte, dass sie genau das tatsächlich gedacht hatten, verlegte sich aber auf eine andere Taktik. »Kennen Sie Hans Erik Rask?«

Frau Kofoed kniff die Augen zusammen. »Den Kindermörder von Møn? Klar. Jeder von der Insel kennt den. Was hat der mit Asger zu tun?«

»Wir suchen nach ihm, weil er unser Hauptverdächtiger ist. Wir wissen, dass er sich auf Møn aufhält, wo ein weiterer Mord passiert ist, der mit dem an Ihrem Ex-Mann zusammenhängt. Das zweite Opfer wurde auf die gleiche Weise getötet. Uns ist bekannt, dass Asger für kurze Zeit zusammen mit Rask in der Tierversuchsanstalt auf Lindholm gearbeitet hat. Sind Sie ihm mal begegnet, oder hat Ihr Mann etwas über ihn erzählt?«

Frau Kofoed schien zu überlegen. Ihre über der Brust verschränkten Arme hoben und senkten sich mit jedem Atemzug. »Mit Rask gesprochen habe ich nie. Ich erinnere mich nur daran, ihn das ein oder andere Mal gesehen zu haben.«

»Wo? Hier in Kopenhagen?«

»Nein, damals auf Møn. Ich habe Asger oft nach Feierabend am Fähranleger in Kalvehave abgeholt. Rask ist mir natürlich sofort aufgefallen. Er ist ein Bär von einem Mann und ziemlich behaart.« Sie rümpfte die Nase. »Asger hat immer gesagt, er sei ein friedlicher Zeitgenosse. Ein bisschen debil vielleicht, aber ein guter Arbeiter. Ach ja, und er war Asengläubiger genau wie Asger und ich.«

»Haben Sie und Ihr Mann die Feiern der Asatro-Gemeinschaft von Ulvshale besucht?«

»Ja.«

»Auch die, in denen illegalerweise von Rask Tiere geopfert wurden?«

Frau Kofoed zögerte. »Ja.«

»Was haben Sie damals von Rask gehalten?«

Mona Kofoed erschauderte. »Er war mir unheimlich.«

»Könnten Sie das näher erläutern?«

»Bei einer Feier zur Sommersonnenwende haben wir uns an einem Steinhaufen in Ostmøn getroffen, dem Stendysse bei Sømarke. Von dort hat man eine tolle Aussicht über die Insel. Ich kann mich erinnern, dass Hans Erik mit seinen Eltern gekommen ist. Das war total creepy. Er hat den ganzen Abend keinen Ton von sich gegeben und dicht bei seiner Mutter gestanden, als wäre er ihr am liebsten unter den Rock gekrochen. Er hat sich an ihrem Arm festgehalten und ihn gestreichelt. Ich weiß noch, wie irritierend ich das fand. Ich meine, der Typ war damals Anfang 20 oder so, wirkte aber wie ein zu groß geratenes Kind. Die Leute in Stege haben ihn einen Wechselbalg genannt und behauptet, dass es seinen Eltern recht geschehe. Das sei die Strafe, dass sie sich dem heidnischen Glauben zugewandt hatten.«

Wie ein zu groß geratenes Kind, wiederholte Kirsten im Geiste. Das passte zu Dr. Verbeeks Einschätzung. Doch warum hatte er die kleine Line umgebracht und zwei Jungen in einem Bus sexuell belästigt? Und jetzt womöglich zwei erwachsene Männer getötet? Das Haar in dem Tatfahrzeug wies jedenfalls eindeutig darauf hin, dass er es war. In diesem zu groß geratenen Kind namens Hans Erik musste also etwas geschlummert haben, das an dem Tag, an dem er allein auf Line traf, ausgebrochen war.

»Wussten Sie, dass Rask im Mjølnerpark gewohnt hat und ein Nachbar Ihres Ex-Mannes war?«

»Nein! Wirklich?« Furcht trat in Mona Kofoeds Augen. »Himmel, dann hätte ich ihm dort ja begegnen können! Wie gruselig!«

»Kennen Sie das zweite Opfer aus Stege, Martin Piil? Er hat zusammen mit Ihrem Ex-Mann und Rask auf Lindholm gearbeitet. Als Handwerker.«

Frau Kofoed wurde noch blasser, eine blonde Strähne hing ihr ins Gesicht. »Martin? Klar, den kenne ich. Der hat das ganze Jahr auf der Insel gewohnt. Er war nett, aber auch ein bisschen schräg.«

»Inwiefern?«

»Er hat dauernd schweinische Witze erzählt und Asger mit Pornoheften versorgt. Als bekäme es ihm nicht, allein und ohne Frau auf der Insel zu hausen. Wenn Sie verstehen, was ich meine.«

»Inzwischen hatte er geheiratet und zwei Kinder.«

»Wirklich?« Frau Kofoed zuckte mit den Schultern. »Na, wem's gefällt. Mein Typ wäre er nicht gewesen.«

Kirsten sah Ebert an, der ihr stumm zunickte. Es war an der Zeit. Sie holte ihr Handy heraus, auf dem sie den Film aus dem Treppenhaus im Mjølnerpark gespeichert hatte. Als sie ihn abspielte, ließ sie Frau Kofoed keine Sekunde aus den Augen.

»Worum ging es bei dem Streit?«, fragte sie anschließend und verschwieg, dass sie einen Lippenleser hinzugezogen hatten.

Frau Kofoed wand sich auf ihrem Stuhl. Strich sich die widerspenstige Strähne hinters Ohr, wo sie jedoch nicht bleiben wollte. »Ach, das ... Ich war sauer auf Asger.«

»Weshalb?«

Sie senkte den Blick. Kirsten und Ebert starrten sie weiterhin an.

»Ich wiederhole: Weshalb?«

Die Hände der Frau verkrampften sich auf der Tischplatte. »Ich … wollte Geld. Ich weiß, dass Asgers Konto gut gefüllt ist. Er hat eine Kompensationszahlung von der Versicherung erhalten. Wegen dem Krebs. So um die 200.000 Kronen.«

Kirsten hob die Brauen, während Eberts Stift über den Block kratzte. »Das ist viel Geld. Und davon wollten Sie etwas abhaben?«

»Warum nicht?«, antwortete Frau Kofoed aggressiv. Zeigte sie jetzt ihr wahres Gesicht? »Asger konnte damit überhaupt nichts mehr anfangen. In seinem Zustand. Er war so gut wie … Haben Sie gesehen, wie er gehaust hat? Schrecklich! Er hatte nichts weiter im Kopf, als mit seinen Kumpels zu saufen. Hat das Geld für dummes Zeug ausgegeben. Unter anderem für diese blöde Katze.«

»Da Sie das Tier erwähnen«, schob Kirsten ein. »Wir haben es tot auf dem Balkon gefunden. Vor Ihrem Streit hat die Katze noch gelebt.«

Die Frau fuhr sich nervös über den Hals.

Kirsten ließ nicht locker. »Sie waren an dem Abend ziemlich betrunken, stimmt's? Sie sind zu Ihrem Ex-Mann und wollten ihn dazu bringen, Ihnen etwas von dem Geld zu geben. Sie haben ihn als Monster beschimpft und ihn brutal geschlagen. Sie sagten ihm, dass er es nicht verdient habe, am Leben zu sein, und wünschten ihm, dass ihm jemand die Zunge herausreiße, bevor der Krebs ihn kille. Warum ausgerechnet die Zunge? Das würde mich interessieren.«

»Ich … Das war doch bloß, weil er das früher mit den Kühen gemacht hat.«

»Was meinen Sie damit?«

»Na, Asger war auf Lindholm dafür zuständig, den toten Kühen die Zungen herauszuschneiden, wegen des Impfstoffs.«

Kirsten war überrascht, verbarg es aber. Also hatte die herausgeschnittene Zunge beim zweiten Opfer eine ganz andere Bedeutung, als sie gedacht hatten! Es hatte gar nichts damit zu tun, dass Piil etwas ausgeplaudert hatte, sondern mit der Tätigkeit des ersten Opfers. Doch worauf spielte das Wort »Eisen« dann an? Stand es für etwas, das Martin Piil früher getan hatte?

»Kommt Ihnen eine Idee, wenn Sie an das Wort ›Eisen‹ und den früheren Kollegen Ihres Ex-Mannes, Martin Piil, denken? Haben Sie irgendwelche Assoziationen, ähnlich wie bei den Zungen?«

Frau Kofoed blickte sie ratlos an. »Nein, keine Ahnung. Martin war Klempner, soweit ich weiß. Da hatte er sicher auch mit Eisen zu tun. Mit irgendwelchen Rohren oder so.«

Kirsten nickte. Dem würden sie nachgehen. Sie sah die Frau eindringlich an. »Und die Katze Ihres Ex-Mannes? Was ist mit der passiert? Das waren Sie, nicht wahr?«

Frau Kofoed rührte sich zuerst nicht. Schließlich begann ihre Unterlippe zu zittern und sie schlug die Hände vors Gesicht. »Ich hatte getrunken. Wollte das nicht.« Tränen tropften auf die Tischplatte, während sie herzzerreißend schluchzte.

Kirsten hob eine Braue. Ob die Reue der Frau echt war?

»Es tut mir so leid, dass ich die Katze getreten habe«, wimmerte Mona Kofoed, und nun kam doch eine deutliche Alkoholfahne zu ihnen herübergeweht. Sie hob den Kopf, Rotz lief ihr aus der Nase, und die Mascara war verschmiert. »Das wollte ich nicht. Es ist einfach passiert.«

»Einfach passiert?«

»Ich … war so wütend auf Asger, weil er mir nichts von dem Geld geben wollte, da … da ist mir die Katze vor die

Füße gelaufen und ich habe sie getreten. Ich wollte Asger wehtun und … und …«

»Und da haben Sie sich mit Rask zusammengetan und ihn umgebracht!«

»Was?«

»Sie haben ihn im Treppenhaus getroffen und sich gedacht, dass der Mann Ihnen helfen könnte, an das Geld zu kommen.«

»So ein Quatsch! Niemals würde ich so etwas tun. Erst recht nicht mit so einem Creep wie Rask. Der Typ ist doch total abartig!«

»Ist er das?«

»Auf jeden Fall! Ich würde wegrennen, wenn ich dem begegnen würde!« Frau Kofoed warf Kirsten einen vorwurfsvollen Blick zu. Danach wischte sie sich die Tränen weg und streckte den Rücken durch. »Wer erbt denn eigentlich Asgers Geld?«

»Sie jedenfalls nicht!«, antwortete Kirsten scharf. Die Frau widerte sie an. Die war so was von falsch. Aber ihren Ex-Mann umgebracht hatte sie nicht. Kirsten glaubte ihr, dass sie Angst vor Rask hatte. Das hatten ihre vorangegangenen Reaktionen deutlich gemacht. Frau Kofoed hatte bei ihrem Bericht über den jungen Rask klare Anzeichen von Unbehagen gezeigt.

Kirsten zog eine Visitenkarte aus der Tasche und knallte sie auf den feucht geweinten Tisch. »Wenn Ihnen noch etwas einfällt, melden Sie sich. Mir wäre es allerdings lieber, wenn Sie das nicht täten. Auf Wiedersehen!«

49. KAPITEL

Stege, Møn

Marit öffnete das Video auf ihrem Laptop, das Kirsten ihr zugeschickt hatte, und war überrascht, wie grobkörnig es war. Sie las noch einmal die dazugehörigen Informationen in der Mail. Das Video war von VHS digitalisiert worden. Diese Aufnahme sowie eine überarbeitete Version befanden sich im Anhang. Einer von Wang Zes Spezialisten im NKC, dem Nationalen Kriminaltechnischen Center, hatte alle möglichen Tricks angewandt, um die Bildqualität zu verbessern. Anfang der 90er war die Überwachungstechnik recht dürftig gewesen und bei Weitem nicht in HD.

Lars Høyer saß neben ihr am Tisch und wartete mit unruhig wippendem Knie darauf, dass sie begann. Marit öffnete die bearbeitete Version des Videos und spielte es ab. Der Mittelgang eines Busses erschien auf dem Bildschirm, es wurde von vorne nach hinten gefilmt. Alles in Schwarz-Weiß. Die vorderen Plätze waren leer. Nur hinten beim Ausgang hockten zwei Jungen. Dem Protokoll hatte Marit entnommen, dass sie damals zehn und elf Jahre alt gewesen waren. Sie konnte ihre Gesichter kaum erkennen, so verschwommen war das Material, obwohl der Innenraum des Busses gut beleuchtet war. Die mitlaufende Uhrzeit zeigte 19:48:37.

Plötzlich näherte sich ein Mann den Jungen. Er bewegte sich durch den Gang nach hinten, man konnte lediglich seinen Rücken sehen. Er trug eine schwarze Wollmütze und eine Arbeitshose mit Trägern über seinem dunklen Pullover. Seine Statur war sehr kräftig und bärenhaft. Muskulöse

Schultern und keulenartige Unterarme, ein bisschen Speck um die Hüften. Breitbeinig ging er auf die Jungen zu und blieb vor ihnen stehen. Er hielt sich an einer Stange fest, um die Bewegung des Busses auszugleichen. Unverhohlen starrte er die Jungen an, schien mit ihnen zu sprechen und hob dabei den freien Arm. Trotz des verschwommenen Bildes nahm Marit wahr, dass die Jungen ihre Münder öffneten, wahrscheinlich vor Erstaunen oder Angst, und dann senkten sie schnell ihre Blicke.

Der Mann redete eine Weile auf die beiden ein, plötzlich lehnte er sich vor und griff dem zum Gang hin sitzenden Jungen zwischen die Beine. Er rieb ein paarmal über die Hose des Kleinen und sprang zur Tür hinaus, als der Bus beim nächsten Stopp hielt. Einige Sekunden lang waren noch die verstörten Jungen im Bild, dann war das Video zu Ende.

Sie lehnte sich zurück. »Puh!«, sagte sie und schüttelte den Kopf, um ihre Gedanken zu sortieren.

»Schlimm!«, entgegnete Lars.

Marit spielte das Video erneut ab. Danach war sie derselben Meinung wie zuvor. Um nichts zu übersehen, klickte sie noch einmal die unbearbeitete Version an, stoppte sie aber gleich wieder. Das Video war einfach zu grobkörnig. Sie wunderte sich, dass es in dieser Form damals als Beweismittel durchgegangen war. Heute würde man solches Material nicht verwenden, zumindest nicht ohne eine Begutachtung durch einen Recognizer.

Lars hob gespannt die Brauen. »Und?«

Marit zog das Foto heran, das in der Fallakte lag und den jungen Hans Erik Rask zeigte. Sie hielt es neben das Standbild auf dem Monitor.

»Na, das ist er doch«, sagte Lars. »Glasklar!«

»Ich fürchte, ich muss dich enttäuschen«, entgegnete Marit. »Der Mann auf dem Video ist nicht Rask.«

»Nicht?« Verwundert warf Lars einen genaueren Blick darauf. »Sie haben die gleiche Statur, die gleiche Kleidung und …«

»Mag sein, aber Kleidung und Statur sind nicht alles. Unzählige weitere Faktoren spielen eine Rolle. Und diese deuten darauf hin, dass der Mann im Video nicht Rask ist.«

»Bist du dir ganz sicher? Ich meine, wie kannst du das erkennen?«

»Das ist mein Talent.« Marit hatte wenig Lust, Lars die Hintergründe im Detail zu erklären, daher lieferte sie ihm nur die Kurzversion.

»Okay, krass!«, sagte er. »Aber wer ist das dann?« Er tippte auf den Bildschirm.

»Keine Ahnung. Zumindest jemand, der Rask sehr ähnlich sieht. Auf jeden Fall ist dieses Beweismittel falsch! Beziehungsweise fälschlich eingesetzt worden.« Verärgert biss Marit die Zähne zusammen. Wie kann so etwas passieren? Ein solch grober, geradezu fahrlässiger Fehler? Und keiner der Beteiligten hatte ihn verhindert. In ihr kam eine Ahnung hoch, die sie noch nicht aussprechen wollte.

»Was ist denn mit der Zeugenaussage der beiden Jungen?«, fragte Lars. »Die haben Rask bei der Gegenüberstellung eindeutig erkannt, oder nicht?«

Marit griff über den Tisch, zog die Protokolle aus der monströsen Mappe und las sie sich durch. Sorgfältig nahm sie jedes Wort in sich auf und gab die einzelnen Seiten an Lars weiter, der sie ebenfalls studierte.

Nachdem Marit das letzte Blatt gelesen hatte, ließ sie es sinken und wandte sich an den Kollegen. Anscheinend hatte auch er erkannt, was ihr aufgefallen war, denn seine hohe Stirn wurde von besorgten Falten zerfurcht.

»Das da«, Marit hob die Protokollseite an, »ist ein Skandal!«

Lars nickte. Er war blass geworden. »Ich fürchte, du hast recht.«

»Wer war noch gleich der verantwortliche Ermittler damals?« Marit blätterte zu der ersten Seite, doch Lars beantwortete die Frage schneller.

»Roger Østerby. Ich kenne ihn.« Er fuhr sich mit den Händen über die Oberschenkel. »Er war damals mein Chef, als ich hier in Stege bei der Polizei angefangen habe.«

»Weißt du, wo wir ihn finden können?«

»Er wohnt in Nyord, ist seit zehn Jahren pensioniert.« Lars' Augenlid zuckte nervös. »Du willst ihn doch nicht etwa befragen?«

»Genau das will ich!« Grimmig klappte Marit den Laptop zu und stopfte ihn in die Tasche. Auf dem Weg zur Tür drehte sie sich um. »Kommst du mit?«

»Äh, darfst du eine solche Befragung überhaupt durchführen? Du bist schließlich nur als Beraterin angestellt.«

»Mit der Unterzeichnung meines Vertrages habe ich einige Befugnisse erhalten, darunter auch jene zur Befragung. Willst du das Kleingedruckte lesen?«

»Nein, schon okay.« Er hob beide Hände.

»Und, kommst du jetzt mit?«

»J... ja. Natürlich.«

50. KAPITEL

Klintholm Havn, Møn

Fünf Songs von Guns N' Roses und zwei Anrufe später rollten Jesper und Lykke auf den Parkplatz vor dem Pflegeheim im Klintholm Havn. Kurz zuvor hatte Kirsten angerufen, um Jesper zu informieren, dass Frau Kofoed mit ziemlicher Sicherheit nichts mit den Morden zu tun, aber zugegeben hatte, die Katze zu Tode getreten zu haben. Außerdem hatte sie die Kollegen darüber aufgeklärt, dass Martin Piils herausgeschnittene Zunge vermutlich ein Hinweis auf Asger Dahls Tätigkeit als Schlachter in der Tierversuchsanstalt auf Lindholm war. Diese Neuigkeit hatte Jespers Rädchen im Gehirn in Gang gesetzt. Und er hatte zusammen mit Lykke weiter über das Wort »Eisen« gerätselt. Leider waren sie damit nicht wirklich weit gekommen, denn als Nächstes war ein Anruf von Marit eingegangen, in dem sie ihnen mitgeteilt hatte, dass der Mann aus dem Busvideo nicht Rask war. Das hatte Jespers Kopf regelrecht zum Rauchen gebracht. Der Fall wurde immer absurder und komplexer. Je mehr Informationen auf sie einprasselten, desto verwirrender wurde das Puzzle.

Jespers Blick wanderte hinüber zum Eingang des Pflegeheims.

Knockin' on heaven's door …

Der gute Axl Rose wusste Bescheid.

Sie betraten das Altenheim und erkundigten sich nach dem Zimmer des ehemaligen Direktors von Lindholm.

»Sie finden Bent Lårup in Nummer 25. Mensch, da hat der Gute aber viel Besuch heute!«

»Was meinen Sie damit?«, wollte Jesper wissen, doch der Pfleger lief bereits geschäftig davon.

Sie gingen zu Zimmer 25 und klopften. Jemand rief »Herein!«, und sie öffneten die Tür.

»Ach, sieh an!«, begrüßte sie einer der beiden Männer, die an einem runden Kaffeetisch beisammensaßen. »Die Kollegen von der Polizei!«

»Was machen Sie hier?« Jesper sah den Typen in Holzfällerhemd und Jeans scharf an. Das goldene Kreuz auf seiner Gürtelschnalle blinkte im matten Licht, das zum Fenster hereinfiel. Es war Pettersen, der Ortsvorsteher von Stege.

»Wieso?«, fragte dieser mit unschuldiger Miene. »Darf man alten Bekannten nicht mal ein wenig Zeit widmen?«

»Im Ernst, Hardy!«, mischte sich Lykke ein. »Was zur Hölle tust du hier?«

»Ist das eine polizeiliche Vernehmung?« Hardy Pettersen schob Lykke herausfordernd sein Doppelkinn entgegen.

»Nein, aber …«

»Siehst du? Dann muss ich auch nicht auf deine Frage antworten.« Er griff nach einer der Porzellantassen von Royal Copenhagen und trank einen Schluck Kaffee.

Jesper zog Lykke aus dem Raum.

»Was läuft da?«, fragte er im Flur. »Woher weiß dieser verdammte Pettersen, dass wir heute den Direktor befragen wollen? Hat Lars wieder was ausgeplaudert?«

Lykke schüttelte den Kopf. »Das glaube ich nicht. Ich habe Lars deutlich erklärt, dass er sein Plappermaul im Zaum halten soll, sonst bekäme er Ärger von euch. Er hält sich daran, er ist ja nicht blöd.«

»Und wieso ist der Ortsvorsteher dann bei Lårup?«

»Ich schätze mal, das haben wir dem Pflegepersonal zu verdanken. Die haben bestimmt etwas mitbekommen und weitererzählt. Oder es war Laurits Wernebo, der ehemalige

Verwalter von Lindholm, der euch über die Insel geführt hat. Der wusste auch, dass wir Lårup besuchen wollen.«

Jesper verzog den Mund. Dieser verdammte Tratsch! Er hatte beinahe vergessen, wie es sich manchmal mit Ermittlungen im ländlichen Raum verhielt. Wie groß die Neugier war, genau wie das Geltungsbewusstsein übereifriger Lokalpolitiker.

»Ganz ehrlich, Pettersen wird langsam lästig«, zischte er.

»Ja, so ist Hardy.« Lykke grinste und Grübchen zeigten sich auf ihren sommersprossigen Wangen. Jesper ertappte sich bei dem Gedanken, dass er sie anziehend fand.

»Und was nun?«, fragte sie.

Er riss sich zusammen. »Ist Pettersen mit dem Direktor verwandt?«

»Meines Wissens nicht.«

»Gut. Dann komm.« Jesper betrat Lårups Zimmer und wies demonstrativ nach draußen auf den Flur. »Wenn Sie jetzt gehen möchten, Herr Pettersen. Ihre Anwesenheit ist nicht länger erforderlich. Zu Ihrem Verständnis: *Das* ist eine polizeiliche Anweisung.«

»Wie bitte?«

»Raus! Aber sofort!«, wiederholte Jesper zornig. Pettersen sollte merken, dass er mehr als eine Grenze überschritten hatte.

Der Ortsvorsteher stemmte seine beleibte Gestalt vom Stuhl hoch und drehte sich zu dem weißhaarigen Herrn um, der ihm gegenüber im Lehnstuhl saß. »Bent, ich entschuldige mich für das rüde Verhalten dieser Staatsbediensteten. Sollten sie dich bedrängen, gib mir Bescheid. Ich kann eine Beschwerde für dich einlegen.«

Der alte Direktor hob eine seiner knotigen Hände. »Ja, ja, *farvel*, Hardy. Ich danke dir für deinen Besuch.«

Pettersen bedachte zuerst Lykke und anschließend Jesper

mit einem bösen Blick, bevor er aus dem Zimmer rauschte. Draußen schimpfte er lautstark über die ungehobelten Manieren der Polizei, sodass alle gespitzten Ohren im Heim es auch sicher mitbekamen.

Jesper schloss die Tür und hoffte, dass der Ortsvorsteher den ehemaligen Direktor nicht in irgendeiner Weise beeinflusst hatte. Er fragte sich, warum Pettersen ständig in ihrer Nähe auftauchte. War er einfach neugierig oder verfolgte er ein bestimmtes Ziel?

Er spürte die Ungeduld des Direktors, der ihn durch seine Brille abwartend ansah. Lykke hatte sich dem Mann bereits vorgestellt, und nun tat es Jesper ihr gleich und schüttelte ihm die Hand. »Entschuldigen Sie die Störung, Herr Lårup. Ich bin Vizekommissar Bæk von der Kopenhagener Mordkommission.«

»Angenehm. Wollen Sie sich nicht setzen?« Der Direktor trug eine beige Stoffhose, ein frisch gebügeltes Hemd und dazu eine Krawatte, deren akkurat gebundener Knoten aus dem Ausschnitt seines grauen Pullunders ragte. »Wenn Sie Kaffee oder Tee wünschen, sage ich dem Pflegepersonal Bescheid. Vielleicht noch Kekse dazu?«

Jesper lehnte freundlich ab und erklärte, dass sie nicht lange bleiben würden. Sie wollten ihm lediglich ein paar Fragen zu den Versuchslaboren auf Lindholm stellen.

Der Direktor streckte einen seiner krummen Finger in Richtung Flur aus. »Und ich dachte schon, Ihr Erscheinen habe etwas mit Hardy zu tun. Der besucht mich sonst nie.«

»Was hat er Ihnen denn erzählt?« Jesper nahm Platz und Lykke folgte seinem Beispiel.

»Ach«, der alte Direktor winkte ab, »bloß Unsinn. Typisch Hardy. Ich weiß nicht, wie ein Kerl wie er Ortsvorsteher werden konnte. Ich habe ihn jedenfalls nicht gewählt! Muss wohl an seinem Vater liegen, der war damals Bürgermeister von Stege, bevor die Kommune mit der von Vordingborg zusammengelegt wurde.«

»Hatten Sie als Direktor des Lindholm-Instituts viel mit ihm zu tun?«, wollte Lykke wissen.

»Mit Hardy? Nein, der war damals noch ein junger Bursche.«

»Ich meinte mit dem Bürgermeister, Hardys Vater.«

»Ach so.« Der Direktor rückte sich die Brille auf seiner Nase zurecht. »Ja, mit dem hatte ich regelmäßig Kontakt. Wir haben uns auf den Bürgerversammlungen getroffen und bei den obligatorischen Weihnachtsessen mit dem ganzen politischen Zirkus von Stege. Als Direktor des drittgrößten Arbeitgebers in der Region nach der Zuckerfabrik und der Keksmanufaktur war man natürlich immer eingeladen. Aber eigentlich waren die Leute bloß neugierig, was auf unserer Insel vor sich ging. Es durfte ja nicht jeder drauf.«

»Gehörten Sie zu den Angestellten, die ganzjährig auf Lindholm gelebt haben?«, erkundigte sich Jesper.

»Um Gottes willen, nein! Das war nur etwas für Hartgesottene. Ich hatte ein Haus in Kalvehave, in dem ich mit meiner Familie gewohnt habe, ich bin jeden Tag mit der Fähre rübergefahren. Lediglich ein kleiner Teil der Leute blieb auf der Insel wie zum Beispiel der Wachdienst, die Tierpfleger, die Handwerker für Notreparaturen und die Wissenschaftler, wenn sie Versuchsreihen durchführten, die nicht unterbrochen werden durften. Und schließlich noch der 24-Stunden-Veterinärbereitschaftsdienst.«

»Eine 24-Stunden-Bereitschaft? Wofür braucht man so was?«, wollte Jesper wissen.

»Wenn es irgendwo in Dänemark einen Verdacht auf Maul- und Klauenseuche, Tollwut oder Schweinepest gibt, werden von den Landwirten oder Jägern vor Ort Proben genommen, und die werden dann mit dem Hubschrauber ins zuständige

Labor geflogen. Damals war das auf Lindholm, heute werden die Proben nach Lyngby gebracht. Dort werden sie schnellstmöglich untersucht, um entweder Entwarnung geben zu können oder Maßnahmen zu ergreifen. Sie können sich sicher vorstellen, was passieren würde, wenn eine solche Krankheit in den heutigen dichten Tierbeständen ausbräche.«

»Das kann ich. Aber verstehe ich das richtig? Es ging damals wie heute mehr um wirtschaftliche Interessen als um das Wohl der einzelnen Tiere in Ihren Laboren?«

Der Direktor schmunzelte. »Ach, Sie sind auch so ein emotional gesteuerter Tierversuchsgegner.«

»Ich mag es eben nicht, wenn Tiere gequält werden.«

»Unsere Tiere wurden nicht gequält. Wir haben mit unserer Forschung Bedeutsames erreicht, für Dänemark, für die ganze Welt. Dank unserer Arbeit gab es seit 1983 keinen Ausbruch von MKS mehr in unserem Land. Das ist ein großer Erfolg.« In der Stimme des Direktors schwang Stolz mit. In Jesper hingegen nagte die Wut. Am liebsten hätte er Lårup noch einige andere Sachen an den Kopf geworfen, doch er musste seine private Meinung für sich behalten.

»Wie lange waren Sie Leiter der Anlage auf der Insel?«, fragte er bemüht neutral.

»Warum wollen Sie das wissen?«

»Es ist vielleicht wichtig für unsere Ermittlung.«

»Nun, ich habe von 1970 bis 2005 auf Lindholm gearbeitet, falls Ihnen das hilft.«

»Sind Sie traurig, dass die Forschungsanstalt geschlossen wurde?«, fragte diesmal Lykke.

»Natürlich bin ich das«, antwortete der Direktor geradeheraus und blickte Jespers Kollegin an. »Lindholm war mein Leben. Wir haben dort viel erreicht und eine Reihe von Durchbrüchen bei der Entwicklung von Impfstoffen gefeiert. Wir waren weltweit auf Kongressen eingeladen und international anerkannt. Es ist sehr traurig, dass damit jetzt Schluss ist.«

»Aber die Labore existieren noch, nur eben in Lyngby«, sagte nun wieder Jesper.

Die Miene des Direktors verdunkelte sich. »Ein Elend ist das! Stets wird alles aus Kostengründen in die Hauptstadtregion verlagert. Bald wohnt niemand mehr auf dem Land, weil es hier nichts gibt. Von den jungen Leuten weiß kaum einer noch, wie es ist, aus purem Idealismus zu arbeiten und nicht bloß wegen des Geldes. Jeder will reich sein, will es bequem haben und in der Großstadt leben. Es ist eine Schande, dass Lindholm geschlossen wurde. Der Standort in der Stege Bucht war perfekt. Ich werde immer daran zurückdenken, wie es war, morgens mit der Fähre hinüberzufahren. Das waren große Zeiten mit noch größeren Erfolgen. Wir haben Geschichte geschrieben!« Er sah Jesper mit wässrigen Augen an, so als würde er ihn fragen, ob er das auch tat: Geschichte schreiben.

»Was ist mit den Jahren 1989 und 1990?«, fuhr Jesper unbeirrt fort. »Erinnern Sie sich daran?«

»Was genau möchten Sie wissen?«

»Können Sie uns etwas über Hans Erik Rask erzählen?«

Der Direktor presste die Lippen aufeinander und schwieg. Er wirkte trotzig.

»Herr Direktor«, hakte Lykke freundlich nach, »es wäre wirklich schön, wenn Sie uns weiterhelfen würden. Vielleicht wissen Sie noch, wie Rask damals war. Uns würde besonders interessieren, ob er Kontakt mit zwei anderen Mitarbeitern hatte. Martin Piil und Asger Dahl.«

»Selbstverständlich hatte er das. Ich erinnere mich noch sehr gut an diese Männer. Der eine war Handwerker, der andere Schlachter. Und Hans Erik Rask …«, Lårup faltete seine Hände, »war Hilfsarbeiter und wurde immer dort eingesetzt, wo eine Hand fehlte. Er war geschickt und fleißig und hat stets schnell begriffen, was von ihm verlangt wurde.«

»Rask hat Dahl und Piil also bei ihrer Arbeit geholfen?«

»Ja. Hauptsächlich war er jedoch für das Krematorium zuständig. Da fehlten andauernd Leute. Zu seinen Aufgaben gehörte das Befüllen der Kammern. Darin war er ein regelrechter Experte, und im Gegensatz zu anderen schien er mit der Arbeit gut klarzukommen. Ich habe ihn als sehr wertvollen Mitarbeiter empfunden. Einen, auf den man sich verlassen konnte. Tragisch, was mit ihm später geschehen ist.«

»Hatten Piil oder Dahl je Streit mit Rask?«

Der Direktor kniff die Augen zusammen. »Wissen Sie, das kann ich mir nicht vorstellen, Rask war absolut nicht streitsüchtig. Er war ein lieber, netter Bursche. Martin Piil hingegen war ein ganz anderes Kaliber. Der tat immer großspurig und machte zotige Witze. Deshalb war er bei der weiblichen Belegschaft nicht sonderlich beliebt. Es gab sogar einige Beschwerden gegen ihn, wenn ich mich recht entsinne.«

»Welcher Art?«

»Wie gesagt, seine Witze haben nicht jedem gefallen. Sie waren schlüpfrig. Da haben sich einige der Damen belästigt gefühlt.«

»Hatte das Folgen für Piil?«

Der Direktor lachte. »Für schmutzige Witze wurde man damals nicht gleich entlassen. Ich habe Piil in einem persönlichen Gespräch geraten, die anzügliche Seite seines Humors besser für sich zu behalten, und er hat sich daran gehalten.«

Während Lykke weiterfragte, dachte Jesper über Piil nach. Laut Kirstens Bericht hatte Mona Kofoed Ähnliches über Martin Piil erzählt. Dass er gerne Pornohefte dabeigehabt und seine schmutzigen Fantasien geteilt hatte. Vielleicht war bei dem was zu kurz gekommen in seinem Exil auf der Insel und er hatte anderweitig Druck abgelassen. Bei zwei kleinen Jungen im Bus zum Beispiel. Er würde Marit später damit beauftragen, Piil mit dem Mann im Bus abzugleichen.

»Was ist mit Asger Dahl?«, fragte Lykke den Direktor und führte damit die Unterhaltung fort. Sie machte das richtig gut. »Gibt es über den etwas Besonderes zu berichten?«

»Der war ein unauffälliger Zeitgenosse. Mir ist damals zu Ohren gekommen, dass er einer religiösen Minderheit angehörte, die an Odin glaubte. Wie Rask übrigens auch. Aber damit hatte ich nie ein Problem. Jeder darf glauben, woran er mag, solange er seine Arbeit ordentlich erledigt.«

»Und sonst gibt es nichts, was zwischen den dreien vorgefallen sein könnte?«

Der Direktor schien zu überlegen, dann zuckte er mit den Achseln. »Ich fürchte, das ist alles, was ich berichten kann. Tut mir leid.«

»Sie müssen sich nicht entschuldigen«, entgegnete Lykke. »Im Gegenteil, Sie waren uns eine große Hilfe.«

Auf dem Gesicht des alten Direktors erschien ein glückliches Lächeln. Wie der Verwalter schien er froh zu sein, mal wieder über seine geliebte Insel gesprochen zu haben.

Lykke legte ihm eine Karte auf den Tisch und erhob sich. »Bitte melden Sie sich, falls Ihnen noch etwas einfällt.«

»Das mache ich selbstverständlich.«

Jesper stand ebenfalls auf und überlegte, wie er dem Direktor unterbreiten sollte, dass er möglicherweise in Gefahr war, weil er in den Fokus des Mörders geraten könnte. Er wollte Lårup nicht unnötig beunruhigen, sah aber eine gewisse Notwendigkeit, ihn zu warnen. Vielleicht wäre es besser, stattdessen das Pflegepersonal zu informieren. Die könnten im Ernstfall ohnehin mehr ausrichten als der alte Herr.

»Was ist es, das Sie mir verschweigen, Herr Kommissar?«, fragte der Direktor und betrachtete ihn aufmerksam. Offensichtlich konnte er sich nicht nur auf seine Erinnerung verlassen, sondern auch auf seinen Instinkt.

»Herr Lårup, es gibt da eine Sache, die uns Sorgen bereitet«, setzte Jesper zu einer Erklärung an.

»Ja?«

»Wir denken, dass der Täter – ob es nun Rask ist oder nicht – sich an Menschen rächt, die damals zusammen mit ihm auf Lindholm gearbeitet haben.«

»Ach, und Sie halten es für möglich, dass er mich aussucht?«

»So ist es.«

Lårup legte den Kopf zurück und ließ ein schallendes Lachen ertönen. »Rask? Nein wirklich. So ein Unsinn.«

»Wie können Sie sich dessen so sicher sein?«

Der Direktor wurde wieder ernst. »Sie wissen, dass damals nach dem Mord an dem kleinen Mädchen viel Schlimmes über Hans Erik Rask erzählt wurde.«

Jesper nickte.

»Dann ist Ihnen bestimmt auch zu Ohren gekommen, dass ich einer der wenigen war, der sich für ihn ausgesprochen hat.«

Jesper holte die Liste der Zeugen hervor und ging sie durch. Tatsächlich fand er den Namen des Direktors darauf.

»Sehen Sie?«, sagte dieser. »Ich fühle mich von Rask in keinster Weise bedroht. Sie brauchen also keinen Streifenwagen vor dem Heim zu platzieren oder etwas in der Art. Die Hysterie überlasse ich getrost den anderen.«

»Sie glauben demnach nicht, dass er es war?«

»Herr Bæk, ich bin Wissenschaftler, glauben fällt nicht in mein Ressort. Aber in einem können Sie sich sicher sein: Wenn ich herausfinde, wer es war, sage ich Ihnen Bescheid.«

51. KAPITEL

Nyord

Der Garten hinter dem kleinen Fachwerkhaus war ein Traum. Von hier aus konnte man über die Bucht bis zur Insel Lindholm und nach Stege gucken. Weiter rechts spannte sich im Dunst die Dronning-Alexandrines-Brücke hinüber nach Sjælland. Im Garten blühten späte Herbstblumen. Die Hecken waren akkurat geschnitten, das Laub war weggefegt worden und alles für den kommenden Winter vorbereitet.

Marit befand sich im Wohnzimmer von Roger Østerby und bestaunte die Aussicht. »Friert die Bucht im Winter eigentlich auch mal zu, sodass man zu Fuß nach Lindholm gehen kann?«, fragte sie den pensionierten Kommissar, der mit Lars hinter ihr stand.

»Das kann schon passieren«, antwortete Østerby mit einer ungewöhnlich tiefen Stimme, in der bis heute Autorität mitschwang. »Aber das war früher häufiger der Fall als heute. Es gibt sogar einen Spruch dazu: *Ingen ræv går over isen efter Peters stol.*«

»Kein Fuchs geht über das Eis nach der St.-Petrus-Messe am 22. Februar.«

Roger Østerby nickte. »In den Eiswintern konnte die Fähre nicht mehr fahren und die Angestellten mussten zu Fuß nach Lindholm rüberwandern.«

Marit sah noch etwas länger auf die unheimliche Insel. Von Sanel Simović hatten sie heute Morgen erfahren, dass sie Lindholm komplett abgesucht und nichts gefunden hatten. Die

Hunde hatten nicht einmal angeschlagen. Also war Rask nicht dorthin geflohen. Doch wo war er dann?

Sie wandte sich vom Fenster ab und blickte in die düstere Wohnstube. Sie hatte eine sehr niedrige Decke und die Einrichtung zeugte von schlichter Genügsamkeit. Es gab kaum Deko oder Bilder an der Wand. Marit holte den Laptop aus ihrer Umhängetasche und klappte ihn auf. Sie hatte viele Fragen im Gepäck.

»Ich habe Ihnen ja bereits erklärt, warum wir hier sind.« Sie schob Østerby den Rechner hin und spielte ohne große Vorrede das Video ab. Als der pensionierte Kommissar es sich angesehen hatte, lächelte er. Østerby war unrasiert und trug einen dicken Wollpullover mit einer Lammfellweste darüber. Kein Wunder, dass er fror, denn in dem historischen Bauernhaus war es klamm und kalt. Es roch nach erloschener Kaminasche und dem Essen von gestern Abend. Marit tippte auf Bratfisch.

»Dieses Video war unser wichtigstes Beweismittel gegen Hans Erik Rask«, erklärte Østerby. »Es war übrigens meine Idee, auch an anderen Orten nach Hinweisen auf seine Pädophilie zu suchen – und bingo!« Er schnippte mit den Fingern. »Wir fanden die Aufnahmen aus dem Bus. Der Film hat die Richter überzeugt, und sie haben Rask zur Höchststrafe verurteilt. Das war eine große Sache. Mein größter Fall!«

Marit nickte. Sie konnte sich denken, wie Østerby über Rask dachte und dass er den Fall als Karrieresprungbrett für sich genutzt hatte.

»Sie waren damals Ermittlungsleiter?«, fragte sie.

»Ja, ich war der ranghöchste Beamte auf Møn und habe die Ermittlungen koordiniert. Natürlich gab es zu jener Zeit noch die Rejsehold, die zentrale Abteilung der Reichspolizei aus Kopenhagen, die vor der Polizeireform bei besonders schweren Fällen ausgerückt ist und die lokalen Kräfte unterstützt hat.«

»Danke«, entgegnete Marit kühl, »ich weiß, was die Reisegruppe ist, ich kenne mich zufällig aus mit der Polizei.« Sie hielt ihren Dienstausweis hoch, den sie um den Hals trug.

Østerby sagte nichts, sondern räusperte sich, wobei es klang, als würde er die halbe Ostsee hochwürgen. Marit musste sich Mühe geben, nicht angewidert das Gesicht zu verziehen, und tauschte einen Blick mit Lars, der mit seiner Mütze in der Hand dastand und bisher kaum ein Wort mit dem Kommissar gesprochen hatte. Auf der Fahrt nach Nyord hatte er sie förmlich angefleht, gnädig mit seinem ehemaligen Chef umzugehen.

»Wieso?«, hatte sie ihn gefragt. »Die Betonung liegt doch auf *ehemalig*. Was soll dir Østerby noch zu sagen haben?« Daraufhin hatte Lars etwas vor sich hin gemurmelt und fortan geschwiegen.

»Jedenfalls hat uns die Rejsehold tatkräftig unterstützt«, fuhr Østerby fort. »Gemeinsam haben wir das Monster Rask gestellt.« Seine Lippen öffneten sich zu einem Grinsen und entblößten nikotingelbe Zähne. »Solch ein Fall ist außergewöhnlich. Ich wette, so einen haben Sie noch nicht gehabt, nicht wahr, Mädchen? Dazu müssen Sie vielleicht ein bisschen mehr Erfahrung sammeln.«

Marit verbiss sich die Belehrung, die ihr auf der Zunge lag. Østerby würde sein Fett wegbekommen, das war sicher. Auch wenn sie dabei nicht auf Lars' Hilfe zählen konnte, denn der hatte angesichts seines alten Chefs die Hosen voll.

Roger Østerby grinste sie weiterhin onkelmäßig an.

»Und was sagen Sie zu dem Video, wenn Sie es sich heute anschauen?«, fragte sie. »Ist der Mann darauf für Sie nach wie vor Hans Erik Rask?« Sie hielt ihm das Standbild von dem bulligen Mann mit Latzhose entgegen.

Østerby betrachtete es gar nicht richtig, sondern bestätigte sofort: »Klar ist er das! Das sieht doch ein Blinder.«

»Ich habe die Protokolle der Befragungen gelesen, die Sie mit den beiden Jungen aus dem Bus durchgeführt haben.«

»Ja und?«

»Die sind total unprofessionell!«

Unter den weißen Bartstoppeln nahm Østerbys Gesichtshaut eine rötliche Farbe an. »Was erlauben Sie sich? Es ist eine Frechheit, mir so etwas vorzuwerfen! Die Befragungen waren absolut akkurat.«

»Nein, waren sie nicht. Erstens haben Sie die Jungen allein und nicht in Anwesenheit ihrer Eltern oder eines Kinderpsychologen befragt, und zweitens haben Sie ständig Suggestivfragen gestellt. Das macht man weder bei Kindern noch bei Erwachsenen. Das sollten Sie als hochrangiger Polizeibeamter eigentlich wissen.«

»Wo habe ich denn Suggestivfragen gestellt?«

Marit zog das Protokoll aus der Tasche und zeigte Østerby die besagten Stellen. »Hier fragen Sie zum Beispiel den einen Jungen, ob er unsittlich im Schritt berührt worden ist. Als Nächstes wollen Sie von dem anderen wissen, ob der Mann wie Rask ausgesehen habe, und halten ihm ein Foto vom Beschuldigten vor die Nase, bevor er den Belästiger überhaupt beschreiben konnte. Und bei der Gegenüberstellung sagen Sie doch glatt, dass der Täter eine Latzhose getragen hat, ohne die Jungen nach der Kleidung gefragt zu haben – das ist Manipulation. Bei Minderjährigen lässt man sich den Tatvorgang mit deren eigenen Worten beschreiben und nicht mit denen, die ihnen durch die befragenden Beamten in den Mund gelegt werden. Man kann an den Antworten der Jungen deutlich ablesen, dass sie durch Sie beeinflusst wurden. Ich wundere mich, weshalb eine so unsachgemäße Beweisführung, zu der auch das Video zählt, vor Gericht zugelassen wurde. Das ist eine schlampige Arbeit, wie ich sie noch nie erlebt habe. Und wenn ich es nicht besser wüsste, könnte man das Gefühl bekommen, dass Rask mit Absicht zum Täter abgestempelt wurde.« Nun hatte sie ihren Verdacht ausgesprochen, und es fühlte sich gut an. Lars hingegen duckte sich immer tiefer in die Schatten des Wohnzimmers.

»Wie bitte?«, polterte Østerby. »Natürlich ist Rask der Täter! Er hat die kleine Line ermordet! Hat über ihrer Leiche gesessen und seinen Mund auf ihren gepresst. Seine DNA war an ihrer Kleidung, an ihrem nackten Körper. Er hat sie ausgezogen und sich an ihr vergangen. Er ist ein Perversling, der sich an kleinen Kindern aufgeilt. Genau wie bei den Jungen im Bus!«

»Das im Bus war nicht Rask!«

Østerby lachte. »Natürlich war er das. Das haben sogar die Experten bestätigt, die das Video geprüft haben.«

»Diese Experten haben sich geirrt!«, beharrte Marit.

»Und die beiden Jungen?« Østerby stierte sie an. »Die haben Rask bei der Gegenüberstellung eindeutig identifiziert.«

»Weil Sie die Jungen in der Befragung auf Rasks Fotos konditioniert haben. Die Kinder konnten gar nicht anders, als exakt den Mann unter den Verdächtigen auszuwählen, den sie bis zu diesem Zeitpunkt Dutzende Male präsentiert bekommen haben. Das war lupenreine Manipulation von Zeugen.«

»Was für ein Quatsch!« Er drehte sich zu Lars um. »Muss ich mir so einen Blödsinn anhören, Lars? Und das von einem Fräulein Naseweis wie der?«

Lars starrte verlegen auf seine Stiefelspitzen.

Marit wurde wütend. Am liebsten hätte sie den feigen Kollegen nach Hause geschickt. Doch sie schluckte ihren Zorn herunter und fixierte Østerby. Mit deutlichen Worten informierte sie den ehemaligen Kommissar über ihre Tätigkeit als Recognizerin.

»Super-Recognizer? Was ist denn das für ein neumodischer Scheiß?« Østerby schüttelte den Kopf. »Haben die bei der Polizei nur noch Geldverschwendungsmaßnahmen im Sinn? Unfassbar! Und mit einem solchen Unfug belästigen Sie mich?« Er funkelte sie feindselig an. »Wenn Sie keine Fragen mehr haben, würde ich gerne wieder meinen Vormittag genießen, ohne mir Ihre haltlosen Vorwürfe anhören zu müssen.« Er sah Lars an. »Nimm diese Spinnerin gefälligst mit und wehe, du tauchst hier noch mal mit der auf!«

Marit presste die Lippen aufeinander. Dieser alte Knochen von einem Ex-Bullen stellte ihre Expertise so offen und provokant infrage, dass ihre Gedanken automatisch zum Nanna-Fall sprangen, bei dem ihr dasselbe vorgeworfen worden war. Ohne es zu wollen, grub sich der Dorn des Zweifels in ihre Brust.

»Na, weinst du gleich, Mädchen?«, stichelte Østerby gehässig. »Ich bin ohnehin der Ansicht, dass Frauen nichts bei der Polizei zu suchen haben. Wer sich das ausgedacht hat, gehört eingesperrt. Wahrscheinlich irgendein schwanzloser Gleichstellungsbeauftragter, der zu Hause nichts zu melden hat.« Er hob eine Hand. »Ich wusste immer, dass das Nonsens ist. Nicht wahr, Lars? Gestandene Männer wie uns haut so schnell nichts um!« Er schlug seinem ehemaligen Kollegen auf die Schulter und grinste ekelhaft.

Marit hatte genug. Sie klappte den Laptop zu und steckte ihn in die Tasche. »Sie hören von uns, Herr Østerby!«, sagte sie. Als sie in Richtung Tür ging, hörte sie, dass Østerby Lars in ihrem Rücken etwas zuflüsterte.

»Lass dir von der blasierten Großstadtkuh nichts sagen, mein Junge.«

Marit kämpfte den Impuls nieder, sich umzudrehen und Østerbys dämlich grinsende Visage ihre Faust spüren zu lassen. Stattdessen rief sie Lars zu, endlich mitzukommen, und trat ins Freie. Draußen hörte sie ein lautes Lachen aus dem Haus schallen. Im nächsten Moment eilte Lars ihr mit schuldbewusster Miene hinterher.

Am Wagen sah Marit den Kollegen über das Autodach hinweg an. »Was sollte das?«

»Du musst Roger entschuldigen«, entgegnete er. »Er ist noch einer von diesen Typen, die solche antiquierten Ansichten haben.«

»Und was ist mit deinen Ansichten, Lars? Ich kann mich nicht erinnern, dass du ihm widersprochen hättest!« Sie funkelte ihn an.

Verlegen wandte er sich ab und stieg ein.

Du rückgratloses Fähnchen im Wind, verfluchte Marit ihn innerlich und stieg ebenfalls ein, obwohl sie am liebsten zu Fuß nach Stege zurückgelaufen wäre. Aber die Strecke war zu lang. Als sie sich anschnallte, spürte sie Østerbys Blick durch das Fenster, doch sie zwang sich, ihn zu ignorieren. Aus dem Augenwinkel registrierte sie trotzdem, dass der Kommissar in der Haustür stand und sie anstierte.

»Ich habe dir ja gesagt, dass es keine gute Idee ist, Roger zu befragen«, stellte Lars fest und fuhr los.

52. KAPITEL

Der ehemalige Ermittlungsleiter Roger Østerby trat zurück ins Haus und rieb sich über das stoppelige Kinn. Was erlaubte sich diese Scheißalbinotussi aus Kopenhagen eigentlich? Wühlte in Angelegenheiten herum, die sie nichts angingen. So ein verdammter Mist! Dabei hatte er gedacht, Lars habe das im Griff, aber dem war offensichtlich nicht so. Diese Großstadtbullenwichser machten ihnen das Leben schwer.

Østerby humpelte zu der Fensterbank, auf der sein Handy lag. Er wählte eine Nummer, hob das Telefon ans Ohr und sah hinab auf das stahlgraue Wasser der Bucht. Ungeduldig trommelte er mit den Fingern auf dem Fensterbrett. Die toten Fliegen darauf tanzten.

Seine Frau, die sich stets um den Haushalt gekümmert hatte, war vor drei Jahren gestorben. Seither übernahm die Arbeiten seine Putzhilfe Olga aus Polen. Und das mehr schlecht als recht, wie er mit Blick auf die Fliegen feststellte.

Billig und blöd. Kein Wunder.

Es klingelte immer noch. Unwirsch schnippte er eine der toten Fliegen weg. Wenn Olga morgen käme, würde er sie zur Rede stellen oder ihr den geilen runden Polenarsch versohlen.

Endlich nahm jemand ab.

»Verflucht! Warum hat das so lange gedauert?«, schimpfte Østerby.

»Sorry, hab das Klingeln nicht gehört.«

»Lass besser mal deine Ohren untersuchen. Aber jetzt pass auf, wir haben ein Problem. Die Bullen aus Kopenhagen schnüffeln in dem alten Fall herum.«

»Weiß ich«, entgegnete der andere.

»Na toll, du Schlaumeier. Warum sagst du mir das nicht? Du solltest besser mit mir zusammenarbeiten. Du hängst in der Sache mit drin, und das nicht zu knapp! Sie zweifeln das Video aus dem Bus an. Die haben so eine Recognizer-Tante, die erkannt hat, dass es nicht Rask war.«

»Ist das die große blasse Bohnenstange?«

»Ja. Das Albino.«

»Okay. Wenn es dich beruhigt: Ich habe bereits Maßnahmen getroffen, keine Angst. In Stege sind alle davon überzeugt, dass es Rask war, dafür habe ich gesorgt. Die Stimmung ist ordentlich hochgekocht, ich habe die Presse mit falschen Hinweisen gefüttert. Die Journaille produziert einige schöne absurde Schlagzeilen.«

»Dann hoffen wir mal, dass dein Plan funktioniert. Wenn die mich auseinandernehmen, kommen sie irgendwann auch auf dich.«

»Keine Sorge, das wird nicht passieren.«

Østerby schnaubte abfällig. Diese Zuversicht hätte er auch gerne. Er mochte es nicht, wenn er sich auf andere verlassen musste. Vielleicht sollte er selbst losziehen und Rask aufstöbern. Den Scheißkerl aus seinem Versteck jagen und abknallen wie einen räudigen Wolf. Wölfe hatten schon immer Unheil gebracht. Sie hatten unter den Menschen nichts verloren.

Østerby wiederholte seine Warnung und legte auf. Anschließend hinkte er in sein Schlafzimmer. Verflixte Hüfte, er sollte sich endlich dazu durchringen, sie operieren zu lassen!

Im Schlafzimmer schloss er den Waffenschrank auf, der hinter der Tür an der Wand stand. Er entnahm ihm eine Schrotflinte, stopfte ein paar Patronen in die Taschen seiner Lammfellweste und humpelte zurück in die Diele, wo er die

Flinte an die Garderobe lehnte. Stöhnend bückte er sich und schlüpfte in seine Jagdstiefel.

Wäre doch gelacht, wenn er diesen debilen Hundsfott namens Rask nicht selbst aufstöbern könnte. Schließlich kannte er die Insel genauso gut wie diese heidnische Missgeburt.

53. KAPITEL

Stege, Møn

Lykke sah aus dem Augenwinkel, dass Jesper neben ihr auf dem Beifahrersitz unruhig mit den Händen über seine Oberschenkel strich. Sie waren auf dem Rückweg von Klintholm Havn nach Stege, und Jesper schien sehr unzufrieden zu sein mit dem Gespräch, das sie mit Bent Lårup geführt hatten. Was hatte er erwartet? Dass der alte Direktor alle Antworten auf ihre Fragen kannte?

»Fährst du mich kurz an unserem Haus vorbei?«, fragte er. »Ich muss etwas holen, bevor wir in die Zentrale zurückkehren.«

»Klar.« Lykke betrachtete Jesper heimlich. Sein Profil mit der geraden Nase und dem markanten Kinn gefiel ihr. Nicht nur das. Er war insgesamt ein gut aussehender Kerl mit seinen dunklen Haaren und den grünen Augen. Ob ihm das bewusst war?

Sie passierten das Ortsschild von Stege, und kurz darauf bog Lykke in die kleine Straße hinter dem Friedhof ab, wo das Ferienhaus von Jesper und Marit lag. Sie parkte in der Einfahrt und stellte den Motor aus. Verwundert runzelte sie die Stirn.

»Das ist doch eines der Häuser, die Pettersen an Urlauber vermietet«, sagte sie.

»Kann sein. Lars hat es für uns organisiert.« Plötzlich starrte Jesper sie alarmiert an. »Sagtest du Pettersen?«

Lykke nickte.

»Scheiße!«

»Was ist?«

Er fuhr sich über den Mund. »Ich habe da einen ganz üblen Verdacht.«

»Und welchen?«

»Kürzlich habe ich die Tatortfotos aus der Akte Rask gesucht und gedacht, ich hätte sie auf dem Esstisch liegen lassen. Aber dem war nicht so. Dort waren sie nicht und auch nirgendwo anders. Sie sind bis jetzt nicht wiederaufgetaucht.« Er deutete auf den Bungalow. »Pettersen hat einen Schlüssel.«

»Du meinst …?«

»Genau das!«, rief Jesper. »Was, wenn er die Fotos genommen hat? Wenn er im Haus herumgeschnüffelt hat und dadurch an die Informationen gelangt ist?«

Lykke stieß überrascht Luft aus. Im nächsten Augenblick sprangen sie aus dem Wagen und liefen zum Eingang. Jesper schloss die Tür auf und gemeinsam überprüften sie sämtliche Räume. Doch es gab nichts Auffälliges. Sie gingen ins Wohnzimmer. Der Esstisch war noch immer leer. Als Lykke zum Sofa hinüberblickte, fiel ihr auf, dass unter einem der Kissen etwas hervorlugte. Sie nahm es hoch und da waren sie: die vermissten Fotos.

»Verdammt! Da sind sie ja!« Jesper griff sich die Bilder und steckte sie in seine Jackentasche. Peinlich berührt hob er die Schultern. »Sorry. Dann haben wir die wohl verschlampt.«

»Na ja, ich hätte es Pettersen durchaus zugetraut. Er ist krankhaft neugierig wie fast alle hier im Ort.« Sie zwinkerte ihm zu.

Jesper sah sie eine Weile gedankenverloren an, dann drehte er sich um und ging zur Tür. Lykke folgte ihm. Draußen schloss er sorgfältig ab. Der nachdenkliche Ausdruck lag noch immer auf seinem Gesicht.

Nachdem sie sich Pizzen in die Bibliothek hatten liefern lassen und Lykke weitere Anrufe von ihrer Mutter hatte abwehren müssen, kehrten auch Marit und Lars aus Nyord zurück. Lykke bemerkte Marits schlechte Laune und ahnte, dass zwischen den beiden etwas vorgefallen war. Als die Recognizerin schließlich von der Befragung des ehemaligen Kommissars berichtete, wusste Lykke auch, was es war. Lars hatte mal wieder meisterlich bewiesen, dass er kein Rückgrat besaß, und die Kollegin im Regen stehen lassen. Dieses Verhalten kannte Lykke schon. Jedes Mal wenn Lars mit vermeintlich höherrangigen Menschen zu tun hatte, katzbuckelte er und redete denjenigen nach dem Mund.

»Willst du Beschwerde gegen Østerby einlegen?«, fragte Jesper mitfühlend. »Immerhin war das Beamtenbeleidigung.« Tadelnd sah er zu Lars hinüber, der sich unbekümmert ein öliges Stück Pizza in den Mund stopfte.

»Ach, Jesper. Wenn ich überhaupt mal Beamtin wäre«, stieß Marit niedergeschlagen aus. Erschöpft ließ sie sich auf einen Stuhl fallen. Lykke fiel auf, dass ihre krass blauen Augen nicht mehr ganz so hell leuchteten wie gewöhnlich und ihre sonst so aufrechte Haltung leicht gebeugt war. Lykke kannte Østerby. Er war ein Stinkstiefel erster Güte, aber dass sich Marit von ihm so aus der Fassung bringen ließ, wunderte sie. Sie hätte die Kollegin aus Kopenhagen für tougher gehalten.

Jesper legte die Fotos, die er aus dem Ferienhaus mitgenommen hatte, zurück in die Mappe. »Hab die Bilder gefunden.«

»Ach, wo waren sie denn?«, fragte Marit.

»Unter einem Kissen auf dem Sofa.«

Die Recognizerin zog die Stirn kraus. »Seltsam, ich hatte sie nicht mit zum Sofa genommen.«

»Ich auch nicht. Aber es kann auch sein, dass ich mich nicht richtig erinnere.« Jesper warf Lykke einen kurzen Blick zu, in dem noch immer eine gewisse Skepsis lag. Dachte er an Pettersen? Oder war es etwas anderes, was ihn beschäftigte?

»Ich muss die Pressekonferenz vorbereiten«, sagte er und

zog einen Block zu sich heran. »Kirsten hat mich autorisiert, die Journalisten morgen früh über den Fall zu informieren. Viel kann ich ihnen nicht bieten. Sanel und die Suchmannschaften haben bislang nichts gefunden. Weder auf Lindholm noch auf Ulvshale.«

»Auch nicht an den heiligen Orten, die uns Frau Brixen genannt hat?«, fragte Marit.

»Nein. Sie haben alles durchkämmt. Ein paarmal haben die Hunde an dem Baum angeschlagen, den sie Yggdrasil nennen, doch da war nichts. Der Hubschrauber ist mit seiner Wärmebildkamera mehrmals erfolglos über die gesamte Insel geflogen. Fehlanzeige. Kirsten will unbedingt, dass die Berichte in den Zeitungen weniger spekulativ werden. Das, was in den letzten Tagen erschienen ist, grenzt an Märchenstunde und ist für unsere Ermittlung nicht sehr hilfreich. Ich sage nur: ›Wen frisst der Wolf von Møn als Nächstes?‹ oder ›Aufgepasst, Rotkäppchen! Der böse Wolf ist unterwegs!‹ Kein Wunder, dass die Leute vor Angst durchdrehen.«

Keiner lachte. Selbst Lars nicht. Jeder von ihnen wusste um den Ernst der Lage.

»Okay«, sagte Marit in die Stille hinein. »Ich kümmere mich darum, ein altes Foto von Martin Piil zu organisieren. Vielleicht kann mir seine Frau eines schicken. Dann werde ich es mit dem Mann im Video vergleichen. Ich melde mich, wenn ich was habe.« Sie stand auf und verließ mit hängenden Schultern den Raum.

Jesper sah ihr nach und etwas ging dabei in seinem Gesicht vor. Lykke konnte es nicht richtig deuten. Es wirkte, als machte er sich Sorgen um seine Kollegin. Als die Tür zu war, lenkte er seinen Blick auf den leeren Block vor sich. »Zum Kotzen!«

»Du sagst es! Ich mag auch keine Pressekonferenzen«, entgegnete Lars und leckte sich das Pizzafett von den Fingern.

»Ich meinte nicht die Konferenz«, knurrte Jesper. »Ich meinte dich!«

Lars hob überrascht die Brauen, während Lykke ahnte, worum es ging.

»Wie kannst du es wagen, Marit so in den Rücken zu fallen?« Jesper stierte den Kollegen an. Seine Augen sprühten Blitze.

»Was? Ich?«, fragte Lars unschuldig.

»Ja, du. Oder war sonst noch jemand draußen bei Østerby?«

Lars nahm seine Mütze vom Tisch und sprang auf. »Okay. Ich bin dann mal weg!« Ohne mit einem Wort auf Jespers Vorwürfe einzugehen, lief er aus dem Zimmer.

Verdutzt starrte Jesper ihm hinterher. Dann wandte er sich an Lykke: »Ist der immer so kritikunfähig?«

Da sie die einzige verbliebene Person im Raum war, musste sie wohl antworten. Aber was sollte sie sagen, ohne sich ihrem Chef gegenüber illoyal zu verhalten? Lars war Lars. Um Jesper irgendetwas zu geben, zuckte sie entschuldigend mit den Schultern.

»Schon gut. Du musst dich nicht dazu äußern. Das war unfair von mir. Lars ist schließlich dein Vorgesetzter.« Jesper ruckte mit dem Kinn in Richtung Tür. »Wenn du Feierabend machen willst, kannst du gerne gehen. Ich bleibe hier und schreibe den Pressebericht.«

»Wenn das in Ordnung ist, würde ich warten, bis Marit ein Ergebnis bezüglich des Busvideos hat.« Sie lächelte Jesper an. Einen verlegenen Moment lang dachte sie, er würde sie trotzdem wegschicken, doch er nickte.

»Klar. Darauf bin ich auch gespannt.« Er stützte beide Ellenbogen auf den Tisch und fuhr sich mit einem Seufzer durch die Haare. »Ich wünschte, ich hätte etwas Handfestes, das ich den Journalisten hinwerfen könnte. Ist Rask nun unser Mörder oder nicht?«

Lykke setzte sich neben ihn. Sie konnte ihm nicht bei der Pressemitteilung helfen, dafür hatte sie zu wenig Ahnung vom Umgang mit den Medien. Aber sie konnte weiter in der Rask-Akte recherchieren. Die Unterlagen daraus hatten sie längst noch nicht vollständig gesichtet. Sie schlug die Mappe auf und begutachtete zuerst die Tatortfotos, die Jesper vorhin dort hineingelegt hatte.

Die Polizei von damals hatte die gesamte Umgebung des Hofs, auf dem Line getötet worden war, abgesucht und fotografiert. Die gefrorenen Marschwiesen, das winterkahle Gebüsch, die Scheune sowie die anderen Hofgebäude, das Wohnhaus der Frederiksens und den Kuhstall, den Garten und die Straße und schließlich noch den Ufersaum mit dem Schilfdickicht, in dem es ebenfalls viele Spuren gegeben hatte. Zum Beispiel umgeknicktes Schilfrohr, Fußabdrücke auf dem Eis oder die frische Bruchkante am offenen Wasser, wo die kleine Line eingebrochen und ertrunken beziehungsweise – dem Glauben der Polizei nach – von Rask ertränkt worden war.

Mit dem neuen Wissen, dass der Mann im Busvideo vielleicht gar nicht Rask war, betrachtete Lykke jedes einzelne der Bilder ganz genau und las parallel die dazugehörigen Angaben im Polizeibericht. Leider fiel ihr nichts auf, was ungewöhnlich gewesen wäre oder darauf hingedeutet hätte, dass die ermittelnden Beamten einen Fehler gemacht hatten. Erst als sie am Ende des Berichtes bei der Beschreibung der Tatortumgebung ankam, stutzte sie. Da waren noch einige Fotos übrig, zu denen es offenbar keinen Eintrag gab. Sie sah sich die Aufnahmen an, die nunmehr über 30 Jahre alt und reichlich vergilbt waren. Auf allen war eine Art Sack abgebildet, der im Schilf an der Eiskante lag. Allerdings hatte man ihn weit abseits des Tatorts gefunden. Es war ein grober Jutesack, aus dem etwas herausgefallen und dann halb im Eis eingefroren war. Auf einer Nahaufnahme erkannte Lykke, worum es sich handelte: halb vermoderte Tierköpfe.

Rötliches Fell und spitze Ohren. Füchse.

Angeekelt lehnte sie sich zurück. Was war denn das Widerliches? Und die Ermittler hatten nichts dazu notiert? Sie blätterte in dem Bericht, auf dessen Rückseite sprang ihr ein handschriftlich verfasster Eintrag ins Auge. Sie versuchte, ihn zu entziffern, da ging die Tür auf und Marit erschien. Die Super-Recognizerin hielt ein ausgedrucktes Foto in der Hand.

Erwartungsvoll wandte sich Jesper ihr zu. »Und?«

Marit kam zu ihnen und warf das Bild auf den Tisch. »Er ist es nicht.«

»Du meinst Martin Piil?«

»Genau, er ist nicht der Mann im Bus.«

Lykke ließ die Schultern sacken. Auch den beiden anderen war die Enttäuschung deutlich anzusehen. Ihre Mienen waren wie zerflossenes Wachs, jede Anspannung war vollständig verpufft.

Marit fand als Erste die Sprache wieder. »Ich bin völlig kaputt und mache Schluss für heute.« Sie rieb sich über die Augen. »Was ist mit euch?«

»Ich bleibe«, sagte Jesper. »Die Pressekonferenz.« Er tippte auf seine Notizen.

»Und ich suche in der Fallakte nach weiteren Hinweisen«, schloss Lykke sich ihm an.

Marit zögerte. Ein müdes Lächeln huschte über ihre Lippen. Sie berührte Jesper an der Schulter und verabschiedete sich von ihm. »Wir sehen uns im Haus.«

»Ja, bis nachher.« Er nickte ihr zu.

Lykke erkannte die Zuneigung der beiden zueinander und überlegte, woher diese rührte. War sie beruflicher Natur oder reichte sie tiefer?

Marit verabschiedete sich von Lykke, und im nächsten Moment war die schöne Blonde verschwunden.

Lykke öffnete die obersten Knöpfe ihres Uniformhemdes und streckte sich. »Mann, was würde ich jetzt für ein Bier geben!«

Jesper sah sie an. »Wenn ich jetzt ein Bier trinke, haben die Journalisten morgen was zu lachen.«

Lykke grinste. »Vielleicht werden ihre Berichte danach etwas heiterer.«

»Wäre eine Idee. Ich glaube nur, dass Kirsten das nicht sonderlich witzig finden würde.«

»Was hast du denn bisher geschrieben?«

Er schob ihr den Block entgegen und sie beugte sich darüber, um den Text zu lesen. Während sie auf Jespers geschwungene Handschrift blickte, hörte sie seinen ruhigen Atem. Plötzlich wurde ihr bewusst, in welch unmittelbarer Nähe sie sich befanden. Jesper saß keine halbe Armeslänge von ihr entfernt. Hitze stieg in ihr auf, während Hunderte von Gedanken durch ihren Kopf schossen. Jesper war mindestens zehn Jahre älter als sie und bestimmt liiert und treu und aufrichtig und alles, was frau sich wünschen konnte. Er würde sich nicht darauf einlassen. Oder doch? In ihrem Magen flimmerte es. Noch immer tat sie so, als läse sie seinen Text, dabei raste ihr Herz wie wild. Sollte sie es wagen? Oder würde sie sich restlos blamieren?

Sie presste kurz ihre Augen zusammen, ohne dass er es mitbekam. Danach atmete sie leise durch und streckte ihre Finger aus, berührte ihn am Unterarm. Jesper wich nicht zurück und verzog auch nicht überrascht das Gesicht. Er schien es zu wollen. Im nächsten Moment lehnte Lykke sich vor und küsste ihn.

Die Berührung seiner Lippen elektrisierte sie und ein wohliges Seufzen entfuhr ihr. Ihre Knie wurden weich. Gut, dass sie saßen, dachte sie und spürte, wie seine Hand in ihren Nacken wanderte und sie dichter zu sich heranzog. Der Kuss wurde leidenschaftlicher. Oh Gott, passierte das hier wirklich? Lykke genoss das Kribbeln in ihrem Bauch und packte Jesper ebenfalls am Nacken, durchwühlte sein Haar. Im nächsten Moment sprangen sie beide auf und umfingen einander, küssten sich intensiv. Lykkes Finger fuhren über seinen Rücken und von dort nach unten zum Hosenbund, wo sie sein Hemd herauszog und es hochschob. Zufrieden stellte sie fest, dass sein Oberkörper recht gut gebaut war.

Währenddessen arbeitete sich Jesper durch die Schichten ihrer Uniform, öffnete ihr Hemd und bedeckte ihren Hals mit Küssen.

Lykke ließ es geschehen, fühlte seine Hände überall und half ihm dabei, sie weiter auszuziehen. Als er mit seinem Finger über die beiden Anhänger in ihrer Schlüsselbeinkuhle strich, lächelte sie und ließ sich von ihm auf den Tisch schieben. Dort schlang sie ihre Arme um seinen Hals und lehnte sich zurück, während seine Küsse vom Schlüsselbein nach unten wanderten. Als er die Träger des BHs von ihren Schultern streifte, ging ihr eine Liedzeile durch den Kopf. Doch diesmal war es keine von ihren heiß geliebten Guns N' Roses, sondern eine von Bob Marley. Grinsend zog sie Jesper das Hemd ganz aus und biss ihn spielerisch in die nackte Haut auf der Brust.

Ich erschoss den Sheriff, aber ich schwöre, es war bloß Selbstverteidigung …

54. KAPITEL

Die Dunkelheit erreichte den Esstisch, an dem Marit saß. Ihr war zum Heulen zumute.

Sie hatte die Mail ihres Anwalts schon vor einer Weile erhalten, aber erst jetzt lesen können. Darin ging es um die Anzeige, die Nannas Eltern gegen sie erwirkt hatten. Morten bat sie, für eine Stellungnahme zurück nach Kopenhagen zu kommen und um mit ihr das weitere Vorgehen zu besprechen. Denn auch nach seiner ersten Intervention beharrten die Bjerrums darauf, dass Marit eine Betrügerin war, und forderten nicht nur die erste Hälfte des gezahlten Honorars zurück, sondern zudem eine Entschädigung für das ihnen zugefügte Leid durch die von ihr geweckten falschen Hoffnungen.

Falsche Hoffnungen!

Marit krallte die Finger in die hölzerne Tischplatte.

Es war doch eher andersherum. Die Bjerrums hatten sie aufgrund ihrer Hoffnungen engagiert, und jetzt machten sie Marit für ihre Enttäuschung verantwortlich. Was für eine miese Nummer!

Marits Mitbewohner Kjell hatte ihr auch noch einmal geschrieben und sie aufgefordert, nicht länger zu warten und Professor Henrey von der Universität Greenwich als Sachverständigen hinzuzuziehen, um ihr Talent in Form eines Gutachtens zu bestätigen. Kjell hatte versucht, sie aufzumuntern, sie solle sich nicht so viele Sorgen machen. Die Anschuldigungen der Bjerrums seien haltlos, sie wisse selbst, was sie könne, und solle darauf vertrauen.

Vertrauen.

Marit fuhr sich über das Gesicht und blieb mit dem auf die Hände gestützten Kopf am Tisch sitzen. Wie sollte das gehen, wenn ihr Vertrauen in ihre Fähigkeiten ins Wanken geraten war? Sie dachte an Østerby und wusste, dass sie überreagiert hatte. Der Kerl war ein Idiot und hatte sie absichtlich verletzen wollen, trotzdem hatten seine Worte sie getroffen.

Da waren diese zwei Prozent Fehlerquote.

Lächerlich, das wusste sie. Aber es konnte durchaus sein, dass sie sich in Bezug auf Nanna geirrt hatte. Dass sie mit ihrer Einschätzung genau in diesem Zwei-Prozent-Fehlerspielraum lag. Marit stöhnte gequält auf und raufte sich die Haare. Der Nanna-Fall hatte sie dünnhäutig werden lassen. Sie musste darüber hinwegkommen, sonst würde das den Rest ihrer Arbeit beeinflussen.

Erschrocken setzte sie sich gerade hin. Was, wenn das längst geschehen war? Was, wenn sie den Kollegen heute Blödsinn erzählt hatte?

Hastig öffnete sie den Laptop und spielte das Busvideo ab. Wieder und wieder verglich sie die Aufnahme nicht nur mit Rasks Foto, sondern auch mit dem von Martin Piil. Sie suchte sogar eines von Asger Dahl heraus. Nach einer Weile stellte sie fest, dass sie sich die drei Männer noch hundertmal ansehen könnte, aber keiner von ihnen war es gewesen, der die beiden Jungen in dem Bus belästigt hatte. Das war und blieb eindeutig.

Gereizt schob Marit den Laptop zur Seite. Der Fall machte sie irre. Jespers Nähe machte sie irre und alles andere ebenso. Vielleicht sollte sie nach Kopenhagen zurückfahren und sich um ihre Angelegenheiten kümmern. Jesper und die anderen kämen hier auch ohne sie zurecht.

In diesem Moment vibrierte ihr Handy. Missmutig sah Marit auf das Gerät, sie war jetzt nicht in der Laune für ein

Telefonat, egal, mit wem. Als sie den Namen auf dem Display las, stieß sie überrascht Luft aus.

Warum rief Josie sie an? Jespers Tochter?

Eine halbe Stunde später legte Marit auf und starrte in die Dunkelheit vor dem Wohnzimmerfenster. Hatte sie richtig gehandelt? War sie die richtige Person für diese Sache? Konnte sie Josie helfen?

Jespers Tochter hatte ihr soeben unter Tränen erzählt, was passiert war, und Marit war entsetzt gewesen … allerdings nicht wirklich überrascht. Sie kannte Ähnliches aus ihrer Zeit an der Polizeischule. Schon damals waren dort einige Typen mit zu viel Testosteron und einer gewissen Selbstüberschätzung herumgelaufen. Aber dass es sich in diesem Fall um den Sohn ihrer aller Chefin Ann Katrine Therkildsen handelte, war dann doch eine Überraschung gewesen.

Es lag auf der Hand, warum Josie nicht mit ihrem Vater darüber reden wollte. Sie fürchtete, ihn in eine missliche Lage zu bringen. Wollte nicht, dass er im Affekt etwas tat, wodurch er seinen Job verlieren könnte. Wenn es um seine Familie ging, war die Wahrscheinlichkeit groß, dass Jesper unüberlegt handelte. Das wusste Josie. Sie hatte schließlich mitbekommen, wie ihr Vater den neuen Freund ihrer Mutter angegangen war.

Verdammt! Marit ballte eine Faust. Dieser kleine Scheißkerl Tobias Therkildsen hatte Josie bedroht – und damit gleichzeitig auch Jesper. Das konnte sie nicht so stehen lassen.

Sie hatte Josie versprochen, sich darum zu kümmern. Im Gegenzug hatte diese ihr schwören müssen, mit niemandem darüber zu sprechen. Schon gar nicht mit ihrem Vater. Marit wusste, was zu tun war und dass sie es höchstwahrscheinlich allein tun musste. Denn leider pausierte der Kvindeklub noch. Der Klub war Marits dunkles Geheimnis. Ihr verbotenes Hobby. Er bestand aus fünf Frauen, die sich verpflichtet hatten, Frauen zu helfen, die es selbst nicht konnten. Es gab so viele da draußen, die von ihren Männern misshandelt wurden, denen Ungerechtigkeit und Gewalt widerfuhr und die nicht die Kraft fanden, eigenständig dieser Hölle zu entkommen. Nachdem der Kvindeklub im letzten Jahr selbst in den Fokus der Polizei geraten war, hatten sie beschlossen, eine Pause einzulegen. Marit glaubte nicht, dass ihre Mitstreiterinnen diese für ihr privat motiviertes Unterfangen beenden würden. Also würde sie ohne die anderen losziehen. Das war riskant, aber es schreckte sie nicht. Gewalt war ein Teil des Lebens, wenn man in Grönland aufwuchs. Sie dachte an Jesper. Sollte er jemals erfahren, wie vielen Männern sie in Selbstjustiz die Nase oder die Rippen gebrochen hatte, würde er sie auf der Stelle verhaften und einlochen und ganz bestimmt nie wieder rauslassen. Deshalb war eine Beziehung mit ihm undenkbar und zum Scheitern verurteilt. Auch wenn ihr Herz etwas anderes wollte.

Marit ließ das Handy sinken. Sie hatte Josie geraten, wieder zur Akademie zu gehen und Tobias die Stirn zu bieten. Sie sollte ihm zeigen, dass sie keine Angst vor ihm hatte, das würde ihm die Macht über sie nehmen. Josie hatte ihre Zweifel geäußert, doch Marit hatte ihr gut zugeredet. Tobias würde seine Strafe erhalten, er würde lernen, dass alles im Leben Konsequenzen hatte. Erst recht, wenn man Gewalt gegen Frauen ausübte.

Marit merkte, dass sie das Telefon mit ihren Händen malträtierte, als wäre es Tobias' Hals. Sie legte das Gerät auf den Tisch und stand auf. Als sie zur Spüle gehen wollte, um sich ein Glas Wasser zu holen, nahm sie eine Bewegung vor dem Fenster wahr. Etwas war draußen vorbeigehuscht. Ein schwebender heller Fleck wie von einem Gesicht.

Schlagartig fiel ihr ein, dass Rask bekannt dafür war, heimlich durch Fenster zu spähen. Ein heißer Schauer durchfuhr sie, und unwillkürlich drehte sie sich im Kreis auf der Suche nach einer Waffe. Sie bereute es, ihre Pistole nicht mit nach Møn genommen zu haben. Die lag zu Hause auf dem Hausboot sicher verwahrt im Tresor.

Sie griff sich ein großes Küchenmesser und schaltete das Licht aus. Im Dunkeln hatte sie den Vorteil, dass er sie nicht mehr so einfach sehen konnte. Mit pochendem Herzen wartete sie darauf, dass das Gefühl der Furcht nachließ oder sie feststellte, dass sie einfach nur überreagiert hatte. Nach einer Weile hatten sich ihre Augen an die Dunkelheit gewöhnt, aber ihr Unbehagen war noch da. Draußen beschien der Mond den Garten, und sie konnte die Konturen der Büsche und Hecken erkennen. Das Grundstück grenzte auf dieser Seite an den Friedhof. Von dort aus konnte man sich ungesehen anschleichen.

Marit registrierte eine Bewegung bei der Hecke und zuckte zusammen. Da war jemand! Definitiv!

Mit stockendem Atem überlegte sie, was sie tun sollte. Jesper anrufen und ihn herbitten? Plötzlich fiel ihr ein, dass sie die Haustür nicht abgeschlossen hatte, und lief durch den dunklen Flur. Rasch drehte sie den Schlüssel im Schloss. Es klackte und sie war in Sicherheit. Wenn jemand da draußen herumschlich, käme er nun nicht mehr herein, ohne die Tür aufzubrechen.

Marit trat zurück in das finstere Wohnzimmer. Das Mondlicht warf ein helles Viereck auf den Boden. Ihr hämmernder Pulsschlag dröhnte in ihren Ohren. Verdammt, warum beruhigte sie sich nicht? Sie war doch sonst nicht so ängstlich. Sie sah sich um. Wo war ihr Telefon? Lag es nicht auf dem Tisch?

Unbeholfen tastete Marit sich durch den Raum und stieß mit dem Zeh gegen das Tischbein. Leise fluchend fuhr sie mit den Fingern über die Holzplatte, aber da war kein Handy. Stirnrunzelnd vergrub sie ihre Hände in den Hosentaschen. Auch dort kein Telefon.

Zur Hölle, wo hatte sie es hingelegt? Ah, auf den Küchentresen, als sie das Messer geholt hatte.

Sie tappte zurück und bekam den Tresen zu fassen. Ihre Finger wanderten über die glatte Oberfläche, fanden auch hier kein Telefon. Jetzt wurde es Marit zu blöd. Sie wollte sich nicht länger von ihrer lächerlichen Angst beherrschen lassen. Sie würde das Licht anmachen, sich das verdammte Handy schnappen und ins Bett gehen!

Auf dem Weg zum Lichtschalter hörte sie ein Geräusch hinter sich.

Bevor sie sich umdrehen konnte, schlang sich ein Arm um ihren Hals. Marit versuchte, sich zu wehren, aber der Gegner in ihrem Rücken war zu stark. Sie tastete nach dem Messer, da wurde ihr bewusst, dass sie es auf dem Tisch liegen lassen hatte. Verdammt! Der Angreifer drückte ihr mit seinem kräftigen Arm den Hals zu, blies ihr schwer seinen Atem ins Ohr, als würde er sie verhöhnen, weil sie kaum noch Luft bekam. Verzweifelt schlug und trat Marit hinter sich, aber vergebens. Sie kam nicht an ihn heran. In der Dunkelheit tauchten rote Punkte auf. Sie wurden orange und dann grellweiß. Tanzten um sie herum, wurden größer und flossen ineinander zu einem einzigen Lichtball. Der Sauerstoffmangel zeigte ihr noch eine letzte wunderschöne Supernova, die einsam und still in ihrem Kopf erstrahlte, bis sie sie mit einer lautlosen Implosion an einen Ort ganz ohne Licht schickte.

55. KAPITEL

Nicht säumt Siegvaters erhabner Sohn
Mit dem Leichenwolf, Vidar, zu fechten:
Er stößt dem Hwedrungssohn den Stahl ins Herz
Durch den gähnenden Rachen: So rächt er den Vater.

(Ältere Edda, 1. Völuspá, Der Seherin Weissagung, Vers 54)

*

Deine Hilflosigkeit ist so wundervoll anzusehen. Da liegst du auf dem Rücken. Du, der den Mond verschlungen hat. Für immer.

Für immer sollst du leiden, heulen an Hels Seite in der Unterwelt. Aber du sollst niemanden mehr mit deinen Kiefern zermahlen können.

Niemals!

Ach, wie schön das Brechen deiner Kiefer klingt, der Knochen in deinem Kopf. Deine Zähne splittern, werden nutzlos und stumpf. Dein Kiefer steht weit offen, ohne Schrei.

Fenrir.

Das ist deine Strafe dafür, dass du uns die Finsternis gebracht hast. Du unheilige Brut von Angrboda und Loki. Dein Blut hat die Sonne besudelt. Nun sprudelt es aus deinem Rachen.

Fenrir.

Ich brauche Gleipnir nicht mehr, die magische Fessel, gefertigt von den Zwergen. Ich lasse mir nicht wie Tyr eine Hand abbeißen. Nein, ich bin schlauer. Ich nehme mir deine Zähne und die Kraft deiner Kiefer. Für immer.

Dein Herz pumpt das Blut hinaus. Erstickt alle Laute. Ein letztes Zucken geht durch deinen Leib, und dann bist du still. Für immer.

Fenrir.

Und der Mond scheint auf dein Antlitz. Deine toten Augen blicken hinüber nach Nidafjöll.

Du bist zerstört.

Für immer.

Fenrir.

56. KAPITEL

Irgendwo auf Møn

Draußen zog die Dämmerung herauf. Die Nacht war kalt gewesen. Doch hier drinnen war es einigermaßen warm. In aller Ruhe saß Nummer 25 auf dem Boden und aß sein Frühstück. Es gab Ente. Die hatte er gestern unten am Teich gejagt, an dem sein neuer Unterschlupf lag. Eine von Sträuchern überwucherte Hütte in einem kleinen Wäldchen, in das niemand ging. Hier war er für sich. Feuerholz, Wasser, Nahrung – all das gab es. Auch Fische aus dem See, Enten und andere Vögel, die er mit seiner Falle fing. Sollte das nicht reichen, konnte er am Strand in der Nähe Muscheln oder Krebse sammeln. Zudem hingen viele Bäume in den Gärten noch voller Äpfel. Die Besitzer der Sommerhäuser hatten sie nicht geerntet.

Seine Mahlzeiten kochte Nummer 25 nachts, damit niemandem der Rauch auffiel. Das fertige Essen bewahrte er in Plastikgefäßen auf, die er in der Garage eines Hauses im nächsten Dorf gefunden hatte. In der allergrößten Not könnte er in die vielen leer stehenden Ferienhäuser einbrechen und sehen, was es dort an Vorräten gab. Aber das würde er erst mal nicht tun, denn die Polizei suchte überall nach ihm, die Zeitungen waren voll mit seinen Fotos. Einbrüche würden sie auf seine Spur bringen.

Das meiste, was man über ihn schrieb, war gelogen. Er war kein Monster, kein kinderfressendes Ungeheuer. Kindern hätte er nie etwas antun können. Niemals. Er liebte Kinder, sie waren die einzigen Menschen, die ihn verstanden. Zumindest hatten sie es damals getan. Sie waren seine besten Freunde gewesen – bis zu jenem Tag, an dem das mit Line passiert war. Das war der schlimmste Tag in seinem Leben gewesen. Alle hatten ihn angeschrien und herumgestoßen. Hatten ihn geschlagen und eingesperrt … und nicht mehr rausgelassen.

Nummer 25 erinnerte sich vage daran. Er musste schlucken. Er würde da nie wieder reingehen. Ins Gefängnis. Das war ein schlimmer Ort mit schlimmen Menschen. Und er war kein schlimmer Mensch. Er hatte dort kaum atmen können. Doch der Wolf hatte ihm geholfen durchzuhalten und ihm versprochen, dass er in seine Heimat zurückkehren würde.

Nach Møn.

Wie sehr hatte er die Insel vermisst. Das gewellte Land, den Ruf des Kuckucks im Sommer und die peitschende See im Winter. Den Geruch nach Tang, nasser Kreide und frisch geernteten Gerstenfeldern. Die weiten Wälder und die heiligen Orte. Seine Insel.

Und jetzt war er hier. Der Wolf hatte nicht gelogen. Allerdings hatte Nummer 25 nicht geahnt, was auf ihn warten würde. Welch schwere Aufgabe er zu bewältigen hätte.

In ihm rumorte die Unruhe, wenn er an den lichten Gott dachte. Heimdall hatte das Horn ausgraben wollen, doch dazu würde es nicht mehr kommen. Denn der Ase lag nun selbst in einem Loch. Tief in der Erde. Weit weg von Yggdrasils Wurzeln. Nidafjöll näher als Asgard.

Wisst ihr, was das bedeutet?

Dieser Satz aus der Weissagung der Seherin ging ihm ständig durch den Kopf. Natürlich wusste er nicht, was das zu bedeuten hatte. Es war viel zu verwirrend. Manchmal glaubte er, dass die Götter die Welt absichtlich so kompliziert gestaltet hatten, damit sie nie jemand begreifen würde. Das war ihr göttliches Geheimnis. Und vielleicht war Ragnarök die Strafe für deren Hochmut. Vielleicht sollte damit alles enden.

Nummer 25 warf den abgenagten Entenknochen weg, wischte sich die Finger an seiner Latzhose ab und erhob sich. Seine Beine taten weh vom langen Sitzen auf dem Boden. Er würde sich einen Stuhl und einen Tisch bauen müssen, und er sollte die Hütte für den Winter abdichten, damit die Kälte nicht zu stark durch die Ritzen zog. Dafür brauchte er Bretter und Nägel. Mal sehen, wo er die besorgen konnte. In der Scheune beim Hof lagerten Bretter, Nägel und Werkzeug. Doch da konnte er nicht hin. Dort war die Polizei und suchte nach ihm. Vielleicht suchten sie auch nach demjenigen, der seinen Hof angezündet hatte. Nummer 25 wusste, wer es gewesen war. Er könnte es den Polizisten erzählen. Aber würden sie ihm glauben, wenn er von dem Riesen erzählte?

Ächzend hob er seine Jacke vom Boden auf. Es war die alte Arbeitskleidung seines Vaters, die er zusammen mit einigen anderen nützlichen Dingen aus der Scheune geholt hatte, nachdem das Feuer gelöscht worden war.

Zum Schluss griff er nach der Tüte, in der eine Axt steckte. Dann verließ er die Hütte, verrammelte die Tür mit einem dicken Stein und ging zu dem Moped, das er ebenfalls in der Scheune gefunden hatte. Er befreite es vom Gestrüpp, das als Tarnung diente, setzte den Helm auf und schob das Fahrzeug hinauf zur Landstraße. Nachdem er sich vergewissert hatte, dass niemand in der Nähe war, schwang er sich auf den aufgeplatzten Sattel, drehte den Zündschlüssel und fuhr los.

57. KAPITEL

Stege, Møn

Jesper schreckte vom Bett hoch. Er hatte einen fiesen Traum gehabt. Irgendwas mit einem Wolf, der sich von seinen Fesseln losriss und den Mond verschlang. Und das, obwohl er gestern einen wahrhaft schönen Abend gehabt hatte.

Wärme schoss in seinen Unterleib, als er an Lykke dachte und an ihre Lippen, die wirklich überall gewesen waren. Oh Gott, hoffentlich konnte er ihr heute noch ins Gesicht blicken. Normalerweise hütete er sich davor, mit einer Kollegin während einer laufenden Ermittlung etwas anzufangen. Zugegeben, es war heiß gewesen, sehr heiß. Und es hatte seinem angeknacksten Selbstbewusstsein gutgetan. Aber er hatte sich mitreißen lassen von Lykkes Verlangen und von seinem eigenen Frust, weil sich Marit ihm gegenüber so ablehnend verhielt. Zum Glück hatte er irgendwann noch die Reißleine gezogen, weil er gespürt hatte, dass es nicht richtig gewesen war. In diesem Büroraum hätte alles passieren können, wirklich alles. Doch das hatte Jesper nicht gewollt und es rechtzeitig beendet. Darüber war er am heutigen Morgen sehr froh.

Er schlug die Decke zurück und schwang seine Beine aus dem Bett. Es war kühl im Schlafzimmer, was ihn frösteln ließ. Marit war gestern früher gegangen, weil sie müde gewesen war. Sie hatte sehr erschöpft und niedergeschlagen gewirkt. Und er war nicht bei ihr gewesen.

Was war er nur für ein Idiot!

Anstatt seiner unterversorgten Libido zu folgen, hätte er sie ins Ferienhaus begleiten sollen. Vielleicht hätte sie ihn gebraucht. Zum Reden – oder einfach zum Anlehnen. Selbst wenn sie ihm vor ein paar Tagen unmissverständlich mitgeteilt hatte, dass er ihr nicht helfen könne, hätte er trotzdem für sie da sein sollen.

Du bist ein Trottel, Jesper Jørn Bæk, der mieseste Typ, den man sich vorstellen kann. Du hast es nicht verdient, dass eine Frau wie Marit sich für dich interessiert.

Hart rieb er sich über die stoppeligen Wangen, musste erst mal einen klaren Kopf bekommen. Er stand auf und öffnete leise die Tür, lauschte in das halb dunkle Wohnzimmer. Niemand war zu hören. Es war kurz vor sieben und die Sonne ging gerade auf, wahrscheinlich schlief Marit noch.

Jesper tappte durch den Flur ins Bad und schloss sich dort ein. Das hatte er die Tage zuvor nicht gemacht, doch jetzt genierte er sich davor, dass Marit ihn halb nackt sehen könnte. Seine Haut prickelte förmlich wegen des schlechten Gewissens, als er unter die Dusche sprang, um die vergangene Nacht von sich abzuspülen. Damit tat er Lykke Unrecht, das wusste er. Sie war eine klasse Frau und Polizistin und hatte es nicht verdient, von ihm ausgenutzt zu werden, nur weil sein Ego das gerade brauchte.

Er würde Rückgrat beweisen und die Sache mit ihr klären. Gleich nachher. Er würde Lykke die Wahrheit sagen. Er zögerte. Welche Wahrheit wäre das? Dass er Marit liebte? Wäre er in der Lage, diese Worte Lykke gegenüber auszusprechen, wenn er es nicht einmal schaffte, es sich selbst gegenüber zuzugeben?

Er biss sich auf die Lippen und trocknete sich ab. Es würde sich finden, auf jeden Fall musste er heute mit Lykke reden. Alles andere wäre nicht fair und ziemlich feige.

Mit frischer Kleidung am Leib und nassen Haaren trat er in den Flur. Draußen war es jetzt hell, aber Marit war noch immer nicht aufgetaucht. Hatte sie verschlafen?

Jesper stellte sich vor ihr Zimmer und hob die Hand. Bestimmt würde sie ihm direkt ansehen, was gestern Abend passiert war. Er würde sich zu Tode schämen. Warum war er nur so bescheuert?

Tief atmete er durch und klopfte trotz seiner Bedenken. »Hej, Marit! Es ist kurz nach halb acht. Willst du nicht aufstehen?«

Keine Antwort. Schlief sie mit Ohrstöpseln? Er konnte sich nicht daran erinnern.

Jesper klopfte erneut. Diesmal lauter. »Marit? Wir müssen los!«

Immer noch Stille. Das konnte doch nicht sein. Seine Hand legte sich auf die Klinke, drückte sie jedoch nicht hinunter. Er wollte nicht einfach bei ihr eindringen.

»Marit!«, rief er vorsichtshalber ein weiteres Mal, dann öffnete er die Tür und spähte ins Zimmer.

Ihm fiel gleich auf, dass das Bett leer war. Sofort sondierte sein Polizistenblick den gesamten Raum. Nirgendwo war eine Spur von Marit. Wie vom Donner gerührt stand er da. Was hatte das zu bedeuten?

Rasch eilte er zurück ins Wohnzimmer, lief durch die Küche. Nirgendwo war etwas von ihr zu sehen. Er rief wiederholt nach ihr, bekam keine Antwort.

Hatte sie sich auf den Weg in die Zentrale gemacht? Ohne ihn?

In der Küche gab es keine Anzeichen für ein Frühstück, und gehört hatte er auch nichts. Er holte sein Handy hervor und rief sie an.

Das laute Vibrieren auf dem Couchtisch ließ ihn aufschrecken.

Dort leuchtete Marits Telefon auf.

Ein ungutes Gefühl überkam ihn. Sie würde nie ohne ihr Handy das Haus verlassen. Und sie würde auch nicht einfach so gehen, ohne ihm Bescheid zu geben. Das passte nicht zu ihr.

Mit fliegenden Fingern wählte Jesper Lars Høyers Nummer. Lykke anzurufen, wagte er nicht.

»Hallo. Ist Marit bei euch in der Zentrale?«, fragte er den Kollegen atemlos.

»Nein.« Es war Lars deutlich anzuhören, dass er wegen des Anranzers gestern noch sauer war. Das würde Jesper ebenfalls klären müssen. Aber erst mal war Marit wichtig.

»Wo bleibst du? Wir sitzen alle zusammen im Besprechungsraum und warten auf dich, Jesper«, fuhr Lars vorwurfsvoll fort. »Die Pressekonferenz findet bald statt!«

Scheiße! Die Pressekonferenz. Die hatte er ganz vergessen! Jesper griff sich an die Stirn. »Ich komme«, rief er ins Telefon, legte auf und stopfte das Gerät zusammen mit Marits in die Hosentasche. Er wollte gerade das Haus verlassen, als sein Handy klingelte.

Marit, dachte er im ersten Moment, aber es war Lykke. Unschlüssig sah er auf das Display. Was wollte sie? Er hatte Lars eben gesagt, dass er auf dem Weg war. Er drückte den Anruf weg, gleich darauf klingelte es erneut.

Wieder Lykke.

Widerwillig drückte er auf das Symbol mit dem grünen Hörer. »Was ist?«, blaffte er.

»Planänderung, Jesper! Lars hat die Pressekonferenz verschoben.«

»Was? Warum das? Ich sagte doch, ich komme gleich, verdammt noch mal!« Bevor er sich weiter über Lars' eigenmächtige Entscheidung aufregen konnte, erhielt er eine Erklärung.

»Wir haben eine schlimme Nachricht erhalten«, sagte Lykke mit ernster Stimme. »Es gibt ein drittes Opfer. Der Mörder hat wieder zugeschlagen!«

Jesper wurde schlagartig ruhig. Im nächsten Moment raste eine Welle der Übelkeit durch seinen Leib.

»Wer ist es?«, fragte er und spürte, wie seine Knie weich wurden.

58. KAPITEL

Allen Edeln gebiet' ich Andacht,
Hohen und Niedern von Heimdalls Geschlecht;
Ich will Walvaters Wirken künden,
Die ältesten Sagen, der ich mich entsinne.

(Ältere Edda, 1. Völuspá, Der Seherin Weissagung, Vers 1)

*

Das Moped brachte Nummer 25 zuverlässig nach Stege. Es spuckte zwar blaue Wolken aus, aber es lief. Wie früher, als er damit zur Arbeit gefahren war.

Am Friedhof bog er ab und verbarg das Moped im Gebüsch des Stadtgrabens. Über die kleinen Pfade, die dort entlangführten, konnte er sich von hinten an die Bibliothek heranschleichen. Verdeckt durch Hecken und Bäume gelangte er zu einer Reihe von Mülltonnen, von wo aus er einen guten Blick auf den Vordereingang hatte. Der Parkplatz war voll mit Polizeifahrzeugen, und vor den Türen hatte sich eine Gruppe Menschen versammelt. Sie hielten Kameras und Mikrofone in den Händen und schienen recht aufgeregt zu sein.

Plötzlich fiel Nummer 25 in der Gruppe aus Reportern ein bekanntes Gesicht auf. Es war die Journalistin aus Kopenhagen, die ihn kurz nach seiner Entlassung in seiner Wohnung im Mjølnerpark besucht und ihm die vielen Fragen über seine Vergangenheit gestellt hatte. Sie war sehr nett gewesen und hatte gesagt, dass sie einen Artikel über ihn schreiben würde, der die Ereignisse ins rechte Licht rücken würde. Doch entweder war dieser Artikel bisher nicht erschienen oder er hatte seine Wirkung verfehlt. Denn die Reporter schrieben ja immer noch all die Lügen über ihn.

Unsicher fuhr Nummer 25 mit den Fingern über die glatte Oberfläche der Mülltonne. Vielleicht sollte er warten, bis die Journalistin allein wäre, und sie ansprechen. Sie könnte wieder über ihn schreiben. Die Wahrheit über ihn und den Wolf erzählen.

Seine Fingernägel schabten leise über das schwarze Plastik. Nein, sie würde bestimmt die Polizei rufen. Wie alle anderen auf der Insel. Sie verstanden ihn einfach nicht. Selbst wenn die Reporterin bei ihrem Besuch gesagt hatte, sie täte es. Aber das war eine Lüge gewesen. Er konnte niemandem vertrauen.

Nummer 25 bemerkte, dass vor dem Eingang zur Bibliothek Unruhe entstand, und drückte sich hinter die Mülltonne. Im nächsten Moment rannten mehrere Polizisten aus dem Gebäude. Darunter war die junge Frau, die gestern Abend mit dem dunkelhaarigen Bullen rumgemacht hatte. Er hatte sie beobachtet. Vom Wall aus konnte man direkt in die oberen Fenster der Bibliothek gucken. Der Mann, der eigentlich Heimdall hätte begleiten sollen, hatte den lichten Gott einfach im Stich gelassen. Tja, und jetzt war Heimdall unter der Erde.

Die Polizisten sprinteten auf einen Streifenwagen zu, der wenig später mit Blaulicht losraste. Überrascht blickten die zurückgebliebenen Reporter dem Auto hinterher.

Nummer 25 suchte nach der Journalistin, aber sie war nicht mehr da. Schließlich entdeckte er sie weiter hinten in der Straße. Sie lief in Richtung Innenstadt.

Der Wolf nahm die Witterung auf und folgte ihr.

59. KAPITEL

Nyord

Jesper blickte auf das Schilf, das vor ihm im Wind wogte und ein gespenstisches Rascheln von sich gab. Lykke stand schweigend neben ihm. Es war unverkennbar, wo die Leiche lag, denn eine Spur aus umgeknickten Halmen führte vom Ufer ins Wasser.

Oben bei dem alten Fachwerkhaus wartete Lars mit den Zeugen, die die Leiche gefunden hatten. Eine polnische Reinigungskraft und ein Fischer, der seine Reusen hatte überprüfen wollen. Beide waren vollkommen fertig, ein Sanitäter kümmerte sich um sie.

Das untergründige Zittern in Jespers Beinen verstärkte sich. Er wusste inzwischen, dass die Leiche dort unten im Wasser nicht Marit war, trotzdem war ihm elend zumute. Er sollte jetzt nicht hier sein, sollte unterwegs sein und alles versuchen, um Marit zu finden. Wo war sie, verdammt noch mal?

Er spürte Lykkes Hand in seinem Rücken.

»Geht es dir gut?«, fragte sie mitfühlend.

»Nein, ich mache mir Sorgen!« Unwillig wand er sich aus ihrer Berührung und trat ans Ufer, wo er sich bückte und die Schleife seiner Schnürsenkel löste.

»Wir anderen sind wegen Marits Verschwinden auch besorgt. Sogar sehr. Warum bist du so abweisend?« Lykke öffnete ebenfalls ihre Schuhe. »Ist es wegen gestern?«

Unfähig, etwas darauf zu erwidern, schüttelte Jesper den Kopf. Er zog sich Schuhe und Socken aus, krempelte die Hosenbeine bis zu den Knien hoch und watete ins Wasser.

Dabei bog er die Schilfstängel vorsichtig beiseite, um sie nicht abzuknicken. Das trockene Aneinanderschaben der Blätter verursachte ihm eine Gänsehaut. Der Geruch nach modrigem Seegras und der saugende kalte Schlamm an seinen Knöcheln verstärkten sein Schaudern zusätzlich. Er musste sich Mühe geben, nicht zu eilig vorzupreschen und womöglich auf dem trügerischen Untergrund auszugleiten, daher balancierte er mit rudernden Armen durch das flache Wasser. Hinter sich hörte er das Platschen von Lykkes Schritten.

Als sich das Schilf lichtete und Jesper bis über die Waden im Wasser stand, sah er den Toten. Er lag auf dem Rücken, besser gesagt schwamm er zwischen den Stängeln, seine Arme waren seitlich ausgestreckt, als spielte er den Toten Mann.

»Tatsächlich, es ist Østerby«, sagte Lykke leise, als sie den ehemaligen Kommissar erkannte. Er trug eine abgewetzte Lammfellweste und schwere Lederstiefel. Sein Kopf zeigte auf das offene Wasser. Und als Jesper der Richtung mit seinem Blick folgte, traf er auf das, was er bereits geahnt hatte. Die Insel Lindholm.

Østerbys ganzer Körper war dorthin ausgerichtet. Er lag halb auf ein paar Steinen, die aus dem Wasser ragten, und war aus diesem Grund noch nicht untergegangen.

Jesper beugte sich hinab und betrachtete die zerstörten Kiefer des Toten mit den eingerissenen Mundwinkeln, die ihn wie ein grässliches Jokerlächeln angrinsten. In der Masse aus Blut und Fleisch leuchteten weiße Zahnsplitter. Østerbys Kleidung war blutdurchtränkt und Seegras hing ihm auf der Brust. Rote Schrift leuchtete auf seiner Stirn.

Jesper presste die Lippen zusammen. Er wollte jetzt nicht an Marit denken, sonst würde er noch verrückt werden vor Angst. Ihm wurde schwindelig, er hatte nichts gefrühstückt und blickte sehnsüchtig zurück zum Ufer. Da spürte er eine erneute Berührung. Lykke hielt ihn fest und fixierte ihn mit ernster Miene. Jesper machte einen wackeligen Schritt zur Seite, um die Balance wiederzufinden, dabei schaukelte die Leiche vor ihm im Wasser auf und ab. Der Kopf wippte von einer Seite zur anderen wie bei einem bizarren Nicken.

Zum Glück fand Jespers Fuß festen Grund und bewahrte ihn davor, bäuchlings auf den Toten zu fallen. Gereizt befreite er sich von Lykkes Hand. Doch die junge Kollegin wirkte nicht, als ließe sie sich davon aus der Ruhe bringen. Mit Nachdruck deutete sie auf Østerby.

»Siehst du das nicht?«

»Was denn?«, fragte er und folgte mit den Augen ihrem ausgestreckten Arm. Unvermittelt stieß er einen keuchenden Laut aus. Er hatte die Buchstaben auf Østerbys Stirn eben zwar wahrgenommen, doch erst in diesem Moment begriff er, dass sie lesbar waren. Das Wort, das dort stand, war nicht in Runenschrift verfasst, sondern in lateinischen Lettern.

»*Hoveder*«, las Jesper vor. »Köpfe.«

»Und da ist noch etwas!« Lykke zeigte auf Østerbys Hals, wo ein tiefer Schnitt klaffte. Er ging fast ganz durch bis zum Nacken und war der Grund dafür, warum der Kopf bei jeder Welle so grotesk hin und her wippte.

Das war zu viel für Jesper. Er wandte sich um und hastete auf das Ufer zu, dabei glitt er aus, und diesmal fiel er ins kalte Wasser.

60. KAPITEL

Nyord

Kirsten ließ den VW Passat überhitzt wie ein zu hart gerittenes Pferd mit knisterndem Motor und heißer Haube vor dem Haus des Opfers stehen. Eine Stunde und fünf Minuten! Ein neuer Rekord für die Strecke von Kopenhagen nach Møn. Sie hatte die Höchstgeschwindigkeit des Dienstwagens von 240 Kilometern pro Stunde voll ausgefahren und noch als zu langsam empfunden. Die Polizei sollte dringend schnellere Autos in ihren Fahrzeugpool aufnehmen.

Sie schlug die Autotür zu und sprintete auf die uniformierten Kollegen vor der Eingangstür zu. Drinnen im dunklen Wohnzimmer mit der niedrigen Decke traf sie auf Jesper und die junge Kollegin Lykke. Beide saßen am Tisch und diskutierten.

»Hallo, da bin ich!«, grüßte Kirsten. »Nanu, warum bist du so nass, Jesper?«

Er trug eine Rettungsdecke um die Schultern und brummte etwas Unverständliches. Feuchte Strähnen klebten auf seiner Stirn. Lykke übernahm es, zu erklären, dass die Leiche im Wasser gelegen habe und nicht einfach zu erreichen gewesen sei ohne Boot oder Wathosen.

»Ist der Leichnam noch am Fundort?« Kirsten blickte hinüber zum Fenster mit den Butzenscheiben, durch die nur wenig Licht ins Wohnzimmer fiel.

»Wir haben ihn ans Ufer gebracht, damit das Salzwasser nicht die Spuren vernichtet«, erklärte Lykke. »Wir haben von der Auffindesituation genügend Fotos gemacht.« Sie hielt Kirsten ihr Handy hin.

Als diese die Bilder betrachtete, fuhren kalte Finger um ihren Hals und drückten zu. Der Tote war übel zugerichtet, und es gab keinen Zweifel, dass es derselbe Täter war wie bei den anderen Morden. Die Handschrift war unverkennbar.

»›Köpfe‹«, las sie die blutige Schrift. »Was soll das heißen? Bezieht der Täter sich darauf, dass er diesem Opfer den Kopf fast vollständig abgetrennt hat?«

Die junge Kollegin zuckte mit den Schultern, während Jesper unruhig mit dem Fuß wippte.

»Keine Ahnung, aber wir glauben jetzt zu wissen, wofür das Wort ›*jern*‹ – ›Eisen‹ – steht«, sagte Lykke. »Das Wort, das bei Martin Piil auf die Stirn geschrieben wurde und auf das nächste Opfer hinweisen sollte. Wir … äh …« Bevor sie weitersprach, huschte ihr Blick zu Jesper, der vollkommen abwesend auf seine Uhr schaute. »Also, wir denken, dass ›*jern*‹ nichts mit Martin Piils Tätigkeit als Klempner auf Lindholm zu tun hatte, sondern auf Roger Østerby hindeutet. Damit könnte ›*handjern*‹ – Handschellen – gemeint sein, die als Symbol für die Polizei gelten.«

Kirsten schürzte die Lippen. Das klang nach einer guten Erklärung. Leider nur hatten sie es zu spät herausgefunden und den dritten Mord nicht verhindern können. Nun gab es wieder einen Toten und einen neuen Hinweis. Wann zum Teufel würde diese Mordserie aufhören?

»Was könnte mit ›*hoveder*‹ gemeint sein?«, fragte sie. »Worauf will der Mörder diesmal hinweisen? Soll uns das sagen, dass weitere Köpfe rollen werden?«

Lykke hob ratlos die Hände und ließ sie wieder auf die Tischplatte sinken. »Möglich, dass die Liste des Täters noch lang ist.«

Und sie hatten nach wie vor null Motiv. Klasse! Kirstens Hals schnürte sich noch enger zu, weil sie an Marit denken musste. War sie eine von denen, die auf der Liste standen?

War sie durch die Ermittlung zufällig in den Fokus geraten? Hatte der Mörder deshalb vor, sie zu beseitigen? Die Therkildsen würde ausrasten, wenn sie hörte, dass eine ganze Abteilung es nicht schaffte, weitere Morde zu verhindern, und sie stattdessen wie die Kühe im Nebel herumirrten, ohne auch nur einen winzigen Hinweis auf den Aufenthaltsort des Mörders zu finden. Hans Erik Rask. Er schien der perfekte Täter zu sein. Das war er schon damals gewesen. Aber aus Kirstens Sicht wirkte das alles inzwischen zu perfekt. Dass im Tatfahrzeug ein Haar von Rask gefunden worden war, musste noch lange nichts heißen. Man konnte Beweismittel fälschen oder bewusst fälschlich einsetzen. Ähnlich wie das Busvideo. Davon war sie mittlerweile überzeugt. Das war kein Fehler der Experten gewesen, sondern Absicht. Und ein Haar konnte genauso gut absichtlich in dem Tatfahrzeug platziert worden sein. Dieser Gedanke ließ Kirsten nicht los. Er bedeutete, dass sie die ganze Zeit dem falschen Täter hinterhergejagt waren.

»Okay«, sagte sie. »Wir sollten uns dringend neu besprechen. Ich habe einige Gedanken, die ich mit euch teilen will.«

In diesem Moment kam ein Mann aus dem Nachbarraum ins Wohnzimmer gestolpert. Er trug einen hellblauen KTU-Overall, Gummihandschuhe und Mundschutz.

»Ich war im Schlafzimmer von Østerby!«, rief er. »Dort steht ein Waffenschrank hinter der Tür. Er ist offen und eine Waffe fehlt. Ich weiß, dass Roger neben einer Pistole auch eine Schrotflinte besaß!«

»Könnten Sie mir erst mal verraten, was Sie da machen und wer Sie sind?«, fragte Kirsten ungehalten. »Ich hatte Wang Ze von der KTU in Kopenhagen angefordert!«

»Äh, ich bin's.« Der Mann zog sich den Mundschutz vom Gesicht. »Lars Høyer, von der Polizei Møn. Wir sind uns schon mal begegnet.«

Jetzt erkannte Kirsten ihn, trotzdem war sie wütend. Es konnte nicht sein, dass der Kerl einfach so durch die Räume trampelte. »Es wäre schön gewesen, wenn die Kollegen von der KTU das Haus mit unverfälschter Spurenlage vorgefunden hätten. Bleiben Sie gefälligst aus den Räumen raus!« Sie drehte sich zu Jesper um. »Warum hast du nicht darauf geachtet? Dieser Depp könnte Spuren zerstört haben!«

»Weißt du was? Geh mir nicht auf die Nerven mit diesem unwichtigen Scheiß!«, brüllte Jesper dermaßen laut, dass sogar Kirsten vor Schreck zusammenzuckte. Er sprang auf und zeigte aus dem Fenster. »Marit ist irgendwo da draußen in den Händen des Täters! Und der hat jetzt auch noch eine gottverdammte Knarre! Fuck!« Er riss sich die Rettungsdecke von den Schultern und stürmte zur Tür.

61. KAPITEL

Stege, Møn

Jesper hatte Mühe, seine rasenden Gedanken und die erdrückenden Sorgen um Marit unter Kontrolle zu bringen. Er bekam kaum ein Wort heraus und war dankbar, dass Kirsten weitestgehend die Klappe hielt, während sie nach Stege zurückfuhren. Jesper wollte noch einmal gründlich das Ferienhaus durchsuchen. Es könnte ein möglicher Tatort sein.

Angespannt stand er wenig später in der Tür zu Marits Zimmer und blickte auf das Bett, das genauso ungemacht aussah wie heute Morgen. Im Wohnzimmer hörte er Kirsten rumoren. Seine Brust verkrampfte sich. Hätte er gestern bloß nicht diesen Mist mit Lykke angefangen, dann hätte er Marit auf dem Weg von der Bibliothek nach Hause begleitet … und sie wäre jetzt nicht in der Hand irgendeines kranken Irren. Die Pressekonferenz hätte er auch später vorbereiten können.

Er begann, ihre Sachen einzeln hochzunehmen, dabei schwitzten seine Hände in den Gummihandschuhen. Es war ihm unangenehm, in Marits Privatsphäre herumzuschnüffeln.

Er öffnete ihre Reisetasche, die sich neben dem Bett befand, und stutzte. Der Inhalt schien durchwühlt worden zu sein. Rasch öffnete er den Schrank und bemerkte, dass Marits Kleidung von den Bügeln gerissen worden war.

»Kirsten!«, rief er.

Kurz darauf tauchte seine Chefin neben ihm auf. Er zeigte auf die Tasche. »Es ist alles weg, auch ihr Computer.«

»Hast du sonst noch etwas gefunden?«, fragte Kirsten.

»Nein. Du?«

Sie schüttelte den Kopf. »Vielleicht hat Marit einen Eindringling überrascht. Er könnte nach etwas gesucht haben. Dabei ist sie ihm in die Quere gekommen, und er hat sie überwältigt und entführt«, spekulierte sie.

»Meinst du Rask?«

»Nein, nicht Rask!«

Jesper hob verwundert die Brauen.

In knappen Worten erklärte Kirsten ihm, was sie über Rask und den ganzen Fall dachte. Dass damals vermutlich jemand die Beweise gefälscht hatte, um ihn als Täter zu inszenieren. Und dass die Polizei wahrscheinlich daran beteiligt gewesen war. Das glaubte sie jetzt, nach dem Mord an dem ehemaligen Ermittlungsleiter Østerby, umso mehr.

Jesper nickte ernst. Was Kirsten sagte, klang plausibel. Aber wer, wenn nicht Rask, hatte Marit entführt? Plötzlich kam in ihm eine Ahnung hoch, die er zuvor schon mal gehabt hatte. »Gibt es Einbruchsspuren?« Er lief zur Tür, aber da war nichts zu erkennen. Er checkte die Fenster. Auch sie waren unversehrt.

»Was ist los?«, fragte Kirsten hinter ihm.

Jesper strich sich aufgebracht durch seine vom Sturz ins Meer feuchten Haare. Er zitterte am ganzen Körper, musste sich dringend trockene Klamotten anziehen. Aber vorher musste er seine böse Ahnung mit Kirsten teilen.

»Ich weiß, wer es war«, sagte er.

»Und wer?«

»Pettersen!«

Kirsten runzelte die Stirn. »Du meinst diesen schleimigen Aal von Ortsvorsteher?«

»Genau den. Das hier ist sein Haus, er hat einen Schlüssel. Was ist, wenn er herumschnüffeln wollte, und Marit ihn dabei ertappt hat?«

»Warum sollte Pettersen das tun?«

»Er ist krankhaft neugierig und bisher fast überall aufgetaucht, wo wir auch waren. Er hat so getan, als würde er uns helfen wollen, doch seine Motivation war eine ganz andere. Ich bin mir mittlerweile sicher, dass er an Informationen über den Fortschritt der Ermittlungen gelangen wollte. Er hat einen Schlüssel und damit die Gelegenheit.«

»Aber warum braucht er so dringend Informationen?« Kirstens Augen weiteten sich und fast gleichzeitig hatten sie denselben Gedanken. »Er muss herausfinden, ob wir ihm auf der Spur sind. Das ist es!«

Jesper redete immer schneller. »Er kennt den Rask-Fall von früher und ist gut vernetzt. Womöglich hat er eine Verbindung nach Lindholm und zu den drei Opfern. Sein Vater war damals Bürgermeister.« Seine Unruhe verstärkte sich. »Wir sollten uns den Kerl vornehmen! Jetzt!«

»Warte!« Kirsten hob eine Hand. »Lass uns vorher über das mögliche Motiv nachdenken. Ich will ganz sichergehen. Nicht dass wir wieder in die falsche Richtung rennen und wertvolle Zeit verlieren. Warum sollte ausgerechnet Pettersen die Morde begehen?«

»Vielleicht will er verhindern, dass etwas ans Tageslicht kommt. Ein Geheimnis, das wir herausfinden würden, sollten wir tiefer in dem alten Fall graben. Deshalb hat er auch Marits Computer mitgenommen. Da sind die Informationen drauf.«

»Aber wie passt Østerby da rein? Er hat nichts mit Lindholm zu tun wie die beiden anderen Opfer.«

»Østerby war damals der Ermittlungsleiter im Rask-Fall. Ich glaube nicht, dass Lindholm die Verbindung ist. Alles konzentriert sich auf den Mord an der kleinen Line, den Wolf von Møn. Dort müssen wir den Zusammenhang suchen!«

»Ich glaube, du könntest recht haben«, murmelte Kirsten mit ernster Miene. »Wo wohnt dieser Pettersen?«

»Warte. Ich habe seine Visitenkarte.« Jesper fischte sie aus seiner Brieftasche und las die Adresse vor. »Katedralvej. Das ist gleich um die Ecke!«

»Gut!« Kirsten lief durch den Flur und riss die Haustür auf. »Dann statten wir dem Herrn mal einen Besuch ab!«

62. KAPITEL

Keine zehn Minuten später standen sie vor einem weiß verputzten Wohnhaus im Katedralvej, das an einen Handwerksbetrieb angeschlossen war. »Vand, Varme, Sanitær Service Pettersen«, stand in großen Lettern über dem offenen Rolltor der Werkstatthalle, aus dem das Kreischen einer Flex über den Hof schallte.

»Ich hoffe, er ist da!«, sagte Jesper und klingelte.

»Und ich hoffe, er hört bei diesem Krach die Klingel«, entgegnete Kirsten.

Jesper drückte erneut auf den Knopf. Kaum hatte sein Finger ihn losgelassen, öffnete ihnen eine untersetzte Frau mit kurzen blondierten Haaren und geröteten Wangen. Sie trug eine bunte Leggins und einen viel zu weiten rosa Strickpulli.

»Ja?«

Kirsten stellte sich und Jesper vor und erklärte, dass sie Hardy Pettersen sprechen wollten.

»Oh, die Polizei!« In den Augen der Frau blitzte es neugierig auf. »Da wird mein Mann sich aber freuen. Er begrüßt es, persönlich informiert zu werden. Folgen Sie mir, er ist drüben in der Halle.« Sie führte sie über den Hof auf das große Tor zu. Der schrille Ton der Flex bohrte sich direkt in Jespers ohnehin schon überhitztes Hirn.

Hardy Pettersen hielt das elektrische Werkzeug in beiden Händen und durchtrennte damit gerade ein Metallrohr, das in einen Schraubstock eingespannt war. Er trug eine graue Arbeitslatzhose und ein T-Shirt. Um seinen Hals hing eine Kette mit einem silbernen Anhänger. Seine Frau rief ihm etwas zu und er hob den Kopf. Als er Kirsten und Jesper bemerkte, stellte er das Höllengerät aus und schob sich die Schutzbrille auf die Stirn. Mit einem erfreuten Lächeln, das ihm vermutlich gleich vergehen würde, zog er seine Arbeitshandschuhe aus und reichte ihnen eine warme Hand.

»Hallo! Das ist ja eine Überraschung. Gibt es Neuigkeiten?«

Das fragst du so scheinheilig, dachte Jesper und musste sich beherrschen, um sich nicht auf den Kerl zu stürzen und aus ihm herauszuprügeln, was er mit Marit gemacht hatte. In seinen Fingern zuckte es. Da es sich bei Pettersen um ihren potenziellen Mörder und Entführer handelte, mussten sie mit Bedacht vorgehen. Zudem hatten sie keinen Haftbefehl in der Tasche. Ein Zugriff wäre in der jetzigen Situation allein dadurch zu rechtfertigen, wenn Pettersen zu fliehen versuchte. Doch danach sah es nicht aus. Leider. Jesper würde bei einer Festnahme nicht zimperlich vorgehen.

»Herr Pettersen«, begann Kirsten, »unsere Kollegin Marit Rauch Iversen ist letzte Nacht aus dem Ferienhaus verschwunden, das Sie der Polizei zur Verfügung gestellt haben. Da Sie der Einzige sind, der sonst noch einen Schlüssel zu dem Haus hat, haben wir die Vermutung, dass Sie sich unbefugt Zutritt verschafft haben, um an ermittlungsrelevante Informationen zu gelangen. Dabei hat unsere Kollegin Sie überrascht und Sie haben sie überwältigt und verschleppt. Ich frage Sie daher: Wo ist Marit?«

Jesper behielt Pettersen fest im Blick. Wenn er auch nur den kleinen Finger bewegte, würde Jesper ihm sofort Handschellen anlegen. Doch anstatt sich nervös zu verhalten oder einen Fluchtversuch zu unternehmen, reagierten Pettersen und auch seine Frau durch und durch überrascht. Fast synchron guckten sie Jesper und Kirsten ungläubig an. Ihre Verblüffung wirkte echt.

»Äh … Tut mir leid. Ich habe keine Ahnung, wovon Sie reden. Ich war nicht in dem Haus und ich kann Ihnen nicht sagen, wo Ihre Kollegin hin ist. Ich weiß nicht mal, von welcher Frau Sie sprechen.«

»Die große Blonde mit den kurzen Haaren.«

Pettersen hob ratlos die Schultern. »Sorry, der bin ich nie begegnet.«

Jesper mahlte mit den Kiefern. Wenn dieser Mistkerl log, war er verdammt gut.

»Na!«, stieß Kirsten gereizt aus. »Ich bitte Sie trotzdem, mit uns auf die Wache zu kommen.«

Pettersen runzelte die Stirn. »Wieso? Bin ich etwa verhaftet?«

»Nein, sind Sie nicht. Wir möchten lediglich mit Ihnen reden.«

»Nun«, er streckte seinen Rücken durch, »das können wir genauso gut hier tun. Ich habe keinerlei Geheimnisse vor meiner Frau.«

Seine Gattin nickte bekräftigend.

Jesper knirschte mit den Zähnen. Dieser halbseidene Lokalpolitiker wusste genau, was er sich gegenüber der Polizei herausnehmen konnte und was nicht. Ihm war auch klar, dass sie ihn aufgrund ihrer dünnen Indizienlage nicht verhaften konnten.

»Gut, wenn Sie keine Geheimnisse haben, dann verraten Sie uns doch, wo Sie an den folgenden Tagen waren …« Kirsten zählte die Daten der beiden ersten Morde auf und nannte als Drittes den gestrigen Abend.

»Gestern? Da war mein Mann bei mir zu Hause«, brachte die Frau ein wenig zu schnell hervor.

»Die ganze Nacht?«

»Was denken Sie?« Die Frau blitzte sie an. Ihre rotbäckige Freundlichkeit war verflogen.

»Okay«, antwortete Kirsten geduldig, während Jesper sich auf die Zunge biss. Er stand unter Hochspannung. Seine Hand hielt er locker an seiner Seite, damit er sofort seine Waffe ziehen konnte, sollte Pettersen eine falsche Bewegung machen.

»Und was ist mit den davor genannten Abenden?«, hakte Kirsten nach.

»An dem zweiten, als das mit Martin Piil passierte, war ich zu Hause, das kann meine Frau ebenfalls bezeugen«, sagte Pettersen. »An dem anderen war ich mit zwei Männern meiner Firma auf einer Baustelle in Klintholm Havn und später mit einem Parteifreund essen. Ebenso die Tage danach. Ich kann also gar nicht in Kopenhagen gewesen sein.«

»Wir brauchen die Namen und Adressen der Männer, die das bezeugen können.«

»Sicher.« Pettersen fischte einen schmutzigen Zettel von der Werkbank und schrieb alles auf. Danach reichte er das Stück Papier Kirsten, die die Namen darauf las.

»Können Sie mir vielleicht verraten, warum Sie sich nach letzter Nacht erkundigen?«, fragte Pettersen und blinzelte Jesper verunsichert an. »Ist da auch etwas passiert?«

Jesper verengte seine Augen zu Schlitzen. »Haben Sie das etwa nicht mitbekommen?«

»Nein.«

Schwer zu glauben, dachte Jesper und sagte: »Drüben auf Nyord hat es einen weiteren Mord gegeben.«

»Oh Gott. Wer ist das Opfer?«

»Roger Østerby!«

»Roger?« Pettersen fiel alles aus dem Gesicht. Er zog sich einen Arbeitshocker heran und ließ seine massige Gestalt darauf sinken. Seine Frau wurde ebenfalls blass.

»Du liebe Güte, das ist ja …« Pettersen versagte die Stimme.

Gute Show, dachte Jesper. Er glaubte Pettersen seine Betroffenheit keine Sekunde. Er wusste doch sonst immer über alles Bescheid. Warum sollte ihm ausgerechnet im Fall

Østerby nichts zugeflüstert worden sein? Unterhielt Lars Høyer etwa keine Standleitung mehr zum Ortsvorsteher?

»Kannten Sie Roger Østerby?«

»Äh, ja. Allerdings nicht besonders gut. Wie man sich auf so einer Insel eben kennt. Man sieht sich auf Veranstaltungen und trinkt in der Kneipe mal zusammen ein Bier. Darüber hinaus hatten wir keinen Kontakt. Erst recht nicht, seit Roger pensioniert war.« Pettersen fasste sich an den silbernen Anhänger um seinen Hals und rieb daran. Jesper beobachtete ihn genau. Bisher zeigte er kein auffälliges Verhalten, das musste er zugeben, selbst wenn es ihm nicht passte. Sagte der Typ womöglich doch die Wahrheit? Pettersen ließ den Anhänger los. Jesper hatte anfangs nicht darauf geachtet, doch jetzt erkannte er, was er darstellte. Es waren drei ineinander verschlungene Dreiecke. Ein Wotansknoten wie bei der Tätowierung von Asger Dahl.

Jesper warf Kirsten einen Blick zu, aber sie schien den Anhänger nicht bemerkt zu haben. Was bedeutete das, dass Pettersen ihn trug? Bewies es, dass er Dahl kannte?

»Sind Sie ein Asengläubiger?«, fragte er.

»Wer – ich?« Pettersen lachte. »Um Himmels willen, nein! Ich bin gläubiger Christ!«

»Und warum tragen Sie dann einen Valknut?« Jesper wies auf den Anhänger, den Kirsten nun endlich auch registrierte.

Pettersen fasste sich erneut an die Kette. »Ach das. Dieses Zeichen hat nicht nur eine nordische Bedeutung, falls Sie das denken. Es steht außerdem für die göttliche Dreifaltigkeit. Den Vater, den Sohn und den Heiligen Geist.«

»Amen!«, sagte Jesper zynisch.

»Ja, Amen!«, antwortete Pettersen ernst. »Ich würde es begrüßen, wenn Sie keine Scherze über meine Religion machen würden.«

»Das habe ich nicht vor«, knurrte Jesper und ließ seinen

Blick misstrauisch durch die Werkstatt gleiten, dabei fielen ihm die Arbeitshandschuhe aus Leder auf, die Pettersen auf die Werkbank gelegt hatte. Flemming Bostrup hatte im Obduktionsbericht geschrieben, dass er in den Mündern der Leichen den Abrieb ebensolcher Handschuhe gefunden hatte. Aber weder das noch der Anhänger machten Pettersen zum Mörder, zumal das Leder sauber aussah. Keine erkennbaren Blutspuren. Außerdem konnte man solche Handschuhe in jedem Baumarkt in Dänemark kaufen. Angespannt stieß er Luft aus und wollte sich wieder auf Pettersen konzentrieren, da sprang ihm ein Werkzeug ins Auge, das in einer Ecke auf dem Boden lag. Eine riesige Zange mit monströsen silbernen Backen und gelben Griffen.

»Was ist das?« Er trat auf das Werkzeug zu und betrachtete es genauer. Wie bei den Handschuhen gab es daran kaum Schmutzanhaftungen, lediglich ein paar Kratzer im gelben Lack.

»Das ist ein tragbarer hydraulischer Flanschspreizer«, erklärte Pettersen. »Wollen Sie sich darüber auch lustig machen?«

Jesper ignorierte den gereizten Einwurf. »Wofür braucht man so etwas?«

»Zum Aufstemmen von Rohrverbindungen oder ganz allgemein zum Aufdehnen von Metallteilen.«

»Aha.« Jesper nahm demonstrativ mehrere Fotos mit seinem Handy auf. Kirstens Aufmerksamkeit galt nun ebenfalls dem Werkzeug. Sie schien verstanden zu haben, warum er sich dafür interessierte.

»Erhält man so was im Baumarkt?«, fragte Jesper.

»Eher nicht«, antwortete Pettersen, »das bestellt man im Internet. Aber ich weiß wirklich nicht, warum Sie das wissen wollen.«

Bevor Jesper antworten konnte, übernahm Kirsten wieder und stellte die nächste Frage: »Hatte Ihr Vater damals bei der Ermittlung gegen Hans Erik Rask mit Roger Østerby zu tun?«

»Klar hatte er das«, entgegnete Pettersen bereitwillig. »Als Bürgermeister von Stege hat er eng mit der Polizei zusammengearbeitet. So wie ich als Ortsvorsteher heute.« Er betrachtete sie mit vorwurfsvoller Miene, als wollte er ihnen zu verstehen geben, dass er sich von dieser Ermittlung ausgeschlossen fühlte.

»Wo können wir Ihren Vater finden?«, wollte Kirsten wissen.

»Auf dem Friedhof. Parzelle 343.«

»Oh, Verzeihung. Das tut mir leid.« Kirsten steckte den Zettel von Pettersen weg. Für Jesper das Zeichen, dass die Befragung beendet war. Doch damit war er absolut nicht einverstanden. Für seinen Geschmack hatten sie Pettersen nicht genug in die Mangel genommen. Er glaubte ihm nicht, dass er nicht im Ferienhaus gewesen war. Leider würde ihnen eine Überprüfung der Fingerabdrücke nicht weiterhelfen. Das Haus gehörte ihm, dort fanden sich bestimmt Hunderte seiner Prints.

Kirsten wollte gehen, doch Jesper blieb stehen. »Sie waren letzte Nacht in unserem Haus, ich weiß es. Geben Sie es zu!«

»Ich muss gar nichts zugeben. Sie sollten sich selber fragen, ob Sie alles richtig gemacht haben.« Pettersen schob provokant sein kräftiges Kinn vor. »Wo waren Sie denn gestern Nacht? Hm? Ich gebe zu, Kollegin Schou ist …«

»Lassen Sie den Scheiß!«, unterbrach Jesper ihn. Auf keinen Fall wollte er, dass Kirsten von der Sache mit Lykke erfuhr. Woher wusste Pettersen überhaupt davon? »Versuchen Sie nicht, von sich abzulenken. Ich weiß, dass Sie einen Schlüssel haben und dass Sie im Haus waren. Es fehlten Fotos.«

»Welche Fotos?«, fragte Kirsten.

»Die vom Tatort des Rask-Falls damals«, erklärte Jesper. »Die Bilder waren nicht lange verschwunden. Einen Tag später waren sie wieder da. Sie lagen allerdings nicht an der Stelle, an der wir sie abgelegt hatten. Dafür kann es nur eine Erklärung geben. Sie, Pettersen, haben sich die Fotos heimlich angesehen! Wie auch alles andere Material, das wir dort gesammelt haben!«

Pettersen lächelte süßlich. »Sie haben eine blühende Fantasie, Herr Bæk. Ich glaube, Sie sollten besser mit Ihrer verschwundenen Kollegin sprechen. Vermutlich hat sie die Fotos durcheinandergebracht. Vielleicht ist ihr der Fall zu viel geworden, und sie ist abgehauen.«

Jesper konnte nicht länger an sich halten. Drohend trat er auf Pettersen zu, blieb dicht vor ihm stehen. Dass er seinen Kopf leicht in den Nacken legen musste, um dem Mistkerl in die Augen zu blicken, war ihm egal. »Was haben Sie Marit angetan? Raus damit! Wo haben Sie sie hingebracht, Sie Schw…!«

Er spürte einen harten Stoß im Rücken, und im nächsten Moment zog Kirsten ihn von dem Mann weg, dem er sonst vermutlich an die Gurgel gegangen wäre. Sie bedankte sich bei den Pettersens für ihre Hilfe und bugsierte Jesper unsanft nach draußen.

»Lass mich! Verdammt!« Er befreite sich aus ihrem Griff und warf einen wilden Blick zurück in die Werkstatthalle, wo Pettersen und seine Frau mit ratlosen Gesichtern im Tor standen und ihnen hinterhersahen. »Ich hätte ihn gehabt! Wenn du mich nicht aufgehalten hättest!«

»Bist du verrückt geworden?«, zischte Kirsten. »Du warst drauf und dran, einen Zeugen tätlich anzugreifen.« Sie öffnete die Wagentür und stieß ihn auf den Beifahrersitz. »Das wäre ganz und gar nicht hilfreich gewesen!«

»Ich weiß, dass er es war! Ich werde es beweisen!«, rief Jesper.

»Aber nicht, indem du ihm die Nase zertrümmerst und er uns wegen Polizeigewalt anzeigt. Verdammt noch mal,

Bæk! Reiß dich zusammen!« Kirsten stieg ebenfalls ein und schlug die Tür so fest zu, dass der Wagen wackelte. Dann funkelte sie ihn an. »Du bist nicht der Einzige, der dem Kerl gerne in den Arsch getreten hätte. Trotzdem müssen wir die Nerven behalten und nach den Regeln spielen. Wir werden ihn drankriegen, sollte er es gewesen sein. Aber nicht mit Gewalt. Jetzt überprüfen wir erst mal seine Alibis und suchen anschließend nach Hinweisen, die es uns ermöglichen, einen Durchsuchungsbeschluss für sein Haus und seine Werkstatt zu erwirken.«

»Und was ist, wenn er in der Zwischenzeit diesen Flanschspreizer entsorgt? Der könnte das Tatwerkzeug sein! Oder er tut Marit etwas an!«

»Das wird er nicht«, beruhigte ihn Kirsten. »Er weiß genau, dass wir ihn von nun an im Auge behalten werden. Er wird einen Teufel tun und sich auffällig verhalten. Zumindest wenn er schlau ist. Wenn nicht … umso besser für uns!« Sie lächelte ihn an.

Jesper starrte stumm zurück, mahlte mit den Kiefern.

»Bæk!«, mahnte Kirsten. »Versprich mir, dass du nichts Unüberlegtes tust!«

Er stieß Luft aus, schwieg jedoch.

»Ich kann dich verstehen, Jesper.«

»Was kannst du verstehen?«

»Du bist in Marit verliebt!«

Jesper wollte protestieren, doch Kirsten ignorierte seinen Einwand. »Das macht dich befangen. Um nicht zu sagen, zu einer emotionalen Tretmine. Das ist auch der Grund, warum ich Marit zu Beginn nicht hinzuziehen wollte. Sie beeinflusst dich und lenkt dich ab. Und ich brauche einen Jesper mit klarem Verstand.«

Er gab einen ungläubigen Laut von sich. Sicher doch, dachte er.

Plötzlich packte Kirsten ihn am Kragen und schüttelte ihn. »Ich kann es zwar nicht leiden, dass du meine Freundin anbaggerst, aber verflucht, ich brauche dich. Und weißt du auch, warum? Weil dein Verstand verfickt noch mal brillant ist! Und jetzt hörst du auf, dich zu benehmen wie ein beißwütiger Hund, und gibst mir deine verdammte Hand darauf!«

Jesper schluckte verblüfft. Hatte Kirsten das eben tatsächlich gesagt? Okay, es war mit allen möglichen Schimpfwörtern gespickt gewesen, aber … hey, Wahnsinn! Zögerlich streckte er seine Hand aus, und wie zu erwarten gewesen war, schlug sie so fest ein, dass er Mühe hatte, seinen Schmerz vor ihr zu verbergen.

»Frieden?« Kirsten fixierte ihn mit ihren stechenden schwarzen Augen.

»Frieden«, lenkte Jesper ein.

»Scheiße und Halleluja!«, entgegnete seine Vorgesetzte. »Endlich wirst du vernünftig!« Dann drehte sie den Zündschlüssel und fuhr mit quietschenden Reifen los.

63. KAPITEL

Nyord

Wenn Lykke vor ein paar Tagen noch gedacht hatte, in ihrem Leben nichts Schlimmeres gesehen zu haben als den furchtbaren Tatort in Martin Piils Keller, so musste sie sich nun eingestehen, dass sie sich geirrt hatte.

Die Leiche im Schilf war noch viel schlimmer. Und leider war es ihre Aufgabe, die Kollegen der KTU aus Kopenhagen und den dazugehörigen und ihr ebenfalls bekannten Rechtsmediziner in die Örtlichkeiten rund um Roger Østerbys Haus sowie den Leichenfundort einzuweisen.

Die beiden Zeugen, die den Toten entdeckt hatten, waren mit dem Rettungswagen weggebracht worden, und Lykke hätte sich gewünscht, mitfahren zu können. Dabei hatte der Tag gerade erst angefangen.

Seufzend dachte sie an den gestrigen Abend mit Jesper, während sie Dr. Bostrup dabei zusah, wie er den Toten am Ufer der Bucht mit behutsamen Handgriffen untersuchte. Der KTU-Chef Wang turnte derweil in Wathosen durch das Schilf und sammelte alles ein, was mit der Tat zusammenhängen könnte. Er und der glatzköpfige Rechtsmediziner schienen ein eingespieltes Team zu sein.

Wie Jesper und sie.

Nein, korrigierte sie sich. Jesper war ganz und gar nicht wie sie, das hatte er sie heute deutlich spüren lassen. Er war ihr überlegen in einfach allem. Sie war bloß eine einfältige Landpolizistin, die so dämlich gewesen war, sich auf ihn einzulassen. Obwohl das auch nicht richtig war. Sie hatte es begonnen. Und wenn sie jetzt darüber nachdachte, war ihr selbst nicht mehr klar, warum sie das getan hatte. Dennoch tat es weh, sich den Abend in Erinnerung zu rufen. Gerade weil es sich so verdammt gut angefühlt hatte. In ihrem Hals wuchs ein Kloß. Sie würde Jesper nachher darauf ansprechen. Hoffentlich würde er ihr nicht wieder die kalte Schulter zeigen.

»Na, was guckst du so bedröppelt?«

Lykke fuhr zusammen, als sie Lars' Stimme neben sich vernahm. Sie blinzelte die heraufdrängenden Tränen weg. »Was gibt es?«

Lars deutete mit dem Kopf hinüber auf die offene Bucht, die wie ein grauer Spiegel vor ihnen lag. »Ich frage mich, welche Verbindung zwischen Roger und den anderen beiden Opfern besteht. Er hat doch gar nichts mit Lindholm zu schaffen gehabt.«

»Tja«, Lykke schnalzte mit der Zunge, »offensichtlich ist nicht die Versuchsinsel das Bindeglied, sondern vielmehr Hans Erik Rask. Alle hatten auf die ein oder andere Weise mit ihm zu tun.«

Lars nickte bedächtig. »Vielleicht ist Rask doch unser Täter und räumt jetzt hinter sich auf. Er tötet alle, die sich aus seiner Sicht an ihm schuldig gemacht haben.«

»Gut möglich. Aber wer wird dann der Nächste sein? Was will er uns mit ›*hoveder*‹ sagen?« Lykke spürte Ehrgeiz in sich aufflammen. Sie könnte Jesper mit ihren Fähigkeiten als Polizistin beeindrucken, wenn sie herausfänden, was mit dem blutigen Hinweis gemeint war. Mit all den Informationen, die sie bisher gesammelt hatten, konnte das nicht allzu schwer sein. Aber wo sollte sie anfangen?

Sie fasste Lars am Arm. »Übernimmst du meinen Posten hier und kümmerst dich um die Kollegen aus Kopenhagen? Ich muss in die Zentrale nach Stege!«

»Wieso?«

»Es geht um eine kleine Recherche. Ich halte dich auf dem Laufenden. Danke, dass du einspringst.« Sie klopfte ihm auf die Schulter und war im nächsten Moment auf dem Weg zum Streifenwagen. Bei dem, was sie vorhatte, wollte sie allein sein.

Im Besprechungsraum in der Bibliothek war niemand, was sie sehr begrüßte. Dafür hörte sie die Stimmen aus der provisorischen Leitstelle nebenan. Die Suchtrupps waren noch am Werk. Wie sie mitbekam, befanden sie sich im Moment gerade auf dem Teilabschnitt hinter dem Strand von Ulvshale und bewegten sich Richtung Osten die Küste entlang.

Lykke schloss die Tür hinter sich, setzte sich und griff nach der Rask-Akte. Viele der Unterlagen waren noch von ihrer gestrigen Arbeit auf dem Tisch ausgebreitet. Kurz blitzte Jespers Gesicht vor ihrem geistigen Auge auf. Wie erregt er gewesen war, als sie sich auf dem Tisch zurückgelegt hatte, damit er sie überall küssen konnte. Lykke wurde heiß, doch schnell drängte sie die aufwallenden Empfindungen zurück und sah sich suchend um. Sie fand die Fotos, die Jesper vorgestern abhandengekommen waren, und zog sie zu sich heran. Ihr war vorhin bei dem Wort *»hoveder«* ein Gedanke gekommen.

Sorgfältig legte sie die Aufnahmen in eine Reihe und betrachtete sie. Da waren der aufgerissene Sack im Eis und die Fuchsköpfe, die verstreut zwischen den Schilfstängeln lagen. Ein paar davon trugen Bissmarken. Es schien, als wären einige der Schädel angeknabbert worden.

»Hoveder« – »Köpfe«.

Lykke drehte eines der Fotos um, aber auf der Rückseite stand nur eine Nummer: 144a.

Sie suchte den Tatortbericht und blätterte zu der handschriftlichen Notiz, die sie gestern nicht auf Anhieb hatte entziffern können. Nun konzentrierte sie sich mit allen Sinnen darauf, was dort stand. »Anm. zu Foto 114a: Fundstück nicht relevant für die Ermittlung. Vermutlich von Jägern entsorgter Müll. Übliches Vorgehen: Fuchsköpfe sind Abfall.«

Lykke runzelte die Stirn. Die damaligen Ermittler waren davon ausgegangen, dass der Sack von einem Jäger entsorgt worden war. Füchse wurden damals in den 90ern stark bejagt wegen der Tollwut, das wusste sie von ihrem Vater, der selbst Jäger war.

Sie blätterte zu den Protokollen. Die Eltern von Line waren zu dem Sack befragt worden, hatten allerdings keinerlei Angaben dazu machen können. Folglich hatten die Ermittler das Fundstück im Zusammenhang mit dem Mord an der kleinen Line für irrelevant gehalten.

Lykke suchte nach weiteren handschriftlich verfassten Berichten und fand gleich mehrere. Zum größten Teil war es dieselbe Schrift wie bei der Notiz. Nach der zugehörigen Unterschrift Ausschau haltend, entdeckte sie schließlich einen Namen: Roger Østerby. Also hatte er die Notiz verfasst. Aber was bedeutete das?

Lykke betrachtete das Foto mit den Fuchsköpfen. In ihr wuchs eine Idee heran und sie durchsuchte die Akte nach weiteren Tatortbildern. Kurz darauf hielt sie die von dem toten Hund in der Hand. Die meisten der Aufnahmen zeigten den kompletten Körper des Tieres, wie es auf dem gefrorenen Rasen lag. Die Kiefer des Schäferhundes waren weit aufgerissen und sein Rückgrat seltsam nach hinten verdreht. Lykke musste schlucken, noch schlimmer war jedoch der Anblick der toten Line, die danebenlag. Das totenbleiche Gesicht des Mädchens, seine halb geöffneten Augen, das nasse Haar, das an seiner Stirn klebte, und der schmale nackte Oberkörper verursachten ihr Übelkeit.

Lykke schob ein Blatt Papier darüber, damit sie das tote Mädchen nicht mehr sehen musste, und konzentrierte sich wieder auf den Hund. Irgendetwas an ihm weckte das Gefühl in ihr, dass es einen Zusammenhang mit ihren Mordfällen geben musste. Sie hob eine Nahaufnahme vom Kopf des Hundes hoch und studierte voller Widerwillen das, was Rask ihm angetan hatte. Das Maul klaffte unnatürlich weit auf. Ein Fangzahn am Oberkiefer war abgebrochen und stand im rechten Winkel nach außen. Die Zunge hing aus dem Rachen. Auf den Lefzen lag dicker Schaum.

Lykke stutzte. Das war ungewöhnlich viel Geifer. Sie blätterte erneut in dem Bericht. Leider schien der Hund damals nicht eingehender als nur äußerlich untersucht worden zu sein.

Sie guckte auf die Fuchsköpfe, genauer gesagt auf die, die auf dem Eis lagen und angenagt wirkten. Tatsächlich fehlte von einem der halbe Schädel und bei einem anderen war das Hirn herausgefressen worden.

Verdammt, dachte sie. War das der Hund gewesen? Plötzlich kam ihr eine Idee.

Lykke holte das Handy aus der Brusttasche ihrer Uniform und wählte die Nummer ihres Vaters. Es klingelte ein paarmal, dann nahm jemand ab. Es war ihre Mutter.

»Hallo, Liebes! Wie geht es dir? Habt ihr Rask endlich geschnappt?«

»Gib mir bitte Papa. Es ist wichtig!«

»Ich habe dich etwas gefragt.«

»Nein, wir haben Rask nicht. Bitte, hol jetzt Papa ans Telefon.«

Ihre Mutter murrte. Vermutlich war sie beleidigt, dass ihre Tochter nicht mit ihr, sondern ihrem Mann sprechen wollte. Es raschelte und kurz darauf ertönte die Stimme von Henning Schou.

»Was gibt es, Lykke?«

»Papa, du weißt doch über Wildtiere Bescheid und über die Krankheiten, die sie befallen können.«

»Ja, warum?«

Lykke musste sich Mühe geben, nicht allzu aufgeregt zu klingen. »Wie äußert sich die Tollwut?«

»Oh, Tollwut ist übel. Das erkrankte Tier zeigt meist ein deutlich aggressiveres Verhalten, es ist weniger scheu und nähert sich Menschen, obwohl es sonst eher weglaufen würde. Im Anschluss folgen Lethargie, Lähmungserscheinungen und Krämpfe. Das Tier leidet auch unter einer erhöhten Speichelproduktion.«

»Es hat also im wahrsten Sinne Schaum vorm Maul?«

»Ja, so ist es. Ich habe das mal gesehen.«

»Bei einem Fuchs?«

»Und einer Katze. War schlimm, die armen Tiere. Das ist eine Qual.«

Lykke spürte, wie Unbehagen und Aufregung gleichermaßen in ihr wuchsen. »Sind Füchse die häufigsten Überträger in unserer Region?«

»Heute ist die Krankheit bei uns zum Glück ausgerottet, aber früher war das anders. In den 80ern und 90ern gab es viele Fälle in ganz Europa, auch in Dänemark. Da haben wir zahllose Füchse abgeschossen und Impfköder ausgelegt. Das waren schlimme Zeiten.«

»Hätte ein Jäger damals einen Sack voller Fuchsköpfe einfach so im Meer entsorgt?«

»Nein, auf keinen Fall. Die Tollwut steckt im Hirn. Aber warum willst du das wissen?«

»Ich danke dir, Paps. Ich muss zurück an die Arbeit. Ach, und erzähl Mama bitte nicht, worüber wir gesprochen haben.« Rasch legte Lykke auf, bevor ihr Vater weitere Fragen stellen konnte.

Sie steckte das Telefon weg, raffte die Fotos von den Fuchsköpfen zusammen und sprintete aus dem Raum. Die neugierigen Blicke der Presseleute vor dem Eingang ignorierte sie und sprang in den Streifenwagen.

Sie kannte jemanden, der ihr sicher noch mehr über Tollwut erzählen konnte. Und den würde sie jetzt besuchen!

64. KAPITEL

Schwarz wird die Sonne, die Erde sinkt ins Meer,
Vom Himmel schwinden die heiteren Sterne.
Glutwirbel umwühlen den allnährenden Weltenbaum,
Die heiße Lohe beleckt den Himmel.

(Ältere Edda, 1. Völuspá, Der Seherin Weissagung, Vers 56)

*

Irgendwo auf Møn

Die Polizei war ziemlich beschäftigt, und das war gut, denn so konnte er in Ruhe der Journalistin bis zu ihrer Unterkunft in einem Bed and Breakfast folgen. Auch wenn ihm klar war, dass es äußerst riskant war, ihr hinterherzufahren, aber nun wusste er wenigstens, wo sie übernachtete. Und vielleicht würde er sie später mal besuchen müssen.

Nummer 25 schlüpfte aus der Gartenhecke, von der aus er das Haus beobachtet hatte, zog die Nase hoch und setzte sich den Helm auf. Sein Moped hatte er ein Stück abseits bei einem alten Weideschuppen abgestellt. Als er es erreicht hatte, schwang er sich darauf, umfasste den Lenker mit beiden Händen und drehte am Gashebel. Von hinten näherte sich ein Auto und er blieb stehen. Den Kopf leicht abgewandt, wartete er, bis das Fahrzeug ihn passiert hatte. Es entfernte sich, und Nummer 25 wollte gerade wieder Gas geben, da leuchteten die Rücklichter auf. Das Auto hielt mitten auf der Straße an.

Unvermittelt erfasste ihn Panik. Hatte man ihn erkannt? Hastig sah er sich in alle Richtungen um. Zu seiner Linken lag ein holpriger Feldweg. Den könnte er mit dem Moped sicher befahren …

In diesem Moment setzte sich das Auto wieder in Bewegung.

Nummer 25 lief unter dem Helm der Schweiß über das Gesicht, doch er wagte es nicht, ihn abzunehmen, zu groß war die Gefahr, dass er gesehen wurde. In allen Zeitungen waren Bilder vom ihm abgedruckt worden.

Der Wolf in ihm blieb stumm. Er hatte schon länger nichts mehr gesagt.

Nachdem Nummer 25 sich ein weiteres Mal vergewisserte hatte, dass er allein auf der Landstraße war, fuhr er los. Der Wind, der durch das nun geöffnete Visier blies, trocknete den Schweiß auf seiner Haut, und er atmete durch.

Er würde jetzt Heimdall in seinem Erdloch besuchen. Danach würde er nachdenken, was zu tun war. Leider wollte ihm der Wolf nicht dabei helfen. Sein Begleiter schwieg beharrlich, und Nummer 25 fühlte sich schrecklich einsam. Er hätte sich gerne auf den Hof seiner Eltern zurückgezogen. Doch da wartete die Polizei auf ihn. Außerdem war das Haus abgebrannt. Dieser verfluchte Riese hatte es angezündet! Mit dem hatte er noch ein Hühnchen zu rupfen. Zuerst war allerdings Heimdall dran. Er durfte nicht zulassen, dass der lichte Gott sein Horn fand und Ragnarök ausrief.

Ein heißer Schreck durchzuckte ihn, als ihm auf der Gegenfahrbahn ein Streifenwagen mit hoher Geschwindigkeit entgegenkam. Zu dumm, dass er mit seinen Gedanken beschäftigt gewesen war, nun war es zu spät, um unbemerkt auszuweichen. Er musste weiterfahren und hoffen, dass der Polizist ihm keine Aufmerksamkeit schenkte. Für den Notfall klemmte hinten auf dem Gepäckträger seine Axt. Er hatte sie in eine Einkaufstüte eingewickelt, damit nicht jeder gleich sah, was er bei sich hatte. Der Polizist würde den Angriff nicht kommen sehen. Er würde die Axt erst erkennen, wenn es zu spät wäre.

65. KAPITEL

Lykke drückte am Radio gerade auf Repeat, als ihr ein Moped entgegenknatterte. Die blaue Abgaswolke, die es hinter sich herzog, war extrem. Außerdem war es viel schneller unterwegs, als es erlaubt war. Lykke überlegte kurz, ob sie den Fahrer anhalten und zur Rede stellen sollte, doch dann ließ sie es bleiben. Sie hatte keine Zeit für solche Kleinigkeiten, musste jetzt erst mal dringend mit dem ehemaligen Direktor von Lindholm sprechen.

Nachdem sie am Pflegeheim eingetroffen war, teilte man ihr mit, dass sie Bent Lårup um ein paar Minuten verpasst habe. Er sei kurz zuvor vom Fahrdienst abgeholt worden, da heute das wöchentliche Kartenspieltreffen mit seinem Freund in Kalvehave stattfinde.

Lykke fluchte innerlich, weil sie nicht vorher angerufen hatte und in ihrem Plan nun so abrupt ausgebremst wurde. Vor dem Zimmer des Direktors überlegte sie fieberhaft, was sie tun sollte. Sie hatte wenig Lust, hier auf Lårup zu warten. Ebenso wenig wollte sie ihn bei seinem Freund aufsuchen. Aber mit ihm telefonieren, das ginge vielleicht.

Sie fragte den Pfleger nach der Nummer des Direktors. Doch als sie Lårup anrief, nahm er nicht ab. Leider meldete sich auch keine Mobilbox.

»Mist!« Lykke ließ das Telefon sinken und starrte auf die geschlossene Zimmertür. Dann wählte sie eine andere Nummer. Kurz darauf meldete sich der ehemalige Verwalter der Versuchsinsel Lindholm, Laurits Wernebo.

»Ich habe eine etwas spezielle Frage an Sie bezüglich der Laboratorien«, sagte Lykke.

»Nur zu«, gab der Verwalter freundlich zurück. »Ich bin ganz Ohr.«

»Mich würde interessieren, ob auf Lindholm an Füchsen geforscht wurde. Wenn ja, in welchem Zusammenhang.«

»Füchse gehörten durchaus zu den Versuchstieren. Uns wurden eine Menge davon auf die Insel geliefert. Viele wurden sogar mit dem Helikopter eingeflogen, für den 24-Stunden-Bereitschaftsdienst. Um zu prüfen, ob sie infiziert waren.«

»Mit Tollwut?«

»Ja, eine schlimme Krankheit«, antwortete Wernebo ernst. »Und sehr gefährlich für den Menschen – tödlich sogar. Daher gilt bei Tollwut höchste Alarmbereitschaft. Alle Fuchskadaver und Gewebeproben, die wir in Verbindung mit der Tollwut-Forschung geliefert bekamen, wurden später im Krematorium verbrannt.«

Lykke schürzte die Lippen. »Gab es dabei auch Säcke voll mit Fuchsköpfen?«

»Aber sicher doch!«

Lykke stutzte überrascht, weil sie nicht damit gerechnet hatte, solch eine direkte Antwort zu erhalten. »Kann ich Ihnen ein Foto schicken, und Sie sagen mir Ihre Meinung dazu?«

»Gerne.«

Lykke fotografierte das Bild mit dem Sack ab, versandte es an den Verwalter und wartete.

Sie hörte, wie er am Telefon Luft ausstieß. »Teufel auch! Woher haben Sie das?«

»Das ist leider Teil der laufenden Ermittlung, deshalb darf ich dazu keine näheren Angaben machen. Ich kann Ihnen nur so viel verraten, dass das Foto im Jahr 1990 aufgenommen wurde – also nicht zu der Zeit, als Sie auf Lindholm gearbeitet haben, wenn ich mich recht entsinne. Es wäre trotzdem hilfreich, wenn Sie mir sagen könnten, ob dieser Sack von der Insel stammt.«

»Nun ja …« Wernebo räusperte sich.

»Es ist wirklich wichtig!«, drängte sie.

»Na gut. Wenn ich helfen kann, dann tue ich das natürlich. Ich kann in diesem Fall nicht genau sagen, ob es ein Sack aus den Institutsbeständen ist, aber ich erinnere mich, dass unsere ganz ähnlich aussahen.«

»Warum wurden die Köpfe überhaupt in einem Sack aufbewahrt?«

»Das hat damit zu tun, dass die Abteilung für tödliche Viruserkrankungen die Proben oft per Helikopter erhielt. Aus dem ganzen Land, sogar aus Grönland, wurden die Köpfe eingeflogen. Es ging darum, festzustellen, ob die Fuchsbestände in den einzelnen Regionen von Tollwut befallen waren. Dafür brauchte man lediglich die Köpfe. Denn das Tollwutvirus lässt sich am einfachsten und mit hundertprozentiger Sicherheit im Hirn der Tiere nachweisen. Bei lebenden Tieren oder gar Menschen läuft die Diagnostik natürlich anders ab. Solche Probenanlieferungen in Form von Fuchsköpfen kamen über die Jahre hinweg regelmäßig bei uns an. Die Veterinäre haben sie untersucht und gegebenenfalls Alarm geschlagen. Allerdings wurde darauf geachtet, dass jede noch so kleine Probe nach der Untersuchung im Krematorium vernichtet wurde. Das war Vorschrift!«

»Was mit diesem Probensack wohl offensichtlich nicht geschehen ist«, konstatierte Lykke.

»Sieht so aus«, grummelte der Verwalter. »Wenn das zu meiner Zeit passiert wäre, hätten diejenigen, die da geschlampt haben, nicht bloß ihren Job verloren, das versichere ich Ihnen!«

»Das glaube ich«, entgegnete Lykke. »Man will ja schließlich keinen Skandal.«

»Ganz bestimmt nicht. Bei uns ist alles korrekt abgelaufen, und wir haben zu jeder Zeit sämtliche Sicherheitsmaßnahmen berücksichtigt. Immer! Das war eine Grundvoraussetzung für das Arbeiten auf der Insel. Und jeder Angestellte wurde regelmäßig darauf eingeschworen. Dieses Bild, das Sie mir gezeigt haben, macht mich traurig, denn es beweist, dass es unter uns Menschen gegeben hat, die das mit der Verantwortung nicht so genau genommen haben.«

»Das fürchte ich auch«, sagt Lykke mitfühlend und bedankte sich bei dem Verwalter. Sie legte auf und steckte das Telefon weg. Ihre Finger bebten, während sie an ihre Entdeckung dachte. Wenn es stimmte, was sie sich zusammenreimte, wusste sie, was damals wirklich vorgefallen war. Außerdem hatte sie den Zusammenhang zwischen Hans Erik Rask, der kleinen Line, dem Hund und den beiden ersten Opfern herausgefunden. Das Einzige, was nicht ins Bild passte, war Ex-Kommissar Østerby. Aber dafür fand sich sicher auch noch eine Erklärung.

Lykke griff in ihre Brusttasche und zog den Rest der Bilder heraus, die sie dem Direktor zeigen wollte. Sie betrachtete die Nahaufnahme des toten Hundes von Neuem. Ja, dachte sie, so musste es gewesen sein. Der Hund hatte ungewöhnlich viel Schaum vorm Maul. Sie würde ihre Pistole darauf verwetten, dass er sich mit der Tollwut infiziert hatte, weil er von den Fuchsköpfen gefressen hatte. Das bedeutete wiederum, dass auf der Insel irgendetwas schiefgelaufen war. Irgendjemand hatte seine Arbeit nicht ordentlich gemacht, und dadurch war der Sack mit den kontaminierten Tierköpfen auf Nyord angeschwemmt worden. In der Nähe vom Hof der Frederiksens.

Lykkes Herz schlug schneller. War sie der Lösung tatsächlich so nah? Hing das alles mit der Tollwut zusammen? Sie überlegte. Würde Jesper ihrer Theorie Glauben schenken? Oder sollte sie besser noch weitere Beweise ranschaffen, bevor sie ihm davon berichtete?

Sie schaute sich um. Der lange Flur war leer.

Im nächsten Moment drückte sie die Klinke zum Zimmer des Direktors runter und schlüpfte hinein. Drinnen blieb sie stehen und sah sich um. An persönlichen Dingen gab es nicht viel, und Lårup besaß auch nur wenige Möbelstücke. Lykke begann mit dem Nachtschränkchen. Darin hortete der Direktor jedoch nur Tonnen von Schokolade. Neidisch fiel ihr Blick auf die teuren Sorten, die man in Dänemark nicht kaufen konnte. Bent Lårup musste jemanden kennen, der ihm das Zeug aus dem Ausland mitbrachte.

Sie schloss den Nachtschrank und drehte sich zu einem Art-déco-Vertiko um, das an der Wand neben der Tür stand. Was sie in dessen Innerem fand, war schon deutlich interessanter: Bücher über Møns Geschichte, Bildbände, geologische Führer und Fotoalben, die sie neugierig durchblätterte. Eines davon enthielt tatsächlich Erinnerungen von Lindholm. Lykke betrachtete die Schnappschüsse von den Gebäuden und den Menschen, die dort gearbeitet hatten, und auch von den Tieren in den Ställen. Keines der Gesichter kam ihr bekannt vor, aber die Fotos waren auch so alt, dass es ein Wunder gewesen wäre. Sie würde Marit um Hilfe bitten. Bei dem Gedanken an die Recognizerin überkam Lykke große Sorge. Hatte der Täter Marit etwas angetan? Lykke hoffte inständig, dass es nicht so wäre und sie sie bald finden würden. Unversehrt.

Mit einem Schaudern stellte sie das Album zurück und durchsuchte das Fach darunter. Dort entdeckte sie eine große Schachtel. Sie war gefüllt mit Zeitungsausschnitten, obenauf lag ein in Leder gebundenes Notizbuch. Mit dessen Inhalt konnte sie nicht viel anfangen. Es waren sehr viele Zahlen und handgezeichnete chemische Formeln darin vermerkt.

Die Zeitungsausschnitte erschienen ihr da interessanter. Sie waren reichlich vergilbt und handelten von der Versuchsinsel: »Lindholm – eine dänische Erfolgsgeschichte«, »Die Helden von Lindholm«, »Wirksamer Impfstoff von der Versuchsinsel«, »Das Ende der Maul- und Klauenseuche – die Rettung kommt von einer kleinen Insel in Dänemark«. Alles Lobeshymnen auf die Forschungsarbeit, die dort geleistet worden war. Nichts über einen möglichen Skandal in Zusammenhang mit Tollwut. Sie nahm den nächsten Stapel in die Hand und stieß auf eine Überschrift, die sie neugierig machte: »Auf Lindholm wird des Bauern Albtraum gezüchtet«.

Rasch überflog sie den Artikel, der hauptsächlich von der Maul- und Klauenseuche handelte. Schließlich blieb sie an einer Zeile hängen, in der es um Tollwut ging. Darin hieß es, dass es wieder vermehrt Ausbrüche unter den Fuchspopulationen in Europa gab. Lykke warf einen Blick auf das Datum: Juni 1990.

Sie blätterte zum nächsten Artikel, der zu ihrer Überraschung nicht über die Versuchsinsel berichtete, sondern über den Mord an Line Frederiksen. Darin wurden die ersten Ermittlungsansätze der Polizei beschrieben und Roger Østerby als leitender Kommissar erwähnt. Lykke las das ihr bekannte Szenario rund um Hans Erik Rask, erfuhr jedoch nichts Neues.

Der nächste Ausschnitt war mit »Der Wolf von Møn« betitelt und ähnelte auf unangenehme Weise den Artikeln, die heute über Rask veröffentlicht wurden. Allesamt reißerisch und völlig übertrieben. Lykkes Gänsehaut wuchs, als sie das gruselige Schwarz-Weiß-Foto entdeckte, das zu dem Bericht gehörte. Es zeigte den Hof der Frederiksens mit dem Schilfgürtel im Hintergrund, vor dem ein verwaistes Absperrband hing. Das Bild sah so trostlos aus, dass es ihr Beklemmungen verursachte.

Es folgten weitere Berichte über Rask und den Mord, die der Direktor wie die anderen sorgfältig ausgeschnitten und chronologisch sortiert hatte. In einem wurde ein entscheidendes Beweisstück erwähnt, das die Polizei gefunden habe und Rask als Täter schwer belaste. Natürlich wurde nicht genannt, worum es ging, aber Lykke tippte auf das Busvideo.

Danach gelangte sie erneut zu Artikeln über Lindholm. Auf einem der Fotos meinte sie sogar, Asger Dahl zu erkennen, der in Fleischerschürze vor einem der Gebäude mit hohem Schornstein stand. Neben ihm eine mit Kuhkadavern beladene Flachlore. Gruselig!

Den nächsten Zeitungsausschnitt hätte sie beinahe überblättert, weil er an dem davor festklebte. Als sie ihn löste und ihr die Schlagzeile ins Auge fiel, zog sich die Haut auf ihren Unterarmen zusammen. Der Bericht stammte vom 9. März 1991 und es war der einzige, der nicht in die chronologische Reihenfolge passte. Mit zunehmender Unruhe las sie den Artikel:

> Tollwutausbruch auf Ulvshale – Halbinsel unter Quarantäne. Wie am vergangenen Montag bekannt wurde, haben sich mehrere Rinder auf einem Hof in der Nähe des beliebten Ferienortes Ulvshale Strand auf Møn mit Tollwut infiziert. Der gesamte Viehbestand des landwirtschaftlichen Betriebes musste getötet werden, um eine weitere Verbreitung zu verhindern. Die Tierkadaver wurden auf der angrenzenden Insel Nyord in einem Massengrab verscharrt, wie es in den 60er-Jahren schon einmal mit einigen Beständen geschehen war, als es einen Maul- und Klauenseuchenausbruch auf der Insel gegeben hatte. Damals war die Versuchsinsel Lindholm in der Stege Bucht als Ursache ausgemacht worden. Die Wissenschaftler hatten einräumen müssen, dass die MKS-Viren, die ausschließlich für Klauentiere tödlich sind, über den Luftweg von der Insel entkommen waren. Seitdem sind die Laboratorien von Lindholm mit

höheren Sicherheitsstandards ausgestattet und der Vorfall hat sich nicht wiederholt. Ob die auf Ulvshale nachgewiesene Tollwut von Lindholm stammt, steht bislang nicht fest. Forscher vom Veterinærlaboratorium for Virus Forskning (VLVF) untersuchen die Virenstämme, um Aufschluss über deren Herkunft zu erlangen. Da die Tollwut jedoch auch unter dänischen Fuchspopulationen verbreitet ist, scheint es nicht ausgeschlossen, dass ein frei lebendes Tier die für den Menschen ebenso tödliche Krankheit nach Møn geschleppt hat. Der Veterinärüberwachungsdienst befindet sich in höchster Alarmbereitschaft. Von den örtlichen Behörden wird bemängelt, dass ausgerechnet der auf Lindholm angesiedelte 24-Stunden-Dienst die Gewebeproben untersuchen soll, die den Hirnen der infizierten Rinder entnommen wurden. Der Bürgermeister von Stege, Svend A. Pettersen, wünscht sich eine unabhängige Untersuchungskommission. Der Direktor der Versuchsinsel, Bent Lårup, versicherte hingegen, dass alles getan werde, um den Fall gründlich zu analysieren. Sollte das Virus aus dem Labor stammen, würden selbstverständlich jegliche Sicherheitsvorkehrungen erneut geprüft. Lårup hält es nach der letzten Modernisierung jedoch für wenig wahrscheinlich, dass die Tollwut von Lindholm entkommen konnte. Demnach bleibt es, die Ergebnisse der Untersuchungen abzuwarten. Bis dahin bittet das Veterinærlaboratorium die Einwohner von Møn, Bisswunden von einem möglicherweise infizierten Tier gründlich zu desinfizieren und schnellstmöglich zum Arzt zu gehen. Die Tollwut ist eine Infektionskrankheit, die durch das Rabiesvirus verursacht wird und eine schwere Hirnhautentzündung zur Folge hat. Das Virus kann von sämtlichen Tierarten auf den Menschen übertragen werden und nimmt in den meisten Fällen einen tödlichen Verlauf. Die Inkubationszeit beträgt 5 Tage bis 3 Monate. Nur mit einer rechtzeitigen Impfung, die kurz nach dem Auftritt der ersten Symptome erfolgt, kann der Betroffene gerettet werden. Jährlich sterben etwa 60.000 Menschen an der Tollwut, dies zu 95 Prozent in Asien und Afrika.

Hastig blätterte Lykke weiter, fand jedoch keine anderen Artikel über den Tollwutfall. Erst als sie am Grund der Schachtel auf einen Briefumschlag stieß, wurde ihr klar, dass Lårup sie versteckt hatte. Sie zog die Berichte aus dem Umschlag. In einem davon versicherte Direktor Lårup nochmals, dass das Virus seinen Ursprung nicht auf Lindholm habe. Die Untersuchungen hätten ergeben, dass es sich bei dem Ulvshale-Fall um einen vollkommen anderen Virusstamm handele, und zwar jenen, der auch bei tot aufgefundenen Füchsen und Katzen auf Falster nachgewiesen worden sei. Man vermutete als Überträger ein Tier von der Nachbarinsel.

Lykke war skeptisch. Sie hatte den Direktor reden hören über »seine Insel«, dabei hatten seine Augen feucht geschimmert. Würde jemand wie er nicht alles tun, um einen Schaden durch schlechte Publicity abzuwenden?

Der Verwalter hatte ihr mehr oder weniger bestätigt, dass der Sack mit den Fuchsköpfen von Lindholm stammte. Wie auch immer er im Wasser der Bucht gelandet war – für Lykke war es mit fast hundertprozentiger Sicherheit klar, dass die Fuchsköpfe Auslöser der Tollwut auf Ulvshale gewesen waren. Sie erinnerte sich an die Aufnahme mit den halb aufgefressenen Schädeln und dem fehlenden Hirn. Der Hund der Frederiksens hatte an den Kadaverresten gefressen und sich dabei mit Tollwut infiziert. Danach hatte er vermutlich die Rinder auf einem der Nachbarhöfe gebissen und angesteckt.

Das elektrisierende Kribbeln in Lykkes Gliedern wuchs an.

War es tatsächlich so einfach? War die kleine Line gestorben, weil es eine unglückliche Verkettung der Umstände gegeben hatte? Hatten die von der Versuchsinsel entkommenen Tollwutviren alles ausgelöst? Machte der Mörder von heute jeden von damals für Lines Tod verantwortlich, der den Tollwutausbruch verursacht hatte? Wenn ihre Theorie stimmte, hieß das, dass nur noch zwei Menschen als mögliche Mörder infrage kamen: Herr und Frau Frederiksen!

Lines Eltern waren zu dem Sack befragt worden. Den Polizisten gegenüber hatten sie nichts zu berichten gewusst. Vielleicht ist ihnen der Zusammenhang erst später klar geworden. Sie mussten irgendwie herausgefunden haben, dass Asger Dahl und Martin Piil etwas mit dem Sack zu tun gehabt hatten. Vielleicht hatten die beiden Männer ihn ins Meer geworfen. Und Roger Østerby? Als Ermittler im Fall Line hatte er seine Finger im Spiel gehabt und den Fund des Sacks unter den Tisch fallen lassen. Vielleicht, weil er vom Direktor Lårup dazu ermuntert worden war. Dieser hatte erkannt, was für ein Skandal auf die Insel zugerollt wäre, wenn der schlampige Umgang mit den Tollwutproben publik geworden wäre, und er hatte interveniert. Aus diesem Grund hatte der ehemalige Ermittlungsleiter sterben müssen. Østerby war mit schuld daran, dass die Vorgänge damals vertuscht worden waren. Und Bent Lårup war der Kopf des Ganzen.

Der Direktor.

Hoveder.

Die Erkenntnis durchfuhr Lykke wie ein Schock.

Bent Lårup! Er war das nächste Opfer!

Hastig rannte sie in den Flur. Sie musste den Direktor finden, bevor die Frederiksens es taten.

66. KAPITEL

Irgendwo auf Møn

Seltsam.

Wenn dies ein Traum war, dann ein besonderer. Statt Bildern waren da nur dunkle Schemen. Und eine erdig riechende Mauer, die sich mal ganz weit weg und mal ganz dicht vor ihrer Nasenspitze befand. Sie wusste nie, wann die Mauer ihre Position veränderte und näher kam. Es war, als blinzelte sie, und plötzlich war sie da. Direkt vor ihr.

Marit wurde flau im Magen, und sie versuchte, sich von der erdrückenden Präsenz der Wand zu befreien. Aber sie konnte sich nicht bewegen, was einen heftigen Angstschub in ihr auslöste.

Was geschah mit ihr?

Sie schlug die Augen auf, wollte sich aus diesem zähen Zustand, der sie gefangen hielt, befreien. Doch um sie herum blieb es dunkel.

Zitternd ließ sie ihren Blick schweifen, konnte aber nicht viel erkennen. Zumindest lauerte da keine Mauer mehr in der Finsternis. Oder doch?

Ein erneuter Panikschub packte sie, und eine Gänsehaut jagte über ihren Körper. Dabei stellte sie fest, dass sie immerhin noch alle Gliedmaßen hatte und auf einem harten Untergrund lag. Vielleicht Beton. Sie sog Luft durch die Nase ein, denn ihr Mund war zugeklebt. Es roch muffig nach nassem Mörtel. War sie in einem Keller? Einem Loch ohne Fenster? Oder war es mitten in der Nacht? Wie lange hatte sie hier gelegen in ihrer dumpfen Ohnmacht?

Marit bemühte sich, die Kontrolle über ihre Hände zu erlangen, was nicht funktionierte, da sie auf dem Rücken gefesselt waren. Ihre Knöchel waren ebenfalls fixiert, vermutlich mit Klebeband. Sie wandte den Kopf und stechende Schmerzen breiteten sich hinter ihrer Stirn aus. Jede neuerliche Bewegung verursachte grelle Lichtblitze vor ihren Augen.

Schwer atmend blieb sie liegen. Das Klebeband über ihrem Mund ließ ihr nicht viel Luft, und hinter ihren Lidern blitzte es unablässig auf. Angestrengt versuchte sie, sich ins Gedächtnis zu rufen, was passiert war. Hatte sie eins über den Schädel bekommen? Wo war das geschehen? Und wer hatte es getan?

Sie konnte sich nicht erinnern. Da war nichts, nur gähnende Leere in ihrem Hirn und diese gleißenden Lichtblitze.

Tränen schossen in ihre Augen. Sie blinzelte sie weg. Sie würde nicht wie angekettetes Vieh darauf warten, dass man sie zur Schlachtbank führte. Wer auch immer sie hierher verschleppt hatte, würde mit Sicherheit zurückkehren.

Mit zusammengebissenen Zähnen rollte sie sich auf den Bauch und verrenkte den Hals, um mehr sehen zu können. Das Stechen in ihrem Schädel raubte ihr den Atem. Sie stöhnte und versuchte, die nächste Panikattacke zu unterdrücken.

Bemüht kontrolliert kam sie zur Ruhe. Als sie wieder einigermaßen atmen konnte, bemerkte sie rechts von sich einen Spalt schwachen Lichts in der Wand. War das eine Tür?

Mühevoll wand sie sich über den Boden – wie ein Regenwurm auf staubigem Grund, der dabei immer mehr austrocknete und schwächer wurde. Marit keuchte, blieb liegen. Sie bekam einfach nicht ausreichend Luft für diese Tortur. Ihre Nasenflügel weiteten sich, aber ihre Lungen schrien nach mehr. Ihr Herz hämmerte in ihrer Brust, und Schweiß strömte aus allen Poren. Trotzdem musste sie weitermachen. Musste einfach!

Nach einer gefühlten Ewigkeit stieß sie mit dem Kopf gegen etwas Hartes. Die Mauer! Und da musste auch die Tür sein!

Sie sammelte ihre Kräfte und robbte näher an die Ziegelwand heran. Nach einigen gescheiterten Anläufen gelang es ihr, sich in eine sitzende Position zu bringen. Mit dem Rücken an das kalte Gemäuer gelehnt saß sie da und konzentrierte sich auf ihren Atem.

Ein. Aus.

Ein. Aus.

Du bist am Leben.

Die Tür ist gleich neben dir.

Begleitet von den Lichtblitzen und dem Hämmern in ihrem Schädel drehte Marit sich zur Seite und spähte durch den Spalt. In dem Raum dahinter war es hell. Vermutlich gab es dort ein Kellerfenster. Sie konnte ein paar Möbel und Gegenstände ausmachen. Eine alte, verstaubte Kommode, auf der sich Werkzeug stapelte. Große, verrostete Schmiedezangen und ein Hammer. Daneben stand ein Pappkarton, aus dem weißer Stoff herausragte. Marit identifizierte ihn als einen dieser typischen Ganzkörperoveralls aus dem Baumarkt. Blaue Plastiküberzieher für Schuhe und ein gebrauchter Mundschutz lagen auf dem Boden, daneben befand sich eine Rolle Klebeband. Vermutlich jenes, mit dem sie gefesselt worden war.

Marit lehnte sich zurück und sammelte Kraft, stemmte sich gegen die Mauer und schaffte es, mit dem Rücken Stück für Stück hochzurutschen und auf die Beine zu kommen. Erneut musste sie eine Verschnaufpause einlegen und das zerebrale Blitzlichtgewitter über sich ergehen lassen. Bestimmt hatte sie eine Kopfverletzung. Aber darüber konnte sie sich später Sorgen machen. Jetzt musste sie erst mal hier raus, bevor ihr Peiniger zurückkehrte.

Rückwärts tastete sie nach der Klinke, fand sie und drücke sie herunter. Es quietschte, und im nächsten Augenblick kippte sie mit der sich öffnenden Tür in den angrenzenden Raum. Dabei stieß sie mit der Schulter gegen die Kommode und schrie hinter dem Klebeband auf. Hart knallte sie auf den Boden, wo sie hektisch Luft durch die Nase in ihre Lungen pumpte. Die Panik drohte sie zu übermannen.

Nachdem Marit die erste Welle des Schmerzes überwunden hatte, war sie in der Lage, sich umzusehen. Sie drehte den Kopf und entdeckte am anderen Ende des Raumes ein schmales Fenster unter der Kellerdecke. Licht fiel herein, es war also Tag. Neben dem Fenster führte eine hölzerne Treppe nach oben. Der Ausgang!

Es wäre allerdings schwer, mit gefesselten Händen und Füßen dort hinaufzukommen. Zuerst musste sie den Knebel loswerden und anschließend die Fesseln. Sie rollte sich zur Kommode und hielt nach einem scharfen Gegenstand Ausschau, betrachtete die Heckenschere, die weiter oben an der Wand hing. Sie zu erreichen, war unmöglich. Mit dem Overall und den Plastiküberziehern, die sich in ihrer Reichweite befanden, konnte sie nichts anfangen. Dann schon eher mit dem rostigen Nagel, der auf halber Höhe neben der Tür aus der Mauer ragte.

Schnaufend robbte Marit darauf zu, vollzog dieselbe Prozedur wie zuvor und stemmte sich an der Wand hoch. Ihre wunden Arme protestierten und diesmal hatte sie weit weniger Kraft, weshalb sie wesentlich länger brauchte. Sie würde aufpassen müssen, nicht erneut zu stürzen, denn sie wusste nicht, ob sie es schaffen würde, ihren Körper ein weiteres Mal auf die Beine zu bringen.

Mit dem Rücken zum Nagel gewandt begann sie, das Panzerband um ihre Hände aufzufasern. Dabei erwischte sie auch ihre Haut, aber das war ihr egal. Mit zusammengebissenen Zähnen rieb sie weiter und weiter.

Das Band um ihre Hände riss leicht ein und verschaffte ihr mehr Spielraum. Leider hielt es stand, als sie daran zerrte.

Mist, verdammter! Marit scheuerte das Klebeband wie eine Verrückte über den Nagel, bis sie plötzlich ein Motorengeräusch vernahm, das sich rasch näherte. Abrupt hielt sie inne und lauschte. Der Motor wurde abgestellt, kurz darauf öffnete sich oben eine Tür und Schritte bewegten sich durch das Haus.

Marits Gedanken rasten. War das derjenige, der sie eingesperrt hatte? Oder war es ihre Rettung? Bestimmt suchte man nach ihr. Jesper würde alles in Bewegung setzen, um sie zu finden.

So oder so, es wäre besser, sich erst mal irgendwo zu verstecken. Nur wo? Hektisch sah sie sich um. Hier in dem Vorkeller gab es keine Möglichkeit. Ihr Blick blieb an der Öffnung zu ihrem Verlies haften. Sie könnte hinter der Tür lauern, bis er eintrat, und sich auf ihn werfen. Aber was würde das bringen – mit gebundenen Händen und Füßen? Damit käme sie nicht weit.

Oben hörte sie, wie die dumpfen Schritte sich über den Dielenboden näherten. Genau über ihr verharrten sie.

Wie ein zitterndes Tier stand Marit da, unfähig, etwas zu unternehmen.

Die Schritte setzten wieder ein und bewegten sich in Richtung Kellertreppe. Wer auch immer es war – er kam zu ihr!

Der Geschmack von Panik kitzelte ihren Gaumen. Voller Angst starrte sie auf die Treppe. Gleich würde er dort auftauchen … und sie sofort entdecken.

Sie musste weg. Marit löste sich von der Wand, hatte jedoch Schwierigkeiten, die Balance zu halten. Instinktiv wollte sie mit ihren Armen rudern, was natürlich nicht möglich war. Einen Moment lang schwankte sie auf ihren gefesselten Füßen, nicht wissend, ob sie nach vorn gegen die Kommode oder nach hinten gegen die Mauer prallen würde.

Zischend entfuhr ihr Atem durch ihre Nase, während ihre Augen weit aufgerissen waren.

Sie hörte das Schaben eines Schlüssels oben im Schloss und drehte den Kopf.

In diesem Moment entschied die Schwerkraft für sie und sie fiel.

67. KAPITEL

Klintholm Havn

»Schnell! Ich brauche die Telefonnummer des Fahrdienstes, mit dem Bent Lårup unterwegs ist! Und am besten gleich auch die von dem Freund, den er besucht!«, brüllte Lykke die Frau im Büro der Heimleitung an. Die glotzte sie nur mit großen Augen an.

»Was ist? Spreche ich Finnisch?«, drängte sie. »Die Nummern, und zwar hurtig!«

Endlich setzte sich die Frau in Bewegung, schrieb die Zahlen umständlich auf und reichte ihr den Zettel. Zuerst rief Lykke den Fahrdienst an, in der Hoffnung, dass Bent Lårup noch mit ihm unterwegs war.

»Tut mir leid, Frau Schou, die Fahrt nach Kalvehave wurde heute Vormittag abgesagt«, antwortete der Mann entschuldigend.

»Von wem?«

»Einem Mitarbeiter aus dem Heim.«

Scheiße, denkt Lykke, da ist der Fahrdienst hinters Licht geführt worden. Sie bedankte sich und legte auf. Ihr Puls raste und ihre Gedanken sprangen aufgewühlt hin und her. Wenn der Direktor nicht mit dem Fahrdienst unterwegs war, mit wem dann? Könnten die Frederiksens ihn in ihre Gewalt gebracht haben? Nur, wie hatten sie das angestellt? Schnell wählte sie die Nummer des Freundes. Und als dieser ihr bestätigte, dass der Direktor nicht bei ihm eingetroffen war, hatte sie ihre Gewissheit. Lårup war mit allergrößter Wahrscheinlichkeit entführt worden.

Lykke wandte sich an die Angestellte. »Hat jemand beobachtet, in welches Auto Bent Lårup gestiegen ist?«

»Ja, ich«, entgegnete der Pfleger, der sie zum Büro geführt hatte. »Es war ein schwarzer Kastenwagen mit der Aufschrift ›Flextur‹. Ich habe mir nichts dabei gedacht, da er so aussah wie die anderen Fahrzeuge des Unternehmens.«

»Hast du den Fahrer gesehen? Waren es mehrere Personen?«

»Nein, nur ein Mann. Er trug Sonnenbrille und Basecap.«

Ein einzelner Mann? Nachdenklich fuhr sich Lykke über das Kinn. Wo war Frau Frederiksen bei der ganzen Sache gewesen? Hatte sie darauf gewartet, dass ihr Partner zusammen mit Lårup an einem Ort auftauchte, an dem sie die Tat gemeinsam begehen konnten?

»Ist dir sonst noch etwas aufgefallen?«, fragte sie.

»Hm, ja. Ich fand es seltsam, dass der Wagen an der Parkplatzausfahrt nicht nach links Richtung Stege abgebogen ist, sondern nach rechts. Ich habe mir dann aber gedacht, dass der Fahrer bestimmt eine gekoppelte Tour macht und noch jemanden auf Ostmøn abholt.«

Nein, so war das nicht, dachte Lykke zähneknirschend. Es waren die Mörder, die Bent Lårup mit einem falschen Flextur-Taxi in eine Falle gelockt haben. Was für ein billiger Trick!

»Erinnerst du dich an das Nummernschild?«

»Nein.« Der Pfleger zuckte mit den Achseln. »Sorry.«

Lykke murmelte ein hastiges Dankeschön und rannte mit klapperndem Ausrüstungsgürtel zum Ausgang. Dabei drückte sie sich das Telefon ans Ohr. Als Jesper endlich abnahm, saß sie bereits hinterm Steuer des Streifenwagens und rammte den Schlüssel ins Zündschloss.

»Alarmstufe rot!«, rief sie und fuhr los. Dabei presste sie sich das Handy mit der Schulter ans Ohr, um lenken und schalten zu können.

»Was ist los?«, fragte Jesper.

»Ich weiß, wer der Mörder ist! Besser gesagt *die* Mörder. Es sind die Eltern der kleinen Line, die Frederiksens von Ulvshale!«

»Wie kommst du darauf?« Jesper klang skeptisch, und das ärgerte sie. Sie erklärte ihm, was sie über den Sack mit den Fuchsköpfen und den Tollwutausbruch auf einem der Höfe herausgefunden hatte. Derweil steuerte sie den Wagen über eine kleine Landstraße, die nach Ostmøn führte.

»Du hast recht, das klingt nach einer heißen Spur«, gab Jesper zurück. »Wo bist du jetzt?«

An Lykke flog ein Ortsschild vorbei und sie verlangsamte die Fahrt. »Kraneled! Ich versuche, den schwarzen Kastenwagen zu finden, in den Lårup eingestiegen ist.«

»In Ordnung. Aber unternimm nichts auf eigene Faust, falls du ihn siehst. Die Täter haben eine Schrotflinte. Wir sind mit der Verstärkung unterwegs zu dir.«

»Klaro. Was ist mit dem Helikopter?«

»Den schicke ich los.«

»Bestens, danke dir. Wir hören uns.« Zufrieden legte Lykke auf und sah sich aufmerksam in dem kleinen Dorf um, durch das sie gerade fuhr. Vor jeder Einfahrt stoppte sie und checkte die Fahrzeuge vor den Häusern. Nirgendwo war ein schwarzer Kastenwagen zu entdecken.

Am Dorfausgang gab sie Gas und legte die Strecke durch die gewellten Felder zum nächsten Ort etwas schneller zurück. Dabei sondierte sie sämtliche Landwirtschaftswege und frei stehenden Gehöfte. Doch auch hier gab es nichts außer einer Reihe dieser vermaledeiten Wolfsvogelscheuchen, die rechts und links auf den Äckern standen.

Als Lykke das Ende der Landstraße erreicht hatte, hielt sie an und überlegte. Von hier aus führte der Weg zum Leuchtturm an der südöstlichsten Spitze der Insel beziehungsweise zum Geocenter im Wald. Und dann kam nur noch das Kliff.

Wenn sie gründlich sein wollte, musste sie sich alles vornehmen. Also bog Lykke in Richtung Leuchtturm ab. Bei den wenigen Ferienhäusern, die sich dort befanden, herrschte vorwinterliche Verlassenheit. Auch der Turm selbst war menschenleer.

Unzufrieden mit der Suche, drehte Lykke um. Mittlerweile hatte die Dämmerung eingesetzt, und es wurde schneller dunkel, als ihr lieb war. Zum Glück würde der Polizeihelikopter bald eintreffen und sie aus der Luft unterstützen. Jesper und die anderen waren bestimmt schon auf dem Weg. Insgeheim freute sich Lykke darauf, ihm gegenüberzustehen und die Anerkennung für ihre Leistung in seinem Gesicht zu sehen. Er war bestimmt stolz auf sie.

Mit einem Lächeln auf den Lippen fuhr sie an der nächsten Kreuzung geradeaus und hielt bei der folgenden Gabelung erneut an. Rechts ging es in den Wald zu den Klippen und links wieder in Richtung Westen. Dort lagen ein paar kleinere Dörfer in den Hügeln.

Wo würden die Frederiksens mit dem Direktor hinfahren, um ihn zu töten? Sie brauchten Ruhe, um ihr grausames Werk, das Aufbrechen der Kiefer, zu verrichten.

Lykke blickte hinüber zum kahlen Wald. An den Klippen gab es mehrere einsame Orte. Allerdings waren sie schwer zu erreichen. Gewundene schmale Pfade, die steil bergauf und bergab führten. Trotz der Nebensaison herrschte am Kliff einiger Verkehr durch Tagestouristen. Das Risiko, entdeckt zu werden, während man einen alten Mann durch den Wald schleppte, war relativ hoch. Außerdem könnten die Frederiksens das Auto dort nicht verstecken, da es kaum Seitenstraßen in den Wald gab. Anders als bei den Dörfern in den Hügeln.

Lykke legte den ersten Gang ein und folgte ihrem Bauchgefühl. Die Mörder kannten sich auf Møn aus. Sie wussten, wo sie ungestört sein würden. Obwohl der Tatort im Keller bei den Piils schon recht riskant gewesen war. Lykke begriff bis heute nicht, warum sie den gewählt hatten. Mitten in Stege. Also doch das Kliff? Es wäre zumindest genauso spektakulär wie die große Werfthalle mit dem Wolfsgesicht in Kopenhagen. Die Tatorte hatten mit Sicherheit alle eine tiefere Bedeutung. Nur welche?

Es war fast dunkel, als sie den Ort Busene erreichte. Leider war auch hier nichts zu entdecken, weshalb sie sich auf die hügelige Strecke zum nächsten Dorf begab. Von einigen Stellen aus hatte man bei Tag eine fantastische Aussicht über die Insel, davon war jetzt allerdings nicht viel zu erkennen.

Konzentriert hielt Lykke nach dem schwarzen Kastenwagen Ausschau und blickte ab und zu zum dunklen Himmel hinauf. Wo blieb der Hubschrauber? Die Lichter müssten dort längst irgendwo auftauchen. Doch es hing nur der Mond wie eine riesige Laterne über dem Meer.

Vollmondnacht, Wolfsnacht, dachte sie. Ob die Mörder das bewusst geplant hatten? War dies das große Finale, in dem sie den Kopf des Ganzen töteten? Den Direktor von Lindholm, den Ursprung allen Übels?

Kurz vor dem Ort Mandemarke bemerkte Lykke etwas auf einer Weide. Mit einer Vollbremsung hielt sie an und fuhr rückwärts, bis sie es erreicht hatte. Es war eine alte Scheune mit Wellblechdach. Neben dem Gebäude wucherte ein riesiges Gebüsch. Ein kalter Glanz schimmerte durch die kahlen Zweige hindurch. Es wirkte wie reflektierender Lack oder Glas. War dort ein Fahrzeug verborgen? Lykke wollte zum Telefon greifen und Jesper Bescheid geben, doch auf halbem Wege hielt ihre Hand inne. Gut möglich, dass sie sich täuschte. Dann wäre es falscher Alarm und sie hätte ihre Kollegen umsonst aufgeschreckt. Nein, sie würde erst prüfen, worum es sich handelte, und danach Jesper anrufen, wenn nötig.

Sie stieg aus, zog ihre Waffe und sondierte die Umgebung. Anschließend wandte sie sich der Scheune zu. Neben dem Holzgebäude befand sich eine eingezäunte Magerwiese, auf der sie in der Dunkelheit eine Ansammlung von Wacholderbüschen ausmachen konnte, dazwischen leuchteten vereinzelte weiße Kuhlen auf. Vermutlich kahle Stellen, an denen die Kreide aus dem Untergrund zutage trat.

Lykke wandte sich zur Straße. Der nächste Hof lag ungefähr 200 Meter entfernt und markierte den Ortseingang von Mandemarke. Keine Menschenseele war weit und breit zu sehen, und auch kein anderes Fahrzeug. Ostmøn war wirklich der Arsch der Wildnis. Mittlerweile hatte die Nacht den letzten rötlichen Streifen der Dämmerung über dem Meer verschluckt, und nur noch der Mond stand am Himmel.

Mit der Taschenlampe leuchtete Lykke die Scheune ab und bewegte sich danach langsam auf die glänzende Oberfläche hinter den Büschen zu. Auf dem Feld rechts von ihr fiel ihr ein dunkler Schemen ins Auge und sie schrak zusammen. Es war wieder einer dieser Vogelscheuchenwölfe. Verdammt! Das Adrenalin ließ ihre Haut prickeln, und das Blut rauschte in ihren Ohren, was ihr unnatürlich laut vorkam, da es um sie herum so leise war. Als sie das Gebüsch erreicht hatte und hineinleuchtete, erkannte sie sofort, dass sie sich nicht geirrt hatte. Es verbarg sich tatsächlich ein Auto darin. Ein schwarzer Kastenwagen! Verräterisch glänzte der Lack im Licht der Lampe. Sie ging noch etwas näher heran und leuchtete die Seite des Fahrzeugs entlang. Dort hing ein Magnetschild mit der gefälschten Aufschrift »Flextur«!

Lykkes Kopf schnellte herum. Erneut spähte sie in die Dunkelheit. Aber da war nichts. Kein verräterischer Laut, keine Bewegung. Leider ließ auch der Helikopter auf sich warten.

Lykke tastete nach ihrem Telefon. Sie musste Jesper anrufen und die Mannschaft herlotsen. Doch ihr Handy lag im Streifenwagen. Mist!

Ein kalter Windstoß erwischte sie und ließ sie frösteln.

Sie sah zur Scheune, die wie ein dunkler Koloss vor ihr aufragte. Dort war alles still. Trotzdem war ihr die Sache nicht geheuer. Vielleicht hatte man bemerkt, dass sie hier war, und verhielt sich deshalb drinnen still.

Mit weichen Knien schlich Lykke zum Streifenwagen zurück und fischte ihr Telefon vom Beifahrersitz. Sie wollte Jespers Nummer wählen, da hörte sie ein leises Schaben. Es klang wie das Öffnen einer Tür! Hatte sie sich den Scheuneneingang überhaupt genau angesehen? Lykke brach der Schweiß aus. Befanden sich die Täter im Innern des Gebäudes? Hatten sie ihr Opfer hineingebracht, um es dort zu ermorden? Was, wenn sie sie gerade dabei gestört hatte?

Lykke steckte das Handy weg, zog stattdessen ihre Waffe und bewegte sich vorsichtig auf die Scheune zu. Als sie nah genug war, bemerkte sie, dass die Tür einen Spaltbreit offen stand. Ein geöffnetes Vorhängeschloss baumelte an einem nagelneuen Riegel.

Ihr Herz setzte mehrere Schläge aus, als sie von drinnen erneut ein Scharren hörte.

68. KAPITEL

Irgendwo auf Møn

Marit kippte um. Doch nicht nach vorn gegen die Kommode, wie sie befürchtet hatte, sondern nach hinten gegen die Mauer. Beim Aufprall auf ihre bereits lädierten Arme verbiss sie sich jeglichen Schmerzenslaut, um den Kerl nicht auf sich aufmerksam zu machen, der in diesem Moment oben die Tür öffnete.

Sie fing sich und hüpfte mit gefesselten Füßen hastig zurück in die dunkle Kammer, wo sie die Tür mit ihren auf den Rücken gebundenen Händen schloss. Rasch drückte sie sich im Dunkeln gegen die Wand und bemühte sich, ihren Atem zu beruhigen. Der Kerl durfte nichts hören, wenn er den Raum betrat.

Mit pochenden Kopfschmerzen und grellen Lichtblitzen vor den Augen lauschte sie auf seine Schritte. Langsam kamen sie die Treppe hinunter.

Kalter Schweiß lief über ihr Gesicht und kitzelte sie an der Nase. Marit wünschte sich, ihn wegwischen zu können, aber das ging nicht. Sie ignorierte das Jucken und konzentrierte sich auf die Schritte.

Das hölzerne Pochen auf der Treppe war verstummt, stattdessen drang jetzt ein leises Scharren aus dem Vorraum zu ihr. Gleich wäre er da!

Marit drückte sich enger an die kalte Wand und spannte jeden Muskel an. Die Klinke quietsche und im nächsten Moment fiel ein greller Lichtschein in ihr Loch. Der Schmerz in ihrem Kopf flammte erneut auf und Marit musste blinzeln. Ein dunkel gekleideter Mann trat an ihr vorbei in den Raum. Er stand mit dem Rücken zu ihr, nur zwei Armlängen entfernt. Irgendetwas daran kam Marit bekannt vor, und sie war sich plötzlich sicher, ihn schon einmal gesehen zu haben. Diesen Rücken …

Der Mann leuchtete mit seiner Stirnlampe im Raum umher und stieß einen gereizten Laut aus. Vermutlich, weil er sie nicht dort vorfand, wo er sie zurückgelassen hatte. Marit hielt die Luft an und betete, dass er sie nicht bemerkte.

Doch dann drehte er sich um, und im selben Moment wusste sie, woher sie ihn kannte. Bevor sich diese Erkenntnis in ihr setzen konnte, leuchtete er ihr mit der Lampe direkt ins Gesicht. Marit widerstand dem Drang, den Blick von dem schmerzhaft grellen Licht abzuwenden, kniff die Augen zusammen und stieß sich von der Wand ab. Sie stürzte sich auf den Kerl, in der Hoffnung, ihn zu Fall zu bringen. Leider reagierte er unmittelbar auf ihren Angriff und wich aus. Allerdings erwischte sie ihn mit ihrer Schulter am Arm. Das Licht tanzte über die Wände, während sie von seinem Körper abglitt und zu Boden rutschte.

Mit der Brust prallte sie zuerst auf. Schmerz schoss durch ihren Leib und Staub drang in ihre Nase, als sie hastig einatmete. Sie bekam nicht ausreichend Luft und begann, hinter dem Klebeband zu würgen. Als sie versuchte, sich herumzurollen, half der Kerl nach und drehte sie grob auf den Rücken. Das Licht der Lampe stach ihr erneut in die Augen.

Fast blind konnte Marit nur erkennen, dass eine Faust auf sie zuraste. Ein harter Schlag traf ihre Wange und ein weiterer ihre Nase.

Es knackte und Tränen schossen in ihre Augen.

Der Kerl prügelte fluchend auf sie ein, traf ihr Gesicht, ihre Brust, ihren Bauch. Marit konnte sich nicht wehren, nicht ducken, nicht schreien, nicht denken. Sie war dieser explosionsartigen Gewalt schutzlos ausgeliefert. Zwar schaffte sie es, die Schmerzen irgendwie auszublenden, doch dass sie unter einem Typen lag, der sie schlug, ertrug sie nicht. Das alles konnte doch nicht ihr passieren, nicht der streitbaren Marit aus dem Kvindeklub. Das war unmöglich. Und dennoch geschah es. Sie war das Opfer. Sie, die sonst auf die Täter eindrosch, um sie zu bestrafen. Und nun wurde ausgerechnet sie von einem Kerl zusammengeschlagen …

Sie hatte keine Chance. Weil er sie feige gefesselt hatte. Dieses Schwein!

Marit spürte, wie ihr die Sinne schwanden. Ihre Nase schwoll immer mehr zu und ließ kaum noch Luft durch. Ihr wurde schwarz vor Augen, und ihr Kopf rollte kraftlos zur Seite. Das merkte der Scheißkerl. Er riss ihr das Klebeband von den Lippen, und Marit bekam wieder Luft. Mit weit geöffnetem Mund schöpfte sie Atem. Dabei drang ein schwächlich klingender Laut aus ihrer Kehle, für den sie sich schämte.

»Na, du kleine Schlampe«, zischte der Mann. »Geht's dir besser?« Er strich ihr über die lädierten Wangen. »Tut mir leid, dass ich dir wehgetan habe. Aber es musste sein. Dabei bist du so eine Hübsche. Das Auge isst mit, so heißt es doch, oder? Ich verspreche dir, wenn du dich ruhig verhältst, wird es weniger wehtun.« Er erhob sich und machte sich daran, das Klebeband um ihre Knöchel zu entfernen. Marit wollte ihn treten, doch sie hatte keine Kraft mehr. Keine heiße Flamme, keinen unbändigen Willen, nichts, womit sie ihre Gegenwehr hätte antreiben können. In ihr gab es nur noch die Sehnsucht, dass dieser Albtraum bald vorbei sein möge.

Der Kerl fummelte an seinem Gürtel herum, öffnete seine Hose und holte sein steifes Glied heraus. Er kniete sich vor ihr hin, riss an ihrer Hose und zog sie herunter, danach spreizte er ihre Beine.

»Schön ruhig bleiben, dann haben wir Spaß zusammen. Solch einen prächtigen Schwanz bekommst du nicht oft zu spüren.« Er griff nach seinem Glied und drängte es zwischen ihre Oberschenkel.

69. KAPITEL

Mandemarke, Ostmøn

Wie erstarrt leuchtete Lykke auf den Türspalt, bevor sie hastig die Taschenlampe ausschaltete.

Ihr war klar: Wenn sich jemand in der Scheune aufhielt, hatte er den Lichtschein bemerkt.

Verdammter Mist!

Warum war ihr die offene Tür nicht aufgefallen?

Lykke hob die Waffe und zielte auf den Türspalt. »Polizei! Kommen Sie mit erhobenen Händen heraus, dann passiert Ihnen nichts. Die Scheune ist umstellt, eine Flucht zwecklos!«

Atemlos fokussierte sie den Spalt. Würde die Tür sich öffnen? Oder würden die Täter versuchen, auf anderem Wege zu fliehen? Gab es womöglich einen Hinterausgang? Auch das wusste sie nicht. Angestrengt lauschte sie. Nichts war zu hören. Außer dass in der fernen Dunkelheit eine Kuh muhte. Der Himmel war nach wie vor leer. Nirgendwo ein Helikopter.

Lykke presste die Lippen aufeinander und bewegte sich mit weichen Knien auf die Scheune zu, drückte sich gegen die Bretterwand. Tief holte sie Luft, berührte kurz die beiden Glücksbringer unter ihrer Uniform und stieß die Tür mit dem Fuß weit auf. Im Innern der Scheune leuchtete sie alles mit der Taschenlampe ab, sah rohe Holzwände, ein paar Kisten und landwirtschaftliche Geräte voller Spinnweben. Das Licht ihrer Lampe zitterte.

Bleib cool, beruhigte sie sich, bleib cool.

Sie leuchtete weiter herum, entdeckte eine Sense, eine Harke, diverse Hacken, Äxte und Drahtrollen. Nirgendwo war eine Person auszumachen oder ein Hinweis darauf, dass sich hier kürzlich jemand aufgehalten hatte. Das einzig Ungewöhnliche waren drei großen Holzkisten vor einer Wand, die mit schweren Vorhängeschlössern versehen waren.

Draußen ertönte plötzlich Motorenlärm und Lykke schrak zusammen. Ein Motorrad oder ein Moped näherte sich. Mit erhobener Waffe fixierte sie die Scheunentür und lauschte auf den typischen Zweitaktersound. Das Moped fuhr an der Scheune vorbei, ohne langsamer zu werden, und wurde schließlich leiser. Bald war es nicht mehr zu hören.

Lykke atmete auf und drehte sich zu den Kisten um. Bei genauerem Hinsehen bemerkte sie, dass an einer das Schloss fehlte. Sie ging darauf zu und öffnete sie, leuchtete hinein. Darin fand sie ein Magnetschild mit der Aufschrift »Flextur«. Lykke hob es heraus und ihr Blick fiel auf einen Gegenstand, der darunter lag. Stirnrunzelnd betrachtete sie das Ding, das aussah wie eine überdimensionierte gelbe Zange mit einem Hydraulikzylinder an einem der Griffe. Die Backen der Zange waren außen mit fiesen Zähnen versehen und glänzten metallisch. Auf einer Seite prangte ein Fleck, der aussah wie Rost. Lykke beleuchtete ihn näher. Nein, dachte sie, das war kein Rost. Das war Blut.

Mit dem Gefühl im Nacken, beobachtet zu werden, schnellte sie herum. Doch hinter ihr war niemand. Hastig fummelte sie ihr Telefon aus der Tasche. Sie musste versuchen, Verstärkung zu rufen!

Ein Balken auf dem Display gab ihr die Hoffnung, dass es gelingen könnte, und so wählte sie Jespers Nummer. Sie nahm ein Geräusch aus Richtung der Tür wahr und hob den Kopf. Jemand stand dort im Dunkeln, wo zuvor nur Leere gewesen war. Eine Gestalt. Sie trug einen Motorradhelm und einen dunkelblauen Arbeitsoverall … und sie richtete eine Schrotflinte auf sie.

Lykke riss die Pistole hoch. Hörte das Freizeichen in ihrem Handy, gefolgt von einem lauten Knall. Ein betäubender Schlag traf sie an der Hüfte. Lykke fiel um und das Telefon flog in hohem Bogen aus ihrer Hand, ebenso die Pistole. Dann waren da nur noch Schmerzen und die Zwillingsmündung der Schrotflinte, aus der eine zweite Ladung abgefeuert wurde.

70. KAPITEL

Jesper hörte es klingeln und holte das Handy heraus. Er sah, dass es Lykke war, und nahm schnell ab, doch sie hatte bereits aufgelegt. Er rief sie zurück, leider ging am anderen Ende nur die Mobilbox dran.

»Merkwürdig«, sagte er. »Das war Lykke, aber ich erreiche sie nicht.«

»Vielleicht hat sie was gefunden«, entgegnete Kirsten, die hinterm Steuer saß und den Wagen über die dunklen Straßen Richtung Ostmøn lenkte. »Der Helikopter müsste bald bei ihr sein. Dann wissen wir mehr.«

»Hoffentlich ist ihr nichts passiert.«

»Wird schon nicht. Sie ist vernünftig.« Kirstens Augen glommen im Licht der Armaturen.

Jesper wippte nervös mit dem Bein, spürte seine Unruhe in jeder Faser seines Körpers. Er versuchte es noch einmal bei Lykke, wieder antwortete nur die Mobilbox.

Er krallte sich am Türgriff fest, als Kirsten eine Linkskurve nahm. In der letzten halben Stunde war eine regelrechte Katastrophe losgebrochen. Pettersen war unbemerkt aus seinem Haus geflohen, obwohl es von den Kollegen observiert worden war.

Nun waren alle Kräfte damit beschäftigt, auf der gesamten Insel Straßensperren zu errichten, damit keiner Møn ohne Kontrolle verlassen konnte. Zeitgleich waren die Kollegen von der zuständigen Dienststelle auf Falster unterwegs zu der aktuellen Adresse der Frederiksens, um nachzusehen, ob die Familie zu Hause war, und um gegebenenfalls Festnahmen durchzuführen.

Lykkes Tollwuttheorie war nachvollziehbar, aber dadurch, dass Hardy Pettersen die Flucht ergriffen hatte, hatte dieser sich ebenfalls verdächtig gemacht. Jesper wusste nicht mehr, was er glauben sollte. Und dann waren da noch seine Sorgen um Marit, die ins Unermessliche gestiegen waren. Er könnte sich ohrfeigen, dass er an dem Abend nicht bei ihr gewesen war. Was seine Gedanken zurück zu Lykke brachte.

Bei der Erinnerung an sie verzog Jesper fast schmerzhaft das Gesicht und war froh, dass Kirsten es in der Dunkelheit nicht sehen konnte. Draußen flackerte ihr Blaulicht durch die nächtliche Landschaft und prallte von Bäumen und Hauswänden zurück. Hoffentlich ging es beiden gut. Marit und Lykke.

Kirstens Handy klingelte und sie ging dran. Jesper beobachtete, wie sie eine Weile mit ernster Miene zuhörte und irgendwann zu ihm herüberblickte. Sie schüttelte den Kopf. Was auch immer das bedeuten mochte.

Als sie aufgelegt hatte, sagte sie: »Das war Lars. Die Kollegen von Falster waren bei den Frederiksens und geben an, dass die Familie vollzählig zu Hause versammelt war. Die Personendaten wurden überprüft, und sämtliche Familienmitglieder behaupten, dass sie seit Jahren nicht mehr auf Møn waren.«

»Das ist eine Lüge!«, knurrte Jesper.

»Möglich. Aber der Wagen der Familie – ein schwarzer VW Caddy – verfügt über ein integriertes GPS-System, dessen Daten die Kollegen ausgelesen haben. Sie bestätigen, dass der Wagen nicht auf Møn war.«

»Dann haben sie ein anderes Auto benutzt. Eins von Freunden vielleicht. Oder sie haben eins gemietet. Das ist nun wirklich leicht zu organisieren.«

Kirsten nickte.

»Herrgott, wir werden uns doch von Leuten wie den Frederiksens nicht täuschen lassen!«

Kirsten nickte erneut.

»Scheiße noch mal!«, schrie Jesper wütend. »Willst du immer nur nicken?«

Kirsten öffnete den Mund, als plötzlich ein Funkspruch vom Helikopterteam reinkam: »Cop 04 hier. Wir haben Sichtkontakt zum Streifenwagen von Kollegin Schou. Over.«

Hastig nahm Jesper das Gerät aus der Halterung. »Einsatzleitung hier, erbitten Position!«

»Der Wagen befindet sich circa 200 Meter östlich der Gemarkung Mandemarke auf der Landstraße. Signale und Lichter sind aus. Er steht quer auf der Fahrbahn.«

»Quer? Was meint ihr damit?«

»Dass er quer zur Fahrtrichtung steht. Mehr können wir von oben nicht erkennen. Over.«

»Was ist mit der Kollegin?«

»Negativ, keinen Sichtkontakt. Außerdem keine Reaktion auf versuchten Funkkontakt. Sollen wir runtergehen?«

»Nein, wir sind gleich da! Wir brauchen euch in der Luft. Sondiert weiter die Umgebung, und wenn ihr die Kollegin seht, gebt ihr die Position durch. Over and out.« Jesper hängte das Funkgerät in die Halterung. Dabei fiel ihm auf, dass Kirstens Gesicht nun auch einen besorgten Ausdruck angenommen hatte.

71. KAPITEL

Irgendwo auf der Insel

Der Kerl keuchte und drängte sich zwischen ihre Beine. Marit schloss die Augen. Sie konnte es nicht verhindern. Das Einzige, was ihr blieb, war, es auszuhalten … und irgendwie zu überleben. Sie presste die Lider fest zusammen, vergrub sich tief in ihrem Inneren, an einem Ort, den er nicht erreichen konnte, zu dem niemand außer ihr Zugang hatte. Sie sah die weißen Weiten Grönlands vor sich auftauchen. Das blaue Schillern der Eisberge, die in der Bucht vor Nuuk zum offenen Meer trieben. Die Rentierherden, die über die gefrorenen Hochebenen zogen und nach Flechten im Schnee scharrten. Der Hausberg Sermitsiaq, der hinter der Stadt steil und ehrfurchtgebietend in den pastellfarbenen Winterhimmel aufragte. Die arktische Nacht mit ihren Wundern. Das grünliche Flackern des Polarlichts …

Ein jäher Schrei brachte sie zurück in das Dunkel des Kellerlochs. Der Kerl über ihr hatte die Hände erhoben und das Licht seiner Stirnlampe tanzte wie wild über die Wände.

Ein gefährliches Knurren wie von einem Raubtier hallte durch den Raum, und den Mann traf plötzlich ein Schlag. Er wurde von hinten gepackt und von Marit weggezerrt. Sie hörte ihn mit hoher Stimme schreien und mit den Füßen über den Boden scharren, bis es dumpf knackte und jegliche Laute auf unheimliche Weise verebbten. Etwas Schweres sackte zu Boden und damit auch das Licht. Still blieb es liegen und beleuchtete die Wand. Dort kamen zwei Füße in Arbeitsstiefeln zum Vorschein.

Im nächsten Moment ertönte wieder dieses kehlige Grollen.

Marit lag wie gelähmt da, unfähig, auch nur einen Finger zu rühren. Ihr Herz pochte wie wild gegen ihre Brust und ließ die Blessuren in ihrem Gesicht pulsieren. Sie schmeckte Blut.

»W... wer ... sind Sie?«, brachte sie angstvoll über ihre malträtierten Lippen.

Der Unbekannte hatte sie davor gerettet, vergewaltigt zu werden. Doch sie wusste nicht, ob er nicht vielleicht Ähnliches im Sinn hatte. Sie versuchte, sich aufzurappeln, leider gelang es ihr nicht. Mit den auf den Rücken gebundenen Händen war das unmöglich.

Der Schatten knurrte. Die zerkratzten Arbeitsstiefel gingen auf sie zu.

»Bitte! Helfen Sie mir. Ich habe große Schmerzen«, appellierte sie mit zitternder Stimme an das Mitgefühl des Mannes.

Der hielt vor ihr an und hockte sich hin. Das Knurren wurde intensiver, nahm jedoch einen vollkommen anderen Klang an, fast wie bei einem liebevoll gurrenden Gesang. Warme Finger strichen über ihre Wange, und Marit vernahm leise Worte, die sie nicht verstand.

»Bitte, bringen Sie mich hier raus. Ich muss zu einem Arzt.«

Der Unbekannte zog seine Hand zurück, verharrte unschlüssig.

»Befreien Sie mich von der Fessel, dann kann ich mir selber helfen. Okay?« Marit fiel auf, dass sie schleppend und undeutlich sprach.

Der Schatten sang leise vor sich hin.

»Bitte. Ich flehe Sie an ...«

Mit einem Mal schnellten die Arme des Mannes vor und packten sie. Marit wollte schreien, aber entgegen ihrer Befürchtung wurde sie nicht gewaltsam begrabscht, sondern sorgsam angezogen. Der Fremde schob ihre Hose hoch und schloss sie. Anschließend nahm er sie beinahe mühelos auf den Arm und drückte sie sachte an sich. Er roch nach Rauch und Schweiß. Langsam trug er sie die Treppe hinauf, die unter ihrer beider Gewicht bedenklich knarzte. Der große Mann schnaufte und knurrte und sang dabei leise vor sich hin. Marit bemerkte, dass er einen grauen Bart und lange Haare hatte. Auch seine gewaltigen Arme, die sie mit Leichtigkeit festhielten, waren dicht behaart.

Sie hörte, wie er erneut etwas flüsterte, und jetzt verstand sie sogar ein paar der Worte.

»*… heste, grise, køer og får, hører til min bondegård. Hvortil ulven kommer og spiser dem rå.*«

Sie erreichten das Ende der Treppe und gelangten in den Flur eines Hauses, das Marit nicht bekannt vorkam. Der Mann trug sie in ein fremdes Wohnzimmer, in dem Licht brannte und eine große Axt auf dem Boden lag. Mit rasendem Herzschlag neigte Marit den Kopf nach hinten, um zu sehen, in wessen Armen sie lag.

»Hans Erik«, sagte sie leise. »Bitte, tu mir nichts.«

Der Mann schüttelte seinen mächtigen Schädel. »Das ist nicht mein Name. Ich bin Nummer 25.«

»Lässt du mich bitte gehen, Nummer 25?«

»Nein«, sagte er, umfasste ihren Körper fester und bewegte sich auf die Axt zu.

72. KAPITEL

Mandemarke, Ostmøn

»Verdammt, hier waren wir schon mal!«, stieß Jesper aus, als sie die Gemarkung erreichten. Er zeigte auf den Hof am Ortsende, an dem sie gerade vorbeifuhren. »Da wohnen die Brixens!«

»Wer sind die Brixens?«, fragte Kirsten, während sie konzentriert auf die Straße blickte. Über ihnen flog der Helikopter, dessen Lichtstrahl aus dem schwarzen Himmel herableuchtete.

»Zeugen, die Marit und ich befragt haben. Sie wohnten damals auf Ulvshale, als die kleine Line ermordet wurde. Frau Brixen kennt Rask von früher und hat uns geholfen, zu verstehen, wie die Asengläubigen leben.«

Ein Stück hinter dem Hof der Brixens hielt Kirsten an, weil vor ihnen Lykkes Wagen auftauchte. Er stand tatsächlich quer zur Fahrbahn.

»Du lieber Himmel!«, flüsterte Jesper, und Kirsten gab an den Helikopter durch, dass sie die Lage jetzt in Augenschein nehmen würden. Cop 04 sollte sich weiter als Luftüberwachung bereithalten.

Sie stiegen aus und bewegten sich auf den Streifenwagen zu, der vom Licht des Suchscheinwerfers hell erleuchtet wurde. Jesper erkannte sofort, dass der rechte Kotflügel verbeult war. Er zog seine Waffe.

»Keine Cowboyaktion!«, mahnte Kirsten und griff ihrerseits nach ihrer Pistole.

Sie spähten in den Streifenwagen, konnten aber nichts Auffälliges entdecken. Nur der Schaden am Kotflügel zeugte davon, dass etwas passiert war.

Jesper fielen schwarze Abriebspuren auf dem Asphalt auf. »Das ist Gummi von den Reifen. Der Streifenwagen muss von der Seite gerammt und über die Straße geschoben worden sein.« Er beugte sich vor und untersuchte das zerstörte Blech. »Von einem Fahrzeug mit schwarzer Lackierung.«

»Dem Kastenwagen?«

Jesper richtete sich auf und blickte den Feldweg entlang, der sich neben der Straße ins Dunkel wand. »Das Fahrzeug kam von dort!« Er zeigte in die Richtung.

»Vinther an Cop 04«, rief Kirsten gegen den Lärm des Helikopters an, der über ihren Köpfen schwebte. »Umgebung ableuchten!«

Der Suchscheinwerfer begann zu wandern und brachte neben dem Feldweg eine Scheune zum Vorschein. Sie grenzte an eine Weide, wo ein Gebüsch zu erkennen war, dessen Zweige niedergefahren worden waren.

»War das Fahrzeug dort versteckt?«, fragte Jesper.

»Womöglich ist der Täter damit geflohen und hat Lykkes Wagen gerammt, um ihn aus dem Weg zu räumen.«

»Und wo ist Lykke?« Jesper drehte sich zur Scheune um. Kirstens Blick folgte ihm.

»Okay!«, sagte sie alarmiert. »Wir gehen rein!« Sie hob die Waffe und lief voran.

Jesper eilte ihr nach und sicherte in alle Richtungen ab. Wenn Pettersen in der Nähe war, hatte er mit größter Sicherheit Østerbys Schrotflinte bei sich. Hoffentlich hatte Kirsten das auf dem Schirm.

Mit seiner Taschenlampe tastete Jesper die Bereiche ihrer Umgebung ab, an die der Scheinwerfer des Helikopters nicht hinreichte. Er erschrak fast zu Tode, als ein Wolf neben ihnen auftauchte.

Er richtete die Waffe auf das Tier. Doch es bewegte sich nicht, war mitten im gestreckten Lauf eingefroren.

»Fuck!«, flüsterte er. »Hier sind überall diese Scheißvogelscheuchen!« Er leuchtete auf eine Handvoll weiterer schwarzer Leiber in der Ferne. »Und Kühe!«

Kirsten war mittlerweile bei der Scheune angelangt und presste sich an die Wand. Sie nickte zum Vorhängeschloss, mit dem die Tür gesichert war. Jesper verstand und machte sich bereit. Kirsten zielte und schoss. Beim zweiten Treffer zersprang das Schloss. Jesper riss die Tür auf und stürmte in die Scheune.

Mit raschen Bewegungen leuchtete er das Innere ab, jede noch so kleine Ecke, in der man sich verbergen konnte. Schnell war klar, dass sich hier niemand aufhielt.

»Gesichert!«, rief er Kirsten zu, die nun neben ihn trat. »Leider keine Spur von Lykke!«

»Wo kann sie nur sein?«

»Vielleicht hat der Täter sie mitgenommen. In dem Wagen, den er in dem Gebüsch verborgen hatte.«

Jesper fuhr sich nervös über den Mund. »Was meinst du? War das Pettersen?«

»Er ist unser Hauptverdächtiger!«

»Und was jetzt?«, fragte er.

»Wem gehört die Scheune?« Kirsten hob den Kopf und betrachtete das, was darin gelagert wurde.

»Keine Ahnung.« Er sah sich ebenfalls um, suchte nach einem Hinweis. An der Wand entdeckte er ein paar merkwürdige Kisten. Sie wirkten recht neu. Das Licht seiner Taschenlampe streifte einige dunkle Flecken auf dem Boden davor.

»Ist das Blut?« Stirnrunzelnd ging er in die Hocke und tippte mit dem Finger hinein. »Tatsächlich!« Im nächsten Moment sprang er auf und verfolgte die rote Spur mit der Lampe bis zu einer der großen Holzkisten. Ein Vorhängeschloss hing offen an dem Scharnier. Daran hafteten weitere rote Spuren. Jesper riss den Deckel auf und der Schock schoss durch seine Glieder. In der Kiste lag eine Person. Zusammengefaltet wie eine Puppe. Sie trug eine Polizeiuniform. Ihr blondes Haar war blutverklebt und das Gesicht leichenblass.

»Lykke!«

Er drückte zwei Finger auf ihren Hals, fand keinen Puls und umfasste ihren Kopf. »Lykke! Kannst du mich hören? Wach auf!«

Hinter ihm rief Kirsten über Funk einen Rettungswagen und brüllte zum Abschluss ein »Beeilt euch!« ins Funkgerät. Danach schob sie Jesper zur Seite und übernahm es, sich um Lykke zu kümmern. Zitternd stand er daneben, seine Hände mit ihrem Blut besudelt und unfähig, einen klaren Gedanken zu fassen.

»Bitte nicht«, murmelte er tonlos vor sich hin. »Bitte nicht …«

73. KAPITEL

Irgendwo auf Møn

Vom Regen in die Traufe, dachte Marit, während sie vom Kindermörder Hans Erik Rask durch das Wohnzimmer getragen wurde. Die Axt lag auf dem Boden und er bewegte sich mit ihr im Arm weiter darauf zu.

Marit wollte sich winden, um sich aus seinem Griff zu befreien, doch sie war zu schwach, konnte nicht mal mehr blinzeln, so schwer waren ihre Lider.

Rask bemerkte ihre müden Versuche, sich zu wehren. Mit einem milden Lächeln schüttelte er den Kopf und setzte seinen Weg fort. Zu ihrer Verwunderung ließ er die Axt unbeachtet und steuerte auf das Sofa zu, auf dem er Marit sanft ablegte. Danach löste er ihre Handfesseln, trat zurück und betrachtete sie ehrfürchtig.

»Weiser Heimdall«, sagte er mit tiefer Stimme. »Du hörst das Gras auf den Wiesen und die Wolle der Schafe wachsen. Du weißt, was es bedeutet. Du weißt, wann es passiert.«

Marit runzelte die Stirn, verstand nicht das Geringste. Heimdall? War das nicht einer der nordischen Götter? Aber was meinte Rask damit?

Unauffällig sah sie sich um. Gab es irgendwo ein Telefon? Leider konnte sie keins entdecken. Die unpersönliche Einrichtung wies darauf hin, dass sie sich vermutlich in einem Ferienhaus aufhielten. Ihre Hoffnung sank. Bestimmt befanden sie sich irgendwo weit draußen auf dem Land.

»Wo sind wir?«, wollte sie von Rask wissen, der nach wie vor andächtig vor dem Sofa stand. Trotz seines muskulösen

Körpers wirkte er wie ein tapsiges großes Kind. Seine fransigen grauen Haare reichten ihm bis auf die breiten Schultern und sein Blick hatte etwas Linkisches.

»Wann passiert es? Sag es mir, Heimdall. Wir müssen es verhindern.«

»Was verhindern?«, fragte Marit und versuchte, sich nicht auf ihre Schmerzen, sondern auf Rask zu konzentrieren. Solange sie ihn in ein Gespräch verwickelte, würde er ihr nichts tun.

»Der Welt Untergang, der Asen Fall. Die Fessel bricht und Freki rennt. Ragnarök!«

»Ragnarök?«, wiederholte Marit. Plötzlich verschwamm ihre Sicht, und sie blinzelte heftig, um die drohende Ohnmacht zu vertreiben. Sie konnte kaum mehr ihren Kopf oben halten.

»Fenrir wird Allvater Odin töten«, erklärte Rask. »Es darf nicht passieren, dass der Mond verschluckt wird. Ich bitte dich, Heimdall.« Er streckte ihr ehrerbietig beide Hände entgegen. »Lass dein Horn begraben und reise zurück nach Asgard. Mit den Riesen komme ich schon klar.«

»Welche Riesen?«, fragte Marit und hatte noch immer keine Ahnung, wovon er sprach.

Er deutete mit dem Finger auf den Boden. »Das da unten im Keller. Das war ein Riese, einer von Muspels Söhnen. Er ist böse, böse.«

Marit entsann sich, dass Rask vollkommen in seiner Asenwelt aufging und folglich auch so dachte. Sie wusste, dass im Keller kein Riese lag. Es war ein Mensch aus Fleisch und Blut. Und zwar einer, den sie erkannt hatte. Sie musste dringend Jesper erreichen und ihm mitteilen, dass sie den Mann auf dem Busvideo gefunden hatte. Es war derselbe, der sie entführt hatte. Wenn sie jetzt noch herausfand, wie er hieß, wären sie einen großen Schritt weiter.

»Wie heißt der Riese im Keller? Kennst du ihn?«, fragte sie Rask.

»Das ist Glød«, antwortete er mit deutlichem Zorn in der Stimme.

»Nein, ich meine, hier in dieser Welt. Wie nennen die Menschen ihn in Midgard?«

»Hardy.«

Marit riss die Augen auf. »Etwa Hardy Pettersen?«

Rask nickte.

Mit offenem Mund starrte Marit ihn an. Hardy Pettersen war der Mann auf dem Video, der die beiden Jungen belästigt hatte! Jenes Video, das in der Gerichtsverhandlung dazu geführt hatte, dass Rask lebenslänglich verurteilt worden war! Jetzt wurde ihr einiges klar. Roger Østerby musste es aus diesem Grund in die Beweismittel aufgenommen haben. Vermutlich hatte ihn Hardys Vater, der damalige Bürgermeister von Stege, darum gebeten. Der Bürgermeister hatte vermutlich gewusst, welche Neigungen sein Sohn hatte, und die Sache vertuschen wollen. Nein, noch schlimmer, er hatte sie jemand anderem in die Schuhe geschoben, der seinem Sohn – zumindest in dieser schlechten Videoaufnahme – ähnlich sah: Hans Erik Rask, das kinderschändende Monster. Welch perfekte Fügung für die beiden Männer. Der Bürgermeister war das Video los, auf dem sein Sohn zu sehen war. Und Østerby feierte den Erfolg seines Lebens als Polizist. Er war der Mann, der den Wolf von Møn hinter Gitter gebracht hatte. Zwei Fliegen mit einer Klappe!

Marit hatte Hardy Pettersen vor ihrer Entführung nie getroffen, sonst hätte sie das Ganze viel eher kapiert. Und deshalb hatte er sie auch hierher verschleppt: Damit sie ihn nicht zufällig erkannte. Als sie mit Østerby darüber gesprochen hatte, dass der Mann auf dem Video nicht Rask war, hatte der alte Kommissar sofort begriffen, dass sie damit das gesamte Lügenkonstrukt ins Wanken bringen würde. Er hatte Hardy Pettersen davon erzählt und der wiederum hatte sie überfallen und in diesen Keller verschleppt. Nur was hatte Pettersen mit den grausam ermordeten Männern Asger Dahl und Martin Piil zu tun? Die beiden waren in den Fall Line Frederiksen gar nicht involviert gewesen. Oder doch?

Angestrengt stieß Marit Luft aus. So oder so, sie musste dringend hier raus und Jesper verständigen. Sie mussten Pettersen verhaften, falls er den Kampf mit Rask überhaupt überlebt hatte. Marit erinnerte sich an das unangenehme Knacken, das sie gehört hatte.

»Was hast du mit Hardy gemacht?«, fragte sie. »Hast du ihm die Kiefer auseinandergerissen?«

Rask senkte den Blick. »Weiß nicht. Er war böse. Kannst du bitte nicht ins Horn blasen, Heimdall? Damit Ragnarök nicht kommt?«

»Ich verspreche dir, dass ich mein Horn an Yggdrasils Wurzeln vergraben lasse«, antwortete sie, in der Hoffnung, dass sie sich halbwegs richtig an diesen Teil der Göttersage erinnerte.

»Wirklich?«, rief Rask »Oh, ich danke dir, verehrter Heimdall!« Er legte die Hände aneinander und verneigte sich.

Marit schielte hinüber zur Axt. Keine Chance, sie in ihrem Zustand jemals zu erreichen. Sie würde stumpf vom Sofa auf den Boden fallen und dort liegen bleiben.

»Bringst du mich bitte zu einem Arzt?«, bat sie.

»Keinen Doktor«, sagte Rask bestimmt. »Die Menschen da draußen haben Angst vor mir. Sie werden mich wieder einsperren, und das will ich nicht.«

Marit zuckte zusammen. Die Schmerzen wurden immer schlimmer. Sie musste etwas unternehmen! »Dann hol mir wenigstens ein Telefon. Ich kann einen Arzt rufen, während du verschwindest und dich versteckst.« Marit wurde schwarz vor Augen und ihr Kopf sackte zurück auf die Sofalehne. Sie konnte nicht mehr klar denken, und das Zimmer drehte sich vor ihren Augen. Tief atmete sie gegen den Schmerz an. Sie wollte mit diesem Mann nicht allein in einem Raum sein, wenn sie ohnmächtig wurde. Nicht um alles in der Welt!

»Was ist damals passiert«, fragte sie, um ihren Geist in Gang zu halten, »mit der kleinen Line?«

Rask legte das Kinn auf seine tonnenförmige Brust, die in einer ausgeblichenen blauen Arbeitslatzhose steckte. Seine Mundwinkel sanken traurig nach unten.

»Ich wollte helfen«, sagte er und ließ sich schwer neben sie auf das Sofa fallen, wobei Marit beinahe vor Schreck und Schmerz aufgeschrien hätte. Zu ihrer Überraschung begann Rask zu weinen.

»Ich wollte ihr nur helfen«, schluchzte er. »Da war Freki. Und der war böse, böse. Ich wollte Line vor ihm beschützen.« Er packte Marits Arm. »Du musst mir glauben!«

74. KAPITEL

Winter 1990 – Ulvshale, Møn

Hans Erik lief über die gefrorenen Salzwiesen zum Hof der Frederiksens. Es wurde langsam dunkel. Das dünne Eis auf den Pfützen knackte unter seinen Stiefeln. Sein Gesicht brannte vor Kälte, und er sah seinen Atem in kleinen Wölkchen aufsteigen. Zum Glück hatte er die gefütterte Jacke und die Handschuhe angezogen, die seine Mutter ihm genäht hatte. Sie hatte ihm aufgetragen, bei den Frederiksens Milch zu holen.

Er war über Weihnachten zu Besuch auf Ulvshale. Hatte sich sehr auf das Wiedersehen mit seiner Mutter gefreut, auf ihre Geschichten aus der Edda, die sie ihm bei einem heißen Kakao am Küchenofen erzählte. Seit er auf Lindholm arbeitete, sah er sie nicht mehr oft. Das lag daran, dass seine Eltern Tiere hielten. Deswegen musste er im Gegensatz zu anderen Kollegen jedes Mal zwei Wochen in Quarantäne, bevor er ihren Hof betreten durfte. So lauteten die Sicherheitsbestimmungen auf Lindholm und sie galten für alle, die zu Hause Tiere hatten, sogar Katzen oder Hunde fielen darunter. In den Laboren wurde mit gefährlichen Sachen gearbeitet, deshalb musste man sehr aufpassen, keine Tiere auf den Höfen krank zu machen.

Hans Erik nahm die Vorschriften sehr genau. Er wollte nicht, dass den Tieren etwas geschah. Die Bullen waren der ganze Stolz der Familie. Sie deckten rundherum auf der Insel sämtliche Kühe. Hans Erik guckte dabei immer zu, weil es irgendwie lustig war, die rollenden Augen der Bullen zu beobachten, während sie sich auf einer Kuh abarbeiteten. Aber auch das konnte er nicht mehr so häufig tun, weil sein Job auf Lindholm es nicht erlaubte. Er arbeitete im Krematorium, wo er tote Versuchstiere verbrannte. Dabei hatte er neue Freunde gewonnen. Asger zum Beispiel, der so wie er an Odin glaubte. Oder den stets lustigen Martin mit seinen versauten Witzen. Niemand war gemein zu ihm wie noch vor wenigen Jahren in der Schule. Alle hielten zusammen, sie waren eine Familie. Lindholm war wie ein zweites Zuhause für ihn, und die Arbeit brachte gutes Geld, welches seine Eltern für den Hof gebrauchen konnten. Hans Erik war stolz, ihnen helfen zu können.

Er erreichte die Ostseite des Kuhstalls am Frederiksen-Hof und lief die Mauer entlang zur Milchkammer. Am Ufer zu seiner Linken raschelte das trockene Schilf, dahinter lag die Bucht. Die Bauern auf Ulvshale hatten eine Abmachung. Sie durften sich an der Milch der Frederiksens bedienen, solange sie ein paar Kronen daließen. Natürlich hatte Hans Erik Geld dabei. Es klimperte beim Laufen leise in der Tasche, und er liebte es, die glatten Münzen durch seine Finger gleiten zu lassen.

Als er um die Ecke bog, entdeckte er die kleine Nachbarstochter Line, die vor der Tür der Milchkammer stand. Sie schloss gerade ab.

»Hallo, Line«, grüßte er sie.

Das Mädchen fuhr erschrocken herum und verschüttete dabei Milch aus seiner Kanne.

»Hallo«, gab Line schüchtern zurück. »Was machst du hier?«

»Meine Eltern haben mich geschickt. Ich soll Milch holen.«

»Ist gut. Leg das Geld einfach in die Kasse.«

Hans Erik nickte. Er hob eine Hand, um Line über den blonden Schopf zu streichen, da fiel ihm auf, dass er seine

Milchkanne vergessen hatte. Mist! Jetzt war er den ganzen Weg durch die Kälte umsonst gelaufen! Er wollte Line gerade fragen, ob er bei ihnen eine Kanne leihen durfte, da hörte er hinter sich ein unheimliches Knurren.

»Basse!«, rief Line und drückte sich an Hans Erik vorbei. Der Schäferhund der Familie tauchte wie ein Moorgeist aus der Dunkelheit auf.

Hans Erik kannte den Hund. Normalerweise ließ Basse ihn in Ruhe und verbellte nur Fremde, heute schien er jedoch richtig wild zu sein. Sein sonst so lieber Blick war starr, und die gebleckten Zähne blitzten im Licht der Stalllampe auf.

Line wollte Basse am Halsband fassen, aber der Hund knurrte auch sie an. Geifer tropfte von seinen Lefzen, und er schnappte nach Lines Hand.

Hans Erik wunderte sich, warum Basse sich so aufführte. Doch dann bemerkte er den Schaum vor dessen Maul und wusste plötzlich, was sein Verhalten bedeutete. Auf Lindholm hatte er Tiere gesehen, die sich ganz ähnlich benommen hatten. Füchse in Käfigen, die wie von Sinnen gewesen waren und mit ihren schaumbesetzten Mäulern nach allem geschnappt hatten, was sich bewegt hatte. An den Käfigen hatten Schilder gehangen: »Achtung, Lebensgefahr! – Versuchstiere für Tollwut«.

Hans Erik legte Line eine Hand auf die Schulter. »Ruhig«, sagte er und beugte sich zu ihr hinab. »Du weißt, was das bedeutet. Grässlich heult Garm vor der Gnipahöhle. Die Fessel bricht, und Freki rennt!« Dann packte er Line und hob sie hoch. Sie mussten weg von diesem Hund. Dem tollwütigen Freki.

Line kreischte so laut los, dass es ihm in den Ohren wehtat. Sie strampelte mit den Füßen und rief immer wieder: »Basse, hilf mir! Basse!«

Ihre Faust traf Hans Eriks Nase und er ließ sie fallen. Line landete auf allen vieren und hatte Mühe, sich in ihrer dicken Winterkleidung aufzurappeln.

Basse knurrte und bellte wie verrückt. Der Schaum spritzte in alle Richtungen. Mit weit geöffnetem Maul sprang er auf Line zu. Hans Erik packte den Hund am Schwanz und wirbelte ihn herum. Basse flog durch die Luft und prallte gegen die Stallmauer. Er jaulte laut auf, kam aber sofort wieder auf die Beine und fixierte ihn mit giftig glühenden Augen.

»Freki, Fenrir, böse, böse«, sagte Hans Erik und streckte seine Hände aus. Er war bereit, den Kampf gegen das Übel aufzunehmen. Der Riesenwolf würde Odin nicht verschlingen.

Mit gesträubtem Nackenfell und angelegten Ohren schlich Basse auf ihn zu. Der weiße Geifer lief in Strömen von seinen Reißzähnen. Hans Erik konzentrierte sich auf die Augen des Tieres. Er würde die Asen beschützen. Würde nicht zulassen, dass der kleinen Line etwas zustieß.

Der Hund knurrte und setzte zum Sprung an. Er machte einen riesigen Satz, die Pfoten weit nach vorn gestreckt. Hans Erik wehrte das Tier mit seinen Fäusten ab, und es flog zu Boden. Mit aufgerissenem Maul schnappte Basse nach ihm. Hans Erik bekam seinen Oberkiefer zu fassen und dann auch den Unterkiefer. Mit seinen behandschuhten Händen riss er das Maul auseinander. Dabei stieß er einen wilden Schrei aus, während die Knochen knackten und der Hund jaulte. Fenrirs glühender Blick brach, sein Blut sprudelte aus seinem Rachen. Hans Erik schleuderte den Hund zu Boden, wo er liegen blieb, das Maul aufgerissen, die rote Zunge heraushängend. Fenrirs Augen waren verdreht, und das Glühen darin erlosch vollständig. Der Hund rührte sich nicht mehr. Hans Erik stand über ihm und sah auf ihn hinab.

»Du wirst den Asen keinen Schaden zufügen«, sagte er atemlos. »Ragnarök wird nicht kommen.«

Plötzlich hörte er hinter sich helle Schreie. Line! Aber nirgendwo war eine Spur von ihr.

Mit schnellen Schritten hastete Hans Erik um den Stall herum und fand sich kurz darauf am Schilfgürtel wieder. Lines Schreie drangen von dort zu ihm herüber und klangen jetzt eher wie ein ersticktes Keuchen. Außerdem vernahm er ein lautes Platschen. Line war am Wasser. Was machte sie da?

Ohne zu zögern, lief Hans Erik zwischen die trockenen Stängel. Glücklicherweise trug ihn das Eis. Nur einmal brach er ein, konnte seinen Stiefel aber wieder aus dem eisigen Nass ziehen. Als er das Ende des Schilfgürtels erreicht hatte, kam er schlitternd zum Stehen. Vor ihm lag das dunkle Wasser der Stege Bucht. Ein bitterkalter Windhauch blies ihm ins Gesicht und raubte ihm fast den Atem. Hustend prüfte er mit der Fußspitze das dünne Eis am Rand. Es brach mit einem kalten Knirschen ab, und sein zweiter Stiefel wurde nass.

Besorgt sah er sich um. Wo war Line?

Vorsichtig tastete er sich an der Eiskante entlang, bog die Schilfstängel zur Seite und hielt nach dem Mädchen Ausschau. Um ihn herum war es ruhig geworden, und als er nach Line rief, erhielt er keine Antwort.

Seine Wangen brannten immer stärker vom schneidenden Wind, der ihm die Tränen in die Augen trieb. Plötzlich entdeckte er etwas vor sich im dunklen Wasser. Es sah aus wie ein Kleiderbündel. Eine Winterjacke und blonde Haare.

»Line!«

Das Mädchen schwamm mit dem Gesicht nach unten. Beherzt griff er nach dem Kragen der Jacke, zog das Kind ächzend auf das Eis, was gar nicht so einfach war, denn der Rand brach immer wieder ab. Er musste aufpassen, nicht selbst in dem eisigen Nass zu landen. Endlich hatte er es geschafft und hielt das Mädchen in den Armen. Voller Sorge strich er ihm eine Strähne aus der Stirn.

»Line. Was ist? Sag doch was!«

Line antwortete nicht. Ihre Augen blieben geschlossen und ihre blau angelaufenen Lippen ebenfalls.

Bei Odin! Er musste ihr helfen. Sie hatte bestimmt Wasser geschluckt. Hans Erik erinnerte sich daran, dass er einmal beobachtet hatte, wie Männer am Strand einen bewusstlosen Schwimmer gerettet hatten. Sie hatten ihm viele Male auf die Brust gedrückt und ihm Atem in den Mund geblasen. Das würde er auch versuchen.

Mit Line in den Armen stemmte er sich auf die Beine und stolperte durch das raschelnde Schilf zurück an Land, wo er das Mädchen auf die Wiese legte. Nicht weit vom toten Basse entfernt. Er zog Line die Jacke aus, die vom Frost schon ganz steif wurde, und riss an ihrem Hemdchen.

Sie brauchte Wärme, dachte er. Und das Wasser musste aus ihr heraus. Fieberhaft rieb er über ihren nackten Oberkörper und drückte mehrmals auf das nachgiebige Brustbein. Dann beugte er sich zu ihrem Gesicht hinab und blies seinen starken Atem durch ihren kleinen Mund. Er wiederholte alles, rieb, drückte und blies, doch Line wollte sich nicht rühren. Hans Erik keuchte verzweifelt, Tränen rannen über seine kalten Wangen, als er sah, dass Lines Haare langsam am Rasen festfroren.

Ihr kleiner Körper war eiskalt, und er zuckte zurück. War sie etwa tot? Bei Odin und allen Göttern!

Im nächsten Moment traf ihn ein harter Schlag in den Rücken und er riss den Kopf hoch. Zwei Gestalten standen hinter ihm. Die eine holte mit der Mistgabel aus, und die andere kreischte fürchterlich. Es waren Lines Eltern.

»Der Hund. Er war böse, böse«, versuchte Hans Erik zu erklären. »Ich wollte helfen.«

Doch sie hörten nicht zu. Die Mistgabel traf ihn noch einmal, durchstach seine Winterjacke und verletzte ihn am

Rücken. Er schrie auf und wollte die Mistgabel packen, doch Lines Vater schwang sie mit einem lauten Schrei gegen ihn. Die Zinken durchbohrten seine Handfläche. Was danach geschah, wusste er später nicht mehr. Seine Erinnerung setzte wieder ein, als die Polizei ihn in der hintersten Ecke der elterlichen Scheune aufstöberte, wo er sich versteckt hatte und Blut und Tränen heulte.

Uniformierte Männer schrien ihn an. Warum er Line getötet habe! Was für ein schlimmer Mensch er sei! Ein Monster! Eine Missgeburt! Ihre rauen Stimmen prasselten auf ihn ein. Einer der Polizisten, ein großer Mann mit hartem Blick, war dabei besonders gemein.

»Da haben wir die Bestie in Menschengestalt!«, sagte er, während er Hans Erik die kalten Handschellen anlegte und so fest zudrückte, dass sie seine Blutzufuhr abschnürten.

Als der Polizist ihn abführte, flüsterte er ihm ins Ohr: »Du hässlicher Heide, du Tiere opfernder Abschaum. Dafür wirst du büßen! Dein Odin wird dich im Knast nicht besuchen. Er wird dich vergessen, wie die ganze Welt dich vergessen wird. Du wirst dich fühlen, als wärst du lebendig begraben. Dafür werde ich sorgen, du elender Kindermörder!«

Hans Erik sah nur hasserfüllte Mienen um sich herum. Er war umringt von wütenden, geifernden Menschen, die in anbrüllten und vor sich hertrieben, vom Hof seiner Eltern. Er sah deren Silhouetten in der erhellten Tür stehen. Seinen Vater und seine Mutter. Ihre Gesichter leuchteten im rotierenden Blaulicht der Polizeiwagen auf wie die bleichen Fratzen der Nornen, die sein Schicksal für ihn gesponnen hatten. Ohne Mitleid, ohne jegliche Wärme. Es schien, als würden sie ihn nicht kennen. Als wäre er nicht ihr Sohn, nicht Hans Erik, sondern jenes Monster, von dem alle sprachen.

Voller Scham und Angst wandte er sich ab, schloss die Augen und die Ohren und zog sich tief in sich zurück. An einen Platz, an dem ihn niemand finden würde. Dort wartete jemand auf ihn. Mit glühenden Augen und langer Schnauze.

Ein großer grauer Wolf.

»Hallo, Hans Erik«, knurrte er. »Lass mich das übernehmen. Ich werde stark für dich sein. Ich werde du sein. Vertrau mir.« Danach zog er seine Lefzen zurück und entblößte sein kaltes Wolfslächeln.

75. KAPITEL

Irgendwo auf Møn

Fassungslos betrachtete Marit den großen gebeugten Mann, der da neben ihr auf dem Sofa hockte. Sein Haar hing ihm in die rot geweinten Augen, und er rieb sich die linke Hand, an der man die Narbe erkennen konnte, wo ihn damals die Mistgabel erwischt hatte. Der Tod von Line war also ein tragischer Unfall gewesen und kein triebgesteuerter Mord. Rask hatte das Mädchen nicht töten, sondern retten wollen vor dem tollwütigen Hund.

»Aber warum ist Line in das Schilf gelaufen?«, fragte sie.

Rask hob die Schultern und ließ sie kraftlos wieder sinken. »Sie hatte Angst. Vor Basse, vor mir. Weil ich Basse getötet habe. Ich war böse, böse für sie.«

Marit empfand tiefes Mitleid mit Rask. Sie glaubte ihm. Jetzt, da sie neben ihm saß und ihm ins Gesicht blicken konnte, wusste sie, dass er nicht dazu fähig war, sich zu verstellen oder sich Lügen auszudenken. Dafür drangen seine Gefühle zu ungefiltert an die Oberfläche. Außerdem hatte Rask während der Erzählung stark gezittert und dabei heftig geatmet. Typische Symptome eines Flashbacks. Das erlebte Trauma musste damals den Wolf als innere Stimme ins Leben gerufen und dazu geführt haben, dass Hans Erik alles vergessen hat, was zum Zeitpunkt des Mordes um ihn herum geschehen ist, inklusive seiner Identität. Er hatte sie unbewusst weggesperrt. Jetzt, nach 31 Jahren Gefängnis, war er Nummer 25 – die ganze Zeit über war er aber auch der Wolf gewesen, der in dem Moment seiner Verhaftung sein Denken übernommen hatte. Kein Wunder, dass er während der Haft nie erzählt hatte, was wirklich passiert war. Hier und heute war etwas getriggert worden, vielleicht durch den Kampf mit Hardy Pettersen unten im Keller, bei dem er Marit gerettet hatte, so wie er Line vor dem tollwütigen Hund hatte retten wollen. Das hatte Rasks Unterbewusstsein dazu gebracht, die Amnesie aufzulösen und die unter Verschluss gehaltenen Erinnerungen zurück in sein Bewusstsein zu bringen. Und Marit war die Erste, die sie hatte hören dürfen.

Derweil rieb sich Hans Erik weiter über die Narbe an der Handfläche, die ihn an jenen furchtbaren Tag im Winter 1990 erinnerte. Er schien nach wie vor in den Ereignissen gefangen zu sein. Voller Mitgefühl streckte Marit einen Arm nach dieser armen Seele aus. All die vielen Jahre hatte er nicht bekommen, was ihm zustand: Gerechtigkeit und eine faire Behandlung.

Sie presste die Lippen aufeinander. Ein Mensch, der damals Teil des Komplotts gewesen war, lag unten im Keller: Hardy Pettersen. Die Frage war nur, wer der Mörder von Asger Dahl und Martin Piil war, wenn Rask sie nicht umgebracht hatte. Etwa Pettersen? Beseitigte er auf grotesk grausame Weise alle Mitwisser von damals?

Mit einem Mal drängte sich ihr eine ganz andere Frage auf. »Hans Erik, woher wusstest du, dass ich in dem Keller bin?«

Rask rührte sich nicht, hockte weiterhin mit gebeugtem Rücken da.

»Hans Erik? Verrätst du es mir?«

Er blickte sie an. »Ich habe Muspels Sohn beobachtet, den Riesen Glød.«

»Du meinst Hardy Pettersen?«

»Genau«, bestätigte Rask grimmig. »Ich gucke gerne in Fenster. Das ist besser als Fernsehen. Da habe ich Glød gesehen in Heimdalls Haus.«

Marit verstand, was passiert war, und ein Schauer lief über ihren schweißnassen Rücken. Rask hatte in irgendeiner Hecke gehockt und in Häuser gespannt – genau genommen in das Ferienhaus, in dem Jesper und sie untergekommen waren. Dabei musste er beobachtet haben, wie Pettersen sie überwältigt und weggebracht hatte. Rask musste ihm bis zu diesem Haus gefolgt sein.

Guter Hans Erik, dachte Marit. Ohne ihn wäre sie wahrscheinlich verloren gewesen und zum nächsten Opfer dieses Widerlings Pettersen geworden. Sie fuhr sich stöhnend mit der Hand an den Kopf, der wie verrückt pochte. Jesper musste von all dem erfahren! Nur wie sollte sie das anstellen? Sie hatte kein Telefon. Ihr Blick wanderte hinüber zur Axt auf dem Boden. Unvermittelt hatte sie eine Idee. Mit zusammengebissenen Zähnen stemmte sie sich vom Sofa hoch. Jäher Schwindel erfasste sie, und sie geriet ins Wanken.

Rask erwachte aus seiner Trance und fing sie auf, bevor sie stürzte. Sanft setzte er sie zurück auf das Sofa. Marit stöhnte und schielte zum Flur hinüber, wo die Kellertür offen stand. Dort unten lag Hardy Pettersen. Ob nun tot oder verletzt, mit Sicherheit hatte er ein Handy bei sich. Das musste sie in die Finger bekommen, damit käme sie hier raus.

Rask hielt sie weiter am Arm fest und betrachtete sie mit flackerndem Blick. »Heimdall geht es nicht gut«, sagte er.

»Nein«, bestätigte sie. »Heimdall muss zu einem Heiler!«

Rask nickte langsam. »Wenn ich ihn zu einem Heiler bringe, muss er den Leuten sagen, dass sie keine Angst vor mir zu haben brauchen. Ich will nicht wieder ins Gefängnis.«

»Das werde ich. Ich sage allen, was du für mich getan hast. Dass du mich gerettet hast und dass du auch Line helfen wolltest.«

Eine Träne rann über Rasks Wange und verfing sich in seinem struppigen Bart.

In diesem Moment drang ein heftiger Knall aus dem Flur zu ihnen und Marit fuhr zusammen. Synchron drehten Rask und sie den Kopf und sahen, wie eine Gestalt zum Hauseingang stürmte. Die Tür flog auf, und der Mann rannte durch die Nacht davon.

Das war Pettersen, dachte Marit verzweifelt. Er war aus dem Keller abgehauen, und mit ihm verschwand die Möglichkeit zu telefonieren. Sie hörte, wie draußen ein Motor gestartet wurde und ein Wagen mit spritzendem Kies davonraste.

»Scheiße!«, flüsterte sie, stemmte sich vom Sofa hoch und schaffte es diesmal, aufzustehen. Sämtliche Schmerzen in ihrem Körper ignorierend humpelte sie zur Tür und spähte hinaus. Der Mond hing hell am Himmel und beschien eine einsame hügelige Landschaft, in der kein anderes Haus auszumachen war. Sie befanden sich mitten im Nirgendwo. Ohne Auto, ohne Telefon. Wie sollten sie da die Verfolgung aufnehmen? Oder von hier wegkommen?

Marit wandte sich um und erschrak, als Rask mit der Axt in der Hand auf sie zurannte. Ängstlich stolperte sie zur Seite. Doch er war gar nicht an ihr interessiert und lief einfach an ihr vorbei nach draußen auf die Einfahrt. Dort machte er sich an etwas zu schaffen, das sie als Moped identifizierte. Sie hatten also doch ein Fahrzeug!

»Ich muss Gløds aufhalten«, knurrte er. »Muss ihn bestrafen. Er hat mein Haus angezündet!« Er riss eine Tüte, die neben dem Moped auf dem Schotter lag, auseinander und knotete sie oben und unten an den Griff der Axt. Danach schwang er sich das Werkzeug auf den Rücken, stieg auf das Moped und startete es. Hustend sprang der Motor an.

Marits Gedanken rasten. Wenn Rask allein wegführe, bliebe sie hier hilflos zurück. Dann müsste sie sich unzählige Kilometer bis zum nächsten bewohnten Ort schleppen. Mit ihren Verletzungen war das unmöglich. Außerdem war es kalt. Sollte sie in einen Graben fallen, bestand die Gefahr, dass sie erfror. Aber allem voran konnte sie nicht zulassen, dass sich Rask an Pettersen vergriff und dadurch tatsächlich zum Mörder wurde. Auch wenn sie Pettersen die Pest an den Hals wünschte, sie brauchte Rask. Als Zeugen und Chronisten der Ereignisse. Nachher erschoss die Polizei ihn noch. Das wäre eine Katastrophe!

Marit blickte auf Rasks breites Kreuz. Ihre Glieder schmerzten und Übelkeit zwängte sich ihren Hals hinauf. Sie hatte keine Wahl.

»Warte!«, rief sie ihm zu. »Nimm mich mit!« Sie schleppte sich zum Moped und kletterte mühsam hinter Rask auf den Sitz. Mit beiden Armen umschlang sie seinen breiten Oberkörper und presste ihre Wange gegen das kalte Blatt der Axt in seinem Rücken. Als er losfuhr, schickte sie ein Stoßgebet gen Himmel.

Bitte mach, dass alles gut geht!

76. KAPITEL

Mandemarke, Ostmøn

Der Rettungswagen war schnell da. Kirsten hatte es geschafft, Lykke in einem stabilen Zustand zu halten, und übergab nun an die Sanitäter. Sie erhob sich und ging auf Jesper zu, dem tatsächlich Tränen über das Gesicht liefen.

»Sie wird es bestimmt schaffen«, sagte sie in dem Versuch, ihn zu beruhigen. »Die Schusswunden sind zwar übel, aber Lykke ist zäh. Und die Kevlar-Weste hat einiges abgefangen.«

Jesper nickte mit Blick auf die Sanitäter, die mit routinierten Handgriffen ihre Arbeit verrichteten. Er brachte kein Wort heraus, war sichtlich schockiert.

»Okay!«, sagte einer der Sanitäter. »Ihr Puls ist stark und sie kann aus eigener Kraft atmen. Wir nehmen sie mit nach Vordingborg ins Krankenhaus.«

Kirsten dankte dem Mann und sah der Rolltrage hinterher, auf der die junge Kollegin aus der Scheune gebracht wurde. Draußen knatterte noch immer der Helikopter am Himmel. Kirsten betätigte den Sendeknopf am Funkgerät, gab der Crew die Lage durch und ordnete an, die Insel nach einem schwarzen Kastenwagen abzusuchen, der mit großer Wahrscheinlichkeit einen Schaden am linken Kotflügel hatte. Ebenso verfuhr sie mit den Kollegen in Stege und an den Straßensperren. Der flüchtige Mörder, bei dem es sich durchaus um Hardy Pettersen handeln könnte, hatte oberste Priorität. Er war mit einer Schrotflinte bewaffnet und hatte eine Polizistin schwer verletzt. Damit war die Sache persönlich geworden.

Mit mahlenden Kiefern ließ Kirsten das Funkgerät sinken. Hätte sie Jesper vorhin nicht davon abgehalten, Pettersen an den Kragen zu gehen, hätten sie das Schwein jetzt. Und er hätte bekommen, was er verdiente.

»Fuck!«, zischte sie. Einer von unzähligen Fehlern, der ihnen unterlaufen war. Sie legte Jesper eine Hand auf die Schulter. »Wenn ich dich außer Dienst stellen soll, sag mir das. Könnte ich gut verstehen. Das war echt heftig.«

»Nein!«, zischte er und schüttelte sie unwirsch ab.

Er hatte echt Probleme damit, Nähe und gute Worte zuzulassen, dachte sie und bemühte sich, nicht darüber zu urteilen. In Krisensituationen reagierten die Menschen sehr unterschiedlich.

Jesper hatte sich einige Schritte von ihr entfernt und stand nun mit dem Rücken zu ihr vor der Bretterwand der Scheune. Trotzdem sah sie, dass er sich immer wieder über das Gesicht wischte, vermutlich, um seine Tränen zu verbergen. Dabei musste er sich seiner Gefühle nicht schämen. Sie waren nichts, wofür sie ihn verurteilen würde. Im Gegenteil, ihr ging es wie ihm. Ihr gelang es nur, sich zusammenzureißen, weil einer von ihnen handlungsfähig bleiben musste.

»Also, was ist? Dienst oder Freistellung?«, fragte sie ihn oder, besser gesagt, seinen Rücken.

Er antwortete nicht gleich, starrte auf die Bretterwand. Schließlich drehte er sich um, ein wildes Funkeln in den Augen. »Ich will dieses Arschloch drankriegen! Und ich will wissen, wo Marit ist! Vorher finde ich keine Ruhe.«

Kirsten hob skeptisch eine Braue. Für ihren Geschmack war er viel zu emotional, um im Einsatz zu bleiben. Wenn er sich nicht in den Griff bekäme, könnte das ihr weiteres Vorgehen gefährden. Sie überlegte, ob sie ihn nach Stege in den Innendienst schicken sollte. Doch sie wusste auch, wie sehr ihn das quälen würde.

»Du hast vorhin gefragt, wem die Scheune gehört«, sagte er mit dunkler Stimme.

»Ja, das habe ich.«

»Ich glaube, ich weiß es. Nebenan ist eine Weide mit Rindern. Die gehören den Brixens. Vermutlich steht die Scheune auf ihrem Grund.«

»Und wird die auch von ihnen genutzt?«

»Ich habe da so eine Ahnung.« In Jespers Blick blitzte etwas auf. »Und das könnte bedeuten, dass wir in eine komplett falsche Richtung gedacht haben!«

»Schon wieder?«

»Ja, schon wieder.« Er zog sein Handy aus der Tasche und wählte eine Nummer von einer zerknitterten Papierliste. Dabei zitterten seine Hände. Kirsten wartete gespannt ab, worauf er hinauswollte. Kurz darauf hatte er jemanden am Apparat, der Vilhelm Munk hieß und ein ehemaliger Nachbar der Brixens auf Ulvshale gewesen war. Jesper fragte ihn nach dem Tierseuchenausbruch auf einem der Höfe damals. Dann nickte er und legte auf. Sein Gesicht war steinhart.

»Was ist?«, wollte Kirsten wissen.

»Komm mit!« Jesper lief zur Scheunentür.

»Wo willst du hin?«

»Etwas klarstellen.«

Kirsten folgte ihm und hob draußen vor der Scheune den Blick gen Himmel. Der Hubschrauber hatte sich bereits entfernt und schwirrte weiter hinten über die Hügel. Sein Suchscheinwerfer war wie der Beamstrahl eines UFOs. Jesper hastete über den Feldweg zur Straße und wandte sich Richtung Dorf. Der Asphalt vor ihnen leuchtete im Licht des Vollmonds wie ein helles Band. In der Ferne lagen die Häuser des Ortes Mandemarke, dahinter konnte Kirsten die gewellten Felder ausmachen und weiter unten das Meer.

Jesper öffnete das Gartentor, das zum Grundstück des ersten Hofs am Ortseingang führte. »Bed and Breakfast«, stand auf einem Schild davor.

»Was hast du vor?«, rief sie ihm so leise wie möglich hinterher. Sie bemerkte, dass sich einige Dorfbewohner in der Nähe versammelt hatten. Der Lärm des Hubschraubers und das Aufgebot an Polizei und Rettungskräften hatten sie aus ihren Häusern getrieben.

»Warte es ab«, antwortete Jesper, ohne sich zu erklären.

»Nein, du sagst es mir sofort!«

»Gleich.« Er lief auf die Haustür zu.

»Scheiße!«, zischte Kirsten und bereute es, ihn nicht außer Dienst gestellt zu haben. Er war eine tickende Zeitbombe, vollkommen außer Kontrolle. Aber wie sollte sie ihn jetzt noch aufhalten, ohne die Aufmerksamkeit aller neugierigen Schaulustigen auf sich zu ziehen? Nervös hetzte sie ihm durch den reichlich verwüsteten Garten des Hofs hinterher und schloss zu ihm auf, als er gerade dabei war, an dem Wohnhaus zu klingeln. Dessen Fenster waren hell erleuchtet, und erst in diesem Moment fiel Kirsten auf, dass von dort niemand herausgekommen war, um das Geschehen zu beobachten.

Die Tür ging auf und ein untersetzter grauhaariger Mann blickte ihnen stumm entgegen. Seine Augenringe waren mindestens genauso dunkel wie die sämtlicher Polizeibeamter, die an dem Fall beteiligt waren.

»Ja bitte?«, fragte er mit heiserer Stimme.

»Vinther und Bæk von der Mordkommission Kopenhagen«, übernahm Kirsten rasch die Begrüßung, bevor Jesper etwas Unüberlegtes tun konnte und man ihnen deswegen hinterher einen Formfehler vorwarf. Argwöhnisch beäugte sie ihren Kollegen, weil sie nach wie vor nicht wusste, was er im Schilde führte.

»Herr Brixen, ist Ihre Frau zu Hause?«, fragte er prompt.

»Nein, sie ist unterwegs. Besucht eine Freundin in Stege. Was hat dieser Aufmarsch zu bedeuten?« Der Mann deutete mürrisch in Richtung Straße.

»Ihnen gehört doch die Scheune dort drüben auf der Weide?«, fuhr Jesper fort, während er den Mann nicht aus den Augen ließ.

Herr Brixen nickte.

»Und Sie haben vorhin keinen Schuss gehört?«

»Einen Schuss?« Brixen zog das Kinn ein. »Nein. Ich hatte den Fernseher an. Da lief ein Krimi.«

»Na klar«, entgegnete Jesper sarkastisch.

Was zur Hölle hatte er vor? Kirsten hielt sich bereit, für den Fall, dass er überreagierte und handgreiflich wurde.

Doch Jesper blieb erstaunlich ruhig, als er seinen nächsten Satz hervorbrachte. »Wir wissen, dass es der Brixen-Hof auf Ulvshale war, auf dem damals die Tollwut ausgebrochen ist!«

In dem Moment ging in Herr Brixens Gesicht eine Veränderung vor sich. Seine eben noch ablehnende Haltung verlor an Spannung. Kraftlos ließ er die Schultern hängen, und sein Blick wanderte beinahe desillusioniert an ihnen vorbei in die Ferne, als sähe er dort am Horizont etwas davonsegeln, das er nicht mehr erreichen konnte. Kirsten war überrascht von dieser Reaktion.

Brixen seufzte tief. Dann sagte er langsam: »Ja, Sie haben recht, es war der Hof der Eltern meiner Frau.«

Ohne Vorwarnung holte Jesper seine Handschellen hervor. »Sie kommen mit uns! Ich verhafte Sie wegen dreifachen Mordes, Entführung in mehreren Fällen und wegen des versuchten Mordes an meiner Kollegin!«

»Wow, wow, Moment!« Kirsten ging dazwischen. »Kannst du mir vielleicht mal erklären, warum wir das tun?«

Jesper deutete in Richtung Brixen. »Das kann er dir gerne sagen. Er weiß genau, worum es geht. Nicht wahr?«

Herr Brixen nickte erneut stumm.

»Das nehme ich als vorläufiges Geständnis.« Jesper wollte dem Mann die Handschellen anlegen, doch Kirsten hielt ihn nach wie vor davon ab.

»Verdammt, Jesper! Ich will eine Erklärung. Was geht hier vor?«

Er sah sie an. In seinem Gesicht zuckte es. Ob es die unterdrückte Wut war oder leichter Wahnsinn, konnte sie nicht deuten.

»Es ist ein Rachefeldzug von ihm und seiner Frau, Bettina Brixen.« Jesper wies auf den Ehemann, der noch immer nichts sagte. »Im Frühjahr 1991 gab es auf dem Brixen-Hof auf Ulvshale einen Tollwutausbruch, weshalb alle Tiere getötet werden mussten. Vermutlich hängt damit auch der Tod der kleinen Line zusammen. Wird interessant zu erfahren, wie. Sicher ist, dass die Morde an Dahl, Piil und Østerby von Herrn und Frau Brixen begangen wurden – aus Rache. Fast jeder, der daran beteiligt war, dass die Tollwut sich von Lindholm aus ausbreiten konnte, ist tot. Und einer von den beiden hat Lykke mit der Schrotflinte angeschossen, die sie bei Østerby gestohlen haben. Lykke war ihnen auf der Spur und drohte, ihre letzte Tat zu vereiteln: den Direktor der Versuchsinsel umzubringen! Lårup ist der Einzige, der noch übrig ist.« Er fixierte Brixen. »Wo haben Sie ihn hingebracht? Und wo ist Ihre Frau?«

Kirsten fiel auf, dass Herr Brixens Lippen zitterten. Er war kreidebleich geworden. Es schien ein Schock für ihn zu sein, dass jetzt alles rauskam und die Wucht der Konsequenzen ihn zu überrollen drohte.

»Ich wiederhole«, sagte Jesper kühl, »wo ist Ihre Frau und wohin hat sie den Direktor gebracht?«

»Sagen Sie es uns, Herr Brixen!«, drängte nun auch Kirsten. »Vielleicht können wir ihn noch retten.«

Herr Brixen stand da. Schweigend.

»Wir wissen, dass Sie und Ihre Frau sämtliche Opfer symbolisch platziert haben«, sagte Jesper. »Dahl vor dem Wolfsgesicht als Symbol für den Fenriswolf, der Ragnarök heraufbeschworen hat – er steht für den Untergang der Welt. Der Welt Ihrer Frau. Roger Østerby lag im Schilf wie die Fuchsköpfe, mit denen das Unglück seinen Anfang genommen hat. Und Piil ist in seinem Haus in Anwesenheit seiner Familie gestorben …«

Herr Brixen flüsterte etwas, doch sie verstanden seine Worte nicht.

»Wie bitte?«, fragte Jesper.

»Piil ist gestorben wie ihr Bruder«, wiederholte er schleppend.

»Wie wessen Bruder?«

»Bettinas. Er ist damals an der Tollwut gestorben, die auch den gesamten Viehbestand ausgelöscht hat«, erklärte Brixen.

Scheiße, dachte Kirsten, warum wussten wir nichts davon?

»Sie haben kaltblütig Menschen getötet, nur um Ihre Rache zu bekommen.« Jesper packte Brixen am Kragen. Kirsten hinderte ihn nicht daran. »Sagen Sie endlich: Wo – ist – Ihre Frau?«

Brixen presste die Lippen aufeinander. Jesper schüttelte ihn noch einmal, erreichte jedoch nichts.

Kirsten legte Jesper eine Hand auf den Arm. »Lass ihn. Wir nehmen ihn mit und drehen ihn in der Zentrale durch den Wolf. Er wird schon reden.«

»Aber dann ist es zu spät! Wir haben keine Zeit. Wahrscheinlich killt seine Frau gerade Lårup. Sie wird es zu Ende bringen. In ihren Augen ist er der Kopf des Ganzen. Der Direktor von Lindholm.« Plötzlich stutzte er und ließ von Brixen ab. »Natürlich! Ich weiß, wo sie ist! Und ich hatte doch recht, dass ich jemanden gesehen habe, als wir dort waren.«

»Was zum Teufel hast du gesehen? Was redest du da, Jesper?«, fragte Kirsten.

»Na, auf Lindholm. Da war jemand, als ich mit Marit herumgeführt wurde. Aber nicht Rask, wie ich geglaubt habe, sondern Frau Brixen. Auf Lindholm hat alles begonnen. Habe ich recht? Und dort soll es zu Ende gehen.« Plötzlich packte Jesper Brixen erneut und schüttelte ihn. »Wo ist Marit? Wo haben Sie sie hingebracht?«

»W... was?« Brixen blinzelte.

»Unsere Kollegin Marit Rauch Iversen, mit der ich vor ein paar Tagen bei Ihnen war. Raus damit! Wo ist sie?« Jesper war vollkommen außer sich. Er drückte Brixen gegen die Hauswand und hob drohend die Faust.

»A... aber die haben wir nicht«, stammelte Brixen.

»Lüg mich nicht an!«

»Ich lüge nicht. Diese Marit haben wir nicht. Warum auch?«

»Weil sie euch auf die Schliche gekommen ist – genau wie die andere Polizistin, die ihr in der Scheune habt liegen lassen, damit sie verreckt!«

»Nein! Mit Marit haben wir nichts zu tun. Wir haben ihr nichts getan.«

»Das glaube ich nicht!« Jesper presste ihm den Unterarm gegen den Hals. Seine Zähne waren gebleckt und aus seinen Augen stach heiße Wut.

Schließlich ging Kirsten dazwischen. »Jesper, lass ihn los!«

»Fuck, nein! Er weiß, wo Marit ist!«

»Das kann sein«, sagte Kirsten ruhig. »Aber wir wissen auch, wo seine Frau ist.«

Jesper hielt Brixen noch einen Moment lang fest, ehe er von ihm abließ. »Scheiße!«, zischte er, und Kirsten spürte, wie gerne er dem Mann eine verpasst hätte. Doch das wäre nicht gut für sie alle.

Jesper stierte Brixen an. »Wir holen uns jetzt deine Frau. Und dann sperren wir euch beide für immer weg!« Er packte Brixen, legte ihm die Handschellen an und schob ihn zusammen mit Kirsten in Richtung Straße, auf der inzwischen mehrere Streifenwagen eingetroffen waren. Gemeinsam übergaben sie den Verhafteten an die Kollegen. Danach funkte Kirsten den Helikopter an. Keine fünf Minuten später landete er vor ihnen auf der Straße und nahm sie an Bord. Noch während sie abhoben, gab Kirsten an sämtliche Einsatzkräfte durch, dass sie die Mörder entlarvt hatten und mit allen Kräften nach Bettina Brixen suchten. Ihr Ziel: Lindholm.

77. KAPITEL

Irgendwo in der Nacht

Es ruckelte unter ihm und die Stöße gingen durch seinen ganzen Leib. Sein Hinterkopf schlug wiederholt auf dem harten Untergrund auf. Bent Lårup versuchte, die Augen zu öffnen. Seine Lider waren schwer wie Blei und wollten ihm kaum gehorchen. Es war, als träumte er, dass er aufwachte, tat es jedoch in Wirklichkeit nicht. Er wachte nur im Traum auf. Seine Glieder fühlten sich an wie gefesselt. Angekettet auf etwas Hartem, das mit ihm rumpelnd durch eine unbekannte Dunkelheit fuhr. Hatte er einen Schlaganfall erlitten und wurde auf einer Trage durch ein Krankenhaus gerollt? Bent Lårup blinzelte, dennoch konnte er nicht viel erkennen. Über ihm hing ein Licht, das ihn blendete. War das die Lampe über einem Untersuchungstisch?

»Hej«, wollte er sagen, »ich bin hier, kann euch aber nicht sehen.« Leider brachte er wegen seiner ausgedörrten Kehle lediglich ein Krächzen zustande. Hinzu kam, dass er seine Arme nicht heben konnte. Oh mein Gott, es war ein Schlaganfall und er war gelähmt!

Panik breitete sich in ihm aus, doch der Adrenalinschub klärte gleichzeitig seine Sicht. Es war nach wie vor dunkel um ihn herum, und der helle Punkt über ihm war keine Lampe … Er runzelte die Stirn. War das der Mond? Rollte man ihn im Freien zu einem Krankenwagen? Er drehte den Kopf, entdeckte nirgends Blaulicht oder eine neongelbe Ambulanz. Alles, was er wahrnahm, waren dunkle Schemen von Gebäuden, die gespenstisch still an ihm vorbeiglitten.

Wieder ruckelte es unter ihm und sein Gefährt, was auch immer das sein mochte, fuhr um eine Kurve. Der Ausblick veränderte sich. Jetzt ragte ein hoher Schornstein vor ihm auf. Dahinter hingen unzählige Sterne am Nachthimmel. Der Schornstein kam ihm merkwürdig bekannt vor. Er hob den Kopf, soweit es ihm möglich war, und spähte über seinen flach liegenden Körper hinweg. Auf dem Weg liefen zwei helle parallele Linien auf ein großes Tor in dem Gebäude zu, neben dem der Schornstein stand. Plötzlich wusste er, wo er war. Das waren Schienen, die da im Mondlicht glänzten. Die Gleise einer Schmalspurbahn. Und das Haus mit dem Schornstein war das alte Krematorium auf Lindholm. Er war auf seiner Insel!

Unter ihm bollerte und knirschte es, während er sich langsam auf das Tor zubewegte. Erst jetzt nahm er wahr, dass hinter ihm jemand angestrengt atmete. Erschrocken wollte er etwas sagen, doch seine Lippen waren noch immer wie zugeklebt, wie vorhin, als er gedacht hatte, er träumte. Aber das hier war kein Traum. Er versuchte, denjenigen zu erkennen, der ihn schob. Stechende Schmerzen in seinem Hals stoppten ihn. Etwas hielt ihn gefangen, festgebunden auf der Flachlore, die dem Krematorium immer näher kam. Es musste doch ein Traum sein. Das alles war so absurd, dass es gar nicht anders möglich war.

Die Lore hielt an. Der Schornstein ragte direkt vor ihm in den Himmel auf. Ein schwarzer Finger wie ein Mahnmal. Im hellen Licht des Vollmondes konnte Bent Lårup nun jedes Detail seiner Umgebung erkennen, jeden Riss im weißen Putz der Mauern, die dunklen Dachziegel, die Eisenbeschläge am Tor … und seine Füße, die mit Klebeband gefesselt waren.

Er spürte, wie ihn eine Hand berührte, und zuckte zusammen.

»Willkommen in deinem einstigen Reich«, sagte eine gedämpfte Stimme. »Aber heute werde ich der König sein … und ich werde ein Urteil über dich sprechen!«

Bent Lårup riss die Augen auf und wollte schreien, doch das Klebeband auf seinem Mund erstickte jeglichen Laut. Das Tor öffnete sich und gab den Blick in das Innere des Krematoriums frei. Laternen erleuchteten den großen Vorraum zur Brennkammer. Die Schienen führten direkt darauf zu.

78. KAPITEL

Auf der Straße

Marit klammerte sich am Rücken eines Mannes fest, den sie »den Wolf« nannten. Ohne einen Stopp einzulegen, fuhren sie durch die Nacht. Der Mond stand hell am Himmel und beleuchtete die Landstraße, die sich als gerades Band durch die Landschaft zog. Links und rechts flogen immer wieder Häuser und kleine Dörfer vorbei. Rask drosselte das offensichtlich frisierte Moped nur vor Bodenwellen, bei denen sie fast abhoben und Marit jedes Mal einen schmerzhaften Schlag erhielt.

Mit zusammengepressten Zähnen drückte sie sich gegen Rask, die Axt auf seinem Rücken klemmte zwischen ihnen. Sie musste durchhalten. Musste es schaffen, auf dem Moped zu bleiben. An ein Abspringen war nicht zu denken. Das hätte sie selbst bei langsamerem Tempo nicht geschafft, ohne sich noch mehr zu verletzen. Was Pettersen ihr angetan hatte, reichte, um sich elend zu fühlen. Und leider gab es keinerlei Ampeln auf dem Weg, bei denen Rask hätte anhalten müssen. Also ertrug sie es. Irgendwann würde diese Höllenfahrt zu Ende sein.

Sie sah das Ortsschild von Stege an sich vorbeirauschen und atmete auf. Hier würden sie hoffentlich kurz irgendwo anhalten und Marit könnte abspringen. Im nächsten Augenblick bog Rask bei der ersten Abzweigung nach rechts ab. »Ulvshale«, las sie auf einem Wegweiser. Er wollte doch nicht etwa auf die Halbinsel?

Sie knatterten durch ein Wohngebiet mit kleinen Einfamilienhäusern. Marit hatte keine Ahnung, wie spät es war, aber sie hätte gerne laut um Hilfe geschrien, um auf sich aufmerksam zu machen, wagte es jedoch nicht, weil sie nicht wusste, wie Rask darauf reagieren würde. Also presste sie sich weiterhin an ihn und hoffte, dass alles gut gehen würde.

Plötzlich legte Rask sich auf dem Sattel schräg und schlitterte mit einem ausgestreckten Bein in die Einfahrt eines Werkstattbetriebes. Dort befand sich eine große Halle mit einem angegliederten Wohnhaus. Diverse Firmenfahrzeuge parkten auf dem Hof, und die Leuchtreklame über der Halle gab Auskunft darüber, dass sie ihr Ziel erreicht hatten.

»VVS Service Pettersen.«

Rask stoppte das Moped, und Marit musste ihn loslassen, als er vom Sitz sprang. Wackelig hielt sie sich auf ihren Beinen und beobachtete, wie Rask die Axt von seinem Rücken nahm und damit auf die Tür des Wohnhauses zustürmte. Mit wachsender Verzweiflung sah Marit sich um. War von irgendwo Hilfe zu erwarten? Im Haus gegenüber brannte Licht. Sie könnte sich dort hinschleppen, an die Tür hämmern und nach einem Telefon fragen.

Ein splitterndes Krachen drang an ihr Ohr und sie schnellte herum. Rask hatte die Axt in Pettersens Haustür geschlagen.

79. KAPITEL

Lindholm

Im Vorraum zur Brennkammer ließen mehrere Gaslampen ihr flackerndes Licht über die Wände tanzen. Es roch nach verlassenem Gemäuer und Chemikalien. War das Formaldehyd?

Trotz der Schmerzen in seinem gepeinigten Leib wand sich Bent Lårup hin und her, doch die Fesseln hielten ihn auf der Flachlore gefangen. Der Kerl, der ihn entführt hatte, ignorierte seine Befreiungsversuche und schob die Lore bis vor die Stahltür der Brennkammer. Danach schloss er das große Tor des Krematoriums. Bent Lårup hörte seine Schritte durch den leeren Raum hallen. Früher hatten hier Dutzende von Loren gestanden, voll mit Tierkadavern, die darauf gewartet hatten, verbrannt und somit unschädlich gemacht zu werden in Bezug auf eine Ansteckungsgefahr.

Was hatte der Kerl mit ihm vor? Wollte er ihn etwa auch verbrennen? Einäschern wie die Tiere? Oh Gott! Warum? Was … hatte er ihm bloß getan, dass er so etwas Grausames vorhatte?

Mit einem Mal fiel dem Direktor ein, dass es nach der Stilllegung sämtlicher Anlagen auf der Insel gar keine Brenngaszufuhr mehr gab, alle Tanks waren geleert worden. Er konnte also gar nicht verbrannt werden. Himmel sei Dank! Mit einem Seufzer legte Bent Lårup den Kopf zurück. Das war also alles nur eine Drohung. Man wollte ihm Angst einjagen und ihn verhöhnen. Steckten militante Tierschützer dahinter? Wollten sie Rache nehmen, stellvertretend für die vielen Tiere, die er getötet hatte? Was für ein verblendeter

Quatsch. Das würde er dem Kerl sagen, wenn der ihn endlich von dem Klebeband befreite.

Er stieß einige Laute aus, um zu signalisieren, dass er reden wollte. Doch der Kerl scherte sich nicht darum. Er ging durch den Raum und bückte sich nach einem Gegenstand, der auf dem Boden lag. Ein großer schwarzer Rucksack. Der Mann selbst trug einen dunkelblauen Ganzkörperoverall und einen Motorradhelm. Er schien allein zu sein, denn Lårup konnte nirgendwo weitere Gestalten entdecken. Der Rachefeldzug eines einzelnen Aktivisten. Das war gut, vielleicht konnte er ihn überreden, seinen Plan zu verwerfen. Es gab keine aufgeheizte Gruppendynamik, die ihn taub für die Vernunft machte.

Wieder stieß er hinter dem Knebel ein paar Worte aus. Der Kerl drehte seinen Kopf. Das Visier am Helm war heruntergelassen, Lårup konnte darin sein eigenes Spiegelbild erkennen. Ein Schauer raste durch seinen Körper.

Der Mann ließ den Rucksack zu Boden fallen, was ein metallisches Scheppern verursachte, und beugte sich über Lårup, der fast ohnmächtig vor Angst wurde. Doch er versuchte, sich zusammenzureißen. Er war schließlich der Direktor. Und das hier war seine Insel!

»Hmm, hmmm«, brummte er mit Nachdruck hinter dem Knebel. Plötzlich schnellte die Hand des Mannes vor und riss ihm das Klebeband ab.

Lårup stieß einen schmerzerfüllten Laut aus und funkelte den Kerl wütend an. »Was zum Teufel wird das? Wenn das ein Spielchen ist, um mich einzuschüchtern, vergiss es! Ich bereue nichts von dem, was ich getan habe. Ich habe mein Leben der Wissenschaft gewidmet, das ist mehr, als du jämmerliche Kreatur jemals zustande bringen wirst! Und nun binde mich sofort los und lass mich gehen!« Er rüttelte an seinen Fesseln, während der Kerl weiter über ihm stand und auf ihn hinabglotzte.

»Was ist? Bist du taub?«, brüllte Lårup.

Ohne etwas zu äußern, wandte der Kerl sich von ihm ab.

»Wo willst du hin? Binde mich gefälligst los!« Mit wildem Blick verfolgte Lårup, wie der Mann sich nach dem Rucksack bückte. Er hörte, wie der Reißverschluss aufgezogen wurde.

»Ich werde schreien, wenn du mich nicht gehen lässt!«

»Du kannst so viel schreien, wie du willst, alter Mann«, antwortete die gedämpfte Stimme hinter dem Visier. »Es wird dir nichts nützen. Das war doch der Grund, warum ihr das Labor auf einer Insel errichtet habt, oder nicht? Damit niemand die Schreie der gequälten Tiere hört!«

Lårup presste die Lippen aufeinander. Eines dieser typischen Vorurteile über Lindholm und die beispiellose Arbeit, die sie hier geleistet hatten. Langsam wurde er wütend. »Wer bist du verdammt noch mal? Und was willst du?«

Der Kerl ließ von dem Rucksack ab und hob beide Hände. Allerdings nicht, um sie Lårup um den Hals zu legen, sondern um sich den Helm abzunehmen. Überrascht stellte Lårup fest, dass sich darunter eine Frau verbarg. Und jetzt erinnerte er sich auch an sie und an das, was sie getan hatte. Es war die Fahrerin des Fahrdienstes, die ihm ein Tuch mit Chloroform auf Mund und Nase gedrückt hatte. Aber warum hatte sie ihn entführt?

Die Frau musste seine Verwirrung wahrgenommen haben, denn sie lächelte milde. »Keine Sorge, ich habe nicht erwartet, dass Sie mich kennen. Schließlich haben Sie sich nie um die Menschen geschert, die rund um Ihr beschissenes Labor wohnten und jeden Tag darauf blicken mussten!«

Also hatte er recht. Es war tatsächlich eine Aktivistin. Eine ein wenig in die Jahre gekommene zwar, denn ihr Haar war bereits ergraut, aber er kannte diesen Schlag Leute. Er wollte gerade zu einer Belehrung ansetzen, da legte die Frau einen behandschuhten Finger auf seine Lippen.

»Jetzt rede ich«, sagte sie. »Wie schon gesagt, heute bin ich der König. Oder die Königin, wenn Sie so wollen. Zum ersten Mal in Ihrem Leben werden Sie zuhören, denn ich will Ihnen eine Geschichte erzählen. Von einem kleinen Jungen.«

Lårup verzog das Gesicht. Was sollte das werden? Eine Märchenstunde? Er setzte an, zu protestieren.

»Schhhh!«, brachte die Frau ihn zum Schweigen. »Oder soll ich Ihnen den Mund wieder zukleben?«

Hastig schüttelte er den Kopf.

»Gut, dann sperren Sie Ihre Ohren auf. Es geschah im Frühjahr 1991 auf Ulvshale, in Sichtweite Ihrer verfluchten Insel!«

80. KAPITEL

Im starrenden Strome stehn da und waten
Meuchelmörder und Meineidige.
Da saugt Nidhöggr die entseelten Leiber,
Der Menschenwürger: Wisst ihr, was das bedeutet?

(Ältere Edda, 1. Völuspá, Der Seherin Weissagung, Vers 43)

*

Frühjahr 1991 – Ulvshale, Møn

Bettina stand am Bett ihres Bruders. Palle war bleich wie der Tod.

Die Ärzte hatten gesagt, dass es keine Rettung mehr für ihn gebe. Palle würde sterben. Es war zu spät. Die Infektion in seinem Gehirn war bereits zu weit fortgeschritten.

Es existierte zwar einen Impfstoff, ein Heilmittel, sagten sie. Doch diesen musste man rechtzeitig verabreichen. Zeigten sich die ersten Symptome, galt es, rasch zu handeln. Aber Bettina und ihre Eltern hatten nicht begriffen, wie ernst es war, als Palle vor ein paar Tagen mit Kopfschmerzen und Fieber aufgewacht war. Als er zudem über Bauchweh geklagt und sich übergeben hatte, hatten sie es für eine Grippe gehalten. Sie verabreichten ihm Tabletten, kochten ihm Suppe und machten ihm Wadenwickel. Auch der Hausarzt erkannte nicht, was wirklich los war. Alles sah nach einer Grippe aus, wie Kinder sie in den Übergangszeiten öfter mal bekamen.

Bettina durfte nicht in Palles Zimmer. Ihre Eltern wollten nicht, dass sie sich ansteckte. Sie hing sehr an ihrem älteren Bruder und bangte um sein Wohlergehen. Die Geräusche, die sie durch die geschlossene Tür hörte, klangen besorgniserregend. Am dritten Tag begann Palle, unkontrolliert zu keuchen und zu schreien. Er wollte nichts mehr trinken und schlug wie wild nach dem Wasserglas, wenn sie es ihm hinhielten. Die Eltern waren ratlos. Bettina hatte Angst. So etwas hatte sie noch nicht erlebt. Am vierten Tag bekam Palle Krämpfe. Er verdrehte die Augen und wurde steif. Der Hausarzt, der erneut herbeigerufen wurde, war überfragt und alarmierte schließlich den Notarzt. Menschen rannten aus dem Zimmer und wieder hinein, und Bettina nutzte die Gelegenheit, einen Blick auf ihren Bruder erhaschen. Sein Gesicht war grau, und schäumender Speichel lief aus seinem Mund. Er fletschte die Zähne und bog den Kopf auf dem verschwitzten Kissen so weit zurück, dass sie jeden Muskel in seinem Hals erkennen konnte. Dabei drang ein unmenschliches Gurgeln aus seiner Kehle. Es war, als wäre er von einem Wolf besessen.

Bettina musste an den Nachbarssohn denken, der vor wenigen Monaten ihre Spielfreundin Line Frederiksen umgebracht hatte. Hans Erik, der Junge, mit dem sie aufgewachsen war. Ihn nannten sie jetzt den »Wolf von Møn«. Ob er etwas mit Palles Krankheit zu tun hatte? War der Wolf auch über ihren Bruder gekommen, klammheimlich in der Nacht, ohne dass sie es bemerkt hatten?

Bettina schüttelte sich vor Kälte und Grauen. Sie vergrub ihr Gesicht in den Händen und betete zu Odin, Thor und Freya, dass sie für Palle kämpfen mochten, dass sie den bösen Wolf in die Flucht schlugen. Plötzlich spürte sie eine Berührung an ihrer Schulter. Es war ihr Vater, der traurig auf sie herabblickte. Obwohl sie erst neun Jahre alt war, wusste sie, dass dieser Ausdruck in den Augen eines Erwachsenen nichts Gutes bedeutete. Sie fing an zu weinen.

»Nein«, schrie sie. »Nein, nein, nein!«

Ihr Vater nahm sie in den Arm und drückte sie fest an sich. »Es tut mir leid, Kleines«, sagte er tränenerstickt.

»Es war der Wolf, habe ich recht?«, fragte Bettina zwischen zwei Schluchzern. »Fenrir ist bei Palle. Er wird ihn fressen!«

Der Vater strich über ihren Rücken. »Nein, es ist nicht der Wolf. Es ist eine Krankheit. Sie nennt sich Tollwut.«

Nun stand sie an Palles Bett und wartete darauf, dass es zu Ende ging. Die Ärzte hatten alles versucht, was in ihrer Macht stand, doch vergeblich. Sie konnten ihm nur noch einen schmerzfreien Tod schenken.

Voller Angst beobachtete sie ihren Bruder. Seine Arme waren am Bett festgebunden und sein Körper krampfte immer wieder, Schaum lief aus seinen Mundwinkeln. Zwischen seinen Zähnen klemmte ein Gummikeil, damit er sich nicht die Zunge abbiss. Sie hatten ihm ein Mittel verabreicht, leider schien es nicht zu wirken. Palle würgte vor Schmerzen.

Ihr Vater hatte ihr zwar verboten, sein Zimmer zu betreten, doch sie hatte sich heimlich zu ihm geschlichen, wollte dabei sein, wenn es geschah. Wenn der Wolf ihren Bruder mitnahm. Sie musste wissen, wie Fenrir aussah. Damit sie sich später bitterlich an ihm rächen konnte!

Palle starb noch am selben Abend. Auf Bettina wirkte es, als erstickte er. Sie sah dabei zu, bis die letzten Zuckungen seinen Körper durchliefen. Dann war er tot.

Sie durfte ihren Bruder nicht berühren wegen der Ansteckungsgefahr, aber sie ging so nahe wie möglich heran und betrachtete seine blasse Haut und die halb geöffneten Augen. Sie inspizierte seine Brust, die sich nun nicht mehr hob und senkte. Ja, der Wolf hatte ihn mit sich genommen. Leider war Fenrir unsichtbar gewesen, hatte seine wahre Gestalt ihr gegenüber verborgen. Aber wenigstens konnte er ihr oder ihren Eltern jetzt nichts mehr tun. Fenrir war fort. Palle auch. Ob Odin ihren Bruder an seiner Tafel aufnehmen würde? Sie hoffte es. Der Gedanke, dass er als stolzer Krieger in Gesellschaft all der anderen in Valhalla saß und fröhlich das Trinkhorn hob, tröstete sie.

Zwei Tage später schäumte die erste Kuh im Stall aus dem Maul. Es kamen viele Fahrzeuge und Menschen in Gummioveralls. Es war, wie sich Bettina den Krieg vorstellte; Leute mit waffenartigen Geräten in den Händen drangen bei ihnen ein und brachten den Tod. Keine der Kühe blieb am Leben. Eine Vorsichtsmaßnahme, wie es vonseiten der Männer in den Overalls hieß. Bei Tollwut durfte man kein Risiko eingehen. Nach dem Schlachten wurden die Leiber der Kühe mit Traktoren davongeschleppt und von großen Baggern auf Container-LKW verladen. Es tat Bettina in der Seele weh, zu sehen, wie die armen Tiere auf so furchtbare Weise abtransportiert wurden. Sie zog sich in ihr Versteck auf dem Dachboden zurück und spähte nur ab und zu aus dem runden Fenster hinunter auf das grausame Treiben im Hof. Ihre Eltern waren damit beschäftigt, Palles Beerdigung zu organisieren, und achteten nicht groß auf sie. Sie waren in ihrer eigenen Trauer gefangen.

Als der Stall leer war und das Herz von Palle schon lange nicht mehr schlug, wurde es ruhig auf dem Hof. Bettina saß an ihrem Dachbodenfenster und beobachtete, wie der letzte Lastwagen davonfuhr. Unten in der Wohnung rührte sich nichts. Nicht einmal ihre Mutter weinte noch. Der frostige Atem der Eisriesen hatte sich über ihr Haus gelegt. Fern waren die Götter.

81. KAPITEL

Lindholm

»Ich habe irgendwann erfahren, wo die Tollwut herkam!«, sagte die Frau, von der Bent Lårup nun wusste, dass sie Bettina Brixen hieß und von Ulvshale stammte.

Er schüttelte den Kopf. »Dass Ihr Bruder auf diese furchtbare Weise starb, ist traurig, aber das war doch nicht meine Schuld!«

»Du leugnest es noch immer!«, entgegnete Bettina Brixen wütend.

»Nein, das tue ich nicht!«

Sie lachte auf. »Lüg mich nicht an. Du hast sogar geholfen, die Sache zu vertuschen. Du bist der Kopf der Midgardschlange. Ich weiß, was du getan hast. Du und die anderen. Ich habe den Mann befragt, der damals dabei war.«

»Ach ja? Wen denn?«

»Hans Erik Rask!«

Nun lachte Lårup. »Der zurückgebliebene Kindermörder? Und dem glaubst du?«

»Das tue ich. Denn er ist das, was du nicht bist. Aufrichtig und ehrlich.«

»Ehrlich?« Wieder lachte Lårup. Was hier geschah, war alles ein einziger Wahnwitz!

»Ich habe Rask besucht, nachdem er aus der Haft entlassen wurde. 31 Jahre musste ich warten, bis ich mit dem Wolf von Møn sprechen konnte. Vorher wäre es aufgefallen, weil sämtliche Besucher des Gefängnisses amtlich vermerkt werden. Und ich wollte verhindern, dass sie meinen Namen jemals herausbekamen. Ich habe mich als Journalistin ausgegeben und Hans Erik befragt. Er hat mich nicht erkannt, aber er hat mir alles über den Vorfall damals auf Lindholm geschildert. Er konnte sich zwar nicht mehr an den Mord an der kleinen Line erinnern, aber an alles davor. Und er verfügt über ein sehr gutes Gedächtnis, genau wie du. Mit dem Unterschied, dass du die Wahrheit verschwiegen hast. Die Tollwut stammte von dieser verfluchten Insel, und du hast es so aussehen lassen, als käme das Virus von woandersher. Ich erzähle dir jetzt, was wirklich geschehen ist und was Hans Erik mir berichtet hat: Asger Dahl wurde eines Tages ein Sack mit Fuchsköpfen zur Entsorgung ausgehändigt. Er sollte ihn bis zum Abend ins Krematorium bringen, doch er vergaß es. Als es ihm wieder einfiel, war er zu besoffen, um noch rational zu handeln. Er hatte mit Martin Piil ordentlich gezecht und ging zusammen mit ihm zu Rask, der für die Einäscherungen zuständig war. Leider erfuhren sie von ihm, dass die Anlage für diesen Tag bereits abgeschaltet war. Da hatte Martin Piil die schlaue Idee, den Sack einfach ins Meer zu werfen. Hopp und weg! Gedacht, getan, und so landete der Sack in der Bucht. An den folgenden Tagen herrschte Südwestwind, das habe ich in der nationalen Wetterdatenbank recherchiert. Der Sack wurde nach Ulvshale getrieben, wo er am Ufer im Schilf liegen blieb.«

»Was für ein Blödsinn!«, stieß Bent Lårup abwehrend aus. In Wirklichkeit wusste er, dass es stimmte, aber er musste Zeit gewinnen. Solange sie mit ihm redete, konnte er überlegen, wie er hier herauskam.

»Der Sack mit den Fuchsköpfen brachte das Virus zu uns nach Ulvshale«, fuhr Bettina Brixen fort. »Wie es in unseren Kuhstall gelangte, weiß ich nicht. Aber es war da, unsichtbar für uns alle, und dann leckte eine der infizierten Kühe meinem Bruder über die Hand, an der er sich zuvor verletzt hatte. Ihr Speichel drang in seine Blutbahn ein und damit das

Virus. Palle hatte keine Chance. Natürlich wusste er nicht, dass die Kuh infiziert war. Das wusste keiner von uns, denn das Tier hatte bis dahin keine Symptome gezeigt. Vermutlich, weil das Virus sich in seinem großen Körper nicht so schnell ausgebreitet hatte. Wir alle waren arglos, und als wir begriffen, was geschehen war, war es zu spät. Der Fluch kam von deiner Insel, und du hast nicht das Rückgrat besessen, diesen fatalen Fehler zuzugeben. Du widerst mich an! Deine Selbstgefälligkeit, mit der du stets über die Forschung gesprochen hast. Aber uns hast du den Tod gebracht. Du, Asger, Martin und dieser beschissene alte Sack Roger Østerby, der auch seine Finger mit im Spiel hatte. Roger war es, der in der Kneipe einem Kumpel nach ein paar Bier erzählt hat, dass mit dem Hund der Frederiksens etwas nicht gestimmt hatte. Dass er Schaum vom Maul hatte. Und dass da so ein merkwürdiger Sack mit Fuchsköpfen gewesen war, den sie bei der Untersuchung des Tatorts im Schilf gefunden hatten. Dieses Gespräch habe ich zufällig mitgehört und mir so meine Gedanken gemacht. Vielleicht ist es ja der Hund gewesen. Er hat sich bei den Fuchsköpfen angesteckt und ist danach zu unseren Kühen gegangen.«

Lårup wollte etwas sagen, aber sie redete einfach weiter.

»Ich weiß, dass es wahr ist. Und jetzt werde ich meinen Bruder rächen. Ich werde dich zum Leichenfresser Nidhöggr schicken.« Sie bückte sich und zog einen Gegenstand aus dem Rucksack. Es schien ein Werkzeug zu sein, eine überdimensionierte Zange mit Hydraulikzylinder am Griff.

»Mörder, Eid- und Ehebrecher erhalten ihre Strafe«, sprach sie feierlich mit düsterer Stimme. »Sie kommen vom Totenstrand Nastrand zu dem Saal, in dem Nidhöggr ihr Blut trinkt. Danach trägt der Menschwürger ihre Leichen auf seinen Flügeln über das Gebirge Nidafjöll und sinkt mit ihnen hinab. Hinab in die ewige Schwärze, hinab zu ewigen Schmerzen.

Dass soll deine Hölle sein. Fenrir, ich verfluche dich! Dein Leib soll verfaulen und dein Maul festgenagelt sein durch Tyrs Schwert, auf dass du in dieser Welt nie wieder Unheil stiften kannst!« Sie hob das Gerät und wollte es ihm in den Mund schieben, doch Lårup presste seine Kiefer zusammen. »Öffne dein Maul, du stinkender Wolf!«

Lårup drehte den Kopf so weit wie möglich zur Seite und wand sich in seinen Fesseln. Bettina Brixen packte grob seine Nase und hielt sie zu, zwang ihn, den Mund zu öffnen. Hartes Metall schlug gegen seine Zähne, die gar nicht mehr seine eigenen waren. Die Dentalbrücke brach ab und wurde in seinen Rachen gedrückt. Er schmeckte Blut und schrie.

»Es begann auf dieser unseligen Insel und hier wird es auch enden. Der Drache Nidhöggr wird das Fleisch von deinen Knochen reißen. Odin sei mein Zeuge!«

Lårup spürte, wie sie den Hydraulikhebel betätigte und sich seine Kiefer auseinanderbogen. Er wand sich hilflos und schrie immer verzweifelter. Dann knackte es in seinem Kopf und der Schmerz nahm ihm alle seine Gedanken.

82. KAPITEL

Stege, Møn

»Nein! Nicht!«, schrie Marit.

Wie ein Wilder riss Rask an der Axt, die in Pettersens Tür steckte. Er bekam sie frei und holte erneut aus. Die Schneide krachte in das Holz und die Tür erbebte in ihrem Rahmen.

Marit taumelte auf Rask zu und wollte ihn am Arm packen, doch er stieß sie mühelos beiseite. Gerade griffen seine großen Hände wieder nach dem Stiel der Waffe, als die Axt plötzlich mit der Tür nach innen schwang. Pettersen erschien im hell erleuchteten Eingang. Sein Gesicht war eine wutverzerrte Fratze. In einer Hand trug er eine Reisetasche, mit der anderen zog er die Axt aus dem Holz. Drohend ging er damit an Rask vorbei.

»Verschwinde, du Missgeburt! Sonst spalte ich dir den Schädel!« Er warf die Tasche in Richtung eines der Firmenwagen und fasste die Axt mit beiden Händen. Entschlossenheit blitzte in seinen Augen auf. Marit bemerkte eine blonde Frau in bunter Leggins, die sich im Flur des Hauses verborgen hielt.

»Glød! Du hast mein Haus angezündet!«, brüllte Rask, und es klang wahrhaftig gewaltig.

»Das Haus eines Kindermörders und dreckigen Heiden niederzubrennen, ist eine von Gott gesegnete Tat!«, gab Pettersen zurück. Eine Blutspur lief über seine rechte Gesichtshälfte, wo Rask ihn im Keller erwischt hatte. Sein Jochbein wirkte eingedellt und sein linkes Auge war zugeschwollen.

»Rufen Sie die Polizei!«, schrie Marit der Frau im Flur zu, doch die lehnte ab.

Verflucht, dachte Marit. Sie brauchte dringend Hilfe, wenn sie die beiden schweren Männer voneinander trennen wollte. Das schaffte sie nicht allein, schon gar nicht in ihrem Zustand.

Pettersen stand drohend vor dem Auto, und Rask fixierte ihn mit gesenktem Kopf wie ein Stier. Er war zum Angriff bereit. Wenn er so auf ihn zuliefe, würde Pettersen ihm buchstäblich den Schädel spalten.

»Hört auf!«, schrie Marit. »Beide! Pettersen! Geben Sie auf und stellen Sie sich!«

Pettersen fletschte die Zähne. »Nein, du dumme Schlampe. Das werde ich nicht tun. Ich bin doch nicht blöd!«

»Eine Flucht hat keinen Sinn. Wir werden Sie zur Fahndung ausschreiben. Das Fahrzeug, mit dem Sie fliehen wollen, ist viel zu auffällig!« Sie streckte einen Arm in Richtung des Firmenlogos aus. »Außerdem gibt es jede Menge Zeugen.«

»Genau«, sagte Pettersen grimmig. »Und einer davon bist du!«

»Und was ist mit Rask?«, entgegnete Marit. »Er hat gesehen, was Sie im Keller mit mir gemacht haben.«

Pettersen lachte laut auf. »Dem debilen Idioten glaubt doch niemand. Außerdem ist er es, hinter dem alle her sind. Ein pädophiler Massenmörder. Er hat diese ganzen armen Leute abgeschlachtet! Piil, Dahl, Østerby!«

»Østerby?«, wiederholte Marit irritiert.

»Da guckst du blöde. Hast du wohl nicht mitbekommen, was? Das Monster hat auch Roger Østerby auf dem Gewissen.«

Marit betrachtete Rask, der noch immer sprungbereit dastand. Dass Østerby ermordet worden war, entsetzte sie. Hastig warf sie einen Blick über die Schulter in den Hausflur. Doch von der Frau war nichts mehr zu sehen. Von ihr würde keine Hilfe kommen.

»Warst du in Nyord, Hans Erik?«, fragte sie an den großen Mann neben sich gewandt. »Sag es mir, sei ehrlich.«

»Nein. Ich war zu Hause auf Ulvshale. In Nyord war ich nicht.«

»Aber du kennst Roger Østerby?«

»Ja, den kenne ich. Das war der Polizist, der damals so gemein zu mir war.«

Pettersen lachte laut auf. »Gemein? Du hast die kleine Line umgebracht!«

Marit glaubte Rask. Er war es nicht, der Østerby auf dem Gewissen hatte. »Rask ist nicht der Mörder!«, rief sie. »Weder von der kleinen Line noch von den drei Männern. Gegen ihn wurde ein Komplott geschmiedet, an dem Sie und Ihr Vater beteiligt waren, Hardy.«

Ohne Vorwarnung stürzte sich Pettersen mit erhobener Axt auf sie.

Marit wollte ausweichen, da erhielt sie einen Stoß von Rask und verlor das Gleichgewicht. Reflexartig versuchte sie sich mit ihren von den Fesseln lädierten Handgelenken abzufangen und schrie auf. Als sie sich mit zusammengebissenen Zähnen herumrollte, sah sie, wie Pettersen die Axt gegen Rask schwang. Rask reagierte für seine große Körpermasse erstaunlich schnell und drehte sich weg, trotzdem erwischte ihn die scharfe Schneide am Arm. Es knackte hörbar, als ein Knochen in seinem Unterarm brach. Rask riss den Mund auf und brüllte seinen Schmerz in die Nacht hinaus. Nach dem Hieb taumelte Pettersen der schweren Axt hinterher, bekam sie wieder unter Kontrolle und schnellte damit zu Rask herum. Der hielt sich den Arm und starrte ihn hasserfüllt an.

»Muspels Brut ist böse, böse«, zischte Rask. »Aber ihr Riesen werdet Heimdall nichts tun!« Er setzte seinen gewichtigen Körper in Bewegung und rammte Pettersen, der die Axt nicht rechtzeitig in die Luft heben konnte. Sie glitt aus seinen Händen und fiel mit einem Klirren zu Boden.

Rask packte Pettersen am Hals und rang mit ihm im Stehen. Sie waren ungefähr gleich groß und gleich kräftig, der Ausgang dieses Kampfes war ungewiss.

»Du hast mein Haus angezündet!«, schrie Rask. »Du hast meine Eltern vertrieben!«

»Deine Scheißeltern«, keuchte Pettersen, während er sich mit aller Macht gegen Rask zur Wehr setzte. »Die sind längst tot! Verstehst du? Dein Vater hat sich umgebracht. Konnte nicht mit der Schande leben, dass sein Sohn ein Mörder ist. Und deine Mutter ist ihm vor Kummer ins Grab gefolgt. *Du* hast die beiden getötet, du dreckiger Heide!«

Als Rask diese Worte vernahm, hielt er inne. Sein Gesicht zeigte Verwirrung und Schmerz. »Tot?«, fragte er mit zitternder Stimme.

»Mausetot und längst verscharrt«, bestätigte Pettersen abfällig.

Rask ließ von ihm ab und taumelte rückwärts wie eine Aufziehfigur, deren Antrieb versagt hatte. Mit hängenden Armen stand er da. Bis ins Innerste erschüttert.

Marit registrierte, dass Pettersen die Gelegenheit nutzte und sich nach der Axt umschaute. Er entdeckte sie und griff danach.

»Und nun, mein Freund, ist an dieser Stelle Schluss!« Er wollte ausholen.

Im nächsten Moment kamen mehrere Streifenwagen auf den Hof geschossen. Polizisten sprangen heraus, erfassten die Situation und richteten ihre Waffen auf Pettersen. Sie riefen ihm zu, dass er die Axt fallen lassen sollte.

Pettersen zögerte. Er bleckte die Zähne wie ein tollwütiger Hund. Dann hob er die Axt.

Mehrere Schüsse fielen, während Marit am Boden kauerte und zusah, wie Pettersen von den Kugeln getroffen wurde und neben ihr auf dem Pflaster aufschlug. Sein Gesicht war starr, sein Blick noch immer voller Hass.

Mühsam stemmte sie sich auf die Füße und rief: »Feuer einstellen! Ich bin Marit Rauch Iversen, die Kollegin aus Kopenhagen. Ich wurde von Hardy Pettersen entführt. Er hat mich gefangen gehalten. Und das hier ist der Gesuchte, Hans Erik Rask!« Schützend stellte sie sich vor den Mann, der sie gleich zweimal gerettet hatte. »Er ist unschuldig!«

83. KAPITEL

Lindholm

Der Helikopter landete auf dem Vorplatz zum Anleger. Jesper, der sich gut an den ersten Besuch auf der Versuchsinsel erinnerte, bemerkte gleich, dass an dem langen Pier ein Boot vertäut lag. Ein privates Motorboot.

Er und Kirsten sprangen aus dem Hubschrauber und die Maschine hob wieder ab. Die Crew hatte die Order, weitere Kräfte nach Lindholm zu bringen, bis die Polizeiboote auf der Insel eintrafen. Die Mannschaften waren alarmiert und einige schnelle Motorboote mobilisiert worden, aber noch war von ihnen nichts zu sehen. Oder doch? Jesper verengte die Augen und entdeckte eine Bewegung auf der mondbeschienenen Wasseroberfläche der Bucht. Positionslichter, die sich näherten. Der Lärm des davonfliegenden Hubschraubers übertönte den Außenborder.

War das die Verstärkung?

Im nächsten Moment knackte es in Kirstens Funkgerät.

»Høyer an Vinther. Ich komme zum Anleger.«

»Lars!«, konstatierte Jesper genervt. Es war höchste Eile geboten, sie hatten keine Zeit, sich um einen übereifrigen Kollegen zu kümmern. »Sag ihm, er soll anlegen und dann warten, bis die anderen da sind. Ich will nicht, dass er uns in die Quere kommt!«

Kirsten richtete Lars aus, was Jesper gesagt hatte, und stellte das Gerät leiser. Sie wollten nicht, dass die Täterin sie hörte. Der Helikopter hatte Bettina Brixen mit Sicherheit vorgewarnt, aber sie sollte nicht merken, dass sie sich ihr bereits zu Fuß näherten.

Jesper und Kirsten liefen los. Durch das Mondlicht war es hell genug, und sie konnten die Taschenlampen ausgeschaltet lassen. Noch ein Vorteil für sie.

»Wo suchen wir zuerst?«, fragte Kirsten und sah sich ratlos zwischen den düsteren Gebäuden um.

»Keine Ahnung, lass uns einfach dort vorne anfangen.« Jesper prüfte die nächstbeste Tür. Sie ließ sich nicht öffnen. Sie rannten zum nächsten Gebäude, dort erwartete sie Ähnliches. Ebenso beim dritten Haus. Verschlossene Türen überall. Hatte Brixen einen Schlüssel zu einem der Labore und hockte nun irgendwo dort drinnen, ohne dass sie an sie herankämen?

Leise fluchend drehte sich Jesper um die eigene Achse. Wo zum Teufel könnten sie und der Direktor stecken?

»Ganz schön gruselig«, flüsterte Kirsten. Im Licht des Mondes wirkte ihr Gesicht wie ein geisterhafter Spiegel seiner eigenen Angst.

Vor ihnen ragte die dunkle Silhouette eines Schornsteins auf. Das Krematorium, dachte Jesper. Eine Gänsehaut lief ihm über den Rücken. Und plötzlich drang aus der Ferne ein Schrei zu ihnen.

»Das kam von dort drüben!«, rief Kirsten und zeigte auf den Schornstein.

»Das ist die alte Einäscherungsanlage.«

Mit großen Schritten hielten sie darauf zu und blieben vor dem geschlossenen Tor stehen.

»Drinnen brennt Licht!«, flüsterte Kirsten. »Und jemand wird gequält. Hörst du das?«

Jesper nickte. Die verzweifelten Schreie, die durch das Tor drangen, waren ihm nicht entgangen. Sie mussten rein! Aber das Tor machte einen verdammt schweren Eindruck.

»Wir können nicht auf die Verstärkung warten«, drängte Jesper. »Sie killt den Mann da drinnen!« Wie aufs Stichwort wurden die Schreie lauter.

Kirsten legte eine Hand auf den genieteten Stahl. »Okay, ich gehe als Erstes rein. Du folgst mir.«

»In Ordnung.« Jesper steckte seine Waffe ins Holster und packte mit beiden Händen den Bügelgriff des Tores. Als Kirsten ihm ein Zeichen gab, riss er an dem Griff. Das schwere Tor schwang auf und offenbarte das Innere des Krematoriums. Dort sahen sie im Licht mehrerer Gaslaternen eine kleine Flachlore auf Schienen stehen, auf der der Direktor festgebunden war. Bettina Brixen hatte ihm ein großes Werkzeug in den Mund geschoben. Es glich dem Flanschspreizer, der Jesper in Pettersens Werkstatt aufgefallen war.

Bei dem Geräusch des sich öffnenden Tores hatte Brixen den Kopf gehoben und nun starrten Jesper und sie einander an. Der eine mit einer Pistole in der Hand und die andere mit einer monströsen Zange, die Lårups Kiefer bereits ein Stück weit auseinandergezwungen hatte.

»Nehmen Sie das Werkzeug aus seinem Mund und legen Sie es auf den Boden!«, forderte Jesper Frau Brixen auf. Dabei ließ er sie nicht aus den Augen. Er wusste, dass sie eine Schrotflinte bei sich hatte, konnte die Waffe aber nirgendwo entdecken.

Brixen zögerte. Ihre Miene war wie versteinert und zeigte keine Regung. Jesper war sich sicher, dass sie wütend war, weil ihre Pläne durchkreuzt wurden und sie ihre Rache nicht vollenden konnte. Wäre sie so verrückt, sich erschießen zu lassen, nur um an ihr Ziel zu gelangen? Welchen anderen Ausweg gäbe es für sie? Ihr und ihrem Mann drohten dieselben 31 Jahre Haft, wie Rask sie bekommen hatte. Bei der Schwere ihrer Verbrechen womöglich sogar mehr.

»Frau Brixen. Seien Sie vernünftig und geben Sie auf. Sagen Sie mir, wo Sie unsere Kollegin Marit hingebracht haben. Ist sie auch hier?«

Bettina Brixen antwortete nicht.

»Noch einmal. Wo haben Sie unsere Kollegin hingebracht? Sie hat Ihnen nichts getan, ist nicht Teil Ihrer Rachepläne.« Jesper zielte nach wie vor mit der entsicherten Waffe auf Brixens Brust. Sein Instinkt sagte ihm, dass Kirsten hinter ihm dasselbe tat. Frau Brixen hatte praktisch keine Chance. Sie war schachmatt gesetzt worden, das musste sie einsehen.

Der Direktor neben ihr stöhnte schwach. Blut lief aus seinen eingerissenen Mundwinkeln, noch war er am Leben.

»Frau Brixen! Ein letztes Mal: Sagen Sie uns, wo unsere Kollegin ist! Und legen Sie das Werkzeug weg, sonst muss ich das Feuer eröffnen.«

Ein Zucken ging durch Brixens Gesicht und ihre Augen nahmen einen eigentümlich grausamen Ausdruck an. »Sie wissen gar nicht, was dieses Schwein getan hat!«

»Doch, das wissen wir. Der Direktor hat mitgeholfen, einen Skandal zu vertuschen. Die Tollwut ist von Lindholm entkommen und auf Ihrem Hof ausgebrochen. Ihr Bruder ist qualvoll daran gestorben. Wir haben mit Ihrem Mann gesprochen. Er hat uns alles erzählt.«

Ungläubig starrte sie Jesper an. Trauer schlich sich in ihre Miene. »Ich habe Olav doch gesagt, dass er den Mund halten soll. Aber er ist einfach zu weich. Ich hätte ihn aus der Sache raushalten sollen.«

»Sie können immer noch etwas Gutes tun und den Direktor und unsere Kollegin Marit gehen lassen.«

Mit zusammengepressten Lippen schüttelte Brixen den Kopf. »Das kann ich nicht!«

»Dann muss ich auf Sie schießen!« Jespers Finger zog den Abzug bis zum Druckpunkt durch. Er war bereit. Er musste es tun. Der Direktor schien mittlerweile bewusstlos zu sein, gab keinen Laut mehr von sich. Die Zeit spielte gegen sie, dennoch zögerte Jesper. Wenn er Frau Brixen erschoss, würden sie nie erfahren, wo Marit war. Wenn er sie nur anschoss, würde sie womöglich noch die Zange bedienen können und es zu Ende bringen. Angespannt fuhr sich Jesper mit der Zunge über die trockenen Lippen, presste das linke Auge zu. Sein Finger wollte den Abzug betätigen, doch in ihm sträubte sich alles. Plötzlich hörte er hinter sich ein Poltern und Kirsten rief: »Scheiße!«

Er war kurz abgelenkt, und als er sich wieder auf Frau Brixen konzentrierte, stand sie nicht mehr neben dem Direktor. Sie hatte die Gelegenheit genutzt, um abzuhauen. Mit der Schrotflinte in der Hand – wo auch immer sie die so schnell herhatte – lief sie auf eine Seitentür zu. Jesper setzte zwei Schüsse ab. Wirkungslos schlugen sie in den Stahl der Tür ein, durch die Frau Brixen eine Sekunde zuvor geschlüpft war.

»Verdammter Mist!«, brüllte er und drehte sich um.

Neben Kirsten war Lars Høyer aufgetaucht, der ihre Anweisung, am Anleger zu bleiben, offensichtlich missachtet hatte. Sein Gesicht war rot und er fuchtelte aufgeregt mit seiner Pistole herum. »Ich ... wollte euch nur helfen!«

»Großer Gott. Steck die Waffe weg, Mann!« Jesper hätte ihm am liebsten eine verpasst, doch er zügelte sich. Sie mussten Bettina Brixen finden. Er rannte zu der Seitentür und stieß sie auf. Natürlich war draußen nichts mehr zu sehen.

Rasch lief er zurück zu der Lore, wo sich Kirsten bereits um den Direktor kümmerte.

»Wir brauchen einen Arzt!«, sagte sie, während sie den Puls des Verletzten prüfte. »Ich glaube, er hat einen Herzinfarkt!«

Jesper nahm ihr das Funkgerät ab und gab den Kollegen Bescheid, dass die Täterin flüchtig war und das Opfer dringend einen Notarzt benötigte. Man bestätigte ihm, dass der Helikopter einen Mediziner mitbringen würde. Danach ging er auf Lars Høyer zu. »Du verdammter Idiot! Warum hast du nicht bei den Booten gewartet?«

»Äh, wieso? Meine Ablenkung hat den Direktor doch gerettet. Er ist am Leben.«

»Dafür ist Frau Brixen weg! Und nur sie weiß, wo Marit ist!« Jesper ballte eine Faust. »Wenn ihr deswegen etwas zustößt, mache ich dich dafür verantwortlich!«

»Wir sind auf einer Insel, wo soll Frau Brixen schon groß hin?« Völlig unerwartet setzte Lars sich in Richtung Tor in Bewegung. »Sie will bestimmt zu ihrem Boot. Ich schnappe sie mir. Keine Sorge, das schaffe ich!«

»Das tust du nicht, Lars! Damit machst du alles nur noch schlimmer. Komm sofort zurück. Das ist ein Befehl!«

Lars hörte nicht auf ihn und verschwand in der Dunkelheit zwischen den Gebäuden. Fluchend nahm Jesper die Verfolgung auf. Hoffentlich rannte dieser Trottel nicht direkt vor Bettina Brixens Schrotflinte!

Im Laufen sah Jesper sich um. Natürlich ging auch er davon aus, dass Brixen zum Anleger fliehen würde, doch in welcher Richtung lag der? Er registrierte den zweiten Schornstein in der Ferne und entsann sich, dass dieser zu dem neuen Krematorium an der Mole gehörte. Also steuerte er darauf zu. Dabei sicherte er sich in alle Richtungen ab. Nicht dass Brixen dort draußen auf ihn lauerte und ihn über den Haufen schoss.

Als er am Vorplatz des Anlegers ankam, wo der Hubschrauber sie abgesetzt hatte, entdeckte er zwei Personen, die über die lang gestreckte Mole hetzten. Brixen und Lars. Erstere steuerte auf ihr Boot zu, Lars befand sich nur wenige Meter hinter ihr. Er war schneller als sie und holte auf.

Hilfesuchend blickte Jesper über das offene Wasser der Bucht. Wo zum Teufel blieb die Verstärkung? Weit und breit war nichts zu sehen. Dafür vernahm er ein entferntes Motorengeräusch. Das war hoffentlich der Hubschrauber, der den Arzt brachte.

Bettina Brixen erreichte ihr Boot, doch anstatt hineinzuspringen, drehte sie sich zu ihrem Verfolger um. Jesper wollte schreien, da hob sie schon die Schrotflinte und es gab einen Lichtblitz, gefolgt von einem Knall. Ein zweiter Knall war zu hören, und Lars stürzte mitten im Lauf nach vorn. Reglos blieb er auf dem Pier liegen.

»Verdammt!«, rief Jesper. Er wollte zum Funkgerät in seiner Tasche greifen, stellte jedoch fest, dass er es auf der Lore bei Kirsten liegen lassen hatte.

Währenddessen machte Bettina Brixen die Leinen los und sprang in ihr Boot. Jesper sprintete hinterher. Sie durfte nicht entkommen. Mit dem Boot konnte sie wer weiß wohin fahren. Wenn sie genug Treibstoff an Bord hatte, sogar bis nach Schweden oder in deutsche Hoheitsgewässer. Dann würden sie Marit nie finden!

Jesper erreichte Lars und beugte sich zu ihm hinab. Es war, wie er befürchtete hatte. Lars' Augen waren geöffnet und starrten leblos in die Nacht. Ihm war nicht mehr zu helfen. Er hatte alles richtig machen wollen und dabei alles falsch gemacht.

Mit einem bitteren Geschmack im Mund blickte Jesper zum Himmel hinauf. Der Helikopter näherte sich von Stege her. Doch ohne Funkgerät konnte er die Crew nicht verständigen, also würde er die Verfolgung ohne ihre Hilfe aufnehmen müssen.

Er sprang auf und rannte weiter den Pier entlang. Brixen hatte bereits abgelegt, und das Boot entfernte sich zunehmend. Als er keuchend an der Stelle an der Mole ankam, wo es vertäut gelegen hatte, war es bereits zu weit weg, als dass er es mit einem Sprung hätte erreichen können. Und das Boot von Lars Høyer befand sich am anderen Ende des Piers. Bevor Jesper die Schlüssel dafür in Lars' Uniform gefunden und das Gefährt in Gang gebracht hätte, wäre Frau Brixen schon auf halbem Weg nach Schweden. Er riss die Waffe hoch und feuerte auf das Heck, in dem Frau Brixen am Steuer saß. Er versuchte, den Motor zu treffen. Vielleicht verursachte er wenigstens ein Leck im Tank oder beschädigte das Ruder.

Er leerte das gesamte Magazin, doch die Kugeln hatten keinerlei Einfluss auf das davonfahrende Boot. Es bewegte sich unaufhaltsam von ihm weg, während das Kielwasser kraftvoll schäumte. Hastig wechselte er das Magazin und legte erneut an. Das Motorboot war mittlerweile nur noch ein heller Fleck auf dem schwarzen Wasser. Verzweifelt schoss er ihm ein paarmal hinterher. Unbeirrt setzte das Boot seinen Kurs fort.

»Mist!«, fluchte Jesper. »Mist! Mist! Mist!«

Doch dann geschah etwas Unerwartetes. Der Motor begann in der Ferne zu stottern. Und tatsächlich beschrieb das Gefährt einen Bogen und kam wieder auf die Insel zu. Als Jesper die Umrisse von Frau Brixen erkennen konnte, hob er die Waffe. Er war bereit, auf sie zu schießen.

Mit stockendem Motor arbeitete das Boot sich vorwärts, hustete blaue Wolken in die Nacht. Hatte Jesper ein relevantes Teil getroffen? Die Benzinleitung? Oder blockierte das Ruder?

Was auch immer es war, es zwang Frau Brixen dazu, zurückzukehren. Jesper wartete mit der Waffe im Anschlag. Er hätte jetzt wirklich gerne die Verstärkung hier!

Mit einem letzten Huster erstarb der Motor, und Stille breitete sich über dem Anleger aus. Lediglich das Rauschen der Heckwelle war zu vernehmen – und Jespers hämmernder Puls, der wie Paukenschläge in seinen Ohren dröhnte. Er versuchte, ruhiger zu atmen, und beobachtete, wie das Boot langsam auf ihn zusteuerte. Der Bug stand im spitzen Winkel zum Anleger und würde ihn rammen, wenn Brixen nicht beidrehte.

»Passen Sie Ihren Kurs an!«, rief er ihr zu. »Sonst kollidieren Sie mit dem Pier!«

Er erhielt keine Antwort. Das Boot glitt unaufhaltsam auf den Anleger zu. Hatte er die Frau getroffen und war ihr dadurch die Kontrolle über das Ruder entglitten?

»Wo haben Sie meine Kollegin Marit hingebracht?«, rief er. »Sagen Sie es mir. Es ist ohnehin vorbei!«

»Sie glauben doch nicht, dass ich mich Ihrer Gerichtsbarkeit unterwerfe!«, kam es vom Boot zurück.

»Sagen Sie mir, wo Marit ist!«

Brixen lachte und begann, irgendetwas laut zu rezitieren. Ihre Stimme wurde weit über das Wasser getragen. »Allvater, sei mein Zeuge! Die Blutrache ist vollbracht. Die Schuld dieser Männer ist getilgt. Sie sind genauso qualvoll gestorben wie mein Bruder. Allvater Odin, nimm mich zu dir! Nimm mich an deine Tafel in Valhalla!«

»Was soll das? Was machen Sie da?«, brüllte Jesper. Aus dem Augenwinkel nahm er wahr, dass die Lichter am Horizont heller wurden und der Motorenlärm lauter. Der Hubschrauber näherte sich, übertönte alle Geräusche.

Bettina Brixen rührte sich nicht, saß unverändert am Ruder. Das Boot näherte sich, hatte immer noch Schwung. Brixen tat nichts, um den Kurs zu ändern, hielt weiter auf den Pier zu. Mit einem lauten Knirschen stieß das Boot gegen die Betonpfeiler und schabte mit der Backbordseite daran entlang. Jesper zielte mit der Pistole auf Bettina Brixen. Doch etwas stimmte nicht mit ihr. Sie saß leicht vornübergebeugt da, und auf ihrer Brust glänzte ein dunkler Fleck.

Im nächsten Moment schabte das Boot unter ihm an der Kaimauer entlang und Jesper sprang an Bord. Das Gefährt schwankte unter seinen Füßen, und er musste sich an der Bordwand abstützen, um die Balance zu behalten. Als er sich zu Bettina Brixen umdrehte, setzte sein rasender Herzschlag für einen Moment aus. Ihre Kleidung war voller Blut! Hastig wankte er auf sie zu. Ihr Kinn war nach unten gesackt und ihre Augen waren geschlossen. War sie tot? Hatte er sie getroffen?

Er erreichte sie und erkannte mit Schrecken, dass es keine Kugel gewesen war, die sie verletzt hatte. Sondern ein großes Messer, das aus ihrem Hals ragte. Sie musste es sich unterhalb ihres Kinns in den Kehlkopf gerammt haben!

»Nein!« Jesper packte den Griff und wollte daran ziehen, doch Bettina Brixen öffnete ihre Augen. Ihre Hände schnellten vor und umfassten seine Handgelenke. Sie hielten sie so fest umklammert, dass es Jesper nicht gelang, das Messer zu entfernen. Unbeirrt hielt Brixen ihren Blick auf ihn gerichtet. Ihr Blut sprudelte über seine Finger und wärmte seine kalt gewordene Haut. Dabei hustete und keuchte sie. Die Frau ertrank an ihrem eigenen Blut, und er konnte nichts dagegen tun!

Ihr Mund bewegte sich, doch es kamen keine Worte heraus, nur ein leises Gurgeln. Schließlich schwanden ihre Kräfte und ihr Blick begann zu flackern. Ihr eiserner Griff um Jespers Handgelenke lockerte sich, und in der nächsten Sekunde fielen ihre Arme kraftlos herab. Bettina Brixen sackte nach hinten und das Messer, dessen Griff Jesper nach wie vor fest umklammert hielt, glitt aus ihrem Hals. Fassungslos starrte er auf die blutige Klinge. Ein Seufzen drang aus Brixens Kehle, als wäre sie erleichtert, dass diese schwere Bürde endlich von ihr genommen wurde.

Jesper ließ das Messer auf die Bootsplanken fallen und drückte mit beiden Händen auf die klaffende Wunde. Es half nichts. Bettina Brixen bekam keine Luft mehr. Das Blut rann unaufhörlich in ihre Lungen. Ihre Augen rollten gen Nachthimmel und ihr Körper erschlaffte.

Jesper gab seine Bemühungen auf und blickte in ihr Gesicht, auf dem tatsächlich so etwas wie ein Lächeln lag. Ob sie in diesem Moment vor ihren Gott Odin trat?

Er spürte, wie das Boot zu wackeln begann. Jemand war hineingesprungen und berührte ihn an der Schulter. Es war der Kollege Simović in schwarzer Kampfmontur.

»Alles in Ordnung bei dir?«, fragte er.

»Ja«, antwortete Jesper und wandte sich Richtung Pier, wo Kirsten stand. Ihre düstere Miene verhieß nichts Gutes.

»Lars ist tot«, sagte sie.

Jesper nickte traurig. »Und der Direktor?«

»Er hat es auch nicht geschafft. Vermutlich ein Herzinfarkt.«

»Verdammt!« Keuchend fuhr sich Jesper mit dem Handrücken über die Stirn. »Wir waren in allem zu spät!«

Kirsten seufzte. »Aber eine gute Nachricht gibt es.«

Er sah zu ihr hoch.

»Marit hat sich gemeldet. Sie ist wohlauf!«

»Mein Gott!« Jesper presste die Augen zusammen. »Und was ist mit Lykke?«

»Ich habe mit dem Krankenhaus telefoniert. Sie wird durchkommen.«

Jespers Beine gaben nach, und er sackte auf dem Boden des Bootes zusammen. Mit den blutigen Händen vor dem Gesicht ließ er seinen Gefühlen freien Lauf und schrie vor Erleichterung auf.

84. KAPITEL

Stege

Mit eingezogenem Kopf sprang Jesper aus dem Hubschrauber. Sein Herz pochte bis unter das Kinn.

Er sah sich um und erblickte die geöffneten Türen eines Krankenwagens, der auf dem Hof des Klempnerbetriebs stand. Rasch lief er darauf zu. Hinter ihm hob der Helikopter wieder ab, und Jesper wurde von seiner Druckwelle nach vorn geschoben. Mit fliegenden Schritten erreichte er die Sanitäter, die gerade die Türen schließen wollten. »Warten Sie! Ich will zu ihr!«

Die Männer in den Signalwesten nickten ihm zu und ließen ihn einsteigen. Drinnen herrschte gnadenloses grelles Neonlicht. Marit lag festgeschnallt auf einer Rolltrage und wirkte noch blasser als sonst. Ihr Gesicht zierten mehrere Pflaster, und es war an einigen Stellen geschwollen. An der Stirn trug sie einen Verband, der sich kaum von ihrer weißen Haut abhob. Ganz im Gegensatz zu dem dunklen Bluterguss, der sich neben ihrer Nase gebildet hatte. Was hatte der Scheißkerl Pettersen ihr angetan?

Marit hatte die Augen geschlossen und schien sediert worden zu sein. Vermutlich hatte man ihr ein Mittel gegen die Schmerzen gegeben.

Jesper nahm ihre Hand. »Marit!«

Die Pupillen hinter ihren Lidern bewegten sich und schließlich öffnete sie die Augen. Zuerst schien Marit ihn nicht zu erkennen, doch dann verzogen sich ihre aufgeplatzten Lippen zu einem verunglückten Lächeln.

»Jesper«, krächzte sie.

»Schhht, sag nichts.« Er strich über ihre Finger, die eiskalt waren. Tränen stiegen in ihm auf, und er senkte den Blick, damit sie es nicht bemerkte. Tief atmete er durch, bevor er weitersprach. »Ich bin so froh, dass du … dass du …« Er brach ab und schüttelte den Kopf. Er wollte ihr so vieles sagen, wollte ihr sein Herz ausschütten: Dass er froh war, sie wohlauf zu sehen, dass die Sorgen um sie ihn fast umgebracht hätten und dass er sie liebte. Ja, dass er sie aufrichtig und von ganzem Herzen liebte.

Doch er brachte kein Wort heraus. Stattdessen strich er weiter sanft über ihre Haut, ohne Marit anzusehen.

Plötzlich spürte er ihre Hand auf der seinen. Ihre Finger drückten seine leicht.

»Ist schon gut. Mich bringt so schnell nichts um.« Marit lächelte.

Jesper wischte sich über die Augen. »Entschuldige, dass ich nicht da war.«

»Du musst dich nicht entschuldigen. Niemand konnte ahnen, dass Pettersen mir auflauern würde.« Verständnis lag in ihrem Blick.

In Jesper explodierte das schlechte Gewissen. Wenn er nicht länger gearbeitet und dann auch noch etwas mit Lykke angefangen hätte …

»Danke, dass du gekommen bist«, sagte Marit.

Jesper würgte den Kloß in seinem Hals hinunter und streichelte weiter ihre Hand. Die kleine Berührung stellte in diesem Moment für ihn alles Glück dieser Welt dar.

85. KAPITEL

Vordingborg, Bezirkskrankenhaus

Jesper sah mindestens genauso mitgenommen aus, wie Lykke sich fühlte. Er hatte mit einem großen Blumenstrauß ihr Zimmer betreten und saß nun auf einem Stuhl neben ihrem Krankenbett. Leider konnte Lykke noch nicht aufstehen. Die Ärzte hatten sie ganz schön zusammenflicken müssen. Gehirnerschütterung, zwei gebrochene Rippen und 55 Schrotkörner, die sie aus ihrem Körper hatten herausoperieren müssen. Die schusssichere Weste war ihr Lebensretter gewesen, hatten die Ärzte gesagt. Ohne sie wäre sie vermutlich tödlich verletzt worden. Deshalb war von heute an die 55 ihre neue Glückszahl. Lykke berührte die beiden Anhänger an ihrem Hals. Sie blickte Jesper an und bemerkte die Traurigkeit in seinen Augen.

»Es tut mir leid«, sagte er. »Ich hätte dich niemals allein losziehen lassen dürfen. Das war unverantwortlich von mir. Es ist alles meine Schuld.«

»Du hättest mich eh nicht davon abbringen können«, entgegnete sie mit einem Zwinkern. »Ich habe einen ziemlichen Dickkopf.«

»Ach wirklich? Das habe ich gar nicht gemerkt.« Jesper schmunzelte und Lykke lachte. Doch wegen ihrer Schmerzen verzog sie das Gesicht und presste eine Hand auf ihren Bauch. Trotzdem, es fühlte sich gut an, dass sie zusammen lachen konnten.

Sie musste an Lars denken, der nicht so großes Glück gehabt hatte wie sie. Er hatte bei diesem Fall sein Leben gelassen. Auch wenn ihr Vorgesetzter manchmal recht anstrengend gewesen war, hatte sie ihn gemocht. Es tat weh, zu wissen, dass er nicht mehr da war. Sie würde nie wieder sein glucksendes Lachen hören oder seine dummen Sprüche zum Thema Inseltratsch. Seine Beerdigung war in einer Woche, und Lykke hoffte, bis dahin einigermaßen auf den Beinen zu sein. Sie wollte ihm unbedingt die letzte Ehre erweisen.

»Und du willst sicher direkt zurück in den Dienst?«, fragte Jesper.

Sie sah ihn mit hochgezogenen Brauen an. »Wurdest du schon mal angeschossen?«

»Bisher nicht. Zum Glück. Aber einmal hat es mich fast erwischt. Das war auf einem grönländischen Gletscher. Marit war mit dabei.« Als er den Namen seiner Kollegin erwähnte, veränderte sich sein Gesichtsausdruck. Zuerst huschte Bitterkeit über seine Züge und dann etwas Helles, Leuchtendes. Lykke fühlte einen Stich in ihrer Brust. Sie kannte diesen Ausdruck. Er drückte tiefe Zuneigung aus, wenn nicht gar Liebe.

»Wie geht es Marit?«, erkundigte sie sich. Sie hatte bereits einen Teil der Geschichten gehört, die parallel zu ihrem Alleingang in der Scheune stattgefunden hatten. Darunter auch, dass Marit von Hardy Pettersen entführt worden war und beinahe vergewaltigt worden wäre und dass ausgerechnet Hans Erik Rask sie gerettet hatte.

»Ihr geht es den Umständen entsprechend gut«, antwortete Jesper. »Die Verletzungen, die Pettersen ihr zugefügt hat, sind nicht ohne – sie hat eine angebrochene Nase, gequetschte Rippen und eine Gehirnerschütterung –, aber sie ist hart im Nehmen.«

Die Bewunderung in seiner Stimme war nicht zu überhören. Lykke senkte den Blick und seufzte. »Ich wusste immer schon, dass Pettersen ein Arsch war, ich hätte jedoch nie gedacht, dass er sich an kleinen Jungs und wehrlosen Frauen vergreifen würde. Möchte nicht wissen, was der noch alles auf dem Kerbholz hatte. Wie viele ihm zum Opfer gefallen sind, während sein Vater die Scheiße schön vertuscht hat.«

»Darüber kann er leider nichts mehr erzählen. Wie Frau Brixen. Es wird niemand mehr in dieser Sache aussagen können.«

»Aber immerhin konnte Marit Pettersen eindeutig auf dem Busvideo identifizieren.«

»Das stimmt, und das wird in der Aufarbeitung des Falls auch berücksichtigt werden. Leider wird es niemanden geben, den wir dafür zur Verantwortung ziehen können.«

»Also ist Rask tatsächlich unschuldig?«

Jesper nickte.

»Krass!« Ungläubig schüttelte Lykke den Kopf. »Da saß der arme Kerl 31 Jahre im Knast, ohne etwas verbrochen zu haben. Der totale Wahnsinn! Wird er denn wenigstens eine Entschädigung erhalten?«

»Davon gehe ich aus. Bei der Neubetrachtung des Falls wird es in erster Linie um seine Unschuld gehen. Damals hat man ihm einen Mord in die Schuhe geschoben und heute wollte Bettina Brixen dasselbe tun. Sie hat Rask als Reporterin getarnt in seiner Wohnung in Kopenhagen besucht und dort heimlich ein paar seiner Haare mitgenommen, von denen sie später eins in dem Tatfahrzeug hinterlassen hat. Sie hat wirklich alles bis ins Detail geplant. Das mit den aufgebrochenen Kiefern hatte sie sich im Line-Fall abgeguckt, damit der Verdacht gleich auf Rask fallen würde. Sie hat dafür dieses furchtbare Werkzeug benutzt – einen Flanschspreizer.«

Lykke sah, wie Jesper bei der Beschreibung erschauderte, und auch auf ihre Arme trat eine Gänsehaut. Sie rieb sie weg und stemmte sich anschließend in eine aufrechtere Sitzposition. Dabei schoss der Schmerz durch ihre linke Seite. »Keine Angst, alles in Ordnung. Es sind nur die 55 Narben«, antwortete sie scherzhaft auf Jespers besorgten Blick hin. »Und was ist mit Lindholm?«

»Rask hat in einer ersten Befragung bestätigt, dass Martin Piil und Asger Dahl damals einen Sack mit den Köpfen infizierter Füchse im Meer entsorgt haben. Leider wird es schwer werden, heute zu beweisen, dass es genau dieser Virusstamm war, mit dem sich der Hund der Frederiksens angesteckt und die Geschehnisse rund um das tragische Ertrinken der kleinen Line ausgelöst und desgleichen den Tod von Frau Brixens Bruder verursacht hat.«

»Das liegt doch auf der Hand! Es kann nur so gewesen sein.«

»Vermutlich«, sagte Jesper mit ernster Miene. »Aber auch hier gibt es niemanden, der dafür angeklagt werden könnte. Alle Beteiligten sind tot.«

»Was ist mit Herrn Brixen? Der könnte uns bestimmt einiges über seine Frau und die Taten erzählen, die er zusammen mit ihr begangen hat.«

»Bisher schweigt er, was seine Mittäterschaft bei den Morden anbelangt. Er behauptet, zwar von den Racheplänen seiner Frau gewusst zu haben, allerdings nicht daran beteiligt gewesen zu sein.«

»Das glaubt ihr dem doch nicht!«

»Der weitere Verlauf der Vernehmungen und das anschließende Verfahren werden zeigen, inwieweit Herr Brixen mit Hand angelegt oder seine Frau nur gedeckt hat. Vielleicht finden wir auch noch Beweise. Aber eines muss man den beiden lassen. Sie haben sehr sauber und sorgfältig gearbeitet.«

»Und was ist mit dem Institut? Die müssen sich zu dem Sack mit den Fuchsköpfen und dem Virus doch in irgendeiner Weise äußern.«

»Die damalige Laborleitung wird sicher Stellung beziehen, allerdings nicht dafür belangt werden können. Uns fehlen in so vielen Aspekten die Beweise.«

Lykke schürzte die Lippen. Der Ausgang des Falls stellte sie nicht zufrieden.

»So ist nun mal unsere Arbeit«, sagte Jesper, der ihre Gedanken erraten haben musste. »Man reißt sich buchstäblich den Arsch auf, und dann ist da niemand, der vor Gericht stehen wird. Trotzdem: Immerhin haben wir den Fall gelöst!«

»Und den vermutlich krassesten Justizirrtum in der Geschichte Dänemarks aufgedeckt!«

»Das ist richtig.«

»Wo ist Rask jetzt?«, wollte Lykke wissen.

»Wieder in seiner Sozialwohnung in Kopenhagen. Zumindest so lange, wie die Nachermittlung andauert. Es war übrigens Zufall, dass er mit Dahl in einem Wohnblock untergebracht war. Das hat Bettina Brixen wunderbar in die Hände gespielt. Rask hat allerdings gesagt, dass er sich dort nicht wohlfühlt und gerne nach Ulvshale zurückwill, auf den Hof seiner Eltern. Das ist verständlich. Ich bin sicher, dass er die Erlaubnis dazu erhalten wird, er ist schließlich kein verurteilter Straftäter mehr. Außerdem wird ihm die Entschädigung, die er vom Staat erhält, genug Mittel verschaffen, den Hof wiederaufbauen zu können.«

»Weiß Rask, was mit seinen Eltern geschehen ist?«, fragte Lykke weiter.

»Ja, wir waren mit ihm auf dem Friedhof in Stege. An ihren Gräbern hat er geweint wie ein kleines Kind.« Jesper presste die Lippen zusammen.

»Es tut mir wirklich leid, was ihm zugestoßen ist. Das ist furchtbar.« Schuldgefühle nagten an ihr. »Ist doch irgendwie bezeichnend, dass das Wort ›Rask‹ unter anderem ›gesund‹ bedeutet. Und wir haben die ganze Zeit gedacht, er sei ein kranker Mensch und Kindermörder. Dabei waren es die anderen, die ihn zum Ungeheuer gemacht haben.«

»Homo homini lupus – der Mensch ist dem Menschen ein

Wolf«, sagte Jesper. »Man weiß oft nur nicht, wer der Mensch und wer der Wolf ist.«

»Das ist wahr«, entgegnete Lykke. »Ich hoffe jedenfalls, dass Hans Erik rehabilitiert und von der Inselgemeinschaft wieder aufgenommen wird.«

»Dafür kannst du ja sorgen, wenn du zurück im Dienst bist.« Jesper lächelte sie neckend an und ihr Herz machte einen Satz.

Sie schob eine Hand vor und legte sie auf seine. »Und du? Was wirst du tun?«

Er sah auf ihre Finger, die ihn sanft berührten, und seine Brauen zogen sich zusammen. »Lykke ... ich ...« Er räusperte sich. »Das mit uns war ... war ein ...«

»Fehler?«

Zerknirscht hob er den Blick. »Bitte versteh ich mich nicht falsch, Lykke. Du bist eine tolle Frau, aber ich ...«

»Du liebst eine andere.«

Verblüfft guckte er sie an.

Lykke zögerte, schließlich sprach sie es aus: »Du liebst Marit. Das sieht jeder Idiot.« Sie drückte seine Hand. »Es ist okay.«

»Wirklich?«

»Ja. Denn was kann ich schon dagegen tun – oder du? Man kann sich schließlich nicht aussuchen, in wen man sich verliebt.«

»Du bist also nicht sauer?«

»Nicht im Geringsten.« Sie schmunzelte und hoffte, dass ihre Aussage ehrlich wirkte. Denn in Wirklichkeit tat es ihr doch weh. »Außerdem werden die Typen ab heute bei mir Schlange stehen. Ich bin jetzt eine Heldin.«

Jesper lächelte und strich über ihre Hand. Dann ließ er sie los. »Ich muss gehen. Kirsten will noch heute zurück nach Kopenhagen.«

»Meldest du dich mal?«

»Das mache ich. Und wenn es dich in die große Stadt verschlagen sollte, sag Bescheid, ja?«

»Klar.« Sie zwinkerte ihm zu, und er beugte sich vor und gab ihr einen Kuss auf die Stirn. Genau in diesem Moment kam Kirsten Vinther herein. Fragend hob sie eine Braue.

»Ich wusste nicht, dass ich störe«, sagte sie mit einem Seitenblick auf Jesper. »Aber bevor wir uns aus dem Staub machen, wollte ich dir noch alles Gute wünschen, Lykke, und dir für deinen Einsatz danken.« Kirsten trat an ihr Bett. »Das war gute Arbeit! Solltest du eines Tages den Wunsch verspüren, mal etwas anders zu sehen als diese öde Insel, dann ruf mich an. Ich kann da bestimmt was drehen.«

»Du meinst eine Versetzung nach Kopenhagen?«

Kirsten nickte.

Lykke sah von ihr zu Jesper und wieder zurück. Sie schüttelte den Kopf. »Nein, ich glaube, mir gefällt es auf meiner kleinen öden Insel. Aber danke für das Angebot.«

Kirsten hob wieder eine Braue und ein herzliches Lächeln erschien auf ihrem sonst so verschlossenen Gesicht. »Na, ich mag Leute, die wissen, was sie wollen!« Sie wandte sich an Jesper. »Bereit zur Abfahrt?«

Jesper stand auf, winkte Lykke zum Abschied zu und verließ zusammen mit Kirsten das Zimmer. Als sich die Tür hinter den beiden geschlossen hatte, legte Lykke den Kopf zurück auf das Kissen. Jetzt war Jesper weg. Schade. Ob sie sich jemals wiedersehen würden?

Sie spürte die Müdigkeit an ihren Gliedern ziehen. Am besten, sie ruhte sich erst einmal aus und schlief ein wenig. Danach könnte sie weitersehen.

Mit einem zufriedenen Seufzer und dem Gedanken an ein leckeres Wienerbrød schlief sie ein.

86. KAPITEL

Kopenhagen, Amager

Marit schloss die Autowerkstatt auf, die sie als Büro für ihre Tätigkeit als Super-Recognizerin nutzte, und schob ihre Kawasaki zu den anderen Fahrzeugen in die Werkstatthalle. Dabei unterdrückte sie ein Stöhnen. Das Stechen ihrer geprellten Rippen würde sie noch eine Zeit lang begleiten wie auch der Rest ihrer Blessuren, die dieses Arschloch Pettersen ihr zugefügt hatte. Sie war froh, dass der Mann tot war. Er hatte es verdient gehabt, vor ihren Augen zu sterben.

Vorsichtig zog sie sich den Motorradhelm vom Kopf. Auch ihr Gesicht schmerzte nach wie vor. Selbst wenn es nicht mehr ganz so schlimm aussah und die Verletzungen abgeschwollen waren. Immerhin erschrak sie nicht mehr, wenn sie in den Spiegel blickte.

Sie hängte den Helm an den Lenker der Maschine und betrat das Büro. Für heute konnte sie Feierabend machen. Marit schaltete den Rechner an und öffnete das Mailprogramm, wo sie die erwartete Nachricht von ihrem Anwalt fand. Mit Kjell hatte sie bereits darüber gesprochen. Während sie auf Møn gewesen war, hatte ihr Anwalt sich im Hintergrund um alles gekümmert, wofür sie ihm äußerst dankbar war. Und Kjell hatte Professor Henrey um ein Gutachten über ihre Fähigkeiten gebeten und es bekommen. Sogar mehr als das. In seinem Schreiben hielt Jeff Henrey ein regelrechtes Plädoyer für sie und bezeichnete sie als eine der besten Super-Recognizerinnen, mit denen er je zusammengearbeitet habe. Er bestätigte, dass Marit eine 98-prozentige Trefferquote beim Wiedererkennen von Gesichtern aufwies und dass man das durchaus als 100 Prozent werten könne. Schließlich seien DNA-Tests nicht wesentlich genauer und damit würden täglich weltweit Tausende von Tätern überführt.

Marit lächelte bei dem Gedanken an ihren Freund und Mentor aus Greenwich. Jeff hatte sich nicht aus dem Grund positiv über sie geäußert, weil er ihr einen Gefallen tun wollte. Natürlich mochten und schätzten sie einander, aber Jeff war auch Wissenschaftler und unbestechlich, was Fakten anging. Er hatte jahrelang zum Thema Recognizing geforscht und war eine Koryphäe auf dem Gebiet. Sein Wort galt.

Marit öffnete die Mail ihres Anwalts, las sie konzentriert durch und atmete auf. Morten schrieb, dass die Anschuldigungen, die Nannas Eltern erhoben hatten, vom Gericht zurückgewiesen worden waren. Nachdem der Richter sich das Statement von Professor Henrey angesehen hatte, hatte er die Behauptung, Marit sei eine Betrügerin, als haltlos eingestuft und den Fall zu den Akten gelegt.

Henreys Schachzug, ihr Recognizer-Urteil mit dem Ergebnis eines DNA-Tests gleichzusetzen, war schlichtweg genial. Dagegen konnte niemand argumentieren. Marit würde Jeff alsbald anrufen, um sich bei ihm zu bedanken. Der Nanna-Fall war zwar ein Desaster gewesen, dennoch wünschte sie den Bjerrums, dass sie Frieden fanden. Nach allem, was passiert war, konnte sie deren Schmerz trotzdem nachvollziehen, und sie würde auch weiterhin Vermisstenfälle annehmen. Aber jetzt musste sie erst mal aus ihrer Ledermontur raus und unter die Dusche. Ihre kleine Privatunternehmung, zu der sie am Abend aufgebrochen war, war schweißtreibend gewesen.

Tobias Therkildsen hatte ziemlich blöd aus der Wäsche geguckt, als Marit ihn sich geschnappt hatte. Sie hatte ihm aufgelauert, als er nach einer Sauftour mit Freunden auf dem Heimweg nach Gentofte gewesen war. Zwischen S-Bahn-

Station und dem Haus seiner Eltern lag ein kleines Wäldchen. Tja, wie sagte man so schön: Das Böse lauerte überall.

Marit hatte ihm eine Lektion erteilt, die er so schnell nicht vergessen würde. Dennoch hatte sie vor, ihn weiter im Auge zu behalten. Falls er ihre Warnung ignorierte, erwartete ihn die nächste Abreibung. Und die würde weit weniger glimpflich ausfallen. Ob nun Sohn von Ann Katrine Therkildsen oder nicht, da machte Marit keinen Unterschied. Am wichtigsten war jedoch, dass er Josie Bæk in Frieden ließ.

Sie musste an Jesper denken. An seine Sorge um seine Tochter und den warmen Ausdruck in seinen Augen, als er im Krankenwagen ihre Hand gehalten hatte. Ihr Blick fiel auf das Handy, das neben dem Computer lag. Ob er und Kirsten sich bereits auf dem Rückweg nach Kopenhagen befanden? Sie streckte die Hand nach dem Telefon aus, zog sie dann aber wieder zurück. Stattdessen öffnete sie den Reißverschluss ihrer Lederkombi und genoss die frische Luft, die an ihren verschwitzten Körper gelangte. Nach einem weiteren Blick auf das Handy drehte sie sich um und verließ das Büro.

87. KAPITEL

Auf der Landstraße kurz vor der E 47

»Was war denn das?«, fragte Kirsten. Sie saß am Steuer und fuhr Richtung Autobahn. Draußen war es seit Langem dunkel, und Jesper sehnte sich danach, nach Hause zu kommen.

»Was meinst du?«, gab er unschuldig zurück, obwohl er wusste, worauf sie anspielte.

»Na dieser … Kuss für Lykke.«

»Ein Abschied unter Freunden.«

»Aber klar!« Sie grunzte ungläubig. »Und was ist mit Marit?«

»Was soll mit ihr sein?«

»Jetzt tu nicht so. Das ist lächerlich.« Die Auffahrt zur E 47 tauchte vor ihnen auf und Kirsten riss das Steuer herum. Jesper seufzte. Fast routinemäßig lehnte er sich gegen die Kopfstütze und umfasste den Seitengriff.

Der Wagen schoss auf die Autobahn und Jespers Gedanken flogen zu Marit. Sie war bereits seit ein paar Tagen wieder in Kopenhagen und sie hatten mehrmals miteinander telefoniert. Dabei hatten sie nur sehr verhalten über den Fall geredet. Jesper hatte das Gefühl, als lasteten Marit die Ereignisse schwer auf der Seele. Vor allem die Sache mit Pettersen und dem Keller. Jesper konnte sich nicht annähernd vorstellen, was das in ihr ausgelöst hatte, sich in der Gewalt dieses widerwärtigen Kerls zu befinden. Es musste unglaublich schlimm für sie gewesen sein, und er hatte ihr angeboten, mit ihr darüber zu sprechen. Doch sie hatte es mit einem freundlichen »Damit komme ich schon klar« abgelehnt.

»Jesper? Ich habe dich was gefragt!« Kirstens Stimme schnitt in seine selbstquälerischen Gedanken. Draußen prasselte mittlerweile Regen gegen die Frontscheibe, was Kirsten natürlich nicht dazu veranlasste, das Tempo zu drosseln.

»Was denn?«, fragte er unwillig zurück. Dass sie aber auch nie Ruhe gab.

»Was zwischen Marit und dir ist?«

»Nichts. Das solltest du doch wohl am besten wissen, schließlich seid ihr Freundinnen und beredet immer alles.« Er klang schnippischer als beabsichtigt, daher schloss er schnell den Mund. Er war einfach nicht bereit, über Marit zu sprechen. Wünschte sich bloß, sie möge erkennen, was er für sie empfand.

Die Liedzeilen von »Under din sne« gingen ihm wieder durch den Kopf: »Unter deinem Schnee liege ich. Aber das siehst du nicht. Nein, das siehst du nicht.«

Es war eine Tatsache. Er lag unter Marits schönem weißem Schnee und sie merkte es nicht. Er schluckte. Vielleicht hatte er sich ja mit Vorsatz einschneien lassen, damit sie seine Liebe nicht erkannte. Vielleicht hatte er Angst, in einer Beziehung erneut zu versagen oder eine weitere Abfuhr zu erhalten. Womöglich hatte er ihr aus diesem Grund nie seine Gefühle gestanden. Aus Furcht vor Zurückweisung. Wie sollte sie da merken, wie wichtig sie ihm war? Er war ein Trottel. Und er hatte es nicht anders verdient, als dass sie ihm die kalte Schulter zeigte.

Erneut wurden seine Gedanken unterbrochen. Diesmal durch das Klingeln seines Handys. In seiner hoffnungslosen Naivität wünschte er sich, es wäre Marit, die in der Ferne gespürt hatte, was er für sie empfand. Stattdessen las er auf dem Display den Namen eines anderen weiblichen Wesens, mit dem er sich verbunden fühlte.

»Wo bleibst du denn, Paps?«, fragte seine Tochter, als er abnahm. Sie hatten die letzten Tage ein paarmal miteinander telefoniert. Nachdem er sich dermaßen große Sorgen um Josie gemacht hatte, dass er sie mit Sprachnachrichten regelrecht bombardiert hatte, hatte er endlich ein Lebenszeichen von ihr erhalten. Sie hatte ihn angerufen und ihm gesagt, dass alles gut sei und sie nicht gewusst habe, wie wichtig ihm ihr Rückruf gewesen sei. Dafür hatte sie sich entschuldigt. Natürlich konnte Jesper ihr nicht böse sein. Als er jung gewesen war, hatte er sich auch nicht um das geschert, was seine Eltern von ihm gewollt hatten.

»Wir sind auf dem Weg«, antwortete er mit einem Blick auf Kirstens grimmige Rennfahrermiene. »Vermutlich wird Frau Schumacher gleich die Schallmauer durchbrechen. Daher denke ich, dass ich noch vor Mitternacht zu Hause sein werde.«

»Super, dann bleibe ich noch wach und warte auf dich«, sagte Josie.

»Das ist lieb. Bis nachher.« Er legte auf und hielt das Handy lange mit beiden Händen umfangen, als wäre es ein wertvoller Schatz. Er freute sich, seine Tochter wiederzusehen. Sie war seine Familie. Und eine Familie zu haben, war das Beste, was einem passieren konnte. Lächelnd blickte er nach draußen auf die dunkle Straße.

ENDE

NACHWORT

Diese Geschichte ist frei erfunden und alle Personen, die darin vorkommen, ebenfalls.

Die Insel Lindholm hingegen existiert und die Tierversuchsanstalt darauf auch, zumindest hat sie das bis 2019. Sie wurde aber nicht von meinem fiktiven *Veterinærlaboratorium for Virus Forskning* (VLVF) betrieben, sondern in Wirklichkeit von *Danmarks Veterinærinstitut*, das später in die *Danmarks Tekniske Universitet* (DTU) eingegliedert und aus Kostengründen von Lindholm nach Lyngby bei Kopenhagen verlegt wurde. Den erwähnten Tollwutausbruch hat es nie gegeben, genauso wenig wie die gehäuften Krebsfälle der Arbeiter auf der Insel aufgrund des Formalingases. Der Zwischenfall mit der Maul- und Klauenseuche in den 60er-Jahren hat allerdings tatsächlich stattgefunden. Alle anderen Begebenheiten, die ich in diesem Buch beschreibe, die Gebäude, das Leben der Angestellten auf der Insel, die Sicherheitsbestimmungen und die Vernichtung von kontaminierten Abfällen, den 24-Stunden-Veterinärbereitschaftsdienst und auch die von Grönland eingeflogenen Fuchsköpfe entsprechen den Tatsachen. Desgleichen die Erfolge der Wissenschaftlerinnen und Wissenschaftler auf Lindholm, denen wir es zu verdanken haben, dass es heute wirksame Impfstoffe gegen diverse Tierseuchen gibt. Der Standort Lindholm war international anerkannt für seine Forschung, und die Arbeit, die dort geleistet wurde – mag sie manch einem auch grausam erscheinen –, war ein äußerst wichtiger Meilenstein in der Geschichte der Veterinärmedizin.

Ebenso ist es wahr, dass einige Vertreter der Dansk Folkeparti straffällig gewordene Asylbewerberinnen und Asylbewerber auf der Insel unterbringen wollen und dass das Ghettogesetz (*ghettoloven*) seit 2021 leider ein Teil von Dänemarks Gesetzgebung ist.

Ebenso existieren sämtliche im Buch erwähnten Schauplätze, bis auf ein paar kleine Abweichungen, bei denen ich mir eine gewisse künstlerische Freiheit erlaubt habe. Wie zum Beispiel, dass die Polizeistation von Møn in der Bibliothek durchgehend geöffnet hat. Tatsächlich ist die Station nur Donnerstagnachmittag von zwei Beamten besetzt. Das Roastbeef-Sandwich von der Fleischerei in der Storegade in Stege schmeckt allerdings wirklich *meget lækkert*.

Sollten sich trotz gründlicher Prüfung Fehler in den Text eingeschlichen haben, so gehen diese alle auf meine Kappe.

Bei dem von Marit erwähnten Super-Recognizer-Test von der Universiy of Greenwich kann übrigens jeder herausfinden, ob er oder sie Recognizerfähigkeiten besitzt. Dazu einfach auf die Seite www.superrecognisers.com gehen und den Test beginnen.

Ich drücke euch die Daumen! ;-)

Wer mehr über meine zweite Heimat, die Insel Møn, erfahren möchte, kann sich gerne bei Instagram meinen Kanal explore_moen anschauen oder mir dort auf anne.nordby.autorin folgen. Dort gebe ich so manchen Geheimtipp.

DANKSAGUNG

Mein Dank gilt allen, die mitgeholfen haben, dieses Buch aus der Taufe zu heben. Allen voran meinen Autorenkolleginnen Sabine Sommer und Ella Dälken. Was wäre ich ohne euren fachlichen Rat und euer geübtes Auge? Die Antwort: Einen Schritt näher am Wahnsinn!

Natürlich waren mir auch dieses Mal meine Testleserinnen wieder eine große Hilfe. Danke, dass ihr euch mit dem noch nicht garen Text auseinandergesetzt habt.

Auf der fachlichen Ebene hatte ich ebenfalls viele tolle Unterstützerinnen und Unterstützer: Michelle Stender, Nikolaj Kellum, Heidi Nehlsen, Eva Maria Nielsen und Xinxin Ren Gudbjörnsson für alles, was mit Dänemark und der dänischen Sprache zu tun hat. Und danke, Xinxin, für die besten Restauranttipps in Kopenhagen, die spannenden Gespräche übers Schreiben sowie den Einblick in den Literaturbetrieb Dänemarks und Chinas. Ein besonderer Dank gilt meiner kleinen Dorfgemeinschaft auf Møn wegen der hyggeligen Dorffeste und der vielen wertvollen Informationen über die schönste aller dänischen Inseln, auf der ich das Glück habe, leben zu dürfen. *Tusind tak.*

Selbstverständlich darf auch meine Lektorin Katja Ernst nicht fehlen, die das Buch mit ihrer akribischen Arbeit besser gemacht hat, als ich es allein je gekonnt hätte. Wie immer hat sie meinem nun schon fünften Manuskript mit kritischem Auge den letzten Schliff gegeben. Danke an den Gmeiner-Verlag, der stets ein offenes Ohr für die Probleme einer Autorin hat und alles tut, damit die Bücher ihre Leserinnen und Leser finden. Last, but not least danke ich meiner Agentin

Sabine Langohr für ihre Unterstützung bei allem, womit sich Frau Autorin nicht so gerne herumschlägt.

Lieben Dank an meine Familie und Freunde, die mich in den letzten nicht ganz so einfachen Jahren unterstützt haben und immer für mich da sind.

Und dann kommen noch Sie, liebe Leserinnen und Leser. Denn ohne Sie würden die Geschichten nur in meinem Kopf stattfinden und nicht auf bedrucktem Papier. Danke, dass Sie mir bis hierhin gefolgt sind. Bleiben Sie mir gewogen.

Herzlichst, Ihre Anne Nørdby
Møn, 06.09.2022